티어링의 여왕

* 이 도서의 국립중앙도서관 출판예정도서목록(CIP)은 서지정보유통지원시스템 홈페이지(http://seoji.nl.go.kr)와 국가자료공동목록시스템(http://www.nl.go.kr/kolisnet)에서 이용하실 수 있습니다.
(CIP제어번호: CIP2018000905)

THE QUEEN OF THE TEARLING

티어링의 여왕

에리카 조핸슨 장편소설

김지원 옮김

은행나무

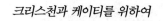

크리스천과 케이티를 위하여

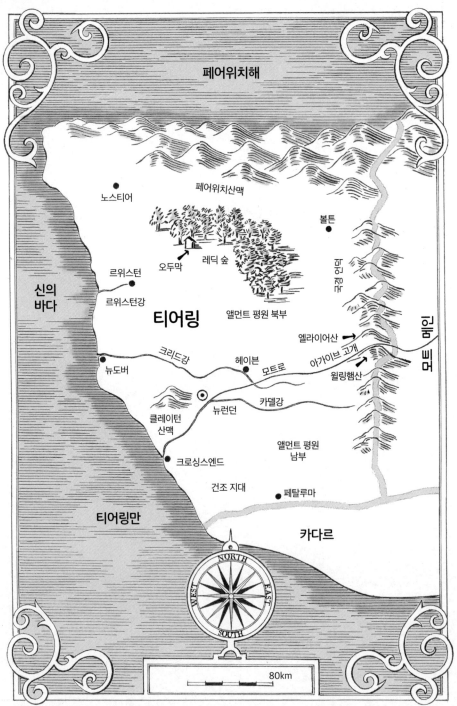

| 차례 |

1부

1장
열 번째 말

글린 여왕 — 켈시 랠리 글린, 티어링의 일곱 번째 여왕. 낙인의 여왕이라고도 알려져 있다. 칼린 글린과 바톨로뮤('선량한 자' 바티) 글린 손에 자랐다. 모친: 엘리사 랠리 여왕. 부친: 불명(不明). 상세 설명은 부록 11번을 볼 것.

— 《티어링의 초기 역사》, 머위니언 작

켈시 글린은 꼼짝도 않고 앉아서 집 쪽으로 다가가는 병사들을 바라보았다. 남자들은 전부 다 티어링 왕실 근위병의 회색 제복을 입고, 군대식으로 가장자리에 정찰병들을 배치한 형태로 이동하고 있었다. 말이 달리면서 망토가 휘날려 값비싼 무기가 드러났다. 검과 단도는 전부 다 모트메인 강철로 만들어진 것들이었다. 한 명은 심지어 철퇴까지 갖고 있었다. 뾰족뾰족한 철퇴 머리가 안장 밖으로 비어져 나온 게 보였다. 오두막 쪽으로 말을 느릿느릿 몰고 가는 모습으로 보아 다들 여기 오고 싶지 않았던 게 분명했다.

켈시는 망토를 두르고 후드를 내려 쓴 채 집 현관에서 6미터 정도 떨어진 나무의 가지 사이에 앉아 있었다. 후드부터 소나무 이파리 색깔의 부츠에 이르기까지 그녀의 옷차림은 전부 다 짙은 초록색이었다. 목에 건 순은 목걸이 줄 끝에서 사파이어가 흔들렸다. 이 보석은 켈시가 셔츠 안으로 집 어넣자마자 도로 튀어나오는 성가신 습성이 있었다. 이 망할 보석에 딱 어 울리는 성질머리였다. 이 사파이어가 오늘 문제의 원인이니까.

남자 아홉 명, 말 열 마리.

병사들이 오두막 앞의 평평한 땅에 들어서서는 말에서 내렸다. 후드를 젖히자 그들이 켈시와는 한참 동떨어진 나이대라는 게 드러났다. 30대나 40대 정도로 보이는 이 남자들은 다들 분명 전쟁을 겪었구나 싶게 냉정하 면서 세파에 지친 표정을 갖고 있었다. 철퇴를 갖고 있는 병사가 뭔가를 중 얼거렸고 모두의 손이 자동적으로 검으로 향했다.

"신속하게 처리하자고."

키 크고 마른 남자가 이렇게 말했다. 권위적인 어조로 보아 이 남자가 대 장임이 분명했다. 그가 앞으로 나서서 현관문을 세 번 두드렸다. 바티가 바 로 앞에 서서 기다리고 있었던 것처럼 문이 즉시 열렸다. 아무에게도 보이 지 않는 그녀의 자리에서도 바티의 둥근 얼굴에 주름이 져 있고 눈은 빨갛 고 부어 있는 게 보였다. 그날 아침 그는 슬퍼하는 모습을 보이고 싶지 않 아서 켈시를 숲으로 내보냈었다. 켈시는 싫다고 했지만 바티는 그녀의 말 을 듣지 않고 급기야 그녀를 문밖으로 그냥 밀어내며 말했다.

"가서 숲에 작별 인사를 하고 오려무나, 애야. 네가 다시 자유롭게 이렇 게 돌아다니려면 오랜 시간이 지나야 할 테니까."

그래서 켈시는 나와서 아침 내내 숲을 돌아다니고, 쓰러진 나무들을 타 넘고, 중간중간 멈춰서 수많은 생명들이 살고 있는 것치고는 기묘할 정도 로 완벽하게 조용한 숲에 귀를 기울였다. 심지어는 하도 심심해서 토끼를 잡았다가 놓아주기도 했다. 바티와 칼린에게 고기가 필요하지 않고 그녀도 딱히 동물을 죽이는 걸 좋아하지 않았기 때문이다. 토끼가 깡충거리며 그녀가 어린 시절 대부분을 보낸 숲으로 사라지는 걸 보면서 켈시는 다시금 그 단어를 말해보려고 했지만 입안이 바짝 마르는 느낌이었다.

여왕. 우울한 미래를 암시하는 불길한 단어였다.

"바티, 오랜만이오."

병사들의 대장이 바티에게 인사를 건넸다. 바티는 뭔가 알아들을 수 없는 말을 중얼거렸다.

"아이를 데리러 왔소."

바티는 고개를 끄덕이고 손가락 두 개를 입에 대고 높고 날카로운 휘파람을 불었다. 켈시는 소리 없이 나무에서 내려와 울창한 숲에서 나왔다. 맥박이 두근두근 뛰었다. 자신의 단검으로 한 사람이 공격해오는 것쯤은 막을 수 있었다. 바티가 잘 가르쳤으니까. 하지만 중무장을 한 병사들 앞에 서자 겁이 났다. 남자들의 눈이 전부 다 그녀를 평가하는 것 같았다. 그녀는 여왕 같은 구석이 없었고 그녀 자신도 잘 아는 바였다.

턱 끝에 상처가 있는 엄격한 얼굴의 대장이 그녀의 앞에서 깊게 허리를 숙였다.

"폐하. 저는 돌아가신 여왕 폐하의 근위대 대장인 캐롤입니다."

잠깐 머뭇거리다가 다른 사람들도 전부 다 허리를 굽혔다. 철퇴를 든 근위병은 살짝만 허리를 굽히고 간신히 알아볼 수 있을 정도로 턱을 숙였다.

"낙인을 봐야 합니다. 그리고 보석도."

근위병 중 붉은 수염으로 얼굴이 거의 다 뒤덮여 있는 남자가 말했다.

"내가 이 나라를 속이려고 한다고 생각하는 건가, 근위병?"

바티가 거칠게 말했다.

"모친과 닮은 데가 전혀 없지 않소."

붉은 수염이 날카로운 어조로 대꾸했다.

켈시는 얼굴을 붉혔다. 칼린의 말에 따르면 엘리사 여왕은 전형적인 티어링 미인으로 키가 크고 금발에 날씬했다. 켈시 역시 키는 크지만, 피부색은 가무잡잡하고 얼굴은 아주 관대하게 말해서 평범한 정도였다. 어떻게 봐도 균형 잡힌 생김새는 아니었고, 운동을 많이 하고는 있지만 식욕도 좋아서 몸매에 별로 도움이 되지 않았다.

"눈은 랠리가의 눈이야."

다른 근위병이 말했다.

"보석과 흉터를 보는 게 더 좋을 것 같군."

대장이 말했고 붉은 머리 남자 역시 고개를 끄덕였다.

"보여줘라, 켈."

켈시는 셔츠 안쪽에서 사파이어 펜던트를 꺼내 빛을 향해 치켜들었다. 목걸이는 그녀가 기억하는 한 언제나 목에 걸려 있었지만, 지금은 이 망할 것을 벗어서 이 남자들에게 되돌려주고 싶을 따름이었다. 하지만 바티와 칼린이 이미 그들이 그러게 놔두지 않을 거라고 설명했다. 그녀는 티어링의 왕위 후계자였고 오늘은 그녀의 열아홉 번째 생일이었다. 조너선 티어에게서부터 이어져 내려온 티어링의 왕위에 올라야 하는 나이인 것이다. 여왕의 근위대가 필요하다면 발버둥 치고 비명을 질러대는 그녀를 왕궁으로 끌고 가서 왕좌에 꽁꽁 묶어놓을 것이고, 거기서 그녀는 벨벳과 실크로 휘감긴 채 암살당할 때까지 앉아 있어야 할 것이다.

대장이 보석을 향해 고개를 끄덕였고, 켈시는 망토의 왼쪽 소매를 걷어 올려 팔뚝을 드러냈다. 팔목부터 팔뚝 윗부분까지 단도 모양의 흉터가 불거져 있었다. 그것을 보고 근위병 한두 명이 뭐라고 중얼거리며 도착한 이래 처음으로 무기에서 손을 내렸다.

"그럼 다 됐군. 이제 떠나겠소."

캐롤이 무뚝뚝하게 선언했다.

"잠깐만."

칼린이 바티를 살짝 옆으로 밀어내며 현관으로 나왔다. 손가락이 아니라 손목을 쓰는 걸로 봐서 오늘 관절염이 특히 심한 모양이었다. 하얀 머리를 목덜미에서 깔끔하게 쪽을 지은 그녀의 외모는 언제나처럼 흠잡을 데가 없었다. 켈시는 그녀의 눈 역시 조금 붉은 것을 보고 깜짝 놀랐다. 칼린은 눈물을 보이는 타입이 아니었다. 아니, 감정을 내보이는 일이 거의 없었다.

근위병 몇 명이 칼린의 모습을 보고 몸을 똑바로 세웠다. 한두 명은 심지어 뒤로 조금 물러서기까지 했다. 철퇴를 가진 남자도 그중 하나였다. 켈시는 항상 칼린이 왕족처럼 보인다고 생각했지만, 검을 든 이 남자들까지도 나이 든 여자 한 명에게 이렇게 주춤거리는 걸 보니 놀라웠다.

나만 그런 게 아니라서 천만다행이야.

"신분을 증명하시오! 당신들이 왕궁에서 왔다는 것을 우리가 어떻게 알지?"

칼린이 말했다.

"달리 누가 오늘 그분을 어디서 찾을지 알겠습니까?"

캐롤이 답했다.

"암살자들."

병사 몇 명이 낄낄거리고 웃었다. 하지만 철퇴 병사가 망토 안쪽을 더듬거리며 앞으로 나섰다.

칼린이 그 남자를 잠시 바라보았다.

"당신을 알지."

"여왕 폐하의 교지를 가져왔습니다. 혹시 부인께서 기억하지 못하실 경우에 대비해서 말입니다."

그가 세월의 흐름으로 노랗게 바랜 두툼한 봉투를 꺼내며 말했다.

"당신을 잊는 사람이 그리 많을 것 같지는 않군, 라자러스."

칼린의 목소리는 조금 퉁명스러웠다. 그녀가 종이를 재빨리 뜯었다. 아마 관절염 때문에 지독하게 힘들었을 것이다. 그녀가 내용을 살피는 동안 켈시도 홀린 듯이 편지를 바라보았다. 어머니는 오래전에 돌아가셨음에도 여기에 어머니가 쓴 것이, 실제로 만졌던 것이 남아 있는 것이다.

칼린은 만족한 것처럼 종이를 도로 근위병에게 건넸다.

"켈시는 제 물건을 챙겨야 하오."

"몇 분 안에 마치십시오, 폐하. 떠나야 하니까요."

캐롤은 이제 켈시에게 말하고서 다시 허리를 굽혔다. 그의 행동은 이미 칼린을 무시하는 듯했다. 칼린 역시 그 사실을 알아챈 듯 얼굴이 돌처럼 굳어 있었다. 켈시는 종종 칼린이 내부의 그 조용한 부분으로 물러나서 차갑고 거리감 있게 행동하느니 차라리 화를 냈으면 좋겠다고 생각하곤 했다. 칼린의 침묵은 정말 끔찍했다.

켈시는 서 있는 말들 사이를 지나 오두막으로 들어갔다. 옷은 이미 안장가방에 다 싸놓았지만 그녀는 그쪽으로 가지 않고 칼린의 서재 입구에서 멈추었다. 벽에는 책들이 줄줄이 꽂혀 있었다. 바티가 직접 티어링 참나무로 선반을 만들어 켈시의 네 번째 크리스마스 때 칼린에게 주었다. 희미한 기억 속에서 그날만큼은 순수하고 찬란하게 남아 있었다. 그녀는 칼린이 책을 채우는 것을 도왔고, 칼린이 그것을 색깔별로 정리하지 못하게 해서 조금 울었다. 그 이래로 수년이 지났지만 켈시는 여전히 책을 사랑하고 하나하나가 제자리에 나란히 꽂혀 있는 걸 보는 게 좋았다.

하지만 서재는 또한 재미없는 교실 역할도 했다. 기초 수학, 티어링어(語) 문법, 지리, 그리고 좀 자란 후에는 주변 국가의 언어에 이르기까지. 외국 어들의 기묘한 억양은 처음에는 어려웠지만 점차 쉬워졌고 점점 더 빠르게 연습해서 마침내 켈시와 칼린은 모트어에서 카다르어, 거기서 다시 좀 더 쉽고 덜 화려한 티어링어로 이리저리 바꿔가면서도 한 음절도 빠뜨리지 않고 말할 수 있는 수준이 되었다. 하지만 무엇보다도 역사, 크로싱 이전까지 이르는 인류의 역사가 최고였다. 칼린은 종종 역사에 모든 것이 담겨 있다고 말하곤 했다. 인간은 같은 실수를 하고 또 하는 것이 본성이니까. 그 말을 할 때면 그녀는 켈시를 뚫어지게 쳐다보았다. 하얀 눈썹은 금방이라도 비난을 쏟아낼 듯 찌푸려졌다. 칼린은 공정했지만 또한 엄격했다. 켈시가 저녁때까지 숙제를 전부 다 끝내면, 서재에서 책을 한 권 골라서 끝까지 다 읽고 잘 수 있었다. 켈시의 마음을 가장 끈 것은 소설이었다. 존재하지 않는 것들의 이야기, 그녀를 항상 똑같은 이 오두막 너머로 데려가주는 그런 이야기들. 어느 날에는 특히 긴 소설을 읽느라 새벽이 되어서야 잠이 들었지만 다음 날 그녀 몫의 집안일을 빼먹고 늦게까지 자도 된다는 허락을 받았다. 하지만 계속된 수업에 지쳐서 몇 달 동안 아무것도 하지 않은 적도 있었다. 그러자 소설도, 서재도 없고 그저 집안일과 고독, 칼린의 얼굴에 떠오른 엄격한 비난의 표정뿐이었다. 그래서 결국 켈시는 공부로 돌아갔다.

바티가 문을 닫고 한쪽 다리를 질질 끄는 걸음걸이로 그녀에게 다가왔다. 아주 오래전 그는 여왕의 근위대에 있었지만 무릎 뒤쪽에 칼을 맞아 다리를 절게 되었다. 그가 단단한 손을 그녀의 어깨에 올렸다.

"지체하면 안 돼, 켈."

켈시는 몸을 돌리고 칼린이 창밖을 바라보고 있는 것을 발견했다. 오두막 앞에서 병사들이 숲 쪽을 힐끔거리며 불안한 듯 서성거리고 있었다.

저 사람들은 폐쇄된 공간에 익숙한 거야. 탁 트인 곳에 불안을 느끼는 거지. 켈시는 그렇게 생각했다. 그 사실에 함축된 의미가, 그 사실이 암시하는 왕궁에서의 삶이 그녀를 짓누르는 것 같았다. 우는 건 다 끝냈다고 생각했는데.

"지금은 위험한 시기야, 켈시."

칼린이 창문만 보며 소원한 목소리로 말을 이었다.

"섭정을 조심하렴. 외삼촌이든 아니든 간에 그자는 제 어머니 배 속에 있을 때부터 왕위를 차지하고 싶어 했어. 하지만 네 어머니의 근위병들은 훌륭한 사내들이고, 분명히 널 보살펴줄 거다."

"그 사람들은 절 싫어해요, 칼린. 절 호위하는 게 그 사람들에게는 영예로운 일일 거라고 말했었잖아요. 하지만 그 사람들은 여기 있고 싶어 하지 않아요."

켈시가 담고 있던 말을 털어놓았다.

칼린과 바티는 눈빛을 교환했고 켈시는 그들 사이에 있었던 수많은 말다툼의 잔재를 볼 수 있었다. 그들은 묘한 부부였다. 칼린은 바티보다 최소한 열 살은 연상으로 거의 일흔에 가까웠다. 그녀가 한때 아름다웠을 거라는 건 쉽게 연상할 수 있지만, 그 아름다움은 굳어져서 엄숙해 보였다. 바티는 멋있지도 않고 칼린보다 키도 작고 훨씬 뚱뚱했지만, 상냥한 얼굴에 회색 머리 아래로 항상 웃는 눈을 하고 있었다. 바티는 책에는 전혀 관심이 없어서 켈시는 가끔 자신이 같이 없을 때면 그와 칼린이 무슨 이야기를 할까 궁금했다. 아마 아무 이야기도 하지 않겠지. 켈시가 그들을 묶어주는 공통된 관심거리였을 것이다. 만약에 그렇다면 이제 그들은 어떻게 되는 걸까?

칼린이 마침내 대답했다.

"우리는 네 어머니가 실패한 일들에 대해 너한테 말해주지 않겠다고 서약을 했단다, 켈시. 그리고 우린 그 서약을 지킬 거야. 하지만 왕궁의 모든 것이 다 네가 생각하는 것 같지는 않아. 바티와 나는 너한테 훌륭한 도구를 주었단다. 그게 우리의 임무였고. 하지만 왕위에 앉고 나면 네가 혼자서 힘겨운 결정을 내려야만 해."

바티는 반대하는 것처럼 콧방귀를 뀌고 절룩거리며 걸어가서 켈시의 안장 가방을 집었다. 칼린이 그를 날카롭게 쏘아보았지만 그는 무시했다. 그녀가 다시 켈시를 쳐다보고 미간을 찌푸렸다. 켈시는 시선을 내렸다. 배 속이 조여들었다. 언젠가, 아주 오래전에 숲에서 바티와 그녀가 붉은 이끼의 사용법에 대한 공부를 한창 하고 있는데 그가 난데없이 그런 말을 한 적이 있었다.

"내 마음대로 해도 되는 거라면 말이다, 켈, 빌어먹을 서약 따윈 깨고 네가 알고 싶어 하는 걸 전부 다 말해줄 거다."

"왜 마음대로 하면 안 되는데요?"

바티는 무력하게 손에 든 이끼를 내려다보았고 잠시 후 켈시는 이해할 수 있었다. 오두막에서는 어떤 것도 바티의 마음대로 할 수가 없었다. 칼린이 명령권을 쥐고 있으니까. 칼린이 더 영리하고, 육체적으로도 온전했다. 바티는 항상 두 번째였다. 칼린이 잔인하지는 않았지만, 켈시도 그녀의 강철 같은 의지력을 여러 번 맛보았기 때문에 바티의 괴로움을 얼마든지 이해할 수 있었다. 이 문제에 있어서도 칼린의 의지가 우선했다. 역사에 관한 켈시의 지식에는 큰 구멍이 있었다. 어머니가 통치하던 시절에 대해서 켈시는 전혀 알지 못했다. 그녀는 마을에 갈 수 없었고, 그곳에서 찾았을지 모르는 답에도 닿을 수 없었다. 그녀는 정말로 숨겨진 채 어린 시절을 보냈다. 하지만 여러 차례 켈시가 이미 잠들었다고 생각한 바티와 칼린이 밤에 이야기를 나누는 걸 들었고, 이제는 최소한 미스터리의 일부는 이해할 수 있었다. 수년 동안 섭정의 근위병들이 전국에 흩어져서 목걸이와 흉터를 가진 아이를 찾았다. 켈시를 말이다.

"네 안장 가방에 선물을 넣어놨단다."

칼린의 말에 그녀는 현실로 돌아왔다.

"무슨 선물요?"

"여길 떠난 다음에 네가 직접 확인해보렴."

잠깐 동안 켈시는 분노가 새삼 치미는 것을 느꼈다. 칼린은 언제나 비밀투성이였다! 하지만 잠시 후 부끄러워졌다. 바티와 칼린은 슬퍼하고 있었다……. 켈시 때문만이 아니라 이 집 때문에도. 지금도 섭정의 추적자들이 티어링을 가로질러 여왕의 근위대를 추적해오고 있을 테니, 바티와 칼린도 여기 머물 수는 없었다. 켈시가 떠난 직후 그들도 여기를 떠나 바티가 자란 카다르 국경 근처 남쪽 마을 페탈루마로 갈 것이다. 바티는 이 숲을 잃게 되어 황망하겠지만, 그래도 새롭게 친숙해질 다른 숲이 있을 것이다. 칼린은 더 큰 희생을 해야 했다. 그녀의 서재. 이 책들은 그녀가 평생을 모은 것이고 정착자들이 크로싱에서 지켜내고 모아 수 세기 동안 보존해온 거였다. 하지만 이 책들을 갖고 갈 수는 없을 것이다. 짐마차를 끌고 가면 추적하기가 너무 쉬우니까. 이 모든 책들이 사라지는 것이다.

켈시는 잠자리용 짐 가방을 집어 어깨에 메고 창밖으로 열 번째 말을 보았다.

"제가 모르는 게 너무 많아요."

"너한테 필요한 건 다 알고 있단다. 네 단검은 갖고 있니?"

바티가 말했다.

"네."

"항상 옆에 끼고 있으렴. 그리고 음식과 그 음식의 출처에 대해서 늘 조심하고."

켈시는 그에게 팔을 둘렀다. 두툼한 배 둘레에도 불구하고 바티의 몸은 피로로 떨리고 있었고, 켈시는 갑자기 그가 얼마나 지쳤는지, 건강하게 나이 들기 위해 아껴뒀어야 하는 에너지를 그녀를 교육시키느라 얼마나 많이 소모했는지를 깨달았다. 그의 두툼한 팔이 잠깐 그녀를 꼭 안았고, 곧 그가 파란 눈을 날카롭게 빛내며 물러섰다.

"넌 아직까지 아무도 죽여본 적이 없어, 켈. 그건 다행스러운 일이지만, 오늘 이 순간부터 넌 사냥당하는 입장이란다, 알겠니? 너도 그에 맞게 행동해야 해."

켈시는 칼린이 바티의 말에 반박할 거라고 생각했다. 칼린은 언제나 폭력은 바보들이나 쓰는 거라고 말했기 때문이다. 하지만 그런 칼린도 동의조로 고개를 끄덕였다.

"난 너를 생각하는 여왕으로 키웠단다, 켈시. 그러니 그렇게 되겠지. 하지만 넌 이제 생존이 다른 모든 것을 우선하는 시기로 들어서는 거야. 저 사내들은 너를 왕궁까지 안전하게 데려가는 임무만을 맡고 있단다. 그 뒤부터는 내 교육보다 바티의 교육이 더 도움이 될 거야."

그녀가 창가 자리에서 걸어와서 부드러운 손을 켈시의 등에 얹었다. 켈시는 놀라서 펄쩍 뛰었다. 칼린이 누굴 만지는 일은 거의 없기 때문이었다. 그녀가 감당할 수 있는 최대한의 접촉은 등을 두드리는 정도였고, 그것조차 가뭄에 콩 나듯 벌어지는 일이었다.

"하지만 무기에 의지하느라 두뇌를 잃어서는 안 돼, 켈시. 네 지혜는 항상 공고해야 한단다. 살아가는 동안 지혜를 잃지는 않고 있는지 늘 확인하렴. 검을 집어 들면 그렇게 되기가 쉬우니까."

장갑을 낀 주먹이 현관문을 쿵쿵 두드렸다.

"폐하? 해가 저물고 있습니다."

캐롤이 외쳤다. 바티와 칼린이 뒤로 물러났고, 바티가 켈시의 마지막 남은 짐을 들었다. 두 사람 다 끔찍하게 나이 들어 보였다. 켈시는 그녀를 키워주고 그녀가 아는 모든 걸 가르쳐준 두 사람을 여기 두고 떠나고 싶지 않았다. 비합리적인 마음속 일부는 짐을 내동댕이치고 뒷문으로 그냥 도망치라고 종용했지만, 그 유혹적인 환상은 2초 만에 사라졌다.

"언제 두 분께 소식을 전해도 안전한 거예요? 언제 숨어 있다가 나오시는 거죠?"

그녀가 물었다. 바티와 칼린은 서로를 쳐다보았고, 그 재빠른 눈길이 켈시에게는 수상하게 느껴졌다. 마침내 바티가 대답했다.

"한동안은 안 될 거다, 켈. 너도 알겠지만—"

"너한테는 다른 걱정거리가 훨씬 많을 거다."

칼린이 날카롭게 끼어들었다.

"네 백성들, 이 나라를 바로잡는 것만 생각하거라. 우릴 다시 만날 때까지는 한참의 시간이 걸릴 거야."

"칼린—"

"이제 갈 시간이다."

병사들은 다시 말을 타고 있었다. 켈시가 오두막에서 나오자 그들이 그녀를 내려다보았고 한두 명은 노골적으로 혐오하는 표정이었다. 철퇴를 든 병사, 라자러스는 그녀를 전혀 보지 않고 먼 곳을 바라보고 있었다. 켈시는 바티의 종마보다 훨씬 얌전한 것 같은 흰 얼룩빼기 암말에 짐을 올리기 시작했다.

"말은 탈 수 있으신 거죠, 폐하?"

고삐를 쥐고 있는 병사가 물었다. 남자는 '폐하'라는 단어를 무슨 전염병 말하듯이 내뱉었고 켈시는 그의 손에서 고삐를 낚아챘다.

"그래요, 탈 수 있어요."

그녀는 고삐를 쥔 손을 바꿔가며 초록색 겨울 망토를 걸친 다음 단추를 꼭 잠그고서 말에 올랐다. 그리고 마지막이라는 끔찍한 예감을 억누르려고 노력하며 바티를 내려다보았다. 그는 나이보다 빨리 늙었지만 아직 몇 년쯤 더 살지 못할 이유는 없었다. 그리고 예감이란 건 가끔 별거 아닐 때가 많다. 바티의 말에 따르면 모트 여왕의 점쟁이는 켈시가 열아홉 살 생일을 맞이하지 못할 거라고 예언했다는데, 그녀는 이렇게 멀쩡하지 않은가.

그녀는 바티에게 용감해 보이길 바라며 미소를 지었다.

"조만간 데려올 사람을 보낼게요."

그는 고개를 끄덕였다. 그의 미소는 밝았지만 억지티가 났다. 칼린은 너무 창백해서 금방이라도 기절하지 않을까 싶었지만, 앞으로 나와서 손을 내밀었다. 전혀 예상치 못한 행동에 켈시는 잠깐 동안 그 손을 쳐다만 보다가 뒤늦게 그걸 잡아야 한다는 것을 깨달았다. 오두막에서 보낸 수년 동안 칼린은 한 번도 손을 내민 적이 없었다.

"때가 되면 너도 알게 될 거란다. 왜 이 모든 일이 필요했던 건지 알게 될 거야. 과거를 명심하렴, 켈시. 자신의 책임을 다하는 사람이 되려무나."

지금도 칼린은 평범하게 말하지를 않는다. 칼린이 직접 교육받을 사람을 골랐다면 그녀를 고르지는 않았을 거라는 걸, 그녀의 다스릴 수 없는 성질과 그녀가 자신의 어깨에 얹힌 거대한 책임에 열렬하게 헌신하지 않는 점 때문에 칼린이 실망했다는 걸 켈시도 항상 잘 알고 있었다. 그녀는 손을 뺀 다음 바티를 힐끗 보고서 짜증이 가시는 것을 느꼈다. 그는 이제 터놓고 울고 있었다. 눈물이 줄줄 흘러 그의 얼굴에서 반짝였다. 켈시의 눈에도 다시 눈물이 고일 것 같았지만 그녀는 고삐를 쥐고 말 머리를 캐롤 쪽으로 돌렸다.

"이제 가죠, 근위대장."

"명령 받들겠습니다, 레이디."

그가 고삐를 흔들고서 길을 따라가기 시작했다.

"전원, 여왕 폐하 주변으로 마름모꼴 진형으로. 해가 질 때까지 달린다."

그가 어깨 너머로 외쳤다.

여왕. 다시 그 단어다. 켈시는 자신을 여왕으로 생각해보려고 했지만 쉽지 않았다. 근위병들과 속도를 맞추어가며 그녀는 일부러 뒤를 돌아보지 않았다. 모퉁이를 돌기 전에 딱 한 번 돌아보니 바티와 칼린이 오래전에 잊힌 이야기 속의 나이 든 나무꾼 부부처럼 오두막 현관에 서서 여전히 그녀가 가는 걸 바라보고 있었다. 그리고 나무들이 그들의 모습을 시야에서 가렸다.

켈시의 암말은 꽤 튼튼한 것 같았다. 울퉁불퉁한 땅에서도 흔들림 없이 잘 걸었다. 바티의 종마는 항상 숲에서는 문제를 일으키곤 했다. 바티는 그의 말이 귀족이라서 장애물 없이 쭉 뻗은 길이 아니면 전부 다 하찮게 여긴다고 말했다. 하지만 종마를 타고서도 켈시는 오두막에서 몇 킬로미터 이상 나가본 적이 없었다. 칼린이 그렇게 명령했기 때문이었다. 켈시가 더 넓은 세상에 있는 본 적 없는 것들에 대해 동경하듯이 말하면 칼린은 그녀가 숨어 있어야 하는 이유와 그녀가 물려받을 여왕 자리의 중요성에 대해 강조해서 말하곤 했다. 칼린은 켈시가 실패할까 봐 두려워하는 것을 절대로 용납하지 않았다. 그런 의구심에 대해 듣는 것도 싫어했다. 켈시의 임무는 공부하고, 다른 아이들이나 다른 사람들, 더 넓은 세상이 없어도 만족하는 거였다.

딱 한 번, 열세 살 때 켈시는 바티의 종마를 타고 평소처럼 숲에 들어갔다가 길을 잃고 낯선 숲으로 들어서게 되었다. 나무들도 낯설고 건너온 두 개의 개울도 낯설었다. 같은 자리를 빙빙 돌다가 막 포기하고 울음을 터뜨리려는데 지평선 저쪽, 백여 미터 떨어진 곳에서 굴뚝에서 피어오르는 연기가 보였다.

그쪽으로 다가가보니 바티와 칼린의 오두막보다 훨씬 허름한, 돌 대신 나무로 지어진 오두막이 있었다. 오두막 앞에는 켈시보다 몇 살 어려 보이는 조그만 소년 둘이 칼싸움 놀이를 하고 있었고, 그들을 한참 동안 보며 그녀는 전에 한 번도 생각해본 적 없는 것을 문득 떠올렸다. 그녀가 그들과는 전혀 다른 방식으로 자라고 있다는 것을. 그 순간까지 그녀는 모든 아이들이 똑같은 삶을 살 거라고 생각했었다. 소년들의 옷은 낡았지만 둘 다 팔뚝에서 끝나는 짧은 소매의 편안해 보이는 셔츠를 입고 있었다. 켈시는 지나가는 사람이 그녀의 팔이나 절대로 떼어놓으면 안 된다고 교육받은 목걸이를 우연하게라도 보지 못하도록 목이 높고 딱 붙는 긴 소매 셔츠만 입을 수 있었다. 그녀는 두 소년이 떠드는 소리를 들으며 그들이 제대로 된 티어링어를 말하지 못한다는 것을 깨달았다. 아무도 아침마다 그들을 앉혀놓고 문법 교육을 시키지 않았던 모양이었다. 대낮인데도 그 아이들은 학교에 있지 않았다.

"너가 모트인이야, 에밋. 나가 티어링인이고!"

나이가 많은 쪽이 자랑스럽게 외쳤다.

"나 모트인 아녀! 모트인은 작어! 어매가 가끔 나한테도 티어링인 시켜주라고 했잖어!"

더 어린 쪽이 소리쳤다.

"좋아. 너가 티어링인이야. 하지만 나가 마법을 쓰지롱!"

잠시 두 소년을 바라보다가 켈시는 그녀의 관심을 끄는 진짜 차이가 뭔지 깨달았다. 이 아이들에게는 서로가 있었다. 그녀는 겨우 50미터 떨어져 있었지만 두 소년의 우애를 보고 있으니 마치 달보다 멀리 떨어져 있는 기분이 들었다. 칼린의 당당한 품위 비슷한 것도 없는 통통한 아이들 엄마가 저녁을 먹이기 위해 아이들을 데리러 나오자 그 거리감은 더욱 커졌다.

"얘! 마틴! 와서 씻어라!"

"싫어요! 우리 안 끝났다요."

어린 쪽이 대답했다. 아이 엄마가 바닥에 있던 나무 다발에서 막대기를 하나 집어 들고 놀이 한가운데 뛰어들어 양쪽으로 칼싸움을 벌였고 아이들은 낄낄거리고 고함을 질러댔다. 마침내 엄마가 아이들을 양팔에 끼고 꼭 안은 채 그 자세 그대로 함께 안으로 걸어 들어갔다. 어스름이 깊어지고 집으로 돌아갈 길을 찾아야 한다는 걸 알면서도 켈시는 그 장면에서 눈을 뗄 수가 없었다. 칼린은 심지어 바티에게조차 애정을 보이지 않았고, 켈시가 바랄 수 있는 최고의 보상은 미소 정도였다. 그녀는 티어링의 왕위 후계자였고, 칼린은 수차례 그게 얼마나 대단하고 중요한 영예인지 말하곤 했다. 하지만 집으로 돌아오는 긴 시간 동안 켈시는 그 두 아이들이 그녀보다 더 많은 걸 가졌다는 기분을 떨칠 수가 없었다.

그녀는 마침내 집으로 돌아오는 길을 찾았고, 저녁 식사를 놓쳤다. 바티와 칼린 둘 다 굉장히 걱정하고 있었다. 바티는 소리를 조금 질렀지만 그 아래로 안도하는 모습을 볼 수 있었다. 그는 그녀를 꼭 안아준 다음 방으로 올려 보냈다. 칼린은 그저 켈시를 바라만 보다가 서재에 들어갈 수 있는 특권을 일주일간 박탈한다고 말했을 뿐이었다. 그날 밤 켈시는 침대에 누운 채 자신이 철저하고 끔찍하게 속고 살았다는 생각에 꼼짝할 수가 없었다. 그날 이전까지 켈시는 칼린이 진짜로는 아니라고 해도 자신의 양엄마 같은 존재라고 생각했다. 하지만 이제 자신에게 엄마는 없고, 명령을 내리거나 억압하는 냉정한 늙은 여자뿐이라는 걸 깨닫게 된 것이다.

이틀 후 켈시는 칼린이 그어놓은 한계선을 이번에는 고의로 다시 넘어섰다. 숲속의 그 오두막을 다시 찾을 생각이었다. 하지만 반쯤 가다가 포기하고 돌아섰다. 명령을 어기는 건 별로 만족스럽지 않을뿐더러 두려운 일이었다. 그녀의 목 뒤에서 칼린의 눈길이 느껴지는 것만 같았다. 켈시는 다시는 한계선을 넘어가지 않았고, 더 넓은 세상도 보지 못했다. 그녀의 모든 경험은 오두막 주변의 숲에서 얻은 거였고 열 살 무렵 그녀는 숲의 구석구석을 다 알고 있었다. 하지만 이제 병사들의 한가운데서 멀리 있던 숲으로 들어서며 켈시는 은밀하게 미소를 띤 채 한 번도 본 적 없는 이 나라를 둘러보았다.

그들은 나라의 북서부 지역 수백 제곱킬로미터를 덮고 있는 레딕 숲의 가장 깊은 심장부를 지나 남쪽으로 향하고 있었다. 사방에 티어링 참나무가 자라고, 그중 몇 그루는 15미터에서 18미터 높이로 그들의 머리 위에 넓게 초록색 덮개처럼 가지를 뻗고 이파리를 드리우고 있었다. 켈시에게는 낯선 나지막한 관목들도 있었다. 가지가 항히스타민 효과가 있어서 찜질 약을 만드는 데 좋은 크립루트처럼 생겼지만, 이파리가 더 길고 초록색에 말려 있었다. 붉은빛이 도는 것은 옻이 오를 수 있다는 경고였다. 켈시는 암말에 이파리가 닿지 않도록 노력했지만 몇 군데에서는 어떻게 할 수가 없었다. 내리막이 될수록 수풀이 더욱 우거졌기 때문이다. 그들은 이제 길에서 한참 벗어나 있었지만 금빛 카펫처럼 깔린 참나무 낙엽을 버석버석 밟으며 가는 동안 켈시는 온 세상이 그들이 지나가는 걸 들을 수 있을 거라고 생각했다.

근위병들은 그녀의 주변에서 다이아몬드 형태로 배열되어 지형이 달라져서 속도를 바꾸어야 할 때에도 같은 거리를 유지했다. 철퇴를 든 병사 라자러스는 그녀의 뒤쪽, 안 보이는 곳에 있었다. 그녀의 오른쪽에는 붉은 수염을 가진 의심 많은 근위병이 있었다. 켈시는 가는 동안 은근히 호기심에 차서 그를 보았다. 빨간 머리는 퇴행 유전인자여서 크로싱 이래 3세기 동안 서서히, 점진적으로 빨간 머리 인구가 줄어가고 있었다. 칼린은 켈시에게 드문 상품은 가치 있게 여겨지기 때문에 몇몇 여자들, 심지어는 남자들도 머리카락을 빨갛게 염색하곤 한다고 말해주었다. 하지만 한 시간쯤 근위병을 훔쳐본 끝에 켈시는 자신이 진짜 빨간 머리를 보고 있는 거라는 확신을 얻을 수 있었다. 저 정도로 훌륭한 염색약은 없다. 말을 타고 가는 동안 남자가 건 작은 금색 십자가가 흔들리며 반짝거렸고 이것 역시 켈시를 멈칫하게 만들었다. 십자가는 신의 교회의 상징이었고 칼린은 교회와 사제들을 믿으면 안 된다고 그녀에게 여러 차례 말했었다.

빨간 머리의 뒤에는 금발에 놀랄 만큼 잘생긴 남자가 있었다. 켈시는 그 남자가 자신에 비해 훨씬 나이가 많아서 거의 마흔도 넘었을 거라고 생각하면서도 몇 번이나 훔쳐보았다. 그는 칼린이 가진 선(先)크로싱 시대 화집에 실려 있던 그림 속의 천사 같은 얼굴을 갖고 있었다. 그 역시 지쳐 보였고 한동안 잠을 못 잔 듯 눈가가 움푹 들어가 있었다. 왠지 모르게 이런 지친 모습이 그를 더욱 멋있어 보이게 만들었다. 그가 고개를 돌렸다가 그녀가 보고 있는 것을 발견했고, 켈시는 뺨이 달아오르는 것을 느끼며 재빨리 고개를 앞으로 돌렸다.

그녀의 왼쪽으로는 검은 머리에 어깨가 엄청나게 넓은 키 큰 근위병이 있었다. 누가 봐도 겁을 먹을 것 같은 타입의 남자였다. 그의 앞에는 좀 더 키가 작고 약간 말랐다고 할 수 있는 밝은 갈색 머리의 병사가 있었다. 켈시는 이 병사를 빤히 보았다. 그가 그나마 그녀의 나이와 가장 가까워 보였기 때문이다. 아직 서른 살도 안 된 것 같았다. 그의 이름을 들으려고 귀를 곤두세웠지만 이 근위병 둘은 얘기를 할 때마다 켈시에게 들려주고 싶지 않은 것처럼 목소리를 굉장히 낮추어서 소용이 없었다.

대장인 캐롤은 다이아몬드 대열 가장 앞에서 걸어갔다. 켈시 눈에 보이는 건 그의 회색 망토뿐이었다. 종종 그가 명령을 외치면 모든 병사들이 방향을 재빨리 바꾸었다. 그는 어떤 사람의 안내도 필요 없는 듯이 자신만만하게 나아갔고 켈시는 그가 목적지까지 자신을 잘 데려가줄 거라고 믿었다. 이렇게 통솔하는 능력이 아마 근위대장에게는 꼭 필요한 자질이겠지. 그녀가 살아남으려면 캐롤이 꼭 필요할 것이다. 하지만 이 남자들의 충성심을 어떻게 얻을 수 있을까? 그들은 아마 그녀가 허약하다고 생각할 것이다. 모든 여자들이 약하다고 생각하는지도 모르지.

머리 위 어디서 매가 날카롭게 울었고 켈시는 후드를 이마까지 눌러썼다. 매는 아름다운 동물이고 맛있는 음식거리이기도 하지만, 바티는 모트메인과 티어링 국경에서 매를 암살용 무기로 훈련시킨다고 말해주었다. 지나가듯, 별거 아닌 것처럼 말했지만 켈시는 그 얘기를 잊을 수가 없었다.

"병사들, 남쪽으로!"

캐롤이 소리쳤고 병사들이 다시 방향을 바꾸었다. 해가 지평선 아래로 빠르게 떨어지고 있었고 밤이 다가오며 바람이 얼음장처럼 차가워졌다. 켈시는 조만간 멈추길 바랐지만, 불평을 하느니 안장 위에서 얼어 죽고 말 것이다. 충성심은 존경심에서 시작된다.

"백성들의 존경을 받지 못한 통치자가 오래 권력을 유지한 적은 없어. 저항하는 사람들을 억누르려고 하는 통치자는 아무것도 다스리지 못한다. 그리고 종종 쫓겨나서 창끝에 머리가 매달리는 신세가 되지."

칼린은 그녀에게 수십 번이나 그렇게 말했다. 바티의 충고는 훨씬 더 간명했다.

"백성의 마음을 얻지 못하면 왕위를 잃을 거다."

훌륭한 조언이고 지금은 더더욱 그 조언이 와닿았다. 하지만 어떻게 해야 하는지 알 수가 없었다. 어떻게 다른 사람을 통솔하지?

난 열아홉 살이야. 더 이상은 겁낼 이유가 없어.

하지만 겁이 났다.

그녀는 고삐를 더 세게 잡으며 승마용 장갑을 끼는 걸 잊지 말았어야 했다고 생각했다. 하지만 오두막 앞에서는 그 불편한 장면을 빨리 탈출하고 싶어서 조급했었다. 덕택에 이제 손가락 끝이 곱고 손바닥은 거친 가죽 고삐에 쓸려 빨갛게 벗겨졌다. 그녀는 망토 소매로 손가락을 덮으려고 애를 쓰며 계속 앞으로 나아갔다.

한 시간 후 캐롤이 일행에게 멈추라고 말했다. 티어링 참나무가 둘러서 있고 크립루트와 정체불명의 빨간 이파리가 달린 관목이 빽빽하게 둘러싸고 있는 작은 공터였다. 켈시는 근위병들 중에 저 관목이 뭔지 아는 사람이 있지 않을까 생각했다. 모든 근위대에는 최소한 한 명의 군의관이 있어야 하고 군의관은 식물에 대해서 알아야 하기 때문이다. 바티도 군의관 출신이었고, 식물학은 그녀의 교과목에 없었지만 흥미로운 식물을 발견하면 수업이 곁길로 빠질 수 있다는 걸 그녀는 금세 알게 되었었다.

근위병들이 켈시의 주변으로 다가와서 캐롤이 말 머리를 돌리기를 기다렸다. 그가 그녀에게 다가와서 그녀의 빨개진 얼굴과 고삐를 죽어라 잡고 있는 손을 보았다.

"원하신다면 지금 야영지를 만들어도 됩니다, 폐하. 꽤 많이 달렸으니 까요."

노력을 기울여 켈시는 고삐를 놓고 이가 딱딱 부딪치는 것을 참으며 후 드를 젖혔다. 대답을 하는 그녀의 목소리는 거칠고 불안정했다.

"근위대장의 판단을 믿겠어요. 그대가 필요하다고 생각하는 만큼 가도 록 하죠."

캐롤은 잠시 그녀를 바라보다가 조그만 공터를 둘러보았다.

"여기면 괜찮을 겁니다, 레이디. 어차피 일찍 일어나야 하고, 꽤 한참 동 안 달려왔으니까요."

남자들이 말에서 내렸다. 오랜 승마에 익숙하지 않아 뻣뻣해진 몸으로 켈시는 어설프게 바닥으로 뛰어내리다가 거의 넘어질 뻔했다. 다리에 힘이 돌아올 때까지 그녀는 비틀거리며 움직였다.

"펜, 천막을 쳐. 엘스턴과 키브는 땔감을 모으게. 나머지는 경비를 서고. 먼, 가서 뭔가 먹을 걸 잡아 와. 라자러스, 폐하의 말을 돌보고."

"내 말은 내가 돌보겠어요, 근위대장."

"뜻대로 하십시오, 레이디. 라자러스가 필요한 걸 드릴 겁니다."

병사들이 흩어져 각자 맡은 일을 하러 갔다. 켈시는 바닥으로 몸을 구부 리고 등에서 뚝뚝 소리가 나는 것을 즐겼다. 허벅지는 매질이라도 당한 것 처럼 아팠지만 이 많은 남자들 앞에서 허벅지 근육을 푸는 동작은 절대로 하지 않을 것이다. 물론 그들은 켈시가 매력적이라고 생각하기에는 너무 나 이가 많긴 했지만 어쨌든 남자였고, 갑자기 바티 앞에서와는 다르게 이 사 람들 앞에 있는 게 불편하게 느껴졌다.

공터 가장자리에 있는 나무 쪽으로 말을 끌고 와서 그녀는 고삐를 가지에 감고 헐겁게 매듭을 지었다. 그리고 암말의 부드러운 목을 쓰다듬었지만 말은 고개를 젖히고 만지는 게 싫은 듯이 힝힝거렸다. 켈시가 뒤로 물러났다.

"좋아, 이 녀석아. 아무래도 네 애정을 얻기 위해서도 노력해야 하려나 보네."

"폐하."

뒤에서 으르렁거리는 듯한 목소리가 들렸다. 켈시가 돌아서니 라자러스가 말빗을 손에 들고 서 있었다. 그는 그녀가 처음 생각했던 것만큼 나이가 많지 않았다. 검은 머리에 이제 막 이마가 넓어지기 시작하는 걸로 봐서 아직 40대 초반일 것 같았다. 하지만 얼굴에 주름이 많고 표정은 음울했다. 손에는 흉터도 있었으나 그녀의 시선을 가장 끄는 것은 끝이 뾰족한 강철 못으로 뒤덮인 둔탁한 철제 구 모양의 무기, 바로 그의 벨트에 매달린 철퇴였다.

타고난 살인자야, 그녀는 그렇게 생각했다. 철퇴는 그저 장식처럼 보이지만, 격렬하게 휘두르면 엄청난 효과를 보여줄 것이다. 철퇴를 보고 오싹해져야 마땅한데 왠지 모르게 그녀는 거의 평생을 폭력 속에 살아온 게 분명한 이 남자의 존재에 마음이 놓였다. 그녀는 빗을 받아 들며 그가 바닥만 보고 있는 것을 깨달았다.

"고마워요. 혹시 이 암말의 이름을 아나요?"

"레이디께서는 여왕이십니다. 원하시는 대로 정하십시오."

그의 무심한 시선이 그녀의 눈과 잠깐 마주쳤다가 옆으로 비켜 갔다.

"이 녀석한테 새 이름을 주는 건 내 역할이 아니에요. 이 녀석 이름이 뭐죠?"

"폐하께서는 뭐든 원하는 대로 하실 수 있습니다."

"이 녀석 이름만 알려줘요."

켈시는 성질이 치밀었다. 이 남자들은 전부 다 그녀를 안 좋게 생각했다. 왜지?

"제대로 된 이름은 없습니다, 레이디. 저는 항상 메이라고 불렀습니다."

"고마워요. 좋은 이름이군요."

그가 물러나려고 했다. 켈시는 용기를 모으기 위해서 숨을 들이켠 다음 부드럽게 말했다.

"아직 가보라고 하지 않았어요, 라자러스."

그가 무표정한 얼굴로 돌아섰다.

"죄송합니다. 달리 시키실 게 있습니까, 레이디?"

"그대들은 전부 다 종마를 타면서 왜 나한테는 암말을 데려온 거죠?"

"저희들은 폐하께서 말을 타실 수 있는지 몰랐습니다. 종마를 다루실 수 있는지도 몰랐고요."

그가 대답했다. 이번에 그의 말투에는 확실하게 빈정거리는 빛이 섞여 있었다. 켈시는 눈을 가늘게 떴다.

"그럼 내가 지난 수년 동안 그 숲에서 도대체 뭘 하고 있었을 거라고 생각했어요?"

"인형을 갖고 노시거나 머리를 손질하거나, 아니면 뭐 이것저것 드레스를 입어보시거나요."

"내가 그렇게 여성스러운 사람으로 보여요, 라자러스? 내가 하루에 몇 시간씩 거울 앞에 앉아 있는 그런 사람으로 보이냐고요?"

켈시의 목소리가 높아졌다. 몇 명이 그들 쪽으로 고개를 돌렸다.

"전혀 그렇지 않습니다."

켈시는 애를 써서 간신히 냉정한 미소를 지었다. 바티와 칼린은 오두막에 거울을 하나도 놔두지 않았고, 오랫동안 켈시는 그게 그녀가 허영에 들뜨는 걸 막기 위해서라고 생각했었다. 하지만 열두 살 때 어느 날, 오두막 뒤에 있는 깨끗한 물웅덩이에 얼굴을 비춰 보고서 그녀는 갑자기 모든 걸 명확하게 깨달았다. 그녀는 물만큼 흐리멍덩하게 생겼던 것이다.

"이제 가봐도 되겠습니까, 레이디?"

그녀는 잠시 동안 그를 바라보며 생각에 잠겨 있다가 대답했다.

"글쎄요, 라자러스. 내 안장 가방에 갖고 놀 인형과 드레스가 가득 들어 있거든요. 내 머리 손질 좀 해줄래요?"

그는 잠깐 동안 꼼짝도 않고 서 있었다. 그의 검은 눈은 표정을 읽을 수 없었다. 그러다가 예기치 않게 그가 진심이라고 보기 힘들 만큼 과장되게 허리를 깊이 굽혀 절을 했다.

"원하신다면 저를 메이스(철퇴)라고 부르셔도 됩니다, 레이디. 다들 그럽니다."

그런 다음 그는 사라졌다. 그의 옅은 회색 망토가 공터의 어스름한 그림자 속으로 묻혔다. 켈시는 손에 든 말빗을 떠올리고 돌아서서 암말을 보살펴주었다. 하지만 빗질을 하는 동안 머릿속은 야생마처럼 빠르게 움직이고 있었다.

어쩌면 대담한 행동이 이 사람들의 마음을 얻는 방법일지도 몰라.

넌 이 사람들에게서 절대로 존경받을 수는 없을 거야. 왕궁에 도착하기 전에 죽지나 않으면 다행이지.

그럴지도 몰라. 하지만 노력은 해봐야지.

너한테 선택권이 있기나 한 것처럼 말하네. 네가 할 수 있는 건 저 사람들이 말한 것뿐이라고.

난 여왕이야. 저 사람들의 하인이 아니야.

그러면 여왕처럼 굴어보든지. 도끼에 목이 잘리기 전까지 말이야.

저녁 식사는 불에 구운 다음에도 질겨서 거의 먹기가 어려운 사슴 고기였다. 굉장히 늙은 사슴이었던 모양이다. 레딕 숲을 지나오는 동안 숲이 풍성하게 우거져 있음에도 불구하고 새와 다람쥐를 몇 마리 보지 못했다. 그래도 물이 부족하지는 않을 것이다. 켈시는 병사들에게 동물이 없는 것에 대해 묻고 싶었지만, 그러면 식사에 대해 불평하는 것으로 여겨질까 봐 걱정스러웠다. 그래서 말없이 질긴 고기를 씹으며, 벨트에 무기를 차고 주위에 앉아 있는 병사들을 빤히 보지 않기 위해 대단히 노력했다. 남자들은 이야기를 하지 않았고 켈시는 그들의 침묵이 자신 때문이 아닌지, 그녀만 없었으면 즐겁게 웃고 떠들었을 텐데 자신이 방해하는 게 아닌지 생각하지 않을 수 없었다.

저녁을 먹고 나서 그녀는 칼린이 준 선물을 떠올렸다. 불가에 놓여 있던 랜턴 하나를 집어 들고 그녀는 말안장에서 잠자리용 짐 가방을 내렸다. 말을 타고 오는 동안 봤던 키 크고 어깨가 넓은 남자와 라자러스가 모닥불가에서 일어나서 임시 마구간까지 그녀를 따라왔다. 그들의 걸음은 대단히 조용했다. 수년 동안 혼자 다녔는데 이제 다시는 혼자 있을 일이 없을 거라는 사실을 켈시는 문득 깨달았다. 그 생각에 안도가 되어야 하는데 오히려 배 속에 차가운 것이 고이는 느낌이었다. 그녀가 일곱 살 때, 바티가 고기와 털가죽을 교환하러 마을에 갈 준비를 하던 주말이 떠올랐다. 그는 서너 달에 한 번씩 이런 여행을 다녀왔지만 이번에 켈시는 자신도 따라가겠다고 결심했다. 너무너무 가고 싶어서 못 따라가면 진짜로 죽을 것만 같았다. 그녀는 서재 카펫을 뒹굴며 난리를 치고 울고 소리를 지르고 심지어는 화가 나서 바닥에 발을 쾅쾅 굴러댔다.

칼린은 그런 법석에 인내심을 갖고 있지 않았다. 그녀는 몇 분간 켈시를 이성적으로 설득하려고 하다가 결국 서재로 사라졌다. 바티가 켈시의 얼굴을 닦아주고 무릎에 앉히고서 그녀가 다 울 때까지 달래주었다.

"넌 귀한 존재란다, 켈. 가죽이나 금처럼 귀중해. 우리가 널 여기 데리고 있다는 걸 누가 알면 널 훔쳐 가려고 할 거야. 널 누가 훔쳐 가는 건 바라지 않지, 안 그러니?"

"하지만 내가 여기 있는 걸 아무도 모르면, 난 혼자 있는 거잖아요."

켈시가 흐느끼며 대답했다. 그녀는 이 논리를 확신하고 있었다. 그녀는 비밀이고, 그러니까 혼자라고.

바티가 웃으며 고개를 흔들었다.

"아무도 네가 여기 있는 걸 모른다는 건 사실이야, 켈. 하지만 온 세상이 네가 누군지 안단다. 잠깐 그걸 생각해보렴. 온 세상 사람들이 매일 네 생각을 하고 있는데 네가 어떻게 혼자일 수가 있니?"

일곱 살 나이에도 켈시는 바티의 대답이 굉장히 교활하다고 생각했었다. 그래도 그녀가 눈물을 닦고 분노를 진정할 정도는 되었다. 이후 몇 주 동안 그녀는 그의 말에 존재하는 오류를 찾기 위해서 생각하고 또 생각했다. 거의 1년쯤 지나서 칼린의 책 중 하나를 읽다가 그녀는 자신이 내내 찾고 있던 단어를 발견했다. 혼자는 아니지만, 그녀는 익명의 존재였다. 수년 동안 그녀는 익명으로 살아왔고, 상당히 오랫동안 그녀는 바티 혹은 칼린이 그녀를 잔인하게 숨겨놨다고 생각했었다. 하지만 커다란 남자 둘이 그녀의 뒤를 따라오고 있는 지금은 그 익명성이 선물이었던 게 아닐까 생각하게 되었다. 만약 그렇다면 이제 그건 사라진 선물인 셈이었다.

남자들은 불 주위에서 잘 예정이었지만 공터 가장자리 쪽으로 6미터쯤 떨어진 곳에 켈시를 위한 천막을 세워놓았다. 안으로 들어가서 덮개를 닫자 두 근위병이 입구 양옆에 자리를 잡는 소리가 들렸다. 그러고 나자 고요해졌다.

가방을 바닥에 내려놓고 켈시는 옷 사이를 뒤지다가 칼린의 몇 안 되는 사치 중 하나였던 하얀 양피지 봉투를 찾았다. 안쪽에서 뭔가가 가볍게 흔들렸다. 켈시는 침구 위에 앉아서 이 편지가 모든 질문에 답을 해주기를 바라며 잠시 바라보았다. 그녀는 생후 한 달도 안 되었을 때 왕궁에서 내보내졌기 때문에 진짜 엄마에 대한 기억이 없었다. 이후 몇 년 동안 그녀는 엘리사 여왕에 대한 확실한 사실 몇 가지를 알아낼 수 있었다. 엘리사 여왕은 아름다웠고, 책을 읽는 것을 좋아하지 않았으며, 스물여덟 살에 죽었다. 켈시는 엄마가 어떻게 죽었는지 알지 못했다. 그것은 금지된 부분이었다. 엄마에 관해 켈시가 던지는 모든 질문은 전부 같은 방식으로 끝을 맺었다. 칼린이 고개를 흔들며 이렇게 말하는 거였다.

"난 서약을 했단다."

칼린이 무슨 서약을 했든 오늘 드디어 끝나는 것이리라. 켈시는 봉투를 다시금 한참 바라보다가 들어 올리고서 칼린의 봉인을 뜯었다.

거기서 나온 것은 가느다란 은줄에 달린 파란 보석이었다.

켈시는 손가락에 줄을 감고 들어 올린 다음 램프 불빛에 비추어 보았다. 그것은 그녀가 평생 목에 걸고 다닌 목걸이와 똑같은 것이었다. 섬세하리만큼 가느다란 은줄에 매달린 에메랄드컷 사파이어. 사파이어가 램프 불빛 속에서 반짝반짝 빛나며 천막 안에 파란 빛을 흩뿌렸다.

켈시는 다시 봉투 안을 더듬어 편지를 찾았지만, 아무것도 없었다. 그녀는 양쪽 귀퉁이까지 확인하고, 봉투를 들어 올려 불빛에 안쪽을 비추어 보았다. 칼린의 글씨로 봉인 아래쪽에 딱 한마디 쓰여 있었다.

조심해라.

모닥불가에서 갑자기 요란한 웃음소리가 들려서 켈시는 펄쩍 뛰었다. 심장이 쿵쿵거리는 상태로 그녀는 천막 앞에 있는 두 근위병이 내는 소리에 귀를 기울였지만, 아무 소리도 들리지 않았다.

그녀는 자신의 목걸이를 벗어서 두 개를 나란히 들었다. 은줄의 세세한 부분까지도 완벽하게 똑같은, 쌍둥이 목걸이였다. 두 개를 헷갈리기가 굉장히 쉬울 것 같았다. 켈시는 황급히 자신의 목걸이를 도로 걸었다.

그녀는 새 목걸이를 다시 들어 올려 보석이 앞뒤로 흔들리는 것을 보며 의문에 사로잡혔다. 칼린은 그녀에게 티어링 왕위 후계자는 다들 태어나자마자 사파이어 목걸이를 갖는다고 말했었다. 전설에 따르면 보석이 죽음을 막아주는 일종의 부적이라고 했다. 어렸을 때 켈시는 몇 번이나 목걸이를 벗을까 생각하곤 했지만, 미신이 더 강했다. 그 자리에서 벼락을 맞을지도 모르잖아? 그래서 한 번도 벗을 용기를 내지 못했다. 칼린은 두 번째 보석에 대해서 한 번도 언급한 적이 없지만 지금껏 내내 갖고 있었던 게 분명했다. 비밀……. 칼린은 모든 게 비밀이었다. 켈시는 왜 칼린이 자신을 맡아 기를 만큼 신뢰를 받았던 건지, 심지어는 예전 인생에서 칼린이 어떤 사람이었는지조차 몰랐다. 아마도 뭔가 중요한 인물이었으리라. 칼린은 오두막에서 살기에는 어울리지 않을 만큼 위엄이 넘쳤다. 바티의 존재조차 칼린이 방에 들어오면 위축되어 사라졌다.

켈시는 봉투 안에 쓰인 글자를 응시했다. '조심해라.' 새로운 인생에서 조심하고 살라는 걸 다시 한번 상기시켜주는 걸까? 그런 것 같지는 않았다. 지난 몇 주 동안 그 문제에 관해서는 귀에 못이 박히게 들었으니까. 아무래도 새 목걸이가 어딘가 다르고, 어쩌면 위험할 수도 있다는 이야기 같았다. 하지만 뭐가? 켈시의 목걸이는 전혀 위험하지 않은데. 만약 그랬으면 바티와 칼린이 절대로 매일 걸고 다니게 하지 않았을 것이다.

그녀는 쌍둥이 목걸이를 빤히 보았다. 목걸이는 희미한 램프 불빛 속에서 수많은 면을 반짝거리며 그저 예쁘장하게 흔들거릴 따름이었다. 바보가 된 기분으로 켈시는 목걸이를 망토 가슴 주머니 안에 깊이 넣었다. 밝은 햇빛에 보면 두 개의 차이를 좀 더 쉽게 알아볼 수 있을지도 모른다. 봉투를 램프 덮개 안쪽으로 밀어 넣고 켈시는 두툼한 양피지가 불길에 휩싸이는 것을 보았다. 가슴속에서 분노가 낮게 고동치는 것 같았다. 칼린은 대답 대신 더 많은 질문만을 남겨두었다.

그녀는 몸을 쭉 뻗고 천막 천장을 올려다보았다. 밖에 병사들이 있음에도 철저하게 혼자인 기분이었다. 지금껏 평생토록 밤이면 바티와 칼린이 아래층에 있다는 걸 알고 있었는데. 칼린은 손에 책을 들고 있었을 거고 바티는 나무를 깎거나 자신이 발견한 식물을 연구하거나 뭔가 유용한 마취 약이나 연고 같은 것을 만들고 있었겠지. 그런데 이제 바티와 칼린은 저 멀리, 이미 남쪽으로 향하고 있었다.

나밖에 없어.

불가에서 다시 낮은 웃음소리가 울렸다. 켈시는 잠깐 밖으로 나가서 근위병들에게 말을 붙여볼까 생각하다가 머리에서 지웠다. 그들은 여자나 전쟁, 어쩌면 옛 동료에 대해서 이야기하고 있을 것이다……. 그녀의 존재는 환영받지 못할 게 분명했다. 게다가 그녀도 긴 승마와 추위로 지쳤고 허벅지 근육은 끔찍하게 욱신거렸다. 그녀는 램프를 불어 끄고 옆으로 몸을 돌리고서 불편한 잠이 찾아오기를 기다렸다.

다음 날에는 안개가 자욱해서 좀 더 느리게 말을 달렸다. 공기는 어제만큼 냉랭하지 않았지만 옅고 희미한 안개가 나무 밑동을 휘감고 파도처럼 바닥에서 굼실거리며 모든 것에 달라붙었다. 땅은 점차 평평해지고 시간이 흐를수록 숲이 점점 더 듬성듬성해졌다. 나무가 있던 자리가 두툼한 관목들로 바뀌었다. 동물들이 더 많이 나타나기 시작했는데 대부분 낯설었다. 조그만 다람쥐와 침을 흘리는 개 같은 짐승도 있었다. 겉보기엔 늑대 같았지만 훨씬 순하고 병사들이 보이자마자 도망쳤다. 하지만 사슴은 한 마리도 보이지 않았고 오전이 지날 무렵 켈시는 자신이 점차 불안해지는 또 다른 원인을 깨달았다. 새소리가 전혀 들리지 않는 것이다.

근위병들은 차분해 보였다. 밤에 불가에서 들리는 계속된 웃음소리에 몇 차례나 깨고서 켈시는 그들이 입을 다물고 자러 가기는 할 건가 생각했었다. 하지만 이제 그들의 쾌활한 태도는 맑은 날씨와 마찬가지로 싹 사라진 것 같았다. 시간이 흐를수록 그녀의 눈에는 나무밖에 보이지 않는데도 근위병들이 하나둘 등 뒤로 쫓기는 듯한 눈빛을 던졌다.

정오가 될 무렵 그들은 말에 물을 먹이기 위해서 숲을 둘로 가르는 작은 시냇가에 멈추었다. 캐롤은 지도를 꺼내고 병사 몇 명과 둘러섰다. 엿들은 대화 몇 마디로 보아 안개가 지형지물을 알아보기 어렵게 만들어 문제가 되는 모양이었다.

그녀는 절뚝거리며 시냇가의 크고 평평한 돌로 걸어갔다. 앉는 것도 일이었다. 무릎을 굽히자 고관절 근육이 뼈에서 뜯겨 나가는 것 같은 느낌이었다. 몇 번의 시도를 통해 그녀는 책상다리를 하고 앉았으나 엉덩이 역시 몇 시간이나 안장에 시달려서 욱신거리는 상태였다.

오는 내내 켈시의 옆에서 말을 타고 달린 커다란 덩치에 어깨가 넓은 근위병 엘스턴이 바위 옆으로 그녀를 따라와서 1.5미터쯤 떨어진 곳에 자리를 잡았다. 그녀가 고개를 들고 쳐다보자 그는 부러진 이를 한껏 내보이며 불쾌하게 씩 웃었다. 그녀는 그를 무시하고서 한쪽 다리를 쭉 펴고 손을 발끝으로 뻗으며 몸을 늘였다. 허벅지 근육이 찢어지는 것 같았다.

"아프십니까?"

엘스턴이 물었다. 부러진 이 때문에 발음이 불분명해서 그가 무슨 말을 한 건지 잠시 생각을 해야 했다.

"전혀요."

"젠장, 제대로 움직이지도 못하잖습니까."

그가 낄낄거리고 웃다가 덧붙였다.

"레이디."

켈시는 손을 뻗어 발가락을 잡았다. 허벅지 근육이 비명을 질렀고 마치 그녀의 몸 안에서 생살이 찢어져서 피가 흐르는 것 같은 느낌이 들었다. 그녀는 5초 정도 발끝을 잡고 있다가 손을 뗐다. 다시 엘스턴을 올려다보니 그는 여전히 부러진 이를 드러낸 채 웃고 있었다. 하지만 그는 더 이상 아무 말도 하지 않고 그냥 다시 말을 탈 시간이 될 때까지 거기 서 있기만 했다.

해가 저물 무렵에 그들은 야영지를 만들었다. 고삐를 손에서 간신히 놓은 후에 켈시는 겨우겨우 바닥으로 내려왔다. 돌아서보니 메이스가 그녀의 말을 데려가고 있었다. 그녀는 됐다고 말하려고 했지만 생각을 바꾸고 나머지 근위병들 쪽으로 돌아섰다. 다들 오늘도 각자 맡은 일을 하고 있었다. 제일 나이가 젊어 보이는 근위병이 안장 가방에서 그녀의 천막을 꺼내는 중이었다.

"내가 할게요!"

그녀가 외치고서 공터를 가로질러 다가가 손을 내밀었다. 연장이나 아니면 무기, 어느 쪽이든 상관없었다. 이렇게 쓸모없는 사람이 된 기분은 한 번도 느껴본 적이 없었다.

병사가 그녀에게 평평한 머리의 망치를 건네고 말했다.

"천막을 치는 데에는 두 사람이 필요합니다, 폐하. 제가 도와드려도 되겠습니까?"

"물론이죠."

켈시가 기쁜 마음으로 대답했다. 한 명이 못을 잡고 한 명이 그것을 박는 식의 천막 치기는 꽤 쉬운 일거리였다. 켈시는 망치를 들고 움직이며 병사에게 말을 걸었다. 그의 이름은 펜이었고 실제로 젊은 편이었다. 서른 살이 넘은 것 같지 않은 외모에 얼굴에는 주름살 하나 없고 다른 근위병들의 얼굴에 영원히 아로새겨진 것 같은 지친 표정도 없었다. 그는 검은 머리에 상냥해 보이는 얼굴을 한 잘생긴 남자였다. 하긴 그녀의 어머니의 근위병들은 모두 다 잘생겼으니까. 마흔이 넘은 사람들도, 심지어 입을 다물고 있으면 엘스턴도 잘생겨 보였다. 어머니가 설마 외모만 보고 근위병을 뽑은 건 아니겠지?

펜은 대화하기 쉬운 상대였다. 그녀가 나이를 묻자 그는 나흘 전에 서른 번째 생일을 맞았다고 말했다.

"그대는 우리 엄마의 근위병이라기엔 너무 젊은 거 같은데요."

"맞습니다, 레이디. 저는 어머님은 알지 못합니다."

"그럼 왜 이 일에 그대를 함께 데려온 거죠?"

펜은 어깨를 으쓱이고 자신의 검이 모든 걸 설명해준다는 듯 가리켰다.

"근위병이 된 지는 얼마나 됐어요?"

"제가 열네 살 때 메이스가 절 찾아냈습니다, 레이디. 그 이래로 훈련을 받았고요."

"주인 없는 왕궁에서요? 내 외삼촌을 지켰나요?"

"아뇨, 레이디."

펜의 얼굴에 혐오의 빛이 스쳤지만 너무 빨리 사라져서 켈시는 자신이 상상한 건지도 모르겠다 싶었다.

"섭정께는 따로 근위대가 있습니다."

"그렇군요."

켈시는 못 하나를 땅에 박는 걸 마친 다음 일어나다가 등이 뚜둑거리는 느낌에 인상을 찡그리고 몸을 폈다.

"속도에는 좀 적응이 되십니까, 폐하? 말을 타고 이런 긴 여행을 해보신 적이 별로 없으실 것 같은데요."

"속도는 괜찮아요. 그리고 꼭 필요한 거니까요."

"사실 그렇습니다, 레이디."

펜이 목소리를 낮추고 주위를 둘러본 다음 말했다.

"저희는 바싹 쫓기고 있는 상태입니다."

"어떻게 알죠?"

펜이 하늘을 가리켰다.

"매가 있으니까요. 저희가 왕궁에서 나온 이래로 계속 저희 뒤를 따라오고 있습니다. 어제 늦게 도착했던 것도 추적을 떨치기 위해서 빙빙 돌아왔기 때문이었습니다. 하지만 매를 속일 수는 없죠. 누가 매를 조종하고 있든 지금쯤 저희 뒤에 있을 겁니다 ―"

펜이 말을 멈추었다. 켈시는 못을 또 하나 집어 들며 태연한 어조로 말했다.

"오늘은 매 울음소리를 못 들었는데요."

"대부분의 매가 소리를 내지 않습니다, 레이디. 조용히 하도록 훈련을 받죠. 하지만 가끔씩 녀석들을 찾아 하늘을 보면 발견할 때가 있습니다. 녀석들은 지독하게 빠르죠."

"왜 공격을 하지 않는 거죠?"

켈시가 못을 박을 수 있도록 펜이 천막의 마지막 모서리를 펼치며 대답했다.

"저희 숫자 때문입니다. 모트인들은 병사 훈련하듯 매를 훈련시키고, 녀석들은 더 강한 병력을 공격하는 쓸데없는 짓은 하지 않습니다. 가능하면 저희를 하나하나 없애는 방법을 쓰려고 할 겁니다."

펜이 다시 말을 멈추었고 켈시는 그를 향해 망치를 흔들어 보였다.

"내가 겁먹을까 봐 걱정할 필요 없어요. 어떤 이야기를 하든 간에 난 죽을까 봐 두려워해야 할 테니까요."

"그럴 수도 있겠지요, 레이디. 하지만 두려움은 그 나름의 방식으로 사람의 발목을 잡을 수 있습니다."

"이 추적자들 말이에요, 외삼촌이 보낸 사람들인가요?"

"아마 그럴 겁니다, 레이디. 하지만 매를 보면 외삼촌을 돕는 자들이 있는 것 같습니다."

"무슨 뜻인지 설명해봐요."

펜은 어깨 너머를 보고서 낮게 말했다.

"이건 명령이신 겁니다. 대장이 물어보면 전 그렇게 말할 겁니다. 폐하의 외삼촌께서는 수년간 붉은 여왕과 거래를 하셨습니다. 어떤 사람들은 두 사람이 은밀하게 동맹을 맺었다고도 하죠."

모트메인의 여왕. 아무도 그녀가 누군지, 어디 출신인지 알지 못했지만 그녀는 강력한 왕이 되었고 벌써 한 세기가 넘게 기나긴 철권통치를 유지하고 있었다. 칼린은 모트메인을 위협으로 여겼다. 이웃 왕국과의 동맹은 좋은 것일 텐데. 켈시가 더 물어보기 전에 펜이 말을 이었다.

"모트는 티어링인들에게 무기를 팔 수 없게 되어 있지만 돈이 있는 사람이라면 누구든 암시장에서 모트의 매를 살 수 있습니다. 제 추측으로 저희 뒤를 쫓아오는 건 케이든일 겁니다."

"암살자 길드 말인가요?"

펜이 코웃음을 쳤다.

"길드라뇨. 그건 그놈들을 지나치게 조직으로 대우하는 겁니다, 레이디. 하지만 예, 그들은 암살자이고, 굉장히 유능한 자들이지요. 소문에 따르면 외삼촌께서 레이디를 찾아내는 자에게 큰 상금을 거셨다고 합니다. 케이든은 그런 도전에 열광하죠."

"우리 숫자를 보고 그들도 멈추진 않을까요?"

"아뇨."

켈시는 이 정보를 곱씹으며 주위를 둘러보았다. 야영지 한가운데에 병사 세 명이 땔감 더미 주위에 웅크리고 앉아 나무에 불이 잘 붙지 않자 신랄하게 욕을 하고 있었다. 다른 사람들은 쓰러진 나무를 끌고 와서 야영지 주변으로 조잡한 담을 쌓는 중이었다. 이 모든 방벽의 목적이 이제 분명해졌고 켈시는 어쩌지 못할 두려움과 죄책감을 느꼈다. 아홉 명의 병사들, 이들 모두가 이제 그녀와 함께 목표물이 된 것이다.

"대장님!"

캐롤이 나무를 뛰어넘어 다가왔다.

"무슨 일이지?"

"매입니다. 북서쪽에서요."

"잘 봤네, 키브."

캐롤은 이마를 문지른 다음 잠깐 고민하다가 천막으로 다가왔다.

"펜, 가서 저녁 식사 준비를 도와주게."

펜은 켈시에게 친근한 느낌의 장난스러운 미소를 살짝 던지고서 어스름 속으로 사라졌다.

캐롤의 눈은 어두웠다.

"그들이 저희를 따라오고 있습니다, 레이디. 저희는 쫓기고 있습니다."

켈시는 고개를 끄덕였다.

"싸울 줄 아십니까?"

"단검으로 한 명을 상대로 내 몸을 지킬 순 있어요. 하지만 검술을 별로 많이 알지는 못해요."

그리고 켈시는 문득 자신이 젊은 남자의 반사 신경에 훨씬 못 미칠 바티에게서 자기방어법을 배웠다는 사실을 깨달았다.

"난 싸움꾼은 아니에요."

캐롤이 고개를 기울였다. 그의 검은 눈에 살짝 웃음기가 스쳤다.

"그건 잘 모르겠군요, 레이디. 여행하는 동안 레이디를 계속 지켜봤습니다. 불편한 걸 잘 감추시더군요. 하지만 이제는—"

캐롤은 주위를 둘러보고 목소리를 낮춘 채 말을 이었다.

"어쩌면 추격을 피하기 위해서 병사들을 나누어야 할 수도 있는 상황에 도달했습니다. 만약 그렇게 되면 레이디의 개인 호위병을 고를 때 레이디의 능력을 크게 고려하게 될 겁니다."

"음, 난 책을 빨리 읽고, 스튜 만드는 법도 알아요."

캐롤이 인정한다는 듯이 고개를 끄덕였다.

"레이디께선 이런 상황에서도 유머 감각을 갖고 계시는군요. 그게 필요하게 될 겁니다. 대단히 위험한 삶에 뛰어드시는 거니까요."

"그대들도 전부 나를 왕궁까지 호위해 가기 위해서 엄청난 위험을 감수하는 거죠?"

"레이디의 어머님께서 저희에게 이 임무를 맡기셨습니다. 이를 완수하는 것이 저희의 영예입니다."

캐롤이 단호하게 대답했다.

"근위대장은 우리 엄마의 근위병이었죠, 안 그런가요?"

"맞습니다."

"내가 왕궁에 도착하고 나면 섭정의 근위병이 되는 건가요?"

"아직 결정하지 않았습니다, 레이디."

"내가 그 결정에 영향을 미칠 수 있을까요?"

그는 아무래도 불편한 것처럼 시선을 돌렸다.

"레이디……."

"자유롭게 말해요."

캐롤이 손으로 어쩔 수 없다는 듯한 자세를 취했다.

"레이디, 저는 레이디께서 겉보기보다 훨씬 강인한 분이라고 생각합니다. 언젠가는 진짜 여왕이 되실 수도 있을 것 같습니다만, 레이디께서는 죽음의 낙인이 찍히신 몸이고 레이디를 따르는 사람들도 그럴 겁니다. 저에겐 가족이 있습니다. 자식들요. 제 자식들을 장기판의 말로 쓰지는 않을 겁니다. 이런 가망 없는 상황에서 레이디를 따라서 그 아이들의 목숨을 위태롭게 만들 수는 없습니다."

켈시는 실망감을 감추고 고개를 끄덕였다.

"알겠어요."

캐롤은 안도한 표정이었다. 어쩌면 그녀가 엉엉 울 거라고 생각했는지도 모른다.

"제 직위상 저는 레이디를 해하려는 계획에 대해서는 전혀 아는 바가 없습니다. 라자러스, 그러니까 메이스에게 물어보시는 편이 더 나을지도 모릅니다. 그 친구는 항상 다른 사람들이 알아내지 못하는 걸 알아내는 재주가 있으니까요."

"그 사람은 이미 만났어요."

"신의 교회를 주의하십시오. 교황이 딱히 섭정에게 애정을 갖고 있을 것 같지는 않습니다만, 왕위에 앉아 국고의 열쇠를 쥔 사람은 좋아할 겁니다. 승산을 보고 움직이겠지요. 우리도 그래야 하고요."

켈시는 다시 고개를 끄덕였다. 칼린도 바로 며칠 전에 비슷한 이야기를 했었다.

"제 부대에 있는 모든 병사들은 전부 훌륭한 친구들입니다. 제 목숨을 걸고 말씀드릴 수 있습니다. 누군가가 레이디를 살해하게 된다면, 저희들 중 한 명은 아닐 겁니다."

"고마워요, 근위대장."

켈시는 병사들이 마침내 불을 지피고 조그만 불꽃에 바람을 불어대는 모습을 보며 말했다.

"이제부터는 힘겨운 여정이 되겠군요."

"18년 전에 저에게 레이디의 귀환 임무를 맡기시며 레이디의 어머님께서도 그러셨습니다."

켈시는 눈을 깜박였다.

"날 데리고 나온 건 그대의 임무가 아니었나요?"

"예. 레이디께서 아기였을 때 성에서 몰래 데리고 나간 건 라자러스였습니다. 그 친구는 그런 능력이 대단히 뛰어나죠."

캐롤은 켈시는 알지 못하는 뭔가를 떠올리며 미소를 지었다. 그의 미소 띤 표정은 근사했지만 켈시는 다시금 그의 여윈 얼굴을 바라보며 그가 아픈 건 아닐까 생각했다. 그의 눈이 켈시의 셔츠 밖으로 또다시 빠져나온 사파이어에 머물렀다. 그가 갑자기 몸을 돌리고 그녀를 생각해봐야 할 온갖 정보의 구렁텅이 속에 남겨두고 가버렸다. 그녀는 망토 주머니에 손을 깊이 넣고 두 번째 보석이 잘 있는지 확인했다.

"폐하! 씻고 싶으시다면 동쪽으로 작은 개울이 있습니다."

펜이 이제 밝게 활활 타오르는 모닥불 쪽에서 외쳤다.

켈시는 고개를 끄덕이면서도 머릿속으로는 여전히 캐롤의 조언을 실질적인 문제처럼 분석하기 위해서 되뇌었다. 그녀에게는 호위병과 자신만의 수행원이 필요했다. 하지만 섭정의 위협과 뇌물에 넘어가지 않을 만큼 충성스러운 사람을 어디서 찾지? 충성심이란 아무 데서나 자라는 것이 아니고 돈으로 살 수도 없는 것이다. 아무래도 더 고민해봐야 할 것 같았다.

캐롤에게 어머니에 대해서 물어볼걸 하고 그녀는 뒤늦게 생각했다. 그는 몇 년 동안 엘리사 여왕을 호위했으니 분명 그 사람에 대해서 모든 걸 알 것이다. 하지만 다시 생각해보니 여왕의 근위병들은 전부 다 비밀 서약을 한다. 그러니 켈시에게조차 아무 이야기도 해주지 못할 것이다. 그녀는 이를 갈았다. 새로운 인생으로 들어서는 순간 모든 비밀이 사라질 거라고 당연하게 생각했었다. 어쨌든 그녀는 여왕이 될 거니까. 하지만 이 남자들은 칼린만큼이나 그녀가 찾는 정보를 줄 마음이 없는 것 같았다.

오늘 여행을 멈추면 원래 목욕을 할 생각이었다. 머리는 떡이 졌고 움직일 때마다 땀 냄새가 풍기기 때문이었다. 근처의 개울이라면 충분히 목욕을 할 수 있을 테지만 펜이나 엘스턴, 더 심하게는 라자러스가 보는 앞에서 목욕을 한다는 건 생각조차 할 수 없는 일이었다. 그러니 그냥 더러운 걸 감수하고 가는 수밖에 없을 것 같았다. 병사들도 그다지 다르지 않은 냄새를 풍긴다는 걸 위안으로 삼는 수밖에. 그녀는 끄적거리는 머리카락을 모아서 틀어 올린 다음 바위에서 벌떡 일어나 개울가로 향했다.

그날 밤 병사들은 또다시 모닥불 주위에서 시끄럽게 떠들었다. 켈시는 천막에 누워 처음에는 잠을 자보려고 했지만 점차 화가 나기 시작했다. 머릿속에 질문이 가득한 상태로 잠드는 것도 쉽지 않은데 술에 취해 계속 웃음소리가 터지니 아예 잘 수가 없었다. 그녀는 망토를 머리에 뒤집어쓰고 그들을 무시하려고 했다. 하지만 장미 문신이 있는 여자에 대한 야한 노래를 하기 시작하자 결국 망토를 머리에서 걷어 도로 걸치고서 천막을 나왔다.

병사들은 불 주변에 모포를 깔아놓았지만 아직 아무도 사용하는 것 같지 않았다. 공기는 아마도 맥주 냄새인 것 같은 불쾌한 효모 냄새로 가득했다. 물론 켈시가 오두막에서 술을 본 적이 있는 건 아니었다. 칼린이 절대로 허락하지 않았으니까.

그녀가 나오자 캐롤과 메이스만이 일어섰다. 두 사람은 멀쩡한 것 같았지만 나머지 병사들은 눈도 깜박이지 않고 그저 그녀를 쳐다볼 뿐이었다. 엘스턴은 바닥에 끌어다 놓은 두툼한 참나무 통나무에 머리를 올리고 자고 있었다.

"뭐 필요한 거라도 있으십니까, 레이디?"

캐롤이 물었다. 켈시는 불면에 시달린 두 시간을 해소하기 위해 그들을 향해 소리를 지르고 싶었다. 하지만 불그스름한 병사들의 얼굴을 둘러보고 그러지 않기로 했다. 칼린은 술 취한 사람은 어린애보다도 말귀를 못 알아듣는다고 말했었다. 게다가 책에 나오는 술 취한 사람들은 비밀 이야기를 털어놓곤 했다. 어쩌면 드디어 이들이 그녀에게 이야기를 하게 만들 수도 있을 것이다.

그녀가 망토를 꼭 여미고 엘스턴과 펜 사이에 앉았다.

"뉴런던에 도착하면 무슨 일이 있을지 알고 싶어요."

펜이 그녀를 향해 흐릿한 눈을 돌렸다.

"무슨 일이 있냐니요?"

"왕궁에 도착하면 외삼촌이 나를 죽이려고 할까요?"

모두가 잠깐 동안 그녀를 보았고, 마침내 메이스가 대답했다.

"아마도요."

"외삼촌께서는 아무도 죽이지 못합니다. 전 케이든 쪽이 더 걱정됩니다."

코린이 중얼거렸다.

"그놈들이 우리 뒤를 따라오는지 어떤지 잘 모르잖아."

빨간 수염 남자가 외쳤다.

"우린 아무것도 모르지."

캐롤이 입 다물라는 어조로 말하고서 켈시를 쳐다보고 말을 이었다.

"레이디, 저희가 레이디를 지켜드릴 거라고 그냥 믿어주시면 안 되겠습니까?"

"레이디의 어머니는 항상 그러셨죠."

빨간 수염 남자가 덧붙였다. 켈시의 눈이 가늘어졌다.

"그대의 이름이 뭐죠?"

"다이어(염색한 사람)입니다, 레이디."

"흠, 다이어, 그대는 지금 우리 엄마를 상대하고 있는 게 아니에요. 날 상대하는 거죠."

다이어는 흐린 불빛 속에서 부엉이처럼 눈을 깜박였다. 잠시 후 그가 중얼거렸다.

"무례를 범할 생각은 아니었습니다, 레이디."

그녀가 고개를 끄덕이고 캐롤에게로 시선을 돌렸다.

"난 거기 도착한 다음에 무슨 일이 생길지를 묻는 거예요."

"저희들이 왕궁에 들어가기 위해 실제로 싸워야 할 일은 없을 겁니다, 레이디. 저희는 레이디를 대낮에 모시고 들어갈 거니까요. 이번 주말에 도시에는 사람이 붐빌 거고, 섭정도 그 많은 사람들 앞에서 레이디를 죽일 만큼 용감하진 않습니다. 하지만 그들은 왕궁 안에서도 레이디를 없애려 할 겁니다. 그것만은 분명합니다."

"그들이 누구죠?"

메이스가 대답했다.

"레이디의 외삼촌만이 레이디의 죽음을 바라는 게 아닙니다. 섭정이 왕위를 유지해야 붉은 여왕도 원하는 걸 얻을 수 있습니다."

"왕궁 안의 본성은 안전하지 않나요?"

"본성은 따로 없습니다. 왕궁은 크지만 하나의 건물입니다. 폐하의 성이죠."

켈시는 얼굴을 붉혔다.

"그건 몰랐어요. 아무도 왕궁에 대해서 나한테 별로 알려주지 않았거든요."

"그동안 그럼 도대체 뭘 배우신 겁니까?"

다이어의 말에 캐롤이 싱긋 웃었다.

"자네도 바티를 알잖나. 훌륭한 군의관이었지만 세세한 데 신경을 쓰는 사람은 아니었지. 자신의 소중한 식물에 관해서 얘기할 때를 빼면 말이야."

켈시는 다른 사람의 입에서 바티 이야기가 나오는 걸 듣고 싶지 않았다.

그래서 다이어가 대답을 하기 전에 재빨리 끼어들어 물었다.

"우리를 추적하는 사람들은 뭐죠?"

캐롤이 어깨를 으쓱였다.

"아마 케이든일 겁니다. 모트의 원조를 조금 받았겠죠. 저희가 본 매가 그냥 평범한 매일 수도 있지만, 아마 아닐 겁니다. 외삼촌께서 모트의 도움을 거부하셨을 리가 없죠."

"그럼요. 섭정은 자기 여자까지 방패로 쓸 인간입니다."

엘스턴이 통나무에서 일어나 앉으며 입가의 침을 닦고 어눌한 어조로 말했다.

"티어링은 가난하다고 생각했는데요. 이런 동맹의 대가로 외삼촌은 뭘 제공하는 건가요? 목재?"

병사들이 서로를 쳐다보았고 켈시는 마치 이제 이야기는 끝이라는 듯이 그들이 침묵으로 단결하여 자신을 막는 듯한 느낌을 받았다.

"레이디, 저희들 다수가 레이디의 어머님을 호위하며 평생을 보냈습니다. 그분께서 승하하셨다고 해서 그분을 보호하는 걸 멈추지는 않을 겁니다."

캐롤이 변명조로 말했다.

"전 엘리사 여왕의 근위병이었던 적이 없습니다. 제가—"

"펜, 자네도 여왕의 근위대야."

펜은 입을 다물었다.

켈시는 주위를 둘러보았다.

"모두들 내 아버지가 누군지 알고 있나요?"

다들 말없이 반항적으로 그녀를 마주 보았다. 켈시는 성질이 치미는 것을 느꼈지만 오랜 반사작용으로 오른쪽 뺨 안쪽을 꼭 깨물었다. 칼린은 수차례 격한 성미는 통치자에게 걸맞지 않다고 경고했고 켈시는 칼린 주변에서는 성질을 자제하는 법을 익혔다. 칼린은 거기 넘어갔지만, 바티는 더 예리했다. 그가 켈시에게 뭔가를 깨물라는 조언을 한 사람이었다. 고통은 최소한 순간적으로라도 분노를 억눌러 다른 생각을 하게 만드니까. 하지만 좌절감 자체는 사라지지 않았다. 칼린과 교실로 돌아간 것 같은 기분이었다. 이 남자들은 많은 것을 알고 있으면서 그녀에게는 단 한 가지도 말해주려 하지 않았다.

"흠, 그럼 붉은 여왕에 대해서는 무슨 얘기를 해줄 수 있죠?"

"그 여자는 마녀입니다."

잘생긴 금발 병사가 무뚝뚝하게 말했다. 그가 말하는 걸 들은 건 처음이었다. 불길이 그의 깎아놓은 듯 균형 잡힌 얼굴을 강조했다. 그의 눈은 지극히 차가운 파란색이었다. 엄마는 이 사람들을 외모만 보고 골랐던 걸까? 하지만 켈시는 그 생각을 지웠다. 그녀에게는 어머니가 어떤 사람이었을지에 관해 명확한 환상이 있었다. 어린 시절에 떠올린 그 환상은 오두막에 갇혀 한 해 한 해 보내는 동안 점점 더 상세하게 덧붙여졌다. 어머니는 아름답고 상냥한 여자에 냉정하고 거리감 있는 칼린과는 달리 따스하고 애정 넘치는 사람일 것이다. 절대로 감정을 억누르지 않을 것이다. 그리고 언젠가 그녀를 데리러 와서 오두막의 끝없는 교육과 연습, 훈련으로부터 장엄하게 구출해줄 것이다. 그게 예상보다 좀 오래 걸리고는 있지만.

켈시가 일곱 살이었을 때 칼린은 어느 날 그녀를 서재에 앉혀놓고 그녀의 어머니가 오래전에 돌아가셨다고 말해주었다. 그로 인해 탈출의 꿈은 끝났지만, 그 후로도 켈시는 새롭고 더 세세한 환상을 쌓아갔다. 엘리사 여왕은 위대한 여왕이었고, 백성들에게 사랑받았으며, 굶주린 자를 먹이고 아픈 자들이 치료받게 한 영웅이라는 그런 환상이었다. 엘리사 여왕은 왕좌에 앉아 자기 힘으로는 정당한 대우를 받지 못하는 사람들을 위해 정의를 집행하고, 죽은 후에는 백성들이 그녀의 관을 들고 길을 따라 행진하고 사람들이 울먹이고 티어링 군대가 검을 치켜들고 인사를 올렸을 것이다.

켈시는 이 상상을 하도 자주, 상세하게 해서 아무 때나 떠올릴 수 있을 정도였다. 열아홉 살에 왕위에 앉기 위해 돌아가면 사람들이 행진을 하고, 환호하고 울부짖는 사람들에 둘러싸여 말을 타고 수도로 들어가며 내내 관대하게 손을 흔들 거라고 상상하면 여왕이 된다는 두려움도 조금 잦아들었다.

하지만 지금, 불가에 둘러앉은 남자들을 바라보며 켈시는 불안감이 솟아오르는 것을 느꼈다. 그녀의 어머니, 여왕에 대해서 그녀가 정말로 아는 게 뭐가 있을까? 칼린이 절대로 이야기해주지 않았으니 그녀가 진짜로 아는 게 뭐가 있단 말인가?

"에이, 먼. 아무도 붉은 여왕이 진짜 마녀라는 사실을 증명하지 못했다고."

다이어가 금발 남자를 향해 고개를 흔들며 말했다.

먼이 그를 노려보았다.

"그 여자는 정말로 마녀야. 그 여자에게 힘이 있는지 없는지 그런 건 중요하지 않아. 모트의 침공에서 살아남은 사람이라면 누구든 그 여자가 마녀라는 걸 안다고."

"모트의 침공이 왜요?"

켈시가 관심을 갖고 물었다. 칼린은 모트의 침공이나 그 이유에 대해서 제대로 설명해준 적이 없었다. 20년 전 모트가 티어링에 침입해서 나라를 가로질러 왕궁 바로 앞까지 쳐들어왔었다. 그리고…… 끝이었다. 침공은 끝났다. 무슨 일이 벌어졌든, 칼린은 역사 수업 때마다 거기서 그냥 뛰어넘었다.

먼은 인상을 찌푸리는 캐롤을 무시하고 말을 이었다.

"레이디, 저한테는 크리드 전투를 겪은 친구가 있습니다. 붉은 여왕이 모트의 세 개 대대를 티어링으로 보냈고 뉴런던까지 마음대로 짓밟고 가도 좋다는 허락을 내렸죠. 크리드는 무차별적 살육장이었습니다. 티어링인들은 나무 곤봉을 들고서 쇠와 강철로 무장한 모트 병사들과 싸웠고, 남자들이 죽고 나자 다섯 살부터 여든 살까지의 모든 여자들이—"

"먼, 자네가 누구에게 이야기하고 있는지를 기억해."

캐롤이 말했고, 엘스턴이 갑자기 끼어들었다.

"전 하루 온종일 레이디를 봤습니다, 대장. 장담컨대 꽤나 강인하십니다."

켈시는 미소를 지을 뻔했지만 먼이 마치 최면에 걸린 것처럼 불을 응시하며 말을 잇자 웃고 싶던 충동은 금세 사라졌다.

"모트군이 왔을 때 제 친구는 가족들을 데리고 마을에서 도망쳤죠. 크리드를 건너 북쪽에 있는 마을로 가려고 했지만 속도가 별로 빠르지 못했고, 불행하게도 그에게는 젊고 예쁜 아내가 있었습니다. 아내는 그의 눈앞에서 죽었죠. 열 번째 모트 병사가 아직 그녀의 안에 있는 채로 말입니다."

"맙소사, 먼!"

다이어가 일어나서 야영지 가장자리 쪽으로 비틀비틀 걸어갔다.

"어딜 가는 건가?"

캐롤이 물었다.

"어딜 가겠습니까? 오줌 싸러 갑니다."

켈시는 먼이 그녀에게 충격을 주기 위해서 이 이야기를 한 거라고 생각하고서 차분한 표정을 유지했다. 하지만 그들의 관심이 그녀에게서 멀어지자마자 침을 삼켰다. 목을 타고 쓴 물이 넘어갔다. 먼의 이야기는 책에 실린 전쟁 이야기를 읽는 것과는 전혀 달랐다.

먼이 금발 머리를 공격적으로 낮추고서 모닥불 주위를 둘러보았다.

"이게 새 여왕님이 알아서는 안 되는 정보였다고 생각하는 사람 있습니까?"

"난 그저 타이밍에 대해 의문을 제기했을 뿐이야, 이 머저리야. 레이디가 왕위에 오르신 다음에도 그런 이야기를 할 시간은 충분할 거라고."

캐롤이 부드럽게 말했다.

"왕위에 오른다면 말이죠."

먼은 자신의 컵을 찾아 급하게 꿀꺽꿀꺽 들이켰다. 그의 눈에는 핏발이 서 있었고 대단히 피곤해 보여서 켈시는 그가 술을 그만 마셔야 하지 않을까 생각했지만, 그 뜻을 전할 만한 방법이 떠오르지 않았다.

"그들이 지나는 길에 있던 모든 마을에서 강간과 살인이 횡행했습니다, 레이디. 나라를 직선으로 가로질러 아가이브에서 뉴런던 성벽까지 말입니다. 그놈들은 심지어 아기까지도 참살했지요. 두카르트라는 모트 장군은 앨먼트 평원에서 뉴런던 성벽까지 티어링 아기의 시체를 방패에 매달고 갔습니다."

켈시는 뉴런던 성벽 앞에서 무슨 일이 있었던 거냐고 묻고 싶었다. 칼린의 이야기는 항상 거기서 끝났기 때문이었다. 하지만 먼의 행동을 다스릴 필요가 있다는 캐롤의 생각에 그녀도 동의했다. 게다가 이 이상 1인칭 역사 이야기를 감당할 수 있을지도 자신이 없었다.

"하고 싶은 말이 뭐죠?"

"제 말은 병사들, *대부분의* 병사들이 날 때부터 그런 행동을 하게 만들어진 건 아니라는 겁니다. 심지어 그런 짓을 하도록 훈련을 받은 것도 아니죠. 전쟁 범죄는 상황 탓이거나 지도자의 탓, 둘 중 하나입니다. 그런데 그건 상황 탓이 아니었어요. 모트 군대는 티어링을 칼로 말랑말랑한 버터를 자르는 것처럼 손쉽게 가로지르고 있었으니까요. 그들에게는 누워서 떡 먹기였던 겁니다. 폭력과 학살은 붉은 여왕이 그걸 *바랐기* 때문에 일어났습니다. 마지막으로 인구조사를 했을 때 티어링의 인구는 200만 명이 넘었습니다. 그 사람들이 자신들의 입장이 얼마나 위태로운지 아나 모르겠지만, *레이디께서는 아셔야* 합니다."

켈시는 침을 삼키고서 물었다.

"그대의 친구는 어떻게 되었죠?"

"그들이 떠나면서 그 친구 배에 칼을 찌르고 피 흘리며 죽게 놔뒀죠. 칼 솜씨가 형편없어서 그 친구는 살았습니다. 하지만 모트군이 열 살 난 딸아이를 포로로 데려가버렸죠. 그 친구는 다시는 살아 있는 딸아이를 보지 못했습니다."

다이어가 숲에서 느릿느릿 돌아와서 모포 위에 앉았다. 켈시는 불을 바라보면서 칼린의 서재에 있는 책상 앞에서의 어느 날 아침 일을 떠올렸다. 칼린이 그녀에게 티어링과 뉴유럽 사이의 국경이 그려진 낡은 지도를 보여주었다. 레딕 숲 동쪽 끝에서 앨먼트 평원까지 삐뚤삐뚤한 선이 그려져 있었다. 칼린은 뉴유럽의 열렬한 찬미자였다. 크로싱이 생겼던 초기 시절에, 국경이 거의 없고 신세계 남부가 군벌들의 전장이었던 시절에도 뉴유럽은 선거에 거의 모든 사람들이 참여하는 대의민주정치를 영위하고 있었다. 하지만 붉은 여왕이 많은 것을 바꿔놓았다. 이제 뉴유럽은 모트메인이었고, 민주정치는 사라졌다.

"그럼 붉은 여왕은 대체 뭘 원하는 거죠?"

켈시가 칼린에게 물었다. 그녀는 지도에 관심이 없었고 수업을 끝내고 싶었다.

"정복자들이 항상 원하는 거지, 켈시. 눈에 보이는 모든 것들 말이다."

칼린의 말투에 켈시는 확신을 가질 수 있었다. 아무것도 두려워하지 않는 칼린도 붉은 여왕만은 두려워했던 것이다. 여왕의 근위대는 아무것도 두려워하지 않아야 하건만, 불가를 둘러보며 켈시는 각자의 얼굴에 각기 다른 반응이 떠올라 있는 것을 볼 수 있었다. 그녀는 좀 더 가벼운 어조로 말하려고 노력했다.

"음, 그럼 붉은 여왕이 다시 침공하지 않도록 최선을 다해야겠군요."

다이어가 코웃음을 쳤다.

"붉은 여왕이 그러겠다고 마음을 먹으면, 레이디께서 하실 수 있는 일은 대단히 적을 겁니다."

캐롤이 손뼉을 쳤다.

"면의 잠자리 이야기를 잘 들었으면 이제 잘 시간이야. 그리고 엘스턴의 잘 자라는 키스를 받고 싶은 사람이 있다면 엘스턴한테 말만 하라고."

엘스턴이 자신의 컵을 당당하게 올려 보인 다음 커다랗게 팔을 벌렸다.

"그럼, 그럼. 거친 사랑을 좋아하는 사람 자원해봐."

켈시가 망토를 꼭 조이며 일어섰다.

"다들 내일 아침에 숙취가 오지 않겠어요?"

"아마도요."

키브라는 이름의 검은 머리 병사가 대답했다.

"이번 여행에서 이렇게 많은 숫자가 술에 취하는 게 과연 좋은 생각일까요?"

캐롤이 코웃음을 쳤다.

"라자러스와 제가 진짜 근위병입니다, 레이디. 나머지 일곱은 그냥 겉치레죠."

모두들 웃음을 터뜨렸다. 켈시는 다시 왕따가 된 기분으로 돌아서서 자신의 천막으로 돌아갔다. 아무도 따라오지 않았고 그녀는 오늘 밤엔 아무도 천막을 안 지키려는 걸까 생각했다. 하지만 돌아보니 메이스가 그녀의 바로 뒤에 있었다. 어둠 속에서도 그의 커다란 모습은 착각할 수가 없었다.

"어떻게 그렇게 하는 거예요?"

그가 어깨를 으쓱였다.

"천성입니다."

켈시는 천막 안으로 들어와서 덮개를 내렸다. 침구 위에 몸을 펴고 그녀는 뺨 아래 한 손을 받쳤다. 모닥불 앞에서는 대담함의 가면을 쓰고 있었지만 이제는 가슴부터 온몸 전체가 떨려오기 시작했다. 칼린의 말에 따르면 모트메인은 주변 국가들에 커다란 영향력을 드리우고 있었다. 붉은 여왕은 권력을 원했고, 그것을 가졌다. 섭정이 정말 그녀와 동맹을 맺었다면 그 여자가 티어링까지도 손에 쥐고 있다는 뜻이었다.

　모닥불 쪽에서 밭은기침 소리가 들려왔지만 이번에는 그 소리가 짜증 나지 않았다. 망토 안쪽을 더듬어 그녀는 두 번째 목걸이를 꺼내 한 손에 꼭 쥐고 자신의 사파이어 목걸이를 다른 손으로 쥐었다. 천막 꼭대기를 쳐다보며 그녀는 강간당한 여자와 칼에 찔린 아기들을 떠올렸다. 한참 동안이나 잠은 찾아오지 않았다.

2장
추격

티어링은 큰 나라는 아니지만 지리적으로나 기후적으로 다양한 지대를 보유하고 있다. 나라의 중심부는 평지에 온화한 기후대이며 대부분이 풍요로운 곡창지다. 서쪽으로는 티어링 만을 경계로 하고 있으며 그 너머로는 글린 여왕 시대 중반까지 아무도 건너지 못했던 신의 바다가 있다. 남쪽으로는 모래가 많고 건조하며 카다르 국경까지 이어진다. 레딕 숲 위쪽, 북쪽 국경으로는 넘어가는 게 불가능한 산악 지대 페어위치까지 쭉 언덕으로 이어진다. 동쪽으로는 당연히 모트메인과 둘쭉날쭉한 국경을 접하고 있다. 세월이 흐르고 모트메인 붉은 권좌의 시대가 이어지며 티어링 왕족들은 이 동쪽 국경을 불안하게 여겼고…… 그럴 만도 했다.

—《군사국가로서의 티어링》, 순교자 캘로

아침 일찍, 해가 지평선 위로 채 올라오기도 전에 모트메인 여왕은 악몽에서 깨어났다.

그녀는 잠깐 동안 꼼짝도 하지 않고 누워서 자신의 낯익은 진홍색 방을 알아볼 때까지 숨만 가쁘게 쉬었다. 방의 벽은 사방으로 티어링 참나무를 발랐고 용무늬를 새기고 빨간색 칠을 했다. 여왕의 침대는 거대했고 진홍색 실크를 늘어뜨렸으며 이음매 없이 편안했다. 하지만 지금 머리 밑의 베개는 땀으로 축축했다. 벌써 2주째 그녀를 깨우고 있는 바로 그 꿈 때문이었다. 계집아이, 불, 그녀가 제대로 볼 수 없는 얼굴을 가진 옅은 회색 옷의 남자, 그리고 마지막으로 자기 땅의 국경을 향한 최후의 도주.

여왕은 일어나서 도시가 내려다보이는 커다란 창가로 다가갔다. 창틀 가장자리는 성에로 흐릿했지만 방은 상당히 따뜻했다. 카다르의 유리 장인이 만든 이 유리는 환상적으로 보온이 되어서 많은 사람들이 마법을 썼다고들 하지만, 여왕은 그게 사실이 아니라는 걸 잘 알고 있었다. 주변 국가에는 그녀가 허락한 것 말고는 마법이 존재하지 않았고, 그녀는 카다르인들에게 유리나 다른 것에 마법을 걸 수 있는 허가증을 내주지 않았다. 유리의 단열 효과는 놀라운 업적이었다. 매년 모트메인은 카다르의 공물 중 상당량을 유리로 받았다.

여왕의 아래로 왕도(王都) 디메인이 조용하고 어두컴컴하게 펼쳐져 있었다. 하늘을 올려다보니 아직 네 시도 되기 전임을 알 수 있었다. 오로지 제빵사들만 일어나 있을 것이다. 발밑의 성은 죽은 듯이 조용했다. 모든 사람들이 여왕이 해가 뜨기 전에는 절대로 일어나지 않는다는 걸 알기 때문이다.

지금까지는 그랬지.

그 계집아이, 그 계집애. 숨겨진 엘리사의 자식이 분명하다. 다른 사람일 리가 없었다. 여왕의 꿈에서 그 아이는 튼튼하고 검은 머리에 강하고 단호한 얼굴, 그리고 제 어미의 초록색 랠리가의 눈을 갖고 있었다. 하지만 엘리사와 달리 그 아이는 평범했고, 왠지 모르지만 그 사실이 가장 거슬리는 부분이었다. 지독하게 현실적으로 느껴지기 때문이었다. 꿈의 나머지 부분은 흐릿했고 회색 옷의 남자와 그의 뒤에 있는 큰불 같은 것을 피해 자신이 다급하게 달아나는 내용밖에는 생각나지 않았다. 하지만 잠에서 깨도 그 계집아이의 얼굴만은 기억이 선명했다. 한때 그녀 자신의 얼굴처럼 둥글고 특징 없는 얼굴.

점쟁이에게 이 꿈을 해석해보라고 할 수도 있지만, 그자들은 죄다 베일을 쓰는 걸 좋아하는 사기꾼들일 뿐이었다. 리리안이 진짜 재능을 가진 유일한 사람이었지만, 이제는 죽고 없었다. 어차피 해석해볼 필요도 없다. 상세하게는 모른다 해도 이 꿈의 의미는 간단했으니까. 재앙이 다가오고 있다.

뒤쪽에서 그르렁거리는 소리가 들려서 여왕은 홱 돌아섰다. 하지만 그것은 그녀의 침대에 있던 노예가 낸 소리일 뿐이었다. 그자에 대해서 완전히 잊고 있었다. 역할을 꽤 잘했으니 하룻밤 더 데리고 있을 생각이었다. 멋진 섹스는 즉시 꿈 생각을 없애주니까. 하지만 그녀는 코 고는 걸 혐오했다. 눈을 가늘게 뜨고 그녀는 그자가 또 코를 고는지 잠시 지켜보았다. 하지만 그는 나직하게 그르렁거리고서 옆으로 돌아누울 뿐이었고, 잠시 후 그녀는 다시 창밖을 바라보았다. 그녀의 생각은 이미 다른 곳으로 향하고 있었다.

그 계집아이. 이미 죽지 않았다면 조만간 죽을 것이다. 하지만 수년 동안 보석을 찾을 수 없었다는 사실이 계속해서 신경을 건드렸다. 리리안조차도 그 계집아이가 어디 있는지 전혀 보지 못했다. 리리안은 여왕 자신보다 엘리사를 훨씬 더 잘 알았는데. 미치고 팔짝 뛸 노릇이었다……. 나이도 알고, 팔에 흉터가 하나 있는 계집아이라는 것도 아는데. 그 아이가 보석을 숨겨놨다고 해도, 쉽게 찾을 수 있어야 했다. 티어링은 큰 나라도 아니니까.

어디다 그 애를 숨겨놓은 거야, 이 망할 년?

티어링 밖일 수도 있지만 엘리사에게 그렇게까지 창의력이 있을 리가 없었다. 게다가 티어링 밖은 모트메인의 영향력이 더 큰 지역이었다. 엘리사는 거의 마지막까지 자신의 아이에게 가장 큰 위협은 티어링 밖에 있다고 생각했고, 그것은 사실 또 하나의 오판이었다. 그러니까, 아이는 여전히 티어링 안 어딘가에 있을 것이다. 그래야만 했다.

침대에서 다시 한번 코 고는 소리가 울렸다.

여왕은 눈을 감고 관자놀이를 문질렀다. 그녀는 코 고는 게 정말 싫었다. 그녀는 난로를 아쉬운 눈으로 바라보며 불을 피울까 생각했다. 용기를 내서 질문을 하기만 한다면 어둠의 존재는 아마 답을 해줄 것이다. 하지만 어둠은 정말로 꼭 필요한 경우가 아니라면 소환되는 것을 좋아하지 않았고, 약한 자에게는 관심이 없었다. 도움을 구한다는 것은 그녀의 힘으로 아이를 찾을 능력이 부족하다는 걸 시인하는 것이다.

더 이상 아이가 아니지. 그런 식으로 생각하는 건 그만둬야 해. 계집은 이제 열아홉 살일 거고, 엘리사는 완전히 바보가 아니었다. 계집애가 어디에 있었든 누군가가 그 애가 살아남도록 교육을 시켰을 것이다. 통치를 할 수 있도록.

그리고 보석도 안 보여.

또 하나의 불안한 사실이었다. 꿈에서 계집은 목걸이를 한 번도 걸고 있지 않았다. 두 사파이어 중 어느 쪽도 보이지 않았다. 그게 무슨 뜻일까? 엘리사가 보석을 다른 곳에 숨겼다는 건가?

노예는 이제 꾸준하게 코를 골고 있었다. 처음에는 들릴 듯 말 듯 골더니 점점 소리가 커져서 이제는 아마 20층 아래 있는 제빵소까지 들릴 것 같았다. 여왕은 모트의 혈통임을 명백하게 보여주는 그의 가무잡잡한 피부와 매부리코 때문에 그를 직접 골랐다. 그는 서부 보호령 칼레로 추방된 모트인 반역자의 후손, 추방자 중 한 명이었다. 그녀 자신이 그들을 칼레로 쫓아냈지만, 추방자라는 건 여전히 기묘하게 흥분되는 존재였다. 하지만 코를 고는 노예 따위는 아무짝에도 쓸모가 없다.

창문 아래 벽에는 검은색과 빨간색의 버튼 두 개가 있었다. 여왕은 잠시 동안 고민하다가 검은 버튼을 눌렀다.

왕궁 근위병의 검은색 옷을 입은 남자 넷이 거의 소리 없이 방으로 들어왔다. 모두가 칼을 뽑아 들고 있었다. 근위대장 기슬랭은 그중에 없었지만, 없는 것도 당연했다. 이제 야간 근무를 하기엔 나이가 너무 많았던 것이다.

여왕이 침대를 가리켰다. 병사들이 달려들어 코를 고는 남자의 사지를 한 사람이 하나씩 잡았다. 노예가 헉하고 잠에서 깨서 발버둥을 치기 시작했다. 그가 왼발로 병사를 걷어차고 몸을 굴려 침대 가장자리로 가려고 버둥거렸다.

"폐하?"

상등병이 이를 악물고 버둥거리는 팔을 잡은 채 물었다.

"아래층 실험실로 데려가. 혀와 목젖을 제거하라고 해. 그리고 혹시 모르니까 성대도 잘라내고."

근위병들이 침대로 짓누르려고 하는 동안 노예가 비명을 지르며 더 격렬하게 발버둥을 쳤다. 그 체력에 감탄할 만도 했다. 그가 오른팔과 왼쪽 다리를 빼냈지만 병사 한 명이 팔꿈치로 등 아래쪽을 짓눌렀다. 노예가 고통으로 비명을 지르며 발버둥 치던 것을 조금 멈추었다.

"수술 후에는 어쩔까요, 폐하?"

"다 낫고 나면 레이디 듀몽에게 선물로 보내. 듀몽이 원하지 않으면 라피트에게 보내고."

병사들이 여전히 비명을 지르는 남자를 방에서 끌고 나갈 동안 그녀는 다시 창가로 몸을 돌렸다. 헬렌 듀몽은 아마 그를 원할 것이다. 멍청해서 대화를 제대로 못 하는 그녀는 남자들이 조용한 걸 좋아했다. 병사들이 문을 닫자 비명 소리가 갑자기 낮아졌다가 금세 완전히 사라졌다.

여왕은 창틀을 손가락으로 두드리며 생각에 잠겼다. 벽난로가 마치 불을 켜달라고 애원하는 것처럼 그녀를 유혹했지만, 그것은 잘못된 선택임을 잘 알고 있었다. 상황이 그 정도로 위태롭지는 않다. 섭정이 케이든을 고용했고, 티어링의 모든 걸 혐오하긴 해도 여왕은 케이든을 과소평가하지는 않았다. 게다가 계집이 살아서 뉴런던까지 어떻게든 온다면, 소른의 부하들이 그 계집을 처리할 것이다. 어떤 식으로든 3월이면 여왕은 계집의 머리를 벽에 걸어놓고 두 개의 목걸이를 손에 쥘 것이다. 그러면 꿈을 꾸지 않고 푹 잘 수 있겠지. 그녀는 손바닥을 위로 해서 양손을 들고 손가락으로 딱 소리를 냈다. 서쪽 지평선 멀리, 티어링 국경 근처에서 번개가 번쩍였다.

그녀는 돌아서서 다시 침대로 갔다.

여행 셋째 날은 해가 뜨기 한참 전에 길을 떠났다. 켈시는 천막 바깥 어둠 속에서 무기가 쟁강거리는 소리를 듣고서 일어나서 옷을 입었다. 근위병 중 누군가가 대신 하기 전에 자기 힘으로 천막을 정리하고 싶었기 때문이다. 램프 불을 켜려다가 그녀는 이미 주위가 잘 보인다는 사실을 깨달았다. 천막 안의 모든 것이 희미하게 빛이 났고, 한쪽 구석의 셔츠도 금세 보였다. 그런데 셔츠가 파랗게 보였다.

그녀는 빛의 근원을 찾기 위해 주위를 조심스럽게 둘러보았다. 두 바퀴를 빙빙 돌고 나서야 자신이 천막 벽에 전혀 그림자를 드리우지 않는다는 것을, 즉 빛이 자신에게서 나온다는 것을 깨달았다. 목에 걸린 사파이어가 모닥불을 반사할 때 같은 코발트빛이 아니라 보석 자체가 빛을 뿜어내는 것처럼 짙은 아콰마린 색깔의 불빛을 내며 환하게 빛나고 있었다. 그녀는 펜던트를 손바닥으로 쥐고서 두 번째 사실을 알게 되었다. 목걸이는 진짜로 열기를 뿜어내고 있었다. 최소한 그녀의 체온보다 20도는 뜨거운 것 같았다.

보석을 꺼내고서 그녀는 천막의 천 위에서 일렁거리는 파란빛을 보았다. 평생 사파이어를 목에 걸고 살았지만, 옷 밖으로 자꾸 튀어나오는 짜증 나는 습성 말고는 딱히 눈에 띄는 특성을 보인 적이 없었는데. 하지만 지금은 어둠 속에서 빛을 뿜고 있었다.

마법이야, 켈시는 파란빛을 바라보며 놀라움에 차서 생각했다. 칼린의 책에 나왔던 것 같은 마법.

손을 내려 그녀는 망토 주머니를 뒤져 두 번째 목걸이를 꺼냈다. 신이 나서 꺼냈지만 금세 실망하고 말았다. 쌍둥이 보석은 그녀의 손바닥 위에서 커다란 파란색 사파이어의 모습 그대로일 뿐이었다. 거기서는 빛이 전혀 나지 않았다.

"게일런! 안장 좀 올려줘!"

켈시가 이미 메이스의 목소리라는 걸 아는 퉁명스러운 고함 소리가 밖에서 들리는 바람에 그녀는 정신을 차렸다. 빛에 감탄하고 있을 여유가 없었다. 아니, 이걸 숨겨야 했다. 그녀는 가방에서 가장 두껍고 어두운 색깔인 암적색 모직 셔츠를 꺼내 입고서 목걸이를 그 안으로 넣은 다음 머리를 단단히 말아 올리고 그 위로 두꺼운 털실 모자를 썼다. 보석은 그녀의 가슴 사이에서 조그맣고 따뜻한 석탄 덩어리처럼 이른 아침의 싸늘한 냉기를 가르고 기분 좋은 열기를 발산했다. 그래도 하루 온종일 몸을 데워주지는 못할 것이다. 그녀는 옷을 한 겹 더 입고 장갑을 낀 다음 밖으로 나왔다.

동쪽 하늘에서 언덕 그림자 위로 가늘게 빛줄기가 보였다. 켈시가 다가가자 게일런이 말을 챙기던 사람들에게서 떨어져 나와 그녀에게 반쯤 구운 베이컨 몇 조각을 주었다. 그녀는 허겁지겁 그것을 먹었다. 그리고 혼자서 천막을 정리하며 아무도 도와주러 오지 않는 것에 만족감을 느꼈다. 캐롤이 말들이 묶여 있는 작은 관목으로 가며 목례를 했지만 얼굴은 어두웠고, 제대로 잠을 자지 못한 것처럼 보였다.

켈시는 펜의 말 등에 천막을 싣고 자신의 안장 가방 쪽으로 향했다. 암말 메이스조차 하룻밤 사이에 그녀에게 조금 친근해진 것 같았다. 메이스가 쌓아놓은 당근 더미에서 켈시가 하나를 주워 내밀자 메이는 기꺼이 그녀의 손에서 먹이를 받아먹었다.

"매입니다, 대장! 동쪽 지평선에 두 마리가 떴습니다!"

켈시는 밝아오는 하늘을 보았지만 아무것도 보이지 않았다. 그 고요함이 어쩐지 섬뜩했다. 그녀는 매가 가득한 숲에서 자랐고 녀석들의 높고 사나운 울음소리는 항상 그녀의 피를 얼어붙게 만들곤 했다. 하지만 이 침묵은 더 끔찍했다.

캐롤은 안장 가방을 말 등에 묶다가 멈추고 머리 위의 하늘을 보며 뭔가를 생각했다. 잠시 후 그가 외쳤다.

"전원 이리로 모여! 펜, 그 불을 마저 꺼라!"

남자들이 모였고 대부분은 보급품을 들고 있었다. 펜이 얼굴에 재가 묻은 채 마지막으로 달려왔다. 모두가 여러 안장 가방에 보급품을 나누기 시작했지만 캐롤이 소리쳤다.

"그냥 놔둬!"

그가 충혈된 눈을 문질렀다.

"우린 쫓기고 있다, 제군들. 그리고 내 직감으로는 놈들이 근접하고 있어."

병사 몇 명이 고개를 끄덕였다.

"펜, 자네가 제일 작으니 여왕 폐하께 자네 망토와 갑옷을 드리게."

펜은 얼굴이 굳었지만 곧 고개를 끄덕이고 망토 버클을 푼 다음 갑옷을 벗기 시작했다. 켈시는 주머니에 손을 넣어 두 번째 목걸이를 주먹에 꼭 쥐고서 자신의 망토를 벗었다. 병사들이 펜의 갑옷을 하나하나 그녀의 몸에 입히고 버클을 채웠다. 강철은 놀랄 만큼 무거웠다. 각 부분을 그녀의 몸에 채울 때마다 켈시는 몇 번이나 신음을 삼켜야만 했다.

"병력을 나눈다. 놈들은 다수가 아닐 거야. 그들이 우리 모두를 다수의 병력으로 따라올 수 없기만을 바라야겠지. 같은 방향만 아니라면 어느 쪽으로든 마음대로 가도 좋다. 왕궁 잔디밭에서 집결하도록."

캐롤이 말했다. 그리고 펜을 돌아보았다.

"펜, 자네는 여왕 폐하와 말도 바꾸도록 해. 운이 좋으면 놈들이 암말을 쫓는 데 모든 에너지를 집중하겠지."

먼이 가슴 갑옷을 켈시의 어깨 위로 채우자 그녀가 살짝 비틀거렸다. 남자용이라 평평해서 그가 등 뒤의 버클을 채우자 아프게 조였다.

"누가 여왕 폐하와 같이 갑니까?"

다이어가 부디 자신이 아니기만을 바라는 표정으로 물었다.

"라자러스가 갈 거다."

켈시는 무리의 가장자리, 캐롤의 뒤쪽에 서 있는 메이스를 보았다. 그의 표정은 언제나처럼 무심했다. 캐롤이 그에게 중요한 나무를 보호하라고 지시했어도 아마 똑같은 표정일 것 같았다. 켈시의 의심스러운 표정이 얼굴에 드러났는지 메이스가 할 말 있으면 해보라는 듯 눈썹을 치켰다.

그녀는 아무 말도 하지 않았다.

캐롤이 병사들을 향해 용감하게 미소를 지었지만, 그의 얼굴은 음울했다. 켈시는 죽음이 검은 그림자처럼 그의 어깨를 뒤덮고 기다리고 있는 게 보이는 느낌이었다.

"이 임무는 우리가 함께하는 마지막 임무이지만, 가장 중요한 것이기도 하다. 우리가 설령 죽는다 해도 여왕 폐하께서는 왕궁에 도달하셔야만 한다."

그가 해산하라는 손짓을 했고 병사들이 돌아섰다. 켈시는 최대한 힘을 짜내서 그들을 불러 세웠다.

"멈춰요!"

"레이디?"

캐롤이 돌아섰고 나머지 사람들도 말을 향해 가다 말고 멈췄다. 켈시는 그들 모두를 둘러보았다. 그들의 얼굴은 옅은 아침 햇살 속에서 단호하게 굳어 있었다. 몇 명은 그녀를 싫어했지만 자신들의 명예가 걸려 있으니 그걸 인정할 수는 없을 것이다.

"여러분이 이 임무를 선택한 게 아니라는 걸 알고 있지만, 어쨌든 감사를 표하고 싶어요. 여러분 중 누구라도 내 근위대에 들어온다면 환영하겠지만, 그렇지 않다 해도 여러분의 가족들은 보호를 받게 될 거예요. 내가 맹세하죠……. 도움이 될지 모르겠지만."

그녀는 알 수 없는 표정으로 자신을 바라보고 있는 캐롤에게로 돌아섰다.

"이제 출발하죠, 근위대장."

그는 고개를 끄덕였고 남자들이 다시 말에 올라탔다.

"라자러스, 얘기 좀 하지!"

메이스가 두 사람 쪽으로 쿵쿵 걸어왔다.

"제 말은 못 가져가십니다, 대장."

"그럴 생각도 안 했네."

캐롤의 얼굴에 살짝 미소가 떠올랐다.

"여왕 폐하의 곁에 있게, 라자러스. 하지만 한 쌍이라는 걸 들키지 않을 정도로 거리를 두고서. 카렐까지 간 다음에 강을 따라 도시로 가게. 조수가 두 사람의 자취를 감춰줄 거야."

메이스는 고개를 끄덕였지만 켈시는 기묘하게도 그가 이미 상황을 평가하고 캐롤의 조언을 귓등으로 흘리고 자신만의 방향을 선택할 거라는 직감을 받았다.

"설명할 시간은 없습니다만, 레이디, 우리 라자러스는 탈출의 명수로 유명합니다. 운이 좋으면 이 친구가 최고의 기술을 보여드릴 겁니다."

켈시의 착장이 끝났다. 펜이 그녀의 초록색 망토를 자신의 어깨에 둘렀다. 망토는 그의 어깨에 좀 작았다.

"안전을 빕니다, 레이디."

펜이 그렇게 중얼거리고서 사라졌다. 켈시는 오두막 문가에 서 있던 칼린과 바티를, 그들의 거짓된 낙관적 태도를 떠올렸다.

"근위대장, 내 왕좌 앞에서 조만간 다시 보도록 해요."

"아뇨, 레이디, 그러지는 못할 겁니다. 전 이 여행에서 죽음을 예감하고 있습니다. 저한테는 레이디께서 거기 앉으시는 것만으로 충분합니다."

캐롤이 말에 올랐다. 그의 얼굴은 성공할 가망이라고는 없는 임무를 생각하느라 일그러져 있었다. 메이스가 손을 내밀자 그가 그 손을 잡았다.

"안전하게 모셔주게, 라자러스."

그가 말에 박차를 가하고서 숲으로 사라졌다.

켈시와 메이스 단둘만 남았다. 그들의 말이 하얗게 콧김을 내뿜었고 켈시는 새삼 날씨가 얼마나 추운지 깨달았다. 그녀는 펜의 회색 망토를 집어들다가 가슴 안쪽에서 주머니를 발견하고 두 번째 목걸이를 깊숙이 넣은 다음 망토를 둘렀다. 야영지에는 낙엽 한 무더기, 모닥불에서 피어오르는 연기 한 줄기, 머리 위의 마른 나뭇가지밖에는 남아 있지 않아서 텅 빈 것 같았다.

"난 어디로 가면 되죠?"

그녀가 물었다.

"저기 레이디의 왼쪽에 있는 나무 틈새로 가십시오."

메이스는 켈시의 암말보다 한 뼘은 족히 큰 펜의 짙은 갈색 종마에 그녀가 타는 것을 도와주었다. 도움을 받으면서도 켈시는 펜의 갑옷 무게가 더해진 자신의 몸을 안장 위로 끌어 올리느라 끙끙거렸다.

"몇십 미터 정도 북쪽으로 가셨다가 동쪽으로 빙 돌아서 남쪽을 향해서 전진하십시오, 레이디. 저를 보지는 못하실 겁니다만, 전 바로 근처에 있을 겁니다."

몸 아래 말의 커다란 덩치를 느끼며 켈시가 솔직하게 말했다.

"난 말을 잘 타진 못해요, 라자러스. 빨리 달려본 적은 사실 한 번도 없고요."

"이미 알고 있습니다, 레이디. 하지만 레이크는 가장 성격 좋은 종마 중 하나입니다. 고삐를 느슨하게 쥐고 타면 레이디께서 녀석과 친하지 않아도 일부러 떨어뜨리려고 하지는 않을 겁니다."

메이스가 고개를 홱 돌리고 켈시의 위쪽으로 시선을 고정하고 말했다.

"이제 가십시오, 레이디. 놈들이 옵니다."

켈시가 머뭇거렸다.

"맙소사!"

말은 메이스가 엉덩이를 철썩 때리자 앞쪽으로 펄쩍 뛰어나갔다. 켈시는 고삐를 하마터면 놓칠 뻔했다. 그녀의 뒤에서 메이스가 소리치는 게 들렸다.

"인형과 드레스나 갖고 노실 겁니까, 레이디? 이보다는 강해지셔야 합니다!"

그리고 그녀는 숲속으로 들어섰다.

끔찍한 여행길이었다. 그녀는 메이스가 이야기한 대로 종마를 타고 크게 원을 그리며 돌았고, 빨리 직진하며 속도를 올리고 싶어서 온몸이 다 움찔거렸다. 원이 충분히 크다는 결론을 내린 후 그녀는 바위의 이끼를 보고서 남쪽을 찾아 달리기 시작했다. 펜의 회색 망토가 그녀의 뒤로 펄럭거렸다. 잠깐 동안은 갑옷이 무거워서 레이크가 앞발을 내디딜 때마다 온몸이 뒤흔들리는 것 같았지만, 조금 시간이 지나자 더 이상 금속의 무게가 느껴지지 않았다. 바티의 나이 많은 종마를 타고는 한 번도 경험해본 적이 없는 순수하고 완벽한 속도의 세계뿐이었다. 숲이 옆을 스쳐 갔다. 나무가 가끔은 멀어지고 가끔은 너무 가까워서 갑옷을 두른 그녀의 몸에 가지 끝이 스쳤다. 얼음장 같은 바람이 귓가에서 비명을 질렀고 목 안쪽으로 아드레날린의 쓸쓸한 맛이 느껴졌다.

메이스의 모습은 보이지 않았지만 근처 어디 있다는 게 느껴졌다. 달리는 내내 그의 마지막 말이 연신 떠올라 바람으로 얼어붙은 뺨까지 달아오르게 만들었다. 그녀는 이 여행길에 자신이 굉장히 강하고 아주 용감했다고 생각했고, 그들에게 조금은 깊은 인상을 줬다고도 믿었다. 칼린은 언제나 켈시에게 펼쳐놓은 책처럼 그녀의 얼굴에 모든 게 드러난다고 말하곤 했다. 그들 모두가 그 자만을 알아챘으면 어떡하지? 다시 그들 앞에서 고개를 들 수 있을까?

쓸데없는 생각은 당장 그만둬!

칼린의 목소리가 머릿속에서 그 어떤 부끄러움보다 강하게, 의심보다 강하게 울려 퍼졌다. 켈시는 레이크의 옆구리를 허벅지로 꽉 조이고 더 빨리 달리도록 다그쳤다. 뺨이 다시 달아오를 것처럼 느껴지자 손을 들어 올려 얼굴을 찰싹 때렸다.

한 시간 정도 빠르게 달리고 나니 숲이 완전히 끝나고 갑자기 순수한 경작지, 앨먼트 평원이 나타났다. 눈길이 닿는 곳까지 전부 정성스레 경작한 초록색 밭고랑이 펼쳐져 있었고 그녀는 이 평평하고 전부 똑같아 보이는 땅을 보고 속으로 신음했다. 나무도 몇 그루 있긴 했지만 이파리도 없는 비쩍 마른 몸통이 하늘을 향해 뒤틀린 모양으로 뻗어 있어서 엄폐물이 되어줄 만큼 튼튼하지 않았다. 켈시는 밭고랑 사이로 나 있는 길을 따라 말을 달렸다. 밭을 가로지르는 이 길 말고 다른 길은 전혀 없었다. 널따란 경작지에 드문드문 나무와 초가지붕으로 만들어진 나지막한 집들이 있었고, 대부분은 초라한 시골 오두막 수준이었다. 멀리 좀 더 크고 튼튼해 보이는 나무 주택도 있었지만 그것은 아마 귀족이나 아니면 감독관의 집일 것이다.

농부들도 많이 보였다. 몇 명이 몸을 펴고 그녀를 쳐다보거나 그녀가 지나가자 손을 흔들었다. 하지만 작물에만 신경을 쓰느라 대부분의 사람들은 그저 그녀를 무시했다. 티어링은 농업국가였다. 농부들이 귀족의 땅을 얻어 사는 대신에 밭을 경작하고, 귀족들은 모든 이익을 가져가고 왕실에 세금을 낸다. 켈시는 서재에서 이야기를 하는 칼린의 목소리가 들리는 것 같았다. 못마땅한 기색이 가득한 목소리가 책으로 가득한 벽에서 울렸다.

"농노제야, 켈시, 단지 그뿐이야. 더 나쁜 건 나라가 인정하는 농노제라는 거지. 이 사람들은 귀족의 편안한 생활을 위해서 죽도록 일을 해야만 하고, 운이 좋으면 그 보상은 겨우 입에 풀칠하는 거지. 윌리엄 티어는 순수한 사회주의를 꿈꾸며 신세계로 왔는데, 결국 우리가 맞이한 결말은 이거야."

칼린은 수차례 이 점을 강조해서 가르쳤지만 눈으로 직접 그 체제를 보는 것은 굉장히 달랐다. 밭에서 일하는 사람들은 굶주려 보였고, 대다수가 비쩍 마른 몸에 헐렁하고 모양 없는 옷을 입고 있었다. 말을 타고 작물 위쪽으로 쑥 솟아 있어 쉽게 알아볼 수 있는 감독관들은 굶주려 보이지 않았다. 그들은 챙이 넓고 평평한 모자를 썼고, 다들 두툼한 나무 막대기를 들고 있었다. 어디에 쓰는지는 소름 끼치게 확실했다. 그중 한 사람 옆으로 지나가며 보니 막대기 끝에 짙은 갈색 얼룩이 묻어 있었다.

동쪽으로 귀족의 저택이 분명한 집이 보였다. 빨간 벽돌로 만들어진 높은 성채였다. 진짜 벽돌! 티어링 벽돌은 모트메인의 벽돌에 비하면 형편없는 건축자재로 악명이 높았다. 모트메인 것이 더 질 좋은 모르타르로 만들어져서 킬로그램당 최소한 1파운드는 나갔다. 칼린은 진짜 벽돌로 만들어진 화덕을 갖고 있었다. 바티가 그녀를 위해 만들어준 거였고 켈시는 바티가 모트메인 암시장에서 벽돌을 사 온 걸까 여러 번 궁금해했었다. 대부분의 벽돌공들은 자신의 물건을 티어링인에게 팔 수 없게 되어 있었지만, 모트산 사치품들은 값비싼 가격에 국경을 넘어왔고 바티는 켈시에게 가격만 맞으면 뭐든 구할 수 있다고 말한 바 있었다. 하지만 바티가 암시장에서 약간의 물건은 사 올 수 있다 해도, 그와 칼린은 벽돌집을 지을 정도의 돈은 없었다. 저기 사는 귀족은 엄청나게 부자인 게 분명했다. 켈시의 시선이 들판에서 일하는 사람들에게로 향했다. 그들의 비쩍 마른 뺨과 목을 보자 가습속에 희미한 분노가 솟아올랐다. 그녀는 거의 평생 여왕이 되는 걸 두려워했다. 바티와 칼린이 최선을 다해 가르쳤지만 자신이 그 임무에 제대로 대비가 되어 있지 않다는 걸 잘 알기 때문이었다. 그녀는 성에서 자라지도 않았고, 특권층의 삶을 살지도 않았다. 그녀가 다스릴 넓은 땅을 생각만 해도 두려웠지만, 들판에서 일하는 사람들을 보자 가슴속에서 뭔가가 열리며 처음으로 깊게 숨을 들이켜는 것 같은 기분이 들었다. 이 모든 사람들이 이제 그녀의 책임이었다.

켈시의 왼쪽 지평선에서 해가 떠올랐다. 그녀는 해가 뜨는 모습을 바라보다가 검은 그림자가 소리 없이 눈부신 하늘을 가로질러 사라지는 것을 발견했다.

모트의 매다!

그녀는 레이크의 옆구리에 뒤꿈치를 박고 최대한 고삐를 느슨하게 잡으려고 노력했다. 종마가 속도를 올렸지만 소용없는 행동이었다. 사람이 탄 말은 사냥에서 매를 앞지르지 못한다. 그녀는 다급하게 사방을 둘러보았지만 가려줄 나무 한 그루 보이지 않았다. 오로지 끝없이 펼쳐진 평원과 저 멀리 파랗게 빛나는 강뿐이었다. 그녀는 망토 안쪽에서 단검을 꺼냈다.

"숙여요! 몸을 숙여요!"

메이스가 그녀의 뒤에서 소리쳤다. 켈시는 몸을 숙이고 그녀의 머리가 있던 자리를 발톱이 날카롭게 휙 소리를 내며 가르는 것을 느꼈다.

"라자러스!"

"가십쇼, 레이디!"

그녀는 레이크의 목에 몸을 기울이고서 고삐에서 완전히 힘을 뺐다. 그들은 이제 평야를 빠르게 질주하고 있었다. 너무 빨라서 들판의 농부들조차 구분할 수 없고 그저 갈색과 초록색 덩어리처럼 보일 뿐이었다. 말이 그녀를 내던져서 목이 부러지는 건 시간문제라는 생각이 들었다. 하지만 그 생각조차도 기묘하게 해방감을 주었다……. 그녀가 이렇게 오래 살아남을 거라고 누가 예상했을까? 그녀는 격렬하게, 미친 듯이 웃음을 터뜨렸지만 그 웃음은 바람 속에 즉시 흩어졌다.

매가 그녀의 오른쪽에서 날아들었고 켈시는 다시 몸을 숙였지만 조금 늦었다. 발톱이 그녀의 목을 할퀴어 피부를 찢었다. 진하고 뜨거운 피가 쇄골을 타고 흘러내렸다. 매는 그녀의 왼쪽으로 솟아올랐고 켈시는 매의 궤적을 좇느라 고개를 돌리다가 목의 상처가 크게 벌어지며 오른쪽 몸 전체를 타고 고통이 흐르는 것을 느꼈다.

오른쪽 뒤에서 말발굽 소리가 울렸지만 켈시는 돌아볼 수가 없었다. 매가 이제 그녀의 앞에서 원을 그리며 그녀의 눈을 찌를 태세를 취하고 있었기 때문이다. 그녀가 본 여느 매보다 훨씬 크고 보통의 갈색 대신 짙은 검은색 깃털을 가진 매는 거의 독수리처럼 보였다. 갑자기 매가 다시 그녀를 향해 발톱을 쭉 뻗으며 날아들었다. 켈시는 세 번째로 몸을 구부리고 얼굴을 보호하기 위해 팔을 내밀었다.

그녀의 머리 위쪽에서 뭔가 부딪치는 소리가 들렸다. 고통이 느껴지지 않아서 켈시는 잠시 기다리다가 위쪽을 살짝 보았다. 아무것도 없었다.

오른쪽을 돌아보느라 움직였더니 아파서 눈물이 날 지경이었다. 메이스가 그녀의 옆에 있었다. 철퇴의 뾰족뾰족한 머리에 매의 몸통이 박혀 있었다. 피와 깃털, 윤기 나는 내장이 뒤엉킨 덩어리. 그가 거칠게 손잡이를 흔들자 새가 떨어졌다.

"모트의 매인가요?"

그녀가 바람 속에서 차분하게 목소리를 내려고 노력하며 소리쳤다.

"확실합니다, 레이디. 녀석들은 밤처럼 검고 개만큼 커다래서 세상 어느 매하고도 다르죠. 그 마녀가 어떻게 녀석들을 접붙인 건지는 신만이 아실 겁니다."

메이스가 종마의 속도를 늦추고 켈시를 살피다 말했다.

"다치셨군요."

"목만요."

"매는 살인도 하지만, 정찰을 담당하기도 합니다. 지금쯤 암살자 무리가 저희 뒤에 있을 겁니다. 계속 말을 타실 수 있겠습니까?"

"네, 하지만 피가 자취를 남길 거예요."

"남서쪽으로 16킬로미터쯤 가면 레이디의 어머님께 충성스러웠던 귀족 부인의 성채가 있습니다. 거기까지 가실 수 있겠습니까?"

켈시가 그를 노려보았다.

"내가 집에만 틀어박혀 있던 허약한 계집애라고 생각하는 건가요, 라자러스? 그저 피가 좀 날 뿐이에요. 그리고 이번 여행길에 딱히 편안한 시간을 보낸 기억도 없고요."

메이스의 검은 눈이 깨달음을 얻은 듯 밝아졌다.

"레이디께서는 젊고 무모한 데가 있으시군요. 그건 전사에게 어울리는 자질이지만, 여왕에게는 아닙니다."

켈시는 인상을 찌푸렸다.

"가시죠, 레이디. 남서쪽으로요."

이제 해는 완전히 지평선 위로 올라왔고, 켈시는 그들의 목적지를 볼 수 있었다. 파랗게 빛나는 강을 배경으로 눈에 띄는 또 다른 벽돌 건물이었다. 이 거리에서 건물은 장난감 크기로 보였지만, 가까이 다가가며 건물이 여러 층으로 되어 있다는 걸 알 수 있었다. 켈시는 거기 사는 귀족 부인이 강 통행료를 받을까 생각했다. 칼린은 그녀에게 강가나 도롯가에 사는 많은 귀족들이 그곳을 지나가는 사람들에게 여분의 돈을 쥐어짤 기회만 노린다고 말했었다.

말을 타고 가는 동안 메이스의 머리가 마치 회전 고리처럼 앞뒤로 계속 돌아갔다. 그는 철퇴를 닦지도 않고서 도로 벨트에 꽂았고, 매의 내장이 아침 햇살에 빛났다. 그 광경에 켈시는 약간 구역질을 느끼고 목의 통증을 무시하고 고개를 돌려 주변의 시골을 관찰했다. 그들은 티어링의 거대한 곡창지대인 앨먼트 한가운데 있는 게 분명했다. 사방으로 평지만 펼쳐졌다. 앞쪽에 있는 강은 카델이거나 크리드겠지만 자신들이 얼마나 서쪽으로 멀리 왔는지 모르는 상태에서는 어느 것인지 확실하게 말할 수가 없었다. 남서쪽 멀리 갈색 언덕과 더 짙은 색깔의 검은 얼룩 같은 게 보였다. 아마도 뉴런던일 것이다. 하지만 땀이 눈에 흘러들어 눈을 깜박인 후 다시 보니 갈색 언덕은 신기루처럼 사라지고 사방으로 초록색 평원만이 펼쳐져 있었다. 티어링은 칼린의 지도에서 보았을 때보다 훨씬 더 거대하게 느껴졌다.

그들이 저택까지 절반 정도 거리를 왔을 때 메이스가 손을 뻗어 레이크의 엉덩이를 세게 내리쳤다. 종마가 저항하듯 힝힝거렸지만 곧 강을 향해서 쏜살같이 달리기 시작했고, 그 갑작스러운 행동에 켈시는 안장에서 떨어질 뻔했다. 그녀는 종마의 움직임에 리듬을 맞추려고 했지만 레이크의 발이 대지를 박찰 때마다 목의 상처가 다시 벌어지는 것 같았고, 켈시는 조수처럼 밀려오는 현기증을 무시하기 위해 노력했다.

잠깐 동안 메이스가 뒤따라오는 소리만 들렸지만 점차 그녀의 귀에 의심의 여지 없이 다른 말발굽 소리, 추격해오는 여러 쌍의 말발굽 소리가 들려왔다. 그들과의 거리가 좁아지고 있었고 강이 불안할 정도로 빠르게 가까워졌다. 어깨 너머를 힐끗 보고 켈시는 최악의 두려움이 사실이 되었다는 것을 깨달았다. 네 명의 케이든이 50미터쯤 뒤에서 밝은 빨간색 망토를 바람에 날리며 쫓아오고 있었다. 어린 시절에 케이든 이야기를 듣고 켈시는 바티에게 왜 전문 암살자가 그런 밝고 눈에 잘 띄는 색의 망토를 입는 거냐고 물어보았다. 바티의 대답은 별로 위안이 되지 않았다. 케이든은 대단히 자신만만한 살인자들이어서 밝은 빨간색 옷을 입고 대낮에 나타나도 상관

없다는 거였다. 그 망토는 확실한 메시지 같은 거였다. 그들을 보자 켈시의 가슴속이 얼어붙었다.

그녀의 뒤에서 메이스가 욕설을 내뱉고서 소리쳤다.

"오른쪽으로!"

둘러보는데 이제 두 번째 무리가 다가오고 있었다. 네 명이나 다섯 명쯤 되는 검은 망토를 두른 덩치 큰 남자들이 남서쪽에서 달려와 그들이 강에 도착하기 전에 앞을 막으려고 하고 있었다. 설령 레이크가 두 무리의 추적자들을 전부 따돌릴 만큼 튼튼하다고 해도, 강 앞에서 방향을 돌릴 때 그들에게 포위될 것이다. 강은 거의 20미터 정도로 넓었고 이 거리에서도 짙은 초록색 강물이 빠르게 흘러가며 물속의 바위 때문에 중간중간 물보라를 일으키는 게 보였다. 헤엄쳐서 건너기엔 너무 빠르고 거칠었고, 배도 보이지 않았다. 선택지가 없어 보였지만 여전히 그녀의 머릿속에서는 사방으로 뻗은 광대한 초록빛 평원과 그곳에 있던 사람들이 계속해서 떠올랐다. 그녀가 책임져야 하는 존재들.

강둑을 따라 서쪽으로 달리면 양쪽 추격자들 모두 물가를 따라올 수밖에 없을 것이다. 그렇게 되면 그들이 그녀의 앞을 가로막을 수는 없겠지. 어쨌든 그녀를 잡긴 하겠지만, 기적이 일어날 수도 있는 시간은 벌 수 있을 것이다. 그녀는 고삐를 꽉 쥐고 강을 향해 똑바로 달려갔다. 말발굽이 땅을 울릴 때마다 목의 상처에서 피가 튀어 턱과 뺨에 묻었다.

강까지 대략 15미터 정도 남았을 때 켈시는 고삐를 잡아당겨 오른쪽으로 회전하며 다른 추격자들을 놀래려고 했다. 하지만 레이크는 그 동작을 오해하고 그 자리에 멈췄고, 켈시의 몸이 허공으로 날아갔다. 강과 하늘이 빙글빙글 돌다가 그녀는 바닥에 엎드린 상태로 떨어졌다. 숨이 꽉 막혀서 겨우 헐떡거리고만 있었다. 일어나보려고 했지만 다리가 말을 듣지 않았다. 그녀는 억지로 숨을 들이켜려고 했지만 조금씩 헉헉댈 뿐이었다. 다가오는 말발굽 소리가 온 세상을 채우는 것 같았다.

그녀의 왼쪽에서 남자가 소리쳤다.

"계집! 계집이야, 이 멍청이들아! 메이스는 나중에 상대하고 계집을 잡아!"

뭔가가 그녀의 앞쪽에 쿵 하고 나타났다. 켈시는 고개를 들어 한 손에 검을 들고 다른 손에는 철퇴를 들고 빨간 망토를 두른 네 명의 남자를 바라보는 메이스를 보았다. 케이든은 외모가 전부 제각각이었다. 피부가 검은 사람, 밝은 사람, 키가 큰 사람, 작은 사람. 한 명은 심지어 콧수염을 기르고 있었다. 하지만 모든 얼굴에는 똑같이 엄격하고 무심한 표정이 자리 잡고 있었다. 훈련된 사나움. 피부색이 밝은 암살자가 메이스의 방어막을 뚫었고 그의 쇄골에 칼끝이 스쳤다. 케이든의 얼굴에 피가 튀고 진홍색 망토에 스몄지만, 메이스는 상처를 무시하고 한 손을 뻗어 공격자의 목을 쳤다. 빨간 옷의 남자가 숨이 막혀 꾸르륵거리는 소리를 내며 무릎을 꿇었다. 기관지가 망가진 모양이었다.

메이스는 이제 켈시의 바로 앞에 서서 양손에 무기를 든 채 기다리고 있었다. 또 다른 케이든이 그에게 달려들었고 메이스는 무릎을 꿇고 검으로 허공을 갈랐다. 케이든이 고통으로 비명을 지르며 바닥에 쓰러졌다. 그의 오른쪽 무릎 바로 아래가 잘려 나간 것이다. 잘린 부분에서 피가 철철 흘러내려 강둑을 검붉은색으로 물들였다. 잠시 후 켈시는 자신이 심장이 뛸 때마다 모래 위로 생혈을 쏟아내고 있는 남자의 느려지는 맥박에만 집중하고 있음을 깨달았다.

희미하게 그녀는 자신도 뭔가 해야 한다고 생각했다. 하지만 다리가 여전히 반응하지 않고 갈비뼈가 끔찍하게 아팠다. 남은 두 명의 케이든이 양쪽 옆에서 메이스를 향해 접근했지만 메이스는 그들을 가뿐하게 피하고 한 남자의 옆머리에 철퇴를 내리쳤다. 철퇴가 뼈를 부쉈고 피가 튀었다. 하지만 메이스도 재빨리 원위치로 돌아오지는 못했다. 마지막 암살자가 그에게 달려들어 엉덩이 위쪽을 벴다. 그의 검이 메이스의 허리를 감싼 가죽띠를 깨끗하게 갈랐다. 메이스는 그의 아래쪽으로 몸을 날려 한 바퀴 구른 다음 동물적인 우아함을 발휘하며 일어서서 암살자의 등뼈를 향해 무시무시한 힘으로 철퇴를 휘둘렀다. 바티가 소나무 가지를 부러뜨릴 때처럼 뚝 소리가 들렸고 케이든이 바닥에 쿵 쓰러졌다.

메이스의 뒤로 검은 망토의 남자들이 도착해서 칼을 뽑아 든 채 말에서 내리는 모습이 보였다. 메이스가 돌아서서 그들을 향해 달려갔고 켈시는 그것을 보며 경탄과 애석함을 동시에 느꼈다……. 그가 여기서 죽는 건 정말 낭비였다. 전에는 네 명은 고사하고 케이든 검사 한 명을 제압한 사람 이야기조차 들어본 적이 없었다. 목에서 손을 떼보니 피로 미끌거렸다. 이런 조그만 상처로 피를 흘리다 죽을 수도 있을까? 바티는 한 번도 죽음이나 죽어가는 것에 대해 설명해준 적이 없었다.

누군가가 켈시의 팔 아래로 손을 뻗어 그녀의 몸을 뒤집었다. 눈앞에서 검은 점이 춤을 추었다. 목의 상처가 더 크게 벌어지고 맥박이 고동칠 때마다 따뜻한 피가 흘러나왔다. 다리가 벌어지며 감각이 되살아났고, 마치 종아리에 유리 조각들이 박힌 것처럼 끔찍하게 아파왔다. 위쪽으로 얼굴이 나타났다. 바닥이 없는 검은 구멍 같은 눈에 피투성이 입이 있는 창백한 죽음의 얼굴을 보고 켈시는 자신도 모르게 비명을 질렀지만 곧 그게 그냥 가면이라는 것을 깨달았다.

"두목. 메이스입니다."

켈시는 고개를 들고 두 번째 가면남이 자신의 앞에 서 있는 것을 보았다. 하지만 이 남자의 가면은 다행히 그냥 까맣기만 했다.

"기절시켜. 우리랑 같이 데려간다."

하얀 가면의 남자가 명령했다.

"네?"

"주위를 좀 봐, 하우. 케이든이 넷이야! 그것도 저 친구 혼자서. 분명히 문젯거리가 되겠지만, 그런 전사를 죽게 놔두는 건 범죄라고. 같이 데려간다."

목의 상처가 비명을 지르며 반항하는 것 같았지만 켈시는 바닥을 짚고 일어나 앉아서 여러 군데의 상처에서 피를 흘리는 메이스가 검은 가면 남자 여럿에게 둘러싸여 있는 것을 보았다. 한 명이 족제비처럼 재빠르게 앞으로 나와서 검 손잡이로 메이스의 뒤통수를 내리쳤다.

"안 돼!"

메이스가 바닥으로 쓰러지는 것을 보고 켈시가 소리쳤다.

"저 친구는 괜찮을 거야, 아가씨. 아가씨나 일어나라고."

하얀 가면 남자가 그녀의 앞에 서서 말했다.

켈시는 간신히 몸을 일으켰다.

"나한테 뭘 원해요?"

"그쪽에서 답을 요구할 수 있는 입장이 아니야, 아가씨."

그가 물병을 내밀었지만 그녀는 무시했다. 검은 눈이 가면의 눈구멍 뒤에서 반짝이며 그녀를 쳐다보았고, 그녀의 목을 빤히 보았다.

"심하군. 어쩌다 그런 거야?"

"모트의 매."

켈시가 마지못해 대답했다.

"신이 그대의 외삼촌을 축복하기를. 동맹 고르는 수준이 옷 입는 수준보다 나을 게 없군."

"두목! 케이든이 더 몰려옵니다! 북쪽에서요!"

켈시는 북쪽을 쳐다보았다. 넓은 밭 너머로 먼지구름이 이 거리에서는 착각하기 쉬울 정도로 조그맣게 보였지만, 지평선 위의 불그스름한 덩어리로 보건대 켈시는 쫓아오는 부대가 최소한 열 명은 될 거라고 생각했다.

"매는 더 안 보이나?"

두목으로 보이는 남자가 물었다.

"예. 하우가 한 마리 잡았습니다."

"그거 참으로 다행이군. 말들을 묶어. 그놈들도 다 데려간다."

켈시는 고개를 돌려 강을 보았다. 물이 깊고 거칠고 건너편 강둑으로는 최소한 500미터 정도 하류 쪽까지 나무와 관목들이 길게 웃자라 있었다. 강을 헤엄쳐서 건널 수만 있다면 그걸 잡고 올라갈 수도 있을 것이다.

"엄청나게 귀중한 상품이란 말이지. 별로 그렇게 보이지는 않지만."

두목이 그녀의 옆에 서서 중얼거렸다. 켈시는 강 쪽으로 돌아섰다. 하지만 세 걸음도 가기 전에 그가 그녀의 팔꿈치를 잡고 거의 곰만 한 덩치의 두 번째 남자에게 떠밀었다. 남자가 그녀의 두 팔을 꽉 잡았다.

"우리한테서 도망칠 생각은 말라고, 아가씨. 우리도 물론 아가씨를 죽일 수 있지만, 케이든은 확실하게 죽일걸. 그리고 그 머리를 섭정에게 기념품으로 넘기겠지."

두목의 목소리는 차가웠다. 켈시는 자신의 선택지를 가늠해보고 아무것도 없다는 결론을 내렸다. 다섯 명의 가면 쓴 남자들이 그녀를 둘러싸고 있고, 메이스는 6미터 옆 바닥에 쓰러져 있었다. 그가 숨을 쉬는 것은 보였지만 몸은 늘어진 상태였다. 남자 한 명이 메이스의 손을 묶었고 두 명이 더 달라붙어 그를 들어 올려 말 위에 싣고 묶었다. 켈시에게는 검도 없었고 있다 한들 어떻게 쓰는지도 몰랐다. 그녀가 두목 쪽으로 돌아서서 동의한다는 의미로 고개를 끄덕였다.

"모건, 이 아이를 네 말에 태우고 가."

두목이 돌아서서 자기 말에 타고 목소리를 높였다.

"빨리 움직여! 정찰병이 오는지 확인하고!"

"타시죠, 레이디. 여기요."

모건의 목소리는 그 커다란 덩치와 검은 가면에 비해 놀랄 만큼 부드러웠다. 켈시는 등자 대신 그의 손을 밟고 말 위에 올라탔다. 목에서 다시 피가 줄줄 흘렀다. 셔츠 오른쪽 어깨가 다 젖었고 진홍색 핏방울이 팔뚝으로 떨어지고 있었다. 그녀의 피에서는 바티가 집에 있는 기념품 상자에 모으던 오래된 동전처럼 구리 냄새가 났다. 일주일에 한 번씩 그는 동전들을 완벽하게 광을 낸 다음 켈시에게 보여주었다. 겉면에 위엄 있게 수염을 기른 남자가 있는 낡고 동그란 동전은 흘러간 시절의 유물이었다. 피 냄새에 좋은 추억이 떠오를 수 있다는 게 신기했다.

모건이 그녀의 뒤에 올라탔다. 켈시는 말이 그의 무게를 받치기 위해 움찔거리는 것을 느꼈다. 그의 팔이 양쪽 옆으로 튼튼한 받침대처럼 자리 잡았다. 켈시는 소매를 찢어 목을 누를 헝겊을 만들었다. 상처는 가능한 한 빨리 꿰매야 할 것 같았고, 바닥에 핏자국을 남기고 싶은 마음은 전혀 없었다.

그들은 강가를 따라 달려갔다. 켈시는 그들이 어디로 가는 걸까 궁금했다. 강은 말이 헤엄쳐서 건너기엔 너무 빠르고 거칠었고, 다리의 모습은 전혀 보이지 않았기 때문이다. 북쪽을 힐끔 보니 빨간 망토를 입은 무리가 방향을 바꾸어 이제 그들을 가로막기 위해 직선 경로로 달려오고 있었다. 하지만 그녀 주위의 가면 쓴 남자들은 어디로 가고 있는지, 도망칠 계획은 있는지 전혀 드러내지 않았다. 두목이 앞에서 말을 달렸고 그의 뒤로는 다른 남자가 메이스의 종마를 타고 있었는데, 메이스의 몸을 안장에 걸친 채였다. 그의 늘어진 몸이 말이 달릴 때마다 들썩거렸다. 피는 그리 많이 보이지 않았지만 회색 망토가 그의 몸 대부분을 덮고 있어서 제대로 알 수는 없었다. 가면 쓴 남자들은 전부 앞에 있는 길에만 집중하는 것 같았다. 고개를 돌려 추격자들이 얼마나 왔는지 확인하지도 않고 켈시 쪽을 쳐다보지도 않았다. 그녀는 또다시 자신의 무력함을 실감했다. 혼자 있으면 그녀는 순식간에 살해될 것이다.

"지금이야!"

두목이 소리쳤다. 모건의 말이 방향을 홱 바꾸었고 그들은 강을 향해 똑바로 뛰어들었다. 켈시는 눈을 감고 차가운 물에 빠질 것에 대비해 숨을 멈추었지만, 그런 일은 일어나지 않았다. 그들 주위로 물살이 격렬하게 흐르고 얼음 같은 물방울이 허공으로 튀어 켈시의 바지를 무릎까지 적셨다. 하지만 눈을 떠보니 그들은 신기하게도 강을 건너고 있었다. 말이 걸음을 옮길 때마다 물이 튀기는 했지만 말발굽은 분명히 단단한 땅을 밟고 있었다.

말도 안 돼, 그녀는 놀라서 눈을 커다랗게 뜬 채 생각했다. 하지만 증거가 눈앞에 있었다. 그들은 강을 크게 대각선으로 건너고 있었고, 한 걸음 한 걸음 갈 때마다 점점 맞은편 강둑에 가까워지는 중이었다. 그들은 물속에서 위로 튀어나온 두 개의 바위 사이를 지나갔고, 돌이 대단히 가까워서 표면을 뒤덮은 짙은 에메랄드색 이끼가 보일 정도였다. 그녀는 목에 걸린 빛을 내뿜는 보석을 떠올리고 웃음을 터뜨릴 뻔했다. 놀라운 일로 가득한 하루였다.

마른땅에 도달하자 그들은 즉시 숲으로 들어갔다. 그날 두 번째로 켈시의 얼굴에 나뭇가지가 부딪치고 스쳤지만 그녀는 턱을 가슴에 꼭 붙이고 아무 소리도 내지 않았다.

육중한 참나무 그림자 속에서 두목이 한 손을 들었고 모두가 말을 세웠다. 그들 뒤로는 나무 사이로 강이 겨우 보일 정도였다. 두목이 말을 탄 채한 바퀴 빙 돌고는 꼼짝 않고 앉아서 강둑 쪽을 바라보았다.

"이러면 저 친구들을 한동안 헷갈리게 만들 수 있겠죠."

남자 한 명이 중얼거렸다.

켈시는 현기증이 나는 것을 무시하고 고개를 돌려 참나무 가지 사이를 바라보았다. 물에 반사된 햇빛 말고는 아무것도 보이지 않았지만, 검은 가면의 남자 한 명이 낄낄 웃었다.

"그놈들 분명히 쩔쩔맬걸요. 몇 시간은 그러고 있을 거예요."

이제 추격자들의 소리가 들렸다. 고함 소리와 그에 대답하는 "모르겠습니다!" 하는 외침.

"레이디의 상처를 꿰매야 합니다. 피를 너무 많이 흘리셨습니다."

모건이 켈시의 뒤에서 말하는 바람에 그녀는 깜짝 놀랐다.

"그렇군."

두목이 검은 눈으로 켈시를 바라보았다. 그녀는 그의 가면을 무시하려고 노력하며 마주 보았다. 할리퀸(어릿광대) 가면이었지만 어딘지 모르게 훨씬 더 사악하고 끔찍해 보였다. 그걸 보고 있으니 어릴 때 꾸었던 악몽이 생각났다. 어쨌든 그녀는 억지로 몸을 똑바로 펴고 팔 안쪽으로 피가 고이는 걸 무시한 채 그를 응시했다.

"당신은 도대체 누구죠?"

"난 티어링의 기나긴 죽음이지. 우리를 용서하라고."

그가 그녀의 머리 위를 보며 고개를 끄덕였고, 켈시가 채 돌아보기도 전에 세상이 새카맣게 변했다.

3장
페치

진정한 영웅의 특징은 가장 영웅적인 행동을 비밀리에 한다는 것이다. 우리는 결코 그것을 듣지 못한다. 하지만 어떤 식으로든, 친구들이여, 우리는 알게 된다.

—《타일러 신부의 설교집》, 아배스 서고에서.

"일어나, 아가씨."

켈시는 눈을 뜨고 놀랄 만큼 새파란 하늘에 아직 꿈을 꾸고 있는 건가 생각했다. 하지만 주위를 재빨리 둘러보니 천막 안이었다. 그녀는 바닥에 누워 웬 동물 가죽을 덮고 있었다. 사슴 가죽이라면 알아봤을 테니 그건 아닌 것 같지만, 어쨌든 굉장히 따뜻해서 일어나고 싶지 않을 정도였다.

말을 한 사람을 올려다보니 온통 진한 청색 옷을 입고 있었다. 목소리는 듣기 좋은 바리톤이고 독특해서 그 끔찍한 가면이 없어도 누군지 알아볼 수 있었다. 깨끗하게 면도를 한 데다가 날카로운 광대뼈에 상냥해 보이는 입매를 가진 잘생긴 남자였다. 또한 그녀가 강둑에서 예상했던 것보다 훨씬 젊었다. 스물다섯 살 정도밖에는 안 되었을 것 같았다. 머리는 아직 숱

이 많고 검었지만, 주름 하나 없는 얼굴에 자리한 커다란 검은 눈이 켈시의 생각을 바꾸었다. 그 눈은 스물다섯 살보다 훨씬 나이 들어 보였다.

"그 잘생긴 얼굴은 어쨌죠?"

"집에 왔으니까. 치장할 필요가 없거든."

그가 가볍게 대답했다. 켈시는 서둘러 일어나 앉았다. 움직이니 목 오른편이 경고하듯이 강하게 당겼다. 손가락으로 그 부분을 살며시 더듬자 꿰맨 상처에 뭔가 끈끈한 연고를 발라놓은 게 느껴졌다.

"잘 아물 거야. 내가 직접 치료했거든."

"고마워요."

켈시는 대답을 해놓고서야 자신이 자기 옷이 아니라 뭔가 하얀 천, 아마 리넨인 듯한 걸로 만들어진 가운을 입고 있다는 것을 깨달았다. 머리를 만져보니 부드럽고 매끈했다. 누가 그녀를 씻겨준 모양이었다. 그를 쳐다보는 동안 그녀의 뺨이 빨개졌다.

"그래, 그것도 내가 했지. 하지만 걱정할 필요 없어, 아가씨. 그쪽은 내 취향에는 좀 많이 평범해서 말이지."

그가 씩 웃으며 말했다. 그 말은 꽤나 아프게 와닿았지만 켈시는 얼굴을 살짝 굳히는 걸로 아픔을 감추었다.

"내 망토는 어디 있어요?"

"저쪽에."

그가 엄지손가락으로 구석에 있는 옷 더미를 가리켰다.

"하지만 그 안엔 아무것도 없어. 나 같은 사람한테는 이걸 찾고 싶은 유혹이 너무 강하더라고."

그가 한 손을 들어 올려 달랑거리는 사파이어 목걸이를 보여주었다. 켈시는 손을 올려 자신의 목걸이는 아직 목에 걸려 있다는 것을 확인했다.

"다들 꽤 낙관적인 모양이야, 아가씨. 너한테 두 개를 다 주다니 말이지.

어떤 사람들은 왕의 보석이 영원히 사라졌다고도 하던데.”

켈시는 두 번째 목걸이를 향해 손을 뻗지 않으려고 꾹 참았다. 그는 그녀가 그러길 바라는 게 분명하니까. 하지만 시선만은 앞뒤로 흔들리는 사파이어를 따라갔다.

“이 목걸이를 한 번도 걸지 않았지?”

그가 말했다.

“그걸 어떻게 알죠?”

“네가 이걸 걸었었다면 내가 이걸 너한테서 빼앗는 걸 보석이 허락하지 않았을 테니까.”

“네?”

그가 의심스러운 표정으로 그녀를 보았다.

“너 이 보석들에 대해서 아무것도 모르는 거야?”

“그게 내 거라는 건 알아요.”

“이걸 얻기 위해서 네가 뭘 했는데? 이등급 여왕에게서 태어나 팔에 흉터를 새긴 거?”

이등급. 그게 무슨 뜻이지? 켈시는 그 말을 머릿속 한쪽에 밀어놓고 신중하게 말했다.

“난 이런 일들을 바란 적이 전혀 없어요.”

“아마 그렇겠지.”

그의 말투는 묘하게 싸늘했고 켈시는 자신이 위험한 처지임을 직감했다. 하지만 강둑에서 그녀의 목숨을 구해줘놓고는 왜 지금은 이러는 걸까? 그녀는 보석을, 그녀의 피부 위에 비치는 파란 반사광을 보며 문제에 집중했다. 협상을 하려면 협상거리가 있어야 했다. 그녀는 정보가 필요했다.

“이름을 물어봐도 될까요?”

“중요치 않아. 그냥 페치라고 불러.”

그가 몸을 뒤로 기대고 그 이름에 대한 그녀의 반응을 기다렸다.

"나한테는 아무 의미도 없는 이름인데요."

"그래?"

"난 고립되어서 자랐어요."

"흠, 안 그랬으면 아마 내 이름을 알았을 거야. 섭정이 내 머리에 엄청난 상금을 걸었거든. 계속해서 올라가고 있고."

"왜요?"

"내가 그 작자의 말을 훔쳤거든. 그 외의 다른 것들도."

"당신 도둑이에요?"

"세상은 도둑으로 가득하지. 하지만 나로 말할 것 같으면 도둑들의 제왕이라 할 수 있지."

켈시는 자신도 모르게 웃음을 지었다.

"그래서 죄다 가면을 쓰고 다니는 건가요?"

"물론이야. 사람들은 자기가 못 가진 재능을 부러워하거든."

"어쩌면 그냥 범죄자를 싫어하는 걸지도 모르죠."

"범죄자만 꼭 곤란한 입장이 되는 건 아니지, 아가씨. 네 머리에도 꽤 짭짤한 포상금이 걸려 있거든."

"내 머리에 말이죠."

켈시가 나직하게 중얼거렸다.

"그래, 네 머리에. 네 외삼촌이 그걸 알아볼 수 있는 상태로 들고 오면 두 배로 주겠다고 선언했지. 분명 모트의 그 쓰레기 계집을 위한 선물이겠지. 아마 그 계집은 그걸 어디다 걸어놓고 싶어 할걸. 하지만 네 외삼촌은 증거로 보석과 네 팔도 요구하더라고."

통치자의 운명에 대한 칼린의 말이 켈시의 머릿속에 새삼 떠올랐다. 그녀는 창끝에 꽂힌 자신의 머리를 상상해보려고 했지만 떠오르지가 않았다. 칼린과 바티는 랠리 섭정, 즉 켈시의 외삼촌에 대해서 거의 이야기하지 않았지만, 그들의 말투는 착각의 여지가 없었다. 그들은 섭정을 거의 존경하지 않았고, 그 낮은 존경심이 켈시에게도 이어졌다. 외삼촌이 그녀를 죽이고 싶어 한다는 사실이 전혀 신경 쓰이지 않았다. 그는 그녀의 어머니와는 다르게 한 번도 중요했던 적이 없기 때문이다. 그는 그저 넘어서야 하는 장애물일 뿐이었다. 그녀는 페치에게 관심을 돌리고 깊게 숨을 들이켰다. 그는 이제 단검을 꺼내놨다. 칼이 한쪽 무릎 위에 얌전히 놓여 있었다.

"그래, 아가씨, 널 어떻게 하면 좋을까?"

페치가 여전히 속아 넘어갈 정도로 상냥한 목소리로 말했다.

켈시의 배가 더욱 조여들고 머릿속이 빠르게 돌아갔다. 이 남자는 그녀가 애걸하는 걸 바라는 게 아니었다.

내가 뭔가 가치가 있다는 걸 증명해야 돼. 얼른.

"당신이 그렇게 유명한 수배자라면 난 당신에게 자비를 베풀 수 있는 위치에 있어요."

"사실로 그렇긴 하지. 네가 몇 시간 이상 왕위에 앉아 목숨을 부지할 수 있다면 말이야. 그런데 그럴까 의심스럽단 말이지."

"하지만 가능할 수도 있어요."

켈시가 단호하게 말했다. 목의 상처가 아프게 쑤셨지만 그녀는 무시하고 공터에서 캐롤이 한 말을 떠올렸다.

"난 보기보다 훨씬 강인해요."

페치는 그녀를 한참 동안 빤히 응시했다. 그는 그녀에게서 뭔가를 원하는 것 같았지만, 그게 도대체 뭔지 켈시는 짐작도 가지 않았다. 1분 1초가 흐를수록 그녀는 점점 더 불편해졌지만 시선을 돌릴 수는 없었다. 마침내 그녀가 머릿속 한구석에 맴돌던 질문을 불쑥 던졌다.

"왜 우리 엄마를 이등급 여왕이라고 부른 거죠?"

"넌 네 엄마가 일등급이라고 생각하는 모양이지?"

"난 엄마에 관해서 아무것도 몰라요. 아무도 나한테 말해주지 않아요."

그의 눈이 커졌다.

"그럴 리가. 칼린 글린은 놀라울 정도로 능력 있는 사람이야. 그보다 더 나은 사람을 고를 순 없었을걸."

켈시의 입이 딱 벌어졌다. 어머니의 근위병들을 제외하면 아무도 그녀가 어디서 자랐는지 알지 못했다. 안 그랬으면 섭정의 부하들이 수년 전에 오두막에 나타났을 것이다. 그녀는 페치가 말을 잇기를 기다렸지만 그는 아무 말도 하지 않았다. 마침내 그녀가 물었다.

"당신은 내가 어디 있었는지 아는데 어떻게 모트인들이나 케이든은 몰랐던 거죠?"

그가 별거 아니라는 듯 손을 흔들었다.

"모트 놈들은 그냥 깡패고, 케이든은 네 외삼촌이 다급해져서 그들이 부르는 어마어마한 금액을 지불하기 전까지는 너를 찾지 않았거든. 케이든이 처음부터 널 찾았다면 넌 오래전에 죽었을걸. 네 엄마는 널 별로 잘 숨기지 못했어. 상상력이 부족한 여자였거든."

켈시는 무표정한 얼굴을 유지하려고 노력했지만 쉽지 않았다. 그는 그녀의 어머니를 대단히 경멸하는 어조로 말했지만 칼린은 엘리사 여왕에 대해서 나쁜 말을 한 적이 한 번도 없었다.

하지만 그럴 수가 없었잖아, 안 그래? 서약을 했으니까. 켈시의 머리가 기분 나쁜 어조로 속삭였다.

"왜 우리 엄마를 그렇게 싫어하죠? 엄마가 당신에게 뭔가 잘못을 저질렀나요?"

페치는 고개를 한쪽 옆으로 기울이고 계산적인 눈으로 그녀를 보았다.

"넌 굉장히 어려, 아가씨. 여왕이 되기에는 심하게 어리지."

"우리 엄마에 대한 불만을 얘기해줄 건가요?"

"그럴 이유가 없을 것 같은데."

"좋아요. 그럼 난 엄마를 계속 일등급으로 생각하겠어요."

켈시가 팔짱을 꼈다. 페치가 마음에 든다는 듯이 미소를 지었다.

"어릴지는 몰라도 넌 상태가 가장 좋던 날의 네 엄마보다도 영리하긴 하구나."

켈시의 상처는 이제 지독하게 욱신거렸다. 미간에서 진땀이 솟았고 그녀가 그 사실을 깨달은 것과 거의 동시에 그 역시 알아챈 것 같았다.

"고개를 기울여."

켈시는 아무 생각 없이 시키는 대로 했다. 페치가 옷 안으로 손을 넣어 주머니를 꺼낸 다음 뭔가 축축한 것을 그녀의 목에 발랐다. 켈시는 따끔거릴 것에 대비했지만 그런 느낌은 없었다. 그의 손가락은 그녀의 피부 위에서 부드러웠다. 몇 초 후 켈시는 스스로를 좀 더 보호해야 했다는 사실을 깨달았지만 포기하고 눈을 감았다. 칼린의 책에 나온 구절 하나가 머릿속에 떠올랐다. 혀가 잘 돌아가는 악당은……. 자신의 멍청함에 발가락에 힘이 들어갈 정도였다.

연고는 금세 효과가 있었고 몇 초 만에 고통이 약하게 고동치는 정도로 잦아들었다. 페치는 켈시의 목에서 손을 떼고 주머니를 도로 집어넣었다.

"나중에 꿀 술 좀 마시면 나머지 고통도 좀 잠잠해질 거야."

"선심 쓰는 척하지 말아요!"

켈시가 쏘아붙였다. 이 남자를 매력적이라고 생각하는 자신에게 화가 났고, 그에게 그 사실을 들키지 않는 게 굉장히 중요하게 여겨졌다.

"날 죽일 생각이면, 그렇게 하든지요!"

"내 마음 내킬 때."

페치의 검은 눈이 묘하게 빛났고, 켈시는 그게 경의의 눈빛일까 생각했다. 그가 말을 이었다.

"날 놀라게 하는군, 아가씨."

"내가 울면서 빌 거라고 생각했나요?"

"그랬으면 그 자리에서 널 죽였을 거야."

"왜요?"

"네 엄마는 징징거리는 타입이었거든."

"난 우리 엄마가 아니에요."

"그럴지도 모르지."

"당신이 원하는 게 뭔지 말을 하지 그래요?"

"우린 네가 여왕이 되길 바라."

켈시는 그 말에 담긴 암시를 쉽게 알아들을 수 있었다.

"우리 엄마와는 다른 여왕요?"

"네 아버지가 누군지 혹시 알아?"

"아뇨, 그리고 상관 안 해요."

"난 상관해. 내 부하 한 명이랑 내기를 했거든."

"내기요?"

그의 눈이 반짝였다.

"네 아버지의 정체는 이 왕국에서 가장 큰 내깃거리 중 하나야. 내가 아는 어떤 노파는 한참 남쪽에 있는 마을에 사는데 거의 20년 전에 자기 말을 내기에 걸었지. 그 이래로 내내 사실이 밝혀지기를 기다리고 있어. 그러니까 내기를 건 사람이 수두룩하다고."

"거참 멋진 일이군요."

"넌 왕족이야, 아가씨. 네 인생에서 더 이상 혼자만의 것은 아무것도 없을걸."

켈시는 이야기가 돌아가는 방향에 짜증이 나서 입술을 오므렸다. 그녀는 아버지를 외삼촌과 마찬가지로 딱히 중요하게 생각해본 적이 한 번도 없었다. 어머니가, 이 나라를 통치하던 사람이 중요했다. 누가 됐든 간에 아버지는 태어날 때 그녀를 버린 게 분명하니까……. 하지만 아버지에게 버림받은 건 어머니에게 버림받은 것에 비하면 전혀 고통스럽지 않았다. 켈시는 오두막 앞쪽 방에 있는 전망 창 앞에 서서 하염없이 기다리던 날을 떠올렸다. 결국에 언제나 해는 지고, 그녀의 어머니는 절대로 오지 않았다.

"네가 어떻게 자랐는지 알기 위해서 우린 오랫동안 기다렸지, 아가씨. 널 구슬리기도 하고 위협도 해봤는데, 이제 끝이야. 넌 우리가 예상하던 모습이 아니야."

페치가 말했다.

"우리라는 게 누구죠?"

페치는 자신의 뒤를 가리켰다. 천막 바깥에서 남자들의 목소리가 들렸고 조금 더 떨어진 곳에서 누군가가 나무를 쪼개는 소리도 들렸다.

"당신네 무리를 묶어주는 게 뭐죠?"

"꽤나 예리한 질문이군. 그러니까 당연히 대답은 안 해줄 거야."

그가 벌떡 일어났다. 갑작스러운 행동에 켈시는 움찔하고 무릎을 끌어당겼다. 그녀에게 단검이 있고 이 남자에게 아무것도 없다 해도 여전히 1분도 안 걸려서 이 남자는 그녀를 죽일 수 있을 것이다. 그를 보면 메이스가 떠올랐다. 은밀한 폭력성을 갖고 있는 남자. 그가 존경심이 거의 없다는 걸 생각하면 아마 그 폭력성을 훨씬 치명적으로 사용할 것이다. 그러고 보니 메이스에 대해 묻는 걸 내내 잊고 있었지만, 지금은 적당한 때가 아니었다. 페치가 단검을 도로 허리띠에 집어넣자 그녀는 약간 안도감을 느꼈다.

"옷을 입으라고, 아가씨. 그리고 밖으로 나와봐."

그가 천막 덮개를 걷고 사라지자 켈시는 바닥에 있는 짙은 색깔의 옷 더미 쪽으로 시선을 돌렸다. 남자 옷이고 그녀에게는 너무 컸지만, 그게 차라리 나을지도 모른다. 켈시는 자신의 몸매가 좋다는 착각은 하지 않았다.

네 몸매에 누가 신경을 쓰겠니?

아무도 없죠, 그녀는 칼린에게 부루퉁하게 대답하고 구겨진 리넨 가운을 머리 위로 벗었다. 여기에 어떤 위험이 도사리고 있는지 모를 만큼 그녀는 바보가 아니었다. 잘생기고, 똑똑하고, 꽤 위험한 남자. 칼린의 책이 전부 다 논픽션이었던 건 아니었다.

하지만 난 해가 될 일을 하고 있는 게 아닌걸. 위험을 알고 있으면 해를 입을 가능성도 적어진다고. 그녀는 그렇게 생각했다.

그녀의 머릿속에서도 그 말은 별로 사실처럼 느껴지지 않았다. 페치가 나간 지 얼마 되지도 않았는데 벌써 따라 나가 그를 다시 보고 싶어 초조할 정도였다.

바보 같은 짓 하지 마. 넌 그 사람한테는 너무 못생겼다고. 그 남자가 그렇게 말했잖아. 그녀는 속으로 쏘아붙였다.

그녀는 옷을 다 입은 다음 손가락으로 머리를 빗고 일어나서 천막 바깥을 살짝 내다보았다.

굉장히 남쪽으로 끌려온 모양이었다. 야영지를 둘러싼 주변 풍경은 더이상 숲이나 밭이 아니었다. 그들은 햇살에 노랗게 말라붙은 잡초가 가득 덮인 평평한 언덕 꼭대기에 있었다. 사방으로 비슷비슷한 언덕들이 솟아서 노랗게 너울지는 바다 같았다. 땅은 아직 사막 수준은 아니었지만, 카다르 국경에서 얼마 떨어지지 않은 게 분명했다.

첫눈에 켈시는 야영지가 서커스단 집합소 같다고 생각했다. 돌로 된 모닥불 구덩이 주위로 선명한 빨간색, 노란색, 파란색으로 염색한 여러 개의 천막들이 자리하고 있었다. 불 위에서는 뭔가를 조리 중이었고 느릿하게 떠도는 연기 속에서 켈시는 고기 굽는 냄새를 맡을 수 있었다. 모닥불 반대편으로는 켈시 자신과 똑같이 모양 없는 옷을 입은 키 작은 금발 남자가 나무를 쪼개고 있었다.

켈시의 천막 근처에서 남자 세 명이 모여 낮은 목소리로 이야기를 나누고 있었다. 그중 한 명은 페치였다. 또 한 명은 그 키와 어깨 너비로 보아 거대한 덩치의 모건이 확실했다. 그는 금발 머리에 얼굴은 둥글었고 켈시가 다가가도 상냥한 표정이 변하지 않았다. 세 번째 남자는 흑인이라 켈시는 순간적으로 멈칫했다. 그녀는 흑인을 본 적이 한 번도 없어서 햇빛에 윤기가 나는 남자의 피부에 매료되었다.

아무도 그녀에게 절을 하지 않았고 켈시도 기대하지 않았다. 페치가 그녀에게 손짓을 했고 켈시는 자신이 그의 명령에 따르는 게 아니라는 걸 보여줄 만큼 느릿느릿 그쪽으로 걸어갔다. 그녀가 다가가자 그가 두 명의 동료들 쪽을 가리켰다.

"우리 패거리인 모건과 리어야. 너한테 해를 입히진 않을 거야."

"당신이 그렇게 시키지 않으면 말이죠."

"그렇지."

켈시는 웅크리고 앉았고 세 사람이 자신을 평가하듯, 그야말로 분석한다고밖에 할 수 없는 눈길로 쳐다보는 것을 깨달았다. 그녀의 위험도 수치가 두 배로 올라갔다. 하지만 그들이 그녀를 죽이면, 외삼촌이 왕좌에 남게 될 터였다. 마지막 혈통이니 왕이 될지도 모른다. 딱히 대단한 협상 카드는 아니지만 그래도 없는 것보다는 나을 것이다. 칼린의 말에 따르면 섭정은 티어링에서 사랑받는 인물이 아니었으니까. 하지만 어쩌면 칼린이 거기에 관해서도 거짓말을 했는지 모른다. 켈시는 먼 곳을 바라보며 좌절감을 억누르려고 노력했다. 엄마, 섭정, 붉은 여왕……. 누군가 그녀에게 진실을 말해줄 사람이 필요했다.

진실이 네가 듣고 싶어 했던 내용이 아니라면 어쩔 건데?

그래도 알고 싶었다. 분명히 누군가는 답을 갖고 있을 것이다.

"라자러스는 어디 있죠?"

"너의 메이스? 저쪽에."

페치가 6미터쯤 떨어져 있는 밝은 빨간색 천막을 가리켰다. 그의 부하 중한 명인 덩치 크고 모래 색깔 머리카락을 가진 남자가 보초를 서고 있었다.

"만나볼 수 있나요?"

"기꺼이 그러시지요, 아가씨. 그 친구 좀 진정시켜보라고. 굉장히 성가시게 굴고 있거든."

켈시는 걱정스러운 기분으로 천막으로 향했다. 사납지는 않은 것 같았지만 그래도 이 사람들은 냉정했고, 메이스도 절대로 얌전한 포로는 아닐 테니까. 빨간 천막 앞에 있던 남자가 그녀를 쳐다보았지만 그녀가 고개를 끄덕이자 들어가게 해주었다.

메이스는 눈가리개를 하고 바닥에 꽂힌 말뚝에 단단히 묶인 채 땅에 누워 있었다. 상처는 켈시의 것만큼 솜씨 좋게 꿰매놓은 것 같지만, 손목과 발목이 꽁꽁 묶였고 목 둘레에도 끈이 느슨하게 매여 있었다. 켈시는 자신도 모르게 날카롭게 숨을 들이켰고 그 소리에 메이스가 고개를 돌렸다.

"다치신 덴 없으십니까, 레이디?"

"없어요."

천막 바깥에 서 있는 남자가 신경이 쓰여 켈시는 그의 옆에 책상다리를 하고 앉아서 낮은 목소리로 말했다.

"목숨 위협을 좀 받았을 뿐이에요."

"저자들이 레이디를 죽이려고 했다면, 이미 죽였을 겁니다. 외삼촌께는 살아 있는 레이디가 필요치 않으니까요."

"저 사람들은—"

켈시는 목소리를 더욱 낮추고 자신이 받은 기묘한 인상을 설명하기 위해서 노력했다.

"외삼촌이 저 사람들을 보낸 것 같진 않아요. 저 사람들은 나한테 뭔가를 원하는데, 그게 뭔지 말을 해주지 않아요."

"제 손을 풀어주실 수는 없겠지요? 저자들이 제가 풀 수 없는 매듭을 찾아냈더군요."

"더 이상 도망가는 건 우리의 선택지가 아닌 것 같아요, 라자러스. 이 사람들에게서 탈출할 순 없을 거예요."

"절 그냥 메이스라고 불러주지 않으시겠습니까?"

"캐롤 대장은 그러지 않았잖아요."

"캐롤 대장과 저는, 레이디, 오랫동안 안 사이입니다."

"분명히 그렇겠죠."

켈시는 잠시 생각을 해보았다. 그러다 자신이 머릿속에서는 언제나 그를 메이스라고 생각한다는 것을 깨달았다.

"어쨌든 난 라자러스 쪽이 더 좋아요. 좋은 일을 불러오는 이름이거든요."

"좋을 대로 하시죠."

메이스가 몸을 움직였다. 그의 손목과 발목을 묶은 줄이 그가 근육에 힘을 주자 눈에 띄게 팽팽해졌다.

"아프진 않아요?"

"불편할 뿐입니다. 이보다 더한 일도 겪어봤죠. 저희들이 강에서 어떻게 빠져나온 겁니까?"

"마법으로요."

"어떤 종류의—"

"라자러스, 난 답을 들어야겠어요."

켈시가 단호하게 말을 잘랐다. 그가 눈에 띄게 움찔하고 묶인 상태로 자세를 바꾸었다.

"외삼촌이 내 머리에 현상금을 걸었다는 거 알아요. 그런데 외삼촌이 티어렁에는 무슨 짓을 한 거죠?"

"아무거나 고르시죠, 레이디. 외삼촌께선 그 모든 일을 다 했을 겁니다."

"설명해봐요."

"안 됩니다."

"왜죠?"

"레이디와 이런 이야기를 하지는 않을 겁니다."

"왜죠? 내 외삼촌의 근위병이었어요?"

"아닙니다."

그녀는 그가 부연 설명을 하기를 기다렸지만, 그는 그저 그대로 누워 있을 뿐이었다. 어쩐지 켈시는 눈가리개 아래서 그가 심각한 취조를 받는 사람처럼 눈을 질끈 감고 있을 거라는 느낌이 들었다. 그녀는 성질을 다스리기 위해서 뺨 안쪽을 세게 깨물었다.

"모든 걸 다 알지도 못하는 채로 내가 어떻게 현명한 결정을 내리길 바라는 건지 모르겠군요."

"왜 과거에 집착하십니까, 레이디? 레이디께서는 스스로의 미래를 만들 힘이 있으신데요."

"인형과 드레스나 갖고 놀 거냐면서요?"

"전 레이디께서 맞서 싸우실지 확인하기 위해서 찔러봤던 겁니다. 그리고 레이디께서는 맞서셨죠."

"내가 대답을 하라고 명령한다면요?"

"명령해보시죠, 레이디. 그러면 어디까지 얻을 수 있을지 아시게 될 겁니다."

그녀는 잠깐 동안 고민해보았지만 그러지 않기로 결정했다. 그것은 메이스를 상대로는 잘못된 선택일 것이다. 명령을 내릴 수는 있겠지만, 그는 자신만의 판단에 따라 움직일 것이다. 그가 묶인 채 계속해서 꿈틀거리는 걸 잠시 보며 켈시는 남아 있던 짜증이 동정심으로 변하는 것을 느꼈다. 그 남자들이 메이스를 완전히 꽁꽁 묶어놔서 거의 몸을 펴기도 어려워 보였다.

"머리는 어때요?"

"괜찮습니다. 그 망할 놈이 제 머리의 딱 적당한 부분을 적당한 세기로 때렸습니다. 훌륭한 일격이었죠."

"뭘 좀 먹여주기는 하던가요?"

"예."

"캐롤 대장 말에 따르면 내가 아기 때 왕궁에서 데리고 나온 사람이 그대였다면서요?"

"그렇습니다."

"계속 여왕의 근위대에 있었나요?"

"열다섯 살 때부터 있었습니다."

"이런 삶을 택한 걸 후회한 적은 없어요?"

"한 번도 없습니다."

메이스가 다시 움직여 다리를 펴고 긴장을 풀었다. 한쪽 발이 꽁꽁 묶였던 줄 밖으로 빠져나온 것을 보고 켈시는 감탄했다.

"어떻게 그렇게 한 거예요?"

"누구든 할 수 있습니다, 레이디. 열심히 훈련을 하면요. 한 시간만 더 있으면 손도 빼낼 수 있을 겁니다."

그가 저린 것을 풀기 위해 발을 굽혔다 폈다 했다. 켈시는 잠시 그를 보다가 일어섰다.

"가족이 있나요, 라자러스?"

"아뇨, 레이디."

"그대가 내 근위대장이 되어주면 좋겠어요. 빠져나올 동안 잘 생각해봐요."

그가 대답하기 전에 그녀가 천막을 나왔다.

해가 저물기 시작해서 지평선 위에 오렌지색을 살짝 띤 검은 구름만이 남았다. 야영지를 둘러보다가 켈시는 페치가 나무에 기대어 무심하게 관찰하는 듯한 눈으로 자신을 바라보고 있는 것을 발견했다. 그녀와 시선이 마주치자 그가 미소를 지었다. 그녀의 몸이 움찔할 정도로 어둡고 차가운 웃음이었다.

단순한 도둑 정도가 아니라 살인자야. 잘생긴 얼굴 아래, 얼음 덮인 호수 속 물처럼 시커먼 인생을 사는 끔찍한 남자가 자리하고 있다는 게 느껴졌다. 아주아주 많은 사람을 죽여본 살인자.

그 생각에 공포가 느껴져야 마땅했다. 켈시는 한참을 기다렸지만 오히려 더 좋지 않은 사실을 깨달았을 뿐이었다. 그래도 별 상관 없다는 것.

저녁 식사는 의외로 굉장히 풍성했다. 켈시가 아까 냄새를 맡았던 고기는 사슴 고기였고 그녀가 며칠 전에 먹은 것보다 훨씬 질이 좋았다. 삶은 계란도 있어서 켈시는 깜짝 놀랐지만, 알고 보니 그녀가 있던 천막 뒤로 조그만 닭장이 있었다. 모건이 하루 종일 모닥불 구덩이에서 빵을 구웠고, 겉은 바삭바삭하고 안은 촉촉한 게 완벽했다. 모랫빛 머리의 남자, 하월은 그녀에게 꿀 술을 부어주었고, 켈시는 술을 한 번도 먹어본 적이 없어서 굉장히 조심스럽게 마셨다. 알코올과 통치란 별로 좋은 짝이 아니니까. 그녀가 본 책에서는 알코올이 모든 것을 엉망으로 만든다고 말했다.

그녀는 아주 조금만 먹었다. 굉장히 오랜만에 자신의 몸무게가 의식되었다. 오두막에는 항상 음식이 가득했고 켈시는 대체로 별생각 없이 저녁을 두 그릇씩 먹곤 했었다. 하지만 지금은 이 사람들이 그녀를 돼지라고 생각하길 바라지 않아서 조금만 깨작거렸다. 그가 그렇게 생각하는 건 바라지 않았다. 그는 그녀의 옆에 앉아 있었고, 그가 미소를 짓거나 웃을 때마다 보이지 않는 끈이 그녀를 잡아당기는 것만 같았다.

페치는 켈시에게 오두막에서의 어린 시절을 이야기해보라고 부추겼다. 그가 왜 관심을 갖는 건지는 모르겠지만 그는 계속해서 졸랐고 그녀는 사람들의 강렬한 시선에 가끔씩 얼굴을 붉히며 이야기를 늘어놓았다. 꿀 술이 입을 가볍게 만든 것처럼 갑자기 할 말이 많아졌다. 그녀는 바티와 칼린, 오두막, 받은 수업에 대해서 이야기했다. 매일 바티가 아침부터 점심때까지 가르쳤고, 그다음에 칼린이 저녁때까지 가르쳤다. 칼린은 책을 보며 가르쳤고, 바티는 야외에서 가르쳤다. 그녀는 사람들에게 사슴 가죽 벗기는 법과 고기를 몇 달간 보관하기 위해 훈제하는 법도 알고, 직접 만든 덫으로 토끼도 잡을 수 있으며, 단검도 쓸 줄 알지만 그렇게 빠르지는 않다고 말했다. 그리고 저녁을 먹은 후 매일 밤 취미로 소설책을 읽었고 대체로 잠자리에 들기 전에 다 읽었다는 이야기도 했다.

"글을 빨리 읽으시는 모양이죠?"

모건이 물었다.

"아주 빨라요."

켈시가 얼굴을 붉히며 대답했다.

"하지만 별로 재미있게 즐기며 살지는 못했던 것 같은데요."

"내가 즐기는 게 핵심은 아니었다고 봐요. 하지만 지금 그걸 벌충하고 있는 것 같네요."

켈시가 꿀 술을 한 모금 더 마시며 말했다.

"우리가 즐기고 산다는 비난을 받는 경우는 별로 없는데. 아가씨는 아무래도 알코올에 내성이 전혀 없는 모양이야."

페치가 말했다. 켈시는 인상을 찌푸리고 컵을 탁자 위에 도로 내려놓았다.

"하지만 이거 꽤 마음에 들어요."

"그런 거 같군. 하지만 천천히 마셔. 안 그러면 하우한테 그만 주라고 할 거니까."

켈시가 얼굴을 붉혔고 모두가 웃음을 터뜨렸다.

다른 사람들의 부추김에 흑인 리어가 일어나 크로싱 때 가라앉은 화이트호 이야기를 했다. 거기 타고 있던 대부분의 미국인 의사들 역시 함께 가라앉았다고 했다. 리어는 별로 이야기꾼은 아니었던 칼린보다 훨씬 이야기를 잘했고 켈시는 배가 가라앉는 부분에서 자신도 모르게 눈물을 훔쳤다.

"왜 모든 의사들을 배 한 척에 태웠던 걸까요? 배마다 담당 의사가 있는 게 더 합리적이지 않나요?"

그녀가 물었다.

"장비 때문이죠. 구명 의료 장비는 윌리엄 티어가 크로싱 때 갖고 와도 좋다고 허락했던 단 하나의 기술이었습니다. 하지만 다른 약들과 함께 그것들도 전부 사라졌죠."

리어가 살짝 코웃음을 치는 걸로 보아 그가 이야기를 하는 건 좋아하지만 그 뒤에 질문을 받는 건 별로 달가워하지 않는다는 걸 알 수 있었다.

"전부 다 사라진 건 아니잖아요. 칼린이 그러는데 티어링에 피임 약이 있다고 하던데요."

"자생식물에서 나온 피임 약이죠. 여기 도착 후 토착식물을 갖고 수차례 시험을 해서 다시 찾아낸 겁니다. 티어링에는 진짜 과학이라는 건 존재하지 않아요."

켈시는 인상을 찌푸리고 칼린이 왜 그 이야기를 해주지 않은 걸까 생각했다. 하지만 당연히 칼린에게 피임 약은 인구 도표를 공부할 때 고려해야 하는 여러 가지 조건 중 하나일 뿐이었다. 페치가 그녀의 옆에 앉았고 그녀는 뺨으로 피가 몰리는 것을 느꼈다. 어두컴컴한 데서 그가 옆에 앉아 있는데 피임 약을 생각하는 건 너무 위험한 일이었다.

저녁 식사를 치운 후 그들은 탁자 두 개를 붙여놓고 그녀에게 포커를 가르쳐주었다. 전에 카드도 본 적이 없었던 켈시는 카드놀이가 정말로 재미

있었다. 여왕의 근위대가 칼린의 집 앞에 온 이래 처음 느끼는 진짜 즐거움이었다.

페치가 그녀의 옆에 앉아서 카드를 훔쳐보았다. 켈시는 종종 얼굴이 붉어지는 것을 느끼며 그가 눈치채지 못하기만을 빌었다. 그가 잘생겼다는 건 분명한 사실이지만 그의 진짜 매력은 다른 데에 있었다. 그는 켈시가 그를 어떻게 생각하든 눈곱만큼도 신경 쓰지 않았다. 그가 다른 사람의 생각에 조금이라도 신경을 쓸까 의문이었다.

높은 패를 얻는 여러 가지 방법을 기억하는 게 좀 어렵긴 해도 몇 판 하고 나니 그녀도 슬슬 게임의 요령을 깨닫기 시작했다. 페치는 그녀가 버린 카드를 보고 뭐라고 하는 것을 멈추었고 켈시는 그것을 칭찬으로 받아들였다. 그런데도 매판 졌고 이유를 알 수가 없었다. 게임의 규칙은 대단히 간단했고 대부분의 경우 신중한 감각이 게임을 접으라고 충고하곤 했다. 하지만 그럴 때마다 훨씬 낮은 패를 든 사람이 이기곤 했고, 그때마다 페치는 술잔을 들고 낄낄 웃어댔다.

마침내 추레한 금발 남자가(남자의 이름은 아마도 앨레인인 것 같았다) 카드를 모아 섞고 나누는 동안 켈시의 눈을 보고 말했다.

"포커페이스를 하는 법을 좀 배우셔야겠습니다."

"맞아, 아가씨. 네가 생각하는 게 눈에 고스란히 다 드러나거든."

페치가 말했다. 켈시는 꿀 술을 한 모금 더 마셨다.

"칼린은 내가 펼쳐놓은 책처럼 다 드러난다고 그랬어요."

"음, 그걸 빨리 고치는 게 좋을 거야. 우리가 널 죽이지 않는다면 넌 곧 뱀 소굴로 들어가게 될 테니까. 정직해봤자 너한테 좋을 게 없어."

그녀를 죽이는 걸 가볍게 말하는 그의 태도에 켈시는 배 속이 조여들었지만 아무 표정도 드러내지 않기 위해 노력했다.

"좀 낫군."

페치가 평했다.

"날 죽이고 일을 끝내버린다는 결정을 왜 안 내리고 있는 거죠?"

켈시가 물었다. 꿀 술이 그녀의 머릿속을 뒤죽박죽으로 만드는 한편 오히려 깨끗하게 정리해준 것 같기도 했다. 정말이지 정직한 대답이 듣고 싶었다.

"네가 어떤 여왕이 될지 알고 싶거든."

"그럼 나한테 테스트를 해보지 그래요?"

"테스트! 그거 흥미로운 생각인데."

페치의 미소가 커지고 그의 검은 눈이 반짝였다.

"이 게임도 괜찮은데요."

하월이 투덜거렸다. 그의 오른쪽 손에는 화상 자국 같은 크고 굉장히 아팠을 듯한 흉터가 있었다. 당연히 게임을 계속하고 싶겠지. 최악의 패를 들고서도 거의 대부분 이겼으니까.

"이제 다른 게임을 할 거야. 제대로 된 시험이지. 마음의 준비를 하라고."

페치가 켈시를 거칠게 벤치에서 일으켜 세우며 선언했다.

"난 꿀 술을 너무 많이 마셔서 제대로 시험을 볼 수가 없어요."

"그거 안됐군."

켈시는 그를 노려보았지만 어쨌든 벤치를 벗어나다가 다리가 비틀거리는 것을 느끼고 조금 놀랐다. 다섯 명의 남자들이 탁자에서 몸을 돌려 그녀를 보았다. 카드를 돌렸던 앨레인이 섞던 카드를 챙겨 눈으로 쫓아갈 수 없을 만큼 빠르게 주머니에 집어넣었다.

페치가 몸을 앞으로 기울이고 턱 아래 손을 받치고 그녀를 빤히 보았다.

"네가 실제로 여왕이 된다면 뭘 할 거지?"

"뭘 해요?"

"특별한 정책 같은 거라도 생각해봤어?"

페치는 가볍게 말하고 있지만 그의 검은 눈은 냉정했다. 그 질문 아래로 엄청난 인내심과 답을 원하는 절망적인 욕구 같은 게 기묘하게 섞여 있었다. 분명히 이것은 테스트였고 본능적으로 그녀는 여기서 잘못 대답했다가는 이 대화가 끝이라는 걸 알 수 있었다.

그녀는 뭐라고 말해야 할지 모른 채 입을 벌렸지만, 문득 서재에서 귀에 못이 박히도록 들었던 칼린의 말이, 칼린이 그리던 미래상이 마치 신의 교회의 성경을 읽는 것처럼 줄줄 흘러나왔다.

"난 백성들의 행복을 위해서 통치할 거예요. 모든 시민들이 제대로 교육받고 치료받을 수 있도록 만들 거예요. 돈을 낭비하지 못하게 하고 땅과 물품, 과세를 재분배해서 가난한 사람들의 짐을 덜어줄 거예요. 이 나라의 법체계를 복구하고 모트메인의 영향력에서 벗어나게 만들 거예요—"

"레이디도 그걸 아시는군요!"

리어가 소리쳤다.

"모트메인에 대해서요? 이 나라에 대한 모트메인의 지배력이 점점 강해지고 있다는 건 알죠."

그녀가 멍하니 눈을 깜박이며 그를 보았다.

"그 외에 모트메인에 대해서 뭘 알죠?"

모닥불 불빛 속에 커다란 몸이 곰처럼 보이는 모건이 물었다. 켈시는 어깨를 으쓱였다.

"붉은 통치기 초반에 관한 책을 읽었어요. 그리고 외삼촌이 붉은 여왕과 동맹을 맺은 것 같다는 이야기도 들었고요."

"다른 건요?"

"별로요. 모트 풍습에 대해서 약간 알고요."

"모트 조약은?"

"그게 뭐죠?"

"이런 맙소사."

하월이 중얼거렸다.

"저 애의 후견인들도 비밀 서약을 했군. 그 생각을 했어야 했는데."

페치가 고개를 흔들며 나머지 사람들에게 말했다.

켈시는 칼린의 얼굴을, 언제나 유감으로 가득하던 그녀의 목소리를 떠올렸다. 난 서약을 했어.

"모트 조약이 뭐죠?"

"최소한 모트 침공에 대해서는 알고 있겠지?"

"네. 왕궁 외벽까지 진격해왔었죠."

켈시는 마침내 조금 아는 게 있다는 사실이 기뻐서 열렬하게 대답했다.

"그다음은?"

"몰라요."

페치는 그녀에게서 몸을 돌리고 어둠을 바라보았다. 켈시는 밤하늘을 올려다보았다. 수천 개의 별들이 수십 킬로미터에 이르도록 빛나고 있고, 하늘은 대단히 넓었다. 남자들을 다시 보니 현기증이 나서 그녀는 비틀거리다가 간신히 균형을 잡았다.

"꿀 술은 그만 마셔야겠군요."

하월이 고개를 흔들며 말했다.

"아가씨는 취하신 게 아니야. 좀 비틀거리긴 하셨지만 생각하는 데에는 아무 문제도 없다고."

모건이 반박했다. 그때 페치가 그들을 향해 돌아섰다. 그에게는 어려운 결정을 내린 것 같은 단호한 분위기가 감돌았다.

"리어, 이야기 하나 해줘."

"어떤 이야기요?"

"모트 침공에 관한 요약본. 크로싱에서 재앙까지."

켈시는 눈을 가늘게 떴다. 그는 또다시 그녀를 어린애로 취급하고 있었다. 그가 그녀의 생각을 읽은 것처럼 돌아보고 씩 웃었다.

"그걸 이야기처럼 말해본 적은 한 번도 없는데요."

리어가 말했다.

"음, 그럼 가능한 한 재미난 이야기로 만들어보라고."

리어는 목을 가다듬고 꿀 술을 한 모금 마신 다음 켈시를 바라보았다. 그 눈에는 자비로운 빛이라고는 전혀 없었고, 켈시는 발치를 내려다보지 않기 위해서 애를 써야 했다.

"옛날 옛적에 티어링이라는 나라가 있었답니다. 윌리엄 티어라는 이상주의자가 세운 나라였죠. 이 남자는 모든 것들이 흘러넘치는 나라를 꿈꾸었는데, 얄궂게도 이 티어링이라는 나라는 자원이 별로 없는 곳이었어요. 영국인과 미국인들은 정착할 땅을 잘못 골랐던 거죠. 티어링에는 광물이 없어서 제조업도 불가능했죠. 티어링에는 농부들뿐이었고 이들이 가진 거라고는 자기들이 키운 곡식과 가축, 그리고 토산 참나무로 만든 소량의 질 좋은 목재뿐이었습니다. 사는 게 힘들고 기초적인 물품도 구하기가 어려워서 세월이 흐르며 티어링 사람들은 가난하고 문맹이 되어갔죠. 모든 걸 주변 지역에서 사 와야만 했고, 척박한 지역에 살았기 때문에 가격은 절대 싸지 않았어요.

이웃 국가는 크로싱에서 좀 더 운이 좋았죠. 티어링에 없는 모든 게 있었거든요. 수 세기에 걸친 유럽의 지식을 갖고 있는 의사들도 있었고, 벽돌공도 있고, 훌륭한 말도 있고, 윌리엄 티어가 금지했던 기술도 일부 있었죠. 무엇보다 중요한 건 땅에 엄청난 양의 철과 주석이 묻혀 있었다는 거예요. 그래서 광업이 활성화되었을 뿐만 아니라 우수한 강철 무기를 가진 군대까지 보유할 수 있었죠. 이 나라가 뉴유럽이고, 뉴유럽은 오랫동안 침공 불가능한 부유한 나라로 머물며 국민들이 건강하고 편안하게 살다 죽는 데에 만족하고 있었지요."

켈시는 고개를 끄덕였다. 그녀도 이 이야기를 다 알았다. 하지만 리어의 목소리는 깊고 듣기 좋았고, 그는 이 이야기를 마치 집에 있던 칼린의 '그림 형제 동화 전집'에 나오는 동화처럼 읊었다. 켈시는 메이스가 천막에서 이 이야기를 듣고 있을지, 아니면 다른 손을 빼내느라 바쁠지 궁금했다. 생각이 전혀 다른 데로 흘러가자 그녀는 고개를 흔들고 리어의 계속되는 이야기에 귀를 기울였다.

"하지만 티어링 2세기 말쯤 웬 여자 마법사가 나타서 뉴유럽을 자기가 통치하려고 했어요. 그 여자는 민주적으로 선출된 대표들과 그 아내들, 심지어 요람에 있는 자녀들까지 전부 다 살해했죠. 거기 저항한 시민들은 가족들까지 다 죽고, 집은 불에 탔죠. 민중을 억누르는 데에는 거의 반세기가 걸렸지만, 결국에 민주주의는 독재정치에 밀려났고 주변 국가들의 모든 사람이 그 부유한 국가가 한때 뉴유럽이었다는 사실을 잊게 됐어요. 대신 그 나라는 '죽음의 손', 모트메인이 됐지요. 그리고 마찬가지로 모든 사람들이 이 마법사가 무명이었다는 사실도 잊었어요. 이 여자는 모트메인의 붉은 여왕이 됐고 130년이 지난 오늘날까지 왕위를 지키고 있죠.

하지만 전임자들과는 다르게 붉은 여왕은 자기 나라를 통치하는 데에만 만족하지 않았어요. 신세계 전부를 원했죠. 자신의 통치 체제를 확고하게 만든 다음 붉은 여왕은 모트 군대로 관심을 돌려 군대를 절대로 패배하지 않는 거대하고 강한 기계로 만들었죠. 그리고 약 40년 전에 국경을 넘기 시작했어요. 우선은 카다르를, 그다음에는 칼레를 점령했죠. 이 나라들은 쉽게 항복했고 지금은 모트메인의 속국이 되어 얌전한 식민지답게 공물을 바치고 있지요. 자신들의 땅에 모트 주둔지를 만들고 자기네 길을 순찰하는 것까지 전혀 저항하지 않고 받아들이고."

"하지만 사실은 그렇지 않잖아요. 모트메인에서도 반란이 있었어요. 칼린이 얘기해줬어요. 붉은 여왕은 반란자들을 전부 다 칼레로 추방했죠."

켈시가 반박했다. 리어가 그녀를 노려보았고 페치가 낄낄 웃었다.

"그 친구가 이야기를 하고 있을 때에는 끼어들면 안 돼, 아가씨. 칼레 반란은 한 20분이나 일어났으려나. 그걸 뺀 것도 당연해."

켈시는 부끄러워서 입술을 깨물었다. 리어는 그녀에게 경고의 눈길을 던진 다음 말을 이었다.

"붉은 여왕은 이 나라들을 속국으로 만들고 마침내 티어링으로 눈길을 돌렸는데, 문제가 하나 있었어요. 바로 알라 여왕이었죠."

우리 할머니야. 공정 왕 알라. 켈시는 생각했다.

"알라 여왕은 평생 병약했지만 영리한 머리와 용기가 있었고, 자유국가의 여왕이 되는 쪽을 선호했어요. 왕국의 모든 토지 소유주들, 특히 신의 교회는 자기들의 땅이 걱정되어서 붉은 여왕과 협정을 맺으라고 종용했죠. 티어링 군대는 약하고 군기도 형편없는 데다가 모트군에 비하면 수적으로 완전히 열세였으니까요. 하지만 알라 여왕은 모트의 모든 제안을 거절하고 붉은 여왕에게 이 나라를 힘으로 빼앗아보라고 도전했죠. 그래서 결국 모트메인이 티어링 동부를 침공했어요.

티어링 군대는 사람들이 예상했던 것보다 훨씬 더 잘 싸웠어요. 하지만 그들에게는 나무로 된 무기와 암시장에서 산 검 몇 자루뿐이었던 반면에 모트군은 강철로 무장하고 있었죠. 강철검에 강철 화살촉이 있었으니 어렵지 않게 티어링을 가로질러 전진할 수 있었어요. 알라 여왕이 284년 겨울에 폐렴으로 승하할 무렵 모트군은 이미 나라의 동부 절반을 점령한 상태였죠. 여왕에게는 살아 있는 자식이 둘 있었는데, 왕위 후계자였던 엘리사 공주와 그 동생인 토머스였죠. 엘리사는 왕위에 오르자마자 거의 즉시 모트 여왕과 평화협정을 맺으려고 했어요. 하지만 설령 공물을 바치고 싶다 해도 바칠 게 없었죠. 돈이 부족했거든요."

"왜 목재로 하지 않은 거죠? 주변 국가들이 티어링 참나무를 높게 치는 걸로 아는데."

켈시가 물었다. 리어가 그녀를 노려보았다. 그녀가 또 이야기를 방해한 것이다.

"부족했으니까요. 모트 소나무는 티어링 참나무보다 훨씬 질이 떨어졌지만, 필요하면 그걸로도 얼마든지 집을 지을 수 있었죠. 그래서 협상은 실패했고 모트군은 뉴런던까지 곧장 진격했어요. 수도까지의 길은 강간과 학살로 뒤덮였고 모트군이 지나간 곳마다 마을이 줄줄이 불탔죠."

켈시는 먼이 이야기했던 아내와 자식을 잃은 남자를 떠올렸다. 그녀가 밤하늘을 올려다보았다. 그녀의 나머지 근위병들은 지금 어디에 있을까?

"상황은 다급했어요. 모트군이 왕궁의 외벽을 막 뚫고 들어오려고 할 때 엘리사 여왕이 마침내 붉은 여왕과 화약을 맺었죠. 겨우 며칠 후에 모트 조약이 성립되었고, 그 이래로 평화가 유지되고 있답니다."

"그리고 모트군은요? 물러났나요?"

"물론이죠. 조약에 따라 그들은 며칠 후에 도시에서 빠져나가 국경까지 쭉 물러났죠. 엄격하게 말하자면 추가적인 사상자는 없었고."

"리어, 에일 좀 더 가져오지."

페치가 끼어들었다.

켈시의 가슴이 자부심으로 따뜻해졌다. 왜 칼린은 이런 이야기를 해주지 않았던 걸까? 이게 그녀가 항상 듣고 싶었던 이야기였다. 영웅적인 엘리사 여왕! 그녀는 어머니가 밖에 있는 모트 군대를 상대로 왕궁을 사수하고 있는 모습을 상상했다. 식량은 떨어져가고 디메인과 은밀한 메시지가 오가고, 재앙의 코앞에서 승리를 쟁취하는 모습. 그것은 마치 칼린의 책에 나오는 이야기 같았다. 하지만 뭔가…… 뭔가……. 탁자 주위를 둘러보며 그녀는 어떤 남자도 웃고 있지 않다는 것을 깨달았다.

"멋진 이야기였어요. 굉장히 이야기를 잘하는군요. 하지만 이게 나하고 무슨 상관이 있는 거죠?"

그녀가 리어를 쳐다보고 물었다.

"날 봐, 아가씨."

그녀가 몸을 돌려보니 페치가 다른 사람들과 똑같이 음울한 눈으로 그녀를 바라보고 있었다.

"왜 목숨을 구걸하지 않지?"

켈시는 미간을 찌푸렸다. 그는 도대체 그녀에게 뭘 원하는 걸까?

"왜 내가 구걸해야 하죠?"

"포로로 잡힌 사람은 목숨만 살려주면 뭐든 하겠다고 하는 게 당연한 순서니까."

그는 다시 그녀를 갖고 놀고 있었고, 그 생각에 켈시의 가슴속에서 분노가 확 치밀었다. 그녀는 길고 떨리는 숨을 들이켠 다음 대답했다.

"저기 말이죠, 바티가 나한테 이야기를 하나 해준 적이 있어요. 후(後)크로싱 초기 시절에 어떤 티어링 농부의 아들이 병을 앓고 있었어요. 영국 배가 티어링에 도착하기 전이라 의사는 한 사람도 없었죠. 아들의 상태는 점점 더 심각해졌고 아버지는 아들이 죽을 거라고 생각했어요. 그래서 엄청난 슬픔에 잠겼죠.

그런데 어느 날 검은 망토를 걸친 커다란 남자가 나타났어요. 남자는 자신이 치료사이고 아들의 병을 고쳐줄 수 있지만, 조건이 있다고 했어요. 남자의 신을 달래기 위해서 아버지가 아들의 손가락 하나를 바쳐야 한다는 거였죠. 아버지는 남자의 능력에 의심을 품긴 했지만, 그 정도면 괜찮은 조건이라고 생각했어요. 아들의 목숨을 쓸모없는 손가락 하나랑 바꾸는 거니까요. 물론 그 치료사는 병이 나을 때에만 손가락을 받아갈 거고요. 아버지는 이틀 동안 치료사가 아들에게 마법을 걸고 약을 쓰는 걸 지켜봤죠. 그리고 놀랍게도, 아들의 병은 나았어요.

아버지는 검은 망토의 남자가 굉장히 두려워지기 시작했기 때문에 약속을 되돌릴 방법을 생각해봤지만 아무것도 떠오르지 않았어요. 그래서 아들이 잠들기를 기다렸다가 칼을 들고 아들의 왼손 새끼손가락을 잘랐어요. 그리고 손을 천으로 감싸고 출혈을 막으려 했죠. 하지만 항생제가 없으니 상처가 곧 괴사하며 감염을 일으켰고, 아들은 역시 죽고 말았어요.

아버지는 화가 나서 치료사에게 어떻게 된 거냐고 물었어요. 치료사는 검은 망토를 벗고 새카만 허수아비처럼 아무것도 없는 끔찍한 모습을 드러냈죠. 아버지가 얼굴을 가리고 물러났지만 그 형체는 이렇게 말했어요. '나는 죽음이다. 나는 빨리 올 수도 있고 천천히 올 수도 있지만, 날 속일 수 있는 자는 없다.'"

리어가 천천히 고개를 끄덕였다. 그의 입가에 처음으로 미소가 떠올랐다.

"요지가 뭐야?"

페치가 물었다.

"모두가 언젠가는 죽어요. 그렇다면 깨끗하게 죽는 게 낫다고 생각해요."

그가 잠깐 동안 그녀를 바라보다가 몸을 앞으로 기울이고 두 번째 목걸이를 들어 올렸다. 사파이어가 탁자 위에서 앞뒤로 흔들리며 불빛을 반사했다. 보석은 굉장히 크고 색깔이 진해 보였고 켈시는 그 내부를 자세히 보다가 안에서 뭔가 어둡고 흐릿한 게 움직이는 것을 발견했다. 그녀가 손을 내밀었지만 페치가 목걸이를 도로 잡아챘다.

"넌 테스트의 절반을 통과했어, 아가씨. 전부 정답을 말했거든. 널 살려주지."

탁자 주위의 남자들이 전부 다 긴장을 푸는 모습이었다. 앨레인이 카드를 꺼내 다시 섞기 시작했다. 하월은 일어나서 에일을 더 가지러 갔다.

"하지만 말이란 쉬운 거야."

페치가 낮은 목소리로 말을 이었다. 켈시는 기다렸다. 그는 가볍게 말하고 있지만 모닥불 불빛 속에서 그의 눈은 음울했다.

"난 네가 진짜로 이 나라를 다스릴 수 있을 정도로 오래 살아남을 거라고 생각하지 않아. 넌 영리하고 착하고 아마도 용감한 것 같기도 해. 하지만 어리고 애처로울 정도로 순진하지. 메이스의 보호 덕에 예정 시간보다 좀 더 목숨을 부지할 수는 있겠지만, 그 친구가 널 구해주진 못할 거야. 그래도……."

그가 켈시의 턱을 한 손으로 잡고 들어 올려 검은 눈으로 그녀를 마주 보았다.

"네가 정말로 왕위를 차지한다면, 네가 말한 정책을 이행하도록 해. 좀 더 다듬을 필요가 있고 실행 중에 실패할 게 뻔하긴 해도 그건 훌륭한 정책이고, 대부분의 왕족들이 공부해볼 생각조차 하지 않았던 정치사를 이해하고 있다는 걸 보여줬거든. 넌 네가 이야기한 방침에 따라 통치를 해야하고, 어떤 대가를 치르든 이 땅의 질병을 고치기 위해 노력해야 할 거야. 이게 나의 테스트고, 실패하면 내가 너에게 그 책임을 물을 거야."

켈시는 몸을 타고 흐르는 떨림을 감추려고 노력하며 눈썹을 치켰다.

"내가 왕궁에 들어가고 나서도 날 찾을 수 있을 거라고 생각해요?"

"난 이 나라의 누구든 찾을 수 있어. 난 모트보다 위험하고, 케이든보다도 위험하지. 난 섭정에게서 많은 걸 훔쳤고, 내 칼을 그의 목에 갖다 댄 적도 있어. 그자를 수차례 죽일 수 있었지만, 기다려야 했지."

"왜요?"

"너 때문에, 티어링의 여왕님."

그러고서 그는 몸을 일으켜 매끄러운 동작으로 탁자에서 물러났고, 켈시는 그의 손가락이 닿았던 얼굴이 타는 것 같은 느낌 속에서 그가 가는 모습을 바라만 보았다.

4장

왕궁으로 가는 길

오 티어링, 오 티어링

네가 보아온 세월,

네 인내, 네 슬픔,

너는 여왕을 부르고 있구나.

—〈어머니들의 애가(哀歌)〉, 작자 미상

켈시는 머리가 욱신거리고 입안이 바짝 마르는 상태로 깨어났고, 아침을 먹을 때에야 그게 자신의 첫 번째 숙취라는 것을 깨달았다. 불편하긴 했지만 책에서만 읽었던 것을 경험한다는 게 굉장히 신기했다. 허구를 현실로 만든 대가라고 치면 울렁거리는 속 정도야 별것도 아니었다. 파티는 한밤중까지 계속되었고 꿀 술을 얼마나 마셨는지 기억도 나지 않았다. 정말 맛있는 음료였지만, 앞으로는 피해야 할 것이다.

옷을 입고 나자 페치가 면도용 거울을 주었고 그녀는 목 오른쪽에 난 길고 흉한 상처를 확인해볼 수 있었다. 상처는 가느다란 검은 실로 깔끔하게 꿰매어져 있었다.

"잘 꿰맸네요. 하지만 어쨌든 흉터는 남겠죠?"

켈시가 그에게 물었다. 페치는 고개를 끄덕였다.

"난 신도 아니고 여왕의 의사도 아니야. 하지만 곪지는 않을 거고, 넌 사람들한테 전투에서 얻은 상처라고 말할 수 있겠지."

페치가 비웃듯 눈썹을 치켰다.

"전투요?"

"너한테서 그 갑옷을 벗기는 건 그야말로 전투였거든. 나도 온 세상에 그렇게 말할 거야."

켈시는 미소를 지으며 거울을 내리고 그를 돌아보았다.

"고마워요. 당신은 나한테 많은 친절을 베풀어줬고, 심지어 내 목숨까지 구해줬어요. 난 당신의 범죄에 관해서 용서할 생각이에요."

그가 잠깐 동안 재미있다는 눈빛으로 그녀를 쳐다보았다.

"난 네 용서는 바라지 않아."

그가 미소를 지었다. 켈시는 그의 변화에 깜짝 놀랐다. 어젯밤에 그녀가 보았던 음울한 남자가 태양 빛 아래서 사라진 것 같았다.

"설령 네가 날 용서해준다 해도 말이지, 티어링의 여왕님, 난 그 호의를 내던지고 곧장 또 다른 물건을 훔칠 거야."

"다른 삶을 원해본 적은 한 번도 없나요?"

"나한테 다른 삶이라는 건 없어. 어쨌든 네가 진 빚을 갚는 데에 용서 같은 건 새 발의 피도 안 돼. 난 너한테 네가 아는 것보다 훨씬 더 큰 선물을 줬다고."

"무슨 선물요?"

"곧 알게 될 거야. 보답으로 안전하게 보관하라고."

켈시는 다시 거울을 보았다.

"이런 세상에, 내가 자는 사이에 날 임신시킨 건 아니라고 말해줘요."

페치가 고개를 젖히고 요란하게 웃음을 터뜨렸다. 그가 친근하게 켈시의 등에 손을 얹자 피부가 짜릿했다.

"여왕님, 넌 일주일 안에 죽거나 이 나라의 왕위에 앉았던 통치자들 중에서 가장 용맹한 사람이 될 거야. 그 중간은 없을 것 같아."

머리를 빗으면서 켈시는 거울로 자신을 보았다. 집에서 연못에 자신의 모습을 비춰 보긴 했지만, 이건 완전히 달랐다. 거울은 그녀가 실제로 어떻게 생겼는지 확실하게 보여주었고, 별로 근사하진 않았다. 그녀의 눈은 꽤 괜찮아 보였다. 아몬드형에 랠리 혈통을 보여주는 밝은 초록색 눈동자. 칼린은 그녀에게 그녀의 어머니 쪽 친족들은 전부 다 똑같이 고양이 같은 초록색 눈을 가졌다고 말했었다. 하지만 그녀의 얼굴은 둥그렇고 토마토처럼 불그스름한 데다가, 뭐랄까, 평범하다는 말 외에는 묘사할 말이 없었다.

페치가 그녀의 머리에 꽂을 나비 모양의 아름다운 자수정 핀을 몇 개 주었다. 머리를 다시 감을 필요가 있었지만, 그래도 핀을 꽂으니 그럭저럭 버틸 만했다. 그녀는 페치가 귀족 여인의 머리에 꽂혀 있던 걸 그대로 훔쳐 온 게 아닐까 생각했다. 거울 속으로 그의 미소가 좀 더 커졌고 켈시는 그가 그녀의 생각을 읽었음을 알아챘다.

"당신은 악당이에요. 당신 머리에 걸린 상금을 더 높여야겠어요."

그녀가 마지막 핀을 머리에 꽂으며 말했다.

"그러든지. 그러면 내 명성만 높아질 뿐이니까."

"이러기 전에는 어떤 인생을 살았죠? 나도 꽤 혹독하게 교육을 받았지만 당신은 나보다도 더 세련된 문법과 단어를 쓰는 것 같은데요."

그가 카다르어로 그녀에게 대답했다.

"티어링어는 그럴지도 모르지. 하지만 넌 모트어와 카다르어를 나보다 훨씬 잘할 거야. 난 이 두 언어를 늦게 배우기 시작해서 억양이 완벽하지 않아."

"질문을 회피하지 말아요. 어차피 왕궁에 가면 나도 알게 될걸요."

"그럼 내가 지금 너한테 이야기하느라 내 귀중한 힘을 낭비할 필요가 없 잖아."

그가 도로 티어링어로 말하며 우울한 미소를 지었다.

"힘이 카다르어로 뭔지 생각이 안 났어. 연습이 부족한 모양이야."

켈시는 고개를 옆으로 기울이고 그를 보며 물었다.

"내가 왕위에 오른 다음 당신이나 당신 부하들을 위해서 해줄 수 있는 일이 없나요? 사소한 거라도?"

"아무것도 생각 안 나. 어쨌든 네 앞에는 어마어마한 임무가 놓여 있으니 까, 레이디. 거기에 짐을 더 얹어주고 싶은 마음은 없어."

"잡혀서 처형되는 것도 막아달라고 하지 않을 사람이 양 떼나 새 활을 달라고 하는 건 우습겠네요."

"빚은 언젠가 돌려받을 거야, 여왕님. 그건 의심하지 마. 그리고 내 대가 는 꽤나 엄청날 거야."

켈시가 날카롭게 그를 보았다. 하지만 그의 시선은 그녀의 천막 바깥, 나 무 너머 먼 곳으로 향해 있었다. 왕궁 쪽으로.

갑자기 그녀는 그에게서 멀리 달아나야 할 것 같은 기분을 느꼈다. 그는 범죄자, 범법자였고 그녀가 바로 세우려는 법률 체제에 있어서 명백한 위협 거리였다. 하지만 그에게 사형 선고를 내리는 건 고사하고 언젠가 그를 잡 아 투옥하고 싶은 마음이 있는지조차 알 수가 없었다.

다른 남자가 나타나서 내 마음을 저 남자에게서 빼앗아줄 거야. 좀 더 조건이 맞는 남자가. 그렇게 되어야만 해.

그녀가 거울을 내려놓았다.

"이제 가도 되나요?"

메이스는 (페치가 말해준 바에 따르면) 밤에 두 번 더 탈출 시도를 했다. 오늘 그들이 마침내 그를 풀어주러 갔을 때 그는 또다시 다리 양쪽을 다 빼낸 상태였다. 눈가리개는 여전히 하고 있었지만, 그들이 데리고 나가는데 그가 갑자기 앨레인의 다리를 세게 걷어찼고 앨레인은 바닥에 쓰러져서 정강이를 움켜쥐고 욕을 했다. 하월과 모건이 메이스를 안장에 올리고 최대한 사고 없이 작업을 끝마쳤다. 그의 손은 묶은 채 놔뒀고 눈가리개 아래로 살인이라도 할 것 같은 그의 험악한 표정이 고스란히 드러났다.

켈시는 페치와 그의 부하들에게 작별 인사를 했다. 쓸데없이 엄숙한 분위기의 어색한 인사였다. 그녀는 모건이 마지못해 그녀를 보내주는 것 같은 모습이 조금 기뻤다. 그는 남자들끼리 하는 방식으로 그녀에게 악수를 건네고 그녀의 목에 바를 항생제 한 병을 더 챙겨주었다.

"이게 뭐죠? 상처에 놀랍게 잘 듣던데요."

그녀가 병을 망토 안에 넣으며 물었다.

"아편입니다."

켈시가 눈썹을 치켰다.

"액체 아편요? 그런 게 존재한단 말이에요?"

"굉장히 폐쇄적인 삶을 사셨군요, 레이디."

"난 티어링에서 아편은 허가가 있어야만 살 수 있는 거라고 생각했는데요."

"그래서 신이 암시장을 만드신 겁니다."

페치가 처음 몇 킬로미터 동안 켈시와 메이스를 데리고 갔다. 야영지에서 어느 정도 떨어질 때까지는 메이스가 묶인 채 눈가리개를 계속 하고 있어야 한다고 했기 때문에 켈시가 메이스의 말을 끌어야 했다. 기묘하게도 페치는 두 사람 다 원래의 종마를 타고 가게 해주었다. 레이크는 평범한 말이었지만 메이스의 종마는 한재산 될 게 분명한 카다르산 명마였다. 켈시는 이런 관대함이 의아했지만 물어보지는 않았다.

망토 아래로 그녀는 펜의 무거운 갑옷을 입고 있었다. 이걸 남겨놓고 가기는 싫었고 페치도 그녀가 그걸 입어야 한다는 데 동의했다. 유감스럽게도 켈시는 자신의 외모가 더욱 볼품없어지게 될 거라는 사실을 받아들여야만 했다. 앞으로도 한동안 갑옷이 그녀의 필수 의상이 될 테니까.

페치가 내리막 앞에서 멈춰서 노란 언덕 사이로 구불구불 이어지는 좁은 길이 펼쳐진 들판을 가리켰다.

"이 동네에서는 저게 주도로지. 끝에 가면 모트로와 이어질 거고, 그 길을 따라 뉴런던까지 쭉 갈 수 있어. 그 길을 따라가든 말든 그건 네가 결정할 일이지만, 설령 그 길로 가지 않는다 해도 그 길이 보이는 범위 안에 있는 게 좋아. 오늘 밤 늦게 습지대로 들어설 텐데, 방향감각이 없으면 습지에서 영원히 헤맬 수도 있으니까."

켈시는 들판을 바라보았다. 언덕이 길의 대부분을 가리고 있었지만 저 멀리에서 베이지색 길이 경작지를 깨끗하게 가르며 다시 나타나 이번에는 갈색 언덕 쪽으로 이어졌다. 그 너머로 수백 개의 건물들이 옹기종기 모여 있고 거대한 회색 구조물이 그 위로 그림자를 드리우고 있었다. 왕궁이었다.

"당신이라면 길을 따라갈 건가요?"

그녀가 페치에게 물었다. 그는 잠깐 생각하고서 대답했다.

"길을 따라갈 거야. 난 지금 너만큼 엄청난 위험에 처해 있지 않거든. 하지만 어쨌든 가끔은 예측할 수 없는 이유로 직행 길이 올바른 길일 때가 있지."

"저 자식이 이 눈가리개만 풀어주면 제가 최적의 길을 결정할 수 있습니다. 저런 놈 따위 빌어먹게 놔두고 말입니다."

메이스가 으르렁거렸다.

"괜찮다면 내가 사라질 때까지는 눈가리개를 풀지 말아줬으면 하는데."

페치가 대답했다. 켈시가 호기심 어린 눈으로 그를 보았다.

"두 사람 사이에 무슨 불화라도 있나요?"

페치는 미소를 지었지만 왕궁을 응시하는 그의 눈은 차가웠다.

"네가 의미하는 그런 식으로는 아니야."

그가 말을 돌리고 손을 내밀었다. 단호하고 사무적인 악수였지만, 켈시는 그를 다시 볼 수 있든 없든 이 순간을 평생 기억하게 될 거라고 생각했다.

"하나만 더, 레이디."

켈시는 그 경칭에 조금 놀랐다. 그가 그녀를 '아가씨'라고 부르는 데 익숙해져 있었던 것이다. 페치가 셔츠 안에 손을 넣고 켈시가 완전히 잊고 있었던 두 번째 목걸이를 꺼냈다. 다시금 그녀는 이 남자에게서 떨어져야 한다는 초조함을 느꼈다. 이 남자는 그녀에게 일반적인 것과 중요한 것 모두를 잊게 만들었다.

"이 목걸이는 네 거야. 내가 갖겠다는 건 아니야. 하지만 내가 보관하고 있겠어."

"언제까지요?"

"네가 이걸 가질 자격이 있다는 걸 행동으로 증명할 때까지."

켈시는 반박하려고 입을 열었다가 생각을 바꾸고 도로 다물었다. 이 남자는 어떤 일도 이유 없이 하지 않았다. 모든 걸 의도적으로 하기 때문에 말로 그의 마음을 바꿀 가능성은 거의 없었다. 그녀는 손을 올려 자신의 목걸이가 또다시 셔츠 바깥으로 튀어나와 있는 것을 발견하고 안으로 넣었다.

"행운이 있기를, 티어링 여왕님. 난 대단히 관심을 기울여 널 보고 있을 거야."

그가 상냥해 보이는 미소를 짓고서 달리기 시작했다. 그의 말은 점점 빠른 속도로 언덕을 내려갔고 1, 2분 사이에 그는 다음 언덕을 넘어 시야에서 사라졌다.

켈시는 그가 사라진 길을 한참 동안 바라보았다. 메이스는 모르는 편이 더 나을 것이다. 몇 분 후 페치가 지나간 길의 먼지가 가라앉자 켈시는 메이스 쪽으로 몸을 돌려 말을 그의 말 옆으로 움직인 다음 재빨리 그의 손목을 묶은 매듭을 풀었다. 손이 풀리자 메이스가 머리 위로 눈가리개를 홱 벗고 빠르게 눈을 깜박였다.

"맙소사, 엄청 밝군요."

"굉장한 자제력을 보여주더군요, 라자러스. 그대의 평판으로 보아 난 그대가 묶인 줄을 끊고 몇 명쯤 죽일 줄 알았어요."

메이스는 아무 말도 않고 여전히 끈 때문에 짙게 멍이 남아 있는 손목만 문지를 뿐이었다.

"강가에서는 정말로 굉장했어요. 어디서 그렇게 싸우는 걸 배웠죠?"

그녀가 계속 물었다.

"저희도 얼른 움직여야 합니다."

켈시는 잠시 그를 바라보다가 도시 쪽으로 몸을 돌렸다.

"그대가 날 안전하게 왕궁까지 데려가는 임무를 맡았다는 거 알아요. 하지만 내가 그 임무에서 해방시켜주겠어요. 그대는 할 만큼 했어요."

"제 맹세는 돌아가신 분께 한 겁니다, 레이디. 레이디께서 절 해방시켜주실 순 없습니다."

"우리가 죽으러 가는 거라면요?"

"그럼 저희들은 사의 찬미에 빠진 한 쌍인 거겠지요."

켈시는 부드럽게 바람이 불어오는 방향으로 고개를 돌렸다.

"그대에게 더 나은 생각이 없다면, 길을 따라가도록 하죠."

메이스는 잠깐 동안 들판을 바라보았다. 그는 시선을 결국에 뉴런던으로 움직였고, 고개를 끄덕였다.

"길을 따라가지요."

켈시는 말에 박차를 가했고 그들은 언덕을 따라 내려갔다.

몇 시간 동안 격렬하게 말을 달린 끝에 페치가 보여준 좁은 길은 15미터 정도 너비의 널따란 모트로와 합쳐졌다. 이 길은 티어링과 모트메인 사이를 오가는 상단이 지나가는 길이라서 흙이 굉장히 잘 다져져 있어 먼지도 거의 나지 않았다. 길은 붐볐고 켈시는 페치가 준 짙은 보라색 망토를 둘러쓰고 있는 걸 다행이라고 생각했다. 메이스의 회색 근위병 제복도 긴 검은 망토로 바뀌었고 그에게 아직까지 철퇴가 있다 해도(있기를 바랐다) 보이지 않는 곳에 잘 넣어놓은 것 같았다. 왕궁 방향으로 여행하는 대부분의 사람들이 망토를 두르고 후드를 쓴 것이, 모두가 뭐 하러 가는지 남에게 들키고 싶어 하지 않는 것 같았다. 켈시는 케이든일지 모르는 사람들이나 그녀의 근위병들이 입은 회색 제복의 흔적을 찾기 위해 주의 깊게 살폈지만, 얼마 지나지 않아 사람이 너무 많아서 한 사람에게 오래 집중할 수가 없게 되었다. 아마도 메이스가 숨은 위협을 더 잘 감지하겠지. 그녀는 그의 눈을 믿고 길에만 집중했다.

페치는 그녀에게 뉴런던까지 이틀이면 쉽게 도달할 수 있다고 말했다. 켈시는 하루 만에 이 여행을 마치면 어떨까 생각해보았지만 해 질 무렵 그 생각을 지웠다. 잠을 자야 했고, 상처가 욱신거리기 시작했다. 그녀가 메이스에게 낮은 소리로 이렇게 말하자 그도 고개를 끄덕였다.

"전 실제로 자지는 않을 겁니다, 레이디. 그러니까 레이디는 주무셔도 됩니다."

"그대도 언젠가는 자야 하잖아요."

"그렇지는 않습니다. 푹 자기엔 세상이 너무 위험하니까요."

"어릴 때는 어땠었죠?"

"저는 어린애였던 적이 없습니다."

웬 남자가 켈시의 말을 밀치고 "미안합니다"라고 중얼거리며 지나갔다. 길에는 이제 사람들이 빼곡하게 차 있었다. 사람들은 켈시의 사방에서 말을 타거나 걸어서 지나갔고, 씻지 않은 살 냄새가 그녀를 후려치는 것처럼 느껴졌다. 이 길은 씻을 만한 물이 없는 남쪽에서 이어져 오는 거였다.

앞쪽으로는 부모와 어린아이 둘로 이루어진, 온 가족이 타고 있는 것 같은 수레가 있었다. 여덟 살이 채 안 된 것 같은 남자아이와 여자아이는 풀한 줌과 나무뿌리를 들고 수레 바닥에서 요리 놀이를 하고 있었다. 켈시는 관심을 갖고 그들을 보았다. 그녀의 상상 놀이는 전부 다 혼자 하는 거였다. 그녀는 언제나 영웅이었고, 주위에서 환호하는 사람들, 심지어 곁의 친구들까지 만들어내곤 했다. 그래도 다른 아이들을 만나 함께 놀고 싶은 마음은 절대로 사라지지 않았다. 켈시가 두 아이를 지나치게 한참 보는 바람에 아이 엄마가 미간을 찌푸리고 의심스럽게 그녀를 돌아보기 시작했고 켈시는 메이스에게 조금 천천히 가야겠다고 속삭였다.

"왜 이 길이 이렇게 붐비죠?"

마차가 시야에서 사라진 다음에 그녀가 물었다.

"여기가 크리드 남쪽에서 뉴런던으로 가는 유일한 직행 길이기 때문입니다. 많은 샛길들이 이리로 이어지죠."

"하지만 여긴 상업로잖아요. 여기로 상업용 마차를 끌고 어떻게 지나가죠?"

"여기가 항상 이렇게 붐비는 건 아닙니다, 레이디."

그들은 해가 지도록, 대부분의 다른 여행자들이 야영지를 만들고도 한참 지나 한밤중이 될 때까지 말을 달렸다. 잠깐 동안 길가에서 모닥불이 점점이 보였고 지나가는 동안 이야기 소리와 노랫소리가 들렸지만 금방 불빛은 사라졌다. 가끔씩 켈시는 뒤쪽 멀리서 말발굽 소리가 들리는 것 같다고 생각했지만 확실하지는 않았고, 돌아볼 때마다 보이는 건 오로지 어둠뿐이었다. 가는 동안 그녀는 메이스에게 정부의 현재 상황에 관해 여러 가지 질문을 했다. 그는 하나하나에 대답을 해주었지만 켈시는 그가 신중하게, 대답 하나하나를 굉장히 편집해서 말한다는 느낌을 받았다. 어쨌든 그녀가 얻은 약간의 정보조차도 음울한 것들뿐이었다.

대부분의 티어링 주민들은 굶주리고 있었다. 켈시가 앨먼트 평원에서 보았던 논밭들이 그나마 남아 있는 유일한 농업 지역이었다. 식량 여유분은 전부 토지 소유주에게로 가고, 그들은 이것을 뉴런던의 시장이나 또는 암시장을 통해 모트메인에 팔아 돈을 벌었다. 가난한 사람들에게는 정의 같은 것이 적용되지 않았다. 사법 체계는 수많은 부패로 거의 망가졌고, 정직한 판사들 대부분은 정부의 다른 일자리에 징발되었다. 켈시는 자신이 별로 대비가 되어 있지 않다는 사실이 진짜 짐덩어리처럼 어깨를 짓누르는 것을 느꼈다. 이것은 가능한 한 빨리 해결해야 하는 문제였지만 어떻게 해야 할지 알 수가 없었다. 칼린은 그녀에게 수많은 역사적 지식을 가르쳤지만 정치에 대해서는 별로 많이 가르치지 않았다. 켈시는 다른 사람이 그녀의 뜻을 따르게 설득하려면 어떻게 해야 하는지 전혀 몰랐다.

"사의 찬미라는 말을 했었죠, 라자러스. 난 그 말이 뭔지 몰라요. 무슨 뜻이죠?"

"저희 조상님들은 선크로싱 시대 스코틀랜드인이셨습니다. 그 말은 자신이 죽을 걸 알면서 기꺼이 뛰어든다는 뜻이죠."

"그건 나하고는 안 어울리는 것 같은데요."

"레이디의 눈에 그런 빛이 있는 걸지도 모르지요."

또 하나의 굽이진 길을 돌아가며 켈시는 다시 말발굽 소리를 들은 것 같다고 생각했다. 그녀의 상상이 아니었다. 메이스가 갑자기 말을 세우고 몸을 돌려 뒤쪽을 응시했다.

"누군가가 뒤에 오고 있습니다. 여러 명이요."

켈시의 눈에는 아무것도 보이지 않았다. 하늘에는 달이 아주 희미하게 보였고 그녀의 야간 시력은 별로 좋지 않았다. 바티가 어둠 속에서는 그녀보다 훨씬 나았다.

"얼마나 떨어져 있죠?"

"1.5킬로미터 정도일 겁니다."

메이스가 잠깐 동안 손가락으로 안장을 두드리며 생각에 잠긴 채 말했다.

"여기엔 저희를 가려줄 만큼 잎이 무성한 나무가 별로 없으니까 밤새 계속 가다가 아침에 쉬는 게 더 안전할 것 같습니다. 계속 가되 저들이 거리를 좁혀오면 도로 밖으로 나가서 운을 시험해보도록 하죠. 속도를 더 올리세요."

그가 다시 앞으로 나서서 달리기 시작했고 켈시도 뒤를 따랐다.

"지금 도로 밖으로 나가서 저 사람들이 우리를 앞서가게 하는 게 낫지 않겠어요?"

"저들이 저희의 자취를 따라오는 거라면 위험부담이 높습니다, 레이디. 하지만 저자들이 케이든이나 모트인인 것 같지는 않습니다. 매도 보지 못했고, 저희의 자취는 완전히 끊겼을 테니까요. 레이디의 구세주가 누구였는지는 모르겠지만, 일을 훌륭하게 처리했더군요."

페치 이야기에 켈시의 심장이 덜컹 뛰었고, 그제야 그녀는 자신이 최소한 몇 시간 이상 그를 떠올리지 않았다는 걸 깨닫고 조금 뿌듯한 기분이 들었다. 그에 관해 더 알고 싶다는 마음과 그의 정체를 혼자만의 비밀로 하고 싶다는 마음 사이에서 갈등하다가 결국 그녀는 자신에게 화가 나서 두 번째 욕구를 꾹꾹 억눌렀다.

"그 사람은 자기를 페치라고 부르라고 하더군요."

메이스가 낄낄 웃었다.

"눈가리개를 하고 있었지만 저도 짐작은 했습니다."

"그 사람이 자기 주장대로 그렇게 대단한 도둑인가요?"

"더 대단하지요, 레이디. 티어링 역사상 유명한 범법자들이 여러 명 있었습니다만, 페치 같은 자는 없었습니다. 그는 제 평생 가져본 물건보다 더 많은 걸 레이디의 외삼촌에게서 훔쳤지요."

"그 사람은 자기 머리에 엄청난 현상금이 걸려 있다고 하던데요."

"마지막으로 확인했을 땐 5만 파운드였습니다."

"하지만 그 사람 정체가 뭔가요?"

"아무도 모릅니다, 레이디. 그자는 약 20년쯤 전에 가면을 쓴 채 처음 나타났죠."

"20년요?"

"그렇습니다, 레이디. 정확히 20년 전입니다. 제가 그걸 정확하게 기억하는 게 그자가 레이디의 외삼촌이 총애하던 여자 한 명이 도시에 쇼핑을 나간 사이에 납치했거든요. 그리고 몇 달 후에 레이디의 어머니께서 임신을 발표하셨죠. 아마 레이디의 외삼촌 평생 최악의 해였을 겁니다."

메이스가 낄낄 웃었다.

켈시는 이 정보를 곱씹었다. 페치는 겉보기보다 훨씬 나이가 많은 게 분명했다.

"왜 그 사람이 아직까지 잡히지 않은 건가요, 라자러스? 설령 악마처럼 운이 좋다고 해도 그런 화려한 행동 때문에라도 오래전에 잡혔어야 할 것 같은데요."

"음, 그자는 평민들에게는 영웅입니다, 레이디. 어느 때고 누군가가 섭정이나 귀족의 물건을 털면 세상은 그걸 페치 짓이라고 생각합니다. 부자의 물건을 훔쳐낼 때마다 가난한 사람들은 그에게 애정을 갖게 되는 겁니다."

"그 사람이 돈을 가난한 사람들에게 나눠주나요?"

"아뇨, 레이디."

켈시는 실망해서 안장에 무겁게 몸을 기댔다.

"돈을 많이 훔쳤나요?"

"수십만 파운드어치는 될 겁니다."

"그럼 그 돈으로 뭘 하는 거죠? 그 야영지에서는 돈 될 물건을 전혀 보지 못했어요. 그 사람들은 천막에 살고, 옷도 굉장히 낡았었고요. 그 사람들에게 돈이 있긴 한 건지—"

메이스가 그녀의 팔을 잡고 중간에 말을 끊었다.

"보셨습니까?"

"뭘요?"

"레이디는 눈가리개를 하지 않으셨었죠."

"난 그대만큼 용맹한 전사가 아니니까요."

"그자의 얼굴을 보셨습니까? 페치 말입니다."

"난 장님이 아니에요, 라자러스."

"레이디는 오해하고 계십니다. 그자들은 제가 사납다는 소문 때문에 제 눈을 가렸던 게 아닙니다. 섭정이 페치를 잡지 못하는 이유는 아무도 그자나 그자의 부하들 누구 하나의 외모도 알지 못하기 때문입니다. 페치는 제가 아는 것만 해도 두 번이나 섭정을 죽일 뻔했습니다만, 그런 섭정조차 페치의 얼굴을 한 번도 보지 못했습니다. 아무도 그자가 어떻게 생겼는지 모릅니다. 억만금을 줘도 그를 배신하지 않을 만한 사람들을 제외하면요."

켈시는 머리 위 하늘을 뒤덮고 반짝거리는 별들을 올려다보았다. 그들은 그녀에게 아무것도 대답해주지 않았었다. 졸려서 안장에서 몸이 휘청거리고 있었는데, 갑자기 잠이 번쩍 깼다. 기회가 생기자마자 페치의 얼굴을 그리거나 제대로 그림을 그릴 수 있을 만한 사람에게 그의 외모를 설명해야한다. 하지만 자신이 둘 중 어느 것도 하지 않을 거라는 건 그녀 자신이 더 잘 알았다.

"레이디?"

켈시가 깊게 숨을 들이켰다.

"나도 억만금을 줘도 그 사람을 배신하지 않을 거예요."

"아, 맙소사."

메이스가 길 한가운데서 말을 세우고 잠깐 동안 꼼짝도 하지 않았다. 켈시는 그가 못마땅하게 여긴다는 걸 느낄 수 있었다. 그녀가 답을 잘 모를 때 칼린의 서재 구석에서 공처럼 작게 몸을 웅크리고 숨어 있던 그때 같았다. 칼린은 이런 새로운 행동에 어떻게 반응했을까? 켈시는 상상하지 않는 편이 낫겠다고 생각했다.

"나도 자랑스럽지는 않아요. 하지만 아닌 척한다고 해서 딱히 나아질 것도 없으니까요."

그녀가 방어적으로 중얼거렸다.

"페치(fetch)라는 게 뭔지 아십니까, 레이디?"

"되찾아온다는 뜻요."

"아닙니다. 페치는 고대 신화에 나오는 생물로 죽음을 가져옵니다. 페치는 뛰어난 도둑입니다만, 그의 다른 행동들 대부분은 자세히 조사해봐야 하는 것들입니다."

"지금 여기서 페치의 다른 행동들에 관해 듣고 싶진 않군요, 라자러스. 내가 그대에게 말을 한 건 이 문제에 관해서 서로 이해를 해야 하기 때문이에요."

하지만 갑자기 그의 다른 행동들에 대해서 *미친* 듯이 듣고 싶었다.

"흠, 그자는 파괴적인 영향력을 미치죠. 아예 그자의 이야기를 하지 말아야 할지도 모르겠군요."

메이스가 잠시 후 포기 조로 말했다.

"나도 동의해요."

켈시는 고삐를 가볍게 당겨 말을 출발시켰다. 그리고 페치 말고 다른 이야깃거리를 찾았다.

"외삼촌에겐 부인이 없다고 칼린이 그랬는데, 외삼촌의 여자 중 한 명이라는 건 뭐죠?"

　마지못한 얼굴로 메이스는 섭정이 카다르 통치자들과 같은 방식으로 가난한 가족들이 왕궁에 판 젊은 여자들을 모아놓은 하렘을 만들었다고 설명했다. 왕국이 속속들이 부패했다는 사실에 더불어 이제 켈시는 매음굴까지 물려받게 된 것이다. 그녀는 메이스에게 병사들이 쓰는 것 같은 욕을 가르쳐달라고 했지만 그가 거절해서 분노를 뿜어낼 만한 말 한마디 찾을 수가 없었다. 여자를 사고팔다니! 그런 사악한 행위는 크로싱 때 박멸되었어야 했는데.

　"섭정으로서 외삼촌이 하신 모든 일이 내 왕좌에 영향을 미치겠죠. 마치 내가 이런 부정한 행동을 용인한 것처럼 말이에요."

　"그렇지는 않을 겁니다, 레이디. 아무도 레이디의 외삼촌을 좋아하지 않으니까요."

　그 말도 켈시의 분노를 진정시키지는 못했다. 하지만 분노의 아래에는 사실 불안감도 깊게 자리하고 있었다. 메이스의 설명으로 보아 이런 일은 켈시가 태어나기도 전부터 있던 거였다. 왜 그녀의 어머니는 아무것도 하지 않았던 걸까? 그녀는 메이스에게 물어보려다가 멈추었다. 물론 그는 대답하지 않겠지.

　"섭정을 내쫓아야겠어요."

　그녀가 단호하게 말했다.

　"그분은 레이디의 외삼촌이십니다."

　"상관없어요. 왕위에 앉자마자 왕궁 밖으로 쫓아낼 거예요."

　"레이디의 외삼촌은 붉은 여왕과 대단히 우호적입니다, 레이디. 그분을 그냥 권좌에서 쫓아내면 모트메인과의 관계가 위태로워질 겁니다."

　"위태로워진다고요? 우리가 조약을 맺은 줄 알았는데요."

　"그렇긴 하지요, 레이디. 하지만 모트메인과의 평화는 항상 살얼음판 같은 상태입니다. 노골적인 적대 행위는 재앙이 될 수 있습니다."

메이스가 목을 가다듬으며 말했다.

"왜요?"

"이 나라는 모트메인은 고사하고 어떤 군대를 상대로든 맞서 싸울 수 있는 훈련된 병사들이 없습니다. 그리고 저희에겐 강철도 없고요."

"그러니까 우리한테는 무기와 진짜 군대가 필요하군요."

"어떤 군대도 모트메인에 도전하진 않을 겁니다, 레이디. 저는 미신을 믿는 사람이 아닙니다만, 붉은 여왕에 관한 소문은 믿습니다. 실제로 수년 전에 붉은 여왕을 직접 본 적이 있는데—"

"어떻게요?"

"섭정이 디메인에 외교사절단을 보낸 적이 있습니다. 제가 호위병이었죠. 붉은 여왕은 벌써 한 세기가 넘게 나라를 다스리고 있습니다만, 제가 맹세컨대 레이디께서 태어나셨을 때 레이디의 어머님 나이 정도밖에는 되어 보이지 않았습니다."

"설령 나이를 먹지 않는다고 해도 여자 한 명일 뿐이에요."

켈시의 목소리는 차분했지만, 그녀도 실은 불안했다. 마녀 여왕에 대한 이야기는 한밤중에 인적 없는 길에서 하기엔 좋지 않은 선택이었다. 길가를 드문드문 밝히던 모닥불도 전부 사라졌고 이제 어둠 속에 그녀와 메이스 단둘만이 있는 것 같았다. 구역질 나게 달콤한 썩은 내가 길가를 뒤덮기 시작했다. 근처에 늪이 있는 모양이었다.

"대단히 조심하셔야 합니다, 레이디. 레이디의 의도는 선량할지 모르겠지만, 직행 길이 항상 최선은 아닐 때도 있습니다."

"하지만 우리는 직행 길에 있잖아요, 라자러스."

"예. 더 나은 선택지가 있길 바라면서 말이죠."

그들은 새벽이 되기 직전에 야영을 하기로 했다. 여전히 도시까지는 네

다섯 시간은 말을 타고 달려야 했다. 메이스는 켈시에게 불을 피우지 말라고 말했고, 만약에 대비하여 도로에서는 보이지 않는 커다란 블랙베리 관목 뒤에 야영지를 만들었다. 그들 뒤를 쫓아오던 사람들도 마침내 야영을 하는지 말발굽 소리가 더 이상 들리지 않았다. 그녀는 메이스에게 잘 때는 갑옷을 벗어도 되는지 물었고 그는 고개를 끄덕였다.

"하지만 내일은 다시 입으셔야 합니다, 레이디. 대낮에 도시로 들어갈 테니까요. 검이 없으면 갑옷도 별 쓸모는 없지만, 그래도 없는 것보다는 낫죠."

"시키는 대로 할게요."

목이 계속 욱신거리는 상태로도 켈시는 거의 반쯤 잠이 든 채 중얼거렸다. 잠을 자야 했다. 모든 것들이 내일을 향하고 있다. *사의 찬미*, 그녀는 생각했다. 죽음을 향해 달려드는 것. 잠을 자며 그녀는 끝없이 펼쳐진 들판을 꿈꾸었다. 앨먼트 평원 위로 끝이 보이지 않는 넓디넓은 들판에서 허수아비처럼 비쩍 마르고 낡은 옷을 입은 사람들이 일을 하고 있었다. 들판 너머로 해가 떠오르고, 하늘은 불이 붙은 것 같았다.

켈시는 가장 가까이에서 일하고 있는 여자 쪽으로 다가갔다. 여자가 돌아섰다. 이목구비가 뚜렷하고, 구불거리는 검은 머리에 놀랄 만큼 젊은 얼굴을 한 아름다운 여자였다. 켈시가 다가가자 여자가 마치 켈시의 검사를 받으려는 것처럼 밀 한 아름을 내밀었다.

"빨개. 전부 다 빨개."

여자가 광기로 눈을 빛내며 뒤틀린 얼굴로 속삭였다.

켈시는 다시 내려다보고서 여자가 내밀고 있는 게 밀 다발이 아니라 망가지고 피 흘리는 어린 소녀의 몸이라는 것을 깨달았다. 아이의 눈은 뽑혀 나가서 눈구멍이 피로 가득했다. 켈시가 비명을 지를 때 메이스가 그녀를 흔들어 깨웠다.

5장
신의 바다만큼 크게

그날 많은 가족들이 왕궁 앞에서 슬퍼하며 기다리고 있었다. 그들은 자신들이 역사의 한 장면을 장식할 주요 인물이 될 거라는 사실을, 그중 몇 명은 스스로도 상상하지 못했을 만큼 큰 역할을 하게 될 거라는 것을 알지 못했다.

―《티어링의 초기 역사》, 머위니언 작

정오를 몇 시간쯤 지나 그들은 뉴런던에 들어섰다. 켈시는 열기와 갑옷의 엄청난 무게, 수면 부족으로 정신이 혼미했지만 뉴런던 다리를 건너는 동안 도시의 크기 그 자체가 그녀의 눈을 번쩍 뜨이게 만들었다.

다리에는 통행료 징수소가 있었고 양쪽에 선 남자들이 돈을 받았다. 메이스는 망토에서 10펜스를 꺼내 얼굴을 감춘 채 징수관에게 돈을 내는 놀라운 재주를 보여주었다. 켈시는 다리를 관찰했다. 그 토목 기술은 경이로웠다. 회색 화강암 덩어리들을 깎아 약 50미터 길이의 발판을 만들고 카델강에서 위로 솟은 여섯 개의 육중한 기둥으로 떠받쳤다. 카델강은 도시 외곽을 돌아 남서쪽으로 80킬로미터쯤 구불구불 흐르다가 절벽 끝에서 폭포가 되어 떨어져 티어링만으로 흘러들었다. 다리 아래의 물은 짙은 담청색이었다.

"물을 너무 오래 보지 마십시오."

메이스가 중얼거렸고 켈시는 황급히 고개를 앞으로 돌렸다.

뉴런던은 초기 정착자들이 라이스산맥 낮은 언덕배기에 만든 조그만 마을이었다. 하지만 마을이 점점 커져 도시가 되면서 이 언덕 저 언덕으로 확장되고 결국에는 티어링 수도가 되었다. 이제 뉴런던은 산맥의 기슭 전체에 걸쳐 지형에 따라 건물과 길이 완만하게 오르락내리락 배치되어 있었다. 왕궁은 도시 한가운데, 주변의 다른 건물들이 납작하게 보일 만큼 거대하게 솟구친 회색 석조 오벨리스크였다. 켈시는 언제나 왕궁이 정돈된 형태의 구조물일 거라고 상상했지만 성은 비대칭적인 지구라트 형태로 높아졌다. 다양한 높이의 성첩과 발코니가 있고, 몸을 숨길 수 있는 틈새가 수두룩했다. 왕궁은 티어링의 두 번째 왕이었던 선량 왕 조너선의 통치기에 건설되었다. 아무도 건축가의 이름은 모르지만, 천재였던 게 분명했다.

도시의 나머지 부분은 그렇게 훌륭하지는 않았다. 대부분의 건물들이 싸구려 나무로 얼기설기 지어져서 위태롭게 아무 쪽으로나 기울어져 있었다. 불이 한 번만 제대로 났다간 도시의 절반이 불타버릴 거라고 켈시는 생각했다.

왕궁 근처, 약 1.5킬로미터쯤 떨어진 곳에 높이는 왕궁의 절반 정도에 새하얗고 끝에 금색 십자가가 달려 있는 탑이 있었다. 신의 교회, 아배스일 것이다. 당연히 왕궁 근처에 자리하고 있겠지. 메이스의 말에 따르면 섭정이 교황에게 왕궁 내부에도 작은 교회를 짓게 허가해주었다고 하지만 말이다. 아배스 꼭대기의 십자가가 도금을 한 건지 진짜 금으로 만들어진 건지 확실히 알 수 없었지만, 햇빛 속에서 찬란하게 빛이 나서 켈시는 눈을 가늘게 떠야만 했다. 윌리엄 티어는 자신의 유토피아에서 조직적인 종교 활동을 금지했다. 칼린의 말에 따르면 그는 어떤 남자가 몰래 선교 활동을 하는 것을 발견하고 자신의 배에서 내던져버렸다고 한다. 하지만 이제 기독교는 그 어느 때보다도 강하게 되살아났다. 켈시가 다른 집안에서 자랐다면, 칼린의 무신론에 가치관이 이렇게 영향을 받지 않았다면 신의 교회에 대한 그녀의 태도가 어땠을지 알 수 없었지만 이미 늦었다. 금빛 십자가에 대한 켈시의 불신은 가슴 깊은 곳에서 나오는 본능적인 것이었다. 십자가가 상징하는 것들에 대해 어느 정도 양보해야 한다는 걸 알면서도 어쩔 수가 없었다. 게다가 오두막 안에서의 가벼운 대립에서조차 그녀는 양보를 잘하는 편이 아니었다.

메이스는 그녀의 옆에서 말없이 말을 타고 가다가 다리가 끝나고 사람 많은 길이 완전히 도시에 접어들자 가끔 방향만 가리켰다. 두 사람은 망토를 칭칭 감고 후드를 쓴 상태 그대로 갔다. 메이스는 왕궁으로 가는 모든 길에 경비가 서 있을 거라고 믿었고 켈시는 그가 뭔가 낌새를 맡고 이따금 자세를 바꾸어 앞을 가로막는 것을 보며 그가 계속 경계하고 있음을 알아챘다.

켈시는 평범하지 않은 것들을 전혀 알아챌 수 없었지만, 그녀가 평범한 게 뭔지 어떻게 알겠는가? 길가에는 좌판들이 줄지어 있고 상인들이 단순한 과일과 야채부터 이국적인 새에 이르기까지 모든 것을 팔았다. 옥외시장이었다. 도심 안쪽으로 말을 몰고 들어갈수록 점점 시장에는 사람이 많아졌다. 가게들도 있었다. 가게 앞에는 제각기 화려한 색깔의 간판이 붙어 있고 옷집, 빵집, 치료원, 미장원, 심지어는 남성 모자 전문점까지 있었다! 얼마나 사람들이 허영이 넘치기에 모자 가게 같은 게 장사가 되는 걸까?

사람들을 보는 것 역시 놀라웠다. 오랫동안 바티와 칼린만 봐오다가 한곳에 이렇게 많은 사람들이 있는 걸 보니 적응하기가 굉장히 어려웠다. 사람들이 사방에 있었고, 특징도 굉장히 다양했다. 키가 큰 사람, 작은 사람, 나이 든 사람, 젊은 사람, 까만 사람, 하얀 사람, 마른 사람, 뚱뚱한 사람. 지난 며칠 동안 켈시가 새로운 사람을 여럿 만나긴 했지만 사람의 얼굴만 해도 수천 가지 형태가 있다는 걸 전에는 생각조차 해보지 못했었다. 어떤 남자는 새의 부리처럼 길고 구부러진 코를 갖고 있었고, 어떤 여자의 길고 구불구불한 금발 머리에서는 햇살이 아름답게 반짝거렸다. 모든 것이 지나치게 밝아서 눈에 눈물이 고일 정도였다. 그리고 온갖 소리들! 켈시의 주변으로 수많은 목소리들이 한꺼번에 소리를 질러댔다. 이렇게 시끄러운 소리는 한 번도 들어본 적 없었다. 가끔은 한 사람 한 사람의 목소리가 귀에 들어오기도 했다. 상인들이 물건을 광고하는 소리나 혼란스러운 길거리 너머로 친구들끼리 서로 인사하는 소리. 하지만 그들의 목소리는 군중의 전체적인 소음에 비하면 아무것도 아니었다. 소음이 켈시의 귀를 진짜 주먹으로 때리고 고막을 찢어놓으려는 것 같았지만, 그래도 이런 혼돈이 기묘하게 마음 편했다.

골목을 하나 돌아가자 거리의 광대가 켈시의 시선을 끌었다. 그는 장미 한 송이가 꽂힌 꽃병을 내려놓고 똑같은 꽃병이 갑자기 나타나게 했다가 장미를 사라지게 만들고, 순식간에 그 장미가 두 번째 꽃병에 나타나게 만들었다. 켈시는 속도를 늦추고 바라보았다. 마술사는 장미와 두 개의 꽃병을 전부 없어지게 만든 다음 자신의 입안에서 새하얀 새끼 고양이를 꺼냈다. 고양이는 확실하게 살아 있었다. 사람들이 박수를 치자 고양이가 그의 손안에서 꿈틀거렸다. 마술사는 군중 사이에 있던 어린 소녀에게 고양이를 주었고, 아이는 신이 나서 소리를 질렀다.

켈시는 그 장면에 매료되어 미소를 지었다. 분명히 남자는 진짜 마술을 부린 게 아니라 그저 놀랄 만큼 손재간이 좋은 거겠지만, 그래도 물건을 바꿔치기하는 동작에 어디 하나 실수라고는 보이지 않았다.

"여기 있는 건 위험을 자초하는 일입니다, 레이디."

메이스가 중얼거렸다.

"어떤 위험요?"

"그냥 느낌입니다. 하지만 이런 문제에 관해서 제 느낌은 대체로 맞습니다."

켈시는 고삐를 흔들어 말이 다시 빠르게 걷게 만들었다.

"마술사예요, 라자러스. 기억 좀 해둬요."

"레이디."

날이 저물면서 켈시도 메이스와 같이 초조해지기 시작했다. 군중의 신기함이 점점 사라지고 어디를 봐도 사람들이 그녀를 쳐다보는 것 같았다. 점점 더 쫓기는 기분이 들어서 이 여행이 끝나기만을 바랄 뿐이었다. 메이스가 최적의 길을 골랐을 거라는 데에는 한 점 의심도 없지만, 그래도 위협이 분명하게 보여서 깔끔하게 싸울 수 있는 그런 탁 트인 곳으로 나가고 싶었다.

하지만 그녀는 싸우는 법을 몰랐다.

뉴런던이 미궁처럼 느껴졌지만, 그래도 다른 곳보다 눈에 띄게 나은 동네들이 있었다. 좀 더 고급 지역은 길도 잘 손질되어 있고 길거리에 옷을 잘 입은 시민들이 다녔고 심지어 벽돌 건물 몇 개에는 유리창도 달려 있었다. 하지만 다른 지역은 창문도 없는 소나무 건물들이 빽빽하고 주민들은 벽 근처에 몸을 웅크리고 몰래 기어가듯이 지나갔다. 가끔 켈시와 메이스는 제대로 하수 처리가 되지 않아 악취가 나는 곳을 지나가야만 했다.

2월에 이런 냄새가 난단 말이지, 켈시는 구역질을 참으며 생각했다. 그러면 한여름에는 과연 어떨까?

특히 허름한 지역을 반쯤 지나가다가 켈시는 자신이 우범 지역에 있음을 깨달았다. 건물은 전부 다 뭔지도 알 수 없는 싸구려 나무로 만들어졌고, 많은 건물들이 한쪽으로 하도 많이 기울어져서 아직까지 서 있는 게 용할 정도였다. 지나가는 동안 가끔씩 비명 소리와 뭔가 부서지는 소리가 들렸다. 웃음소리가 주변에서 울렸지만 그녀의 피부에 소름이 돋게 만드는 차가운 웃음이었다.

옷을 제대로 입지 않은 여자들이 비뚜름한 문에서 나와 벽에 기댔고 켈시는 후드 그림자 아래로 홀린 듯이 멍하니 그들을 보았다. 창녀들에게는 뭐라고 딱 집어서 말할 수 없는 비참한 분위기 같은 것이 있었다. 옷 때문은 아니었다. 그들의 옷은 켈시가 보아온 수많은 옷들과 크게 다르지 않고, 살을 꽤 많이 드러내고 있긴 해도 옷 자체가 야하기 때문만은 아니었다. 그것은 그들의 눈 때문이었다. 뚱뚱하건 말랐건 그들의 얼굴을 반 이상 차지하고 있는 것 같은 그 눈. 젊은 사람도 나이 든 사람들만큼이나 지친 눈을 하고 있었다. 대다수가 상처를 갖고 있는 것 같았다. 켈시는 그들이 어떤 삶을 살아왔는지 상상하고 싶지 않았지만, 어쩔 수가 없었다.

난 이 지역 전체를 폐쇄할 거야. 다 폐쇄해버리고 이 사람들한테 진짜 일자리를 줄 거야.

칼린의 목소리가 머릿속에서 울렸다. 넌 그 사람들의 치마 길이도 규제할 거니? 소설이 지나치게 야하다고 금지하고?

그건 달라요.

다르지 않아. 엄격한 건 매한가지야. 개인의 도덕성에 관해 이래라저래라 하고 싶다면 아베스에 들어가지 그러니.

메이스가 그녀를 왼쪽의 두 건물 사이로 인도했고 켈시는 깔끔하게 정돈된 가게들이 나란히 있는 넓은 대로로 나오자 안도했다. 왕궁의 회색 전면부가 이제는 더 가까워져서 주변의 산맥과 하늘 대부분을 가렸다. 길이 넓은데도 불구하고 사람이 굉장히 많아서 켈시와 메이스는 다시금 사람들 속에 갇혀서 사람들의 속도에 맞추어 간신히 나아갈 수밖에 없었다. 여기는 햇빛이 더 많이 비쳐서 망토와 후드를 쓰고 있음에도 불구하고 켈시는 노출된 것 같아 불안했다. 아무도 그녀가 어떻게 생겼는지 모르지만, 메이스는 어디서든 눈에 띄는 덩치였다. 그 역시 그런 기분을 느꼈는지 종마를 앞으로 더 성급하게 몰아서 거의 앞에 가는 말 탄 사람들과 보행자들을 밀어내버렸다. 사람들이 투덜거리며 양옆으로 물러나자 그들의 앞으로 길이 뚫렸다.

"똑바로 가십쇼. 최대한 빨리."

하지만 여전히 그들의 속도는 느렸다. 여행 내내 얌전하게 굴던 레이크도 켈시의 초조함을 느낀 것처럼 이제 그녀가 시키는 것에 저항하기 시작했다. 말을 통제하느라 힘든 데다 펜의 갑옷 무게까지 더해져서 그녀는 빠르게 지쳐갔다. 목과 등을 타고 땀이 줄줄 흘러내렸고 메이스는 점점 더 자주 뒤를 돌아보고 있었다. 왕궁으로 다가갈수록 사람들이 점점 더 빽빽해졌다.

"다른 길로 갈 수는 없나요?"

"다른 길은 없습니다."

메이스가 대답했다. 그는 이제 한 손만으로 말을 다루고 있고 다른 손은 검 위에 올린 상태였다.

"시간이 없습니다, 레이디. 계속 전진하십시오. 이제 멀지 않았습니다."

이후 몇 분 동안 켈시는 정신을 유지하려고 애를 썼다. 늦은 오후의 햇살이 짙은 색의 망토를 쨍쨍하게 비추고 군중이 몰려 있는 좁은 공간 역시 답답함을 전혀 해소시켜주지 못했다. 두 번이나 그녀는 안장에서 몸을 휘청거리다가 메이스가 어깨를 꽉 잡아줘서 떨어지지 않을 수 있었다.

마침내 대로가 끝나고 왕궁과 해자를 둘러싼 널따란 풀밭이 나왔다. 왕궁 잔디밭을 보자 켈시는 잠시 과거를 떠올리며 흥분했다. 여기서 모트 병사들이 공성무기를 갖고서 거의 벽을 무너뜨릴 뻔했다가 마지막 순간에 물러섰던 것이다. 잔디밭은 왕궁 쪽으로 완만하게 내리막이었고 켈시의 바로 아래쪽으로는 왕궁 정문으로 이어지는 널찍한 석조 다리가 물 위에 놓여 있었다. 다리 가장자리를 따라서 경비병들이 2열 종대로 고른 간격으로 서 있었다. 회색 단일 건물인 왕궁은 켈시의 머리 위로 높게 솟아 있고 그 꼭대기를 쳐다만 봐도 현기증이 나서 시선을 돌려야 했다.

왕궁 잔디밭에는 사람들이 가득했다. 켈시의 첫 번째 반응은 놀라움이었다. 그녀가 도착하는 건 비밀 아니었나? 어른들, 아이들, 심지어는 노인들까지 잔디밭을 가로질러 해자로 흘러드는 물처럼 계속 몰려왔다. 하지만 켈시가 몽상 속에 꿈꾸던 모습은 이게 아니었다. 환호하는 군중들, 꽃을 던지는 사람들은 다 어디 있지? 몇몇 사람들은 울고 있었지만 켈시가 상상했던 행복의 눈물이 아니었다. 앨먼트의 농부들처럼 이 사람들은 전부 다 수백 끼쯤 제대로 밥을 먹어야 할 것 같은 모습이었고, 켈시가 앨먼트에서 본 것 같은 짙은 색에 모양 없는 모직 옷차림이었다. 모든 사람들의 얼굴에는 비참한 표정이 깊게 새겨져 있었다. 켈시는 갑자기 강한 불안감이 밀려오는 것을 느꼈다. 뭔가가 잘못됐다.

잔디밭을 다시 한번 살펴보니 잔디밭에 있는 많은 사람들이 그냥 서성거리는 것처럼 이리저리 돌아다니고 있는 반면 일부는 해자 가장자리 쪽으로 길게 줄을 늘어서 있었다. 군중이 갈라지자 켈시의 눈에 탁자 몇 개가 들어왔다. 탁자 뒤에는 남자들, 동일한 짙은 파란색 제복으로 보아 아마 관리인 듯한 사람들이 서 있었다. 켈시는 안도감과 약간의 실망감을 느꼈다. 이 사람들은 그녀를 보러 온 게 아니었다. 뭔가 다른 일 때문에 온 것이다. 줄은 굉장히 길었고, 움직이지도 않았다. 모든 사람들이 그냥 기다리고 있는 것 같았다.

하지만 뭘?

그녀는 날카로운 눈으로 잔디밭을 바라보며 한 손으로 검 손잡이를 쥐고 있는 메이스를 돌아보았다.

"라자러스, 이 사람들은 전부 여기서 뭘 하는 거죠?"

그는 대답하지도, 그녀의 눈을 쳐다보지도 않았다. 차가운 것이 그녀의 심장을 꽉 조이는 느낌이었다. 사람들이 다시 움직였고 켈시는 새로운 것, 금속으로 만들어진 기묘한 기계 같은 것이 해자 옆에 있는 것을 발견했다. 그녀는 더 자세히 보기 위해 등자를 밟고 일어섰다. 3미터 정도 되는 낮은 상자 같은 것들이 여러 개 늘어서 있었다. 꼭대기와 바닥은 나무이고 옆면은 금속이었다. 그런 상자 아홉 개가 잔디밭부터 왕궁 한쪽 옆에 이르기까지 줄줄이 서 있었다. 켈시는 눈을 가늘게 떴고(그녀의 시력은 그렇게 좋지 않았다) 상자의 벽이 실은 여러 개의 창살로 되어 있다는 것을 깨달았다. 갑자기 시간이 거꾸로 돌아가며 바티가 바로 옆에 서 있는 것처럼 그의 목소리가 또렷하게 들렸다. 그의 손가락은 사포질한 나무 판에 뚫린 구멍들 사이로 날렵하게 철사를 꿰고 있었다.

"자, 켈, 우린 토끼가 도망치지 못할 만큼 철사를 조여야 하지만, 그 불쌍한 녀석이 우리가 발견하기 전에 질식해 죽을 정도로 꼭 조여서는 안 돼. 사람들은 살기 위해서 덫을 놓을 수밖에 없지만, 훌륭한 덫 전문가는 동물이 최대한 덜 고통받게 만든단다."

켈시의 눈이 다시 줄지어 선 금속 상자를 하나하나 뜯어보았고, 갑자기 몸 안쪽이 얼어붙는 느낌이었다.

상자가 아니었다. 우리였다.

그녀는 망토 아래 있을 메이스의 상처조차 잊어버리고 그의 팔을 잡았다. 자신의 목소리가 자신의 것처럼 들리지 않았다.

"라자러스, 여기서 무슨 일이 일어나고 있는 건지 말해줘요. 당장."

이번에는 그도 그녀의 눈을 마주 보았고, 그의 냉혹한 표정이 켈시에게 필요한 모든 것을 확인해주었다.

"이건 선적입니다, 레이디. 한 달에 한 번, 250명의 사람들을 시계처럼 꼬박꼬박 보내죠."

"어디로 보낸다는 거죠?"

"모트메인으로요."

켈시는 다시 잔디밭을 쳐다보았다. 머릿속이 텅 비는 것 같았다. 줄은 이
제 천천히, 하지만 확실하게 해자 옆에 있는 탁자 쪽으로 움직이고 있었다.
켈시가 보고 있는 동안 관리 한 명이 여자를 탁자 앞에서 우리 쪽으로 데
리고 갔다. 그가 세 번째 우리 앞에 서서 검은 제복을 입은(티어링 군복이
라는 사실을 켈시는 희미하게 깨달았다) 남자에게 손짓을 했고, 남자가 우
리 끝에 교묘하게 숨겨진 문을 열었다. 여자는 얌전히 안으로 들어갔고 검
은 옷의 병사가 문을 닫고 잠갔다.

"모트 조약. 이게 우리 엄마가 평화를 얻기 위해 한 일이군요."

켈시가 멍하니 중얼거렸다.

"붉은 여왕은 공물을 원했습니다, 레이디. 티어링에는 내놓을 만한 게 달
리 없었죠."

날카로운 고통이 켈시의 가슴을 찔렀고, 그녀는 주먹으로 가슴 사이를
눌렀다. 셔츠 안쪽을 보니 사파이어가 밝고 강렬한 파란색으로 빛을 내고
있었다. 그녀는 옷 위로 보석을 쥐었다가 천을 뚫고 손바닥을 태울 정도로
뜨겁게 보석이 타오르고 있다는 것을 깨달았다. 사파이어는 계속해서 그녀
의 손바닥을 태웠지만 그 고통은 가슴속을 태우는 불길에 비하면 아무것
도 아니었다. 불길은 매초 강렬해지다가 뭔가 다른 것으로 바뀌기 시작했
다. 고통이 아니라…… 뭔가 다른 걸로. 그녀는 그 감각이 뭔지 고민하지
않았다. 이제는 뭔가에 놀랄 만한 선을 넘어섰기 때문에 그저 말없이 눈앞
의 광경을 보기만 했다.

더 많은 관리들이 사람들을 우리로 데려갔다. 군중은 그들에게 공간을
내주기 위해 물러섰고, 각 우리에 나무로 된 거대한 바퀴가 달려 있는 게
보였다. 티어링 병사들은 이미 노새 여러 마리를 왕궁에서 가장 멀리 있는
우리에 매고 있었다. 멀리서도 우리가 꽤 험하게 사용되었다는 게 보였다.

창살 여러 개에 누가 공격했던 것처럼 눈에 띄게 상처가 있었다.

사람들을 구하려고 했던 거야. 최소한 여러 번 그랬던 거지. 그녀가 속으로 생각했다. 갑자기 어린 시절에 무릎이 까졌거나 하기 싫은 집안일 때문에 울면서 오두막의 커다란 전망 창 앞에 서서 숲을 바라보던 게 떠올랐다. 오늘이야말로 엄마가 데리러 올 거라고 생각하면서. 서너 살 정도밖에 되지 않았던 때였지만, 그때의 그 확신을 여전히 기억하고 있었다. 엄마가 와서 품에 안아줄 거고, 엄마는 세상에서 제일 상냥한 사람일 거라고.

난 바보였어.

"왜 이 사람들이죠? 어떻게 선택하는 건가요?"

그녀가 메이스에게 물었다.

"추첨입니다, 레이디."

가족들이 이제 우리 주변에 몰려서 안에 있는 사람에게 말을 하고, 손을 잡거나 혹은 그저 근처를 서성거렸다. 각 우리마다 검은 제복의 병사들 여러 명이 보초를 서면서 가족들이 위협적인 행동을 하는 순간을 대비하는 듯이 냉혹하게 쳐다보았다. 하지만 구경꾼들은 수동적이었고, 켈시에게는 그게 가장 끔찍하게 느껴졌다. 이들은, 그녀의 백성들은 지쳐 있었다. 관리의 자리부터 쭉 늘어서 있는 사람들에게서도, 우리 옆에서 가족이 떠날 때만을 기다리며 그저 멍하니 서 있는 사람들에게서도 그게 분명하게 드러났다.

켈시의 눈길이 탁자에서 가장 가까운 곳에 있는 두 개의 우리로 향했다. 이 우리는 다른 것들보다 더 낮았고 창살도 훨씬 간격이 좁았다. 벌써 각 우리에 조그만 몸뚱이 여럿이 들어가 있었다. 켈시는 눈을 깜박이다가 자신의 눈에 눈물이 고인 것을 깨달았다. 눈물은 천천히 그녀의 얼굴을 타고 흘러내려 입에 짠맛을 남겼다.

"아이들까지도? 왜 부모들이 그냥 도망치지 않는 거죠?"

그녀가 메이스에게 물었다.

"뽑힌 사람 한 명이 도망치면 그 가족 전부가 다음번 추첨에서 끌려오게 됩니다. 주위를 보십시오, 레이디. 다들 대가족입니다. 종종 다른 아이 여덟 명을 위해서 하나를 희생해야 하는 거죠."

"이게 우리 엄마가 만든 시스템인가요?"

"아뇨. 추첨제 고안자는 저기 있습니다. 아렌 소른입니다."

메이스가 관리들 자리 쪽을 가리켰다.

"하지만 엄마가 승인했고요?"

"그러셨습니다."

"그랬단 말이죠."

켈시가 멍하니 되뇌었다. 세상이 그녀의 눈앞에서 위태롭게 흔들려서 그녀는 흐릿함이 사라질 때까지 피가 나도록 팔을 손톱으로 찔렀다. 흐릿함이 사라지자 그 자리에서 분노가, 지금껏 속아왔다는 사실에 엄청난 화가 그녀를 집어삼킬 듯이 치솟았다. 자비로운 여왕 엘리사, 평화의 사신 엘리사. 백성들을 한꺼번에 팔아버린 그녀의 어머니.

"완전히 희망이 없는 건 아닙니다, 레이디."

메이스가 그녀의 팔에 손을 얹으며 갑작스럽게 말했다.

"제가 맹세하는 바입니다만, 레이디께서는 그분과 전혀 다르십니다."

켈시는 이를 악물었다.

"맞아요. 난 이런 걸 계속하게 놔두지 않을 거예요."

"레이디, 모트 조약은 구체적입니다. 항의할 수 있는 절차도, 외부적인 개입도 불가능합니다. 디메인으로 한 번이라도 선적물이 제때 당도하지 않으면 모트 여왕은 이 나라를 침공해 끔찍한 공포를 일으킬 권리를 갖게 됩니다. 저는 지난번 모트 침공을 겪었고, 장담하는데 먼이 그 살육에 관해 과장했던 게 아닙니다. 행동을 취하기 전에 결과를 고려하십시오."

어디선가 여자가 높고 섬뜩한 비명을 지르며 울부짖기 시작했다. 켈시는 어릴 때 바티가 해주곤 했던 이야기를 떠올렸다. 사람이 죽을 때 찾아온다는 무시무시한 요정, 밴시. 비명이 사람들 위로 울렸고, 켈시는 마침내 소리의 근원을 찾아냈다. 첫 번째 우리에 다가가려고 처절하게 발버둥 치는 여자였다. 남편이 그녀를 거칠게 끌어내리려고 했지만 남자는 육중하고 여자는 날렵해서 남자의 손을 뿌리치고 창살 쪽으로 달려갔다. 남편이 그녀의 머리카락을 손으로 쥐고 홱 끌어당기자 여자는 발을 헛디뎌 비틀거리다가 헝겊 인형처럼 쓰러졌지만 잠시 후 다시 일어나서 우리로 다가가려 했다.

우리 주위에서 보초를 서던 병사 네 명은 눈에 띄게 긴장한 것 같았다. 그들은 끼어들까 말까 고민하는 표정으로 아이 엄마를 불안하게 쳐다보았다. 목이 쉬었는지 비명 소리가 이제는 다친 까마귀 울음소리처럼 변했고 힘도 다 빠져가는 것 같았다. 켈시가 보는 앞에서 남편이 마침내 싸움에서 이겨 여자의 모직 드레스를 잡아당겨 우리에서 꽤 떨어진 곳으로 끌어냈고, 병사들은 다시 긴장을 풀었다.

하지만 아이 엄마는 켈시가 있는 곳까지 들릴 정도로 계속해서 목쉰 소리로 울부짖었다. 남편과 아내는 여러 명의 아이들에게 둘러싸여 우리를 바라보고 서 있었다. 켈시의 시야가 흐려지고 고삐를 쥔 손이 떨렸다. 가슴 속에서 뭔가 끔찍한 게 느껴졌다. 오두막에서 숨어 살던 소녀가 아니라 불길 속에 타오르는 여자. 사파이어가 그녀의 가슴에 낙인을 찍는 것 같았다. 자신의 피부가 갈라지며 전혀 다른 사람이 튀어나올 수도 있을까 하는 생각이 들었다.

메이스가 그녀의 어깨를 부드럽게 건드리자 그녀는 격렬하게 불타는 눈으로 돌아보았다. 그가 검을 내밀었다.

"옳든 그르든 레이디께서는 행동을 취하실 모양이군요. 이걸 드십시오."

켈시는 손잡이를 잡았다. 검은 그녀가 휘두르기에는 너무 길었지만, 그래도 그 무게감이 마음에 들었다.

"그대는 어쩌려고요?"

"저한테는 무기가 많습니다. 그리고 우리에게는 여기에 동료들이 있고요. 검은 그저 보여주기용입니다."

"어떤 동료들요?"

천천히, 태연하게 메이스가 허공으로 손을 들어 올려 주먹을 꽉 쥐었다가 팔을 도로 내렸다. 켈시는 잠깐 동안 하늘이 번쩍 갈라지려나 하고 반쯤 생각했다. 주변 사람들 속에서 뭔가 움직이는 게 느껴졌지만, 확실하지는 않았다. 하지만 메이스는 만족한 것처럼 그녀를 다시 돌아보았다. 켈시는 메이스를, 벌써 며칠 동안 그녀의 목숨을 지켜주었던 남자를 잠시 바라보다가 말했다.

"그대가 옳았어요, 라자러스. 난 나 자신이 죽을 걸 알면서도 기꺼이 뛰어들려고 하고 있어요. 하지만 죽기 전에 이곳에 신의 바다만큼 커다란 자취를 남길 생각이에요. 나와 함께 죽고 싶지 않다면 지금 떠나요."

"레이디, 레이디의 어머님이 훌륭한 여왕은 아니었습니다만, 그렇다고 사악했던 것도 아닙니다. 그분은 약한 여왕이셨지요. 그분은 결코 죽음을 향해 똑바로 걸어가지 못하셨을 겁니다. 사의 찬미에는 굉장한 힘이 필요합니다만, 레이디께서 지금 일으키시려는 혼란이 어머님에 대한 기억 때문이 아니라 백성들을 위한 것이라는 걸 확신하셔야 합니다. 이것이 여왕과 화난 어린애의 차이입니다."

켈시는 그의 말을 듣고 앞에 놓인 문제를 살피는 자신의 태도에 대해 생각하려고 했지만, 머릿속에 떠오른 건 칼린의 역사책에 있던 삽화였다. 짙은 갈색 피부의 사람들, 한 시대를 어둡게 만들었던 악명 높은 야만적 행위들. 칼린은 역사의 이 시기에 관해 긴 시간을 할애했고, 켈시는 왜 그게 그렇게 중요한 걸까 생각하곤 했었다. 눈을 감자 이야기와 삽화들이 떠올랐다. 사슬에 묶인 사람들. 도망치다 붙잡혀서 산 채로 불에 타는 남자. 너무 어린 나이에 강간을 당해 자궁이 제대로 회복되지도 못한 여자아이들. 엄마 품에서 강탈되어 경매에 부쳐지는 아이들. 국가가 보증했던 노예제도.

내 나라에서.

칼린은 알았겠지만 말할 권한이 없었다. 하지만 그녀는 자신의 임무를 지나칠 정도로 잘해냈고, 이제 수년 동안의 잔인한 행위들이 켈시의 머릿속에 순식간에 스쳐 갔다.

"난 이걸 끝내야겠어요."

"확신하십니까?"

메이스가 물었다.

"확신해요."

"그럼 저는 레이디를 죽음으로부터 지키겠다고 맹세합니다."

켈시가 눈을 깜박였다.

"정말로요?"

메이스는 고개를 끄덕였다. 역경을 거친 그의 얼굴에는 결연한 빛이 떠올라 있었다.

"레이디께서는 가능성을 지니고 계십니다. 캐롤과 저 둘 다 그걸 느꼈죠. 저는 잃을 게 없고, 거대한 악을 박멸하기 위해 싸우다 죽는 편을 택하겠습니다. 폐하의 목표가 그것이라 생각하니까요."

폐하. 그 말이 그녀를 뒤흔드는 것 같았다.

"난 아직 왕위에 오르지 않았어요, 라자러스."

"상관없습니다, 레이디. 저는 레이디에게서 여왕의 위엄을 보았습니다. 레이디의 어머님께서는 평생 단 하루도 그런 걸 보이신 적이 없었습니다."

켈시는 다시금 눈물이 나는 것을 느끼며 시선을 돌렸다. 그녀는 근위병의 마음을 얻었다. 단 한 명이긴 하지만, 그가 가장 중요한 인물이었다. 그녀는 눈물을 닦고 검을 꽉 쥐었다.

"내가 소리를 지르면 저 사람들에게 내 말이 들릴까요?"

"제가 소리치겠습니다, 레이디. 레이디께 아직 정식 포고자가 없으니까요. 금방 저들의 관심을 받으실 수 있을 겁니다. 검에 한 손을 계속 올려두시고, 왕궁 쪽으로 더 가까이는 가지 마십시오. 궁수는 보이지 않지만 계속 저기에 대기하고 있을지도 모르니까요."

켈시는 단호하게 고개를 끄덕였지만 속으로는 신음했다. 그녀는 엉망이었다. 페치가 준 단순하고 깨끗하던 겉옷은 전부 진흙투성이가 되었고 바지 밑단은 찢어졌다. 펜의 갑옷은 아침보다 두 배쯤 무거워진 것 같았다. 감지 않은 긴 머리는 핀에서 빠져 짙은 갈색 뭉치처럼 그녀의 얼굴 주변에서 흔들렸고 이마에서는 땀이 흘러내려 눈을 찔렀다. 하얀 말을 타고 머리에 왕관을 쓰고 도시로 들어가는 어린 시절의 꿈이 떠올랐다. 오늘 그녀는 전혀 여왕처럼 보이지 않을 것이다.

겁에 질려 자신을 바라보는 어린아이들을 전혀 알아차리지 못하고 아이들 우리 앞의 엄마가 다시 울기 시작했다. 켈시는 자신을 욕했다. 누가 네 머리 같은 것에 신경 쓰겠어, 이 머저리야? 여기서 일어나는 일을 봐.

"저 우리들은 뭘로 만들어진 거죠, 라자러스?"

"모트산 철입니다."

"하지만 바퀴와 바닥은 나무죠?"

"티어링 참나무입니다, 레이디. 뭘 어쩌실 생각이십니까?"

왕궁 앞 탁자 앞에 몰려 있는 파란 옷의 관리들을 바라보며 켈시는 크게 숨을 들이켰다. 지금이 익명으로 있는 마지막이 될 것이다. 이제 모든 게 바뀔 테니까.

"우리요. 저걸 비운 다음에, 불을 지를 거예요."

제이블은 잠과 싸우고 있었다. 왕궁 정문을 경비하는 것은 별로 어려운 일이 아니었다. 누군가가 문을 돌파하려고 시도한 게 최소한 18개월 전의 일이었고, 그것도 새벽 두 시에 세금에 화가 나서 술에 취해 비틀거리며 반쯤 장난으로 그랬던 거였다. 아무 일도 일어나지 않았고, 앞으로도 아무 일도 일어나지 않을 것이다. 그게 정문 경비의 삶이었다.

졸리기만 한 게 아니라 제이블은 비참했다. 그는 자신의 일을 즐겨본 적이 없었고, 선적 때에는 그야말로 혐오했다. 군중들은 아무도 보안상의 문젯거리가 되지 않았다. 다들 도살되기만을 기다리는 소 떼처럼 서 있을 뿐이었다. 하지만 정문에서 가장 가까이 있는 아이들 우리에서는 언제나 사건이 생기곤 했고, 오늘도 예외가 아니었다. 제이블은 마침내 여자가 조용해지자 안도의 한숨을 내쉬었다. 언제나 그런 부모들, 특히 엄마들이 있었고, 진짜 순수하게 가학적인 데서 기쁨을 느끼는 켈러만이 여자가 비명을 지르는 걸 즐겼다. 나머지 정문 경비대원들은 선적일 근무가 괴로웠다. 설령 다른 경비들이 기꺼이 바꿔준다고 해도 여기에 상응하자면 두 번의 근무를 대신 서줘야 했다.

두 번째 문제는 선적일에 티어링 군 2개 중대가 왕궁 잔디밭에 모인다는 거였다. 군인들은 정문 경비대가 군인이 될 만큼 용감하지도, 능력이 있지도 않은 자들이 도망치는, 상대적으로 쉬운 곳이라고 생각했다. 하지만 늘 그런 건 아니었다. 도개교 건너편, 제이블의 바로 정면에 서 있는 빌은 모트 침공 이후 엘리사 여왕에게 두 개의 훈장을 받았고 정문 경비대장 자리를 얻었다. 하지만 모두가 빌 같진 않았고, 티어링 군대는 항상 그 사실을 들먹였다. 심지어 지금도 왼쪽으로 눈을 돌리니 군인 두 명이 코웃음을 치는 게 보였다. 그들은 분명히 제이블을 비웃고 있을 것이다.

선적에서 최악의 부분은 앨리가 떠오른다는 거였다. 대부분의 시간에 그는 앨리를 생각하지 않았고, 그녀가 떠오르기 시작하면 가까이 있는 위스키병을 집어 끝장을 보곤 했다. 하지만 임무 중에는 술을 마실 수 없었다. 설령 빌이 경비를 서지 않는다 해도 다른 경비들도 그것을 눈감아주지 않을 것이다. 정문 경비대원들은 그다지 충성심은 없었지만, 그들 중 누구도 완벽하지 않다는 사실을 기반으로 하는 결속력은 있었다. 그들은 이선이 계속 도박을 하는 거나 마르코가 글을 읽지 못하는 것, 심지어는 켈러가 거트에서 창녀들에게 험하게 구는 습관까지 다 눈감아주었다. 그런 문제들은 임무를 수행하는 데 영향을 미치지 않으니까. 하지만 술을 마시고 싶으면 임무가 끝날 때까지 기다려야만 했다.

다행히 해가 지기 시작했고 우리도 거의 다 찼다. 아배스의 사제가 탁자 앞의 자리에서 일어나 첫 번째 우리 옆에 섰다. 오후의 바람에 그의 하얀 사제복이 펄럭거렸다. 제이블은 거의 목까지 턱살이 내려오는 이 커다랗고 뚱뚱한 관리가 누군지 몰랐다. 신앙은 좋은 거라고들 하지만, 거기 따라오는 것들 때문에 특히 더 좋은 거겠지. 제이블은 사제가 혐오스러웠다. 이 남자는 절대로 추첨에 들어가지 않을 테니까. 어쩌면 바로 그 이유 때문에 신의 교회에 들어간 걸지도 모른다. 많은 남자들이 그랬다. 제이블은 섭정이 추첨에서 교회를 면제해주었던 날을 기억했다. 물론 꽤 큰 반발이 있었다. 추첨은 무차별적인 포식자로 손에 닿는 사람은 누구든 집어삼켰다. 무차별적이지만 공정하기도 했다. 그런데 신의 교회는 오로지 남자만 받았다. 그래, 반발이 있긴 했지만 다른 모든 반발이 그랬듯 금방 잠잠해졌다.

제이블은 소매를 만지작거리며 시간이 더 빨리 흘러가기만을 바랐다. 이제 얼마 남지 않았을 것이다. 사제가 선적을 축복하고, 소른이 신호를 주면 우리가 굴러가기 시작할 것이다. 원칙적으로는 군중을 해산하는 것이 정문 경비대의 임무였지만, 제이블은 이 과정도 익히 잘 알고 있었다. 군중들은 선적물이 잔디밭을 빠져나가면 그걸 따라서 자연스럽게 흩어질 것이다. 대부분의 가족들은 최소한 뉴런던 다리까지 가겠지만 결국에는 포기하리라.

제이블은 눈을 감았다. 갑자기 갈비뼈 아래쪽이 욱신거렸다. 앨리의 이름이 추첨함에서 뽑혔을 때 그들은 도망치자는 이야기를 했었다. 그리고 한순간 정말로 도망을 칠 뻔했다. 하지만 제이블은 젊고 정문 경비대였고, 결국에 그는 앨리에게 여기 남는 게 그들의 임무라고 설득했다. 제이블은 추첨을, 랠리 왕가에 대한 충성을, 더 큰 평화를 얻기 위해 필요한 희생을 신봉했다. 그의 이름이 추첨함에서 나왔다면 그는 의문을 제기하지 않고 갔을 것이다. 당시에는 모든 것이 대단히 명확한 것 같았다. 앨리가 우리에 갇히는 것을 보고서야 그의 확신은 무너졌다. 그는 목을 타고 넘어가서 닻처럼 배 속에 묵직하게 안착해 모든 걸 제자리로 돌려놓는 뜨거운 열기를 간절하게 떠올렸다. 위스키는 언제나 앨리를 원래 자리인 과거로 되돌려놓아 주었다.

"티어링의 백성들이여!"

낭랑하고 강한 남자의 목소리가 언덕을 타고 잔디밭 전체로 울려 퍼졌다가 왕궁 벽에 메아리쳤다. 사람들이 조용해졌다. 정문 경비대원들은 다리에만 시선을 고정하게 되어 있었지만 제이블을 포함해서 모두가 잔디밭 위쪽으로 시선을 돌렸다.

"메이스가 돌아왔어."

마틴이 중얼거렸다.

그의 말이 맞았다. 언덕 꼭대기에 있는 사람은 명백하게 철퇴의 라자러스였다. 크고, 덩치 좋고, 무시무시한 사내. 그가 자신의 옆을 지나 문을 통과할 때마다 제이블은 가능한 한 눈에 띄지 않으려고 노력했다. 언제나 그 깊고 빈틈없는 눈이 자신에게 머무른다 싶으면 겁이 났고, 메이스의 머릿속 일부분조차도 엿보고 싶지 않았다.

메이스의 옆에는 보라색 망토에 후드를 쓴 좀 더 작은 사람이 있었다. 아마도 펜 올컷일 것이다. 여왕의 근위병들은 대체로 크고 건장했지만, 올컷은 작은 덩치에도 불구하고 뽑혔다. 그는 검술에 대단히 뛰어나다고들 했다. 하지만 올컷이 후드를 젖혔을 때 제이블은 짙은 색깔에 길고 헝클어진 머리를 한 평범한 여자가 있는 것을 발견했다.

"나는 여왕의 근위대의 라자러스다!"

메이스의 목소리가 다시금 크게 울려 퍼졌다.

"티어링의 켈시 여왕 폐하를 맞이하라!"

제이블의 입이 딱 벌어졌다. 섭정이 최근 몇 달 동안 다급하게 수색을 한다는 소문은 들었지만, 그는 별로 관심을 기울이지 않았었다. 공주의 귀환에 관한 노래가 가끔 떠돌았지만 제이블은 이런 것들을 무시했다. 어쨌든 악사들은 뭔가에 관해 노래를 써야 하고, 섭정의 적들은 사람들의 희망을 부추기는 걸 좋아하니까. 하지만 공주가 도시에서 탈출했었다는 증거는 전혀 없었다. 제이블을 비롯하여 뉴런던 사람들 대부분이 공주는 오래전에 죽었다고 생각했다.

"모두 있어. 저거 봐!"

마틴이 말했다. 목을 길게 빼고 제이블은 회색 망토를 두른 사람들이 여자의 주변을 원형으로 둘러서는 것을 보았다. 그들이 후드를 젖히자 게일런과 다이어, 그리고 엘스턴과 키브, 먼과 코린을 알아볼 수 있었다. 이들은 옛 여왕의 근위대에서 남은 사람들이었다. 심지어 펜 올컷도 초록색 망토를 두르고 여자의 바로 앞에 검을 뽑아 들고 서 있었다. 소문에 따르면 섭정은 수차례 이들의 봉급을 끊거나 다른 임무를 내리는 등 왕궁에서 전부 다 쫓아내려고 했다. 하지만 몇 달 이상 이들을 내보내지 못했고, 이들은 언제나 돌아왔다. 캐롤과 메이스가 티어링 귀족들에게 꽤 큰 영향력을 발휘했기 때문이기도 하지만, 진짜 문제는 더 깊은 곳에 있었다. 아무도 섭정을 두려워하지 않았던 것이다. 최소한 메이스보다는 덜 두려워했다.

군중이 웅성거리기 시작했고 순식간에 그 웅성거림이 더 커졌다. 제이블은 주변의 분위기가 달라지는 것을 느꼈다. 선적은 매달 시계처럼 정확하게 진행되었다. 확인하고, 싣고, 출발. 그리고 언제나 신세계의 제왕이라도 되는 것처럼 인구조사부 탁자 상석에 앉아 있는 아렌 소른. 우리가 도시 안으로 사라지면 울부짖던 부모들도 결국에는 잠잠해져서 흐느끼며 잔디밭을 떠나곤 했다. 모든 것이 조직적으로 착착 흘러가는 과정의 일부였다.

하지만 이제 소른은 몸을 기울이고 부하 한 명에게 다급하게 뭔가 이야기를 하고 있었다. 인구조사부 직원들 전부가 위험을 감지한 쥐새끼들처럼 움직였다. 제이블은 우리 주변의 군인들이 불안하게 군중을 보며 검에 손을 얹고 있는 것을 보자 기분이 좋아졌다. 아배스의 사제 역시 몸을 기울이고 소른과 논쟁을 하고 있었다. 말을 할 때마다 그의 턱살이 떨렸다. 신의 교회 사제들은 인구조사부에 복종하라고 설교했고, 그 대가로 아배스는 섭정에게 세금을 다량 면제받았다. 아배스의 상임 회계 담당인 워커 추기경은 거트에서 술을 많이 마셨고, 함께 마실 상대를 별로 가리지 않았다. 제이블도 여러 번 교황이 한 일에 대한 그의 추억담을 들으며 피가 얼어붙는 걸 느꼈었다.

교황의 행동 대부분이 그렇듯이 이 경우도 약삭빠른 행동이었다. 교회의 교의가 인구조사부의 일을 더 매끄럽게 돌아가게 해주었다. 제이블은 얼굴에 체념의 빛을 띤 독실한 가족들을 거의 집어낼 수 있었다. 사랑하는 가족의 일원이 우리로 들어가기 한참 전부터 그들은 이것이 국가와 신에 대한 자신들의 의무라는 사실을 받아들였다. 제이블 자신도 오래전에는 교회에 나갔었지만 그건 오로지 앨리를 기쁘게 해주려는 것일 뿐이었고, 그녀가 선적되어 간 날 이래로 다시는 가지 않았다. 소른과의 언쟁이 길어질수록 사제의 얼굴에 점점 화난 표정이 떠올랐다. 제이블은 가서 뚱뚱한 남자의 복부에 발길질을 하는 것을 상상했다.

갑자기 군중의 낮은 웅성거림 위로 남자의 애원하는 목소리가 울렸다.

"제 동생을 돌려주십쇼, 폐하!"

그리고 사방에서 한꺼번에 고함 소리가 터졌다.

"제발, 레이디, 자비를!"

"폐하께서 이걸 멈춰주십쇼!"

"제 아들을 돌려주세요!"

여왕이 조용히 하라는 듯 양손을 들어 올렸다. 그 순간 제이블은 왜 그런 건지, 어떻게 아는 건지 모르겠지만 그녀가 진짜 여왕이라는 것을 확실하게 깨달았다. 그녀가 등자를 밟고 일어섰다. 크지는 않았지만 그래도 호전적으로 머리를 젖힌 모습이 당당했다. 얼굴 주변으로 머리카락이 길게 흘러내렸다. 고함을 지르고 있지만 그녀의 목소리는 마치 시럽처럼 진하고 부드러웠다. 혹은 위스키처럼.

"나는 티어링의 여왕이다! 우리를 열어라!"

군중의 함성 소리가 진짜로 제이블을 물리적으로 후려치는 것 같았다. 여러 명의 군인들이 그 말에 따라 벨트에서 열쇠를 들어 올렸지만 소른이 날카롭게 소리쳤다.

"제 위치를 지켜라!"

제이블은 항상 아렌 소른이 세상에서 제일 비쩍 마른 인간이라고 생각했다. 그는 길고 작대기 같은 팔다리를 가졌고, 짙은 남색 인구조사부 제복도 그런 몸을 보완해주지는 못했다. 소른이 탁자에서 일어나는 모습은 거미가 몸을 펴고 사냥할 준비를 하는 걸 보는 것 같았다. 제이블은 고개를 흔들었다. 여왕이든 아니든 소녀는 절대 저 우리를 열지 못할 것이다. 소른은 거트에서 나서 창녀들과 도둑들 손에 자랐고, 그 쓰레기 더미에서 기어올라와 티어링에서 가장 부유한 노예상인이 되었다. 그는 대부분의 사람들 같은 방식으로 세상을 보지 않았다. 2년 전 모렐이라는 집안 사람들이 딸의 이름이 추첨에 뽑히자 티어링에서 도망치려고 했다. 소른은 케이든을 고용했고, 그들은 카다르 국경에서 말을 타고 하루 거리에 있는 동굴에 숨은 모렐 가족을 찾아냈다. 하지만 부모의 눈앞에서 아이가 죽을 때까지 고문했던 것은 소른 본인이었다. 소른은 이런 처벌을 비밀로 하지 않았다. 그는 온 세상이 다 알기를 *바랐다.*

다른 사람들보다 좀 더 용감한 빌이 소른에게 그렇게 해서 뭘 얻으려는 거냐고 물었고, 그 답을 가져왔다.

"소른은 그게 표본 교육이라고 하더군. 훌륭한 표본 교육의 가치를 과소평가해서는 안 된다고 말이야."

표본 교육은 효과적이었다. 지금까지 제이블이 아는 한 그 이래로 추첨에 뽑힌 사람을 빼돌리려고 시도한 사람은 아무도 없었다. 모렐 부부도 다음번 선적 때 모트메인으로 실려 갔고 제이블은 그 선적을 아주 잘 기억하고 있었다. 아이 엄마가 토끼처럼 얌전하게 우리로 가장 먼저 들어간 사람 중 하나였다. 그 공허한 눈을 보며 제이블은 그녀가 이미 죽은 거나 다름없음을 깨달았다. 나중에 그는 그녀가 여행 중에 폐렴에 걸려 죽었고, 소른이 독수리들이 뜯어 먹게 모트로 길가에 시신을 버렸다는 이야기를 들었다.

"티어링의 여왕은 오래전에 죽었다. 네가 대관하지 않은 공주라고 주장한다면 말 이상의 증거가 있어야 하지 않겠나?"

"이름을 대라!"

여왕이 명령했다. 소른은 몸을 똑바로 펴고 깊게 숨을 들이켰다. 6미터나 떨어져 있음에도 제이블은 그의 새가슴이 부푸는 걸 볼 수 있었다.

"나는 인구조사부 감독관 아렌 소른이다!"

소른이 말을 하는 동안 여왕이 목 뒤로 손을 뻗어 여자들이 머리카락에 뭐가 걸렸을 때 하는 것처럼 잠시 만지작거렸다. 날이 덥거나 뭔가 짜증이 날 때면 앨리도 하곤 하던 행동이었다. 다른 여자가 그러는 걸 보자 제이블의 가슴이 조여들었다. 추억은 칼보다 깊게 가슴을 벤다. 그게 진짜 사실이었다. 제이블은 눈을 감고 6년 전, 앨리가 파이크 언덕을 넘어 모트메인으로 사라질 때 마지막으로 봤던 그 반짝이는 금발을 떠올렸다. 평생 이토록 술이 마시고 싶었던 적도 없었다.

여왕이 뭔가를 하늘 높이 치켜들었다. 제이블은 눈을 가늘게 뜨고 저물어가는 햇살 속에 뭔가가 파랗게 빛나다가 사라지는 것을 보았다. 하지만 군중은 다시금 미친 듯이 환호성을 질렀다. 수많은 손이 위로 올라와서 여왕의 모습이 잠깐 시야에서 가렸다.

"제러미! 그거 후계자의 보석이었어?"

다리 저편에서 이선이 물었다.

누구보다 시력이 좋은 제러미가 어깨를 으쓱이고서 대답했다.

"*파란 보석이긴 했어! 진짜를 한 번도 본 적이 없어서!*"

여러 무리의 사람들이 아이들 우리 쪽을 향해 밀고 가기 시작했다. 병사들이 검을 뽑아 들자 그들이 쉽게 물러났지만 우리 주변은 이제 난장판이었고 검을 도로 꽂는 병사는 아무도 없었다. 제이블은 씩 웃었다. 군인들이 일을 해야 하는 걸 보니까 기분이 좋았다. 어차피 실패할 게 뻔한 사소한 반란이라고 해도. 선적물을 지키는 군대는 섭정에게서 보너스를 받았다. 그들은 모트로에서 통행세를 받는 귀족들만큼 선적으로 많은 보상을 받지는 못했지만, 그래도 제이블이 들은 바에 따르면 상당한 돈이었다. 혐오스러운 일을 하고 돈까지 받는다니. 그들이 좀 힘들게 일을 해야 한다고 제이블은 생각했다.

"누구라도 어린애 목에 목걸이쯤은 걸어줄 수 있지. 그게 진짜 그 보석이라는 걸 우리가 어떻게 알지?"

소른이 군중을 무시하고 대답했다.

제이블이 여왕을 돌아보았지만 그녀가 반응하기 전에 메이스가 소른에게 소리쳤다.

"나는 여왕의 근위병이고, 이 나라가 내 말을 보증한다! 이것은 내가 18년 전에 마지막으로 보았던 바로 그 후계자의 보석이다!"

메이스가 말 머리 쪽으로 몸을 기울였고 그의 목소리에 담긴 사나운 기색에 제이블은 움찔했다.

"나는 이 여왕 폐하의 목숨을 지키는 데 헌신하겠다고 맹세했다, 소른! 티어링에 대한 나의 충성심에 의문이라도 있나?"

여왕이 허공에서 손을 내리그었고 그 동작에 메이스가 즉시 입을 다물었다. 여왕이 몸을 앞으로 기울이고 소리쳤다.

"거기 아래 있는 전원! 너희들은 내 백성들이고, 내 군대다! 당장 우리를 열어라!"

군인들이 멍하니 서로를 보다가 소른을 돌아보았고, 그는 고개를 흔들었다. 그때 제이블은 엄청난 것을 보았다. 조금 전까지만 해도 거의 보이지 않던 여왕의 보석이 이제 새파랗게 빛을 뿜어냈다. 빛이 하도 밝아서 제이블은 그 거리에서도 눈을 가늘게 떠야 할 정도였다. 목걸이가 여왕의 머리 위에서 빛나는 파란색 진자처럼 흔들렸고, 그녀의 모습도 더 커진 것 같고 피부에서도 빛이 나는 것 같았다. 그녀는 더 이상 낡은 망토를 두른 둥근 얼굴의 소녀가 아니었다. 잠깐 동안 그녀는 왕관을 머리 위에 쓴 키 크고 당당한 여성이 되어 온 세상을 채우는 것 같았다.

제이블은 마틴의 어깨를 잡았다.

"저거 봤어?"

"뭘?"

"아무것도 아니야."

마틴이 그가 취했다고 생각하는 건 바라지 않아서 제이블이 중얼거렸다. 여왕이 다시 말을 시작했다. 그녀의 목소리는 분노로 가득했지만 절제되어 있었다. 이성이 위에, 분노는 그 아래 깔려 있었다.

"내가 왕좌에서 단 하루를 버틴다 해도 지금 당장 그 우리를 열지 않으면 신께 맹세컨대 여왕으로서 내 유일한 행위가 너희들 모두를 반역죄로 처형하는 것이 될 것이다! 너희들은 다음 해가 지는 것을 보지 못할 것이다! 내 말을 시험해보겠느냐?"

잠깐 동안 우리 앞의 모든 것이 얼어붙은 것 같았다. 제이블은 숨을 멈추고 소른이 뭔가 하기를, 왕궁 잔디밭이 쩍 갈라지기를 기다렸다. 여왕의 머리 위에 있는 사파이어는 이제 대단히 밝게 빛나서 손을 들어 눈을 가려야 할 정도였다. 잠깐 동안 그는 보석이 자신을 *쳐다보고 있다는*, 모든 것을 보고 있다는 말도 안 되는 기분을 느꼈다. 앨리와 술병, 그 둘 사이에서 그가 보낸 세월이 머릿속에서 뒤엉켰다.

그때 군인들이 움직이기 시작했다. 처음에는 몇 명뿐이었지만 곧 여러 명이, 그리고 더 많은 숫자가 움직였다. 소른이 성난 어조로 그들에게 비난을 퍼붓는데도 불구하고 지휘관 두 명이 벨트에서 열쇠를 꺼내 우리 문을 열기 시작했다.

제이블은 이 모습을 바라보며 숨을 내쉬었다. 그는 우리 문이 한번 닫힌 후에 다시 열리는 걸 본 적이 없었다. 모트인 말고는 아무도 열지 못한다고 생각했었다. 그 자신을 포함해서 선적을 따라 아가이브 고개까지 갔던 사람이 여럿 있었다. 하지만 용감하게 모트 국경을 넘어간 사람은 거의 없었고, 아무도 선적의 최종 목적지인 디메인까지 따라간 적은 없었다. 모트군이 우리 주변을 서성거리는 티어링인을 발견하면 방해꾼으로 여겨 그 자리에서 죽여버릴 테니까.

한 명 한 명, 남자며 여자들이 우리에서 힘겹게 나왔다. 사람들이 마치 커다랗게 포옹하는 것처럼 그들을 받아주었다. 인구조사부 탁자에서 3미터쯤 떨어져 있던 나이 많은 여자 한 명은 그저 바닥에 쓰러져 울기 시작했다.

소른은 양손으로 탁자를 짚고서 신랄한 어조로 말했다.

"그러면 모트메인은 어쩌실 겁니까, 공주님? 붉은 여왕의 군대가 저희들 모두를 짓밟게 하실 겁니까?"

제이블은 여왕을 돌아보고 그녀가 다시 특징 없는 얼굴에 헝클어진 머리를 한 평범한 10대 소녀로 돌아온 것을 깨닫고 안도했다. 그의 환상은, 환상이 맞는 건지 모르겠지만, 어쨌든 사라졌다. 하지만 그녀의 목소리는 줄어들지 않았다. 오히려 이제는 더 커져서 명백한 분노가 왕궁 잔디밭 전체에 울려 퍼졌다.

"난 그대를 정책 고문으로 임명하지 않았소, 아렌 소른. 내가 내 왕궁 앞 뜰에서 관료와 의미 없는 입씨름을 하자고 이 나라의 절반을 가로질러 온 것도 아니고. 나는 내 백성들의 행복을 그 무엇보다도 가장 먼저 생각할 것 이오."

메이스가 몸을 기울여 여왕의 귀에 뭔가를 속삭였다. 그녀가 고개를 끄덕이고 소른을 가리켰다.

"그대! 감독관! 그대에게 모든 아이들이 제 가족에게 돌아가는 것을 확인할 임무를 맡기겠소. 아이가 사라졌다는 이야기가 한마디라도 내 귀에 들어오면 그대의 책임이 될 것이오. 내 말 알겠소?"

"예, 레이디."

소른이 무미건조하게 말했고 제이블은 문득 소른의 표정을 볼 수 없다는 사실에 대단히 안도했다. 여왕은 자신이 날뛰는 개에 목줄을 채웠다고 생각할지 모르지만, 아렌 소른은 목줄을 채울 수 있는 상대가 아니었다. 여왕도 곧 알게 될 것이다.

"여왕을 찬양하라!"

우리 반대편에서 누군가가 소리쳤고 군중이 그에 찬성하듯 환호성을 질렀다. 우리 앞에서 가족들이 재회했고 사람들은 널따란 잔디밭에서 행복에 겨워 서로를 불렀다. 하지만 무엇보다도 울음소리, 제이블이 싫어하는 소리가 사방에서 들렸다. 그들이 사랑하는 가족들은 돌아왔다. 도대체 왜 우는 거지?

"더 이상 모트메인으로의 선적은 없을 것이다!"

여왕이 소리쳤고 군중은 다시 한번 뭐라고 하는지 알아들을 수 없을 만큼 커다랗게 함성을 질렀다. 제이블은 눈을 깜박였다. 감은 눈 뒤로 앨리의 얼굴이 떠올랐다. 어떤 날에는 그녀의 얼굴을 잊어버린 것 같아서 겁이 날 때가 있었다. 아무리 노력해도 그녀의 얼굴이 머릿속에서 명확하게 떠오르지 않았다. 그가 기억하는 한 가지 특징, 앨리의 턱처럼 쉬운 것은 떠올릴 수 있지만, 나머지는 신기루처럼 가물거리고 흐릿했다. 하지만 가끔 오늘 같은 날에는 앨리의 얼굴 구석구석, 광대뼈의 곡선과 단호한 모양의 턱을 전부 다 떠올릴 수 있었고, 그는 차라리 잊어버리는 게 더 마음 편하다는 사실을 깨닫게 되었다. 그는 하늘을 올려다보고 어스름이 내려 보랏빛이라는 사실에 안도했다. 해는 왕궁 뒤쪽으로 사라지고 있었다.

"빌! 저희 근무 끝난 건가요?"

그가 다리 건너편으로 소리쳤다.

빌이 그를 돌아보았다. 빌의 둥근 얼굴에 놀란 표정이 떠올랐다.

"지금 떠나고 싶다는 건가?"

"아뇨……. 아뇨, 그냥 여쭤본 겁니다."

"그럼 좀 참아. 나중에 슬픔에 마음껏 잠길 수 있을 테니까."

빌이 빈정거림이 깔려 있는 어조로 말했다.

제이블의 얼굴이 달아올랐다. 그는 주먹을 꽉 쥐고서 바닥을 내려다보았다. 누군가가 그의 등을 토닥였다. 고개를 들어보니 마틴의 상냥한 얼굴에 동정의 빛이 어려 있었다. 제이블은 괜찮다는 의미로 고개를 끄덕였고 마틴은 다시 자기 자리로 돌아갔다.

회색 옷을 입고 있는 여왕의 근위병 중 키가 큰 사람과 작은 사람이 양동이를 들고 우리 주위로 움직였다. 아마도 엘스턴과 키브일 것이다. 둘은 떼어놓을 수 없는 사이니까. 제이블은 그들이 뭘 하는지 알 수 없었지만 사실 별 상관 없었다. 우리 대부분이 이제 완전히 비었으니까. 소른은 아이들 우리에서 한 번에 한 아이씩 꺼내 다가온 부모를 확인한 후 아이를 건네는 신중한 절차를 진행하고 있었다. 아마도 좋은 생각일 것이다. 거트에는 온갖 취향의 고객을 만족시키고자 하는 포주와 뚜쟁이들이 서로 협력하고 있었고, 가끔은 아이들을 납치해 가기도 했으니까. 거트에서 상당 시간을 보내는 제이블은 이런 짓을 하는 사람을 찾아서 그들에게 일종의 정의를 실행할까 하는 생각을 여러 번 해보았다. 하지만 그런 결심은 언제나 밤이 깊어지면서 약화되었다. 어차피 그런 일은 다른 사람을 위한 거였다. 더 용감한 사람.

내가 아닌 사람.

켈시는 완전히 지쳤다. 메이스의 검 손잡이를 잡고 위엄 있게, 냉정하게 보이기 위해 노력은 하고 있었으나 심장은 쿵쿵거리고 근육은 피곤해서 점점 기운이 빠졌다. 그녀는 목걸이를 도로 목에 걸다가 자신이 상상한 게 아니었음을 깨달았다. 사파이어는 용광로에 들어갔다 나온 것처럼 정말로 뜨겁게 열을 내뿜고 있었다. 아렌 소른과 언쟁을 하던 그 몇 분 동안 그녀는 손을 뻗어 하늘을 가를 수도 있을 것 같은 느낌을 받았다. 하지만 이제는 그 힘이 다 빠져나가버리고 근육도 지쳤다. 빨리 안으로 들어가지 않으면 말에서 떨어질지도 모른다는 생각이 들었다.

해가 사라지고 왕궁 아래쪽 잔디밭 전체가 그림자로 덮이며 빠르게 기온이 떨어졌다. 하지만 아직은 갈 수 없었다. 메이스가 근위병들에게 여러 가지 일을 시켰고 다들 사람들 사이로 사라져서 아직까지 돌아오지 않았기 때문이다. 어머니의 근위병들이 이렇게 많이 살아남았다는 사실에 그녀는 안도했지만, 재빨리 헤아려보고 캐롤이 없다는 사실에 심장이 내려앉는 것을 느꼈다. 하지만 여행에 동참하지 않았던 새로운 근위병들도 함께 있었다. 이제 그녀를 둘러싸고 있는 근위병의 숫자는 열다섯 명 정도였지만 돌아보지 않아서 정확하게 알 수는 없었다. 왠지 모르지만 돌아보지 않는 것이 굉장히 중요한 일로 여겨졌다.

처음에 잔디밭에 모여 있던 사람들의 3분의 1 정도는 문제가 생길까 두려워서 빠져나간 것 같았지만 대부분은 그대로 남아 있었다. 어떤 사람들은 사랑하는 가족과 여전히 눈물을 흘리며 껴안고 있었지만 몇몇은 그저 구경꾼으로 호기심에 차서 켈시를 쳐다보고 있었다. 그들의 눈길이 지독하게 무겁게 느껴졌다.

저 사람들은 내가 뭔가 굉장한 일을 하길 바라겠지. 지금, 그리고 내 남은 평생 매일매일. 그녀는 그 사실을 깨달았다.

그 생각에 섬뜩해졌다.

그녀가 메이스를 돌아보았다.

"안으로 들어가야겠어요."

"잠깐만 더 기다리십시오, 레이디."

"뭘 기다리고 있는 거죠?"

"폐하의 구세주가 한 가지 진실을 말했고 그 말이 계속 머리에 남아 있습니다. 가끔은 예측할 수 없는 이유로 직행 길이 올바른 길일 때가 있다는 말 말입니다."

"무슨 뜻이죠?"

메이스가 근위병들이 이룬 원 끝을 가리켰고 켈시는 네 명의 여자와 아이들 여럿이 기다리고 있는 걸 볼 수 있었다. 그중 한 명은 우리 앞에서 울부짖던 그 여자였다. 세 살쯤 되어 보이는 조그만 여자아이가 품에 안겨 있었고 다른 아이들 네 명이 주위를 둘러싸고 있었다. 딸을 향해 그녀가 몸을 굽히자 긴 머리가 얼굴로 흘러내렸다.

"여기를 보라!"

메이스가 말했다. 여자가 고개를 드는 순간 켈시의 숨이 멎었다. 그녀는 꿈속에서 망가진 아이를 품에 안고 있던 그 미친 여자였다. 똑같은 길고 검은 머리에 하얀 피부, 똑같이 넓은 이마를 갖고 있었다. 여자가 말을 하면 아마 그 목소리도 똑같을 거라는 생각이 들었다.

하지만 난 한 번도 미래를 본 적이 없는데. 내 평생 단 한 번도. 켈시는 어리둥절한 채 생각했다. 어릴 때 그녀는 종종 미래를 볼 수 있기를 바랐다. 칼린은 정말로 그런 능력이 있어서 수많은 큰 사건들을 예지했지만 결국에는 나이 들어 세상을 떠난 붉은 여왕의 점쟁이 이야기를 해준 적이 있었다. 하지만 켈시에겐 현재밖에 보이지 않았었다.

"여왕 폐하께 시녀들이 필요하다!"

메이스가 선언했고, 켈시는 깜짝 놀라 눈앞의 장면에 다시 주의를 돌렸다.

"폐하께 필요한 건—"

"잠깐만요."

켈시가 갑자기 여자들의 눈에 떠오른 두려움의 빛을 보고 한 손을 들어 올렸다. 메이스의 아이디어는 좋았지만 그가 그 두려움을 잘못 다뤘다가는 세상 어떤 뇌물을 줘도 별 소용이 없을 것이다.

"난 내 시중을 들라고 명령하지는 않을 거야."

그녀가 네 명의 여자들 한 사람 한 사람과 눈을 맞추면서 단호하게 말했다.

"하지만 내 왕실에 들어오는 사람에게는 그 당사자와 사랑하는 가족들을 전력으로 보호해주겠다고 약속하겠어. 보호뿐만 아니라 언젠가 내 자식들이 받게 될 것들까지도 전부 다 해줄 거야. 교육, 최고의 음식과 의료 시설, 그리고 원하는 어떤 직업이든 훈련받게 해줄 거야. 그리고 내 시중 드는 걸 그만두고 싶을 때에는 언제든지 지체 없이 그만둘 수 있게 허락하겠다고 분명하게 약속해."

그녀는 달리 할 말을 생각해보았지만 너무 피곤하고 이미 자신이 연설을 질색한다는 걸 깨달은 상태였다. 충성 서약을 요구해야 할 것 같았지만, 뭐라고 할까? 그들 모두 그녀의 시중을 들게 되면 그녀를 죽일 수 있는 위치가 된다는 걸, 십중팔구 자신이 죽을 수도 있다는 걸 이미 알고 있을 것이다. 그녀는 포기하고 양손을 넓게 벌리고 말했다.

"1분 안에 결정하도록. 나는 더 이상 지체할 수 없으니까."

여자들이 고민하기 시작했다. 그들 대부분에게 고민한다는 건 그저 무력하게 아이들을 쳐다보는 거였다. 켈시는 남자가 없는 것을 깨닫고 메이스가 일부러 남편이 없는 여자들을 고른 걸까 생각했다. 하지만 다 그런 건 분명히 아니었다. 그녀의 시선이 꿈에 나왔던 미친 여자에게로 향했고, 군중 속에서 그 남편을 찾아보았다. 남자는 3미터쯤 뒤에 양다리를 벌리고 근육질 팔로 팔짱을 끼고 서 있었다.

켈시가 메이스 쪽으로 몸을 기울였다.

"왜 저 파란 옷에 검은 머리 여자를 골랐죠?"

"설득할 수만 있다면 저 여자는 레이디께 가장 충성스러운 시녀가 될 겁니다."

"누군데요?"

"모릅니다. 하지만 저는 이런 일에 직감이 있습니다. 제 말을 믿으십시오."

"저 여자는 완전히 정상이 아닐 수도 있어요."

"많은 여자들이 자신의 아이가 선적이 될 때 그렇게 행동합니다. 제가 신뢰하지 않는 것은 말없이 아이들을 보내는 사람들입니다."

"남편은 어쩌고요?"

"자세히 보십시오, 레이디."

켈시는 여자의 남편을 살펴보았지만 딱히 이상한 것은 보이지 않았다. 남자는 일이 벌어지는 광경을 심술궂은 눈으로 바라보고 있었다. 육체 노동을 하는 듯 굵은 팔을 가진 검은 머리에 수염이 덥수룩하고 키가 큰 남자였다. 마음에 안 든다는 듯이 가늘어진 검은 눈은 표정을 읽기가 아주 쉬웠다. 그는 결정에서 밀려난 게 마음에 안 드는 거였다. 켈시의 시선이 아내에게로 돌아왔다. 아내는 남편과 자신의 옆에 있는 아이들을 번갈아 보았다. 여자는 나뭇가지처럼 앙상한 팔에 비쩍 말라 있었다. 팔 윗부분의 검은 자국은 남편이 그녀를 우리에서 끌어낼 때 잡았던 부분을 보여주었다. 그때 더 많은 멍이 눈에 들어왔다. 뺨 위쪽, 그리고 딸아이가 드레스 목깃을 잡아당길 때 쇄골 위의 커다랗고 까만 자국도 보였다.

"맙소사, 라자러스, 그대의 눈은 정말 예리하군요. 어느 쪽이든 저 여자를 함께 데려가야겠어요."

"저 여자가 제 발로 올 거라고 생각합니다, 레이디. 그냥 기다려보십시오."

펜과 새 근위병 중 한 명이 이미 덩치 큰 검은 눈의 남자와 그 아내 사이를 가로막고 서 있었다. 그들은 대단히 빠르고 대단히 유능했고, 주변의 온갖 위험에도 불구하고 켈시는 약간 희망을 느꼈다…… 어쩌면 살아남을 수 있을지도 모른다는 희망. 하지만 희망은 곧 사그라지고, 그저 피곤해졌다. 그녀는 몇 분 더 기다리다가 말했다.

"우리는 이제 왕궁으로 들어간다. 나와 함께 가고 싶은 자는 얼마든지 환영이야."

켈시는 언덕 아래로 말을 몰면서 눈가로 미친 여자를 보았다. 여자는 아이들이 마치 커다란 치맛자락처럼 보일 정도로 주위로 끌어당겼다. 그런 다음 고개를 끄덕이고 뭐라고 격려의 말을 한 다음 다 함께 잔디밭을 가로질러 걷기 시작했다. 남편이 알아들을 수 없는 소리를 지르며 앞으로 뛰어나왔지만 펜의 검 끝에서 멈춰 섰다. 켈시가 말을 멈추었다.

"계속 가십시오, 레이디. 저들이 통제할 겁니다."

"내가 아버지로부터 아이들을 떼어놓아도 되는 걸까요, 라자러스?"

"레이디께서는 뭐든지 하실 수 있습니다. 여왕 폐하이시니까요."

"이 모든 아이들을 어떻게 하면 좋죠?"

"아이들이란 좋은 겁니다, 레이디. 여자들을 예측 가능하게 만들어주니까요. 이제 그만 신경 쓰시지요."

켈시는 왕궁 쪽으로 고개를 돌렸다. 고함 소리가 들리고 드잡이를 하는 낮은 소리가 들려오는 상황에 뒤에서 근위병들이 모든 일을 해결하게 놔두는 게 꽤 어려웠지만, 메이스의 말이 옳다는 건 알고 있었다. 끼어드는 건 그녀의 근위대를 신뢰하지 않는다는 걸 보여줄 뿐이다. 그래서 그녀는 한 여자의 목소리가 날카롭게 높아지는 상황에서도 단호하게 앞만 보며 말을 타고 갔다.

우리에 가까워지자 그녀의 근위병들 너머에 군중이 빙 둘러서 있는 것이 보였다. 사람들이 하도 뒤에서 밀어대서 몇 명이 말의 옆구리를 스칠 정도였다. 모두가 그녀에게 말을 걸고 싶어 했지만 그녀는 한 마디도 알아들을 수가 없었다.

"궁수들! 성첩을 주시해라!"

메이스가 소리쳤다. 근위병 두 명이 화살을 활시위에 걸었다. 한 명은 굉장히 젊고 하얬다. 켈시는 그가 어쩌면 자신보다도 어릴지 모른다고 생각했다. 얼굴은 걱정스러운 듯 창백하고 왕궁을 집중해서 보느라 이를 악물고 있었다. 켈시는 뭔가 위로가 될 만한 말을 하고 싶었지만, 메이스가 다시 말했다.

"성첩을 보라고, 제기랄!"

그래서 그녀는 얌전히 입을 다물었다.

우리 옆을 지날 때 메이스가 레이크의 굴레를 잡아 갑자기 멈춰 세웠다.

그가 키브에게 손짓하자 키브가 타오르는 횃불을 가져왔다. 메이스는 그것을 켈시에게 건넸다.

"레이디의 역사의 첫 장입니다. 멋지게 해보십시오."

그녀는 머뭇거리다가 횃불을 받아 들고 가까운 우리로 다가갔다. 군중과 그녀의 근위병들이 마치 한마음인 것처럼 물러나 그녀에게 길을 내주었다. 메이스는 엘스턴과 키브를 미리 우리로 보내 기름을 끼얹게 시켜두었다. 그들이 일을 제대로 하지 않았으면 그녀가 굉장히 바보처럼 보일 것이다. 그녀는 횃불을 꽉 쥐었다. 던지기 직전에 그녀의 시선이 아이들을 위해 만들어진 두 개의 우리 중 하나로 향했다. 가슴속의 불길이 다시 치솟아 피부 위로 열기를 퍼뜨렸다.

내가 지금까지 한 모든 일을 되돌릴 수는 없지만, 설령 되돌릴 수 있다 해도 그러지 않을 거야. 선적물이 오지 않으면 붉은 여왕이 쳐들어올 것이다. 켈시는 잘생긴 금발의 근위병 펜을, 지난번 모트 침공에 관한 그의 이야기를 떠올렸다. 수천 명이 고통받고 죽었다. 하지만 지금 여기 그녀의 눈앞에 무력한 아이들용으로 특별히 만들어진 우리가 있었다. 이 아이들이 집에서 수백 킬로미터 떨어진 곳으로 끌려가서 일하고, 강간당하고, 굶주리겠지. 켈시는 눈을 감고 어린 시절 내내 상상했던 자신의 어머니를, 말에 탄 하얀 여왕을 떠올렸다. 하지만 그 상상은 이미 검게 물들었다. 여왕에게 환호하던 군중들은 오랜 굶주림으로 비쩍 마른 허수아비들이었다. 그녀가 머리에 쓴 화관은 시들었고, 말의 주둥이는 질병으로 썩었다. 그리고 여왕 자신은…… 설설 기는 노예였다. 피부는 시체처럼 창백하고 그림자에 잠겨 있었다. *동조자.* 켈시는 눈을 깜박여 그 모습을 지웠지만 그것은 이미 그녀를 다음 단계로 나아가게 만들었다. 죽음에 관한 바티의 이야기가 다시 떠올랐다. 모닥불가에서의 그날 밤 이래 그 이야기는 사실 머릿속에서 완전히 사라진 적이 없었다. 바티가 옳았다. 깨끗하게 죽는 게 더 낫다. 그

녀는 뒤로 몸을 젖혔다가 아이들 우리를 향해 횃불을 던졌다.

그 동작에 목의 상처가 다시 벌어졌지만 그녀는 신음을 억눌렀다. 사람들이 함성을 질렀고 우리 바닥에 불이 붙었다. 켈시는 이렇게 굶주린 불길을 처음 봤다. 불꽃이 우리 바닥으로 순식간에 퍼졌다가 놀랍게도 창살을 타고 올라갔다. 열기가 잔디밭까지 느껴져서 우리에 너무 가까이 있던 사람들이 황급히 물러났다. 마치 불을 지핀 화덕 앞에 서 있는 느낌이었다.

사람들이 불길 주변에 몰려서 욕설을 퍼부었다. 아이들까지 부모의 흥분한 모습에 동화되어 빨갛게 불길이 반사되는 눈으로 소리를 질렀다. 불길을 바라보며 켈시는 가슴속의 격렬한 뭔가가 날개를 접고 사라지는 것을 느끼고서 안도와 실망감을 동시에 느꼈다. 그 감각은 마치 낯선 사람이, 그녀에 관해서 모든 걸 다 아는 낯선 사람이 가슴속에 있는 것 같은 느낌이었다.

"카이!"

메이스가 어깨 너머로 불렀다.

"예?"

"나머지도 확실하게 태워버려."

메이스의 신호에 그들은 우리를 뒤에 남겨두고 다시 전진했다. 도개교에 도착했을 때 해자에서 나는 악취가 켈시의 코를 찔렀다. 썩은 야채 같은 지독한 냄새였다. 물은 깊고 짙은 초록색이었고 표면에는 거의 시커먼 점액 같은 게 한 겹 덮여 있었다. 다리를 지나갈수록 악취는 점점 더 강해졌다.

"저 물은 배수를 안 하는 건가요?"

"지금은 아무것도 묻지 마십시오, 레이디. 죄송합니다."

메이스의 눈은 사방으로 움직여 왕궁 표면과 그 위쪽 어둠 속, 해자와 그 건너편까지 갔다가 다리 양옆으로 서 있는 경비들에게 잠시 머물렀다. 이 경비들은 행렬을 막으려는 움직임을 전혀 보이지 않았고 몇 명은 심지어 켈시가 지나가자 절을 했다. 하지만 군중이 그녀를 따라 왕궁으로 들어오려고 하자 경비들은 마지못해 다리를 가로막고 사람들을 맞은편으로 돌려보냈다.

앞쪽으로 왕궁 정문이 검은 구멍처럼 보였다. 안쪽으로 희미하게 일렁거리는 횃불이 살짝 보였다. 켈시는 눈을 감았다가 다시 떴다. 눈꺼풀을 들어 올리는 데 모든 힘을 기울여야 할 정도였다. 외삼촌이 안에서 기다리고 있겠지만 지금 어떻게 외삼촌 앞에 서야 할지 알 수가 없었다. 한때는 은밀한 자부심의 원천이었던 그녀의 혈통이 지금은 구정물 수준으로 느껴졌다. 외삼촌은 음탕하고, 그녀의 엄마는……. 마치 손 잡을 데 하나 없이 절벽을 미끄러져 내려가는 기분이었다.

"오늘 밤에는 외삼촌을 만나볼 수 없을 것 같아요, 라자러스. 너무 피곤해요. 미룰 수 있을까요?"

"폐하께서 조용히만 계시면요."

켈시는 놀랍게도 웃음을 터뜨렸다. 그들은 음울한 왕궁 정문의 아치문을 지나쳤다.

60미터쯤 떨어진 곳에서 페치는 소녀와 그 수행원이 다리를 건너가는 것을 보며 입가에 슬쩍 미소를 머금었다. 군중 속의 여자들을 데려간 것은 영리한 행동이었고, 한 명 빼고 전부가 그녀를 따라 왕궁으로 들어갔다. 대체 아버지가 누굴까? 소녀는 엘리사에게서는 결코 물려받았을 리 없는 예리한 지성을 보여주었다. 자신의 두뇌를 아침에 무슨 드레스를 입을지에만 사용했던 불쌍한 엘리사. 소녀는 엘리사의 열 배는 가치가 있었다.

해자 옆에서 아이들 우리가 불에 타며 어스름 속에서 커다란 장작불처럼 보였다. 여왕의 근위병 한 명이 나머지 우리를 태우기 위해서 뒤에 남았고 사람들(과 여러 명의 병사들)이 앞서서 움직였다. 하나하나 우리가 불길에 휩싸였다. 사람들이 여왕을 외쳐 불렀고 울음소리로 분위기는 여전히 혼란했다.

페치가 감탄해서 고개를 흔들었다.

"브라보, 티어링의 여왕님."

인구조사부 탁자는 잔인한 아이가 막대기로 휘저어놓은 개미집처럼 보였다. 관리들은 겁에 질려서 다급하게 이쪽저쪽으로 움직였다. 그들은 오늘의 중대함을 금세 알아챈 것 같았다. 아렌 소른은 사라졌다. 아마 소녀의 목덜미를 물어뜯으려고 할 테지. 그는 소녀의 멍청한 외삼촌보다 훨씬 영리한 적이었다. 페치는 인상을 찌푸리고 잠시 고민하다가 어깨 너머로 말했다.

"앨레인."

"예?"

"소른은 벌써 뭔가 계획을 세우고 있을 거야. 가서 그게 뭔지 알아내."

"예, 두목."

리어가 말을 앞으로 몰고 나와서 페치의 옆에 나란히 섰다. 리어는 불쾌한 상태였고, 놀랄 일도 아니었다. 그들이 가면을 쓰지 않고 나오면 사람들의 시선을 끄는 것은 언제나 리어의 검은 피부였다. 그는 자신이 이야기를 하는 동안 사람들이 집중해서 쳐다보는 건 좋아했지만, 호기심의 대상이 되는 건 싫어했다.

"소른은 앨레인을 안 받아들일지도 모릅니다. 설령 받아들인다 해도 앨레인의 얼굴이 완전히 알려져버리는 겁니다. 저 공주한테 진짜 그럴 가치가 있는 겁니까?"

"저 애를 과소평가하지 마, 리어. 난 절대 그러지 않을 거니까."

"이제 섭정을 해치워도 되나요?"

모건이 물었다.

"섭정은 내 거야. 내가 저 여자아이를 오판한 게 아니라면 곧 그 작자를 갖게 될 거야. 행운을 빌지, 앨레인."

앨레인이 묵묵히 말의 방향을 돌려 도시 안쪽으로 사라졌다. 그가 군중 속으로 사라지자 페치는 눈을 감고 고개를 숙여 절을 했다.

이제 아주 많은 것들이 어린 여자아이 한 명에게 달렸군. 신도 참 멋대로 라니까. 그는 음울하게 생각했다.

2부

6장
낙인의 여왕

내가 다섯 살이었을 때 할머니는 나를 데리고 산책을 나가셨다. 할머니의 이름을 딴 만큼 나는 할머니가 가장 귀여워하는 손주였고 새 옷을 입어서 굉장히 뿌듯했다. 할머니의 손을 잡고 나는 형제들을 남겨놓은 채 도시의 길거리로 나왔다.

우리는 도시 한가운데 있는 커다란 공원에서 피크닉을 했다. 할머니는 발링 서점에서 책을 사주셨는데 그곳은 처음으로 색깔 있는 삽화가 들어간 책을 들여놓은 곳이었다. 극장 거리에서는 인형극을 보았고 레이디스어프로치의 쇼더에서 할머니는 끈을 묶을 수 있게 되어 있는 내 첫 번째 어른 신발을 사주셨다. 멋진 날이었다.

저녁을 먹으러 집으로 돌아갈 시간쯤 되었을 때 할머니는 나를 글린 여왕 기념상으로 데려가셨다. 그것은 왕궁 잔디밭 입구에 위치한, 대리석 왕좌에 앉은 얼굴이 닳은 석상이었다. 우리는 한참 동안 그 조각상을 보았고, 할머니가 조용하셨기에 나도 조용히 있었다. 할머니는 끊임없이 이야기를 하곤 하셔서 가끔 다른 사람과 함께 있을 때에는 할머니에게 좀 조용히 계시라고 해야 할 정도였다. 하지만 지금 할머니는 글린 여왕의 기념상 앞에서 거의 10분이나 고개를 숙이고 아무 말도 하지 않고 서 계셨다. 결국에 나는 지루해져서 꼼지락거리다가 물어보았다.

"할머니, 우리 뭘 기다리는 거예요?"

할머니는 조용히 하라는 의미로 내 땋은 머리를 살짝 당기시고서 기념상을 가리키고 말씀하셨다.

"이분이 안 계셨으면 너는 태어나지도 못했을 거란다."

—《글린 여왕의 유산》, 글리 델라미어

켈시는 하늘색 닫집이 달린 푹신하고 부드러운 침대에서 깨어났다. 가장 처음 떠오른 생각은 사소한 거였다. 침대에 베개가 너무 많다는 것. 바티와 칼린의 오두막에 있었던 그녀의 침대는 작았지만 깨끗하고 편안했고, 베개는 그냥 쓸 만한 것 하나뿐이었다. 이 침대도 편안하긴 하지만, 과시적인 느낌의 편안함이었다. 네 명쯤은 충분히 누울 수 있을 것 같고, 이불은 노르스름한 색깔의 실크였으며 파란 다마스크 침대보 위로는 프릴이 달린 작고 하얀 베개가 끝없이 놓여 있었다.

엄마의 침대야. 이럴 줄 예상했어야 했는데.

그녀는 몸을 굴리다가 한쪽 구석의 안락의자에 웅크리고 앉아 자고 있는 메이스를 발견했다.

가능한 한 조용히 일어나 앉아서 켈시는 방 안을 둘러보았다. 처음에는 만족스러웠지만 좀 더 자세히 보니 영 불편한 기분이 들었다. 천장이 높고 침대와 똑같이 하늘색 벽지를 발라놓은 방이었다. 한쪽 벽에는 책장이 있었지만 선반 여기저기 놓인 몇 개의 장신구를 제외하면 먼지만 덮여 있었다. 누군가가 어머니의 방을 건드리지 못하게 해두었던 모양이다. 메이스일까? 아마 아니겠지. 그보다는 캐롤이 했을 것 같았다. 메이스는 그녀의 어머니에 대해 가끔 불충의 빛을 드러내곤 했다. 하지만 캐롤은 그런 것을 보이지 않았다.

켈시의 왼쪽으로 욕실로 이어지는 문이 있고 거대한 대리석 욕조가 절반 정도 보였다. 문 옆으로는 보석 장식이 된 커다란 거울이 붙은 화장대가 있었다. 그녀는 자신의 모습이 비친 것을 보고 움찔했다. 머리는 엉망이고 얼굴은 흙먼지가 묻어서 완전히 꼬마 도깨비 같았다. 그녀는 도로 누워서 머리 위의 닫집을 응시했다. 머릿속이 빙빙 돌았다. 하루 만에 어떻게 이렇게 많은 게 바뀔 수 있는 걸까?

갑자기 아홉 살 때 바티와 칼린의 옷장에서 칼린의 예쁜 드레스 한 벌을 꺼내 입었던 일이 떠올랐다. 칼린은 대놓고 그 드레스들을 입는 걸 금지하지는 않았지만 그것은 들켰을 때 써먹을 수 있는 허점일 뿐이었고, 사실 켈시는 자신이 잘못을 저지르고 있다는 걸 알고 있었다. 드레스를 입은 다음 그녀는 직접 꽃으로 만든 왕관도 썼다. 드레스는 너무 길고 왕관은 자꾸만 떨어졌지만 그래도 무척 어른이 된 것 같고 여왕이 된 것 같은 기분이었다. 그녀가 방을 따라 이리저리 행진하고 있는데 칼린이 들어왔다.

"뭘 하고 있는 거니?"

칼린의 목소리는 평소보다 훨씬 더 낮았고, 그것은 문제가 생겼다는 신호였다. 켈시는 몸을 떨며 설명을 하려고 했다.

"여왕이 되었을 때를 연습하고 있었어요. 엄마처럼요."

칼린이 하도 빨리 다가와서 켈시는 물러날 시간도 없었다. 칼린의 눈이 타오르고, 다음 순간 켈시의 뺨에서 짝 소리가 울렸다. 별로 아프지는 않았지만 어쨌든 켈시는 울음을 터뜨렸다. 칼린은 그녀를 때린 적이 한 번도 없었다. 칼린이 드레스 뒷부분을 잡고 세게 잡아당기자 앞쪽이 뜯기며 조그만 단추들이 사방으로 튀었다.

켈시는 바닥에 주저앉아 더 서럽게 울었지만 그녀의 눈물은 칼린의 마음을 움직이지 못했다. 언제나 그랬다. 칼린은 방을 나가서 며칠이나 켈시에게 말을 하지 않았다. 켈시가 직접 드레스를 빨아서 다림질을 해서 칼린의 옷장에 넣어놓은 다음에도. 바티는 그 주 내내 빨개진 눈으로 비참하게 오두막 안을 서성거렸고 칼린이 보지 않을 때면 켈시에게 간식을 더 챙겨 주었다. 며칠 후 칼린이 마침내 보통 때처럼 돌아왔지만, 켈시가 다음 주에 칼린의 옷장을 보니 예쁜 드레스들이 전부 다 사라지고 없었다.

켈시는 물어보지도 않고 드레스를 빌려가서 칼린이 화가 났던 거라고 줄 곧 생각했었다. 하지만 지금 방 안을 둘러보니 전혀 다른 이유 때문이었다는 걸 알 수 있었다. 텅 빈 책장. 맞은편 벽을 다 채울 정도로 커다란 참나무 옷장. 여러 명을 비춰볼 수 있을 만큼 큰 거울. 금으로 된 장식들. 값비싼 천을 기나길게 드리우고 둘러놓은 이 침대. 머릿속으로 켈시는 왕궁 잔디밭에 있던 사람들을, 그들의 못 먹어 곯은 몸과 퀭한 얼굴을 떠올렸다. 칼린은 많은 것을 알고 있었던 거다. 조용한 방 안에서 켈시는 분노의 고함을 지르고 싶었다. 만약 앞으로도 이런 유쾌한 사실들이 속속 밝혀진다면? 그녀는 항상 어머니가 자신을 보호하기 위해서 성에서 내보낸 거였다고 생각했다. 하지만 어쩌면 그런 게 아닐지도 모른다. 어쩌면 그냥 버린 걸지도. 그녀는 분에 겨워 부드러운 깃털 매트리스 위에서 발을 쿵쿵 굴렀다. 어린애 같은 짓이긴 했지만 효과는 있었다. 2분쯤 그렇게 발길질을 하고 나니까 이제 일어나야겠다는 생각이 들었다.

그녀는 물려받은 여왕 자리가 아직 추상적이던 시절에도 어려울 것 같았는데 이제는 거의 문제가 산처럼 쌓여 있는 느낌이었다. 물론 힘든 길일 줄은 알고 있었다. 칼린이 그녀에게 수년 동안 과거 혼란스러웠던 나라들과 왕국들에 대해 가르치며 에둘러 말을 해준 셈이니까. 책으로 가득하던 칼린의 서재……. 켈시는 갑자기 칼린에게 남아 있던 마지막 분노가 사라지는 것을 느꼈다. 바티와 칼린 둘 다 절실하게 보고 싶었다. 주위의 모든 것들이 너무도 낯설어서 그녀가 잘 아는 두 사람의 친숙함이 그리웠다. 칼린은 그녀가 어제 한 일에 찬성할까?

켈시는 일어나 앉아서 이불을 밀어내고 침대 옆으로 다리를 내렸다. 자는 사이에 목걸이가 머리카락에 뒤엉켜서 잠깐 동안 그걸 풀어야 했다. 어젯밤에 머리를 땋고 목욕을 하고 잤어야 했는데, 모든 게 너무 빠르게 지나갔다. 메이스가 낮게 그녀의 귀에 말을 하는 걸 들으며 횃불로 밝혀진 복도를 서둘러 지나왔던 것밖에 생각나지 않았다. 누군가가 그녀를 안고 끝이 없는 듯한 계단을 올라왔던 것 같다. 켈시는 너무 피곤해서 페치가 준 옷차림 그대로 쓰러져 잠이 들었다. 옷은 이제 너무 더러워서 땀에 젖은 짠 내가 느껴질 정도였다. 버려야 할 테지만 자신이 그러지 않을 거라는 사실도 이미 알고 있었다. 정신을 잃기 전에 마지막으로 떠올랐던 것도 페치의 얼굴이었고, 꿈의 내용은 기억이 잘 안 나지만 꿈 역시 그에 관한 거였던 것 같다. 그는 그녀를 시험했고, 그녀가 실패하면 죽일 거라는 것도 분명했다. 하지만 그의 위협은 그녀의 머릿속에서 대단히 작은 부분만을 차지하고 있을 뿐이었다. 그녀는 잠깐 동안 그에 관해 몽상하는 사치를 부리다가 다시 현실 세계로 생각을 돌렸다.

가능한 한 빨리 모트 조약서를 봐야 했다. 그 생각에 갑자기 활기가 났고 켈시는 침대에서 뛰어내려 메이스가 있는 자리로 살금살금 걸어갔다. 며칠간 긴 그의 수염은 갈색과 회색이 섞여 있었다. 얼굴에는 주름이 더 깊게 팬 것 같았다. 고개는 의자 뒤쪽으로 기울어져 있었고 몇 초에 한 번씩 낮게 코 고는 소리가 들렸다.

"그러니까 그대도 자는군요."

"아닙니다. 그저 눈만 감고 있었을 뿐이죠."

메이스가 대꾸했다.

그가 등에서 뚝 소리가 날 때까지 몸을 쭉 폈다가 안락의자에서 일어섰다.

"이 방의 공기가 살짝만 바뀌었어도 제가 알았을 겁니다."

"여긴 안전한 건가요?"

"예, 레이디. 저희들은 한 번도 경계를 늦춘 적이 없는 여왕동에 있습니다. 캐롤이 저희가 떠나기 전에 이 방의 세세한 부분까지 점검했고, 엿새 정도로는 레이디의 외삼촌이 뭔가 복잡한 일을 하기에는 부족했을 겁니다. 오늘 레이디께서 방을 비우신 사이에 혹시 모르니 다른 사람이 철저하게 한 번 더 점검을 할 거고요."

"내가 방을 비운 사이에요?"

"외삼촌께 오늘 레이디께서 편하실 때에 대관식을 치르실 거라고 알렸습니다. 별로 달갑게 받아들이지는 않으시더군요."

켈시는 서랍을 열고 순금으로 된 것 같은 참빗과 솔빗을 발견하고 도로 탕 닫아버렸다.

"우리 엄마는 허영에 찬 여자였군요."

"그랬습니다. 방은 마음에 드십니까?"

켈시가 손을 뻗어 침대에서 베개를 밀어냈다.

"이 멍청한 베개들은 좀 치우죠. 도대체 이런 걸 놔둘 이유가—"

"오늘은 할 일이 많습니다, 폐하."

켈시는 한숨을 쉬었다.

"우선 아침을 먹고 뜨거운 목욕을 해야 돼요. 대관식에 입을 옷도 필요하고요."

"대관식은 신의 교회 소속 사제가 치러줘야 한다는 건 아시지요?"

켈시가 고개를 들었다.

"몰랐어요."

"설령 레이디의 외삼촌의 담당 사제에게 강제로 시킬 수 있다고 해도 그런 자는 저희가 원하는 사람이 아닙니다. 아배스에서 다른 사제를 데려와야 해서 저는 한 시간쯤 자리를 비워야 할 것 같습니다."

"사제가 없으면 적법하지 않은 건가요?"

"그렇습니다, 레이디."

켈시는 좌절감에 한숨을 내쉬었다. 칼린과 실제 대관식에 대해 이야기를 나눠본 적은 없었다. 너무 추상적이었기 때문이다. 하지만 대관식의 용어에는 당연하게 종교적인 맹세가 포함되어 있을 터였다. 그렇게 교회가 계속 돈을 받아갈 수 있었던 거고.

"좋아요. 갔다 와요. 하지만 가능하면 소심한 사제로 데려와요."

"알겠습니다, 레이디. 제가 없는 동안 단검을 계속 지니고 계십시오."

"내 단검에 대해서는 어떻게 알았어요?"

메이스는 그녀에게 모를 리가 없지 않느냐는 시선을 던졌다.

"잠깐만 계시면 레이디의 담당 시녀를 데려오겠습니다."

그가 문을 열자 밖에서 이야기 소리가 들려왔다. 그가 등 뒤로 문을 닫자 켈시는 약간 안도감을 느끼며 텅 빈 방 한가운데 섰다. 혼자 있는 게 그리웠다. 하지만 지금은 그걸 즐길 여유가 없었다.

"할 일이 아주 많아."

그녀는 중얼거리고 목의 꿰맨 자리를 살짝 문질렀다. 그녀의 시선이 높은 천장과 푸른 벽지, 화날 정도로 수두룩한 침대 위의 베개들, 그리고 무엇보다도 열 받는 텅 빈 커다란 책장을 스쳤다. 뭔가가 가슴 안에서 끓어오르고 분노의 눈물이 눈을 찔렀다.

"좀 봐요. 당신이 나한테 뭘 남겼는지 좀 보라고요."

그녀가 텅 빈 방 안에서 날카롭게 중얼거렸다.

"레이디?"

메이스가 문을 살짝 두드리고 들어왔다. 키가 크고 날씬한 여자가 말없이 그의 뒤를 따라 들어왔고, 그의 커다란 몸에 거의 가리긴 했어도 켈시는 이미 그게 누군지 알고 있었다. 여자는 이제 아이들을 하나도 데리고 있지 않았고, 아이들이 없으니까 더 젊어 보여서 켈시 자신보다 겨우 몇 살 정도밖에 많지 않은 것 같았다. 단순한 크림색 모직 드레스를 입고 있고 긴 검은 머리는 잘 빗어서 단단하게 틀어 올렸다. 뺨의 멍이 유일한 흠이었다. 여자는 켈시의 앞에 얌전히 서 있었지만 그녀의 태도에는 굽실거리는 구석이라고는 없었다. 사실 몇 초 지나자 켈시 쪽에서 뭔가 말을 해야만 할 것 같은 불안감이 들 정도였다.

"혼자 두기 너무 어린 아이는 여기로 같이 데리고 와도 괜찮아."

"아이들은 잘 보살핌받고 있습니다, 레이디."

"우리 둘만 있게 해줘요, 라자러스."

놀랍게도 메이스는 즉시 몸을 돌려 문을 닫고 사라졌다.

"자, 앉아."

켈시가 화장대 앞에 있는 의자를 가리켰다. 여자는 의자를 켈시 앞으로 끌어당긴 다음 우아한 동작으로 앉았다.

"이름이 뭐지?"

"안달리입니다."

켈시가 눈을 깜박였다.

"모트 출신이야?"

"저희 어머니가 모트인이셨고, 아버지는 티어링인이셨습니다."

켈시는 메이스가 이 사실을 알고 있을까 궁금했다. 물론 알고 있겠지.

"그리고 그대는 어느 쪽이지?"

안달리는 켈시가 그 질문을 무르고 싶다고 생각할 때까지 빤히 쳐다보았다. 여자의 눈은 차갑고 찌를 듯한 회색이었다.

"저는 티어링인입니다, 폐하. 제 아이들도 그 쓸모없는 아비 덕에 티어링인이고요. 아이들을 남편과 함께 내칠 수는 없지 않겠습니까?"

"그래⋯⋯. 그래, 그렇겠지."

"제가 왜 폐하를 모시려 하는지 그 이유를 물으신다면, 그 이유의 대부분은 제 아이들을 위한 것입니다. 폐하의 제안은 아이가 많은 여자에게는 아주 매력적인 것이었고, 아이들을 그 아비의 손아귀에서 빼낼 기회라는 것도 천운으로 여겨졌습니다."

"이유의 대부분이 아이들을 위한 거라고?"

"네, 대부분요."

켈시는 당황스러웠다. 티어링은 주로 제철, 의학, 석공술 분야에서 자국에 부족한 기술을 보충하기 위해 어쩔 수 없이 모트 이민자들을 받아들였다. 모트인들은 자신들의 작업에 높은 가격을 매겼고, 티어링 마을 주변에는, 특히 좀 더 관대한 남쪽에는 다수의 모트인들이 살고 있었다. 하지만 열린 시각을 가졌다고 자부하는 칼린조차도 모트인을 전적으로 신뢰하지는 않았다. 칼린의 말에 따르면 모트의 가장 하층민조차도 세월이 흐르며 자연스럽게 갖게 된 정복자의 자부심, 거만함 같은 것이 있다고 했다.

하지만 안달리의 배경은 문제의 일부분일 뿐이었다. 이 여자는 노동자와 결혼해 아이를 우글우글 낳고 키우는 삶에 어울리지 않게 높은 교육을 받았다. 그녀에게는 불가사의한 분위기가 있었고, 켈시는 이 분위기가 안달리의 남편에게는 황소 앞에 붉은 깃발을 흔드는 격이었을 거라고 추측했다. 그녀는 대단히 고고해 보였다. 아이들 이야기를 할 때에만 따뜻한 감정이 드러났다. 물론 켈시는 메이스의 판단을 믿어야 했다. 그가 없었으면 그녀는 이미 죽었을 테니까. 하지만 왜 그는 이 여자를 골랐던 걸까?

"라자러스가 그대를 내 담당 시녀로 골랐어. 그대도 거기에 동의해?"

"제 막내 아이가 아프거나 다른 아이들과 잘 어울리지 못할 때 특별히 대처해주신다면요."

"물론이지."

안달리가 그 끔찍한 화장대 쪽으로 손짓했다.

"제 자격으로 말씀드리자면, 레이디—"

켈시가 손을 흔들어 말을 끊었다.

"그대가 할 수 있다고 한다면 할 수 있는 거겠지. 내가 안달리라고 불러도 될까?"

"달리 뭐라고 부르시려고요, 레이디?"

"궁중의 많은 여자들이 직위 같은 걸 갖고 싶어 한다고 하던데. 시녀장이라든지 뭐 그런 거 말이지."

"저는 궁중의 여자가 아닙니다. 제 이름이면 족합니다."

"그렇군. 나도 내 직위를 그렇게 쉽게 떼어버릴 수 있으면 얼마나 좋을까."

켈시가 우울하게 웃었다.

"단순한 사람들에게는 상징이 필요합니다, 레이디."

켈시는 그녀를 빤히 보았다. 칼린도 같은 이야기를 몇 번 했었다. 드디어 영원히 교실에서 해방되었다고 생각했는데 그 말을 다시 들으니 영 불쾌하게 느껴졌다.

"내가 좀 기분 나쁠 수도 있는 질문을 해도 될까?"

"물론입니다."

"딸이 모트메인으로 실려 가기로 되어 있던 날 전날 밤에는 뭘 했지?"

안달리가 입술을 오므렸고, 다시금 켈시는 다른 주제에서는 느낄 수 없었던 강렬한 감정을 느꼈다.

"저는 독실한 사람은 아닙니다, 레이디. 이게 레이디께 불쾌하다면 죄송합니다만, 저는 신을 믿지 않고 교회는 더더욱 믿지 않습니다. 하지만 이틀 전 밤에 저는 제 인생에서 가장 기도에 가까운 것을 했습니다. 온갖 끔찍한 환상을 보았으니까요. 제 아이가 죽음을 맞이하고, 저에게 그걸 막을 힘이 없는 환상을요."

안달리가 깊게 숨을 들이켠 다음 말을 이었다.

"물론 그 애는 오래 지나지 않아 죽었을 겁니다. 여자아이들이 남자아이들보다 훨씬 빨리 죽으니까요. 나이가 찰 때까지 비천한 잡일을 하다가 그 다음에는 몸을 팔게 되겠죠. 그나마 그것도 도착하자마자 아동 성폭행범에게 팔리지 않은 운 좋은 경우의 이야기입니다. 모트메인에선 많은 것들을 용인해주니까요."

안달리가 우울하고 괴로움에 찬 미소를 지었다.

켈시는 대답을 해보려고 했지만 안달리의 갑작스러운 분노를 보며 대답은커녕 움직일 수조차 없었다.

"제 남편 보언은 애를 보내야 한다고 했죠. 거기에 관해서 굉장히…… 강압적이었어요. 전 도망칠 생각이었지만 그 사람을 과소평가했죠. 그는 절 알아요. 그래서 제가 자는 사이에 글리를 친구 집에 맡겨놨던 거예요. 전 일어나서 애가 사라진 걸 깨달았고, 어디를 봐도 애의 시체밖에 보이지 않았어요……. 빨갰어요. 전부 다 빨갰죠."

켈시가 자리에서 벌떡 일어났다가 마치 저려서 그런 것처럼 다리를 풀었다. 안달리는 알아채지 못한 것 같았다. 그녀의 손이 뭔가를 할퀼 것처럼 구부러졌고, 손톱 세 개가 바싹 깎여 있는 게 켈시의 눈에 들어왔다.

"몇 시간이나 절망하고 있다가 결국에 저는 제가 떠올릴 수 있는 모든 신들에게 도움을 애걸했습니다, 레이디. 그걸 정말 기도라고 할 수 있을지는 모르겠어요. 저는 당시에도 신의 존재를 믿지 않았고 지금도 마찬가지이니까요. 하지만 제가 아는 모든 것들에게, 심지어 밝은 대낮에 입에 올릴 수도 없는 것들에게까지 도와달라고 빌었습니다.

왕궁 잔디밭으로 가 보니 저희 글리는 이미 우리에 들어가서 제 손이 닿지 않는 곳에 있더군요. 제가 그다음에 생각한 것은 선적이 끝난 후에 나머지 아이들을 데리고 떠나는 거였습니다. 하지만 그 전에 우선 제 남편을 죽일 생각이었어요. 그가 죽는 수십 가지 장면을 생각하고 있을 때, 레이디의 목소리가 들렸습니다."

안달리가 경고도 없이 일어섰다.

"폐하께서는 아마 목욕을 하신 후에 옷을 입고 식사를 하셔야겠지요?"

켈시는 말없이 고개를 끄덕였다.

"제가 처리하겠습니다."

문이 닫히자 켈시는 떨리는 숨을 내쉬고 소름이 돋은 팔을 문질렀다. 마치 복수심 가득한 유령과 한방에 있었던 것 같은 기분이었고, 안달리가 나간 후에도 한참이나 그 눈길이 느껴지는 것만 같았다.

"그 여자가 모트 혼혈이라는 이야기를 하던가요?"

"했습니다."

"그게 전혀 신경 쓰이지 않았어요?"

"다른 사람에게는 걱정거리가 되었을지도 모르겠습니다."

"그게 무슨 뜻이죠?"

메이스는 팔뚝에 차고 있는 단검을 만지작거렸다.

"저는 몇 가지 재능밖에 없습니다만, 레이디, 그것들은 기묘하고 아주 강력합니다. 이 사람들의 가슴 깊은 곳에 폐하께 위험이 될 만한 것이 손톱만큼이라도 있었다면 제가 그걸 알아챘을 거고, 그랬으면 이들은 여기 오지 못했을 겁니다."

"그 여자가 나한테 위험한 인물이 아니라는 건 동의해요. 지금은요. 하지만 될 수도 있어요, 라자러스. 자기 아이들을 위협하는 사람에게는 분명히 위험인물이 될 거예요."

"아, 하지만 레이디, 레이디께서는 그녀의 막내의 목숨을 구하셨습니다. 이제 *레이디*를 위협하는 사람은 누가 되었든 그녀의 맹렬한 분노를 맛보게 될 겁니다."

"그 여자는 냉정해요, 라자러스. 자기 아이들을 돌봐준다는 전제하에서만 내 시중을 들 거예요."

메이스는 그 말을 잠깐 생각해본 다음 어깨를 으쓱였다.

"죄송합니다, 레이디. 저는 레이디께서 틀렸다고 생각합니다. 그리고 설령 레이디께서 옳다 해도 현재로서는 레이디께서 아이들이 그 돼먹지 못한 남편과 있는 것보다, 혹은 그 여자 혼자 돌보는 것보다 훨씬 잘 돌봐주고 계십니다. 왜 암울한 생각만 하시는 겁니까?"

"만약에 안달리가 나한테 위험인물이 된다면 그대가 알까요?"

메이스는 고개를 끄덕였다. 수년에 걸친 확신이 담긴 그 동작에 켈시는 그 문제를 덮어두기로 했다.

"대관식 준비는 다 됐나요?"

"섭정은 레이디께서 자신을 만나러 올 거라는 걸 알고 있습니다. 하지만 저는 시간을 지정하지는 않았습니다. 섭정에게 일을 너무 쉽게 만들어줄 마음은 없으니까요."

"외삼촌이 날 죽이려고 할까요?"

"그럴 겁니다, 레이디. 섭정에겐 영리한 구석이라고는 한 군데도 없으니 레이디가 즉위하지 못하도록 뭐든 하려고 할 겁니다."

켈시는 거울로 목을 살펴보았다. 메이스가 상처를 다시 꿰매줬지만 그의 바늘땀은 페치가 했던 것만큼 깔끔하지 않았다. 눈에 띄는 흉터가 남을 것이다.

안달리가 바닥까지 내려오는 평범한 검은색 벨벳 드레스를 찾아냈다. 켈시는 소매 없는 드레스가 유행인가 보다고 생각했다. 도시에서 본 많은 여자들이 맨팔을 드러내고 있었기 때문이었다. 하지만 켈시는 자신의 팔을 드러내는 게 마뜩지 않았고, 말하지 않아도 안달리는 그것을 이해한 것 같았다. 드레스의 느슨한 소매가 켈시의 팔을 가려주는 한편 목선은 적당히 낮아서 맨살 위로 사파이어가 보일 정도였다. 안달리는 켈시의 숱 많고 묵직한 머리에 놀라운 기술을 발휘해서 땋고 말아 올려 고정시켰다. 그녀는 유능함의 화신 같았지만, 그래도 검은색 드레스가 모든 결점을 가려주지는 못했다. 켈시는 거울로 잠시 자신을 보며 좀 더 자신감을 가져보려고 노력했다. 그녀의 선대 몇 명, 그녀의 증조할머니나 고조할머니 같은 분들은 아름다운 여왕으로 유명했고, 그들에서부터 랠리가 여자들의 미모가 전해 온 거였다. 머릿속에 페치의 얼굴이 떠오르자 켈시는 거울에 비친 자신을 보며 우울하게 웃고 돌아서서 어깨를 으쓱였다.

나한테는 외모 이상의 것이 있어.

"가능한 한 빨리 모트 조약서를 봐야겠어요."

"여기 어디 하나가 있을 겁니다."

그의 목소리에서 불만스러운 기색이 느껴지는 것 같았다.

"내가 어제 잘못된 일을 했나요?"

"옳고 그른 것은 의미 없는 것입니다, 레이디. 이미 끝난 일이고 이제 저희들 모두가 그 결과를 마주해야겠지요. 선적 기간은 이레입니다. 빨리 뭔가 결정을 내리셔야 할 겁니다."

"우선은 조약을 읽어봐야겠어요. 뭔가 허점이 있을 거예요."

메이스가 고개를 흔들었다.

"그런 게 있었다면, 레이디, 다른 사람이 이미 발견했을 겁니다."

"내가 알아야 한다고 생각하지 않았나요, 라자러스? 왜 나한테 알려주지 않았던 거죠?"

"생각해보십시오, 레이디. 레이디의 양부모조차 평생 그것을 비밀로 했는데 어떻게 저희들이 그런 이야기를 하겠습니까? 저희 이야기를 믿지 않으셨을지도 모릅니다. 레이디께서 직접 보시는 게 나을 것 같았습니다."

"난 이 시스템, 이 추첨 방식을 파악해야겠어요. 어제 잔디밭에서 일을 총괄하고 있던 그 남자는 누구였어요?"

"아렌 소른입니다. 인구조사부 감독관이죠."

메이스가 인상을 찌푸리고 말했다.

"인구조사라는 건 그냥 사람 수를 세는 거잖아요."

"이 나라에서는 그렇지 않습니다, 레이디. 인구조사부는 레이디의 정부에서 강력한 한 팔 노릇을 하고 있습니다. 추첨에서 이송까지 선적에 관련된 모든 일을 통제하죠."

"이 아렌 소른이라는 자가 어떻게 그 자리에 앉게 된 거죠?"

"대단히 영리하게 행동해서요. 한번은 거의 저를 속여먹을 뻔하기도 했습니다."

"그럴 리가 있겠어요?"

메이스가 아니라고 말하려다가 거울로 켈시의 얼굴을 보았다.

"재미있으신가 보군요, 폐하."

"그대는 한 번도 실수해본 적이 없나요?"

"실수하는 자는 거의 살아남지 못합니다, 레이디."

그녀가 거울에서 고개를 돌렸다.

"어떻게 지금 같은 성격이 된 거죠, 라자러스?"

"저희 관계를 착각하지 마십시오, 레이디. 저는 레이디의 고용인입니다. 레이디께 비밀을 털어놓지는 않습니다."

켈시는 철저하게 거부당한 기분으로 시선을 내렸다. 꼭 바티와 이야기를 하는 것 같아서 잠깐 동안 그가 누군지 잊고 있었다. 메이스가 펜의 가슴 갑옷을 들어 올리자 그녀는 고개를 흔들었다.

"싫어요."

"레이디, 이걸 입으셔야 합니다."

"오늘은 아니에요, 라자러스. 안 좋은 인상을 줄 거라고요."

"레이디의 시체도 마찬가지죠."

"펜이 갑옷을 돌려받아야 하지 않나요?"

"다른 갑옷이 더 있습니다."

"그건 안 입을 거예요."

메이스가 냉정하게 그녀를 쳐다보았다.

"레이디께선 어린애가 아니십니다. 어린애처럼 행동하지 마십시오."

"그러면 어쩔 건데요?"

"그러면 여기로 근위병들을 더 불러서 레이디를 붙잡게 한 다음 제가 강제로 이 갑옷을 입힐 겁니다. 정말로 그걸 바라십니까?"

켈시도 그가 옳다는 걸 알았다. 왜 자신이 반항을 하는 건지 알 수가 없었다. 그녀는 정말로 어린애처럼 행동하고 있었다. 문득 오두막에서 방 청소 문제를 놓고 칼린과 비슷한 싸움을 했던 게 생각났다.

"난 지시를 얌전히 받아들이는 편이 아니에요. 라자러스. 한 번도 그런 적이 없어요."

"압니다. 팔 들어 올리십시오."

메이스가 다시 갑옷을 흔들었다. 그의 표정은 준엄했다.

켈시는 인상을 찌푸리고 팔을 들어 올렸다.

"빨리 내 전용 갑옷을 만들어야겠어요. 이러다가는 가슴이 완전히 납작해져서 남자로 오해받는 여왕이 될걸요."

메이스가 씩 웃었다.

"이 나라에서 왕으로 오해받았던 여왕이 레이디가 처음은 아닙니다."

"신께서 나에게 눈곱만큼이긴 해도 여성미를 내려주셨으니 웬만하면 그건 지키고 싶어요."

"나중에 레이디께 무술감독관인 베너와 펠을 소개해드리죠. 여성용 갑옷이라는 건 기묘한 주문이긴 합니다만, 그 친구들이 만들 수 있을 겁니다. 자기 일에 뛰어난 친구들이니까요. 그때까지는 여왕동에서 나갈 일이 있으면 항상 펜의 갑옷을 입으셔야 합니다."

"멋지군요."

켈시는 그가 팔 둘레로 끈을 조이자 숨을 들이켰다.

"게다가 등도 보호가 안 되는걸요."

"등은 제가 보호해드리겠습니다."

"여왕동에 사람이 몇 명이나 있죠?"

"총 스물네 명입니다, 레이디. 여왕의 근위병 열세 명, 여자 세 명, 그리고 그들의 아이들 일곱 명요. 그리고 물론 제일 중요하신 레이디 본인이 계시고요."

"망할."

켈시가 중얼거렸다. 페치의 포커 게임을 할 때 그 말을 들었고, 이렇게 쓰는 게 맞는 건지 잘은 모르겠지만 지금 기분에 완벽하게 들어맞는 것 같았다.

"여기서 사람들이 얼마나 많이 지낼 수 있죠?"

"꽤 많이 지낼 수 있고, 그렇게 될 겁니다. 근위병 중 세 명은 가족들이 안전가옥에 있습니다. 저희들이 자리를 잡는 대로 한 명씩 보내 가족들을 데려오게 할 겁니다."

켈시는 몸을 돌려 다시 어머니의 책장을 쳐다보았다. 매 순간 그게 신경 쓰였다. 책장은 비어 있어서는 안 되는 거다.

"도시 내에 도서관이 있나요?"

"네?"

"도서관요. 공립 도서관."

메이스가 멍한 표정으로 그녀를 보았다.

"책 말인가요?"

"네, 책요."

"레이디."

메이스가 어린애한테 말하는 것처럼 천천히, 인내심이 깃든 어조로 말했다.

"이 나라에는 정착 시대 이래로 출판업이라는 게 존재했던 적이 없습니다."

"알아요. 내가 물어본 건 그게 아니에요. 도서관이 있는지를 물어본 거죠."

켈시가 쏘아붙였다.

"책은 구하기 어려운 물건입니다, 레이디. 기껏해야 호기심의 대상일 뿐이고요. 누가 도서관을 만들 정도로 많은 책을 갖고 있겠습니까?"

"귀족들요. 분명히 몇 명 정도는 아직까지 책을 사들이고 있겠죠."

메이스가 어깨를 으쓱였다.

"그런 얘기는 들어본 적이 없습니다. 하지만 설령 책을 사들인다 해도 대중에게 내놓지는 않을 겁니다."

"왜죠?"

"레이디, 귀족의 정원에서 하등 쓸모없는 잡초 한 포기라도 뽑았다가는 도둑놈 소리를 들으며 끌려갑니다. 대부분의 귀족들은 책이 있다 해도 읽지 않을 게 분명하지만, 그렇다고 해서 그걸 그냥 내놓지도 않을 겁니다."

"암시장에서 책을 살 수는 없나요?"

"누가 그걸 거래할 만큼 가치 있다고 생각한다면야 물론 가능합니다, 레이디. 하지만 책은 밀거래 품목이 아닙니다. 암시장에서는 가치 있는 금지 품들을 거래합니다. 티어링 암시장에서 거래하는 건 모트메인산 고급 무기, 성매매, 희귀 동물, 마약……."

켈시는 암시장이 돌아가는 방식에는 관심이 없었다. 모든 사회에서 암시장이란 항상 똑같으니까. 그녀는 메이스가 계속 얘기하게 놔두고서 시무룩하게 텅 빈 책장을 보며 칼린의 서재를 떠올렸다. 세 개의 긴 벽 가득 가죽 장정 책들이 꽂혀 있었다. 왼쪽에는 논픽션, 오른쪽에는 소설의 순서로. 앞쪽 창문으로 오후 초반까지 계속 햇빛이 들어왔고, 켈시는 일요일 아침이면 햇빛이 비치는 자리에 웅크리고 앉아서 책을 읽는 걸 좋아했다. 그녀가 여덟 살이나 아홉 살쯤 되었던 어느 크리스마스에 아래층으로 내려오니 바티의 선물이 있었다. 햇빛이 드는 위치에 커다란 붙박이 의자가 있었던 것이다. 푹신한 방석이 놓인 의자의 왼쪽 팔걸이에는 "켈시 자리"라는 글자도 새겨져 있었다. 그 의자가 불러일으킨 행복한 추억이 선명하게 떠올랐다. 부엌에서 굽던 시나몬 빵 냄새가 느껴지고 오두막 주위로 아침마다 시끄럽게 울어대던 찌르레기 소리도 들리는 것 같았다.

바티. 그를 생각하자 눈에 눈물이 고였다. 하지만 메이스에게는 절대로 보여서는 안 될 것 같았다. 그녀는 눈물이 흘러내리지 않도록 눈을 커다랗게 뜨고 단호하게 빈 책장을 바라보며 열심히 생각했다. 칼린은 어떻게 그 많은 책들을 구했던 걸까? 종이책은 크로싱 한참 전부터 귀한 물건이었다. 전자책으로의 변화 때문에 출판산업이 고사했고, 크로싱 이전 20년 동안 수많은 종이책들이 망가졌다. 칼린의 말에 따르면 윌리엄 티어는 자신의 유토피아 주민들에게 각자 책을 열 권씩만 가져올 수 있게 했다. 2000명의 사람들이 각자 열 권씩 가져오면 2만 권인데, 칼린의 책장에 현재 최소한 2000권은 있을 것이다. 켈시는 평생 칼린의 서재를 바로 옆에 두고 살며, 책이 없는 세상에서 그게 얼마나 가치 있는지 모른 채 당연하게 여겼었다. 무뢰한들이 오두막에 들어가서 책을 다 망가뜨릴 수도 있고, 아이들이 장작거리를 찾아 집어갈 수도 있다. 그게 처음 영국−미국 크로싱 때 대부분의 책들이 맞이한 운명이었다. 다급한 사람들이 연료 대용으로, 혹은 따뜻해지기 위해서 책을 태웠던 것이다. 켈시는 언제나 칼린의 서재가 한 세트로 절대로 움직일 수 없는 거라고 생각하곤 했지만, 그렇지 않았다. 책은 옮길 수 있다.

"바티와 칼린의 오두막에 있던 책들을 전부 다 여기로 가져왔으면 좋겠어요."

메이스가 눈을 굴렸다.

"안 됩니다."

"일주일, 비가 오면 이주일 정도면 될 거예요."

그가 무거운 강철 갑옷을 그녀의 팔뚝에 마저 채웠다.

"케이든이 수일 전에 그 오두막을 불태웠을 겁니다. 레이디께는 충성스러운 부하가 몇 명 되지 않습니다. 정말로 그런 쓸데없는 일 때문에 부하들을 내보내실 생각입니까?"

"우리 엄마의 나라에선 책이 쓸데없는 거였는지 몰라도 내 나라에서는 그렇지 않을 거예요, 라자러스. 내 말 알겠어요?"

"레이디께서 어리고 지나치게 앞서가신다는 건 알겠습니다. 한 번에 모든 걸 다 하실 수는 없습니다. 힘이 분산되면 그대로 바람 속에서 다 날아가버리는 수가 있습니다."

그 말에 반박할 수가 없어서 켈시는 거울로 몸을 돌렸다. 오두막을 떠올리자 바티가 거의 수십 년 전처럼 느껴지는 일주일 전에 했던 다른 말이 떠올랐다.

"내 음식은 어디서 조리되죠?"

"음식은 안전합니다, 레이디. 캐롤은 왕궁 부엌을 신뢰하지 않았기 때문에 바로 저기에 특별히 부엌을 만들어두었습니다."

메이스가 문 쪽을 가리켰다.

"저희가 데려온 여자 중에 밀라라는 조그만 여자가 있습니다. 그녀가 오늘 아침에 모두를 위해 아침을 준비했습니다."

"맛있는 아침이었어요."

켈시가 말했다. 정말로 맛있었다……. 구운 케이크와 일종의 크림을 얹은 여러 가지 과일. 켈시는 최소한 2인분은 먹었다.

"밀라가 이미 부엌을 자기 영역으로 선포했습니다. 진심으로요. 저는 그녀의 허락 없이 감히 거기 들어가지도 못합니다."

"음식 재료들은 어디서 오는 거죠?"

"걱정 마십시오. 안전하니까요."

"여자들이 겁을 먹은 것 같던가요?"

메이스가 고개를 흔들었다.

"아이들 때문에 약간 걱정은 하는 것 같습니다. 아기들 중 하나가 토하고 아팠거든요. 하지만 이미 의사를 보냈습니다."

"의사요?"

켈시가 놀라서 물었다.

"도시에서 영업하는 모트인 의사 두 명을 압니다. 한 명은 예전에도 써본 적이 있고요. 욕심은 많지만 거짓말은 하지 않습니다."

"왜 두 명밖에 없죠?"

"더 둘 여력이 없으니까요. 모트인 의사 이민자는 굉장히 드물고, 그들이 부르는 가격이 워낙 어마어마해서 감당할 수 있는 사람이 거의 없습니다."

"볼튼은 어때요? 르위스턴은요?"

"볼튼에는 제가 알기로는 한 명이 있습니다. 르위스턴에는 아마 전혀 없을 겁니다."

"모트메인에서 의사들을 더 데려올 만한 방법이 있을까요?"

"별로 없을 겁니다, 레이디. 붉은 여왕이 변절을 막고는 있어도 오려는 사람들이 가끔 있습니다. 하지만 전문직업인들은 모트메인에서 편안한 삶을 살고 있습니다. 아주 욕심 많은 자들만이 티어링으로 오죠."

"의사가 둘뿐이라니. 할 일이 정말 많군요, 안 그런가요? 어디서부터 시작해야 할지조차 모르겠어요."

"왕관을 쓰시는 것부터 시작하시죠."

메이스가 팔의 마지막 끈을 조인 다음 물러서서 말했다.

"다 됐습니다. 가시죠."

켈시는 깊게 숨을 들이켜고 그를 따라 문을 나왔다. 나와보니 거기도 커다란 방이었다. 끝에서 끝까지 60미터 정도 되고, 어머니의 방처럼 천장이 높았다. 바닥과 벽은 왕궁 외벽과 똑같은 회색 돌 블록으로 되어 있었다. 창문은 없고, 유일한 빛은 벽의 받침대에 걸려 있는 횃불에서 나오는 것뿐이었다. 방의 왼쪽 벽으로 50미터 정도 이어지는 복도가 있고 그 끝에 또 다른 문이 있었다.

"사람들 숙소입니다, 레이디."

메이스가 옆에서 중얼거렸다.

그녀의 오른쪽으로는 벽이 트여 있어서 부엌이 보였다. 팬을 씻느라 덜그럭거리는 소리가 들렸다. 캐롤의 아이디어라고 메이스가 말했고, 과연 훌륭했다. 바티의 말에 따르면 10층 아래 있는 왕궁 부엌에는 서른 명이 넘는 일꾼들이 있고 출입구도 여러 개라고 했다. 그런 곳을 안전하게 만들 수 있는 방법은 전혀 없다.

"캐롤은 죽었을 거라고 생각해요?"

"예."

메이스의 얼굴에 잠깐 그림자가 스쳐 갔다.

"그는 언제나 레이디를 모셔오다가 죽을 거라고 했었죠. 저는 그 말을 믿지 않았습니다."

"그의 부인과 아이들요. 그 공터에서 난 약속했었어요."

"나중에 걱정하십시오, 레이디."

메이스가 몸을 돌려 벽에 서 있던 근위병들에게 명령을 내리기 시작했다. 더 많은 근위병들이 복도 끝의 숙소에서 나왔다. 남자들이 켈시를 완전히 둘러싸서 그녀의 눈에 보이는 거라고는 갑옷과 어깨뿐이었다. 대부분의 근위병들이 최근에 씻은 것 같았지만 그래도 남자 냄새와 말 냄새, 사향내,

땀 냄새가 강하게 풍겨서 켈시는 잘못된 곳에 있는 것 같은 기분이었다. 바티와 칼린의 오두막에서는 언제나 칼린이 가장 좋아하는 향기인 라벤더 향이 났었다. 그 냄새가 질리도록 싫었지만, 그래도 그걸 맡으면 자신이 어디 있는지를 알 수 있었는데.

먼이 그녀의 등 뒤로 바짝 붙어 공간이 더 좁아졌다. 켈시는 그에게 인사를 할까 하다가 그러지 않기로 했다. 먼은 며칠쯤 못 잔 것처럼 창백하고 눈가가 붉었다. 그녀의 오른쪽으로는 붉은 수염 아래로 단호하고 공격적인 표정을 한 다이어가 있었다. 펜은 그녀의 왼쪽에 있었고, 켈시는 그가 다치지 않았다는 사실에 안도해서 미소를 지었다.

"안녕, 펜."

"레이디."

"말 빌려준 거 고마워요. 가능한 한 빨리 갑옷도 돌려줄게요."

"가지십시오, 레이디. 어제 그걸 입고 계셔서 다행이었습니다."

"안 입었어도 별로 큰 차이는 없었을 거예요. 나 스스로 암울한 운명으로 뛰어든 거니까요."

"레이디께서 저희들 모두를 끌고 암울한 운명으로 뛰어드셨죠."

다이어가 중얼거렸다.

"그만하시죠, 다이어."

펜이 쏘아붙였다.

"너나 입 다물지, 꼬맹이. 선적이 도착하지 않은 걸 보자마자 모트군이 움직이기 시작할 거야. 너도 완전 망한 거야."

"우리 모두 망했지."

엘스턴이 그녀의 뒤에서 말했다. 그의 목소리는 부러진 잇새로 웅얼거리듯이 흘러나왔지만, 이제는 알아듣기가 그리 어렵지 않았다. 그가 말을 이었다.

"다이어의 말을 귀담아듣지 마세요, 레이디. 저희들 모두 이 나라가 수년 동안 진창으로 빠져드는 걸 봐왔습니다. 이 나라를 구하기엔 레이디께서 너무 늦게 오셨을지도 모르겠지만, 어쨌든 빠지는 걸 막는 건 좋은 일이죠."

"맞아."

누군가가 그녀의 뒤에서 동의했다. 켈시는 얼굴을 붉혔지만 근위병들을 밀어내고서 그녀의 오른편에 자리를 잡는 메이스 덕에 대답은 하지 않을 수 있었다.

"정신들 차려, 모두. 내가 뚫고 들어올 수 있다면 다른 사람도 할 수 있을 거다."

그가 으르렁거렸다.

대형 홀까지의 길은 횃불만 켜져 있는 낮은 회색 복도를 따라가는 고난의 여정이었다. 켈시는 메이스가 둘러 가는 길을 고른 게 아닐까 싶었지만 어쨌든 끝없는 복도와 계단, 터널에 조금 기가 질렸다. 어딘가에 왕궁 지도가 있지 않으면 그녀는 자신의 건물 밖으로 한 발도 나오지 못할 것이다.

그들은 하얀 옷에 후드를 이마 아래까지 푹 눌러쓴 수많은 남자와 여자들을 지나쳤다. 칼린의 설명을 통해 켈시는 이들이 왕궁의 시종들일 거라고 짐작했다. 왕궁에는 전담 하녀들과 배관공들이 있었지만 그 외에도 쓸데없는 일꾼들이 넘쳐났다. 바텐더, 미용사, 안마사. 이들 전부가 왕실의 임금 대장에 올라 있었다. 왕궁의 하인들은 필요 없을 때에는 눈에 띄지 않아야 하기 때문에 켈시가 가는 데 걸리적거리지 않으려고 벽에 바싹 달라붙었다. 하인을 스무 명쯤 지나친 다음 켈시는 슬슬 성질이 치밀기 시작하는 것을 느꼈다. 뺨 안쪽을 아무리 깨물어도 성질을 억누를 수가 없었다. 지난 20년 동안 그녀의 금고가 이런 식으로 새고 있었던 것이다. 사치와 우리에!

마침내 그들은 작은 대기실을 지나 참나무로 만들어진 커다란 양여닫이문으로 걸어갔다. 티어링산 참나무는 아닌 것 같았다. 조직이 굉장히 고르고, 문에 별자리 같은 섬세한 조각이 가득 새겨져 있었다. 티어링 참나무에는 조각이 그렇게 잘되지 않았다. 켈시가 어렸을 때 칼로 나무를 깎아 보려고 한 적이 있었는데, 나무가 조각조각 부서졌었다. 문을 좀 더 자세히 보고 싶었지만 시간이 없었다. 그녀가 다가가자 마치 마술처럼 문이 열렸고 근위병들이 그녀를 문으로 거의 밀다시피 움직였다.

그녀의 왼쪽에서 포고관이 외쳤다.

"왕위 후계자이신 공주마마이십니다!"

켈시는 인상을 찡그렸으나 금세 다른 것에 집중했다. 그녀는 상상도 하지 못했던 커다란 방에 있었다. 천장은 높이가 최소한 60미터쯤 되는 것 같았고 맞은편 벽이 하도 멀어서 거기 서 있는 사람들의 얼굴도 제대로 보이지 않았다. 바닥은 하나하나가 1제곱미터 정도 되어 보이는 거대한 짙은 빨간색 석조 타일로 짜 맞춰져 있었으며 카다르산 대리석임이 분명한 육중한 하얀색 기둥이 방 안 군데군데 서 있었다. 천장으로 햇빛이 여러 군데서 들어와서 밝은 햇빛이 드문드문 막대처럼 뻗어 바닥까지 닿은 게 보였다. 횃불이 밝혀진 그 거대한 방에 군데군데 햇빛이 무작위로 흩어져 있는 모습은 기괴했다. 켈시는 근위병들과 그 햇살 아래를 지나가며 마치 햇빛이 팔을 태우는 것 같은 느낌을 받았으나 그 느낌은 금세 사라졌다.

그들이 통로를 걸어가는 동안 나는 부스럭거리는 소리와 금속 부딪치는 소리를 제외하면 그 거대한 방은 고요했다. 켈시의 방어벽에 살짝 틈이 생겨서 줄지어 선, 아마도 귀족인 것 같은 군중들이 보였다. 대부분 진홍색과 검은색, 감청색으로 된 두꺼운 벨벳 옷차림이었다. 벨벳은 칼레 특산물이었고 모트의 무역통제를 뚫지 않고서는 구할 방법이 없었다. 이 사람들이 전부 다 모트메인과 거래를 하는 건가?

어디를 보아도 남자와 여자들의 얼굴이 전부 다 화장으로 뒤덮여 있었다. 검게 섀도를 칠한 눈, 선을 그리고 색을 입힌 입술, 심지어 어떤 귀족 남자는 피부에 분까지 바른 것 같았다. 상당수의 사람들이 여러 시간 걸렸을 것 같은 복잡한 머리 모양을 하고 있었다. 어떤 여자는 머리를 커다란 나선형으로 만들어놓았다. 물고기가 뛰어올랐다가 떨어지는 모양처럼 머리가 한쪽 옆에서 올라갔다가 반대편 옆으로 내려오는 모양새였다. 그 커다란 머리 모양 위에는 문외한인 켈시의 눈으로 봐도 굉장히 아름다운 금속 공예품 같은 자수정 박힌 은제 티아라가 고정되어 있었다. 하지만 여자의 얼굴은 자신의 머리 모양을 비롯해 눈에 들어오는 모든 것을 불쾌하게 여길 준비라도 된 것처럼 찡그린 표정이었다.

켈시의 목에서 웃음이 부글부글 솟아올랐다. 분노의 어두운 구덩이에서 솟아오르는 그런 웃음이었다. 심지어 이 귀족 여인의 머리 모양이 이 사람들 사이에서 가장 우스꽝스러운 것도 아니었다. 사방에 모자가 보였다. 넓은 챙이 달리고 꼭대기가 뾰족한 온갖 색깔의 커다랗고 과시적인 모자들. 대부분이 보석이나 금장식이 달려 있고 깃털까지 꽂혀 있었다. 몇 개의 모자에는 암시장에서만 구할 수 있는 또 다른 사치품인 카다르산 공작 깃털이 꽂혀 있기도 했다. 너무 커서 사람 그 자체보다 더 넓은 자리를 차지하는 모자도 있었다. 켈시는 똑같이 파란 망토를 두르고 모자 때문에 거의 60센티미터는 떨어져 있는 남편과 아내를 발견했다. 그녀의 시선을 알아채고 부부가 미소를 띤 채 살짝 절을 했다. 켈시는 그들을 무시하고 몸을 돌렸다.

메이스의 눈이 그들의 머리 위 왼쪽 벽에 길게 나 있는 좁은 발코니로 향했다. 그의 시선을 따라가다가 켈시는 그 발코니에도 사람들이 가득하지만 거기 있는 건 귀족이 아니라는 사실을 깨달았다. 그들의 옷차림은 평범하고 어두운색이었고, 금장식도 드문드문 달려 있을 뿐이었다. 왕궁 출입권을 얻을 수 있을 정도로 중요하긴 하지만 1층에 들어올 만큼 부유하지는 않은 상인들임이 분명했다. 이 군중들 중에는 그녀가 앨먼트의 들판이나 왕궁 잔디밭에서 본 것 같은 해쓱한 사람이 한 명도 없었다.

수백 개의 눈이 그녀에게로 향했다. 켈시는 그 무게감을 느낄 수 있었지만, 그녀와 군중들 사이에는 수천 킬로미터쯤 거리가 있는 것 같았다. 엘리사 여왕도 이 거대한 방에서 혼자라고 느꼈을까? 하지만 켈시는 생각이 어머니와 관련된 것으로 향한다는 사실에 화가 나서 그 생각을 지워버렸다.

홀 끝에는 위로 솟은 커다란 연단이 있고 그 한가운데에 횃불처럼 번쩍거리는 왕좌가 있었다. 순은으로 만들어지고 팔걸이와 등받이, 발판까지 녹여 붙인 것처럼 매끄럽고 커다란 의자였다. 왕좌의 높은 아치형 등받이는 최소한 3미터 높이였고 크로싱 때의 여러 가지 장면들을 새겨놓았다. 뛰어난 작품이었지만 티어링 왕가의 수많은 유물들이 그렇듯이 아무도 누가 만든 것인지 몰랐고, 이제 왕좌는 오래전에 흘러간 시대를 말없이 상기시키는 물건일 뿐이었다.

그녀의 어머니가 돌아가신 이래로 아무도 이 왕좌에 앉아서는 안 되지만, 웬 남자가 거기 앉아 있는 것을 보고서 켈시는 놀라지 않았다. 그녀의 외삼촌은 검은 머리에 구불구불한 수염을 가진 땅딸막한 남자였다. 그런 수염은 도시로 오는 길에 여러 번 보았는데 보자마자 싫었다. 섭정은 켈시가 다가가는 동안 수염을 만지작거리며 검지손가락으로 계속 꼬았다. 그는 몸에 딱 붙어서 아무것도 감춰주지 못하는, 상하의가 하나로 된 보라색 옷을 입고 있었다. 얼굴은 창백하고 부었고, 눈은 움푹 들어갔으며, 커다란 코와 홀쭉한 뺨에 드러난 혈관에서 방탕의 흔적을 볼 수 있었다. 알코올중독이거나 그보다 더 비싼 취미의 흔적이겠지. 갑자기 켈시는 돈 드는 악덕이란 악덕은 외삼촌이 죄다 해봤을 거라는 사실을 본능적으로 깨달았다. 그는 한 손으로 수염을 쥐고 다른 손 손가락으로는 왕좌의 팔걸이를 툭툭 두드리며 무심한 눈으로 그녀를 보고 있었다. 교활하지만 용감한 사람은 아니라는 게 빤히 보였다. 이 남자가 수년 동안 그녀를 죽이려 했건만, 그녀는 그가 두렵지 않았다.

섭정의 발치에는 연단 제일 위 계단에 빨간 머리 여자가 꼼짝도 하지 않고 아무것도 보지 않고 앉아 있었다. 그 텅 빈 눈빛만 빼면 정말로 아름다운 여자였다. 여자의 얼굴은 완벽한 타원형으로 대칭이 정확하게 맞았고, 섬세하게 끝이 들린 코에 크고 관능적인 입술을 갖고 있었다. 여자가 입은 부드러운 파란색 거즈로 된 옷은 하도 얇아서 늘씬하면서도 풍만한 몸매를 거의 그대로 그려냈다. 거즈는 천을 밀어 올리고 있는 짙은 분홍색의 유두조차 가려주지 못했다. 켈시는 어떤 남자가 자기 여자에게 창녀처럼 옷을 입힐까 생각했고 그때 빨간 머리가 고개를 들었다. 켈시는 잇새로 헉하고 숨을 들이켰다. 여자의 목에는 목줄이, 그것도 아주 꽉 매여 있었다. 줄이 피부를 파고든 자리에 살이 붓고 벌겋게 자국이 남아 있었다. 줄의 다른 끝은 위로 올라가 연단 계단을 지나 섭정의 손에 놓여 있었다.

메이스의 명령에 켈시의 근위병들이 연단 바로 앞에서 멈추었다. 그녀의 외삼촌도 자신의 근위병들에게 둘러싸여 있었지만 딱 봐도 진짜 근위병과 용병 무리는 차이가 있었다. 외삼촌의 근위병들은 두툼하고 비실용적인 남색 제복을 입고 있었고 자세는 외삼촌과 똑같이 거만하고 느긋했다. 외삼촌과 눈이 마주쳤을 때 켈시는 그 역시 그녀와 똑같은 짙은 초록색에 아몬드형 눈을 갖고 있다는 사실에 좀 놀랐다. 진짜 혈육, 그녀에게 남은 유일한 혈육이었……. 그 생각에 켈시는 멈칫했다. 혈육이라는 게 의미가 있어야 할 것 같았다. 하지만 눈길이 줄에 묶여 바닥에 앉아 있는 여자에게로 돌아가자마자 켈시의 관자놀이에서 맥박이 쿵쿵 뛰기 시작했다. 이 남자를 혈육으로 바라지 않는다면 이 남자는 혈육이 아닌 거다, 그녀의 머릿속이 그렇게 주장했다. 그녀는 주먹에서 힘을 빼고 이성으로 자신을 통제하며 부드러운 목소리로 말했다.

"안녕하세요, 외삼촌. 저는 오늘 즉위를 하기 위해 왔습니다."

"어서 오시게, 공주. 물론 증거부터 봐야겠지."

외삼촌이 비음 섞인 목 졸린 소리로 대답했다.

켈시는 목걸이를 벗었다. 어제 왕궁 잔디밭에서 마음에 안 든다는 듯이 피부에 따끔거리며 달라붙는 느낌을 남기고 떨어지더니 오늘은 더 심했다. 은줄이 피부에 달라붙어 개미가 기어가는 것 같은 느낌을 남기고 떨어졌다. 그녀는 외삼촌이 볼 수 있도록 목걸이를 높이 들어 올렸다가 그가 고개를 끄덕이자 홀에 모여 있는 수많은 사람들 쪽으로 보여주었다.

"한 쌍의 다른 쪽 보석은 어디 있지?"

외삼촌이 물었다.

"그건 신경 쓰실 바가 아닙니다, 외삼촌. 저는 제가 갖고 있어야 할 보석을 갖고 있고, 그게 이 자리에 필요한 증거니까요."

그가 한 손을 흔들었다.

"그래, 그래. 낙인은?"

켈시는 이를 드러내고 미소를 지으며 드레스 소매를 걷어 팔뚝을 밝은 쪽으로 돌렸다. 화상 흉터는 횃불 빛 속에서는 그리 흉측해 보이지 않았지만, 어쨌든 뚜렷하게 드러났다. 누군가가 그녀의 팔뚝에 달군 칼을 댄 자국이었다. 잠깐 동안 켈시는 그 장면을 거의 눈으로 볼 수 있을 것 같았다. 어두운 방, 불길, 인생 처음으로 고통을 맛본 아기의 격한 비명 소리.

누가 나한테 이런 짓을 했을까? 누가 이런 짓을 할 수 있었던 걸까? 그녀는 궁금했다.

흉터를 보고 외삼촌은 긴장을 푸는 것 같았다. 안도감이 그의 어깨 위로 내려앉았다. 켈시는 그를 읽는 게 얼마나 쉬운지 깨닫고 좀 놀랐다. 그들이 혈육이라 그런 걸까? 아니, 단지 외삼촌이 대단히 단순하고 욕심 많고 게걸스러운 사람이기 때문이리라. 그는 설령 자기에게 이득이 된다고 해도 불확실한 것을 싫어했다.

"제 신분은 사실입니다. 이제 즉위를 해야겠습니다. 사제는 어디 있습니까?"

켈시가 선언했다.

"여기 있습니다, 레이디."

뒤에서 가느다랗고 떨리는 목소리가 들렸다. 켈시가 몸을 돌리자 예순 살쯤 되어 보이는 키가 크고 수척한 남자가 앞에 있는 기둥에서 몸을 떼고 다가왔다. 그는 장식이 없는 하얗고 헐렁한 로브를 입고 있었다. 성직자 계급에서 위로 올라가지 못한 평사제의 옷이었다. 얼굴은 금욕적이고 주름지고 창백했고, 머리와 눈썹은 마치 삶이 그에게서 색깔 그 자체를 빼내고 있는 것처럼 거의 색이 바래 하얗게 보이는 금발이었다. 그가 불안한 듯한 걸음으로 다가왔다.

"잘했어요, 라자러스."

켈시가 중얼거렸다. 사제가 켈시의 근위병들에게서 3미터쯤 떨어진 곳에 멈춰서 절을 했다.

"레이디, 저는 타일러 신부입니다. 레이디의 대관식을 집전하게 되어 영광입니다. 왕관은 어디 있습니까?"

"아, 그게 문제가 좀 있다네. 죽기 전에 누나는 왕관을 안전하게 숨겼거든. 아직까지 그게 어디 있는지 찾지를 못했어."

섭정이 대답했다.

"물론 그러시겠죠."

켈시는 화가 치미는 것을 느끼며 말했다. 이런 치졸한 협잡이 있을 거라고 예상했어야 했는데. 왕관은 상징적인 물건이긴 하지만 동시에 굉장히 중요했다. 머리 위에 화려한 보관을 쓰지 않고서 즉위한 왕에 대해서는 켈시도 들어본 적이 없을 정도니까. 외삼촌은 아마 왕관을 찾아 자기 머리에 쓰기 위해서 엄청나게 노력을 하긴 했을 것이다. 그런 그가 찾아내지 못했다면 앞으로도 찾을 가능성이 없다고 봐야겠지.

사제는 거의 울 것 같은 모습이었다. 그가 켈시와 섭정을 번갈아 보며 손을 비틀었다.

"음, 이거 어렵게 됐습니다, 폐하. 저는…… 전 왕관이 없이 어떻게 식을 집전할 수 있을지 모르겠습니다."

군중이 불안하게 움직이기 시작했다. 수많은 목소리가 나직하게 속삭이자 거대한 방 안에서 그 소리가 기묘하게 울렸다. 충동적으로 그녀가 사제 너머로 목을 길게 빼고 사람들을 훑어보았다. 그녀가 찾던 여자는 발견하기 어렵지 않았다. 그 나선형 머리가 주변 사람들보다 최소한 30센티미터는 위로 솟아 있었으니까.

"라자러스. 저 끔찍한 머리 모양을 한 여자요. 저 여자의 티아라를 가져와요."

메이스가 당황한 표정으로 군중을 훑었다.

"티아라가 뭡니까?"

"저 여자 머리에 있는 은제 관 말이에요. 동화 읽어본 적 없어요?"

메이스가 손가락을 튕겼다.

"코린. 레이디 앤드루스에게 왕가에서 배상을 해줄 거라고 말하게."

코린이 재빨리 계단을 내려갔고 켈시가 사제를 돌아보았다.

"진짜 왕관을 찾을 때까지 저거면 될까요, 신부님?"

타일러 신부는 고개를 끄덕였다. 그의 목울대가 긴장한 듯이 움직였다. 문득 자신이 자라면서 교리 공부를 했다는 것을, 열성 신자일 수도 있다는 걸 모든 사제들에게 알려줘야 한다는 생각이 켈시의 머리에 떠올랐다. 사제가 신중하게 한 걸음 다가오자 켈시는 진심으로 보이길 바라며 천천히 미소를 지었다.

"와주셔서 정말 영광입니다, 신부님."

"제가 영광이지요, 레이디."

사제가 대답했지만 그의 침착한 표정 아래로 불안한 표정이 스치는 게 보였다. 상급 사제들의 노여움을 두려워하는 걸까? 아배스의 힘에 관한 칼린의 경고가 다시금 떠올랐고, 켈시는 신뢰라고는 없는 상태로 창백한 남자를 보았다.

"어떻게 이런 짓을!"

여자가 소리를 질렀고 뒤이어 명료하게 뺨을 후려치는 소리가 들렸다. 켈시는 엘스턴과 다이어 사이로 난투극이 벌어지는 것을 보았다. 군중이 움직이자 코린이 새 둥지 같은 숱 많은 검은 머리에 손을 집어넣고 있는 모습이 잠깐 보였다가 다시 사라졌다.

엘스턴이 몸을 떨었고, 켈시가 올려다보니 그의 얼굴이 웃음을 참느라 시뻘게져 있었다. 그만 그런 게 아니었다. 그녀의 주위로 모두가 낮게 키득거리고 있었다. 그녀의 바로 뒤 왼쪽에 서 있는 먼은 내놓고 낄낄대고 있었고 그 덕택에 그의 창백한 얼굴에 혈색이 조금 돌아왔다. 심지어 메이스조차 이를 악물고는 있어도 입술이 계속 움찔거릴 정도였다. 켈시는 메이스가 웃는 걸 한 번도 본 적이 없었다. 하지만 잠시 후 그의 입술이 원래대로 돌아가고 그의 눈은 발코니를 다시 살폈다.

코린이 마침내 티아라를 손에 들고 군중 사이에서 빠져나왔다. 그는 라즈베리 덤불을 헤치고 나온 것 같은 모습이었다. 얼굴 한쪽에는 길고 흉측하게 긁힌 상처가 있고 반대편은 빨개진 데다 셔츠 소매는 찢어진 상태였다. 그의 뒤로 귀족 여자가 공들인 머리 모양이 엉망이 된 딱한 모습으로 문으로 향하는 게 보였다.

"음, 레이디 앤드루스의 지지는 잃으셨군요."

펜이 중얼거렸다.

"그런 여자는 필요 없어요. 그런 머리 모양을 한 사람은 아무도 필요하지 않아요."

켈시는 관자놀이가 갑작스러운 분노로 쿵쿵 뛰는 것을 느끼며 대답했다.

코린이 사제에게 티아라를 건네고 자기 자리인 켈시의 앞쪽으로 돌아왔다.

"최대한 빨리 끝내죠, 신부님. 신부님의 목숨을 계속 위험하게 만들기는 싫으니까요."

켈시의 말은 원했던 결과를 불러왔다. 타일러 신부가 창백해져서 어깨 너머로 걱정스러운 눈길을 던진 것이다. 켈시는 잠깐 그가 불쌍해지며 그가 얼마나 자주 아배스를 나와도 된다는 허락을 받는지 궁금해졌다. 칼린은 몇몇 신부들, 특히 어릴 때 교회에 들어간 신부들은 그 하얀 탑에서 평생을 산다고 이야기했었다.

이제 근위병들이 위치를 조금 바꾸어 켈시가 연단 아래쪽에 왕좌를 마주 보고 무릎을 꿇을 수 있게 자리를 내주었다. 돌바닥은 차갑고 울퉁불퉁해서 그녀의 무릎을 파고들었고, 그녀는 자신이 얼마나 오랫동안 무릎을 꿇고 있어야 하는지 궁금했다. 근위병들이 그녀를 둘러싸고 절반은 섭정과 그 근위병들 쪽을 보았고 나머지 절반은 군중을 응시했다. 타일러 신부는 코린이 허락해주는 가장 가까운 거리, 약 1.5미터 정도 거리까지 다가왔다.

펜이 그녀의 오른쪽 바로 뒤에 서 있었고 메이스가 그의 옆에 있었다. 켈시가 몸을 돌려 메이스를 보니 그는 한 손으로 검을 들고 다른 손에 철퇴를 들고 있었다. 철퇴 머리에는 여전히 피가 말라붙어 있었다. 메이스의 표정은 위험스럽게 고요했다. 죽음이 대단히 익숙하고 편안해서 어서 눈앞에 나타나주기를 바라고 있는 그런 남자의 표정. 하지만 나머지 근위병들은 바싹 긴장해서 절반쯤은 군중 속에서 여자가 재채기를 하자 칼을 뽑을 정도였다.

케시의 사파이어가 피부 위에서 달아오르기 시작했고 그녀는 가슴을 내려다보고 싶은 충동을 억눌렀다. 왕궁 잔디밭에서 보석이 뜨겁게 타올랐었지만 오늘 아침에 피부를 보니 그 흔적은 조금도 남아 있지 않았다. 사파이어에 관해 의문이 굉장히 많았지만 보석이 주는 힘이 그녀의 의문이나 경이감보다 훨씬 더 중요하다는 생각이 들었다. 내려다보면 분명히 보석은 그녀의 가슴 위에서 경고하듯 새파랗게 빛을 뿜고 있을 것이다. 무슨 일인가 일어날 것이다.

타일러 신부가 너무 낮아서 군중에게는 들리지도 않을 만한 목소리로 중얼거리기 시작했다. 그는 신의 가호와 왕위와의 관계에 대한 혼잣말을 하고 있는 것 같았다. 켈시는 관심을 기울이지 않고 어깨 너머를 보았지만, 군중 속에서는 아무도 움직이지 않았다. 뒤쪽으로 기둥 뒤에 거의 숨어 있지만 딱 붙는 파란 제복을 입은 아렌 소른의 헷갈릴 수 없는 비쩍 마른 몸이 보였다. 그는 벽에 기대 있는 사마귀 같은 모습이었다. 메이스의 평가에 따르면 사업가라지만, 그 점 때문에 그가 더 위험했다. 소른은 켈시가 쳐다보는 것을 알아채고 몸을 돌렸다.

사제가 로브 안쪽에서 낡은 성경을 꺼내 다윗 왕의 우월함에 대해서 뭔가 읽기 시작했다. 켈시는 입을 꾹 다물고 하품을 참았다. 그녀도 성경을 처음부터 끝까지 읽어보았다. 재미있는 이야기도 몇 가지 있었고, 다윗 왕의 이야기는 가장 흥미진진한 이야기 중 하나였다. 하지만 이야기는 이야기일 뿐이다. 어쨌든 켈시는 사제의 손에 들린 대단히 오래된 성경에 감탄하지 않을 수 없었다. 책장이 사제 자신만큼이나 섬약해 보였다.

타일러 신부가 한 손에 왕관을 쥐고서 켈시의 60센티미터쯤 앞으로 다가왔다. 그녀의 근위병들이 발끝까지 바싹 긴장하는 게 느껴지고 오른쪽에서는 검이 검집에서 뽑히는 소리가 났다. 사제가 그녀의 어깨 너머를 보고 움찔했다. 메이스의 표정이 아마 무시무시했을 것이다. 사제가 책에 코를 박고서 잠시 동안 책만 만지작거렸다.

여러 가지 일이 동시에 일어났다. 누군가가 그녀의 뒤에서 소리를 질렀고, 켈시는 왼쪽 어깨에 칼이 꽂히는 고통을 느꼈다. 메이스가 그녀를 바닥으로 떠밀고서 그녀의 위에 몸을 웅크리고 몸으로 그녀를 가렸다. 군중 속에서 한 여자가 비명을 질렀고 온 세상이 사라졌다.

사방에서 검이 부딪쳤다. 켈시는 메이스의 몸 아래서 몸을 꿈틀거리며 부츠 안에 있는 자신의 단검을 꺼내려 했다. 자유로운 손으로 더듬어 그녀는 어깨뼈 바로 위에 튀어나와 있는 단검 손잡이를 찾았다. 손끝이 손잡이를 스치자 고통이 온몸을 타고 발끝까지 내려가는 느낌이었다.

칼에 찔렸어. 결국 메이스가 내 등을 제대로 보호해주지 못한 거야. 그녀가 멍하니 생각했다.

"게일런! 발코니! 발코니! 그쪽으로 올라가서 싹 비워!"

메이스가 소리쳤다. 그런 다음 켈시에게서 일어났다. 그녀도 단검을 든 채 일어섰다. 그녀의 주위로 남자들이 전부 싸우고 있었다. 남자 셋이 장검으로 메이스를 몰아붙이려 하고 있었다. 외삼촌의 위병들이다. 싸우는 동안 그들의 짙은 파란색 제복이 휘날렸다.

뒤에서 공기가 흔들리는 느낌에 켈시는 휙 돌아서서 자신의 목으로 검이 날아오는 것을 발견했다. 그녀는 몸을 숙여 공격자의 팔 아래로 피한 다음 그의 갈비뼈 사이로 자신의 단검을 박았다. 뜨거운 액체가 그녀의 얼굴로 튀었고, 피가 시야를 가려서 그녀는 눈을 감았다. 죽은 남자의 몸이 그녀의 위로 쓰러져 몸을 바닥으로 짓눌렀고, 어깨에 꽂힌 단검이 바닥에 부딪치며 다시금 타는 듯한 고통이 온몸에 흘렀다. 켈시는 이를 악물고 비명을 삼킨 채 남자의 몸을 떠밀고서 드레스 소매로 눈을 닦았다. 얼굴을 타고 흐르는 피를 무시한 채 그녀는 공격해 온 남자의 옆구리에서 단검을 뽑고 다시 일어섰다. 붉은 거즈 같은 것이 사방을 뒤덮고 시야를 가리고 있는 느낌이었다. 누군가가 그녀의 상처 입지 않은 어깨를 잡자 그녀는 거세게 그 손을 향해 칼을 그었다.

"접니다, 레이디. 저요!"

"라자러스."

그녀가 숨을 헐떡였다.

"등을 맞대십시오."

메이스가 그녀를 자신의 뒤로 밀었고 켈시는 그의 등에 기대 어깨를 보호하기 위해 몸을 조금 앞으로 구부리고 군중을 살폈다. 놀랍게도 귀족들은 아무도 도망치지 않은 것 같았다. 그들은 계단 아래쪽 기둥들 뒤에 나란히 서 있었고, 켈시는 그들을 향해 고함을 지르고 싶었다. 왜 돕지 않는 거지? 하지만 많은 사람들, 특히 남자들이 켈시를 보고 있지 않았다. 그들은 그녀의 뒤에서 벌어지는 싸움을 보고 있었다. 그들의 눈이 싸우는 사람들을 따라 열렬하게 움직였다.

여흥인 거야. 켈시는 그 사실을 깨닫고 속이 울렁거렸다. 그녀는 최대한 위협적으로 보이기 위해 군중을 향해 단검을 들어 올리며 장검이 있었으면 얼마나 좋았을까 생각했다. 물론 쓸 줄도 모르지만. 피투성이가 된 그녀의 손을 타고 칼날에서 선홍색의 미끌미끌한 피가 떨어졌다. 그녀는 바티가 열 번째 생일날 조그만 은제 열쇠가 달린 금색 상자에 담긴 이 검을 주던 것을 떠올렸다. 상자는 지금도 위층 어딘가에 있는 그녀의 안장 가방 안에 있을 것이다. 그녀는 마침내 사람을 상대로 검을 휘둘렀고, 바티에게 이 이야기를 할 수 있으면 좋겠다는 생각이 들었다. 눈앞에 뭔가 시커먼 것이 나타났다.

펜이 이제 양손으로 검을 쥐고 그녀의 앞에 서 있었다. 섭정의 위병 한 명이 뚫고 들어오려고 앞으로 달려오자 펜이 깔끔하게 그의 옆으로 비켜선 다음 남자의 팔뚝을 자르고 검을 갈비뼈 깊이 찔렀다. 남자가 날카로운 고음의 비명을 질렀고, 그 소리는 그의 잘린 팔이 몇 미터 앞 판석 위에 떨어질 때까지 계속 이어졌다. 그가 바닥에 무릎을 꿇었고 펜은 오른팔에 튄 피에 아랑곳하지 않고 다시 대기 자세를 취했다. 먼이 잠시 후 그에게 합류했다. 그의 금발에도 선홍색 핏자국이 묻었고 얼굴은 마치 기절하기 직전인 것처럼 평소보다 훨씬 더 창백했다.

두 남자가 그녀의 시야에 들어왔고 켈시는 미끄러운 검을 최대한 꽉 움켜쥐고 그쪽으로 몸을 돌렸다. 하지만 그것은 엘스턴과 키브였고, 그들은 피가 떨어지는 검을 들고 그녀의 양옆에 자리했다. 키브는 손에 동물이 문 것 같은 깊은 상처가 있었지만 그것 말고는 두 사람 다 멀쩡해 보였다. 검이 부딪치는 소리가 이제 훨씬 느려졌고, 싸움도 끝나가고 있었다. 켈시는 군중 속에서 아렌 소른이 사라진 것을 발견했다. 사제인 타일러 신부는 가까운 기둥 옆에 몸을 웅크리고 성경을 가슴에 껴안은 채 연단 아래서 피를 흘리고 쓰러져 있는 파란 옷의 시체를 보고 있었다. 사제는 기절할 것처럼 보였고, 사제에 대한 불신에도 불구하고 켈시는 그가 조금 불쌍하게 여겨졌다. 그는 젊었을 때에도 한 번도 강했던 적이 없는 사람 같았고, 지금은 심지어 젊지도 않았다.

그를 데려와야 해, 빨리. 머릿속에서 냉정한 목소리가 날카롭게 말했다. 그 강인한 목소리에 정신을 차린 켈시는 동의의 뜻으로 고개를 끄덕였다. 대관식이라는 게 별 의미가 없으면서도 이렇게나 엄청난 의미가 있다는 게 놀라웠다. 다리에서 힘이 풀려서 그녀는 메이스에게 기대다가 살을 파고드는 벌레처럼 고통이 등을 쑤시는 바람에 날카롭게 숨을 들이켰다.

여자들은 다치면 비명을 지르지. 남자들은 죽어갈 때 비명을 지르고. 바티의 말이 머릿속에서 울렸다.

난 어느 쪽이든 비명은 지르지 않을 거야.

"라자러스, 날 좀 붙잡아줘요."

메이스가 그녀의 팔 아래 한 팔을 두르고 그녀가 기댈 수 있게 단단히 받쳐주었다.

"그 칼을 뽑아야 합니다, 레이디."

"아직 안 돼요."

"피를 잃고 계십니다."

"칼을 뽑으면 더 많이 흐를 거예요. 우선은 이거부터."

메이스가 상처를 힐끗 살폈다가 얼굴에서 핏기가 가셨다.

"뭐죠?"

"아무것도 아닙니다, 레이디."

"뭐냐고요?"

"상처가 심각합니다. 곧 기절하실 겁니다."

"그럼 깨어날 수 있게 날 후려쳐요."

"전 레이디의 생명을 지키는 게 임무입니다."

"내 생명과 왕위는 하나예요."

켈시가 쉰 목소리로 말했다. 그 말을 할 때까지 그녀 자신도 정확히 깨닫지 못하고 있었지만, 그건 사실이었다. 그녀가 손을 내밀어 메이스의 어깨를 쥐고 가슴의 사파이어를 가리켰다.

"지금 난 이거 말고는 아무것도 아니에요. 이해해요?"

메이스가 몸을 돌려 발코니의 게일런에게 소리쳤다. 파란 옷의 시체 두 구가 벽으로 굴러 표석 위에 철퍽하고 떨어졌다. 군중 제일 앞에 있던 사람들이 비명을 지르며 몇 센티 물러났다.

"경계해라! 군중에게서 눈을 떼지 마! 키브, 의사가 필요한가?"

메이스가 소리쳤다.

"웃기셔. 내가 위생병입니다요."

키브가 성질 좋게 대꾸했지만 그의 얼굴은 창백했고 손을 꽉 움켜쥐고 있었다.

외삼촌의 위병들 다수가 연단 위에서 죽어 있었다. 그녀의 근위병들은 여러 명이 상처를 입긴 했지만 회색 옷의 시체는 바닥에 한 구도 없었다. 누가 칼을 꽂았을까?

섭정은 여전히 자리에 앉아 있었다. 얼굴에 피가 튀었고 여왕의 근위병 네 명이 그에게 칼을 겨누고 있는데도 그는 여전히 아무것도 걱정하는 않는 자세였다. 하지만 윗입술에 살짝 땀이 번들거렸고 눈은 계속해서 군중 쪽을 힐끔거렸다. 그의 근위병들의 형편없는 실력을 보건대 켈시의 목숨을 노린 건 멍청한 시도였다. 그저 지연 수단일 뿐이다. 외삼촌은 켈시 자신만큼이나 이 대관식의 중요성을 아는 거였다. 어깨에서 고통의 신세계가 몸을 타고 펼쳐지는 것 같고 등 아래쪽에 피가 고이는 게 느껴졌다. 시간이 얼마 남지 않았다. 그녀는 손을 내밀어 근위병 중 한 명, 그녀가 이름을 모르는 젊은 남자를 잡았다.

"사제를 데려와요."

당황하지 않고 남자는 가서 타일러 신부를 다시 연단으로 데려왔고, 신부는 바닥에 쌓여 있는 시체들을 보고 창백해졌다. 켈시가 입을 열자 자신의 것이 아닌 듯한 냉정한 명령조의 목소리가 흘러나왔다.

"이제 계속하죠, 신부님. 꼭 필요한 말만 하세요."

그는 고개를 끄덕이고 떨리는 손으로 티아라를 들어 올렸다. 메이스의 도움으로 켈시는 바닥에 무릎을 꿇었다. 타일러 신부가 다시 성경을 펼치고 떨리는 목소리로 읽기 시작했고 그 말이 켈시의 귓등을 스치고 흘러갔다. 사제의 뒤로 여전히 연단 꼭대기에 돌처럼 앉아 있는 아름다운 빨간 머리 여자가 눈에 들어왔다. 그녀의 몸에는 피가 튄 자국이 가득했고, 얼굴과 파란 거즈로 된 옷 역시 젖어 있었다. 그녀는 1센티도 움직이지 않았지만, 그래도 살아 있었다. 그녀의 회색 눈은 바닥의 똑같은 자리만 응시할 뿐이었다. 켈시는 잠깐 눈을 감았다가 거대한 아치형으로 된 천장을 올려다보았다. 천장이 머리 위에서 빙글빙글 도는 것 같았다.

메이스의 부츠가 그녀의 등 아래를 살짝 찼고 켈시는 비명을 삼켰다. 시야가 살짝 맑아졌고 사제가 성경을 덮고 티아라를 들고 그녀에게 다가오는 게 보였다. 그녀의 근위병들이 주변에서 긴장했다. 타일러 신부가 눈을 휘둥그렇게 뜨고 핏기가 완전히 가신 얼굴로 몸을 구부렸다. 켈시는 조금 전의 의심이 왠지 모르게 사라지는 것을 느꼈다. 이 일에서 그의 역할은 거의다 끝났다고 위로해주고 싶은 기분이 들었다.

하지만 그렇지 않아. 끝나려면 한참 멀었어. 또 다른 목소리가 조용하지만 단호하게 그녀의 머릿속에서 속삭였다.

"폐하, 이 나라를 위하여, 이 백성들을 위하여, 신의 교회의 법률 아래 행동하겠다고 맹세하시겠습니까?"

그가 거의 사과하는 듯한 어조로 말했다.

켈시는 거칠게 숨을 들이켰다. 뭔가가 가슴속에서 꿈틀거리는 느낌이었다.

"이 나라와 백성들을 위해, 법률 아래 행동하겠다고 맹세합니다."

타일러 신부가 머뭇거렸다. 켈시는 다시 숨을 들이켰다. 정신이 허공으로 둥둥 뜨는 것 같은 느낌이었다. 메이스가 다시 그녀를 찼고 이번에는 낮게 비명이 나오는 걸 삼키지 못했다. 바티도 이 정도는 이해할 것이다.

"그대는 그대의 교회를 보살피세요, 신부님. 저는 이 나라와 제 백성들을 보살피겠습니다. 맹세합니다."

타일러 신부는 조금 더 머뭇거리다가 로브 안쪽에 성경을 집어넣었다. 그의 얼굴은 포기와 유감을 합친 표정이었다. 마치 미래를, 이 순간이 불러올 여러 가지 결과를 이미 보고 있는 것처럼. 어쩌면 정말 그럴지도 모른다. 그가 양손으로 켈시의 머리 위에 티아라를 씌워주었다.

"그대가 티어링의 켈시 랠리 여왕으로 즉위함을 선언합니다. 그대의 통치가 오래가시기를, 폐하."

켈시는 눈을 감았다. 안도감이 하도 커서 목이 메고 거의 황홀경이 느껴질 정도였다.

"라자러스, 날 일으켜줘요."

메이스가 그녀를 일으켜 세웠지만 그녀의 다리는 즉시 도로 꺾이려고 했다. 그의 팔이 그녀의 몸을 뒤에서 감싸고 인형처럼 떠받쳤다. 그는 어깨에 박힌 칼날에 자신의 몸이 닿지 않도록 그녀의 상체를 앞으로 기울였다.

"섭정에게로."

메이스가 신중하게 그녀의 몸을 돌렸고 켈시는 외삼촌의 눈이 어리석은 발악으로 빛나는 것을 발견했다. 천천히, 신중하게 그녀는 칼 손잡이가 메이스의 가슴에 닿을 정도로 몸을 뒤로 젖혔다. 고통으로 정신이 번쩍 들었지만 오래가지는 않을 것이다. 이제 어둠이 몰려들어 시야 가장자리가 시커멓게 물들고 있는 느낌이었다.

"내 왕좌에서 내려가시죠."

외삼촌은 움직이지 않았다. 켈시는 남아 있는 모든 힘을 끌어모아 몸을 앞으로 기울였다. 그녀의 숨소리가 넓은 방 안에서 커다랗게 울렸다.

"왕궁에서 나갈 때까지 한 달의 여유를 드리죠, 외삼촌. 그 뒤로는……그대의 머리에 만 파운드의 상금을 걸겠습니다."

켈시의 뒤에서 여자 한 명이 헉 소리를 냈고, 군중들의 수군거리는 소리가 점점 퍼져나갔다. 외삼촌의 겁에 질린 눈이 그녀의 뒤로 향했다.

"왕실의 일원에게 현상금을 걸 수는 없습니다."

뒤에서 들리는 사근사근한 바리톤은 이미 아는 목소리였다. 소른. 그녀는 그를 무시하고 숨을 헐떡이며 간신히 말을 이었다.

"외삼촌에게…… 도망칠 여유를 드리죠. 이제 당장 내 왕좌에서 내려오지 않으면 라자러스가 외삼촌을 왕궁 밖으로 집어 던질 겁니다. 과연 얼마나…… 오래 버틸 수 있을 것 같으세요?"

외삼촌이 천천히 눈을 깜박였다. 몇 초 후 그가 왕좌에서 일어났다. 똑바로 서자 그의 배가 커다랗게 늘어졌다. 에일을 너무 많이 마셔서 그래, 켈시는 멍하니 그렇게 생각했다. 뒤이어 떠오른 생각은 이거였다. 맙소사, 저 사람은 나보다도 작아! 물체들이 둘로 보이고, 그다음에는 셋으로 보였다. 그녀는 한쪽 팔꿈치로 메이스를 찔렀고, 그는 금세 이해하고 그녀를 앞으로 끌어 왕좌에 앉혔다. 얼어붙을 것처럼 차가운 돌 위에 앉는 느낌이었다. 켈시는 싸늘한 금속 위에서 몸을 휘청거리며 눈을 감았다가 다시 떴다. 뭔가 할 일이 더 있었는데, 뭐였지?

눈앞에 여전히 피를 뒤집어쓰고 있는 빨간 머리가 보였다. 외삼촌이 연단의 계단을 비틀거리며 내려갔고 느슨하던 줄이 그가 걸어가자 팽팽하게 당겨졌다.

"줄을 놔요."

켈시가 중얼거렸다.

"줄을 놓으시오."

메이스가 되풀이했다. 외삼촌이 홱 돌아섰고, 처음으로 켈시는 그의 눈에서 분노가 생생히 빛나는 것을 보았다.

"이 여자는 내 거야! 선물로 받은 거라고."

"안됐군요."

외삼촌이 편 들어줄 사람을 찾는 듯 주위를 둘러보았으나 그의 위병들은 거의 다 죽었다. 세 명만 그를 따라오고 있었고 남은 사람들조차 그와 눈을 맞추고 싶지 않은 것 같았다. 외삼촌의 얼굴이 분노로 하얘졌지만 켈시는 그의 표정에 더 소름 끼치는 것이 담겨 있는 것을 깨달았다. 자신은 아무 나쁜 의도가 없었는데 왜 이렇게 끔찍한 일들이 자신에게 일어나는 건지 이해할 수 없는 사람의 화나고 당황한 그런 표정. 조금 더 머뭇거리다가 그가 줄을 놓고서 허둥지둥 물러났다.

"이 여자는 내 거야."

그가 애처롭게 다시 말했다.

"그 여자는 우리와 함께 갑니다. 엘스턴, 처리해요."

"알겠습니다, 폐하."

"날 데려가줘요, 라자러스."

켈시가 힘겹게 말했다. 숨을 쉬는 것조차도 고통스러웠다. 메이스와 펜은 잠깐 논쟁을 했고 결국 두 사람이 몸을 구부리고 그녀 아래로 팔을 받쳐 의자 모양을 만들었다. 켈시는 조금 안도했다. 이게 자루처럼 들려 나가는 것보다는 훨씬 더 위엄을 지킬 수 있는 방법이니까. 그녀의 근위병들이 재빨리 그녀의 주위로 다시 모여 연단을 내려가 중앙 통로를 걸어갔다. 군중들이 흐릿하게 스쳐 갔다. 켈시는 그들이 처음 본 자신의 모습이 이렇게 피투성이에 약해진 모습이 아니었으면 좋았을 텐데 하고 생각했다. 중간에 그들은 빨간 벨벳 드레스를 입은 귀족 여자를 지나갔다. 어둠 속에서 그 색깔만이 밝게 눈에 들어왔다. 칼린은 그런 짙은 빨간색 옷을 집에서 자주 입었고, 켈시는 그 여자를 향해 손을 뻗고 중얼거렸다.

"힘든 길이겠네요."

하지만 여자는 너무 멀리 있었다. 많은 얼굴들이 스쳐 갔다. 잠깐 동안 켈시는 페치를 보았다고 생각했지만, 아마 망상일 것이다. 그래도 여전히 그녀는 다시금 손을 내밀며 무력하게 숨을 헐떡였다.

"대장, 서둘러야 합니다."

펜이 중얼거렸다. 메이스가 동의하는 듯한 소리를 냈고 그들의 걸음이 빨라졌다. 커다란 양여닫이문을 통과해 그들은 넓은 복도로 들어섰다. 켈시는 이제 자신의 피 냄새를 놀랄 만큼 선명하게 맡을 수 있었다. 모든 감각들이 제멋대로 날뛰는 것 같았다. 횃불 하나하나가 태양처럼 밝았지만 눈을 가늘게 뜨고 메이스를 보니 그의 얼굴은 어둠에 덮여 있었다. 근위병들이 서로 뭐라고 중얼거렸고 그 소리가 귀를 찔러댔으나 무슨 말인지 하나도 알아들을 수가 없었다. 티아라가 머리에서 미끄러졌다.

"내 왕관이 떨어져요."

메이스가 그녀의 등을 받친 팔에 힘을 주었다. 벽 쪽으로 손을 내밀어 그가 켈시의 눈에 보이지 않는 뭔가를 건드렸고, 놀랍게도 숨겨져 있던 문이 열리며 어두운 통로가 나타났다.

"그렇게 되지 않게 제가 도와드릴 겁니다, 레이디."

"저도요."

펜이 말했다. 어두운 통로를 걷는 동안 켈시는 세심한 손이 왕관을 머리에 단단히 고정해주는 것을 느꼈다.

7장

연못의 파문

즉위식 이후 글린 여왕은 왕궁에 닷새 동안 모습을 드러내지 않았다. 칼에 찔려 피를 너무 많이 흘려서 내내 의식이 없었고 거의 죽을 뻔했던 것이다. 남은 평생 여왕은 등에 그 흉터를 지니고 살았다. 많은 사람들이 생각하는 것처럼 팔의 화상 때문이 아니라 바로 이 흉터 때문에 그녀가 '낙인의 여왕'이라고 불리게 된 것이다.

하지만 여왕이 잠든 사이에도 세상은 계속해서 움직였다.

—《티어링의 초기 역사》, 머위니언 작

다음 날 아침 토머스는 잠에서 깨어나 대관식이 그냥 악몽이었기를 바랐다. 그렇지 않다는 걸 머릿속 한구석으로는 알고 있으면서도 그는 그 바람에 완벽하게 집착했다. 하지만 뭔가가 잘못됐다.

첫 번째 증거는 그의 옆에서 앤이 잘 손질된 손으로 베개를 감싸고 자고 있다는 거였다. 그의 옆에서 잘 수 있는 건 오로지 마거리트뿐이었다. 앤은 더 작고, 몸매는 더 통통하고, 마거리트의 호박색 강물처럼 매끄럽게 흐르는 머리카락과 달리 푸석푸석한 빨간 머리를 갖고 있었다. 앤의 입놀림이 더 훌륭하긴 했지만, 그녀는 마거리트가 아니었다. 토머스의 머리가 욱신거렸다. 존재감을 드러낼 타이밍만 기다리고 있던 숙취의 시작이었다. 마거리트가 분명히 문제의 일부였다.

그는 몸을 굴려 베개에 얼굴을 파묻고 방 옆쪽에서 들리는 소음을 무시하려고 노력했다. 누가 상자를 옮기는지 부스럭거리고 쿵쿵거리는 소리 때문에 도저히 도로 잠을 잘 수가 없었다. 베개에 얼굴을 묻고 있어도 머리가 더 욱신거리기만 해서 그는 결국 그것을 내던지고 욕설을 쏟아내며 파인을 호출하는 종을 울리고 이불을 머리끝까지 뒤집어썼다. 파인이 저 소음을 멈춰줄 것이다.

그 계집애가 마거리트를 데려갔다는 게 이제야 떠올랐다. 계집애가 그가 절대 잃고 싶지 않은 단 하나를 알아채고는 그것을 빼앗아 갔다. 근위병이 계집애에게 칼을 꽂고 계집애가 쓰러졌을 때 잠깐 희망이 보였지만, 결국에 토머스의 눈앞에서 계집애는 바닥에서 일어나 피가 흘러내리는 동안 순수한 의지력만으로 대관식을 마쳤다. 그리고 마거리트를 자기 걸로 데려갔고 이제 매일 밤 마거리트를 침대에서 데리고 자겠지. 빌어먹을 머리가 너무 아파서 머릿속에서 누가 고함을 질러대는 것 같았다.

그래도 어쨌든 아직 희망은 남아 있었다. 그 계집애는 피를 정말로 많이 쏟았으니까.

몇 분이 지났지만 파인은 오지 않았다. 토머스는 이불을 얼굴에서 걷고 다시 종을 울렸다. 앤이 그의 옆에서 꾸무럭거리는 게 느껴졌다. 하도 시끄럽게 법석이라 그녀도 깨어난 모양이었다. 그들은 어젯밤에 와인 세 병을 비웠고, 앤은 와인에 굉장히 약했다.

파인은 여전히 오지 않았다.

토머스는 일어나 앉아서 이불을 걷으며 다시금 욕설을 내뱉었다. 몇 번쯤 그가 파인에게 그의 여자들 중 한 명을 밤에 데리고 있을 수 있게 해주었지만, 파인은 자기에게 주어진 것에서 멈추는 타입이 아니었다. 그놈이 소피와 함께 침대에 있다면 살가죽을 벗겨버릴 것이다.

토머스는 마침내 구석의 옷 더미 아래 깔려 있던 로브를 찾았지만 실크 허리끈이 어딘가에 끼어서 허리 고리에서 빠져나가버렸다. 토머스는 이번 에는 좀 더 큰 소리로 욕을 하다가 앤을 돌아보았다. 그녀는 그저 몸을 굴 려 베개 아래 머리를 박을 뿐이었다. 그는 로브를 몸에 걸치고 앞섶을 여몄 다. 파인이 제대로 옷을 걸어놨다면 이런 일은 없었을 것이다. 그놈을 찾아 내면 진지하게 얘기를 좀 해봐야겠다. 호출에 응하지도 않고, 더러운 빨래 를 아무 데나 쌓아놓고……. 며칠 전에 럼도 다 떨어지지 않았나? 이곳 전 체가 무너져가고 있다. 그것도 최악의 시기에. 그는 뉴런던 길거리 평민의 집에 딱 어울릴 것 같은 계집애의 둥그런 얼굴을 떠올려보았다. 하지만 그 눈은 토머스 자신과 똑같은 고양이 같은 초록색이었고, 그 눈이 다트처럼 그에게 와서 꽂혔었다.

그 계집애가 날 봤어. 내 모든 걸 보고 있어. 그는 무력하게 생각했다.

물론 그 계집애가 모든 걸 볼 수 있을 리가 없다. 추측은 할 수 있겠지만, 다 알 수는 없겠지. 모든 우발적 사태에 항상 대비가 되어 있는 아렌 소른 이 이미 여러 개의 대비책 중 하나를 발동시켰을 것이다. 이 선적에 실패하 면 소른 역시 잃을 게 많으니까. 소른은 토머스에 대한 경멸감을 숨긴 적이 없었고, 그의 역할에 꼭 필요한 것만 알려줄 뿐이었다. 하지만 드디어 토머 스도 소른이 얼마나 철저하게 계획을 짜고 소른 자신에게 닥칠 위험은 전 부 배제하는지 알 수 있었다. 그것은 전부 다 소른의 계획이었지만 인구조 사부 사람들은 한 명도 관여하지 않았다. 토머스의 근위병들이 주의를 분 산시키는 역할을 맡았고, 토머스 자신 말고는 아무도 소른이 관여했다는 걸 알지 못할 것이다. 이제 토머스 혼자만이 의심을 받게 되었다.

배가 더 나온 것 같았다. 로브가 그 둘레를 제대로 감싸지 못할 정도였다. 토머스가 할 수 있는 최선의 행동은 양옆을 배와 사타구니 위로 여며 잡고 있는 것뿐이었다. 6개월 전에 로브를 주문했을 땐 이 정도로 뚱뚱하지 않았다. 하지만 아무도 제시간에 그 계집애를 찾아내서 죽이지 못할 거라는 걸 서서히 깨달으며 더 많이 먹고 마시게 되었던 것이다……. 어떤 사냥에도 실패한 적이 없는 케이든조차 그 계집애를 잡지 못했다.

토머스는 문으로 향했다. 파인이 종소리는 무시한다 해도 고함 한 번만 지르면 득달같이 달려오겠지. 섭정의 거주 공간은 여왕동만큼 크거나 사치스럽지 않았고, 소리가 잘 울렸다. 몇 년 전에 그는 여왕동으로 옮겨보려고 했었지만 캐롤과 메이스가 즉시 그를 막았고 그제야 토머스는 여왕의 근위대가 여전히 전부 다 근위병 숙소에 모여 살면서 여왕이 언젠가 나타날 거라는 허황된 꿈을 꾸며 기다리고 있다는 것을 알게 되었다. 더 기가 막히는 건 그들이 신병을 모집했다는 거였다. 메이스는 그만이 돌아다닐 수 있는 티어링의 음침한 중심부에서 케이든에 들어가도 될 정도로 검술이 뛰어난 펜 올컷을 발굴했다. 그 멍청한 녀석도 반밖에 안 되는 봉급을 받는 여왕의 근위대를 선택했고. 토머스 자신도 수차례 올컷을 비롯해 다른 여왕의 근위병들을 고용하려고 해보았지만 그들은 그와 한편이 되는 것을 원하지 않았고, 계집애의 대관식을 보고서야 그는 그 이유를 이해할 수 있었다. 계집애는 그와 전혀 달랐고, 심지어는 엘리사하고도 전혀 달랐다.

그 아비에 그 자식이야, 토머스는 씁쓸하게 생각했다. 엘리사는 세 번을 낙태했다(최소한 토머스가 아는 한은). 그녀는 다른 경우와 마찬가지로 아무 생각도 하지 않고 그 망할 약을 먹었다. 하지만 토머스는 꼭 해야만 했던 마지막 낙태만은 누나를 설득시킬 수가 없었다. 마지막 몇 해 동안 그녀는 의사를 잠재적 암살자로 여겨 두려워했다. 심지어 토머스조차 낙태 수술 도중에 여자를 죽이는 게 굉장히 쉬운 일일 거라는 걸 인정해야 했지만, 그 사실에 오히려 더 화가 났다. 아무 생각 없이 세 번이나 임신 중절을 했던 엘리사가 갑자기 왜 온갖 쓸모없는 이유로, 모든 일을 복잡하게 만들 이 아이만큼은 낳으려고 했던 건지 이해할 수가 없었다. 파인은 어제 계집애가 이미 여왕동에 자리를 잡았고 근위병들이 그 애를 둘러싸고 있으며 출입구를 다 잠갔다고 알려줬다. 토머스가 엘리사의 방으로 옮긴다는 희망은 이제 완전히 사라졌다.

뭐, 그래도 상황이 더 나쁠 수도 있었으니까. 그 자신의 거주동은 편안했다. 그의 사병들과 여자들, 그리고 여러 명의 몸종들을 둘 수 있을 정도로 넓었다. 처음 토머스가 들어왔을 때만 해도 초라한 곳이었지만 그가 좋아하는 화가 파월의 작품을 여러 점 걸어 방을 치장했다. 파인 역시 걸쭉한 금색 페인트를 찾아 왔다. 그것은 모든 걸 당당하게 보이게 만드는 훌륭하고 값싼 해결책이었다. 붉은 여왕의 후원을 받게 된 이래로는 그녀가 더 훌륭하고 값진 선물을 보내주었고, 이것들이 그의 방 여기저기에 널려 있었다. 순은으로 된 벌거벗은 여자 조각상, 진홍색 벨벳 커튼, 루비가 박혀 있는 진짜 금접시 세트. 마지막 선물이 토머스가 가장 좋아하는 거였고, 그는 매일 저녁 그 접시로 식사를 했다. 가끔 티어링 귀족들이 감독관을 이용하는 것처럼 붉은 여왕이 자신을 이용한다는 불쾌한 생각이 떠오를 때도 있었다. 토머스는 모든 권력을 가진 사람과 아무것도 없는 자들 사이에서 있는 매개물, 꼭 필요한 연결 고리 같은 거였다. 티어링 사람들이 증오하는 게 바로 그였다. 엘리사는 죽었고 남은 건 그뿐이니까. 티어링의 가난뱅이들이 반란을 일으킨다면 원하는 건 그의 목일 것이다. 그리고 붉은 여왕은 분명히 그를 희생시키겠지. 티어링의 귀족들이 감독관들이 폭도를 상대하게 내버려두고 높은 탑 꼭대기에 방어벽을 치고 숨는 것처럼. 이것 역시 항상 무시할 수만은 없는 불쾌한 사실이었다……. 하지만 티어링의 가난뱅이들이 누군가를 상대로 반란을 일으킨다는 것은 우습지도 않은, 말도 안 되는 생각이었다. 그들은 다음 끼니를 찾느라 바빠서 그런 짓을 할 여유가 없었다.

문을 열자마자 빛에 눈앞이 하얘졌다. 빛에 적응하려고 눈을 가늘게 떴다가 그는 거실에서 일어나는 상황에 우뚝 멈췄다. 가장 먼저 그의 눈에 들어온 것은 왕실의 하얀 옷을 입은 남자 하인이 그의 루비 박힌 금접시를 아무렇게나 참나무 상자에 집어넣고 있는 거였다. 왕실 시종은 섭정의 개인동에 들어올 수 없었다. 그놈들은 고정해놓은 게 아니면 아무거나 훔쳐 갈 테니까. 하지만 지금 그중 한 명이 들어와서는 바쁘게 움직이고 있었다. 하인이 금접시를 하나하나 집어서 쾅쾅 소리를 내며 상자에 집어넣을 때마다 토머스는 몸을 움찔 떨었다.

다른 변화도 눈에 들어왔다. 그의 빨간 벨벳 커튼도 원래 있던 동쪽 벽에서 떼어버린 상태였다. 창문이 활짝 열려 있어서 햇살이 들어왔다. 방 양쪽 귀퉁이를 장식하고 있던 그의 멋진 조각상도 둘 다 사라졌다. 방 북쪽 구석에는 맥주 통 스무 개 정도가 쌓여 있고 그 옆에는 모트산 와인이 든 상자가 줄줄이 놓여 있었다. 또 다른 왕실 하인이 위스키병을 줄줄이 늘어놓는 중이었다(몇 개는 정말로 훌륭했고, 토머스가 매년 7월에 뉴런던 길거리에서 열리는 위스키 축제에서 직접 구매한 거였다). 맥주 통 옆에는 커다란 수레가 있었다. 왜 있는지는 뻔했다. 이 망할 놈들이 그의 술을 전부 다 싣고 갈 생각인 게 분명했다.

토머스는 계속 벌어지려고 하는 로브를 꽉 모아 쥐고서 금접시를 집어넣고 있는 하인을 향해 쿵쿵 걸어갔다.

"도대체 무슨 짓을 하고 있는 거지?"

하인은 토머스의 눈도 보지 않고서 어깨 너머를 엄지손가락으로 가리켰다. 그의 뒤쪽을 보고 토머스는 심장이 쿵 내려앉는 것을 느꼈다. 코린이 맥주 통 옆에 서서 종이에 뭔가를 적고 있었다. 회색 망토는 입지 않았지만, 그럴 필요도 없었다. 왕실 시종들은 어쨌든 그의 명령에 따를 테니까.

"어이! 여왕의 근위대! 이게 다 뭐 하는 건가?"

토머스가 소리쳤다. 손가락으로 딱 소리를 내서 부르면 좋겠지만 로브가 벌어질까 봐 차마 그럴 수는 없었다.

코린이 펜과 종이를 주머니에 넣었다.

"여왕 폐하의 명령입니다. 이 물품들은 전부 다 왕실의 사유물이니 오늘 다 정리할 겁니다."

"왕실의 사유물이라니? 이건 내 물건들이야. 내가 샀다고."

"그럼 왕궁에 놔두지 마셨어야죠. 왕궁에 있는 것은 전부 다 왕실의 소유입니다."

"그게 아니라……."

토머스는 분명히 왕족에게는 뭔가 예외가 적용될 거라고 생각하며 반박할 말을 찾았다. 하지만 그는 어릴 때부터 티어링의 법률을 제대로 공부해 본 적이 한 번도 없었다. 통치에는 흥미가 없었으니까. 하지만 제기랄, 엘리사도 공부를 하지 않았단 말이다. 장녀였는데. 그는 다른 반박거리를 찾다가 상자에 담긴 금접시를 보고 말했다.

"저거! 저건 선물로 받은 거라고!"

"누구한테요?"

토머스는 입을 딱 다물었다. 로브가 다시 벌어지려고 해서 그는 한 손으로 커다랗게 벌어진 부분을 모아 쥐었다. 코린이 그의 불룩한 허연 배를 힐끗 쳐다보는 게 비참할 정도로 의식되었다.

"나리의 개인적인 물건들, 옷과 신발 같은 것은 나리의 것입니다. 갖고 계실지 모르는 무기들도요. 하지만 왕실에서는 더 이상 나리의 생활비를 대주지 않을 겁니다."

말을 하는 코린의 파란 눈은 화가 날 정도로 무심했다.

"그럼 난 어떻게 살라고?"

"여왕 폐하께서는 나리께 왕궁을 나갈 유예기간으로 한 달을 주신다고 선포하셨습니다."

"내 여자들은 어쩌고?"

코린의 얼굴은 사무적이었지만, 토머스는 그에게서 마치 열기처럼 경멸감이 발산되는 걸 느낄 수 있었다.

"나리의 여자들은 그들이 원하는 대로 해도 됩니다. 옷은 갖고 가도 좋지만 보석들은 이미 몰수했습니다. 그들이 기꺼이 나리와 함께 가고 싶다면, 그래도 됩니다."

토머스는 그를 노려보며 뭔가 설명할 방법을, 이 여자들이 그가 데려오지 않았다면 비참한 가난 속에서 살았을 거고 그래서 거래에 응한 거라는 사실을 이야기할 만한 방법을 고민했다. 물론 마거리트는 제외하고. 마거리트의 경우는 다르니까. 하지만 햇살이 너무 밝아서 생각하기가 힘들었다. 실제로 저 커튼을 열어본 게 마지막으로 언제였더라? 분명히 몇 년은 되었을 것이다. 햇살이 방 안을 비추어 사방이 회색 대신 하얗게 보이고 한 번도 수리한 적 없는 벽의 금이 드러났다. 카펫의 와인과 음식 얼룩, 심지어는 신의 바다를 떠도는 뗏목처럼 구석에 혼자 떨어져 있는 다이아몬드 잭 카드 한 장도.

맙소사, 카드에 저게 빠진 채로 게임을 몇 판이나 했던 거지?

"난 내 여자들을 때린 적은 없어. 단 한 번도."

그가 코린에게 말했다.

"훌륭하시군요."

"나리! 술을 실어 갈 준비가 끝났습니다!"

왕실 시종이 말했다.

"실어 가도록!"

코린이 토머스 쪽으로 고개를 기울였다.

"다른 질문 있으십니까?"

그는 대답을 기다리지 않고 몸을 돌려 상자 뚜껑에 못을 박기 시작했다.

"파인은 어디 있지?"

"나리의 시종을 말씀하시는 거라면 한동안 그 친구를 못 봤습니다. 아마 다른 일을 하고 있는 모양이죠."

"그래, 그렇지. 오늘 아침 일찍 시장에 보냈어."

토머스가 고개를 끄덕이며 대답했다. 코린은 뭔가 알아들을 수 없는 말을 중얼거렸다.

"내 여자들은 다 어디 있지?"

"저는 모릅니다. 자기들 보석을 빼앗긴다는 사실을 그리 달갑게 받아들이지 않더군요."

토머스는 움찔했다. 물론 그랬겠지. 그는 로브를 잊어버리고 머리를 긁어 올렸고, 로브 앞자락이 커다랗게 벌어졌다. 그가 도로 그것을 오므렸다. 왕실 시종 하나가 코웃음을 쳤지만 그가 돌아보니 다들 맡은바 일을 하고 있을 뿐이었다.

"여유가 생기는 대로 여왕을 뵙지. 며칠쯤 걸릴 것 같지만 말이야."

그가 코린에게 말했다.

"네, 그러시겠죠."

토머스는 그 말이 일종의 위협인가 생각하느라 머뭇거리다가 결국 몸을 돌리고 여자들의 방으로 향하며 뭐라고 말할까 고민했다. 페트라와 릴리는 아마 다른 곳으로 갈 것이다. 그들은 언제나 마거리트 다음으로 반항적이었으니까. 하지만 나머지는 설득할 수 있을지 모른다. 물론 어디선가 돈을 마련해야겠지. 그에게는 도와줄 만한 귀족 친구들이 많이 있었고, 도움을 구하는 동안에는 아베스에 가서 머물 수 있을 것이다. 토머스가 수년 동안 그렇게 많은 돈을 퍼부었으니 교황이 감히 그를 거부하진 못할 것이다. 어쩌면 붉은 여왕이 토머스에게 돈을 대줄지도 모른다. 그가 오래지 않아 왕좌로 돌아갈 수 있다고 설득할 수만 있다면. 하지만 그녀에게 부탁할 생각만 해도 몸이 부르르 떨렸다.

음식과 종이가 여자들의 방 거실에 온통 널려 있었다. 찬장 문이 다 열려 있고, 서랍 역시 서랍장에서 빠져나와 있고, 사방에 옷이 흩어져 있었다. 코린이 여기서 얼마나 있었던 거지? 오늘 아침 일찍, 어쩌면 토머스가 잠자리에 든 직후에 온 모양이었다.

파인 그놈이 그 작자를 들여보내줬어. 파인이 날 팔았어. 토머스는 이제야 깨달았다.

여자들 거처에는 앤만 있었다. 그가 코린과 이야기하는 동안에 일어난 모양이었고 이제 거의 옷을 다 차려입은 상태였다. 곱슬곱슬한 붉은 머리는 위로 올려 깔끔하게 핀으로 고정했다.

"다른 애들은 다 어디 있어?"

그가 물었다. 앤은 어깨를 으쓱이고 등 뒤로 손을 돌려 솜씨 좋게 재빨리 드레스 끈을 묶었다. 토머스는 왠지 속은 기분이었다. 왜 그가 그동안 돈을 주고 옷 입혀주는 하녀들을 고용했던 거지?

"그게 무슨 뜻이야?"

"전 아무도 못 봤다는 뜻이에요."

앤이 트렁크를 꺼내 짐을 싸기 시작했다.

"넌 뭘 하는 거야?"

"짐 싸요. 하지만 누가 내 보석들을 가져갔어요."

"그건 없어. 여왕이 다 가져갔어."

토머스가 천천히 대답하고 가까운 소파에 앉아 그녀를 쳐다보았다.

"뭘 하는 거야? 너희들 전부 다 갈 데라고는 없잖아."

"없긴요."

그녀가 돌아보았고 토머스는 그녀의 눈에서 코린에게서 본 것과 똑같은 경멸의 빛을 볼 수 있었다. 옛 기억이 머릿속에서 떠올랐지만 그는 그것을 지웠다. 어린 시절의 기억인 것 같은데, 그의 어린 시절 기억 중에 좋은 건 거의 없기 때문이었다.

"어디로 갈 건데?"

"퍼킨스 경에게로요."

"왜?"

"왜라고 생각하세요? 몇 달 전에 제안을 받았거든요."

그 배신자! 토머스는 퍼킨스 경과 함께 포커를 하고, 한 달에 한 번씩 저녁 식사도 함께했었다. 그 작자는 앤의 아버지뻘이 될 정도로 늙었고.

"어떤 제안?"

"그건 저랑 그분 사이의 일이에요."

"나머지 애들도 다 거기로 간 거야?"

"퍼킨스 경에게는 아니에요. 그분은 저한테만 제안을 하셨거든요."

앤의 목소리에서 자부심이 묻어났다.

"이건 일시적인 거야. 몇 달이면 내가 왕좌로 돌아갈 거라고. 그러면 너희들 모두 돌아와도 돼."

앤은 그가 마치 부엌의 바퀴벌레라도 되는 듯한 눈으로 쳐다보았다. 묻어버렸던 기억이 다시 떠올랐다. 토머스는 기억과 싸웠지만 갑자기 그것이 선명하게 눈앞에 나타났다. 알라 여왕이 그를 바로 그런 식으로 보았었다. 토머스와 엘리사는 함께 교육을 받았고, 공부는 둘 다에게 항상 힘든 거였다. 하지만 좀 더 많이 이해한 엘리사는 가정교사와 계속 공부를 했던 반면 토머스는 열두 살이 되던 해부터 그냥 그만두었다. 얼마 동안 어머니가 그에게 정치와 나라의 상태, 모트메인과의 문제에 관해서 이야기를 해보려고 하셨지만, 토머스는 직감적으로 이해해야 하는 것들을 전혀 알아들을 수 없었고 어머니의 그 눈빛은 점점 더 강해졌다. 결국에는 모든 대화가 중단되었고 토머스는 그 이래로 어머니를 거의 볼 수가 없었다. 그는 애초부터 그가 계속 바랐던 것을 마음대로 할 수 있게 되었다. 오후 내내 자고, 밤에는 거트에서 난리 법석을 떨며 노는 것. 누군가가 감히 노골적으로 경멸감을 드러내며 그를 본 것은 벌써 오래전의 일이었지만, 이제 어린 시절에 느꼈던 그 작아지는 기분을 다시 느끼고 있었다.

"정말로 이해를 못하시는군요, 그렇죠? 그분이 우리 모두를 해방해주셨어요, 토머스 님. 나리가 어쩌면 왕좌로 돌아가실 수도 있고, 아닐 수도 있죠. 그건 잘 모르겠어요. 하지만 저희는 아무도 돌아오지 않을 거예요."

앤이 말했다.

"너흰 노예가 아니었어! 최고의 것들만 가졌잖아! 난 너희를 귀족 여자들처럼 대했다고. 일할 필요도 없었잖아."

앤의 눈썹이 위로 올라가고 얼굴이 검붉어졌다. 이제 그녀의 목소리는 거의 쩌렁쩌렁 울릴 정도였다.

"일할 필요가 없었다고요? 파인이 절 새벽 세 시에 깨워서 당신이 절 볼 준비가 됐다고 말하곤 했죠. 난 당신 방으로 가서 당신을 즐겁게 하기 위해서 페트라의 성기를 핥아야 했어요."

"난 돈을 줬잖아."

섭정이 중얼거렸다.

"우리 *부모님한테* 돈을 줬죠. 내가 열네 살밖에 안 돼서 너무 어려서 아무것도 모를 때 쥐꼬리만 한 돈을 우리 부모님한테 줬잖아요."

"내가 네 음식과 옷도 다 사 줬잖아. 좋은 옷으로! 보석도 줬고!"

이제 그녀는 그를 똑바로 쳐다보고 있었다. 이 표정 역시 기억했다. 공정왕 알라가 생애 마지막 10년 동안 그를 이런 식으로 보았고, 그가 무슨 말을 하고 뭘 하든 그녀는 다시는 그를 제대로 보지 않았다. 그는 투명 인간이 되어버렸던 것이다.

"당신도 티어링을 떠나는 게 좋을걸요. 별로 안전하지 않으니까요."

앤이 말했다.

"무슨 뜻이야?"

"메이스가 여왕 폐하의 근위대장인데, 당신은 폐하를 죽이려고 했잖아요. 내가 당신이라면 이 나라를 떠나겠어요."

"이건 전부 다 일시적인 거야."

왜 그를 제외한 다른 사람들은 아무도 그걸 못 보는 거지? 그 계집애는 벌써 소른과 모트메인이라는 적을 만들었다. 토머스는 통치를 싫어했지만 그런 그조차도 모트 조약은 읽었다. 불이행 조항은 이레 안에 발동한다. 선적물이 제때 디메인에 도착하지 않으면……. 그는 상상조차 하고 싶지 않았다. 아무도 분노한 붉은 여왕을 본 적은 없지만, 그녀가 침묵하고 있으면 누구든 세상의 종말을 느낄 수 있었다. 갑자기 토머스의 머릿속에 기괴할 정도로 현실적인 장면이 떠올랐다. 모트의 매들이 왕궁을 둘러싸고 날아다니며 그 수많은 탑들을 내리찍고, 사냥하고, 계속해서 사냥하는 모습.

"그 계집애의 머리는 이달 말이면 디메인의 벽에 걸릴 거야."

앤은 어깨를 으쓱였다.

"그럴지도요."

그녀가 방을 가로질러 가서 서랍장에서 드레스를 한 아름 꺼내고, 바닥에서 빗을 줍는 등 토머스를 무시하고 평범하게 움직였다. 그는 열려 있는 서랍장이 뭘 뜻하는지 알 수 있었다. 모두가 그를 버리고 옷만 챙겨서 떠난 것이다!

어쩌면 앤이 옳을지도 모른다. 모트메인으로 가서 붉은 여왕에게 자비를 구해야 할지도 모른다. 하지만 그녀는 오래전에 그에게 질렸다. 어쩌면 간단하게 그를 처형 집행인에게 넘겨줄지도 모른다. 그리고 그가 어떻게 왕궁을 떠나서 그 정도의 길을 갈 수 있겠는가? 페치가 바깥 어딘가에 있을 것이다. 모든 걸 알고 모든 것을 예측하는 것 같은 페치가. 돌로 된 성채도 그를 거의 보호하지 못했다. 페치는 귀신같이 왕궁으로 들어올 수 있었으니까. 하지만 그래도 아무것도 없는 것보다는, 탁 트인 평원에 있는 것보다는 나았다. 토머스가 모트 국경까지 가려고 한다면 페치가 알아챌 거고, 호위를 몇 명 데리고 가든 간에 어느 날 밤에 눈을 뜨면 그 무시무시한 가면이 바로 코앞에 있을 거라는 걸 토머스는 자기 이름만큼이나 분명하게 알았다.

심지어는 데려갈 호위나 있다면 말이지. 그의 사병 중 절반 이상이 계집애를 죽이려다가 살해됐다. 아직 아무도 토머스를 체포하러 오지 않는 게 굉장한 행운으로 느껴졌다. 어쩌면 그들은 그의 사병들이 독단적으로 계획을 짠 거라고 생각하는 건지도 모른다. 하지만 코린의 무심하기 짝이 없는 목소리를 떠올리자 토머스는 그럴 리가 없다는 것을 깨달았다. 그들은 다 알면서도 신경 쓰지 않는 걸지 모른다.

앤이 트렁크 걸쇠를 잠근 다음 거울로 자신의 모습을 비춰 보았다. 토머스의 눈에는 보석을 걸치지 않으니 그녀가 꼭 벌거벗은 것 같았지만 그녀는 만족한 얼굴이었다. 흘러내린 머리카락 한 가닥을 귀 뒤로 넘기고 그녀는 미소를 짓고서 트렁크 손잡이를 잡고 그를 향해 돌아섰다. 그녀의 눈이 그를 꿰뚫을 것만 같았고 토머스는 왜 전에는 몰랐을까 하고 생각했다. 그녀의 눈은 따뜻하고 밝은 파란색이었다.

"난 널 때린 적이 없어. 단 한 번도 없었다고."

그가 그녀에게 말했다.

앤은 미소를 지었다. 상냥한 미소였지만 입가에 떠오른 불쾌한 빛을 감추지는 못했다.

"옷, 보석, 음식, 금화. 그걸로 충분한 대가를 지불했다고 생각하죠, 토머스 님? 그렇지 않아요. 근처에도 못 가요. 하지만 곧 대가를 지불하게 되겠죠."

타일러 신부는 마지막 닭고기 조각을 먹은 다음 떨리는 손으로 포크를 내려놓았다. 그는 두려웠다. 부드럽게 삶은 평범한 닭고기로 점심을 먹으려고 자리에 막 앉는 순간에 호출이 왔다. 어차피 음식에 별로 관심이 없었지만 지난 이틀 동안에는 그야말로 기계적으로 먹었고 모든 게 먼지 씹는 맛이었다.

처음에는 좀 의기양양했었다. 그는 당대 최고의 사건 중 하나에서 역할을 맡았다. 타일러의 인생에서는 별로 대단한 사건이 없었다. 그는 앨먼트 평원에서 농부의 일곱 자식 중 하나로 자랐고, 여덟 살이 되었을 때 아버지가 그를 십일조 대신 그 지역 사제에게 바쳤다. 타일러는 당시에도, 지금도 아버지의 결정을 원망하지 않았다. 그는 많은 자식들 중 하나였고, 먹을 것은 언제나 부족했다.

교구 사제였던 앨런 신부는 좋은 사람이었다. 그는 심각한 통풍을 앓고 있어서 보조가 필요했고, 그래서 타일러에게 글을 가르치고 첫 번째 성경을 주었다. 열세 살이 될 무렵 타일러는 앨런 신부가 설교를 쓰는 것을 도왔다. 교구민은 그리 많지 않아서 서른 가구 정도였지만, 신부는 그들 모두를 살필 수가 없었다. 그의 통풍이 악화되며 타일러가 신부의 순회를 대신하여 가족들을 방문하고 그들의 문제를 들어주었다. 너무 나이가 많거나 아파서 회개하러 교회에 올 수 없는 사람들을 위해 타일러는 아직 서품을 받지 않았음에도 그들의 고해성사를 들어주었다. 그는 그게 엄격하게 보면 죄이긴 하겠지만 신께서 별로 신경 쓰지 않으실 거라고 생각했다. 특히 죽어가는 사람들의 경우에는 더더욱.

앨런 신부가 승격해서 뉴런던으로 소환되면서 타일러를 데려갔고, 타일러는 아배스에서 교육을 마치고 열일곱 살에 서품을 받았다. 자신의 교구를 가질 수도 있었지만, 그의 지도 담당자들은 그가 대중에게 설교하는 데에는 안 어울린다는 걸 이미 알고 있었다. 그는 사람들을 돌보는 것보다 연구를 더 좋아했고, 종이와 잉크로 하는 일을 더 좋아했다. 그래서 아배스의 서른 명의 회계 담당자 중 한 명이 되어 주변 교구에서 들어오는 십일조와 공물을 기록하게 되었다. 그것은 편안한 일이었다. 가끔씩 추기경이 교구에서 들어온 수입을 빼돌려 자신의 생활비로 쓰려고 하고, 한두 달에 한 번쯤 흥미진진한 일이 생기기도 하지만, 대부분의 경우에 회계 업무는 생각하고 읽을 여유가 풍부한 조용한 일이었다.

타일러는 거의 1년 치 수당을 들여 산 질 좋은 티어링 참나무로 된 열 개의 선반에 꽂힌 책들을 바라보았다. 처음 다섯 권의 책은 교구민 여인이 죽으며 유품으로 교회에 남긴 것이었다. 칼라일 추기경은 유품을 받으면 언제나 빼돌렸지만 책은 아무 쓸모가 없어서 젊은 타일러 신부의 책상에 던지고서 말했다.

"자네가 그 여자의 신부였지. 마음대로 하게."

타일러는 당시 스물세 살이었다. 성경은 수십 번쯤 읽었지만 세속의 책은 새로운 거라 그는 책을 펴고 읽기 시작했다. 처음에는 대충 읽었지만 땅에서 돈을 주운 사람처럼 행운을 얻은 기분으로 감탄해서 한 장 한 장 넘기게 되었다. 그날로 그는 학자가 되었다. 수년이 지나서야 스스로 그 사실을 알게 되었지만 말이다.

더 이상 불가피한 일을 지체할 수는 없었다. 타일러는 자신의 조그만 방을 나와서 느릿느릿 복도를 걸어갔다. 벌써 7, 8년째 왼쪽 골반의 관절염으로 고생하고 있었지만 지금 천천히 가는 건 고통 때문이라기보다는 가고 싶지 않아서였다. 그는 훌륭한 회계 담당자였고 아배스에서의 삶은 편안한 시간이었다……. 나흘 전, 모든 것이 바뀌기 전까지는.

그는 거의 겁에 질려서 대관식을 집전하며 도대체 운명이 어디서 꼬였기에 메이스가 그의 문앞에 나타났던 걸까 생각했다. 타일러는 헌신적인 사제이자 수도자이고, 인류가 크로싱 시대를 거치게 만든 신의 위대한 계획을 믿었다. 하지만 그는 행동가는 아니었다. 수십 년 전에 설교도 그만두었고 매년 점점 더 책의 세상으로, 과거로 빠져들고 있었다. 교황이 결정했다면 그가 대관식을 집전하는 장본인으로 뽑혔을 리가 전혀 없는데, 메이스는 그의 방문을 두드렸고 그는 가야만 했다.

나는 신의 위대한 계획의 일부야. 갑자기 그 생각이 떠올랐다가 똑같이 쏜살같은 속도로 사라졌다. 그는 티어링 왕가의 역사를 속속들이 알았다. 윌리엄 티어의 위대한 사회주의적 환상은 상륙 시대 이후로 점점 무너지고 쇠락하다가 결국 조너선 티어가 암살되는 끔찍한 재앙으로 끝이 났다. 랠리가가 왕좌를 이어받았지만 랠리 가문은 예전에도, 지금도 티어 가문의 발치에도 못 미쳤다. 그리고 이제 그들은 선크로싱 시대 유럽의 다른 왕족들만큼이나 멍청하고 타락했다. 너무 많은 근친혼과 부족한 교육 탓이리라. 그들은 같은 잘못을 다시, 또다시 반복하는 인간의 습성에 대해서도 거의 이해하지 못했다. 하지만 타일러는 역사가 전부임을 알았다. 미래는 다시 일어날 때만을 기다리는 과거 재앙의 반복일 뿐이었다.

대관식 때까지 그는 왕궁 잔디밭에서 일어난 사건에 대해서 듣지 못한 터였다. 은둔하여 역사 연구에만 빠져 있어서 현재의 일에는 애처로울 만큼 무심했던 것이다. 하지만 그 이래로 형제 사제들은 그를 혼자 두려 하지 않았다. 계속해서 신학이나 역사의 어느 부분에 대해 알려달라며 그의 방문을 두드리고서는 여왕의 대관식에 관한 이야기를 조금이라도 들을 때까지는 나가지 않았다. 대신 그들은 타일러에게 추첨에 뽑힌 사람들을 풀어주고 우리를 태운 이야기를 들려주었다.

오늘 아침에는 와이드 신부가 아배스 계단에 줄을 선 가난한 사람들에게 빵을 나눠 주고서 곧장 왔다. 와이드 신부의 말에 따르면 가난한 사람들은 그녀를 '참된 여왕'이라고 부른다고 했다. 타일러도 그 이름을 알고 있었다. 그것은 선크로싱 시대 아서왕 전설의 여성판으로 이 땅을 끔찍한 고난에서 구하고 황금시대를 이룩할 여왕을 의미하는 것이었다. 참된 여왕은 동화이자 아이를 잃은 어머니들을 위한 위안 같은 거였다. 그런데도 와이드의 말에 타일러의 심장이 벌떡 뛰었고, 그는 갑자기 눈물이 솟구치는 눈을 감추기 위해 창문을 쳐다봐야 했다.

나는 신의 위대한 계획의 일부야.

하지만 교황에게 뭐라고 말해야 할지는 알 수가 없었다. 여왕은 신의 교회에 충성을 맹세하기를 거부했고, 타일러조차도 그 맹세의 중요성을 알았다. 섭정은 도덕적인 구석이라고는 없었지만 교황의 손아귀에 있었고 교회에 많은 돈을 기부했으며 왕궁 안에 교회당을 짓는 것도 허용했다. 떠돌이 수도사가 열렬한 청중들에게 고대 루터파 신앙에 대해서 설교를 하고 다녔다가는 쥐도 새도 모르게 사라져서 다시는 찾을 수 없었다. 아무도 이런 이야기는 하지 않았지만 타일러는 관찰력이 뛰어났고 교회의 타락상에 대해서도 잘 알았다. 수년간 그는 신을 온 마음으로 사랑하기에, 그리고 조그만 방에서 자신의 책에 둘러싸여 조용히 죽고 싶은 마음에 은둔을 선택했지만 이제는 세상의 커다란 사건에 휩쓸려버렸다.

교황의 알현실로 이어지는 널따란 대리석 계단을 올라가는 동안 좁은 가슴뼈 안쪽으로 심장이 쿵쿵 뛰었다. 물론 그가 늙은 탓도 있지만, 사실 겁이 났다. 교황과의 사적인 대화는 타일러의 서품식 때 축하의 말 몇 마디가 끝이었다. 그게 얼마나 오래된 일이지? 50년은 지났을 것이다. 교황도 타일러와 마찬가지로 늙어서 이제는 거의 백 살에 가까웠다. 부자들이 오래 사는 티어링에서도 교황의 나이는 대단한 거였다. 하지만 병마가 교황을 좀먹고 있었다. 폐렴과 열병을 앓고 있었고 일종의 소화기 장애로 고기를 먹어서는 안 되는 상태였다. 몸은 시들어가도 그의 두뇌는 여전히 예리해서 섭정을 능수능란하게 다뤘고, 아배스는 이제 선크로싱 시대 이래 들어본 적 없을 정도의 황금과 사치품으로 가득했다. 수많은 광물을 갖고 있는 카다르인들도 자신들의 신전에 이 정도의 부를 쏟지는 않았다.

타일러는 고개를 흔들었다. 교황은 우상숭배자였다. 아마 그들 모두가 그럴 것이다. 여왕이 맹세를 거부하던 순간에 타일러는 평생 처음으로 즉각적인 결정을 내렸다. 티어링에는 탐욕에 잠식된 교회에 충성하는 여왕이 필요하지 않았다. 티어링에는 그냥 여왕이 필요했다.

두 명의 복사가 알현실 문 앞에 서 있었다. 머리와 눈썹을 밀었지만 그들은 교황의 모든 종자들이 그렇듯이 족제비상을 하고 있었다. 둘 다 거만하게 히죽거리며 문의 빗장을 풀고 양쪽으로 열었다. 그들의 메시지는 분명했다. *당신 이제 큰일 났어.*

나도 알아. 누구보다도 잘 알지. 타일러는 그렇게 생각했다.

그는 일부러 시선을 내린 채로 문지방을 넘어섰다. 교황은 사람들이 제대로 경의를 표하지 않으면 까다로워지기로 유명했다. 알현실의 벽과 바닥은 물에 씻겨 새하얗게 된 돌만을 골라 만들어서 자연광 아래서 방 안이 실제로 빛을 뿜어내는 것처럼 보였다. 그리고 굉장히 따뜻했다. 자연광이 안으로 들어와서는 그 열기가 나갈 곳이 없기 때문이었다. 폐렴에 수차례 시달렸던 교황은 굉장히 따뜻한 것을 좋아했다. 교황의 참나무 성좌가 방 한가운데의 연단 위에 위치하고 있었지만 타일러는 연단 아래쪽에 멈춰서 신중하게 고개를 숙인 채 기다렸다.

"아, 타일러. 이리 오게."

타일러는 연단의 계단을 올라가서 자동적으로 교황이 내민 손을 잡고 루비 반지에 입을 맞춘 다음 두 번째 층으로 내려가서 무릎을 꿇었다. 왼쪽 골반이 즉시 욱신거리기 시작했다. 관절염 때문에 무릎을 꿇는 건 언제나 고역이었다.

고개를 들고서 타일러는 약간 동정심이 솟구치는 것을 느꼈다. 한때 교황은 덩치 좋은 중년 남자였지만 지금은 몇 년 전의 발작으로 한쪽 팔이 완전히 쇠약해져 쓸 수가 없었고 얼굴 역시 비뚤어져서 오른쪽 얼굴만 바람이 멎은 돛처럼 늘어져 있었다. 지난 몇 달 동안 아배스는 교황이 죽어가고 있다는 소문으로 들썩거렸고 타일러는 그게 사실인 것 같다고 생각했다. 교황의 피부는 양피지처럼 반투명했고 대머리에서는 진짜 뼈가 드러나 보였다. 나이가 들면서는 몸도 오그라져서 이제는 거의 어린아이 정도의 덩치가 하얀 벨벳 로브에 푹 파묻혀 있었다. 그가 타일러에게 관대한 미소를 짓자 타일러는 재빨리 다시 경계 자세로 돌아갔다. 동정심은 순식간에 사라졌다.

교황의 옆에는 타일러가 두려워했던 대로 앤더스 추기경이 두툼한 진홍색 실크 로브를 두르고 서 있었다. 추기경의 로브는 티어링의 염색공들이 완벽한 빨간색을 만들지 못해서 한때 오렌지색에 가까웠다. 하지만 앤더스의 로브는 진짜 빨간색이었다. 이것은 교회가 다른 사람들과 마찬가지로 암시장을 통해 모트메인에서 나온 칼레산 염색약을 사들이고 있다는 분명한 표시였다. 앤더스는 로브에다 망치 모양의 조그만 금제 핀도 꽂고 있었다. 이것은 섭정의 반(反)동성애 부대에 있던 시절의 기념품이었다. 동성애에 대한 앤더스의 혐오는 유명했고 아배스에서도 꽤나 두드러질 정도였다. 섭정에게 특별법 집행 부대에 관해 처음 제의한 것도 그라는 소문이 있었다. 몇 년 전에 그는 한 걸음 더 나아가서 자유 시간에 그 임무를 자청했다. 현직 추기경이 법 집행관으로 일한다는 것은 상당한 추문거리였지만 앤더스는 그만두기를 거부하고 몇 년 동안 그 부대에 있었다. 타일러는 앤더스가 마침내 그 임무를 끝냈음에도 왜 로브에 그 핀을 꽂고 있도록 교황이 허락한 걸까 궁금했다.

앤더스 추기경이 이 알현에 참석했다는 건 큰일이라는 뜻이었다. 그는 타일러보다 스무 살이나 어린 마흔세 살밖에 되지 않았지만 교황의 확실한 후계자였다. 앤더스는 여섯 살이라는 어린 나이에 처음 아배스에 왔다. 그의 부모는 독실한 귀족이었고 그가 태어날 때부터 사제로 만들 생각이었다. 영리하고 악랄했던 그는 놀라운 속도로 승급을 거듭했고, 스물한 살 나이에 최연소로 뉴런던 주교직에 올랐다. 그러고는 겨우 몇 년 후에 추기경이 되었다. 그 세월 동안 그의 얼굴은 전혀 변하지 않았다. 나무 판에 조각한 것 같은 거친 인상에 사춘기 시절 여드름으로 인한 흉터가 남았고, 동공과 홍채가 구분이 안 될 정도로 눈동자는 검었다. 그를 보고 있으면 티어링 참나무를 보는 것 같았다. 타일러는 탐욕스러운 사제, 타락한 사제, 심지어는 교회가 부정하는 변태적인 성적 욕구로 괴로워하는 사제들도 만나보았음에도 다음 교황이 될 이 무표정한 얼굴은 볼 때마다 굉장히 그를 불안하게 했다. 신의 작품과 악마가 저지른 공포를 똑같이 무심하게 볼 것 같은 얼굴이었다. 타일러는 교황을 좋아하지도, 신뢰하지도 않았지만 최소한 교황은 신앙과 사리추구를 합쳐놓았다는 면에서 예측이 가능했다. 이런 사람과는 함께 지낼 수 있다. 하지만 앤더스 추기경은 전혀 달랐다. 타일러는 저지할 사람이 없어지면 그가 무슨 짓을 할지 상상도 가지 않았다. 교황은 허약한 금줄이었고, 조만간 사라질 사람이었다.

"교황 성하를 위해 제가 무엇을 하면 되겠나이까?"

교황이 낮게 웃었다.

"내가 자네의 역사에 대한 특별한 지식에 대해 묻자고 여기 불렀을 것 같은가, 타일러? 물론 아니지. 자네는 최근에 특별한 일을 겪지 않았던가."

타일러는 자신의 열렬하면서도 비굴한 어조가 정말 싫었다.

"저를 찾은 건 철퇴의 라자러스였습니다, 성하. 그는 제가 즉시 필요하다고 분명하게 말했습니다. 그러지 않았다면 저는 다른 사제를 보냈을 겁니다."

"메이스는 굉장히 무시무시한 방문객이지."

교황이 가볍게 말하고서 물었다.

"그래, 우리의 새 여왕은 어떻던가?"

"지금쯤 그 이야기를 듣지 못한 티어링 사람은 단 한 명도 없을 것입니다, 성하."

"대관식 사건은 나도 잘 안다네, 타일러. 많은 곳에서 이야기를 들었지. 이제는 자네에게서 듣고 싶군."

타일러는 여왕이 한 말을 반복하며 교황의 얼굴이 어두워지는 것을 보았다. 교황이 의자에 몸을 기대고 생각에 잠긴 표정을 지었다.

"맹세를 거부했단 말이지."

"그렇습니다."

앤더스가 끼어들었다.

"그런데도 그대는 대관식을 끝까지 집행했군요."

"그것은 전례가 없는 일이었습니다, 추기경님. 저는 어떻게 해야 할지를 몰랐습니다. 정해진 규칙도 없고…… 시간도 없고…… 그게 이 나라를 위한 최선의 행동 같았습니다."

"그대의 최우선적인 관심사는 이 나라의 안위가 아니라 신의 교회의 안위입니다. 이 나라와 그 백성들은 통치자가 염려할 일이지요."

앤더스가 말했다.

타일러는 그를 응시했다. 그 말은 새 여왕이 대관식에서 한 말과 거의 동일했지만, 의미는 완전히 동떨어져 있었다. 앤더스가 마치 외국어로 말한 것 같은 느낌이었다.

"저도 압니다, 추기경님. 하지만 저는 고민할 시간이 없었고 선택을 해야만 했습니다."

두 고위 사제가 잠깐 동안 가느다란 눈으로 그를 응시했다. 그러다가 교황이 어깨를 으쓱이고 미소를 지었다. 너무 환한 미소라 타일러는 계단 아래로 물러나고 싶을 정도였다.

"뭐, 어쩔 수 없었겠지. 자네가 그런 상황에 말려들었다니 참 불운한 일일세."

"예, 성하."

타일러가 대답했다. 이제 골반이 심하게 욱신거렸다. 관절염이 신나게 그의 뼈를 공격하고 있는 모양이었다. 그는 교황에게 일어서도 되겠느냐고 물을까 하다가 그만두었다. 눈앞의 두 사람에게 약점을 보이는 건 큰 실수일 것이다.

"여왕에게는 새로운 왕궁 사제가 필요할 거야, 타일러. 팀파니 신부는 섭정의 사람이었으니까 여왕은 당연히 그를 신뢰하지 않겠지."

"예, 성하."

"대관식에서 자네의 역할로 볼 때 자네가 논리적인 선택일 거야."

그 말은 타일러에게는 아무 의미도 없었다. 그래서 그는 기다렸다.

"여왕은 자네를 신뢰할 거야, 타일러. 맹세를 하지 않았는데도 자네가 대관식을 치러줬으니까 아마 우리 중 그 누구보다도 신뢰하겠지."

교황이 진지하다는 것을 깨닫고 타일러는 말을 더듬었다.

"그 역할에는 다른 사람이 더 걸맞지 않을까요, 성하? 좀 더 경험 많은 사람이요."

다시금 앤더스가 대답했다.

"여기 있는 우리 모두 신의 사람들입니다, 신부님. 신과 교회에 대한 헌신이 카이사르에 대한 그대의 연구보다 훨씬 더 중요합니다."

타일러는 자신의 신발을 내려다보았다. 악몽이 현실로 살아나는 것 같은 느낌에 배 속이 울렁거렸다. 그는 견책을 받을 거라고, 어쩌면 한동안 다른 임무를 받게 될 거라고 생각하며 왔다. 사소한 위반을 저지른 사제들은 대체로 얼마 동안 부엌에서 접시를 닦거나 쓰레기를 치우게 되었다. 하지만 방에서 책을 벗 삼아 혼자 생각하며 시간을 보내길 바라는 사제에게 왕실 사제로의 임명은 훨씬 끔찍한 일이었다. 아마도 최악의 일일 것이다.

어쩌면 여왕에겐 왕궁 사제가 필요하지 않을지도 몰라. 우리 모두를 왕궁에 출입 금지하고 그 불경한 교회당을 허물어버릴지도 모르지.

"우리는 이 여왕에 대한 눈과 귀가 필요하다네, 타일러. 여왕은 맹세를 하지 않았고, 그건 이 여왕의 통치하에서 신의 교회가 엄청난 위기에 처했다는 의미야."

교황의 말투는 속기 쉬울 정도로 상냥했다.

"예, 성하."

"나한테 직접 분기별로 보고서를 보내도록 하게."

교황에게 직접? 타일러의 불안감이 더 강해졌다. 교황과 교회의 다른 사람들, 이 나라의 다른 사람들 사이를 연결해주는 사람이 앤더스였다. 그런데 왜 앤더스가 아니고? 답이 즉시 튀어나왔다. 교황이 후계자로 앤더스를 직접 뽑긴 했지만, 그런 교황조차 이 남자를 신뢰하지 않는 것이다.

난 호랑이 굴에 빠졌어, 타일러는 비참한 기분으로 생각했다.

"제가 무엇을 보고하면 될까요, 성하?"

"왕궁에서 일어나는 일 중에 교회과 관계가 있는 것은 모두 다."

"하지만 성하, 여왕이 알 겁니다! 여왕은 멍청하지 않습니다."

교황의 눈이 그를 뚫어져라 응시했다.

"이 교회에 대한 자네의 충성심이 이 보고서의 세세한 부분에서 드러날 것이야. 내 말 알겠나?"

타일러는 이해했다. 그는 첩자가 되는 거였다. 그는 그리운 자신의 방과 거기 있는 책들을 떠올렸다. 모든 것들이 교황의 커다란 손 아래 망가질 수 있었다.

"타일러? 내 말 알겠나?"

타일러는 고개를 끄덕이며 생각했다. *나는 신의 위대한 계획의 일부야.*

"좋아."

교황이 부드럽게 말했다.

제이블은 '도살업자의 계단'을 내려와 회색 망토를 벗었다. 누가 그를 보면 여왕의 근위병이라고 생각할 것이다. 그러길 바라서 입은 거였다. 사실 오래전에, 처음 이 일을 시작할 때에는 여왕의 근위대에 들어가려고 해봤다. 하지만 그들이 그를 받아주지 않아서 왕궁 정문을 경비하게 되었던 거였다. 그래도 회색 망토는 여전히 그에게 강력한 힘을 부여했다. 모든 사람들이 그의 앞에서 길을 피하거나 그에게 살짝 목례를 했고, 제이블은 자신의 키가 더 커진 기분이었다. 아무것도 없는 것보다는 환상이라도 있는 게 나았다.

계단 끝에는 좁은 골목이 있었고 머리 위로는 안개가 덮여 있었다. 그는 단검에 손을 올린 채 계속 걸어갔다. 거트 이 지역의 가로등은 오래전에 부서져서 안개 속으로 가끔 비치는 달빛이 길거리를 푸르스름하게 물들였다. 하지만 잠재적 범죄자들을 드러내는 데에는 도움이 되지 않았다. 제이블에게 돈은 없었지만 이 지역의 강도들은 그것부터 알아보기보다는 그냥 그의 갈비뼈에 칼을 박을 가능성이 훨씬 높았다.

문가에서 개 두 마리가 으르렁거렸다. 녀석들이 그가 왔다는 걸 알리는 것 같기도 했지만 제이블은 그저 경계하는 정도일 뿐 겁을 먹지는 않았다. 그는 내내 정문 경비병이었지만 대부분의 외부 경비들과 마찬가지로 경비실 너머 왕궁 안으로 들어가본 적이 없었다. 왕궁은 미스터리였다. 제이블의 주변은 여기, 그가 손바닥처럼 잘 아는 미궁 같은 골목과 어둠과 도피처로 이루어진 거트였다. 구역 전체가 언덕 사이의 구렁에 위치했고 안개가 항상 모여들었다. 숨길 만한 일을 하는 사람들도 여기로 모였고.

마침내 제이블은 페인트가 떨어져 나간 백엔드의 문 앞에 도착했다. 그는 혹시 누가 따라오지 않았는지 뒤를 돌아보았지만 회색 망토가 제 역할을 한 모양이었다. 아무도 여왕의 근위대와 문제를 일으키고 싶어 하지는 않는다. 특히 가난한 사람들이 새로운 여왕을 자신들의 투사로 받아들인 지금은. 사람들의 분위기에 별 관심이 없는 제이블 같은 사람조차 이 변화가 놀라웠다. 벌써 여왕에 대한 노래가 도시에 퍼지기 시작했다. 할 일 없는 가난뱅이 폭도들이 길을 돌아다니며 여왕의 이름을 외쳐 불렀고 거기 합류하지 않는 사람은 마구잡이로 두들겨 팼다. 그들은 제이블이 아는 모든 주정뱅이들과 똑같았다. 다음 날 아침에 대해 생각하지 않고 그저 긴 망각의 밤에 빠져드는 것만 즐기는 것이다. 하지만 곧 정신이 들 것이다. 지금도 모트군이 움직이고 있을 것이다. 병사들이 행군을 준비하고, 주물 공장에서는 초과근무를 하며 강철을 생산하고 있겠지. 모트메인을 생각하면 자동적으로 앨리가 사라지던 때가, 그녀의 긴 금발이 얼굴을 가리던 모습이 떠올랐다. 매일같이 앨리에 관해 또 다른 것, 다른 특징이 떠올라 그를 물고 놓아주지 않았다. 오늘은 실내에서는 호박색 같고 밖에 나가면 금색으로 보이던 앨리의 숱 많은 금발 머리였다. 술집 문을 여는 제이블의 손가락이 떨렸다. 안에는 위스키가 있겠지만, 아렌 소른도 있겠지.

백엔드는 술꾼을 위한 술집이었다. 좁고 창문 하나 없는 창고 같은 공간에 싸구려 나무 바닥에는 몇 년 치의 맥주가 스며들어 있었다. 가게 전체에서 효모 통 같은 냄새가 났다. 제이블의 단골집은 아니었지만 비렁뱅이가 이것저것 따질 순 없는 일이니까. 뉴런던의 좀 더 나은 지역은 새벽 한 시면 문을 닫았다. 해가 뜰 때까지 술을 마시고 싶으면 거트밖에는 갈 곳이 없었다. 하지만 이제 술집에는 거의 사람이 없었다. 거의 새벽 네 시가 다 됐고 날품팔이들조차 집으로 돌아갔다. 심각한 음주 문제가 있는 사람이나 정말로 악랄한 사업을 하는 사람만이 깨어 있는 시각이었다. 제이블은 자신이 둘 다가 아닐까 생각했다. 재앙이 덮쳐오는 듯한 느낌, 사악한 일이 일어날 것 같다는 느낌이 머리 위로 달라붙어 떨어지지 않았다.

제이블이 자정에 근무를 교대할 무렵에 아렌 소른의 쪽지가 왔고 그걸로는 아무것도 알 수가 없었다. 소른은 교활한 개자식이었고 쪽지에 뭔가 범죄의 증거가 될 만한 걸 담을 만큼 바보가 아니었다. 제이블은 전에 소른과 이야기를 나눠본 적이 없지만 쪽지를 거절한다는 건 어불성설이었다. 소른이 오라고 하면 가야 하는 법이다. 제이블에게는 모트메인으로 실려 갈 만한 남은 일가친척이 없었지만, 그래도 그와 똑같이 끔찍한 일을 소른이 얼마든지 생각해낼 수 있다는 걸 잘 알았다. 앨리의 머리카락이 머릿속에 다시 떠올랐다. 왕궁 잔디밭에서의 그날 이래로 세상의 모든 위스키를 다 마셔도 그녀 생각을 밀어놓을 수가 없었다.

어쨌든, 한 번 더 노력해봐야지. 제이블은 비참하게 생각했다.

소른은 술집 구석 자리에 양쪽 벽을 등지고 분명히 물이 담긴 듯한 컵을 홀짝이고 있었다. 소른이 술을 마시지 않는다는 건 잘 알려진 사실이었다. 그의 절주 습관과 큰 키에 비쩍 마른 몸, 허약한 건강이 합쳐져서 그는 근무 초기에 섭정의 반동성애 깡패들의 주요 목표물이 되었다. 덕택에 인구조사부 수장이 되기 전까지는 그들에게 여러 번 구타를 당했다. 그자들이 아직까지 살아서 돌아다니고 있을까? 제이블은 아마 아닐 거라고 생각했다.

가끔 소른을 직접 상대하곤 하는 빌은 소른이 술을 마시지 않는 이유는 뻔한 거라고 했다. 그는 잠깐이라도 통제력을 잃는 걸 싫어한다는 거였다. 제이블은 이 분석이 아마 맞을 거라고 생각했다. 술집은 거의 비어 있었지만 소른의 눈은 제이블에게 잠깐 멎었다가 순식간에 그를 무시하고 다시 가게 안을 살피며 누가 자신을 알아차렸는지, 누가 인구조사부 감독관과 정문 경비가 만나는 걸 보는지, 누가 신경을 쓰는지 등을 살피고 있었다.

소른의 옆에는 브레나가 앉아 있었다. 제이블은 전에 그녀를 본 적이 없었지만 누군지 금방 알아보았다. 그녀의 피부는 반투명한 진줏빛으로 우유처럼 하얘서 팔 아래 뻗어 있는 파란 혈관까지 보일 정도였다. 그녀는 나이를 알 수 없었고 숱이 적은 금발이 얼굴을 감싸고 있었다. 티어링의 다른 사람들과 마찬가지로 제이블 역시 그녀에 대해 들어는 봤지만, 그녀를 본 사람은 거의 없었다. 그녀가 밤에만 나오기 때문이었다.

악랄한 일, 제이블은 다시금 생각하고서 바에 위스키 두 잔을 주문했다. 두 번째 잔은 그냥 마시고 싶어서였고 첫 번째는 앨리의 이름을 추첨함에서 뽑았던 당사자인 아렌 소른과 한자리에 앉기 위해서 꼭 필요한 거였다. 술이 나오자 제이블은 첫 잔을 거의 꿀꺽꿀꺽 들이켰다. 하지만 두 번째 잔은 그냥 들고서 가능한 한 바에 오래 앉아 있으려고 노력하며 아래만 내려다보았다.

의자 세 개 옆쪽으로 반투명한 하얀 블라우스에 염색한 게 분명한 금발의 나이 든 창녀가 있었다. 그녀가 곡예사 같은 자세로 바에 몸을 기대자 부자연스럽게 가슴이 5센티쯤 더 앞으로 튀어나왔다. 여자가 제이블을 무심한 눈으로 쳐다보았다.

"여왕의 근위대에 있어요?"

제이블은 고개만 끄덕였다.

"박는 데 5파운드, 해주는 데 10파운드."

제이블은 눈을 감았다. 3년 전에 창녀와 해보려고 했던 적이 있었지만 물건을 세울 수가 없었고, 결국 그는 울고 말았다. 여자는 굉장히 상냥하고 이해심이 많았지만 그것은 수박 겉 핥기식의 이해일 뿐이었고 제이블은 그녀가 그를 빨리 보내고 다음 손님을 받고 싶어 한다는 걸 느낄 수 있었다. 일은 어쨌든 일이니까.

"아니, 됐어."

그가 중얼거렸다. 창녀는 어깨를 으쓱이고 깊게 숨을 들이켠 다음 남자 두 명이 더 술집으로 들어오자 가슴을 더 앞으로 내밀었다.

"자기 손해지."

"제이블, 이리 와 앉지."

소른의 낮고 부드러운 목소리가 술집 저편에서 또렷하게 들렸다.

제이블은 위스키를 들고 가게를 가로질러 가서 앉았다. 소른이 탁자로 몸을 기울이고 길고 가는 팔로 팔짱을 꼈다. 소른을 볼 때마다 그에게 팔다리가 너무 많은 것 같다는 기분이 들었다. 제이블은 시선을 돌려 브레나가 자신을 응시하는 것을 발견했다. 소문에 따르면 그녀는 완전한 장님이라는데도. 그녀의 희끄무레한 눈에는 알비노 특유의 분홍빛이 돌았다. 소른이 어떤 여자를 자기 걸로 고를지 추측을 한다면, 딱 이런 타입이 떠오를 것이다. 사람들에게 따돌림받고, 앞을 못 보는 의존적인 여자. 빌은 그녀가 소른이 거트에서 보낸 어린 시절의 잔재로 언제나 함께 있다고, 그녀가 소른이 이 세상에서 신경 쓰는 유일한 존재라고 말했었다. 하지만 그것은 아렌 소른 같은 사람에게도 선한 면이 있다는 걸 보여주고 싶어 하는 멍청한 이야기꾼이 지어낸 이야기일 뿐이다. 제이블은 브레나가 소른의 후원을 받기 위해서 어떤 일을 하는지 궁금했지만 감히 그런 질문을 할 수는 없었다.

"그녀는 자네가 빤히 쳐다보는 걸 좋아하지 않아."

제이블은 재빨리 시선을 돌렸다가 소른과 눈이 마주쳤다.

"자넨 정문 경비지, 제이블."

"예."

"자네 일이 좋은가?"

"그냥 괜찮습니다."

"정말로?"

"합법적인 일이니까요."

제이블은 독선적으로 들리지 않길 바라며 말했다. 누군가는 소른의 현재 직업도 합법적이라고 말할지 모르지만, 그런 자들은 아내의 금발 머리가 파이크 언덕 너머로 사라지는 걸 볼 일이 없는 드문 사람들일 것이다.

"자네 아내가 6년 전에 선적됐지."

"제 아내는 상관하실 바가 아닙니다."

"선적되는 모든 것들은 내가 상관할 일이야."

소른의 눈이 제이블의 움켜쥔 주먹으로 향했고 그의 미소가 커졌다. 소른 같은 사람은 상대방이 숨기려고 하는 것들을 알아채곤 한다. 제이블은 눈가로 브레나를 보았고, 그녀의 삶이 어땠을지 생각하지 않을 수가 없었다. 소른이 물컵을 집었고 제이블은 그 모습을 끔찍한 기분으로 쳐다보았다.

저 손이 앨리를 우리에 집어넣었어. 1센티만 왼쪽으로 갔어도 다른 사람의 아내가 뽑혔을 텐데.

"제 아내는 물건이 아닙니다."

"화물이지. 대부분의 사람들이 화물이고, 화물이 되는 데에 만족해. 나는 선적을 처리하는 데에 만족하고."

소른이 별거 아니라는 투로 말했다.

그 말은 사실이었다. 모트로의 사람 수송이 합법적으로 시행되기 전에도 노예 매매는 티어링에서 융성하는 지하 산업이었고, 소른이 바로 그 중심에 있었다. 인구조사부 감독관이 된 다음에도 소른은 여전히 더 독특한 것, 어린아이나 빨간 머리, 심지어는 카다르 출신 흑인 여자 같은 걸 원할 때 찾아야 하는 인물이었다. 제이블은 거기 앉아서 아내를 디메인으로 보낸 이 인간 상인과 뭘 하고 있는 걸까 생각했다. 하지만 갑자기 어떤 생각이 떠올랐고, 위스키가 혈관을 타고 돌면서 그 생각이 점차 구체화되었다. 왜 전에는 이 생각을 못했을까.

정문 경비병들은 각자 두 개의 무기를 들고 다녔다. 짧은 검과 더 작은 단검이었다. 단검은 지금 제이블의 허리띠에 꽂혀 있었다. 손잡이가 왼쪽 갈비뼈를 누르는 불편한 무게감이 느껴졌다. 그는 대단한 전사는 아니었지만, 굉장히 빨랐다. 지금 단검을 꺼내면 소른의 오른손을 잘라버릴 수 있을 것이다. 오른쪽으로 갔으면 좋았을 텐데 왼쪽으로 움직여 모든 것을 바꿔버렸던 그 손을. 소른의 오른손을 잘라버리면 그다음에는 저 남자에게 꽤 큰 부상을 안길 수 있을지도 모른다. 소른도 빠르다고 알려져 있지만, 경호원도 없이 여기 왔으니까. 아마 제이블을 위협으로 여기지 않았던 것이리라.

제이블은 두 번째 잔을 쥐고 단번에 들이켜며 소른의 손과 단검 사이의 거리를 재보았다. 몇 분 전에는 소른이 두려웠지만, 갑자기 세상 어떤 처벌도 지금 여기서 이룰 수 있는 일에 비하면 중요치 않게 느껴졌다. 인구조사부는 소른이 없다고 무너지지 않을 것이다. 이미 확실하게 조직화되어 있으니까. 하지만 소른을 잃으면 엄청난 타격이 될 것이다. 소른은 두려움을 통해 부서를 다스렸고 그런 두려움은 위에서 아래로만 작용하는 법이다. 제이블에게는 오른손으로 단검을 쥘 여유가 없었다. 왼손으로 뽑아 들고 잘되기만을 바라는 수밖에. 그는 소른의 손과 자신의 손 사이의 거리를 눈으로 가늠했다.

"자넨 성공하지 못할 거야."

제이블은 시선을 들어 소른이 다시 미소를 짓고 있는 것을 보았다. 입술이 가늘어지고 냉정하면서도 즐거운 듯한 표정이었다.

"그리고 설령 성공한다 해도 자네도 죽을 거고."

제이블은 멍하니 그를 보았다. 소른의 옆에서 그 여자, 브레나가 녹 슨 경첩 소리처럼 날카로운 웃음을 터뜨렸다.

"자네 술에 약을 탔다네, 정문 경비. 10분 안에 나한테서 해독제를 받지 않으면 고통스럽게 죽을 거야."

제이블은 빈 술잔을 내려다보았다. 소른이 거기 뭔가 넣을 수 있었을까? 그래, 제이블이 저주받은 알비노를 힐끔거리는 동안에. 소른은 거짓말을 하지 않는다. 얼음으로 둘러싸인 파란 바다 같은 그의 눈을 한 번만 봐도 그가 진실을 말하고 있다는 걸 알 수 있다. 제이블은 알비노를 다시 보고 그녀가 사랑스럽다는 듯이 소른을 보고 있는 것을 발견했다. 그녀의 부연 분홍색 눈은 그의 얼굴에 고정되어 있었다.

"내 직업에서 가장 안 좋은 게 뭔지 아나? 아무도 이게 일일 뿐이라는 걸 이해하지 못한다는 거야. 단지 그뿐인데 말이야. 내가 기억하는 것만 해도 열다섯 번이나 사람들이 뉴런던과 모트 국경 사이에서 선적물을 기습하려고 했었지. 대체로 크리드 끄트머리를 지나자마자 공격을 해. 거기는 수백 킬로미터에 걸쳐 초원밖에 없어서 밀밭 사이에 군대도 숨길 수 있거든. 그리고 알다시피 그중 열 번은 그런 멍청한 짓 말라고 말로 설득할 수 있었지. 간단한 일이었고, 난 그자들을 처벌하지도 않았어."

"그렇겠죠."

제이블이 중얼거렸다. 그의 심장이 이제 불편하게 쿵쿵거렸다. 배 속이, 배꼽 바로 아래가 살짝 뒤틀리는 것도 같았다. 그저 상상일 뿐이라고 생각하기도 어려웠고, 상상이 아니라고 생각하는 것도 어려웠다. 그의 배 속을 헤집는 것이 효력을 발휘하기 전에, 지금 소른을 공격해야 한다. 하지만 소른은 그에 대비하고 있었다. 제이블에게는 유리한 점이 없었다.

"난 그자들을 처벌하지 않았어. 그저 상황을 설명하고 놓아줬을 뿐이지. 왜냐하면 이건 그냥 일이니까. 그들은 착각을 했던 거고, 내 우리를 망가뜨리지도 않았어. 그저 말을 좀 놀라게 만들었고, 그런 건 쉽게 바로잡을 수 있거든. 겨우 5분에서 10분쯤 늦어졌을 뿐이고. 나는 실수에 대해서 처벌하지 않아. 최소한 첫 번째 실수에 대해서는. 하지만 다른 다섯 번은—"

소른이 몸을 앞으로 기울였다. 그의 눈은 불쾌한 정의감으로 반짝였고,

제이블은 독약의 효과를 확실하게 느꼈다. 배 속 깊은 곳이 소화가 안 되는 것처럼 조여드는 느낌. 그저 불편할 뿐이었지만, 제이블은 더 강력하게, 더 빠르게 효력이 발휘될 수 있다는 것을 직감했다.

"다른 다섯 번은 이야기에 관심이 없었어. 그들의 눈을 보고 있자니 내가 100년을 붙잡고 말을 해도 그자들은 어쨌든 내 우리에 달려들 거라는 걸 알겠더군. 어떤 사람들은 자기가 게임에서 질 거라는 걸 모르거나 알아도 상관하지 않아."

제이블은 이런 걸 묻는 자신이 싫었지만, 그래도 어쩔 수가 없었다.

"그들을 어떻게 했죠?"

"본보기로 삼아야 했지. 어떤 사람들은 계산을 잘 못 하지만, 본보기를 보여주면 금방 이해하거든. 그래야만 했다는 건 물론 유감이야—"

물론 그러시겠지, 이 망할 자식. 당연히 그럴 거라고 믿어. 제이블은 생각했다.

"—하지만 그건 꼭 필요한 일이었어. 그리고 이런 교훈으로 사람들이 얼마나 빠르게 바로 서는지를 알면 자네도 놀랄 거야. 예를 들어 자네의 경우에 말이지—"

소른의 낮고 인내심 가득한 목소리는 견디기가 어려웠다. 제이블은 다시 교실로 돌아간 것 같은 기분이었다. 열두 살에 집에서 도망친 이래로 한 번도 그리워해본 적이 없는 경험 중 하나였는데. 그는 알비노를 보았고 그녀의 초점 없는 눈이 똑바로 자신을 향하고 있는 것을 보고 황급히 시선을 돌렸다.

"자네는 단검을 꺼내 날 없앨 수 있다고 생각했지. 마치 내가 이미 대비를 하지 않았을 것처럼 말이야. 이미 한참 전에 말이지, 난 태어난 그날이라 해도 자네 정도를 상대할 대비는 하고 있었을 거야."

제이블은 한때 들었던 소문을 떠올렸다. 소른의 어머니가 거트의 창녀였

고, 소른이 태어난 지 몇 시간밖에 되지 않았을 때 노예상인에게 팔았다는
거였다. 제이슨의 배 속이 이번에는 더 날카롭게, 누군가가 그의 배꼽 안쪽
으로 손을 넣어 내장을 움켜쥐고 뭔가가 끊어질 때까지 비틀고 있는 것처
럼 조여들었다. 그는 몸을 뒤로 기대고 계획을 떠올리려고 노력하며 천천
히 숨을 쉬었지만, 고통이 위스키가 불러일으킨 용맹함을 짓밟고 있었다.
제이블은 언제나 고통 앞에서 어린애보다 약했다.

"그래서 말이지, 제이블, 요는 이거야. 계속 나한테 덤빌 텐가, 아니면 일
이야기를 하겠나?"

"일 이야기를 하죠."

제이블이 헐떡이며 말했다. 단검 생각은 이제 싹 사라졌고, 오로지 해독
제 생각밖에는 없었다. 위스키로 머리끝까지 취해서 말에서 거의 굴러떨어
지다시피 해서 집으로 돌아가며 차라리 이 모든 걸 끝내버릴까 생각했던
날이 수도 없었는데, 이제는 자신이 얼마나 살고 싶어 하는지 놀라울 정도
였다.

"좋아. 자네 아내 이야기를 해보지."

"그 사람이 왜요?"

"자네 아내는 살아 있어."

"헛소리!"

제이블이 외쳤다.

"사실이야. 모트메인에서 잘 살고 있지. 아주 잘."

소른이 마치 강조하는 것처럼 고개를 기울이고서 덧붙였다. 제이블은
움찔했다.

"그걸 어떻게 알죠?"

"난 알아. 심지어는 어디에 있는지도 알지."

"어딘데요?"

"아, 그걸 벌써 공개할 수는 없는 노릇이지, 안 그런가? 지금은 거기에 신경 쓸 필요 없다네, 경비병. 자네가 신경 쓸 건 내가 자네 아내가 어디 있는지 정확히 알고 있고, 더 중요한 건 그 사람을 도로 데려올 수 있다는 거야."

제이블은 멍하니 소른을 쳐다보기만 했다. 그의 머릿속 깊은 곳에서 그가 정말로 떠올리고 싶지 않은 기억이 떠올랐다. 9년이나 10년쯤 전, 앨리의 생일날이었다. 앨리가 직기를 갖고 싶다고 말한 적이 있었기 때문에 제이블은 여성용품점에 가서 적당한 가격에 잘 만들어진 것 같은 직기 한 쌍을 사 왔다. 앨리는 굉장히 기뻐하는 것 같았지만 이후 몇 달 동안 그것들은 그녀의 바느질 바구니에 그냥 들어만 있을 뿐이었다. 제이블은 그녀가 그걸로 천을 뜨는 걸 한 번도 본 적이 없었고, 당황스럽고 상처받아 차마 이유를 물어볼 수가 없었다. 자신은 새것을 갖게 되면 당장에 갖고 놀고 싶어 하는 아이였다고 말하던 앨리에게 그것은 안 어울리는 일이었다.

하지만 생일날에서 6개월쯤 지난 후에 앨리는 그것을 꺼내서 모자와 장갑, 스카프를 만들었고 그다음에는 스웨터와 담요도 만들었다. 제이블의 봉급이 그리 많지는 않았지만 앨리에게 털실을 사줄 수 있을 정도는 되었고, 그녀의 이름이 추첨에서 뽑혔을 무렵 그녀는 따뜻하고 편안한 겨울옷을 짜는 중이었다. 앨리가 모트메인으로 떠난 다음 제이블은 그녀의 물건을 차마 정리할 수가 없었다. 앨리의 바느질 바구니는 여전히 그들의 벽난로 옆에 놓여 있었고, 그 한 쌍은 반쯤 뜬 모자에 꽂혀 있었다. 제이블은 끝내지 못한 물건들이 가득한 바구니를 보는 게 좋았다. 마치 앨리가 잠깐 부모님을 보러 갔고 금방이라도 돌아올 것 같은 기분이 들기 때문이었다. 어떤 때는, 엄청나게 취해서 돌아온 날에는 벽난로 앞에 앉아서 바구니를 무릎에 올려놓기도 했다. 아무한테도 그런 이야기는 한 적이 없지만, 그러면 잠을 자는 데에 좀 도움이 되었다.

어쨌든 그 6개월이 자꾸 마음에 걸렸다. 앨리가 떠난 후 제이블은 청소를 하고 빨래를 해줄 여자를 구했고, 몇 주 후에 그가 바느질 바구니를 들고 여자에게 보여주며 이게 뭐가 잘못된 거냐고 물었다. 그리고 그제야 제이블은 자신이 앨리에게 뜨개바늘을 사준 것임을 알게 되었다. 직조와 뜨개질은 전혀 다른 거였고, 심지어 제이블조차 그 정도는 알았다. 뭐가 다른 거냐고 물으면 정확하게 설명할 수는 없지만. 그리고 평소에는 그가 뭔가 잘못하면 금방 말하곤 하던 앨리가 그에게 한 마디도 하지 않고 그가 일하러 나간 사이에 6개월 동안 뜨개질을 익혔던 것이다. 앨리에게 미안한 것이 굉장히 많고 매일같이 새로운 것이 떠올랐지만, 그중에서도 제일 이상하면서 미안한 건 그녀가 떠나기 전에 뜨개바늘에 관해 알아채지 못했다는 거였다. 그는 아침에 그들의 침대에서 일어나서(여전히 같은 자리에서. 물속에서 숨을 쉴 수 없는 것과 마찬가지로 앨리 자리에서는 절대로 잘 수 없었다) 앨리에게 뜨개바늘에 대해 알았다고 말할 수만 있다면 뭐든 줄 거라고 생각하곤 했다. 그녀에게 그걸 말하는 게 굉장히 중요하게 느껴졌다.

"그녀를 도로 데려와줄 거라는 걸 어떻게 믿습니까?"

"난 할 수 있어. 그렇게 할 거고."

소른이 대답했다.

제이블의 배 속이 다시 조여들었다. 그는 몸을 구부리고 몸통을 최대한 작게 웅크리려고 노력했다. 하지만 그래도 고통은 전혀 줄어들지 않았다. 결국에 아주 조금씩 경련이 잦아들었고 배 속을 움켜쥐고 있는 것 같은 주먹이 사라졌다. 제이블이 다시 고개를 드니 소른은 관찰하는 것 같은 냉정한 눈으로 그를 보고 있었다.

"날 믿어야 할 거야, 제이블. 난 내 말을 어기지 않아."

제이블은 다음번 경련에 대비해 한 손을 배에 올린 채 그의 말을 생각해보았다. 도시에는 소른에 대한 이야기가 수두룩했고, 어떤 것은 사실이고 어떤 것은 출처가 의심스러운 것들이었다. 오싹한 이야기도 꽤 많았지만,

소른이 자기 말을 어겼다는 이야기는 한 번도 들어본 적이 없었다.

소른의 옆에서 알비노가 마치 과호흡을 일으킨 것처럼 빠르고 얕게 숨을 헐떡거리기 시작했다. 황홀경에 빠진 것처럼 그녀는 눈을 감고 손을 들어 분홍색 셔츠 위로 자신의 유두를 가볍게, 부드럽게 문지르기 시작했다.

"진정해, 브렌. 우리 일은 거의 다 끝났으니까."

소른이 중얼거렸다. 여자는 조금 진정한 듯 무릎 위로 손을 내렸다. 제이블의 피부에 소름이 끼쳤다.

"뭘 원합니까?"

소른이 훌륭하다는 듯이 고개를 끄덕였다.

"왕궁 안에 뭔가를 좀 들여보내야 돼. 불필요한 질문을 하지 않을 만한 사람이 왕궁 정문에 필요해."

"언제요?"

"내가 말할 때에."

제이블은 소른을 바라보며 뭔가를 서서히 깨달았다.

"여왕을 죽일 작정이군요."

소른은 제이블을 그저 바라보기만 할 뿐이었다. 그 차가운 눈은 조금도 흔들리지 않았다. 제이블은 왕궁 잔디밭에서 보았던 환영을 떠올렸다. 키가 크고, 더 나이 들고 강인한, 머리에 왕관을 쓴 여자. 여왕은 이틀 전에 정말로 왕관을 썼다. 항상 가장 먼저 정보를 얻는 빌이 그들에게 섭정이 대관식에서 여왕을 습격했지만 실패했다고 이야기해주었던 것이다. 저녁 무렵 말을 타고 거리를 지나며 제이블은 가게를 닫고 있는 상인들이 서로 이런저런 소문이며 장사 이야기를 나누는 걸 듣다가 그들이 그녀를 '참된 여왕'이라고 부르는 걸 들었다. 제이블은 그 말이 뭔지 몰랐지만 거기 실린 감정은 명확했다. 그것은 그가 왕궁 잔디밭에서 보았던, 아직 존재하지 않는 그 크고 위풍당당한 여자를 부르는 이름이었다.

하지만 존재할 수도 있어. 언젠가는 그렇게 될 수도 있다고. 제이블은 생각했다. 그리고 앨리가 모트메인으로 떠난 이래로 교회에 가지도, 심지어는 신을 믿지도 않았지만 갑자기 머리 위로 금세 천벌이 떨어질 것 같은 느낌을 받았다. 천벌과 역사가 두 개의 손처럼 금방이라도 그를 붙잡고 조일 것만 같았다. 선량 왕 조너선을 암살한 범인들은 잡히지 않았고 그것이 티어링 역사에서 가장 암울한 부분이었다. 그들이 누구든 간에 제이블은 그들이 자신들이 지은 죄로 천벌을 받았을 거라고 믿어 의심치 않았다. 하지만 이런 두려움을 소른에게 설명할 수는 없었다. 그래서 그냥 이렇게 말했다.

"그분은 여왕님이에요. 여왕님을 죽일 수는 없어요."

"그 여자가 진짜 여왕이라는 증거는 전혀 없어, 제이블. 그저 화상 흉터와 목걸이를 가진 계집애일 뿐이지."

하지만 소른의 시선이 옆으로 움직였고, 직감적으로 제이블은 깨달았다. 소른도 왕궁 잔디밭에서 그 키 크고 위엄 있는 여자를 봤던 것이다. 그도 그 여자를 보았고, 그 장면에 지독하게 겁을 먹어서 이런 행동을 취하게 된 것이다. 소른이 지금 이 순간만큼 거미 같아 보인 적도 없었다. 그는 구석에 숨어서 거미줄을 복구한 다음 어두운 틈새에서 계획을 짜고, 끝이 없는 것 같은 사악한 인내심을 갖고 무력한 생물이 잡힐 때만을 기다리는 것이다.

제이블은 술집을 새로운 눈으로 둘러보았다. 바닥에 눌어붙은 때, 횃불에서 흘러내려 벽에 굳은 수지, 들어오는 모든 남자들에게 절망적으로 미소를 짓는 창녀. 무엇보다도 맥주와 위스키 냄새가 뒤섞여 공기 중에 응결되어 안개처럼 자욱하게 껴 있는 느낌이었다. 제이블은 그 냄새를 사랑하면서도 증오했고, 그런 뒤섞인 사랑과 증오가 소른이 자신을 고른 이유라고 느꼈다. 제이블은 약했고 그의 허약함이 위스키 냄새처럼 소른에게 향기롭게 느껴졌던 것이리라.

이게 바로 어두운 틈새야. 바로 여기가. 제이블은 마침내 깨달았다.

그는 다시 몸을 구부렸다. 배 속에서 조그만 짐승이 깨어나 날카로운 발톱과 이로 바늘처럼 분홍색 내장을 쑤셔대는 것 같았다. 그는 아슬아슬한 선 위에 서 있었다. 거리는 짧지만 그의 아래로는 끝없는 어둠이 펼쳐져 있다. 그 아래에서 무엇을 보게 될까?

"당신의 계획이 실패하면? 약속이 지켜질 거라고 어떻게 보장하죠?"

그가 헐떡이며 물었다.

"보장 같은 건 없어. 하지만 걱정할 필요는 없네. 한 바구니에 달걀을 다 담는 건 멍청이야. 나한테는 바구니가 많이 있지. 한 가지가 실패하면 다른 걸로 옮겨 가면 되고, 그러면 결국에 우리가 성공할 거야."

소른이 대답하고 셔츠 안으로 손을 넣어 호박색 액체가 담긴 병을 꺼냈다. 그가 제이블에게 그것을 내밀었고, 제이블은 그것을 다급하게 잡으려 했지만 그 자리에는 이미 아무것도 없었다.

"이걸로 소용이 없을 때까지 한 1분이나 2분쯤 남았을 것 같군. 그러니까, 경비병, 한 가지만 묻지. 자네 계산은 할 줄 아나?"

난 이길 수 없어. 배를 움켜쥔 채 제이블은 그렇게 생각했다. 그것을 인정하자 음울한 편안함이 찾아왔다. 어차피 이길 수 없다면 어떤 길을 선택하든 그것은 자신의 잘못이 아니니까.

선적물이 늦어지고 있다.

모트메인의 여왕은 이 사실을 오늘도, 어제도, 그 전날에도 도저히 잊을 수가 없었다. 그녀는 경매인이 지난달 경매로 벌어들인 돈 이야기를 하는 데에 집중하려고 했다. 2월은 꽤 실적이 좋았다. 금액이 5만 마르크를 훌쩍 넘었으니까. 일반적으로 선적물이 도착하면 여왕이 가장 좋은 상품을 자기 것으로, 혹은 선물용으로 쓰기 위해 골랐다. 하지만 대부분의 노예들은 경매에 부쳐졌고 모트 귀족이나 부유한 사업가들이 이들을 사서 북부 도시와 외곽 지역에 더 높은 값을 받고 되팔았다. 경매는 항상 높은 이윤을 남겼지만 2월의 높은 판매고도 뭔가가 무너지는 불쾌한 감각, 손이 닿지 않는 곳에서 문제가 커져가고 있는 느낌에서 여왕의 생각을 돌리는 데에는 역부족이었다. 계집애가 열아홉 살이 되었고, 소재는 파악되지 않았고, 이제 선적물이 늦어지고 있다. 이게 무슨 의미일까?

의심의 여지없이 티어링 섭정이 일을 망친 거다. 그는 애초에 엘리사가 그 계집애를 빼돌리는 걸 막지 못했다(여왕 자신도 그런 행동은 예측하지 못했지만 말이다……. 엘리사에게 그런 교활함이 단 1그램이라도 있을 거라고 누가 예상했겠는가?). 하지만 18년 사이에 계집애를 찾아냈어야 했다. 여왕의 재촉에 섭정은 마침내 몇 달 전에 케이든을 고용했지만, 이미 늦었다는 것을 그녀는 직감했다.

"여기까지입니다, 폐하."

그녀의 경매인인 브루사드가 종이를 가방에 집어넣었다.

"좋아."

브루사드는 양손으로 가방을 쥐고서 아래에 계속 서 있었다.

"뭐지?"

"새 선적에 관한 소식은 없습니까, 폐하?"

그녀의 수하들까지도 그걸 잊게 놔두지 않는다.

"내가 알게 되면 그대도 알게 될 거야, 브루사드. 가서 경매나 준비해. 그리고 이번에는 해충 박멸하는 걸 잊지 말고."

브루사드의 얼굴이 붉어지고 수염 아래로 턱에 힘이 들어갔다. 그는 인간을 화폐로 즉각 환산할 수 있는 본능을 갖고 있어서 자기 일에 뛰어났다. 수년 전, 경매가 아직 초반이었을 때 여왕은 매달 10일이면 아래층 발코니에 앉아서 브루사드가 사람들 하나하나를 마지막 한 푼까지 쥐어짜는 모습을 보며 즐기곤 했다. 티어링 사람들이 경매에 부쳐지는 걸 보는 건 가슴 깊은 곳을 만족시켰다. 하지만 4, 5년 전쯤 어느 달에 브루사드의 부하들 중 한 명이 이 잡는 작업을 대충 했고 곧 궁전과 여러 귀족의 집에서 이가 들끓게 되었다. 여왕은 문제가 일어난 집마다 공짜로 노예를 주기로 하고 이 문제를 밖으로 새어 나가지 않게 덮었고, 손실은 전부 브루사드의 월급에서 제했다. 이는 끔찍했지만 돌이켜보면 그 사건이 일어난 게 오히려 잘된 일이었다. 이럴 때, 브루사드가 자신이 그저 노예상인일 뿐이라는 걸, 여왕이 없다면 경매도 없을 거라는 걸 잊어버릴 때 그의 코앞에 실패의 기억을 흔들 수 있으니까.

브루사드가 자신의 외아들이라도 되는 듯 가방을 껴안고 나갔고, 여왕은 그의 어깨가 뻣뻣하게 굳은 걸 기분 좋게 바라보았다. 하지만 그런다고 해서 벌써 며칠째 그녀를 좀먹고 머릿속에서 나직하게 속삭이는 질문을 멈출 수는 없었다. *선적물은 어디 있는 거지?* 날이 좋으면 나흘, 날이 궂어도 닷새면 와야 한다. 매달 5일을 넘긴 적은 단 한 번도 없는데, 오늘이 벌써 3월 6일이었다. 문제가 있다면 섭정이나 소른이 지금쯤 그녀에게 알렸을 텐데. 여왕은 한 손으로 이마를 눌렀다. 관자놀이 안쪽이 지끈거리기 시작했다. 그녀의 몸은 굉장히 진화해서 더 이상은 아프지도 않았다. 유일한 예외가 가끔씩 딱히 의학적인 이유 없이 나타났다가 똑같이 빠르게 사라지는 두통이었다.

선적물이 아예 안 오면 어쩌지?

그녀는 누가 드레스 위로 몸을 꼬집기라도 한 것처럼 자리에서 벌떡 일어났다. 인간 매매는 모트 경제의 핵심적인 부분이 되었고, 조수처럼 정기적이고 당연한 일이었다. 칼레와 카다르에서도 노예를 보냈지만 그들의 공물을 다 합쳐도 티어링 선적물의 절반도 되지 않았다. 다수의 노예들이 그녀의 공장을 돌리고, 귀족들을 행복하게 만들고, 금고를 채웠다. 그 절차가

막히기라도 하면 손실이 생길 것이다.

갑자기 리리안이 정말이지 그리워졌다. 여왕의 모든 하인들과 마찬가지로 여왕이 젊은 모습을 유지하는 사이에 리리안은 나이를 먹었고, 몇 년 전에 세상을 떠났다. 리리안은 진정한 천리안을, 미래뿐만 아니라 현재와 과거까지 볼 수 있는 능력을 갖고 있었다. 리리안이라면 티어링에 무슨 일이 일어난 건지 볼 수 있었을 것이다. 아무리 아니라고 생각하려 해도 자꾸만 뭔가 잘못되었다면 그 계집애가 관계가 있을 거라는 의심이 솟아올랐다. 계집애를 도중에 죽이지 못했다면 그 애는 지금쯤 왕궁에 도착했을 것이다. 소른이 아직도 그 문제를 처리하지 못한 건가? 섭정은 무능한 작자였지만 소른은 정반대였다. 소른이 실패하면 그다음은 어떻게 해야 하지? 조약을 파기하고 전쟁을 벌여? 애초에 여왕은 티어링을 침공하고 싶지 않았다. 외국 영토를 점령하는 건 돈과 물자가 들고 문제를 사서 일으키는 짓이니까. 선적물이 훨씬 깨끗하고 우아한 해결책이었다.

어쨌든 군대를 움직이는 게 그렇게 나쁜 일은 아니라는 생각도 들었다. 지난번 티어링 침공 이래 그녀의 병사들은 전쟁을 벌인 적이 없었다. 모트 국경에 위협거리도 없고, 추방자들이 모반을 꾸몄던 이래로 싸움도 없었다. 최악의 상태라고 해도 그녀의 군대는 여전히 티어링 군대보다 훨씬 뛰어나겠지만, 휴지 기간 동안 군대가 약화되었을 가능성도 있었다. 지금쯤 한번 정신을 차리게 해주는 것도 괜찮을 것이다. 하지만 그 생각을 하자 두통이 두 배로 강해지며 두개골 안을 쾅쾅 두드려댔다.

그녀의 알현실 바깥에서 뭔가 소동이 이는 소리가 들렸다. 그녀는 고개를 들고 시종인 베릴이 커다란 문을 지나 황급히 나가는 것을 보았다. 그가 처리할 것이다. 리리안이 죽은 이래로 베릴이 그녀의 가장 오래되고 믿음직스러운 하인이었고, 그녀가 바라는 것을 하도 잘 알아서 이제는 더 이상 성 안에서 일어나는 사사로운 일에 직접 신경을 쓸 필요도 없었다. 그녀는 시계를 내려다보고 방으로 돌아갈 시간이라고 결정했다. 일찌감치 저녁을 먹은 다음에 노예를 하나 불러야겠다. 지난번 티어링 선적물에서 고른 검은 머리에 수염이 있는, 대장장이 같은 외모의 키 큰 근육질 남자로 해야지. 티어링 남자들만 그렇게 키가 컸다.

여왕이 시동 중 하나인 이브에게 손짓을 하고 그 남자를 방으로 불러오라고 속삭였다. 이브는 최대한 밝은 표정으로 명령을 들었고 여왕은 그 점이 마음에 들었다. 시동들은 이 임무를 싫어했다. 남자들이 항상 말을 잘 따르는 건 아니기 때문이었다. 이브는 남자에게 약을 먹이고 억제제까지 먹여야 할 것이다. 그래야만 여왕이 꿈을 꾸지 않을 만큼 격렬하게 남자를 가질 수 있을 것이다. 사실 약은 더 이상 필요치 않았다. 여왕은 계속해서 변화해서 이제는 상처를 입는 게 가능한지 스스로도 알 수 없을 정도였으니까. 하지만 시동들에게 그런 이야기는 하지 않았고, 오늘은 그래서 다행이라는 생각이 들었다. 두통이 심해서 남자가 얌전하기를 바랐다. 그녀는 왕좌 뒤의 개별 출입구를 통해 알현실을 나와 자신의 처소로 이어지는 긴 복도를 걸었다.

복도에는 경비들이 줄지어 서 있었고 전부 다 신중하게 시선을 바닥으로 내리고 있었다. 그들을 보자 여왕의 곤두선 감정이 약간 가라앉았다. 섭정의 마지막 보고서에 따르면 엘리사의 근위병들 다수가 계집애를 찾기 위해서 성을 떠났다고 했다. 캐롤, 메이스, 엘스턴……. 이것은 여왕이 중요하게 여겨야 한다는 걸 알게 된 남자들의 이름이었다. 그녀가 메이스를 엘리사보다 먼저 발견했다면 상황은 완전히 달라졌을 것이다. 티어링 사파이어는 허공으로 증발해버린 것 같았고 이것은 분명 메이스의 간계일 것이다. 엘리사가 죽기 전에 그 보석을 손에 쥘 수만 있었어도! 그러면 약이 필요하기는커녕 더 이상 두통조차 앓지 않았겠지.

하지만 이제 모든 게 바로잡힐 것이다. 그녀의 손에 사파이어가 들어올 거고, 선적물이 오면 섭정에게 지연 벌금을 왕창 물릴 수도 있을 것이다. 그가 징징대며 불평을 하겠지만, 돈을 낼 것이다. 그의 창백하고 화난 얼굴을 떠올리며 여왕은 미소를 지었고 옷을 벗으며 노예가 도착하기만을 기다렸다. 시동은 굉장히 빨랐다. 그녀가 처소로 돌아온 지 5분도 지나지 않았는데 문 두드리는 소리가 들렸다.

"들어와!"

그녀는 두통이 더 심해지는 것을 느끼고 짜증이 나서 날카롭게 말했다. 부엌에서 그녀가 먹을 가루약을 만들 수 있겠지만, 약은 노예가 행위를 끝내고도 한참 후까지 잠드는 걸 어렵게 만들었다. 요즘은 잠드는 게 무슨 드문 귀중품처럼 느껴졌다.

문이 열렸다. 돌아다보니 베릴이기에 그녀는 두통약을 만들라고 말하려고 했다. 하지만 그 말이 목에서 걸렸다. 베릴의 얼굴은 새하얗고 눈에는 두려움이 가득했다. 그는 떨리는 손에 두루마리를 들고 있었다.

"레이디."

그가 떨리는 목소리로 말했다.

8장
여왕동

군주가 단순한 군주 이상이라는 걸 잊어버리기는 참 쉽다. 훌륭한 통치라는 것은 굉장히 복잡한 일이고 수많은 개개인이 조화를 이루어 움직여야 하는 일이다. 글린 여왕을 자세히 들여다보면 수많은 부품들이 돌아가는 것을 볼 수 있지만 특히 허투루 봐서는 안 되는 것이 여왕의 근위대장이자 최고의 암살자였던 철퇴의 라자러스의 중요성이다. 그가 없었다면 조직 전체가 무너졌을 것이다.

—《군사국가로서의 티어링》, 순교자 캘로

잠에서 깨서 켈시는 어머니의 침대에서 장식 베개가 전부 다 없어진 걸 보고 기뻤다. 아니, 이제 *그녀의* 침대지. 이제 전부 다 그녀의 것이었고 그 생각에 기쁨이 사라졌다. 등은 온통 붕대가 감겨 있었다. 머리를 만져보니 기름기로 미끌거렸다. 꽤 한참 잤던 모양이다. 메이스가 구석의 안락의자에 앉아 있지도 않았고, 방 안에는 아무도 없었다.

일어나 앉기까지는 꽤 시간이 걸렸다. 어깨에서 피가 나지는 않았지만 상체를 움직일 때마다 상처가 당겼다. 누군가, 아마도 안달리가 침대 옆 작은 탁자에 물병과 빈 컵을 갖다 놓았다. 켈시는 물을 마시고 얼굴에도 조금 뿌렸다. 안달리가 켈시에게 묻은 피도 씻어준 것 같았다. 정말 고마웠다. 자신이 죽인 남자를 떠올려봤지만 아무것도 느껴지지 않아서 마음이 놓였다.

그녀는 발을 대고 일어서서 방 안을 돌아다니며 상처의 상태를 확인했다. 방을 도는 동안 긴 줄이 침대 한쪽 끝에 매달려 있는 게 보였다. 줄은 여러 개의 고리를 통해 천장으로 죽 이어져서 바깥방으로 이어지는 벽에 있는 조그만 구멍으로 사라졌다. 켈시는 미소를 지으며 줄을 살짝 잡아당겼고, 종소리가 나직하게 들렸다.

메이스가 문을 열었다. 그녀가 침대 옆에 서 있는 걸 보고 그가 만족한 듯 고개를 끄덕였다.

"잘됐군요. 의사는 레이디께서 최소한 하루는 더 침대에 있어야 할 거라고 했습니다만, 그자가 레이디를 약골로 생각한다는 걸 이미 알고 있었죠."

"무슨 의사요?"

그녀는 메이스가 상처를 꿰맸을 거라고 생각했었다.

"아픈 어린애를 돌보기 위해 제가 데려온 의사죠. 저는 의사를 싫어합니다만 그자는 유능하고, 아마 그자 덕택에 레이디의 상처가 감염이 되지 않은 거겠죠. 어깨의 상처가 천천히 낫겠지만 어쨌든 깨끗할 거라고 하더군요."

"또 다른 흉터란 말이죠. 조만간 흉터투성이가 되겠네. 아이는 어때요?" 켈시가 목을 문지르며 물었다.

"좋아졌습니다. 의사가 아이 엄마에게 배를 진정시킬 약을 주고 갔습니다. 천문학적인 돈이 들긴 했습니다만. 아마 아이는 나중에 약이 좀 더 필요할 겁니다."

"그대가 돈을 충분히 줬길 바라요."

"아주 잘 줬지요, 레이디. 하지만 그자를 계속해서 쓸 수는 없습니다. 제가 아는 다른 의사도 그렇고요. 어느 쪽도 믿음직스럽지 않으니까요."

"그러면 어떻게 해야 되죠?"

"아직은 모르겠습니다. 생각하는 중입니다."

메이스가 엄지손가락으로 이마를 문지르며 말했다.

"다친 근위병들은 어때요?"

"다들 괜찮습니다. 두어 명은 한동안 임무에서 좀 빠져야겠지만요."

"그들을 보고 싶어요."

"그러면 안 됩니다, 레이디."

"왜죠?"

"여왕의 근위대는 굉장히 자부심이 강합니다. 상처를 입은 위병들도 레이디께서 알아채길 바라지 않을 겁니다."

"나요? 난 심지어 검을 쥐는 법도 모르는데요?"

켈시가 의아해서 물었다.

"저희들은 그런 식으로 생각하지 않습니다, 레이디. 저희는 그저 맡은 임무를 잘하고 싶을 따름입니다."

"음, 내가 뭘 하면 되죠? 그들이 아예 다치지 않은 것처럼 해야 되나요?"

"그렇습니다."

켈시는 고개를 흔들었다.

"바티는 항상 남자들이 세 가지에 멍청하게 군다고 했죠. 맥주, 성기, 그리고 자존심요."

"그야말로 바티다운 말이군요."

"난 자존심에 대한 건 바티가 틀렸을 거라고 생각했어요."

"그렇지 않습니다."

"자존심 이야기가 나와서 말인데, 누가 칼을 꽂은 거죠?"

메이스의 턱이 꿈틀거렸다.

"죄송합니다, 레이디. 제가 보안을 제대로 하지 못했으니 모든 책임을 지겠습니다. 저희들이 레이디를 확실하게 가리고 있다고 생각했었습니다."

켈시는 뭐라고 말해야 할지 알 수가 없었다. 메이스는 바닥만 노려보고 있었고 마치 어깨 위로 채찍이 날아오기를 기다리는 것처럼 주름진 얼굴을 찌푸리고 있었다. 호위에 틈이 생긴 것은 그로서는 참을 수 없는 일일 것이다. 그는 자신이 어린애였던 적이 없다고 했지만, 켈시는 아닐 거라고 생각했다. 이런 모습은 분명히 엄격한 훈육의 결과 같았다. 켈시는 자신이 답을 모를 때에도 저렇게 괴로운 얼굴을 할지 궁금했다. 메이스의 목소리가 그녀의 머릿속에 다시 울렸다. 그녀는 그의 고용주지, 그의 고해성사 담당자가 아니었다.

"누군지 알아보고 있는 중인 거겠죠?"

"그렇습니다."

"그럼 넘어가죠."

메이스는 눈에 띄게 안도한 표정으로 고개를 들었다.

"일반적으로 새 통치자가 가장 먼저 하는 일은 알현을 받는 겁니다만, 그건 1, 2주쯤 뒤로 미뤘으면 합니다, 레이디. 레이디께서는 그럴 만한 상태가 아니시고, 여기서도 하실 일이 많습니다."

켈시는 화려한 화장대에서 자신의 티아라를 집어 들고 한참 생각에 잠겨 바라보았다. 그것은 아름다운 장신구였지만 또한 천박하고 그녀의 취향에는 너무 여성적이었다.

"진짜 왕관을 찾아야 돼요."

"그건 어려울 겁니다. 레이디의 어머니께서 캐롤에게 그걸 숨기라고 하셨고, 그가 그런 면에서 대단히 영리하다고 제가 확실히 말씀드릴 수 있습니다."

"어쨌든, 그 요란한 여자에게 이 물건에 대해서 제대로 보상해주자고요."

메이스가 목을 가다듬었다.

"오늘 하실 일이 많습니다. 안달리를 여기로 들여서 레이디의 외모를 좀 다듬어보지요."

"무례하군요."

"죄송합니다, 레이디. 하지만 좀 다듬으셔야 할 것 같아서요."

바깥쪽 벽에서 쾅 소리가 들렸고 그 충격이 하도 강해서 켈시의 침대 위에 걸려 있던 천까지 흔들거릴 정도였다.

"밖에서 뭘 하는 거예요?"

"포위 공격에 대비한 물건들입니다."

"포위 공격? 그런 게 있을 거라고 생각해요?"

"오늘은 3월 6일입니다, 레이디. 조약의 마감 시한까지 겨우 이틀 남았습니다."

"난 마음을 바꾸지 않을 거예요, 라자러스. 마감 시한은 나한테 아무 의미도 없어요."

"레이디께서 하신 일의 결과를 제대로 이해하고 계신 건지 잘 모르겠습니다."

그녀가 눈을 가늘게 떴다.

"그대가 나를 제대로 이해하는 건지 모르겠군요, 라자러스. 난 내가 무슨 짓을 한 건지 알아요. 누가 내 군대를 통솔하죠?"

"버몬드 장군입니다, 레이디."

"그럼 그 사람을 여기로 데려와요."

"이미 그에게 사람을 보냈습니다. 그가 돌아오는 데에 며칠 걸릴 수도 있습니다. 남쪽 국경에서 요새들을 순찰하는 중이고, 장군은 말을 그리 잘 타지 못해서요."

"내 군대의 장군이 말을 잘 못 탄다고요?"

"그는 다리를 접니다, 레이디. 10년 전의 쿠데타 때 왕궁을 지키다 입은 상처죠."

"오."

켈시는 자신이 창피해졌다.

"미리 경고하죠, 레이디. 버몬드는 까다로울 겁니다. 레이디의 어머니께서는 그가 알아서 결정을 내리게 놔두셨고, 섭정도 수년간 그에게 간여하지 않았습니다. 그는 자기 방식대로 하는 데에 익숙합니다. 또한 군 전략을 그 어떤 여자와도 논의하는 걸 혐오합니다. 상대가 여왕이라 해도요."

"안됐군요. 모트 조약은 어디 있죠?"

"레이디께서 보시도록 밖에 놔뒀습니다. 하지만 우선 마음의 준비를 하셨으면 합니다."

"뭐에 대해서요?"

"전쟁요."

메이스가 무덤덤하게 말을 이었다.

"레이디께서는 모트메인을 상대로 확고하게 전쟁을 선포하신 겁니다. 그리고 제가 단언컨대 붉은 여왕이 분명히 올 겁니다."

"이게 도박이라는 건 나도 알아요, 라자러스."

"그저 기억해두십시오, 레이디. 도박을 하는 건 레이디만이 아닙니다. 레이디께서는 온 나라를 운에 맡기고 계신 겁니다. 승률이 아주 낮으니 질 것에 대비하시는 게 좋을 겁니다."

그는 안달리를 데리러 나갔고, 켈시는 침대에 앉았다. 배 속에 무거운 게 가라앉는 느낌이었다. 메이스는 확실히 그녀를 이해하기 시작한 것 같았다. 가장 효과가 큰 부분에 칼을 박았으니까. 그녀는 눈을 감았고 눈꺼풀 아래로 모트메인이, 상상 속의 커다랗고 어두운 땅이 오랜 잠에서 깨어나 그녀가 지키고 싶은 모든 것들 위로 그림자를 드리우는 모습이 보였다.

칼린, 내가 뭘 해야 되죠?

하지만 머릿속에서 칼린의 목소리는 조용했고, 대답은 들리지 않았다.

모트 조약은 켈시의 알현실 한쪽 끝에 있는 커다란 식탁 위에 펼쳐져 있었다. 이런 유의 문서치고는 짧아서 세월에 의해 갈색으로 바랜 두툼한 피지(皮紙) 몇 장뿐이었다. 켈시는 조심스럽게 종이를 들춰 보았고, 각 장 왼쪽 아래에 검은색으로 지저분하게 갈겨쓴 어머니의 머리글자 ER을 한참 보았다. 오른쪽에는 검붉은 잉크로 또 다른 머리글자가 쓰여 있었다. QM. 서류의 마지막 장에는 두 개의 서명이 있었다. 한 줄은 거의 알아볼 수 없는 글씨로 쓰여 있는 '엘리사 랠리'였고 역시나 검붉은 잉크로 깔끔하게 쓰여 있는 또 한 줄은 '모트메인 여왕'이었다.

정말로 아무도 자신의 진짜 이름을 알기를 바라지 않는구나, 켈시는 그렇게 생각했다. 갑자기 직감적으로 느꼈다. 아무도 자신이 진짜로 누군지 모르는 게 그 사람에게는 굉장히 중요한 거야. 하지만 왜지?

켈시는 조약의 문장이 메이스가 주장했던 것처럼 명료하다는 사실에 실망했다. 티어링은 매년 3000명의 노예를 열둘로 나누어 매 선적마다 실어 보낼 의무가 있다. 최소한 500명은 아이들이어야 하고, 각 성별당 최소한 200명은 포함되어야 했다. 왜 아이들이 이렇게 많이 필요한 걸까? 모트메인은 칼레와 카다르에도 어린이 노예 할당치를 두었으나 아이들은 힘겨운 노동이나 광산 일에는 별 쓸모가 없었고, 모트메인에는 농장도 거의 없었다. 설령 시장에 엄청나게 많은 아동성욕자가 있다고 해도 그들이 이렇게 빨리 아이들을 허비하지는 않을 것이다. 왜 이렇게 많이 필요한 거지?

조약의 간결하고 논리적인 언어는 그녀에게 아무런 답도 주지 않았다. 매달 8일까지 디메인에 선적물이 도착하지 않으면 조약상 모트메인이 즉시 티어링으로 침입하여 할당량을 채우기 위해 사람들을 잡아가는 것을 허용하도록 되어 있었다. 하지만 서류에는 그 침공의 기간을 제한하지 않았고,

조건을 만족했을 경우에 즉시 물러나야 한다는 조항도 포함되어 있지 않았다. 마지못해 그녀는 메이스가 옳았음을 인정해야 했다. 선적을 막았으니 켈시는 붉은 여왕에게 침공해도 좋다는 허가장을 보낸 셈이었다. 그녀의 어머니는 어쩌자고 이렇게 일방적인 서류에 서명을 했던 걸까?

공정해져, 새로운 목소리가 머릿속에서 말했다. 그 목소리는 칼린의 것도, 바티의 것도 아니었다. 누구 목소리인지도 알 수 없고, 그 실용주의적 태도도 신뢰가 가지 않았다. *적이 바로 문앞까지 와 있는데 너라면 어떻게 했겠어?*

다시금, 답이 생각나지 않았다. 켈시는 조약서를 한데 모아 정리하며 속이 울렁거리는 것을 느꼈다. 새로운 생각이, 몇 주 전까지는 생각도 할 수 없었던 것이 떠올랐지만 켈시는 자신이 최악을 상상해서 앞으로의 재앙에 대한 마음의 대비를 하려 한다는 걸 이미 알아차렸다. 그녀가 메이스를 보았다.

"우리 엄마가 암살되셨나요?"

"몇 번 시도가 있었습니다. 누군가가 독약인 벨라도나를 음식에 탔을 때에는 거의 돌아가실 뻔했습니다. 그때 레이디를 양부모에게 보내기로 결정하셨죠."

메이스가 무심하게 말했지만 켈시는 가장된 태도라고 생각했다.

"그럼 날 보호하기 위해서 내보냈던 건가요?"

메이스가 미간을 찌푸렸다.

"달리 왜 그러셨겠습니까?"

"아무것도 아니에요."

켈시는 탁자로 시선을 내려 앞에 있는 조약서를 보고 말했다.

"여기에는 추첨제에 대한 이야기는 없네요."

"추첨제는 내부 문제입니다. 처음에 레이디의 어머니께서는 범죄자와 정신병자들을 보내셨습니다. 하지만 그런 사람들은 노예로 쓸모가 없기 때문에 붉은 여왕을 그리 오래 만족시킬 수 없었죠. 인구조사부는 레이디의 외삼촌의 해답이었습니다."

"면제되는 사람은 없나요?"

"교회 사람들요. 하지만 그 외에는 없습니다. 아기들까지도 끌려갑니다. 아기가 젖을 떼자마자 그 애들의 이름도 추첨함에 들어갑니다. 붉은 여왕이 이들을 불임 가정에 선물로 사용한다고 하더군요. 잠깐 동안 여자들이 젖을 뗄 나이를 넘어설 때까지 아이들에게 젖을 물리는 방식으로 회피해 보려고 했지만, 소른은 그런 속임수에 통달했습니다. 그의 부하들이 나라 안 모든 마을에 있고, 그들이 모르는 건 거의 없습니다."

"그는 외삼촌에게 충성하나요?"

"소른은 사업가입니다, 레이디. 바람 부는 방향에 따라 움직일 겁니다."

"그리고 지금 바람은 어느 쪽으로 불죠?"

"모트메인을 향해서죠."

"그럼 그 사람을 주시해야겠군요."

"저는 언제나 최소한 한쪽 눈을 아렌 소른에게 고정하고 있습니다, 레이디."

"우리 엄마는 실제로 어떻게 돌아가셨죠? 칼린은 한 번도 말해주지 않았어요."

"사람들 말에 따르면 독살이었다고 합니다, 레이디. 독이 점차 심장을 약화시켜 몇 년 후에 돌아가신 거라고요."

"사람들 말이라. 그대는 뭐라고 하겠어요, 라자러스?"

그는 무표정하게 그녀를 응시했다.

"저는 아무 말도 하지 않습니다, 레이디. 그래서 제가 여왕의 근위병인 겁니다."

짜증이 난 채 켈시는 남은 하루 동안 여왕동을 돌아다니며 여러 사람들을 만났다. 가장 처음 만난 것은 새로운 요리사 밀라였다. 금발에 굉장히 작아서 그녀가 어떻게 네 살 난 아들을 낳았는지 생각도 하고 싶지 않을 정도였다. 켈시는 밀라가 먹고살기 위해서 달갑지 않은 일을 하고 살아야 했던 모양이라고 추측했다. 그녀가 할 일은 오로지 요리뿐이라는 말에, 현재 여왕동에 스무 명이 넘는 사람들이 있음에도 불구하고 무척 격하게 기뻐했기 때문이었다. 그녀가 자신의 손에 키스하려고 할까 봐 켈시가 치맛자락에 손을 숨겨야 할 정도였다.

그들과 함께 온 또 다른 여자 카를로타는 좀 더 나이가 들고 둥근 얼굴에 밝은 빨간색 뺨을 하고 있었다. 그녀는 겁을 먹은 것 같았지만 같은 질문을 몇 번 반복하고 나니 자신이 그럭저럭 바느질을 잘한다고 말했다. 켈시는 그녀에게 검은 드레스를 몇 벌 만들어달라고 했고, 카를로타는 만들 수 있다고 대답했다.

"하지만 치수를 알면 좀 더 잘 만들 수 있을 것 같아요, 폐하."

그녀는 그 생각만으로도 바싹 겁을 먹은 표정이면서도 용감하게 말했다. 켈시는 치수를 잰다는 것이 진짜 무시무시한 일이라고 생각했지만 여자의 긴장을 풀어주려고 고개를 끄덕이고 미소를 지었다.

여기까지 오는 여정을 함께하지 않았던 다른 근위병들도 만났다. 모두가 그냥 카이라고 부르는 악당 같은 외모의 카일란, 궁수인 톰과 웰머. 웰머는 여왕의 근위병이 되기에는 너무 어려 보였다. 그는 나이 많은 위병들처럼 최대한 근엄해 보이려고 노력하고 있었지만, 안절부절못하는 게 드러나 보였다. 몇 초마다 이 발 저 발로 무게중심을 바꾸고 있기 때문이었다.

"저 사람은 몇 살이죠?"

켈시가 메이스에게 물었다.

"웰머요? 스무 살입니다."

"뭘 한 거예요? 요람에서 집어 왔나요?"

"저희들 대부분이 겨우 10대가 되었을 때 신병으로 들어옵니다, 레이디. 웰머는 걱정하지 마십쇼. 저 녀석한테 활만 주면 횃불 빛밖에 없어도 여기서 상대방의 왼쪽 눈을 맞힐 수도 있으니까요."

켈시는 앞에 있는 긴장한 하얀 얼굴의 소년이 그런 걸 하는 모습을 상상해보려다가 포기했다. 근위병들이 자기 자리로 돌아간 후 그녀는 메이스를 따라 첫 번째 방이 있는 복도를 지나갔다. 이 방은 육아실로 바꿔놓은 상태였고, 훌륭한 선택이었다. 창문이 있는 몇 안 되는 방 중 하나라서 빛이 들어와 실제보다 더 환하고 활기차게 보였기 때문이다. 가구들은 전부 벽으로 밀어놓았고 바닥에는 임시변통으로 마련한 장난감들이 널려 있었다. 옷감으로 만들어 솔기마다 지푸라기가 비어져 나온 인형, 장난감 칼, 아동용으로 작게 만든 나무로 된 상품 진열대 등등.

켈시는 여러 명의 아이들이 육아실 가운데 반원형으로 앉아서 켈시가 본 적 없는 적갈색 머리의 아름다운 여자에게 집중하고 있는 것을 발견했다. 여자는 아이들에게 놀랍도록 긴 머리를 가졌고 탑에 갇혀 있는 여자에 대한 이야기를 들려주고 있었다. 켈시는 그들 눈에 띄지 않게 문가에 기대서 이야기를 들었다. 여자는 모트 억양으로 말을 했지만 목소리가 훌륭했고 이야기를 아주 잘했다. 왕자가 마녀의 간계에 다쳤을 때에는 여자의 입가가 아래로 내려가고 얼굴이 슬픔으로 가득해졌다. 그제야 켈시는 여자를 알아보고 놀라서 메이스를 돌아보았다.

그가 켈시에게 밖으로 나오라고 손짓한 다음 낮은 목소리로 말했다.

"그녀는 아이들에게 놀라운 능력을 발휘하고 있습니다. 여자들은 일하는 동안에 그녀에게 아이들을 맡기는 데에 만족합니다. 심지어 안달리도요. 그건 예상치 못한 재능입니다. 안 그랬으면 아이들이 사방에서 걸리적거렸을 겁니다."

"여자들은 그녀가 모트인이라는 사실에 신경 쓰지 않나요?"

"안 쓰는 것 같더군요."

켈시는 다시 문가를 돌아보았다. 빨간 머리 여자는 이제 손짓을 하며 왕자의 눈이 나은 부분을 이야기하고 있었고, 촛불 속에서 거의 빛이 나는 것 같았다. 왕좌 앞에 웅크리고 있던 그 비참한 존재와는 전혀 달라 보였다.

"그녀는 어떻게 그렇게 됐던 거죠?"

"섭정과의 삶에 대해서는 물어보지 않았습니다, 레이디. 그건 그녀의 일이니까요. 하지만 대충 추측을 해보자면……."

그가 목소리를 더욱 낮추고 말했다.

"그녀는 섭정이 가장 좋아하는 장난감이었습니다. 심지어 아이를 갖지도 못하게 했죠. 그러면 자신의 즐거움을 망칠 테니까요."

"뭐라고요?"

메이스가 양손을 벌렸다.

"그녀는 아이를 갖고 싶다는 마음을 감추지 않았습니다, 레이디. 설령 그게 섭정의 아이라도요. 레이디의 외삼촌의 다른 여자들은 기꺼이 피임약을 먹었지만 그녀는 아니었습니다. 사람들 말에 따르면 그가 그녀의 음식에 약을 섞었다고 하더군요. 그리고 그녀가 갖는 아이는 전부 다 죽일 거라고 말했고요. 저도 직접 그 말을 들었습니다."

"그렇군요."

켈시는 차분하게 고개를 끄덕였지만 속으로는 부글부글 끓고 있었다. 그녀는 아이들에게 둘러싸여 있는 여자를 한 번 더 보았다.

"이름은 뭐죠?"

"마거리트입니다."

"어떻게 외삼촌이 모트인 노예를 얻게 되었던 건가요?"

"빨간 머리는 모트메인에서 티어링에서보다 더 호기심의 대상입니다. 마거리트는 몇 년 전 붉은 여왕이 크게 호의를 갖고 있다는 의미로 섭정에게 보낸 선물이었습니다."

켈시는 복도 벽에 머리를 기댔다. 어깨가 욱신거리기 시작했다.

"이곳은 온통 곪았군요, 라자러스."

"제대로 된 지도자가 필요합니다, 레이디. 그런 게 없었으니까요."

"그대도요?"

메이스가 열려 있는 문가를 가리키며 대답했다.

"물론입니다. 저라면 외삼촌께서 그냥 장난감을 갖고 가게 놔뒀을 겁니다. 선적을 막기 전에 붉은 여왕과 합의부터 봤을 거고요."

"그래요, 그렇게 말했었죠."

"네. 오해하지 마십시오, 레이디. 레이디의 선택이 옳다 그르다 말하는 게 아니니까요. 그런 일을 하실 만한 분은 레이디밖에 없고, 레이디께서는 여기에 계시지 않으셨죠."

그의 목소리에는 비난의 빛은 없었다. 켈시의 짜증이 조금 가라앉았지만 이제는 어깨가 더 강하게 쑤셨다. 어떻게 그냥 서 있을 뿐인데 상처가 악화될 수 있는 걸까 의문이었다.

"난 좀 앉아야겠어요."

5분 안에 근위병들이 켈시의 침실에서 크고 편안한 안락의자를 가져와서 안전하게 알현실 벽에 붙여 내려놓았다.

"내 왕좌군요."

켈시가 중얼거렸다.

"지금은 공식 알현실의 안전 확보가 어렵습니다, 레이디. 출입구가 너무 많고 그 두 배나 되는 망할 발코니 때문에 근위병이 더 있지 않은 한 전부 방어하는 게 아예 불가능합니다. 하지만 한동안은 왕좌 그 자체를 이쪽으로 옮겨올 수 있을 겁니다."

메이스가 대답했다.

"그건 별 의미 없지 않나요?"

"그럴 수도 있고, 아닐 수도 있습니다. 레이디의 머리 위의 왕관도 별 의미는 없습니다만, 그 가치를 인식하고 계시지 않습니까. 왕좌도 똑같은 목적을 수행할 겁니다."

켈시는 고개를 기울이고 생각에 잠겼다.

"알현을 받게 될 거라고 그랬었죠?"

"그렇습니다."

"안락의자에 앉아서 알현을 받을 수는 없을 것 같은데요."

"할 수 있습니다. 랠리 왕가로서는 독특한 일이 되긴 할 겁니다. 하지만 어떤 의자에 앉으시든 이 방은 방어하고 통제하기가 훨씬 쉽습니다. 여왕 동에는 일반 출입구가 하나뿐이고, 드나들 곳이 전혀 없는 긴 복도로 이어지죠. 오면서 보셨을 겁니다."

메이스가 입가에 살짝 미소를 띠고서 말했다.

"전혀 기억이 안 나요."

"그럴 만도 하지요. 저희가 모셔 올 때 두 번 다 거의 의식이 없으셨으니까요. 이 건물에는 드나들 수 있는 비밀 통로가 여러 개 있습니다만 전부 다 잘 지키고 있고, 저만이 그 길을 전부 다 압니다. 바깥쪽 통로는 사람들이 오가는 걸 통제하기가 아주 쉽고요."

"잘 알았어요."

켈시는 조심스럽게 안락의자에 앉았다.

"피가 다시 나나요?"

그녀가 몸을 앞으로 기울여 메이스에게 어깨뼈 위에 붙여놓은 천을 보여주었다.

"출혈은 없습니다."

"금방 다시 잠들 것 같은 느낌이에요."

"아직은 안 됩니다, 레이디. 모든 사람을 한꺼번에 만나보셔야 합니다. 그래야 아무도 무시당한 기분이 들지 않을 테니까요."

메이스가 복도로 이어지는 문 앞에 서 있던 먼에게 손가락을 까딱였다.

"베너와 펠을 데려오게."

먼은 사라졌고 켈시는 안락의자에 몸을 기댔다. 안달리는 이 방에 계속 있을 예정인 듯 벽 쪽에 서 있었다. 켈시는 메이스가 뭐라고 할 거라고 생각했지만 그는 안달리를 완벽하게 무시했고, 켈시는 자신도 그래야 한다는 것을 깨달았다. 수년 동안 그녀의 삶에는 칼린과 바티밖에 없었는데, 이제는 그녀의 주위에 대단히 많은 사람들이 있고 그중 몇 명은 투명 인간 취급해야 했다.

"바티와 칼린은 언제 여기로 데려올 수 있죠?"

메이스가 어깨를 으쓱였다.

"몇 주 걸릴 겁니다. 그들이 어디 있는지 찾으려면 시간이 걸릴 테니까요."

"그들은 카다르 국경 부근의 페탈루마라는 마을에 있을 거예요."

"그렇다면 일이 간단해지겠군요."

"그들이 오길 바라요."

켈시가 그에게 말했다. 정말이었다. 지금까지는 얼마나 절실하게 그걸 원하는지 몰랐다. 갑자기 강렬하게 바티가 보고 싶었다. 그의 깨끗한 가죽 같은 냄새, 미소를 지을 때 생기는 미간의 주름까지. 칼린은…… 음, 정확하게 말해서 칼린이 그립지는 않았다. 사실 칼린의 앞에 서서 자신이 한 일을 설명해야 할 시간이 두려웠다. 하지만 칼린과 바티는 한 쌍이었다.

"가능한 한 빨리 그들을 데려와요."

"그런 일에는 다이어가 최적입니다, 레이디. 그가 돌아오는 대로 임무를 맡기겠습니다."

"어디서 돌아와요?"

"이미 다른 일로 보냈습니다."

"어떤 일요?"

메이스가 한숨을 쉬고 눈을 감았다.

"저 좀 봐주십시오, 폐하. 제가 평화롭게 제 일을 하게 말입니다."

켈시는 또 다른 질문을 삼켰다. 입을 다물어야 한다는 사실에 짜증이 났다. 그녀는 알현실 벽 앞에 서 있는 네 명의 근위병들을 보았다. 한 명은 게일런이었고, 그가 투구를 벗은 모습은 처음 보는 거였다. 머리카락은 회색빛이었고 기묘하게도 숲에 있던 때보다 횃불 빛 속에서 얼굴의 주름이 더 뚜렷하게 드러나 보였다. 최소한 마흔다섯은 되었을 것이다. 그도 그녀의 어머니의 근위대에서 몇 년은 있었을 것이다. 켈시는 잠깐 동안 이 사실을 곱씹다가 머릿속 한쪽으로 밀어 넣었다.

다른 세 명도 여행길에서 만났던 엘스턴과 키브, 코린이었다. 이 세 사람은 게일런만큼은 나이가 많지 않았지만 그래도 켈시 자신보다 훨씬 나이가 많았다. 켈시는 자신의 근위병들이 좀 더 젊었으면 싶었다. 나이 때문에 그녀 혼자 더더욱 고립되는 기분이었다. 네 명의 근위병들은 절대로 켈시 쪽으로 눈을 돌리지 않았다. 당연한 행동이겠지만 기분은 조금 나빠졌다. 잠시 후 그녀는 보이지 않는 존재가 된 것에 짜증이 나서 방 건너편에서 물었다.

"키브, 손은 어때요?"

그가 그녀 쪽으로 고개는 돌렸지만 눈은 여전히 내리깔고 시선을 마주치지 않은 채 대답했다.

"괜찮습니다, 레이디."

"그 친구 그냥 두십쇼."

메이스가 중얼거렸다.

복도를 따라오는 발소리가 들리고 회색 근위병 옷을 입은 남자 두 명이 들어왔다. 한 명은 키가 크고 말랐고, 다른 한 명은 작고 억세 보였지만 둘

다 훈련받은 전사처럼, 특히 메이스가 그런 것처럼 조용한 우아함을 드러내며 움직였다. 그들이 함께 걸어오는 모습으로 보아 두 사람이 한 쌍으로 움직이는 데 익숙하다는 사실을 알 수 있었다. 그들은 미리 연습한 것처럼 그녀의 앞에서 깊게 절을 했다. 키 큰 쪽이 작은 쪽보다 최소한 열 살쯤 많지 않았더라면 쌍둥이라고 생각했을지도 모른다.

먼이 두 남자를 따라 들어와서 다시 복도로 나가는 입구 옆에 자리를 잡았다. 왕궁에 도착한 지 일주일이 넘게 지났지만 먼은 평원에 있던 때에 비해 조금도 쉰 것처럼 보이지 않는다는 사실이 걱정스러웠다. 그의 얼굴은 횃불 빛 속에서 여전히 창백했고 그녀가 앉은 자리에서도 눈가의 검은 그림자가 고스란히 보였다. 왜 잠을 못 자는 걸까?

"베너와 펠입니다. 레이디의 무술감독관들입니다."

메이스의 말에 그녀는 앞에 선 두 남자에게로 관심을 다시 돌렸다. 두 사람이 몸을 펴자 켈시는 손을 내밀었다. 그들은 좀 놀란 것 같았지만 악수를 나누었다. 키가 더 작은 쪽인 펠은 광대뼈 위로 흉측한 흉터가 있었다. 상처를 형편없이 꿰맸거나 아예 꿰매지 않았던 모양이다. 켈시는 자신의 상처를, 메이스가 서툴게 꿰맨 목의 흉터를 떠올리고서는 고개를 흔들어 달갑지 않은 생각을 지웠다. 어깨가 계속해서 욱신거리며 자러 갈 시간이라는 걸 상기시켜주고 있었다.

메이스는 내가 깨어 있기를 바라. 그러니까 깨어 있을 거야. 그녀는 고집스럽게 생각했다.

"무술감독관이라, 그대들은 정확하게 무슨 일을 하죠?"

두 남자는 서로를 쳐다보았지만 먼저 대답한 것은 펠이었다.

"저는 폐하의 근위대에서 무기와 요새를 감독합니다."

"저는 훈련을 감독합니다."

베너가 말했다.

"그럼 나한테도 검을 줄 수 있나요?"

"폐하께서 고르실 수 있게 여러 개의 검을 준비해뒀습니다."

펠이 대답했다.

"아니, 의전용 검 말고요. 그것도 물론 하나 갖고 있어야겠지만. 내 덩치에 맞는, 내가 휘두를 수 있는 검 말이에요."

두 남자가 입을 딱 벌리고 있다가 본능적으로 메이스를 돌아보았다. 그 행동에 켈시는 짜증이 나서 안락의자의 부드러운 천을 손톱으로 꽉 쥐었다. 하지만 메이스는 그저 어깨를 으쓱일 뿐이었다.

"휘두르신다고요, 폐하?"

켈시는 칼린을, 켈시가 성질을 폭발시킬 때마다 실망하던 그 표정을 떠올리고 뺨 안쪽을 세게 깨물었다.

"내 덩치에 맞는 검과 갑옷이 필요해요. 그리고 훈련도 받고 싶군요."

"검술을 말이십니까?"

베너는 공포에 찬 표정이었다.

"그래요, 베너, 검술을요. 단검으로 나 자신을 지키는 법은 배웠지만, 검에 대해서 별로 아는 게 없어요."

그녀는 메이스가 어떻게 생각할까 싶어 쳐다보았고 그가 희미한 미소를 지으며 고개를 끄덕이는 것을 발견했다. 그가 찬성한다는 사실이 켈시의 분노를 누그러뜨렸고 그녀가 좀 더 부드럽게 말했다.

"나는 앉아서 아무것도 안 하면서 위병들에게 날 위해 죽어달라고 할 수는 없어요. 나도 싸우는 법을 배우면 되지 않겠어요?"

두 남자가 대답하려고 입을 열었다가 도로 다물었다. 켈시는 말하라는 의미로 손짓을 했고, 마침내 펠이 말했다.

"그저 겉치레일 뿐입니다만, 레이디, 그래도 여왕에게 있어서 겉치레란 중요합니다. 폐하께서 검을 휘두르시는 건, 그건…… 여왕답지 않습니다."

"죽으면 여왕다워질 수 없어요. 그리고 최근에 나 자신을 지켜야 하는 상황이 너무 잦아서 단검으로는 만족할 수가 없거든요."

"치수를 재야 합니다, 레이디. 그리고 여성용 갑옷을 만들어줄 대장장이를 찾는 데 시간이 좀 걸릴 수도 있고요."

펠이 마지못한 어조로 말했다.

"그럼 빨리 찾아봐요. 나가도 좋아요."

두 남자는 고개를 끄덕이고 절을 한 다음 복도로 향했다. 나가면서 베너가 펠에게 뭔가를 속삭였다. 두 사람이 모퉁이로 사라지자 메이스가 코웃음을 쳤다.

"뭐라고 하던가요?"

"레이디께서 레이디의 어머니와 전혀 비슷하지 않은 것 같다고 하더군요."

켈시는 미소를 지었지만 그것은 지친 미소였다.

"곧 알게 되겠죠. 누가 남았죠?"

"폐하의 왕실 재무관인 알리스입니다. 그리고 섭정이 레이디께 이야기를 해야겠다고 기다리고 있습니다. 성가신 일입니다만, 그자를 빨리 치워버리는 것도 좋을 것 같습니다."

켈시는 자신의 부드러운 침대와 크림을 넣은 따뜻한 차 한 잔을 생각하며 한숨을 쉬었다. 그러다가 번쩍 정신을 차렸다. 그녀는 의자에 앉은 채 졸고 있었던 것이다. 안달리는 더 이상 그녀의 옆에 있지 않았고, 메이스는 여전히 기다리는 중이었다. 몸을 펴고 그녀가 눈을 문질렀다.

"섭정부터 들여보내고, 그다음에 재무관을 들여보내요."

메이스가 코린에게 손가락을 튕기자 그가 고개를 끄덕이고 부엌으로 사라졌다.

"외삼촌분에 대해서 말하자면, 지난 며칠 동안 굉장히 처지가 격하되었다는 걸 깨달았을 겁니다."

"내 마음이 다 아프군요."

안달리가 소리 없이 다시 나타나 켈시에게 김이 오르는 우유색 액체가 담긴 컵을 건넸다. 조심스럽게 냄새를 맡아보니 크림을 섞은 홍차였다. 그녀는 놀라서 안달리를 쳐다보았다. 그녀는 다시 벽 앞에 서서 무심한 눈길로 먼 곳만 바라보았다.

"제가 말씀드리려는 건 섭정이 아마 제 결정 때문에 끔찍한 홀대를 받았다고 여기고 있을 거라는 겁니다. 그의 재산 대부분을 몰수했거든요."

"내 이름으로요?"

"레이디께서는 주무시고 계셨습니다."

"어쨌든 내 이름으로잖아요. 다음번에는 내가 깨어날 때까지 기다리는 게 좋겠군요."

메이스는 그녀를 바라보았고, 켈시는 그가 이것을 '인형과 드레스' 같은 행동이라고 생각하고 있음을 깨달았다. 그녀는 한숨을 쉬었다.

"어떤 재산을 몰수했죠?"

"보석과 술, 형편없는 조각상들입니다. 굉장히 끔찍한 그림도 있고, 금접시에—"

"됐어요, 라자러스. 그대가 원하는 대로 평화롭게 그대의 일을 할 수 있도록 놔두죠. 그 점에 대해서는 나한테 고마워하라고요."

그녀가 그를 힐끗 보았다. 메이스가 절을 했다.

"지극히 겸허한 감사의 인사를 올립니다. 폐하의 이 아름다우신—"

"관둬요."

그가 씩 웃었고 다시 침묵 속에서 기다렸다. 서쪽 벽에 있는 양여닫이문을 통해 알현실에 쿵 소리가 울렸다. 이 문들은 거의 6미터 높이에 자물쇠뿐만 아니라 남자의 무릎과 머리 높이에 묵직한 참나무 빗장까지 있었다. 키브가 우측 문에 있는 조그만 구멍을 열어서 내다보고 엘스턴이 왼쪽 문을 두 번 두드렸다. 바깥에서 응답의 노크 소리가 세 번 들리며 동쪽 벽에 반사되어 울려 퍼지자 엘스턴도 다시 답을 했다.

켈시는 이 절차에 완전히 매료되었다. 엘스턴이 만족해서 뭔가를 중얼거린 다음 키브와 함께 빗장을 잡고 들어 올렸다. 그것은 상당히 힘든 일이었다. 방의 맞은편에 있음에도 불구하고 켈시는 엘스턴의 커다란 팔뚝에 힘줄이 돋는 것을 볼 수 있었다.

"훌륭한 시스템이군요. 아마 그대가 고안한 거겠죠?"

그녀가 메이스에게 물었다.

"세세한 건 제가 생각했지만, 원래는 캐롤이 생각한 겁니다. 저희는 매일 노크를 바꿉니다."

"방문객 한 명 때문이라면 너무 노동 집약적인 절차 같은데요. 왜 코린이 나갔던 그 길을 통해 데려오지 않는 거죠?"

메이스가 무슨 뜻인지 빤히 보이는 눈빛을 던졌다.

"아."

"이 통로를 아는 사람들이 몇 명 되긴 합니다만, 레이디, 섭정이 제가 아는 것의 4분의 1만큼이라도 알아낼 만큼 오래 침대 밖으로 나왔더라면 전 아마 엄청난 충격을 받았을 겁니다."

"그렇군요. 누가 육아실 문을 좀 닫으라고 해요. 마거리트가 듣는 건 바라지 않으니까."

메이스가 먼에게 손가락을 튕겼고 그가 달려갔다. 켈시는 그 손가락을 튕기는 행동이 상대를 무시하는 것 같은 느낌이었지만 위병들은 신경 쓰지 않는 것 같았다. 그들은 메이스가 구태여 말로 명령하지 않는다는 사실을 오히려 자랑스럽게 여기는 것 같았다. 엘스턴과 키브는 이제 어깨로 문을 받치고 바깥쪽으로 밀었고, 켈시는 수많은 횃불이 켜져 있는 널따란 터널이 완만한 내리막으로 수십 미터 뻗어가다가 끝에서 휘어져 사라지는 것을 볼 수 있었다. 그 터널이 기억났지만, 그녀가 걸어오지는 않았던 것 같았다. 그래, 그랬다. 메이스가 결국에 저 경사로에서 그녀를 짊어지고 와야 했다. 왜 건물 안에 저런 인공적인 언덕을 만든 걸까?

방어를 위해서지, 당연히. 칼린이 말했다. *생각을 해보렴, 켈시. 사람들이 쇠스랑을 들고 네 목을 치러 왕궁으로 들어오는 날에 대비한 거란다.*

"아이, 신나라. 고맙군요."

켈시가 중얼거렸다.

"네, 레이디?"

"아무것도 아니에요."

문을 통해 섭정이 코린의 뒤를 따라 들어왔다. 켈시는 코린의 느긋한 자세에서 필요한 모든 걸 읽을 수 있었다. 그는 섭정이 전혀 문젯거리라고 생각하지 않았다. 심지어 검에 손조차 올리고 있지 않았다.

섭정은 얼굴을 한껏 찡그리고 있었고, 전과 마찬가지로 흉측한 보라색의 셔츠와 바지 세트를 입고 있었다. 그가 다가오는 것을 보며 켈시는 그 옷이 빤 지 한참 된 것이라는 확신이 점점 강하게 들었다. 뚱뚱한 배의 내리막에 음식이 말라붙어 있었고 와인 자국 같은 것이 가슴팍에 튀어 있었다. 하지만 수염만으로도 충분히 고심거리일 것 같았다. 뜨겁게 달군 다리미라도 갖다 댄 것처럼 여전히 부자연스럽게 구불구불 엉켜 있었기 때문이다.

안락의자에서 5미터 거리쯤에서 코린이 손을 뻗어 섭정의 팔 윗부분을 잡았다.

"한 걸음도 더 나가선 안 됩니다. 아시겠습니까?"

섭정은 고개를 끄덕였다. 켈시는 갑자기 그의 이름이 토머스라는 걸 떠올렸지만 그 이름과 앞에 선 남자를 연관시킬 수가 없었다. 토머스는 성가대원과 천사들의 이름, 성경에 나오는 이름이었다. 쥐새끼처럼 눈을 빛내는 그녀의 외삼촌에게 맞는 이름이 아니었다. 오늘 여기에도 뭔가 계획을 갖고 온 게 분명했다.

켈시가 열네 살이었을 때 칼린은 미리 경고하거나 설명하지도 않고 갑자기 그녀의 다른 숙제들을 모두 중단하고 성경을 읽으라고 시켰다. 켈시는 깜짝 놀랐다. 칼린은 교회에 대한 혐오감을 감춘 적이 없었고, 그들의 집에는 성경 말고는 종교적 상징물이 아무것도 없었기 때문이다. 하지만 그것은 숙제였기 때문에 켈시는 평소에 책장 제일 위 구석에 꽂혀 있던 두껍고 먼지 쌓인 킹제임스 성경을 의무적으로 읽었다. 다 읽는 데에는 닷새가 걸렸고, 그녀는 두꺼운 책을 다 읽은 걸로 숙제가 끝났다고 생각했지만 틀렸다. 칼린은 (켈시의 머릿속에서 성경 주간으로 영원히 기억된) 그 주 내내 그녀에게 성경 내용과 등장인물들, 사건과 교훈에 관해 퀴즈를 냈고, 그녀는 수차례 책장에서 성경을 꺼내 와야만 했다. 성경에 집중한 사나흘이 지나고 마침내 다 끝나자 칼린은 켈시에게 책을 영원히 치워둬도 된다고 말했다.

"왜 이런 좋은 성경을 갖고 계세요?"

켈시가 물었다.

"성경은 책이란다, 켈시. 수천 년 동안 인류에게 영향을 준 책이야. 다른 중요한 책들과 마찬가지로 좋은 판본으로 보존해둘 가치가 있지."

"이게 사실이라고 생각하세요?"

"아니."

"그럼 왜 제가 이걸 읽어야 했던 건가요?"

켈시는 화가 나서 물었다. 굉장히 재미있는 책도 아니었고, 심지어는 두꺼웠단 말이다. 그녀는 며칠이나 그 빌어먹을 책을 이 방 저 방으로 들고 다녀야 했다.

"도대체 이걸 읽은 이유가 뭐죠?"

"네 적을 알기 위해서야, 켈시. 잘못된 손에 들어가면 책조차도 위험할 수 있단다. 그런 일이 생겼을 때에는 물론 그 책을 든 손을 비난해야 하지만, 책도 읽어둬야지."

켈시는 당시에 칼린의 말뜻을 이해할 수가 없었지만, 아배스 꼭대기의 금십자가를 본 이래로 상황을 파악하기 시작했다. 외삼촌이 평생 성경을 읽어는 봤을까 의심스러웠지만 지금 그를 보고 있으니 성경 주간에 배웠던 또 다른 것이 떠올랐다. 토머스는 12사도의 일원일 뿐만 아니라 의심하는 자이기도 했다는 거였다. 알라 여왕은 처음 그를 품에 안고서 켈시가 지금 보는 것과 똑같은 것을 보았는지도 모른다. 허약함. 그것이 지위와 합쳐지면 훨씬 더 위험해진다.

그는 너에게 살아 있는 마지막 혈육이야, 목소리가 그녀의 머릿속에서 주장했다. 하지만 그 목소리는 가족에 대한 충성심을 짓누르고 호기심을 짓누르는 갑작스러운 분노에 휩쓸려 사라졌다. 켈시는 이미 계산을 마쳤다. 그녀의 어머니는 16년 전에 돌아가셨고 그 이래로 외삼촌이 권력을 쥐고 있었다. 16년 곱하기 3000이면 4만 8000이다. 제 목숨을 구하자고 외삼촌은 4만 8000명의 티어링 시민들을 타국으로 보내버린 것이다. 그의 얼굴에는 후회의 빛도, 어떤 종류의 미안한 표정도 없고 그저 잘못된 취급을 받은 것에 대한 당황함밖에 없었다. 그는 정말이지 가치 없는 인간이었지만 그 자신은 세상이 자신에게 보상을 해야 한다고 믿고 있었다.

내가 어떻게 이렇게 많은 걸 아는 거지? 켈시는 의아했다. 마치 대답이라도 하듯이 그녀의 사파이어가 파르르 떨리고 약한 열기가 가슴을 타고 번지는 것 같았다. 켈시는 깜짝 놀랐지만 저번에 왕궁 잔디밭에서보다는 훨씬 약한 감각이었다. 어쩌면 망상인지도 모르지만, 약간이라도 보석을 이해할 수 있게 된 것 같은 느낌이 들었다. 벌써 여러 번 보석이 그녀의 기분에 반응하는 것을 느꼈다. 가끔은 그녀의 주의를 요구하는 것 같기도 했고. 지금은 보석이 그녀에게 당면 문제에 집중하라고 말하는 거라고 맹세할 수

있었다.

"뭘 원하죠, 외삼촌?"

"폐하께 저를 왕궁에 남아 있게 해달라고 탄원하러 왔습니다."

섭정이 대답했다. 그의 비음 섞인 목소리가 알현실에 울려 퍼졌다. 미리 준비한 말이 분명했다. 네 명의 근위병들은 여전히 벽 앞에 자리를 지키고는 있었지만 시선만은 더 이상 멀리 있지 않았다. 특히 먼은 굶주린 개가 먹이를 기다리는 것 같은 표정으로 섭정을 뚫어지게 쳐다보고 있었다.

"저의 추방은 불공평하고 경솔한 일입니다. 게다가 제 재산을 몰수하는 결정도 은밀하게 이루어져서 제가 항변할 기회도 없었습니다."

켈시는 그의 단어 사용에 놀라서 눈썹을 치키고 있다가 메이스 쪽으로 몸을 기울였다.

"내가 이 문제를 어떻게 처리해야 되죠?"

"원하시는 대로 하십시오, 레이디. 저도 좀 즐겨야지요."

그녀가 다시 외삼촌을 보았다.

"어떤 항변을 할 거죠?"

"예?"

"항변할 기회도 없었다고 했잖아요. 어떤 항변을 할 건가요?"

"폐하의 근위병이 제 처소에서 가져간 물건들 대부분이 선물로 들어온 것들입니다. 개인적인 선물요."

"그래서요?"

"그래서 그건 왕실의 재산이 아닙니다. 왕실에서 가져갈 권리가 없습니다."

메이스가 끼어들었다.

"왕실은 왕궁 내에 들어온 물건은 뭐든 몰수할 권리가 있습니다."

켈시는 동의하는 뜻으로 고개를 끄덕였지만 사실 이 법률은 처음 듣는 거였다.

"맞아요, 외삼촌. 거기에는 외삼촌이 모트메인으로부터 받은 기념품들도 포함됩니다."

"그건 그냥 기념품들이 아닙니다, 조카님. 폐하께서 제가 제일 아끼는 여자까지 데려가셨잖습니까."

"마거리트는 이제 내 보호하에 있습니다."

"그 여자는 선물입니다. 아주 귀한 선물요."

"맞아요. 그녀는 아주 귀중하죠. 나한테 훌륭하게 봉사할 거라고 생각해요."

켈시가 활짝 웃으며 말했다.

섭정의 목덜미가 붉게 달아오르고 점점 그 빛깔이 턱까지 번졌다. 칼린은 언제나 대부분의 남자들이 개와 똑같다고 말했고, 켈시는 그 말을 진지하게 받아들이지 않았었다. 남자들이 쓴 좋은 책들이 얼마나 많은데. 하지만 지금은 칼린이 완전히 틀린 게 아니라는 생각이 들었다.

"내가 마거리트에게 싫증이 나게 되면 자유롭게 풀어줄 수도 있겠죠. 하지만 지금으로선 그녀는 여기서 행복해요."

섭정이 의심스러운 표정으로 고개를 들었다.

"헛소리!"

"단언하는데 그녀는 꽤나 만족하고 있습니다. 보세요. 심지어 그녀를 묶어놓을 필요도 없다고요!"

켈시가 쾌활하게 말했다. 엘스턴과 키브가 근처의 벽 가에서 킥킥 웃었다.

"그년이 다른 데서 행복할 리가 없어!"

섭정이 침을 튀기며 사납게 외쳤다.

"여왕 폐하의 앞에서 말조심하시지. 안 그러면 당신한테 커다란 빨간 리본을 묶어서 왕궁 밖으로 당장에 내던질 테니까. 페치가 당신 뼈를 접시 대용으로 쓸 수도 있겠지."

메이스가 으르렁거렸다. 켈시가 그의 말을 잘랐다.

"외삼촌께서 여기 오신 이유는 단지 마거리트 때문이겠죠? 아무도 그 형편없는 미술품 따위를 돌려달라고 애걸할 리가 없으니까 말이죠."

섭정의 입이 딱 벌어졌다.

"제 그림들은 파월의 작품입니다!"

"파월이 누구죠?"

켈시가 알현실 전체를 상대로 물었다.

아무도 대답하지 않았다.

"그는 제너에서 유명한 화가입니다. 그 그림은 돌려받아야겠습니다."

"흠, 우리가 팔 수 없는 것들에 대해서는 입찰할 수 있도록 허락을 할 수도 있겠죠."

"제 조각상들은요?"

코린이 말했다.

"조각상들은 팔릴 겁니다, 폐하. 대부분이 상당히 흉측하지만 재료가 비싼 겁니다. 누군가가 그걸 녹여서 쓸 수 있겠지요."

섭정은 상처받은 얼굴이었다.

"그 조각상들은 값진 거라는 인정을 받은 것들입니다."

"누가 인정했는데요? 판 사람이?"

켈시가 물었다. 섭정은 입을 벌렸지만 아무 말도 나오지 않았다. 켈시가 초조하게 자세를 바꾸었다. 더 이상은 재미도 없고, 그녀는 다시 피곤해지고 있었다. 어쨌든 그녀의 근위병들이 즐거워하고 있으니 그나마 다행이었다. 엘스턴과 키브는 히죽히죽 웃고 있었고 코린은 능글맞은 웃음을 감추기 위해 노력 중이었으며 심지어 먼도 처음으로 정신을 차리고 있는 것 같았다.

"외삼촌의 쓰레기들은 내가 보관하고 있겠습니다. 추방에 관해서는 어떤 항변을 하려는 건지 모르겠지만, 할 말이 있으면 해보세요."

"저는 조카님에게 아주 유용할 겁니다."

섭정이 하도 빠르게 분위기를 바꾸고 대답해서 켈시는 그가 지금껏 진짜 하고 싶은 말을 미루고 있었던 건가 생각했다.

"어떻게 유용한데요?"

"저는 폐하가 알고 싶어 하실 만한 걸 아주 많이 압니다."

"슬슬 싫증이 나는군요, 폐하. 제가 저자를 왕궁 밖으로 내던지게 해주십시오."

"잠깐만. 뭘 알고 있죠, 외삼촌?"

켈시가 한 손을 들어 올리고서 물었다.

"저는 폐하의 아버지가 누군지 압니다."

"저자는 아무것도 모릅니다, 레이디."

메이스가 으르렁거렸다.

"당연히 압니다, 조카님. 그리고 폐하께서 관심이 있으실 어머니에 관한 것도 아주 많이 알고 있습니다. 이자들은 그런 이야기를 하지 않을 겁니다. 서약을 했으니까요. 하지만 저는 여왕의 근위대가 아닙니다. 저는 폐하께서 알고 싶어 하시는 엘리사 여왕에 관한 모든 걸 알고 있고, 전부 다 말씀드릴 수 있습니다."

근위병들의 눈빛이 칼이라면 외삼촌은 지금쯤 구멍투성이가 되었을 것이다. 켈시는 메이스를 돌아보았다가 그의 얼굴이 무시무시하게 험악해져 있는 것을 발견했다.

난 정말로 알고 싶어. 그녀는 어머니의 수많은 남자들 중에서 누가 그녀의 아버지인지 정말이지 알고 싶었다. 그녀의 어머니가 실제로 어땠었는지 알고 싶었다. 어쩌면 모든 게 겉보기와는 다를지도 모른다. 그녀는 그 생각에 잠시 몰두했다. 어쩌면 어머니에게도 뭔가 정상참작을 할 만한 부분이 있었을지도, 다른 사람은 모르는 그런 것들이 있었을지도 모른다. 하지만 위험도 분명히 존재했다. 켈시는 차가운 눈으로 외삼촌을 보았다.

"정확히 뭘 요청하는 건가요, 셰에라자드(1000일간 왕에게 이야기를 들려주어 죽음을 면했다는 페르시아 여인)? 왕궁에서의 은신?"

"아뇨, 전 관여하고 싶습니다. 저도 나라에 기여를 하고 통치를 하고 싶습니다. 그리고 저한테는 붉은 여왕에 대한 정보도 상당히 많이 있습니다."

"정말로 이런 게임을 계속할 건가요? 외삼촌은 날 죽이려고 했어요. 효과는 없었으니 용서하겠지만, 그렇다고 해서 딱히 외삼촌에게 애정이 있는 건 아니에요."

"증거가 있습니까?"

메이스가 나섰다.

"당신의 근위병 두 명이 이미 죄를 인정하고 당신을 지목했어, 이 머저리야."

섭정의 눈이 커졌지만 메이스의 말은 아직 끝나지 않았다.

"석 달 전에 여왕 폐하를 추적하라고 고용했던 케이든에 관한 건 포함하지도 않은 거고."

"케이든은 절대로 고용주를 발설하지 않아."

"당연히 그자들도 얘기를 한다고, 쓸모없는 아둔패기 같으니. 적당한 타이밍에 적당한 자를 잡아 에일을 퍼 먹이면 되지. 나한테는 모든 증거가 다 있어. 당신이 아직 여기 서 있는 걸 행운으로 생각하라고."

"그럼 내가 왜 여기에 있는 거지?"

메이스가 대답을 하려고 했지만 켈시는 손을 흔들어 그의 입을 다물게 했다. 심장이 무겁게 내려앉았다. 그녀가 아무리 외삼촌이 아는 것들을 알고 싶어 한다 해도 그 요구를 받아들일 수는 없었다. 외삼촌은 자신이 잃은 것을 되찾으려는 시도를 멈추지 않을 것이다. 그가 방 안을 힐끔거리는 모습으로 보아 명백했다. 그녀는 그를 잘 몰랐지만, 그의 성격은 충분히 알 수 있었다. 그는 음모를 멈추지 않을 것이다. 절대로 믿을 수 없을 거고.

"솔직히 말해서요, 외삼촌, 난 외삼촌을 감금해야 될 만큼 중요한 사람이라고 생각하지 않아요. 여기 있는 코린을 예로 들어보죠."

켈시가 코린을 가리키며 말했다. 섭정은 그가 옆에 서 있다는 걸 잊어버린 것처럼 깜짝 놀라 돌아보았다. 코린도 놀란 것 같았다.

"난 코린이 가진 모든 것, 옷과 돈과 무기와 그가 어딘가에 숨겨놓은 여자를 몰수할 수 있어요—"

"여자들 여럿이죠."

코린이 유쾌하게 말했다. 켈시는 관대하게 미소를 지은 다음 말을 이었다.

"그래도 그는 여전히 대단히 명예롭고 유능한 근위병 코린일 테지요."

그녀가 잠깐 말을 멈췄다가 다시 말했다.

"하지만 외삼촌을 보세요. 옷과 여자들, 근위병을 빼앗기고 나니까 외삼촌은 온 세상에 그 범죄가 속속들이 드러난 반역자일 뿐이에요. 외삼촌을 지하 감옥에 넣는 건 감옥 낭비죠. 외삼촌은 아무것도 아니에요."

섭정이 홱 돌아섰다. 대단히 갑작스러운 행동에 메이스가 황급히 켈시의 앞을 가로막고 검에 손을 올렸다. 하지만 섭정은 그들에게 등을 돌리고 어깨를 들썩이며 잠깐 동안 거기 서 있을 뿐이었다.

"내 마음은 정해졌어요, 외삼촌. 외삼촌에게는 이제 왕궁에서 방을 비울 날이 25일 남았습니다. 코린, 저 사람을 데리고 나가요."

"네놈의 에스코트는 필요 없어!"

섭정이 으르렁거리고는 돌아서서 그녀를 보았다. 그의 눈은 분노로 커다 랬지만 거기에는 켈시가 의도했던 것보다 더 깊은 고통이 자리하고 있었다. 갑자기 사과하고 싶은 말도 안 되는 충동이 들었지만 그가 입을 여는 순간 그 마음은 금세 사라졌다.

"넌 깊은 물에서 허우적거리고 있어, 이 계집애야. 너의 메이스조차 그 물이 얼마나 깊은지 모를걸. 붉은 여왕은 네가 무슨 짓을 했는지 알아. 내가 직접 사신을 보냈으니까. 넌 모트 노예매매를 가로막았고, 붉은 여왕이 여기 와서 이 나라를 돼지 잡듯이 헤집어놓을 거다."

그는 켈시의 뒤쪽을 보고 갑자기 겁에 질린 표정으로 눈을 휘둥그렇게 뜨고 입을 다물었다.

켈시는 돌아보고 뒤에 마거리트가 서 있는 것을 발견했다. 그녀의 목은 아직 낫지 않아서 횃불 빛 속에서도 짙은 보라색으로 자국이 남아 있는 게 보였다. 그녀는 모양 없는 갈색 옷을 입고 있었지만 옷이 여자를 만들지 않는다는 논박할 수 없는 산 증거였다. 마거리트는 트로이의 헬레네였다. 크고, 당당하고, 머리카락은 횃불 빛 속에서 불꽃 같은 색깔이었고, 피부에 소름이 돋을 것 같은 표정으로 섭정을 바라보고 있었다.

"마거리트?"

섭정이 말했다. 방금 전까지의 분노는 사라지고, 그는 어린 송아지처럼 열망 어린 눈으로 마거리트를 쳐다보았다.

"네가 보고 싶었다."

"어떻게 감히 그녀에게 말을 할 배짱이 있는 건지 모르겠지만, 다시는 내 허락 없이 말 걸지 말아요."

켈시가 쏘아붙였다. 섭정의 얼굴이 어두워졌지만 그는 입을 다물고 마거리트만 쳐다보고 있었다. 그녀는 잠깐 동안 더 그를 바라보다가 앞으로 나왔다. 메이스와 코린이 곧장 검에 손을 얹었다. 하지만 마거리트는 그들을 완전히 무시하고 켈시의 안락의자 앞으로 와서 그 발치에 앉았다.

섭정은 충격으로 얼어붙은 얼굴로 이 상황을 잠시 바라보았다. 그러다가 그 얼굴이 증오로 뒤틀렸다.

"마거리트에게 뭘 준 거지?"

"아무것도요."

"그럼 마음을 어떻게 산 거야?"

"우선 난 목에 줄을 매지 않았거든요."

"흥, 즐거운 시간 보내라고. 저년이 조만간 웃으면서 네 목을 그어버릴 테니까. 빌어먹을 모트 창녀 같으니라고."

그가 마거리트를 노려보았다.

"아무도 당신 저주 같은 건 두려워하지 않아, 티어링 쓰레기. 당신은 제 손으로 무덤을 판 거야."

마거리트가 모트어로 말했다. 섭정은 어리둥절한 표정으로 마거리트를 쳐다보았고 켈시는 혐오감에 고개를 흔들었다. 그는 모트어조차 하지 못했다.

"더 이상 할 말 없는 것 같군요, 외삼촌. 나가요. 그리고 시골길을 가로질러 여행할 때 행운이 있기를 빌죠."

섭정은 마거리트에게 마지막으로 괴로운 눈길을 던지고서 몸을 돌려 쿵쿵거리며 나갔다. 코린이 그의 뒤를 따라갔다. 엘스턴과 키브가 섭정이 지나갈 만큼만 문을 열었고, 마거리트는 그 문이 도로 닫힐 때까지 기다렸다가 일어나며 모트어로 빠르게 말했다.

"저는 아이들에게 돌아가야 할 것 같습니다, 폐하."

켈시는 고개를 끄덕였다. 마거리트에게 물어볼 게 많았지만 지금은 때가 아니었다. 그녀는 마거리트가 복도를 따라가는 것을 보다가 안락의자에 다시 몸을 기댔다.

"이걸로 끝이라고 말해줘요."

"재무관이 남았습니다, 레이디. 만나보기로 하셨잖습니까."

메이스가 상기시켰다.

"그대는 정말 엄격한 관리자로군요, 라자러스."

"알리스를 데려와라!"

메이스가 외친 다음 그녀에게 말했다.

"몇 분만 더 참으십시오, 폐하. 중요한 일입니다. 개인적인 만남이 충성심을 불러일으키는 겁니다."

"외삼촌의 재무관을 어떻게 믿죠?"

"레이디, 레이디의 외삼촌에겐 재무관이 있었던 적이 없습니다. 업무 시간에도 술에 취해 있는 금고 관리들 한 무리가 있었을 뿐이죠."

"그럼 이 알리스란 사람은 누구죠?"

"제가 그 임무를 맡기기 위해 뽑은 사람입니다."

"그 사람이 누군데요?"

메이스의 눈길이 그녀의 옆으로 움직였다.

"돈 계산에 아주 뛰어난 이 지역 사업가입니다."

"어떤 종류의 사업가요?"

메이스는 꽤나 신경질적으로 팔짱을 꼈다.

"꼭 아셔야겠다면, 레이디, 그는 책 장수입니다."

"책 장수요?"

켈시는 잠깐 당황했지만 그 혼란은 금세 흥분으로 바뀌었다.

"하지만 출판사는 없다고 하지 않았던가요? 어떻게 책을 만들죠? 손으로 써서?"

메이스는 그녀를 잠시 응시하다가 갑자기 웃음을 터뜨렸다. 켈시는 이제야 그가 왜 자주 웃지 않는지를 깨달았다. 마치 하이에나가 울부짖는 것 같은 짐승의 울음소리였다. 메이스가 손으로 입을 막았지만 이미 늦었다. 켈시는 뺨이 달아오르는 것을 느꼈다.

난 웃음거리가 되는 데 익숙하지 않아. 그녀는 그것을 깨닫고서 웃음 비슷한 표정을 지으려고 노력했다.

"뭐가 우스운 거죠?"

"책을 만드는 사람이라는 뜻이 아니었습니다, 레이디. 도박업자라는 얘기입니다."

"도박업자요?"

켈시는 창피한 걸 잊고서 물었다.

"내가 국고 열쇠를 전문 도박꾼에게 넘겨주길 바라는 건가요?"

"더 나은 생각이라도 있으십니까?"

"다른 사람이 있을 거예요."

"제가 확실히 말씀드리는데, 돈 계산에 그렇게 밝은 사람은 달리 없습니다. 사실 알리스를 여기 데려오기 위해서 끈질기게 설득해야 했으니 그 사람을 잘 대해주십시오. 그는 선크로싱 시대의 계산기를 머릿속에 갖고 있고, 레이디의 외삼촌을 대놓고 경멸했습니다. 그게 적당한 출발점이 될 수 있겠지요."

"그 사람이 정직할 거라고 어떻게 보장하죠?"

"불가능하죠."

쉰 목소리가 들려오고 모퉁이를 돌아 비쩍 여윈 노인네가 나타났다. 그의 몸은 마르고 구부정했다. 왼쪽 다리는 저는 모양인지 오른쪽을 먼저 움직였다가 왼쪽을 질질 끌어오는 식이었다. 하지만 그렇다 해도 그는 굉장히 빠르게 움직여서 그의 뒤에 있던 키브가 서둘러 따라잡아야 할 정도였다. 알리스는 왼팔 역시 잘 쓰지 못하는 것 같았다. 겨드랑이 아래 종이 한 뭉치를 끼고 있긴 하지만 어린애처럼 팔뚝으로 갈비뼈를 감싸고 있었다. 남아 있는 흰머리는 귀 위쪽으로 장식 술처럼 돋아 있었다(그리고 그가 가까이 다가오자 켈시는 그의 귀 안에도 털이 돋아 있는 걸 볼 수 있었다). 그의 늙은 눈은 노래졌고 아래쪽 눈꺼풀이 늘어져서 이미 빨간색도 아닌, 세월로 인해 색깔이 빠져나가 희미한 분홍빛에 가까운 속살이 드러났다. 그는 켈시가 평생 본 것 중에서 가장 흉측하게 생긴 존재였다.

마침내 내가 아름다워 보이게 해줄 만한 사람이 나타났어. 그녀는 그런 생각을 하면서도 한편으로 자신의 몰인정한 생각이 유감스러웠다.

노인은 성한 손으로 그녀에게 악수를 청했고 켈시는 조심스럽게 응했다. 그의 손은 종잇장 같았다. 매끄럽고, 차갑고, 생명력이라고는 없었다. 그에 게서는 나이 든 사람에게서 나는 그 끔찍하고, 진하고, 코를 찌르는 냄새가 났다.

"전 정직하지 않습니다."

노인이 숨을 헐떡거리며 말했다. 켈시는 그의 억양이 어디 것인지 알 수 가 없었다. 순수한 티어링 억양은 아니었다. 거칠면서도 동시에 비음이 섞 여 있는 억양이었다.

"하지만 저를 신뢰하실 수는 있습니다."

"모순된 이야기군요."

켈시가 말했다. 알리스의 눈이 번뜩였다.

"그럼에도 불구하고 전 지금 여기에 있지요."

"알리스는 믿으셔도 *괜찮습니다, 레이디.* 그리고 제 생각으로는—"

메이스의 말을 알리스가 잘랐다.

"먼저 할 일부터 하죠. 아버님은 누굽니까, 꼬마 여왕님?"

"난 몰라요."

"제기랄. 여기 있는 메이스는 말해주지 않을 거고, 사실이 밝혀졌을 때 제가 뒤처리를 해야겠지요."

알리스가 몸을 앞으로 기울이고 그녀의 가슴을 빤히 보았다.

"훌륭해."

켈시는 화가 나서 몸을 뒤로 빼다가 그가 자신의 사파이어를 탐욕스러 운 수집가의 눈으로 쳐다보고 있다는 사실을 깨달았다.

"이건 진품인 모양이죠?"

"확실한 진짜배기죠, 폐하. 순수한 에메랄드컷 사파이어에 흠집 하나 없고 참으로 아름답습니다. 세팅도 그리 나쁘지 않지만 보석 그 자체가…….전 폐하께 엄청난 돈을 지불할 수도 있습니다."

켈시는 몸을 앞으로 기울였다. 갑자기 피로가 싹 사라졌다.

"이게 어디산인지 혹시 아나요?"

"그저 소문만 들었을 뿐입니다, 꼬마 여왕님. 뭐가 진실인지는 알 도리가 없지요. 사람들은 윌리엄 티어가 크로싱 직후에 왕의 목걸이를 만들었다고 합니다. 하지만 조너선 티어가 그 목걸이에 만족하지 못해서 후계자의 보석을 따로 만들었다고 하죠. 뭐, 그에게는 소용도 없었지만요. 그 불쌍한 작자는 그러고 겨우 2년 뒤에 암살되었으니까요."

"보석은 어디서 가져온 거죠?"

"아마도 카다르겠지요. 티어링이나 모트메인의 보석은 이렇게 훌륭하지 못합니다. 아마 그래서 그녀가 이것들을 그렇게 절실하게 원하는 거겠죠."

"누가요?"

"붉은 여왕 말입니다, 레이디. 제 정보원에 따르면 붉은 여왕은 레이디를 원하는 것만큼이나 절실하게 레이디의 보석을 원한다고 하더군요."

"붉은 여왕은 카다르의 공물을 통해 원하는 모든 보석을 가질 수 있을 텐데요."

"그럴지도요. 하지만 아주 오래전에 이 사파이어들은 마법이 깃들어 있다는 소문이 있었죠."

알리스가 수북한 눈썹 아래로 그녀를 힐끗 쳐다보았다.

"그럴 리가 있나. 그건 엘리사 여왕께 아무런 영향도 미치지 못했어."

메이스가 으르렁거리며 말했다.

"다른 하나는 어디 있습니까?"

"국고에 관한 이야기를 해야 하지 않나, 알리스?"

"아, 예."

알리스가 즉시 태도를 바꾸어 왼쪽 겨드랑이 아래 끼고 있던 종이 뭉치를 꺼냈다. 그는 종이 뭉치를 이로 물고 펄럭펄럭 넘겨 원하는 장을 찾은 다음 그것을 뭉치 사이에서 빼내는 훌륭한 솜씨를 보여주었다.

"레이디의 외삼촌의 소유물들을 목록으로 만들어봤습니다, 꼬마 여왕님. 사치품들을 팔 만한 데와 쓸모없는 것들을 전당 잡아줄 머저리들을 알고 있지요. 섭정이 예술품이라고 생각한 모든 개쓰레기들을 최소한 5만 파운드에 처리할 수 있을 거고, 창녀들의 보석은 일반 시장에서 그 두 배는 받을 수 있을—"

"말조심하라고, 알리스."

"죄송, 죄송."

알리스는 별거 아니라는 듯이 비난에 손을 흔들었고, 켈시는 별로 신경 쓰이지 않았다. 그녀는 그의 욕설이 마음에 들었다. 그에게 잘 어울렸다.

"아직 국고는 못 살펴봤습니다. 믿으실지 모르겠지만 실제로 열쇠를 가진 사람을 아직까지 찾는 중이라서요. 하지만 거기 뭐가 있을지는 거의 분명하게 압니다. 아 참, 폐하께는 새 금고 관리인이 필요할 겁니다."

"그렇겠죠."

켈시가 대답했다. 이제 어깨가 비명을 지르는 것 같았지만 그녀는 무시했다. 이 노인의 엄청난 에너지에 조금 압도된 기분이었다.

"인구조사부가 부정 이득을 취하고 나면 티어링에는 세금으로 5만 파운드 정도가 들어옵니다. 외삼촌께서 레이디의 어머니가 돌아가신 이래로 100만 파운드가 넘는 돈을 탕진했고요. 제가 추정하건대, 저는 이런 일에는 거의 틀리지 않습니다만, 국고에는 10만 파운드 정도나 그보다 적은 돈이 들어 있을 겁니다. 달리 말하자면 레이디는 파산하신 거죠."

"멋지군요."

"이제 저한테 수익을 늘릴 만한 멋진 아이디어가 몇 가지 있습니다."

알리스가 여전히 눈을 빛내며 말했다.

"어떤 아이디어죠?"

"상황에 달렸지요, 폐하. 제가 고용된 겁니까? 저는 공짜로 일을 하지 않습니다."

켈시는 말없이 애원하듯 메이스를 보았지만 그는 그저 그녀에게 싫다고 말할 거냐는 듯한 표정으로 눈썹만 치킬 뿐이었다.

"그대는 정직하지 않지만, 믿을 수는 있다는 건가요?"

"그렇습니다."

"난 그대가 평범한 도박업자 이상이라고 생각해요."

알리스는 씩 웃었다. 머리 위쪽으로 머리카락이 뾰족하게 곤두서 마치 번개에 맞은 것처럼 보였다.

"그럴지도 모르지요."

"왜 날 위해서 일하려고 하는 거죠? 우리가 얼마를 지불하든 그대가 밤에 버는 돈에 비하면 아무것도 아닐 텐데."

알리스가 바람 빠진 아코디언처럼 슉슉거리는 소리로 웃었다.

"사실대로 말하자면 말입니다, 꼬마 여왕님, 저는 폐하보다도 부자일 겁니다."

"그럼 왜 이 일을 원하는 거죠?"

노인의 얼굴이 진지해졌다. 그가 켈시를 평가하는 듯한 눈으로 보았다.

"사람들이 길거리에서 폐하에 관한 노래를 부르고 있다는 거 아십니까? 모트메인의 침공 때문에 도시 전체가 겁에 질려 있으면서도 여전히 폐하에 대한 노래를 만들고 있지요. 폐하를 참된 여왕이라고 부릅니다."

켈시는 메이스에게 의아한 시선을 던졌고, 그는 고개를 끄덕였다.

"그게 사실인지는 잘 모르겠습니다만, 투자를 분산시켜보기로 했습니다. 이기는 편에 있는 건 언제나 좋은 거니까요."

알리스가 말했다.

"내가 사람들이 말하는 것 같은 사람이 아니라면?"

"그러면 저는 곤란한 상황에서 빠져나갈 수 있을 정도의 돈을 갖고 있지요."

"얼마나 받길 원하죠?"

"메이스와 저는 이미 세세한 것들을 합의했습니다. 꼬마 여왕님께서는 저를 고용하실 수 있습니다. 그저 그러겠다고 말만 하시면 됩니다."

"내가 그대의 다른 직업에 대해서 눈감아주기를 바라나요?"

"그건 문제가 될 때 다시 논의하면 됩니다."

교활하군, 켈시는 생각했다. 그녀가 다시 메이스에게 부탁 조로 말했다.

"라자러스?"

"티어링에서 이보다 더 훌륭한 회계를 찾으실 수는 없을 겁니다, 레이디. 그리고 이자의 능력은 그뿐만이 아닙니다. 레이디의 외삼촌이 입힌 피해를 복구하기 위해서는 많은 일을 해야 할 겁니다. 그 일을 위해 제가 고른 것이 이자입니다. 하지만 이자도 레이디께 존경심을 담아 말하는 법은 좀 배워야겠군요."

그가 으르렁거리는 어조로 말하며 알리스에게 냉정한 눈빛을 던졌다.

알리스가 씩 웃자 비뚤어진 누런 이가 드러났다.

켈시는 불가피하다는 기분이 자신을 짓누르는 것을 느끼며 한숨을 쉬었다. 이것은 수많은 타협 중 첫 번째가 될 것이다. 안전한 곳에 도착한다는 보장도 없이 급류에서 배를 타고 가는 것 같은 불안한 기분이 들었다.

"좋아요, 그대는 고용되었어요. 괜찮다면 나에게 기초적인 회계를 가르쳐줘요."

노인은 절을 한 다음 다리를 질질 끌며 안락의자 앞에서 물러났다.

"다시 이야기를 나누기로 하지요, 꼬마 여왕님. 폐하가 편하신 시간에요. 그동안에 제가 금고를 살펴보도록 허락을 해주시겠습니까?"

켈시는 미소를 지었지만, 이마에 진땀이 솟는 게 느껴졌다.

"그대에게 내 허락이 필요할까 의심스럽군요, 알리스. 어쨌든 그렇게 해도 좋아요."

그녀는 안락의자에 몸을 기댔지만 어깨가 격하게 반발하는 느낌에 도로 앞으로 몸을 기울였다.

"라자러스, 난 이제 쉬어야겠어요."

메이스가 고개를 끄덕이고 알리스에게 나가라고 손짓했다. 재무관은 그 기묘한 게걸음으로 복도로 나갔고, 메이스와 안달리가 켈시의 팔을 한쪽씩 잡고 그녀를 안락의자에서 거의 들어 올리다시피 해서 침실로 다시 데리고 갔다.

"알리스가 여기서 우리와 함께 지내나요?"

켈시가 물었다.

"모르겠습니다. 그자는 이미 이틀째 왕궁에 머무르고 있습니다만, 그건 레이디의 외삼촌의 물건을 전부 다 살펴보기 위해서였을 뿐입니다. 그자는 도시 전역에 은신처를 갖고 있습니다. 아마 자기 편한 대로 오갈 겁니다."

"그가 하는 사업이 정확하게 뭐죠?"

"암시장 거래입니다."

"좀 더 정확하게 말해요, 라자러스."

"이국적인 물건을 조달하는 거라고만 해두겠습니다, 레이디. 그렇게만 아십시오."

"사람인가요?"

"절대로 아닙니다, 레이디. 그것만은 허용하지 않으실 거라는 걸 저도 아니까요."

메이스는 안달리가 켈시의 옷을 벗길 수 있도록 몸을 돌리고 방 안의 횃불을 하나하나 껐다.

"베너와 펠은 어떠셨습니까?"

누구? 켈시는 멍하니 생각하다가 두 명의 무술감독관을 기억해냈다.

"나에게 싸우는 방법을 가르쳐주지 않으면 후회하게 만들어줄 거예요."

"그들은 좋은 사람들입니다. 인내심을 가지십시오. 레이디의 어머니는 무기를 보는 것조차 싫어하셨습니다."

켈시는 다시금 칼린을, 드레스 사건이 있었던 그날을 떠올리고 인상을 찌푸렸다.

"우리 엄마는 허영에 찬 멍청이였어요."

"하지만 그분의 유산이 지금 전부 다 레이디의 앞에 있지요."

생각지도 않게 안달리가 켈시의 머리카락에서 핀을 빼면서 말했다. 안달리가 켈시의 상처를 건드리지 않고 드레스를 벗기는 힘겨운 일을 완료한 후 켈시는 침대로 올라갔다. 너무 피곤해서 깨끗한 요의 차갑고 부드러운 느낌도 간신히 의식할 정도였다.

어떻게 침대보를 이렇게 빨리 바꾼 걸까? 그녀는 졸음 속에서 생각했다. 왠지 모르지만 이게 다른 어떤 것보다도 마술처럼 느껴졌다. 그녀는 메이스와 안달리에게 인사를 하기 위해서 고개를 돌렸지만 그들은 이미 문을 닫고 사라지고 없었다.

켈시는 등을 대고 누울 수가 없어서 침대에서 천천히 몸을 움직여 편안한 자세를 찾으려고 노력했다. 그러다 마침내 옆으로 누워 텅 빈 책장을 바라보았다. 기운이 쭉 빠졌다. 할 일이 엄청나게 많다.

넌 벌써 많은 걸 했어, 바티의 목소리가 머릿속에서 울렸다.

수많은 이미지들이 켈시의 기억 속에서 솟아났다. 불에 타는 우리. 묶인 채 외삼촌의 왕좌 앞에 있던 마거리트. 바닥에 주저앉아 울던 군중 속의 늙은 여자. 우리 앞에서 울부짖던 안달리. 육아실에 앉아 있던 아이들. 켈시는 이불 아래서 좀 더 편안한 자세를 찾아 몸을 움직였지만 어떻게 해도 편안해지지가 않았다. 그녀의 주위에, 아래에, 사방으로 뻗어 있는 그녀의 왕국이 느껴졌다. 그 백성들은 지평선 위의 뭉게구름처럼 솟아오르는 모트의 엄청난 위협 앞에 놓여 있었다. 그녀가 처음에 느꼈던 기분이 사실이었다.

충분하지 않아. 충분하려면 한참 멀었어.

9장

보석

수많은 세력들이 글린 여왕을 상대로 일을 꾸미고 있었다. 그녀는 신의 바다에서 냉혹한 파도에 계속 시달리는, 홀로 튀어나온 바위 같았다. 하지만 역사가 보여주듯이 그녀는 그 파도 속에서 자신의 모습을 만들어냈다.

—《글린 여왕의 초상》, 칸 호플리

"더 빨리요, 레이디! 더 빨리 움직이세요!"

베너가 소리쳤다. 켈시는 베너가 가르쳐준 세심한 발동작을 기억하려고 노력하며 뒤로 움직였다.

"검은 계속 들고!"

켈시는 검을 올리며 어깨가 반항하는 것을 느꼈다. 검은 엄청나게 무거웠다.

"더 빨리 움직이셔야 합니다. 레이디의 발은 적보다 더 빨라야 합니다. 형편없는 검사라 해도 현재로서는 레이디를 앞설 수 있습니다."

베너가 말했다. 켈시는 살짝 얼굴을 붉힌 채 고개를 끄덕이고 검을 고쳐

잡았다. 단검을 빠르게 휘두르는 것과 검을 빠르게 쓰는 것은 전혀 달랐다. 그녀의 덩치와 검 자체의 다루기 힘든 크기 둘 다 장애물이었다. 켈시가 몸을 돌릴 때면 자신의 팔다리가 앞을 가로막았다. 베너는 그녀가 더 빨리 움직일 때까지는 그 외의 다른 사람과 연습할 수 없다고 말했고, 켈시도 그가 옳다는 걸 알고 있었다.

"다시요."

켈시는 속으로 욕을 하며 자세를 잡았다. 그들은 아직 실제로 검을 쓰는 단계까지는 가지도 못했다. 지금 그녀가 할 일은 검을 앞에 치켜들고 있는 것뿐이었다. 어깨의 상처와 근육 부족, 그리고 펜의 무거운 갑옷 때문에 무기를 들고 있는 것 자체만 해도 힘겨운 일이었고, 동시에 복잡한 발놀림까지 외우는 건 거의 불가능에 가까웠다. 하지만 베너는 요구사항이 많은 선생이었고, 자신의 시간을 100퍼센트 활용하려 했다. 분명히 남은 15분 동안에도 그녀를 계속 다그칠 것이다. 그녀는 뺨을 타고 땀이 흐르는 것을 느끼며 검을 들어 올렸다.

"뛰세요, 레이디, 계속 뛰세요!"

그녀는 가상의 적을 상상하며 뒤로 물러났다가 다시 앞으로 전진했다. 이번에는 비틀거리지 않았으니 좀 더 발전한 거지만 베너의 한숨으로 보아 그리 빨리 움직이진 못한 모양이었다. 그녀는 숨을 헐떡이며 그를 돌아보고 무력하게 검을 들어 올렸다.

"음, 내가 더 이상 어떻게 해야 되죠?"

베너는 한쪽 발에서 다른 발로 무게중심을 옮겼다.

"뭐죠?"

"조절을 하셔야 합니다, 레이디. 레이디께서는 무희처럼 날씬해지실 수는 없을 겁니다만, 몸무게를 좀 줄이시면 더 빨리 움직이실 수 있을 겁니다."

켈시는 얼굴을 붉히며 황급히 고개를 돌렸다. 그녀도 자신이 평균 이상으로 뚱뚱하다는 걸 알았지만, 그걸 아는 것과 남이 말하는 걸 듣는 것은 완전히 달랐다. 베너는 그녀의 아버지뻘이 될 만큼 나이가 많았지만, 그래도 그에게서 비판의 말을 듣는 건 싫었다. 메이스가 한방에 있었으면 분명히 베너가 그런 소리를 하게 놔두지 않았을 것이다. 하지만 그녀의 격의 없는 태도와 누구라도 말투 때문에 처벌하지 않겠다는 결의가 이런 주제넘은 말을 불렀다는 것도 그녀는 잘 알았다.

"밀라와 이야기를 해보죠. 내 식단을 바꿔줄 수 있을 테니까."

그녀는 한참 후에 대답했다.

"무례를 저지르려던 건 아니었습니다, 레이디."

켈시는 조용히 하라고 손짓한 다음 바깥에서 들리는 나직한 소리에 귀를 기울였다.

"라자러스, 그대인가요?"

메이스가 문틀을 형식적으로 두드리고서 들어왔다.

"폐하."

"내 수업을 엿보고 있는 건가요?"

"엿보는 게 아닙니다, 레이디. 그저 중요한 존재를 보호하는 겁니다."

"모든 첩자들이 그렇게 말하죠."

켈시는 벤치에 있는 조그만 천을 집어 얼굴의 땀을 닦았다.

"베너, 오늘은 끝난 것 같군요."

"아직 10분 더 남아 있습니다."

"끝났어요."

베너가 불만스러운 얼굴로 검을 검집에 집어넣었다.

"사흘만 지나면 또 날 괴롭힐 수 있잖아요, 무술감독관."

"레이디를 위해서 괴롭히는 겁니다."

"펠에게 내일은 내 갑옷에 관한 보고를 기대하겠다고 전해요."

베너는 눈에 띄게 불편한 기색으로 고개를 끄덕였다.

"늦어지는 것은 죄송합니다, 레이디."

"펠에게 내일까지 눈에 띄는 진전이 없으면 이제는 내가 무술감독관을 하나만 두게 될지도 모른다고도 전해요. 2주가 지나도록 갑옷 하나 조달하지 못하는 사람에게 다른 걸 맡길 수 있을 리 없으니 말이죠."

"한 사람으로 모든 것을 처리할 수는 없습니다, 레이디."

"그럼 그가 이해하게 만들어요. 그것도 빨리. 난 늦어지는 데에 질렸으니까."

베너는 괴로운 얼굴로 방을 나갔다. 메이스의 도움을 받아 켈시는 땀에 젖은 상체에서 펜의 가슴 갑옷을 들어 올렸다. 갑옷이 느슨해지자 잇새로 한숨이 나왔다. 갑옷을 입고 있으면 가슴이 눌려서 아팠고, 벗으면 더 욱신거렸다.

"그의 말이 맞습니다, 폐하. 무술감독관은 두 명이 필요합니다. 언제나 그랬습니다. 한 명은 훈련을 담당하고, 한 명은 물품 조달을 담당하죠."

메이스가 가슴 갑옷을 벤치에 내려놓으며 말했다.

"흠, 내 무술감독관은 어느 쪽이든 이렇게 느려서는 안 돼요."

켈시가 종아리에 맨 갑옷을 고정하는 버클을 잡아당겼다. 이 물건은 분명히 남자를 위해서, 그것도 손톱이 짧은 남자를 위해 만들어진 모양이었다. 얇은 가죽을 잡아당기다가 켈시는 검지손가락 손톱이 뒤로 꺾이는 것을 느끼고 낮게 이를 갈았다.

"섭정이 오늘 아침에 왕궁을 떠났습니다."

"그래요? 마감 날짜도 되기 전에?"

"추적을 피하려는 모양이더군요."

"어디로 갔죠?"

"모트메인이겠지요. 하지만 그가 생각하는 것처럼 환영을 받을지는 의문입니다. 하지만 솔직히, 누가 신경 쓰겠습니까?"

메이스가 벽에 몸을 기대고 펜의 가슴 갑옷을 살피며 말했다.

"여기 온 건 다른 이야기를 하기 위해서죠, 라자러스? 이제 말해봐요."

메이스의 얼굴에 희미한 미소가 스쳤다.

"폐하의 근위병을 바꿔야겠습니다."

"어떻게 바꾼다는 거죠?"

"현재의 배치에서는 제가 모든 것을 감독하면서 폐하의 방패까지 될 수가 없습니다. 폐하께는 항상 옆에 있을 보호자가, 진짜 경호원이 필요합니다."

"왜 그 문제가 지금 나오는 거죠?"

"별 이유는 없습니다."

"라자러스."

메이스가 얼굴이 굳으며 한숨을 쉬었다.

"레이디, 저는 계속해서 레이디의 대관식 때 일을 떠올리곤 합니다. 다른 사람들과 그 일에 관해 의논도 했습니다. 레이디를 모든 각도에서 보호할 수 있도록 배치되어 있었습니다."

"누군가가 소리를 질렀어요. 단검이 꽂히기 직전에 들었다고요."

"정신을 분산시키기 위해서죠, 레이디. 하지만 저희는 모두 그런 것에 반응하지 않을 정도로 훈련을 잘 받았습니다. 여왕의 근위대라면 고개는 돌린다 해도 움직이지는 않습니다."

"그럼 군중 속의 누군가일까요? 아렌 소른?"

"가능합니다, 레이디. 하지만 저는 그렇게 생각하지 않습니다. 레이디는 직접적인 습격으로부터 완전히 보호된 상태였습니다. 위쪽에 있는 발코니에서 단검이 떨어졌을 수도 있지만……."

"하지만요?"

메이스가 고개를 흔들었다.

"아닙니다, 폐하. 아직은 저도 확실치가 않습니다. 그게 요점입니다. 레이디께는 충성심을 의심할 여지가 없는 사람의 근접 경호가 필요합니다. 그러면 저는 자유롭게 이 문제를 조사하고 다른 일을 처리할 수 있겠지요."

"어떤 일요?"

"폐하께서 알고 싶어 하지 않으실 만한 일입니다."

켈시가 그를 날카롭게 보았다.

"그게 무슨 뜻이죠?"

"저희가 폐하의 목숨을 어떻게 지키는지 세세한 부분까지 아실 필요는 없습니다."

"난 내 밑에 두카르트를 두고 싶지는 않아요."

메이스는 놀란 표정이었고 켈시는 약간의 승리감을 느꼈다. 메이스를 놀라게 할 일은 거의 없었기 때문이었다.

"누가 레이디께 두카르트 이야기를 했습니까?"

"칼린이 그 사람이 모트의 보안 장관이라고 했어요. 하지만 사실은 고문과 살인 허가를 받은 사람이라고요. 칼린은 보안 장관이 한 모든 일이 그가 모시는 통치자의 바람을 수행한 거였다고 했죠."

"두카르트의 실제 직위는 국내 보안 장관입니다, 레이디. 그리고 레이디 글린의 수많은 보물들과 마찬가지로 그 말은 이 시대와 상황에서는 굉장히 순진한 얘기입니다."

"레이디 글린? 칼린이 귀족이었어요?"

켈시는 두카르트에 대한 모든 것을 싹 잊었다.

"그렇습니다."

"그대는 칼린을 어떻게 알았던 거죠?"

메이스가 조금 놀란 듯이 눈썹을 치켰다.

"그분이 한 번도 말씀하지 않던가요, 레이디? 그분은 레이디의 어머님의 가정교사셨습니다. 저희들 모두 그분을 압니다. 저희가 별로 알고 싶지 않은 것까지 알 정도로요."

가정교사! 켈시는 여기, 여왕동에서 어린 엘리사를 가르치는 칼린의 모습을 잠시 상상해보았다. 그것은 놀랄 만큼 쉬웠다.

"어떻게 귀족 여자가 가정교사가 된 거죠?"

"레이디 글린은 레이디의 할머님의 가장 친한 친구 중 한 분이셨습니다. 아마도 호의에서 그러셨던 거겠지요. 알라 여왕 폐하는 레이디 글린이 대단히 똑똑하다고 생각하셨고, 그분한테는 책도 많았습니다."

"하지만 왜 우리 엄마가 날 칼린에게 맡긴 건가요? 두 사람도 친구였나요?"

메이스의 턱에 켈시도 이제는 잘 아는 방식으로 고집스럽게 힘이 들어갔다.

"지금 레이디를 위한 경호원에 관해 이야기하던 중이었습니다."

켈시는 잠시 그를 노려보다가 갑옷으로 다시 시선을 돌렸다. 그리고 머릿속으로 근위병들의 목록을 쭉 떠올렸다.

"펜요. 펜으로 할 수 있을까요?"

"맙소사, 진짜 다행입니다. 펜이 그 자리를 지독하게 원해서 레이디가 거절하시면 도대체 어떻게 해야 하나 싶었습니다."

"그가 최선의 선택인가요?"

"예. 제가 안 된다면 펜의 검이 필요하실 겁니다."

그가 가슴 갑옷을 들고 문으로 나가다가 멈췄다.

"레이디의 대관식을 치러주었던 사제 말입니다. 타일러 신부요. 그가 알현을 요청했습니다."

"왜요?"

"제 추측으로는 아배스에서 레이디를 감시하고 싶은 거겠지요. 교황은 교활한 늙은이입니다."

켈시는 사제의 손에 들려 있던 굉장히 오래된 모양새의 성경을 떠올렸다.

"일요일에 오라고 하세요. 교회도 그걸 좋아하겠죠. 그리고 그 사제에게 정중하게 대해줘요. 겁먹게 만들지 말고요."

"왜요?"

"교회에는 분명히 책이 있을 테니까요."

"그래서요?"

"그래서 난 그걸 갖고 싶어요."

"저기 말입니다, 폐하, 거트에 가면 온갖 취향을 만족시켜주는 가게들이 있지요."

"무슨 뜻인지 모르겠어요."

"변태적 취향은 그저 변태적 취향일 뿐이라는 겁니다."

"그대는 정말로 책에 아무 가치도 없다고 생각하나요?"

"그렇습니다."

"그럼 우린 다르군요. 난 우리가 구할 수 있는 모든 책을 갖고 싶고, 그 사제가 아마 쓸모가 있을 거예요."

메이스는 그녀에게 좌절감 어린 눈길을 던지면서도 그저 갑옷을 들고 문으로 나갔다. 켈시는 지쳐서 벤치에 주저앉았다. 그녀의 머릿속에 베너의 말이 다시 떠올랐고, 얼굴이 다시금 달아올랐다. 그녀가 좀 뚱뚱한 건 사실이고, 스스로도 알고 있었다. 그녀는 항상 덩치가 좋았지만 지금은 실내에 너무 오래 있었고 이런저런 상처 때문에 그나마 갖고 있던 체력도 다 잃었다. 동화책에 나오는 어떤 여왕도 이런 문제를 겪지 않던데. 밀라와 이야기를 해야겠다. 하지만 내일, 땀투성이에 비참한 기분이 아닐 때 해야지. 게다가 베너의 훈련을 마쳤으니 제대로 된 식사를 해야 했다.

그녀는 복도에 있는 방문 중 하나의 앞에 서 있는 카이에게 고개를 끄덕였다. 이 방은 도시와 그 너머 앨먼트 평원까지 아름다운 전망이 전부 들어오는 커다란 발코니가 딸려 있어서 보안상 요주의 장소였다. 켈시는 바깥이 그리우면 이 방 발코니로 오곤 했지만 숲에 있는 것과는 달랐다. 가끔 나무와 하늘 아래를 마음껏 달리고 싶은 격한 충동이 치밀었다.

이런 식으로 여자들이 집 안에 머무르는 연습을 하게 되는 거겠지, 그 생각이 음울한 노래처럼 그녀의 머릿속에서 울려 퍼졌다. 이런 식으로 여자들은 행동하지 않는 교육을 받는 거야.

그녀는 복도를 따라 걸어가서 알현실로 들어섰다. 경비를 선 근위병들이 정중하게 차려 자세를 취했다. 오늘은 펜과 키브, 먼과 함께 켈시가 전에 본 적 없는 새로운 남자가 있었다. 엿들은 대화를 통해 그녀는 그들이 새로 몇 명을 뽑았다는 걸 알고 있었다. 이 사람들은 자원한 다음 메이스에게 대단히 무시무시한 심문을 당하고, 그것을 통과하고 나면 서약을 하고 평생 여왕의 근위병이 된다. 그녀의 시선을 피하는 짜증 나는 행동은 계속되었지만 오늘은 그게 다행스러웠다. 자신의 모습이 엉망이라는 걸 잘 알고 있었고 대화 비슷한 걸 하기에도 너무 지쳤다. 그저 빨리 뜨거운 목욕을 하고 싶었다.

안달리는 켈시의 방문 앞, 평소의 자리에서 깨끗한 타월을 들고 서 있었다. 켈시는 목욕할 때 도움이 필요치 않다고 분명히 말해뒀지만(목욕하는 데 도움을 받는다는 생각만으로도 어이가 없었다) 그래도 안달리는 언제 이런저런 것들을 준비해야 하는지 항상 아는 것 같았다. 켈시는 타월을 받아 들고 방으로 들어가려고 하다가 멈추었다. 안달리의 얼굴이 뭔가 평소처럼 무심한 표정이 아니었다. 뭔가 달랐다. 미간을 찌푸리고, 손은 살짝 떨고 있었다.

"무슨 일이지, 안달리?"

안달리가 입을 열었다가 도로 다물었다.

"아닙니다, 레이디."

"무슨 일이라도 있었어?"

안달리는 고개를 흔들었다. 좌절감으로 그녀의 이마에 더 깊게 주름이 생겼다. 그녀를 빤히 보고서 켈시는 안달리의 얼굴이 새하얗고 눈가는 지나치게 밝다는 것을 알아챘다.

"뭔가 잘못됐는데."

"네, 레이디. 하지만 그게 뭔지 잘 모르겠습니다."

켈시는 어리둥절해서 그녀를 쳐다보았지만, 안달리가 더 이상 설명을 하지 않아서 포기하고 방으로 들어와 방문을 닫고 안도의 한숨을 쉬었다. 목욕물은 이미 준비되어 있었다. 욕조에서 김이 올라와 거울을 부옇게 가렸다. 켈시는 축축한 옷을 벗어 던지고 뜨거운 물에 들어갔다. 고개를 뒤로 젖혀 욕조 가장자리에 기대고 만족스럽게 한숨을 쉬며 눈을 감았다. 긴장을 풀고 아무 생각도 안 하고 싶었지만, 머릿속은 안달리에게로 다시 돌아갔다. 말하지 않아도 모든 걸 아는 안달리. 그녀가 걱정을 한다면 뭔가 자신도 걱정할 만한 일이 있는 것이다.

알리스와 메이스는 유능한 팀이었다. 그들은 벌써 인구조사부의 누군가를 매수했고 여왕동으로 정보가 흘러들어오기 시작했다. 이 단편적인 정보들조차 끔찍했다. 평균적으로 티어링의 가족들에게는 자식이 일곱 명 있다. 신의 교회에서는 피임을 반대했고 섭정도 이를 지지했다. 본인은 은밀하게 피임 약을 쓰고 있었음에도 불구하고. 낙태했다는 증거가 밝혀지면 아이 엄마와 의사 모두 사형을 선고받았다. 부유한 사람들은 언제나처럼 돈으로 이 법을 회피할 수 있었지만 가난한 사람들은 법을 지킬 수밖에 없었고, 이것이 오래된 문제를 되살렸다. 가난한 아이들이 너무 많아진 것이다. 이 세대가 성인이 되면 나라의 자원이 더더욱 부족하게 될 것이다.

그들이 성인이 될 때까지 살아남을 수 있다면 말이다. 적당한 가격대의 의사가 부족한 건 명확한 해결책이 없는 문제였다. 선크로싱 시대 미국은 엄청난 의학적 기적을 이뤘었지만, 화이트호의 재앙 이래 그 기술들은 세상에서 다시 볼 수 없게 되었다. 이제 티어링의 가난한 사람들은 집에서 어설프게 맹장 수술을 하다가 죽곤 했다.

그래도 수질 정화는 아주 미세한 불순물까지도 제거해서 점점 완벽해지고 있었다. 모자 제조 기술도 계속 발전하고 있고 농경의 전통도 강하게 유지되고 있다. 이런 것들은 쉽게 전파할 수 있는 기술이기 때문이리라. 켈시는 천장을 응시하며 팔을 씻었다. 안달리가 부자들이 좋아하는 짙은 꽃향기 대신 은은한 바닐라 향이 나는 좋은 비누를 구해 왔다. 안달리는 운 좋게 매일 시장에 갈 수 있었지만, 언제나 중무장을 한 근위병 다섯 명이 동행했다. 켈시는 안달리의 덩치 큰 남편을 잊어버리지 않았고, 그 남자가 길거리 어디서 그녀를 납치해 갈 수도 있다고 믿었다. 그것은 재앙이 될 것이다. 켈시도 안달리가 보물이라는 사실을 더 이상은 부인할 수가 없었기 때문이다. 그녀가 뭔가 필요하다고 생각하면 언제나 안달리가 이미 그걸 가져오고 있었다. 펜은 안달리의 직감이 거의 천리안 같다고 말했고 켈시도 동의했다.

그녀의 사파이어가 가슴에서 뜨거워지기 시작했다. 켈시는 물을 뚝뚝 흘리며 그것을 들어 올리고는 보석이 다시 새파랗게 빛을 내서 욕조 양옆에 반사될 정도라는 것을 깨달았다. 보석에는 분명 마법이 깃들어 있었지만, 대체 무슨 이유 때문일까? 켈시는 인상을 찡그리고 보석을 도로 가슴팍으로 내린 다음 바닐라 향이 나는 물속으로 깊게 들어갔다. 머릿속에 더 큰 문젯거리들이 계속 떠올랐다.

의술 다음으로는 교육도 문제였다. 티어링에서 아이들이 마지막으로 학교에 다닌 지 20년이 넘게 지났다. 읽고 쓸 줄 아는 모든 사람들이 인구조사부에 징발되기 전부터도 교육에 대한 나라의 관심은 계속 줄어가고 있었다. 그러다가 누가 의무교육제를 마침내 폐지했더라? 당연히 악명 높은 엘리사 여왕이었다. 메이스조차도 이 사실을 인정하며 수치스러운 표정이었다. 그것은 생산성을 높이는 훌륭한 체제였다. 아이들이 집에 있으면 귀족들을 위해 들에 나가 일을 하게 될 테니까. 매일 켈시는 어머니의 통치에 관해 새로운 것을 알았고, 그 하나하나가 이전보다 더 끔찍한 것들뿐이었다.

사파이어의 열기가 갑자기 확 퍼지며 가슴 피부를 태웠다. 켈시는 움찔하고 눈을 떴다.

30센티미터도 떨어지지 않은 곳에 웬 남자가 서 있었다.

남자는 온통 검은 옷에 복면으로 눈만 빼고 얼굴까지 가리고 있었다. 그리고 손에는 두꺼운 가죽 장갑을 끼고 길고 끝이 가는 칼을 들고 있었다. 케이든일 수도 있고 아닐 수도 있지만 분위기는 명확했다. 암살자다. 켈시가 숨을 들이켜기도 전에 그가 그녀의 목에 칼을 갖다 댔다.

"소리 냈다가는 죽는다."

켈시는 방 안을 돌아보았지만 도와줄 사람은 아무도 없었다. 그녀가 잠근 적 없는 방문이 지금은 잠겨 있었다. 비명을 지르면 다들 달려오겠지만, 제시간에 오진 못할 것이다.

"욕조에서 나와."

욕조 양쪽을 잡고 켈시는 몸을 일으켰다. 바닥으로 물이 뚝뚝 떨어졌다. 암살자는 뒤로 살짝 물러나 그녀에게 나올 자리를 만들어주었지만 칼끝은 그녀의 목에서 떠나지 않았다. 그녀는 욕조 옆에 서서 차가운 바닥에 물을 뚝뚝 흘리며 몸을 떨었다. 벌거벗고 있어서 얼굴이 달아오를 것 같았지만 그런 충동은 꾹 억눌렀다. 머릿속에서 목소리가 들렸다. 바티의 것인지 메이스의 것인지는 알 수 없었지만.

생각을 해.

암살자가 그녀의 목에서 왼쪽 가슴 위로 칼끝을 미끄러뜨렸다.

"아주 천천히 움직여."

얼굴을 가린 천 때문에 목소리가 웅얼거리는 것처럼 들렸지만 상당히 젊은 남자 같았다. 그녀는 이제 격렬하게 몸을 떨고 있었고 칼끝이 세게 그녀를 찔렀다.

"오른손을 들어 올려서 목걸이를 벗어서 나한테 줘."

켈시는 놀라서 그를 쳐다보았지만 검은 복면 뒤로 그림자 진 한 쌍의 눈 밖에는 보이지 않았다. *왜 그냥 죽이고 목걸이를 직접 가져가지 않는 거지? 어차피 죽일 거면서.* 그것은 의문의 여지가 없었다.

이자는 자기 손으로 목걸이를 벗겨 갈 수가 없는 거야. 최소한 그렇게 믿고 있는 거지.

"이걸 풀려면 양손을 써야 돼. 걸쇠가 있어."

켈시가 신중하게 말했다.

문을 강하게 세 번 두드리는 소리에 켈시는 펄쩍 뛰었다. 암살자까지도 놀란 것 같았다. 칼이 켈시의 젖가슴을 더 깊게 찔렀고 그녀는 고통에 헉하고 숨을 들이켰다. 유두 위로 천천히 피가 흘러내리는 게 느껴졌다.

"조심해서 대답해."

암살자가 속삭였다. 그의 눈은 싸늘한 바늘 끝 같았다.

"뭐지?"

"레이디? 괜찮으신가요?"

안달리였다.

"난 괜찮아. 머리 감을 차례가 되면 종을 울릴게."

켈시는 칼이 파고드는 느낌을 꾹 참으며 가볍게 대답했다.

암살자의 눈이 복면 뒤에서 번뜩였고 켈시는 무표정한 얼굴을 유지하기 위해 노력했다. 바깥의 침묵은 굉장히 길었다.

"네, 레이디."

안달리가 대답했다. 그리고 조용해졌다.

암살자는 잠깐 동안 귀를 기울이고 있었지만 밖에서는 아무 소리도 들리지 않았다. 마침내 그는 긴장을 풀고 칼에서 힘을 뺐다.

"목걸이. 양손을 써도 좋지만 천천히 해. 벗어서 나한테 줘."

켈시는 손을 아주 천천히, 마치 일종의 공연 같은 걸 하는 기분으로 들어 올렸다. 목걸이 걸쇠를 잡고 그녀는 푸는 척했다. 이걸 정말로 푸는 순간 죽은 목숨이니까. 앞에 선 남자 너머로 판석 하나가 제자리에서 밀려나 위로 들려 나와 있어서 매끄러운 바닥 한가운데에 네모난 까만 공간이 있었다. 시간, 시간이 필요했다.

"날 죽이지는 마."

"목걸이. 당장."

"왜지? 왜 그냥 빼앗아 가지 않는 건데?"

눈가로 문에서 자물쇠가 움직이는 게 보였지만 그녀는 남자의 복면에만 시선을 고정했다.

"누가 알겠어? 하지만 목걸이는 가져가는 것보다 네 목을 그으면 돈을 더 많이 받으니까 나랑 장난칠 생각 하지 마. 당장 벗어."

자물쇠가 달각거렸다.

그 소리에 암살자가 우아한 몸놀림으로 홱 돌아섰다. 그가 순식간에 그녀의 뒤로 가서 한 팔로 허리를 감고 칼을 그녀의 목에 댔다. 너무 빨라서 켈시는 문이 활짝 열리는 동안에도 그의 앞에 무력하게 서 있을 수밖에 없었다.

메이스가 천천히 방으로 들어왔다. 켈시는 그의 뒤로 열 명가량의 근위병들이 안을 들여다보는 걸 볼 수 있었다. 하지만 암살자가 그녀의 목에 칼을 누르자 시야가 흐려졌다.

"더 이상 가까이 다가왔다간 이 여자는 죽어."

메이스가 멈추었다. 그의 얼굴과 눈은 커다랗고, 무심하고, 거의 무표정해 보였다.

"문 닫고 잠가."

메이스가 암살자에게서 눈을 떼지 않은 채 등 뒤로 손을 뻗어 나머지 근위병들을 밖에 놔둔 채 부드럽게 문을 닫았다. 그리고 자물쇠를 돌렸다.

"날 잡을 수도 있겠지, 여왕의 근위병. 하지만 그 전에 이 여자가 죽을 거야."

암살자는 낮고, 거의 잡담을 나누는 것 같은 어조로 말을 이었다.

"그 자리에 그대로 서서 내 질문에 대답만 하면 이 여자의 목숨을 좀 더 부지할 수 있을 거야. 알겠어?"

메이스가 고개를 끄덕였다. 그는 심지어 켈시를 쳐다보지도 않았다. 켈시는 이를 갈았다. 암살자가 그녀를 잡은 채 뒤로 한 걸음 물러났고, 칼이 그녀의 목에 더 깊게 꽂혔다.

"다른 한 짝의 목걸이는 어디 있지?"

"캐롤만 알아."

"거짓말. 목걸이 두 개 다 이 여자랑 함께 갔잖아. 우리도 알고 있어."

그가 다시 한 걸음 물러섰다.

"그럼 나보다 더 많이 아는 거로군. 나는 오로지 한 개의 목걸이만 가진 아기를 데리고 갔을 뿐이야."

메이스가 양손을 벌리고 말했다.

"왕관은 어디 있지?"

"대답은 같아. 캐롤만 알지."

다시 한 걸음.

바닥의 구멍, 켈시는 생각했다. *거기로 데리고 가려는 걸까? 물론 아니겠*

지. 둘 다 거기로 들어갈 수는 없을 테니까. 그는 그녀의 목을 자르고 도망치려는 속셈이었다. 메이스도 같은 결론에 도달한 듯 암살자와 바닥의 구멍 사이를 빠르게 번갈아 보고 있었다.

"무사히 탈출할 가능성은 없을 거야."

"왜?"

"난 이 건물의 비밀 통로를 전부 다 아니까."

"아닌 것 같은데."

벽 뒤로 많은 목소리들과 무기가 부딪치는 소리가 들렸다. 하지만 그들은 다른 세상에 있는 거나 다름없었다. 여기에는 귓가에 닿는 남자의 차가운 숨소리뿐이었다. 전혀 걱정되지 않는 것처럼 얕고 고른 숨소리.

"목걸이를 뺄 수 있는 마지막 기회야."

그가 그녀의 목에 칼을 더 깊게 찔러 그녀가 그에게 몸을 기대게 만들며 중얼거렸다.

"어쩌면 네 목숨은 살려줄지도 모르지."

"개소리."

켈시가 으르렁거렸다. 하지만 분노의 아래로는 깊은 좌절감이 깔려 있었다. 이런 식으로 벌거벗고 무방비하게 죽자고 이 모든 일을 했던 건가? 역사에 이런 식으로 죽었다고 기록이 남을까?

암살자가 그녀의 가슴 사이로 사파이어 펜던트를 잡아당겼지만 목걸이줄은 끊어지지 않았다. 그가 더 세게 당겼고 줄이 켈시의 목덜미로 파고들었다. 켈시의 몸이 굳었다. 갑자기 분노가 확 솟구쳤다. 이건 선물이었다. 두려움이 순식간에, 소리 없이 사라졌다. 이제 사파이어가 그녀의 머릿속에서 맥박이 뛰는 것처럼 강하게 쿵쿵거리며 타오르는 게 느껴졌다. 줄을 잡아당길 때마다 켈시는 점점 더 화가 났다. 사파이어는 강탈당하는 걸 싫어했다.

왜? 그녀가 물었다. 답을 바란 건 아니었지만 머릿속 어두운 곳에서 그 답이 가볍게 솟아났다. *왜냐하면 난 너한테 보여줄 게 아주 많으니까, 애야.*

그 목소리는 낯설고 엄청나게 멀게 들렸다. 아주 먼 곳에서 그녀에게 들려오는 것만 같았다. 켈시는 놀라서 눈을 깜박였다. 목걸이 줄은 협조하지 않았고, 암살자가 더 세게 힘을 주었다. 그의 관심이 양분되었고, 메이스도 이를 알아챘다. 그가 켈시와 그녀를 잡은 남자, 바닥의 구멍을 빠르게 살피며 왼쪽으로 서서히 움직이기 시작했다. 켈시의 몸은 피투성이였고 그녀를 잡고 있는 팔에서 조금 힘이 빠진 것 같았다. 하지만 칼은 목에 여전히 고정되어 있었고 메이스도 3미터는 떨어져 있었다. 차마 도망치려고 시도할 수가 없었다.

암살자는 이제 사파이어를 거칠게 당기고 있었다. 힘이 너무 세서 걸쇠가 켈시의 목 뒤쪽 피부를 찍을 정도였다. 성질이 치밀며 몸속에서 뭔가가 폭발하는 것 같았다. 가슴 안에 열기가 차올라 그 힘이 폭발하며 그녀의 몸을 뒤로 밀어냈다. 메이스가 검을 뽑았지만 그는 몇 킬로미터는 떨어져 있는 것 같았다. 이 일과 전혀 상관이 없었다. 암살자가 신음 소리를 냈고 그녀를 잡은 팔에서 힘이 빠졌다. 잠시 후 그의 몸이 바닥에 쿵 쓰러지는 소리가 들렸다.

"레이디!"

메이스가 그녀를 잡고 쓰러지지 않게 받쳐주었다. 그녀는 눈을 뜨고 그의 얼굴이 코앞에 있는 것을 발견했다.

"난 괜찮아요, 라자러스. 그냥 몇 군데 찔렸을 뿐이에요."

암살자는 팔다리를 대자로 뻗은 채 등을 대고 꼼짝 않고 쓰러져 있었다. 메이스는 그녀를 놓아주고 이게 혹시 속임수일 경우에 대비해서 암살자의 옆에 신중하게 무릎을 구부리고 앉았다. 남자의 꽉 쥔 손에서 칼을 빼낼 때 손가락은 움찔거리지도 않았다. 상처는 보이지 않았지만 켈시는 그가 죽었다는 걸 알 수 있었다. 그녀가 그를 죽였다⋯⋯. 보석이 그를 죽였다. 아니면 둘 다인가?

"어떻게 된 거죠?"

"레이디의 보석에서 파란 빛이 났습니다. 제가 직접 보지 못했다면 절대로 믿지 않았을 겁니다."

켈시는 갑자기 자신이 홀딱 벗고 있다는 것을 깨달았다. 메이스도 잠시 후 그것을 깨달은 듯 욕조 옆에 걸려 있던 커다란 하얀색 타월을 건넸다. 켈시는 그것을 몸에 감고 왼쪽 가슴에서 흘러내려 천을 적시는 피를 무시하고 자신의 사파이어를 응시했다. 갑작스럽게 치솟았던 열기는 사라지고 이제 보석은 그저 은은하고 짙은 파란색으로 반짝거리며 얌전히 매달려 있을 뿐이었다.

만족한 거야, 켈시는 그렇게 생각했다.

메이스가 다시 암살자 쪽으로 몸을 굽혔다. 그는 시체에 대한 자연스러운 혐오감 같은 건 없는 듯이 몸을 만져보고 맥박을 확인했다.

"죽었습니다, 레이디. 상처도 하나 없고요."

그가 남자의 목을 더듬어 검은 복면을 벗기자 검은 머리에 귀족적인 얼굴, 짙은 빨간색 입술을 가진 젊은 남자의 모습이 드러났다. 알아들을 수 없는 말을 중얼거리며 메이스가 시체를 뒤집고 허리에서 단검을 꺼내 시체의 옷을 자르고 양쪽으로 벌렸다. 남자의 어깨뼈 위에 달리는 모습으로 다리를 쭉 뻗고 있는 사냥개 문신이 새겨져 있었다. 켈시는 그 문신이 자신의 상처와 정확히 똑같은 부분에 있다는 걸 깨닫고 몸을 떨었다.

"케이든."

메이스가 중얼거렸다.

바깥에서의 소음이 점점 커졌고 둘 다 그것을 동시에 깨달은 것 같았다. 메이스가 일어서서 문으로 걸어가 살짝 두드렸다.

"메이스다. 무기는 거둬."

문을 천천히 열고 그는 엘스턴을 방으로 들였다. 다른 위병들이 검을 든 채 따라 들어와서 우선 켈시를 보고 그다음에 바닥에 있는 남자를 보았다. 코린이 의료 도구를 갖고 다가왔지만 메이스가 손을 들어 올렸다.

"여왕 폐하께서는 그냥 긁히셨을 뿐이야."

켈시는 인상을 찡그렸다. 그냥 긁힌 건 맞지만, 아드레날린이 빠져나가자 이제 상처가 굉장히 아파오기 시작했다. 유두 위쪽 피부는 거친 타월에 쓸려서 생살이 더 드러나는 느낌이었다. 그녀는 시험적으로 목을 더듬어보았고 손에 시뻘건 피가 묻어났다. 체념하고 그녀는 코린이 얇은 하얀색 천을 꺼내 살균제를 적시는 것을 보았다. 우선 옷을 입게 해주면 좋을 텐데. 이 모든 남자들이 그녀의 맨팔과 맨다리를 보는 건 바라지 않았다. 그러다가 기분이 더 울적해졌다. 허영심. 그녀의 어머니의 특징이었고, 켈시는 어머니와 조금도 닮고 싶지 않았다. 한순간 그녀는 그 사실을 증명하기 위해서 그냥 타월을 떨어뜨릴까 생각도 해보았지만, 그럴 용기는 없었다.

메이스가 바닥의 구멍을 내려다보았다. 켈시에게는 그의 얼굴이 보이지 않았으나 굳은 어깨가 모든 것을 말하고 있었다. 그녀가 뭐라고 말하기 전에 그가 검을 빼 들고 구멍으로 뛰어내려 사라졌다. 아무도 이것을 이상하게 생각하지 않았다. 근위병 몇 명은 암살자의 시체를 둘러싸고 진단을 내리려는 의사 같은 눈으로 쳐다보았다.

"반역자들 같으니. 신께서 우리를 도와주시길."

게일런이 중얼거렸고 그의 주변 남자들이 고개를 끄덕였다.

"섭정?"

카이가 물었다.

"그럴 리가. 이건 소른이야."

"증명할 순 없을 거야."

먼이 고개를 흔들며 말했다.

"이 사람은 누구죠?"

켈시가 타월을 꼭 쥔 채 물었다. 코린이 그녀의 목에 천을 누르자 그녀는 숨을 들이켜고 입술을 깨물었다. 그의 살균제가 뭔지는 모르겠지만 끔찍하게 따가웠다.

"그레이엄가의 수장입니다, 레이디. 저희들은 이 집안이 레이디의 어머님께 충성스러웠다고 생각했습니다."

새 근위병이 말했다.

켈시는 근위병을 알아볼 수 없었지만, 목소리는 알았다. 잠시 후 그녀는 그가 다이어라는 사실을 깨닫고 깜짝 놀랐다. 그가 붉은 수염을 밀어버린 것이다.

"다이어, 수염 아래로는 그런 얼굴이었던 건가요?"

다이어가 시뻘겋게 얼굴을 붉혔다. 펜이 유쾌하게 낄낄거렸고 키브가 다이어의 등을 두드렸다.

"제가 이 친구한테 말했죠, 레이디……. 이제 얼굴을 붉힐 때마다 우리가 잘 볼 수 있을 거라고요."

"어디에 있었던 거죠, 다이어?"

방문이 쾅 하고 벽에 부딪쳤다. 모두가 휙 돌아섰고 켈시는 작게 꺅 소리를 질렀다. 메이스가 얼굴이 시뻘건 와인색으로 물든 채 성큼성큼 들어왔다. 그의 검은 눈이 격렬하게 타올라서 불꽃이라도 뿜어낼 것 같았다. 메이스의 목소리가 성난 신의 고함 소리 같았다.

"펜!"

펜이 곧장 앞으로 나왔다.

"예, 대장."

"지금부터 자네가 여왕의 최측근 근위병이다. 잠깐이라도 폐하의 옆에서 떨어지지 마, 알겠나? 단 1초도, 절대로."

"라자러스, 이건 그대의 잘못이 아니에요."

켈시가 가능한 한 부드러운 어조로 끼어들었다. 메이스는 우리에 갇힌 짐승처럼 이를 악물고 절망적으로 이쪽저쪽을 보았다. 켈시는 갑자기 그가 자신을 때리지 않을까 두려워졌다.

"1초도 떨어지지 않겠습니다, 대장."

펜이 대답하고서 켈시의 앞에 서서 노골적으로 다른 근위병들로부터 그녀를 막았다.

메이스가 방 안으로 몸을 돌리고 바닥의 구멍을 가리켰다.

"저건 터널이다, 제군들. 저게 있다는 건 알고 있었지만, 난 걱정하지 않았어. 왠지 아나? 저 터널이 방 세 개의 밑을 지나 복도 끝에 있는 빈방으로 나오게 되어 있기 때문이야."

그녀의 근위병들이 충격받은 표정으로 서로를 보았다. 엘스턴은 자신도 모르게 한 걸음 물러났고, 먼은 종잇장처럼 하얘졌다.

"이게 무슨 뜻인지 모르는 사람 있나?"

모두가 폭풍이 불어닥치기만을 기다리는 것처럼 그대로 서 있었다.

"이건 여기에 배신자가 있다는 뜻이야!"

메이스가 고함을 질렀다. 그리고 조금도 머뭇거리지 않고 화장대 앞의 의자를 집어 맞은편 벽으로 내던졌다. 의자가 여러 개의 나뭇조각으로 산산이 부서졌다.

"누군가가 이 쓰레기 놈을 들여보냈어! 터널을 경비하고 있었거나 노크 방식을 아는 사람이. 너희들 중 한 명이 거짓말쟁이 개자식이고, 내가 그놈을 찾아내면—"

"대장."

게일런이 달래는 동작으로 손을 들어 올리고 조용히 끼어들었다.

"뭐야?"

"암살자를 여기까지 들여보내려면 배신자가 한 명 이상이어야 합니다. 정문 경비도 한편이어야 한다는 거죠."

근위병 몇 명이 동의 조로 중얼거리며 고개를 끄덕였다.

"정문 경비 따위에는 신경 안 써. 그놈들은 쓸데라고는 없는 것들이고, 그래서 정문을 지키고 있는 거야."

그는 잠시 숨을 거칠게 몰아쉬며 그 자리에 서 있었다. 켈시는 거세게 휘몰아치는 폭풍우 구름, 또는 깔때기 모양으로 내려와 지상을 엉망으로 만드는 구름을 떠올렸다. 갑자기 몸이 얼어붙는 것 같은 느낌에 그녀는 바르르 떨었다. 작고 이기적인 일부는 빨리 이 상황이 끝나서 옷을 입을 수 있기만을 바라고 있었다.

"내가 신경을 쓰는 건, 여기 있는 누군가가 서약을 깼다는 거야."

메이스의 목소리는 폭력성을 간신히 억누른 낮은 위협 그 자체였다.

"여왕 폐하께서 대관식을 치르실 때 칼을 꽂은 바로 그놈이라고 난 확신해. 그리고 내가 그놈을 찾을 거야. 내가 못 찾을 거라고 생각한다면 머저리지."

격하게 숨을 쉬며 그가 침묵에 잠겼다. 켈시는 나머지 근위병들, 그녀의 대관식 때 그녀를 둘러싸고 있던 남자들을 보았다. 엘스턴, 키브, 펜, 코린, 먼, 다이어, 카이, 게일런, 웰머……. 모두가 칼을 찌를 수 있을 정도로 가까이 서 있었고, 오로지 펜만이 의심에서 벗어날 수 있었다. 메이스는 벨트에서 단검을 꺼내서 이제 차가운 눈으로 한 명 한 명을 응시하고 있었다. 켈시는 뭔가 말을 하고 싶었지만 나머지 근위병들의 침묵이 그녀에게 무슨 말을 하든 별 도움이 안 될 거라는 걸 알려주고 있었다. 그녀는 이들 중 누군가가 서약을 깨뜨렸다는 사실을 받아들이려고 노력했다. 이들과 좀 진전이 있었다고 생각했는데, 다시금 그녀가 순진했다는 게 밝혀졌다.

잠시 후 메이스가 조금 진정한 것 같았다. 그가 단검을 도로 꽂고 바닥의 시체를 가리켰다.

"저 쓰레기를 당장 여기서 치워!"

남자들 여러 명이 앞으로 뛰어나갔고 켈시도 그럴 뻔했다.

"이자를 뭔가로 덮어야 합니다. 아이들이 피를 보는 건 안 좋으니까요." 키브가 말했다.

엘스턴이 시체를 앉은 자세로 일으켜 세웠다.

"피는 없는데."

"그럼 목이 부러졌어?"

"아니."

"그럼 어떻게 죽은 거지?"

먼이 맞은편 벽에서 물었다. 그의 파란 눈은 켈시에게 고정되어 있었다.

"움직여!"

메이스가 소리쳤다. 엘스턴과 키브가 시체를 들었고 나머지 근위병들은 뭐라고 중얼거리며 켈시 쪽을 의아한 눈길로 힐끔거리며 뒤를 따라 나갔다.

메이스가 펜에게로 돌아섰다.

"명확하게 설명해두지. 자네는 한 달에 두 번, 주말에 쉰다. 하지만 그 나머지 시간에는 여왕 폐하의 반경 3미터 이내에서 떨어지지 마라, 알겠나? 바깥방에 딸려 있는 침실 중 하나를 쓰고. 자네가 거기서 자면 여왕 폐하께서도 사생활을 지키실 수 있으니까."

"대단한 사생활이군요."

켈시는 그렇게 중얼거리다가 메이스의 커다랗고 검은 눈이 그녀 쪽으로 향하자 항복의 의미로 양손을 들어 올렸다.

"네, 네."

그가 홱 돌아서서 방을 나갔다.

"대장은 괜찮을 겁니다, 레이디. 그가 이러는 건 전에도 본 적 있습니다. 나가서 그냥 누구 하나 죽이고 오면 다시 멀쩡해질 겁니다."

펜이 그녀를 달랬다. 켈시는 그가 농담을 하는 건지 어떤 건지 알 수가 없어서 불편하게 웃었다. 추운 것 같지는 않은데 자꾸 몸이 떨리고 다리도 후들거렸다. 안달리가 갑자기 깨끗한 옷가지를 들고 어디선가 나타났다.

"온통 피투성이이십니다, 폐하. 다시 목욕을 하셔야겠습니다."

펜이 그녀에게 사과 조의 미소를 지었다.

"저는 레이디를 혼자 두면 안 됩니다. 제가 벽을 보고 있으면 어떨까요?"

켈시는 고개를 흔들며 별로 유쾌하지 않은 기분으로 낄낄 웃었다.

"사생활이라."

펜은 몸을 돌려 문가를 쳐다보았다. 달리 대안이 없다는 걸 깨닫고 잠시 후 켈시는 타월을 떨어뜨리고 다시 욕조에 들어갔다. 물이 흐린 분홍색으로 변하자 그녀는 인상을 찡그렸다. 그녀는 씻으면서 펜이 한방에 있다는 걸 잊으려고 노력했지만 비참하게 실패했다.

아, 누가 신경 쓰겠어? 다들 내가 벌거벗은 걸 봤는데. 그 생각을 하니 끔찍하고 너무 창피해서 웃음밖에는 나오지 않았다. 달리 할 수 있는 일이 없었다. 안달리는 켈시의 제멋대로인 젖은 머리를 모아서 머리 위로 올려 은색 핀으로 찌르느라 바빠서 알아채지 못한 것 같았다. 그녀의 얼굴은 엄격하고 어떤 것에도 놀라지 않을 것처럼 보였다. 갑자기 처음으로, 아마도 앞으로도 수차례 그러겠지만, 켈시는 운명이 엄청난 실수를 했다고 생각했다. 안달리가 여왕이 되었어야 했다.

"차 한잔 드릴까요, 레이디?"

"그래."

문지방에서 안달리가 멈춰 서서 돌아보지 않은 채 말했다.

"죄송합니다, 레이디. 전 그 일이 일어날 걸 봤지만, 어떤 건지 명확하게 알지 못했습니다. 그 남자나 방을 제대로 볼 수가 없었어요."

켈시는 눈을 깜박였지만 안달리는 이미 등 뒤로 문을 닫고 방을 나가고 없었다.

모트의 마감 시한이 지나갔지만 메이스는 다시 나타나지 않았다. 켈시는 잠깐 불안했으나 다른 근위병들이 그의 부재를 일반적인 일로 여긴다는 걸 깨닫고 마음을 놓았다. 펜은 메이스가 가끔씩 자기만의 일을 처리하기 위해 경고도 없이 사라졌다가 같은 방식으로 나타나곤 하는 습관이 있다고 설명해주었다. 그리고 펜이 옳았다. 사흘째 되는 날 메이스는 돌아왔다. 켈시는 점심을 먹으러 나왔다가 탁자 앞에 갓 샤워를 하고 온 그가 앉아 있는 것을 발견했다. 그녀는 어디에 갔었냐고 물었지만, 메이스는 그답게 대답을 거부했다.

그녀의 근위병들은 암살자의 시체를 뉘런던 한가운데 있는 광장으로 가져가서 전통에 따라 날카로운 장대에 시체를 꽂아 썩게 내버려두었다(켈시는 이 전통을 알고서 소름이 오싹 끼쳤다). 알리스의 말을 믿어도 된다면, 여왕이 직접 케이든을 죽였고 심지어 마법을 썼다는 이야기가 도시 전역에 순식간에 퍼졌다. 젊은 그레이엄 경의 몸에는 상처가 전혀 없었음에도 불구하고 확실하게 죽어 있었기 때문이다.

하루에도 여러 번 켈시는 드레스 안에서 사파이어를 꺼내 보석이 다시 말을 걸기를, 평범하지 않은 일을 하기를 기다리며 바라보았다. 하지만 아무 일도 일어나지 않았다. 그녀는 사기꾼이 된 기분이었다.

메이스는 그런 걱정에 공감하지 않았다.

"일부러 한 것만큼 유용했습니다, 레이디. 그러니 무슨 상관입니까?"

켈시는 탁자에 걸터앉아서 모트 국경 지도를 보았다. 메이스는 네 귀퉁이를 찻잔으로 눌러서 도로 말리지 않게 고정해놓았다.

"난 상관해요, 라자러스. 어떻게 된 건지, 다시 하려면 어떻게 해야 하는지 전혀 모른단 말이에요."

"그렇긴 하지만, 그건 레이디와 저만 아는 사실입니다. 잘된 일이죠. 이제 다시 그놈들이 레이디께 직접 공격을 하려면 두 번 생각할 테니까요."

켈시는 벽 가에 서 있는 위병들을 생각하고 목소리를 낮추었다.

"우리의 배반자는요?"

메이스는 인상을 찌푸리고 지도의 한 부분을 가리키며 마찬가지로 목소리를 낮추었다.

"조금 진전이 있었습니다, 레이디. 하지만 아직 레이디께 보여드릴 수 있는 확증은 없습니다."

"어떤 진전요?"

"그냥 가설 정도입니다."

"별로 진전도 아니군요."

"제 가설은 거의 틀리지 않습니다, 폐하."

"내가 걱정해야 하나요?"

"펜이 방심하는 경우에만요, 레이디. 하지만 그보다는 해가 서쪽에서 뜰 가능성이 더 높을 겁니다."

갑자기 지도 한쪽 귀퉁이가 빠져나와 말렸고, 메이스는 욕을 하며 그것을 도로 펴서 잔으로 꼼짝 못하게 단단히 눌렀다.

"뭐가 그렇게 신경 쓰이는 거죠, 라자러스?"

"이자가 누구든 간에 이렇게까지 할 수는 없었어야 했습니다, 폐하. 배신은 냄새를 남깁니다. 악취를 풍기죠. 저는 그 냄새를 찾는 데 실패해본 적이 없었습니다."

켈시는 미소를 지으며 그의 이두박근을 쿡 찔렀다.

"이게 그대의 자만심에 대한 건전한 시험일지도 모르겠네요."

하지만 그의 자존심이 정말 상했다는 걸 알고서 그녀는 진지한 표정으로 그의 어깨를 잡았다.

"그대가 찾을 거예요, 라자러스. 난 모트메인의 모든 강철을 준다 해도 그 배신자가 되고 싶지 않은걸요."

"폐하?"

복도에서 다이어가 모습을 나타냈다.

"네?"

"보여드릴 게 있습니다."

"지금요?"

켈시는 몸을 폈다. 기묘하게도 다이어가 히죽이 웃고 있었다. 메이스는 가보라고 손을 흔들었고, 그녀는 다이어를 따라 복도를 걸어갔다. 펜의 부드러운 발소리가 바로 뒤에서 들렸다. 톰과 웰머가 그녀의 새 침실에서 문두 개를 지난 곳에 서서 역시나 씩 웃고 있었다. 켈시는 조심스럽게 다가갔다. 어쩌면 그녀가 그들에게 너무 스스럼없이 대했던 걸지도 모르겠다. 혹시 못된 장난의 대상이 되는 건 아닐까?

"들어가십시오, 레이디."

웰머가 그녀에게 안으로 들어가라고 손짓했다. 흥분해서 이 발 저 발 깡충거리는 그는 평소보다 더 어려 보였다. 마치 크리스마스를 맞은 어린 소년 같았다. 아니면 당장에 화장실에 가야 할 것 같은 어린 소년이나.

켈시는 천장이 낮고 창문이 없는 안락한 방 안으로 들어섰다. 다섯 개의 안락의자와 두 개의 소파가 여기저기 놓여 있었고 거기에는 아이들 여럿이 앉아 있었다. 안달리의 아이들인 것 같았지만 확실치는 않았다. 그녀가 다이어에게 의문 어린 시선을 던지자 그가 맞은편 벽을 가리켰다.

그녀는 책장을 알아보았다. 지난 두 주 동안 어머니의 침실에 있는 그 텅 빈 책장을 보며 얼마나 화가 났었는지. 하지만 지금 그 책장은 꽉 차 있었다. 켈시는 홀린 듯이 책에서 눈을 떼지 못하고 방 안으로 좀 더 들어갔다. 모든 책 제목을 알아볼 수 있었지만, 칼린의 기쁨이자 자부심이었던 두꺼운 갈색 가죽 장정 셰익스피어를 보고서야 메이스가 뭘 했는지 알 수 있었다.

"다이어, 여기에 갔었던 건가요?"

"그렇습니다, 레이디. 메이스가 깜짝 선물로 하라고 단단히 일렀거든요."

그가 대답했다. 켈시는 책들을 자세히 살펴보았다. 칼린의 서재에 있던 모습 그대로였다. 누군가가 이걸 저자 이름순으로 정리하려고 노력한 것 같았다. 하지만 덕택에 소설과 논픽션이 뒤죽박죽 섞였다. 칼린은 아마 비명을 질렀겠지. 하지만 켈시는 그 노력에 감동했다.

"한 권도 빠뜨리지 않았습니다, 폐하. 수레를 잘 덮었는데 비도 안 왔고요. 아마 전혀 손상되지 않았을 겁니다."

켈시는 조금 더 책장을 바라보다가 그에게 몸을 돌렸다. 갑작스러운 눈물로 시야가 흐려졌다.

"고마워요."

다이어가 시선을 돌렸다. 켈시는 가구에 앉아 있는 아이들을 돌아봤다. 사춘기 소년 두 명, 열한 살이나 열두 살쯤 된 여자아이 하나, 그보다 더 어린 여덟 살 정도의 여자아이 하나였다.

"너희들은 안달리의 아이들이지?"

나이 많은 세 명은 입을 다물고 있었지만 가장 어린 여자아이가 열심히 고개를 끄덕이고서 말했다.

"우리가 순서대로 책 꽂는 걸 도왔어요! 우리 늦게까지 안 잤어요!"

"안달리의 아이들입니다, 레이디."

다이어가 알려주었다.

"정말 잘했구나. 고맙다."

켈시가 그들에게 말했다. 남자아이들과 어린 여자아이는 수줍게 웃었지만 더 큰 여자아이는 부루퉁한 눈으로 켈시를 보며 그냥 앉아 있을 따름이었다. 켈시는 의아했다. 그 아이와 전에 얘기해본 적도 없고, 심지어 알아볼 수도 없었다. 소파에 앉은 모든 아이들 중에서 이 아이가 가장 안달리의 남편을 닮은 것 같았다. 입가는 자연스럽게 아래로 시무룩하고, 눈은 새카맣고 의심이 가득했다. 잠시 후 아이는 시선을 돌렸고 켈시는 안도했다. 여자아이는 제 아빠를 많이 닮았지만 그 무시하는 태도는 안달리와 똑같았던 것이다.

켈시가 메이스를 찾아 몸을 돌렸지만 그는 거기 없었다.

"라자러스는요?"

탁자로 다시 가보니 그는 여전히 신세계의 커다란 지도 위로 몸을 구부리고 있었다.

"깜짝 선물 고마워요."

메이스가 어깨를 으쓱였다.

"저희들이 책을 안겨드릴 때까진 어떤 것에도 제대로 집중하실 수 없을 것 같아서 한 겁니다."

"책은 나한테 아주 소중한 거예요."

"그런 쓸데없는 게 뭐가 좋으신지 전 잘 모르겠습니다. 배를 불려주는 것도 아니고 방어가 되는 것도 아닌데 말입니다. 저것들은 레이디의 목숨을 부지해주지 못합니다. 하지만 레이디께는 중요한 거라는 건 아니까요."

"내가 그 보상으로 해줄 수 있는 게 있다면 뭐든 말만 해요."

메이스가 눈썹을 치켰다.

"그런 무조건적인 약속을 하실 때에는 신중하셔야 합니다, 레이디. 전 그런 것에 관해서 잘 압니다, 제 말 믿으십시오. 전혀 예상도 못할 때 그게 되돌아와 어깨를 짓누를 테니까요."

"그렇다고 해도, 난 진심이에요. 내가 그대에게 해줄 수 있는 게 있다면, 뭐든 해주겠어요."

"좋습니다. 그 책을 전부 다 내다 쌓고 불에 태우십시오."

"뭐라고요?"

"무조건적으로 약속하지 않으셨습니까?"

켈시의 배 속이 꽉 뭉쳤다. 메이스는 흥미로운 눈길로 그녀를 잠시 바라보다가 낄낄 웃었다.

"긴장 푸십시오, 레이디. 여왕의 빚이라는 건 귀한 물건입니다. 그런 식으로 낭비할 마음은 없습니다. 레이디의 책들은, 최소한 방어의 관점에서 봤을 때는 무해하니까요."

"그대는 정말 물건이군요, 라자러스."

"맞습니다."

"솔직히, 고마워요."

그가 어깨를 으쓱였다.

"레이디께서 얻어내신 겁니다. 강인한 고객을 지키는 건 훨씬 쉬운 일이니까요."

켈시는 미소를 삼킨 다음 다시 진지해졌다.

"바티와 칼린에 대한 소식은 없나요?"

"아직 없습니다."

켈시는 인상을 찌푸렸다. 최근에 그녀는 바티뿐만 아니라 칼린도 보고 싶다는 것을 깨닫고 깜짝 놀랐다. 칼린에게 하고 싶은 이야기가 굉장히 많았다. 그녀의 어머니에 대해, 나라의 상태에 대해, 칼린이 말할 수 없었던 나라의 *진짜* 상태에 대해서 이야기를 할 수 있으면 정말 마음이 편해질 것이다. 그리고 칼린이 옳았다고, 켈시의 몸에서 드레스를 찢어버렸던 그날 일이 옳았다고 말하고 싶다고 켈시는 약간 죄책감을 느끼며 생각했다. 그날 일로 남아 있던 분노의 많은 부분이 이제 사라진 것 같았다.

자신을 속이지 마. 아무것도 사라지지 않았어. 그저 더 나은 목표물을 발견한 것뿐이지. 그녀의 머리가 속삭였다.

"페탈루마에 이제 없던가요?"

"제가 알게 되면 레이디께서도 알게 되실 겁니다."

"알았어요."

그녀는 일어서다가 펜에게 부딪칠 뻔했다. 그가 그녀의 등에 한 손을 올렸다.

"죄송합니다, 레이디."

"두 사람 사이는 좀 어떻습니까?"

메이스가 지도에 시선을 고정한 채 물었다. 켈시는 놀라서 펜을 쳐다보았다. 그가 미소를 지으며 어깨를 으쓱였다.

"괜찮은 것 같아요. 펜이 방이 떠나가게 코를 골긴 하지만요."

"사실 말입니다, 레이디, 대장은 그걸 이미 알고 있습니다."

"솔직히 그대는 주물공장 돌아가는 소리를 내요. 모트 강철만 생산할 수 있으면 진짜 귀중한 자원이 될 텐데."

"이 친구는 정말로 귀중한 자원입니다."

메이스가 태연하게 말했다. 그가 셔츠에서 펜을 꺼내 이제 모트 국경에 두껍고 진한 선을 그리면서 덧붙였다.

"코를 고는 것까지 포함해서 말입니다."

"나도 동의해요."

"알리스! 이제 들어오게!"

메이스가 복도를 향해 소리쳤다.

알리스는 분명히 엿듣고 있었던 모양이었다. 거의 즉시 복도를 따라 한쪽 다리를 다른 다리 뒤로 질질 끄는 그 낯익은 게걸음으로 걸어왔다. 그가 오는 것을 보고 켈시는 인상을 찡그렸다. 그녀는 저녁 먹기 전에 몇 시간쯤, 아니 한 1년쯤 칼린의 책을 읽을 계획이었다. 물론 그러자면 베너와의 수업을 빼먹어야겠지만. 하지만 며칠 안에 군 장교들이 올 거고, 그녀의 첫 번째 알현이 토요일에 잡혀 있었다. 그 두 가지를 준비하기 위해서 알리스와 몇 시간 동안 논의를 해야 했다. 칼린이 그녀에게 주지 않았던 모든 정보들을 이제 일주일 안에 머릿속에 밀어 넣어야 했고, 일정은 빠듯했다.

"멋진 수집품들을 갖고 계시더군요, 꼬마 여왕님."

알리스가 자리로 다가오며 말했다.

"티어링 여기저기에 취향 괴상한 책 수집가들이 있는데 말입니다. 제가 가격도 꽤 잘 쳐드릴 수 있습니다."

"어떤 수집가들요?"

"전 고객을 밝히지 않습니다. 팔고 싶으십니까?"

"절대로요. 그러느니 왕관을 먼저 내주겠어요."

"그것도 꽤 좋은 가격을 받을 수 있을 겁니다."

알리스가 저는 다리의 바지 자락을 잡아당겨서 다리를 의자에 올리고 자리에 앉았다.

"하지만 시장은 항상 바뀌니까요."

서재가 생겨서 켈시만 기쁜 게 아니었다. 여왕의 근위병들은 읽고 쓸 수 있기 때문에 지나가다 보면 비번인 근위병들이 소파에 눕거나 안락의자에 웅크리고 앉아 그녀의 책을 들고 있는 걸 종종 볼 수 있었다. 모든 사람에게 맞는 책이 한두 권쯤은 있는 모양이었다.

거의 모든 사람이라고 해야 했다. 메이스는 서재에 절대로 가지 않았다. 책이 아주 많으니까 그가 좋아할 만한 것도 있을 텐데, 그는 읽는 것은 전 갈과 청구서, 발표문으로 충분하고 그 외에는 전혀 필요가 없다고 생각하는 모양이었다. 켈시는 그의 무관심에 화가 났다.

밀라의 아들과 카를로타의 아기는 책을 읽기에는 너무 어렸지만 안달리의 아이들은 이제 걸음마를 하는 글리만 빼면 전부 다 글자를 알았고 어머니가 일을 하고 있으면 서재에 붙어사는 것 같았다. 켈시는 아이들이 조용하기만 하면 거기 있는 것에 상관하지 않았고, 아이들은 항상 조용했다. 그 애들은 누구의 도움도 없이 롤링의 책 일곱 권을 찾아냈고, 다투지도 않았다. 가장 나이 많은 오빠인 웬이 다른 세 명을 데리고 앉아서 지극히 외교적으로 서재의 땔감에서 잔가지 네 개를 부러뜨린 다음 그걸로 제비를 뽑았다. 켈시는 흥미롭게 이것을 지켜보았다. 열세 살인 매튜가 첫 번째 책을 읽을 권리를 얻었고 다른 세 명은 다른 책을 찾아 책장을 배회했다. 웬은 해부학에 관한 책을 찾아 곧장 레오나르도 다빈치가 엄청나게 공을 들인 그림을 펼쳤다. 여덟 살이고 지극히 여성스러운 모린은 고를 만한 게 하나도 없는 모양이었다. 로맨스 소설들은 연령대가 안 맞았고, 칼린은 그녀가 "여자들 소설"이라고 부르는 종류의 책들은 전혀 모으지 않았기 때문이다. 결국 켈시는 높은 선반에서 그림 동화책을 꺼내주었다. 내용이 그리 여성적인 건 아니지만 공주들로 아이가 만족하기를 바랐다. 모린은 전혀 마음에 안 드는 얼굴로 표지를 보며 의자로 돌아갔다.

하지만 켈시가 가장 주목해서 본 사람은 열한 살 난 여자아이 아이사였다. 아이사는 켈시가 어린 시절에 읽었던 책들 대부분을 꺼내 보았지만 어떤 것도 마음에 들지 않는 모양이었다. 아이를 자세히 보며 켈시는 아이의 부루퉁한 표정이 어느 정도는 얼굴 모양 때문임을 깨달았다. 남성적인 윤곽에 들창코, 짙은 눈썹을 갖고 있어서 입가가 처지고 눈썹이 위로 올라가면 험악한 인상이 되는 거였다.

용기를 끌어모아서(왠지 모르지만 그녀는 이 여자아이가 거의 안달리만큼이나 두렵게 느껴졌다) 켈시는 아이에게 다가가서 말했다.

"네가 찾는 걸 말하면 내가 추천을 해줄 수도 있을 것 같은데."

아이사가 돌아보았다. 아이의 검은 눈은 제 아빠의 것이었지만 표정만큼은 안달리와 똑같았다.

"전 뭔가 모험적인 걸 읽고 싶어요."

켈시는 이 말에서 많은 것을 알아챘다. 그녀는 책장을 살폈지만 사실 여자 주인공이 나오는 모험 이야기는 없다는 것을 잘 알고 있었다. 그녀는 낮은 칸을 손가락으로 쭉 훑다가 초록색 가죽 장정에 책등이 금박으로 된 책을 발견했다. 그녀는 그것을 뽑아서 아이사에게 건넸다.

"이 책에는 여자는 나오지 않는단다. 하지만 이게 마음에 든다면, 속편에는 여주인공이 나오지."

"그럼 그냥 속편부터 읽으면 되잖아요?"

아이사의 표정이 다시 부루퉁하게 화난 표정으로 되돌아갔다. 켈시는 여자아이의 이런 표정 변화가 굉장히 신기했다. 마치 덫이 철컥 닫히는 걸 보는 것 같았다. 켈시의 머리에 제일 먼저 떠오른 것은 똑같이 날카롭게 대답하는 거였지만, 안달리의 아이들 마음을 얻는 게 안달리의 마음을 얻는 것만큼이나 중요하다는 느낌이 들었다. 그래서 켈시는 가능한 한 부드러운 어조로 대답했다.

"아니. 이걸 먼저 읽지 않으면 속편이 전혀 이해가 가지 않을 거야. 재미있게 읽으렴. 내가 좋아하는 책 중에 하나니까."

아이사는 《호빗》을 팔 아래 끼고 자리로 돌아갔다. 켈시는 그 자리에 서서 아이를 보며 아이들을 계속 보고 싶은 마음과 《반지의 제왕》을 전부 다시 읽고 싶은 마음 사이에서 갈등했다. 하지만 그 어느 쪽도 할 시간이 없었다. 10분 안에 옷을 갈아입고 베너에게 고문당하러 가야 한다. 그녀는 펜에게 고개를 끄덕이고 자신의 책과 종이를 책상에서 집어 들고 문으로 향했다.

나오면서 그녀는 네 아이들을 마지막으로 보았다. 각각이 아주 편안하게 자리를 잡고 있었다. 게일런 역시 벽에 붙여놓은 소파에 몸을 쭉 뻗고 팔걸이에 다리 한쪽을 걸친 채 파란 가죽 표지의 책을 읽고 있었다. 켈시는 칼린이 이걸 보면 얼마나 좋아할까 생각했다. 그녀의 서재가 책에 굶주린 이나라에서 오아시스처럼 여러 명의 독자들에게 이용되고 있었다.

아니, 굶주린 것조차 아니지. 켈시는 음울하게 생각했다. 티어링은 너무 오랫동안 아무것도 먹지 못해서 이제는 배가 고픈 게 어떤 느낌이었는지 기억도 못하는 사람 같았다. 뭔가 생각이 번쩍 떠올랐다가 금세 사라졌다.

펜은 그녀가 문을 나오기를 기다리고 있었다. 켈시는 그에게 사과의 미소를 던지고 복도를 따라 걸어갔다. 충동적으로 그녀는 이제 모두가 발코니 방이라고 부르는 곳에 잠깐 들렀다. 오늘은 먼이 문 앞에 서 있었고, 그녀가 다가가자 절을 했다. 켈시가 격식에 별로 신경을 쓰지 않음에도 불구하고, 그는 펜을 제외하고 유일하게 계속해서 절을 하는 사람이었다. 다른 사람들 대부분은 절을 하는 게 부자연스럽다고 생각하는 것 같았다. 특히 빈정거리는 인사말을 던지길 좋아하는 다이어의 경우는 더 그랬다. 먼은 여전히 잠을 잔 것 같지 않은 모습이었다. 이제 켈시는 그가 만성적 불면증이 있는 건 아닌지, 상황이 어떻든 도저히 잠을 잘 수 없는 불운한 사람 중 하나가 아닌지 하는 생각이 들었다. 어쩐지 동정심이 들어서 그녀는 지나가며 그에게 미소를 지어 보였다. 하지만 그 순간 침실에서의 그날 밤이 떠올랐다. 웬 남자가 그녀를 욕조에서 끌어내고, 바닥의 판석 하나가 열려 있던 그날의 기억에 그녀의 미소가 얼어붙었다. 메이스는 그들 중 한 사람이 관련되었을 수 있다고 생각했다.

발코니는 방 한쪽 편을 따라 길게 있었다. 끝에서 끝까지 약 9미터쯤 되고, 허리 높이의 난간으로 둘러싸여 있다. 쌀쌀한 3월 오후였고 하늘은 막 어두워지기 시작했다. 짙은 파란색 하늘 아래로 차가운 바람이 왕궁 앞쪽을 따라 불어와 처마 아래와 수많은 성첩들을 지나며 휘이이잉 하는 소리를 냈다. 켈시는 난간에 기대 바깥을 바라보았다. 점점이 불이 밝혀진 모자이크 같은 뉴런던 너머, 얼룩덜룩하게 갈색과 황록색이 뒤섞여 지평선까지 오르락내리락 이어지는 앨먼트 평원 쪽으로. 그 넓은 들판을 가르며 카렐강과 크리드강이 먼 곳을 향해 곡선을 그리며 뻗어 있었다. 그녀의 나라는 아름다웠지만 걱정거리였다. 땅은 넓고, 사람은 많고, 그들 모두의 목숨이 지금 벼랑 끝에 몰려 있다. 내일 군 장교들이 올 거고, 켈시는 그 회의가 두려웠다. 알리스와 메이스의 이야기를 통해서 그녀는 버몬드 장군을 조금도 좋아할 수 없을 거라는 결론을 내렸다. 그녀는 걱정에 사로잡혀 자신의 나라를 바라보았다. 모트메인까지 다 볼 수 있었으면, 그래서 무슨 일이 닥칠지 정확히 알 수 있었으면 좋겠다는 생각이 들었다.

어둠이 그녀의 눈앞으로 커튼이 닫히는 것처럼 순식간에 내려왔다. 켈시는 비틀거리며 넘어지지 않으려고 난간을 잡다가 자신의 육체가 여전히 발코니에 있다는 것을 희미하게 의식했다. 하지만 그녀의 나머지 부분은 높고 싸늘한 밤하늘을 가로지르고 있었다. 얼음 같은 바람이 귓가에서 요란하게 스쳐 갔다.

아래를 보니 짙은 소나무 숲으로 뒤덮인 넓은 땅이 보였다. 땅에 지그재그로 길이 나 있었다. 티어링처럼 흙길이 아니라 일종의 돌로 판석을 깔고 수레와 대형 포장마차로 대량의 물건을 옮길 수 있도록 만들어진 진짜 길이었다. 북쪽 지평선으로는 거의 산처럼 높은 언덕 중간중간에 구덩이가 보였다. 채굴장이다. 여기에는 농장이 없었다. 대신에 공장들이 있었다. 벽돌 굴뚝에서 연기와 재가 무럭무럭 솟아올라 허공으로 올라갔다. 지금이 낮인가? 밤인가? 켈시는 구분할 수가 없었다. 온 세상이 파르스름한 빛으로 뒤덮여 있었다.

"레이디?"

아주 먼 곳에서 펜의 목소리가 들렸다. 그녀는 그에게 끼어들지 말라고 말없이 애걸하며 고개를 흔들었다. 겁이 났다. 그녀는 높은 곳이 싫었다. 하지만 이건…… 이건 정말이지 *봐야만* 했다.

앞쪽으로 뉴런던보다 훨씬 큰 거대한 도시가 소나무 숲보다 더 높은 바위 고원에 자리하고 있었다. 도시 한가운데에는 궁전이 높게 자리해서 주변의 건물들을 왜소해 보이게 만들었다. 궁전은 그녀의 왕궁만큼 높지 않지만, 그녀의 왕궁과는 다르게 우아하고 대칭적이었다. 가장 높은 탑 꼭대기에서 새빨간 깃발이 바람에 흔들렸다. 켈시의 시선이 여기에 잠깐 머물다가 다시 바닥으로 향했다. 높다란 나무 벽이 도시를 둘러싸고 있고 정문에서부터 넓은 길이 뻗어 나왔다. 길가에는 기다란 막대기 같은 것들이 서 있었다. 가로등인가? 아니, 켈시의 눈앞에 그것들이 더 가깝게 보이면서 각 막대 꼭대기에 작고 둥그런 것이 꽂혀 있는 것을 알 수 있었다. 사람의 머리였다. 몇 개는 완전히 해골이 되었고 몇 개는 이제 막 썩어가는 중이라 곰팡이로 뒤덮인 얼굴을 아직 알아볼 수 있었다.

파이크 언덕이야, 켈시는 문득 깨달았다. 분명 여긴 디메인이야. 도시의 왼쪽을 보니 중간중간 불빛이 반짝이는 커다랗고 검은 덩어리 같은 게 있었다. 좀 더 가까이 가야 보일 것 같아서 그녀는 공중에서 지상으로 뚝 떨어지는 새처럼 아래를 향해 날아 내려갔다.

"레이디?"

아래쪽에는 군대가, 수 제곱킬로미터에 달하는 면적을 덮고 있는 엄청난 숫자의 군대가 있었다. 천막과 모닥불, 말과 군수품이 가득한 마차들, 칼과 검, 활과 화살과 창. 뒤쪽으로는 켈시가 책에서 설명만 읽었던 나무로 된 거대한 장비들이 있었다. 공성탑. 하나하나가 최소한 20미터 길이에 옮기기 쉽게 옆으로 뉘어 있었다. 그녀는 좌절감 속에 양팔을 벌렸다. 날개가 펄럭거리는 게 느껴지고 차가운 바람 속에서 깃털이 흔들렸다.

몸을 돌려 그녀는 다른 쪽으로 날아서 야영을 하고 있는 대부대의 위로 올라갔다. 새벽은 한참 멀었다. 병사들은 잘 준비를 하고 있었다. 노랫소리, 소고기 굽는 냄새, 심지어 에일의 톡 쏘는 향기까지 느껴졌다. 지상에서 일어나는 모든 일들이 평생 그 어느 때보다도 눈앞에 명확하게 보였고, 갈망이 몸을 꿰뚫는 것 같았다. 하지만 그녀의 일부는 지금 이 순간에도 인간의 눈으로 되돌아갈 수밖에 없다는 걸, 이런 명료한 시력이 오래 유지될 수 없다는 걸 알고 있었다.

야영지의 동쪽을 지나가다가 켈시는 낯선 것을 보았다. 모닥불 불빛에 반짝이는 커다란 금속 덩어리 같은 거였다. 그녀는 날개를 접고 야영지 바로 뒤까지 다이빙을 하듯 내려갔다. 많은 사람들이 한자리에 모여 있는 악취가 머리를 가득 채웠지만 그녀는 더 낮은 곳까지 계속 내려갔다. 야영지 동쪽 끄트머리 바로 위에서 그녀는 행군하는 병사들처럼 질서정연하게 하나하나 놓여 있는 나지막한 금속 물체들을 보았다. 자신이 보고 있는 게 뭔지 깨달을 때까지는 약간 시간이 걸렸고, 그 정체를 깨닫는 순간 그녀의 좌절감은 절망으로 바뀌었다.

대포.

말도 안 돼! 설령 모트메인이라 해도 화약은 없단 말이야!

대포가 그녀의 아래서 말없이 비웃는 것처럼 반짝였다. 강철로 만들어진, 전부 다 새것으로 보이는 대포 열 개가 줄지어 있었다. 심지어 녹슨 냄새조차 나지 않았다.

티어링!

그녀는 돌아가기 위해서, 누군가에게 경고하기 위해서 몸을 돌렸다. 희망 같은 건, 승리의 가능성은 전혀 없었다. 그저 학살과 죽음의 쓸쓸한 향기뿐이었다.

그녀의 가슴이 폭발했다. 그녀의 아래서 남자가 승리의 고함을 지르는 게 들렸다. 뭔가가 그녀의 오른쪽 가슴을 깊게 꿰뚫었고, 불타는 창 같은 것이 그녀의 심장을 찔렀다.

"먼! 위생병!"

펜이 소리쳤다. 그의 목소리가 물속에서 들리는 것처럼 켈시에게는 흐릿하게만 들렸다.

"당장 코린을 데려와!"

켈시는 위로 떠오르려고 다급하게 싸웠지만 날개가 더 이상 움직이지 않았다. 자신이 비명을 지르고 있는 것 같았지만, 자신의 목소리가 거의 들리지 않았다. 그녀는 돌덩어리처럼 쓰러져 파란 세상 속을 가라앉고 있었고, 몸이 바닥에 부딪치는 것조차 느끼지 못했다.

"이해를 못하는군요. 모트군은 이미 동원되었다니까요."

켈시가 아마 그날 거의 일곱 번째로 같은 말을 반복했다.

버몬드 장군은 탁자 끝에서 그녀를 향해 미소를 지었다.

"그렇게 믿고 싶으신 거겠죠, 폐하. 하지만 그렇다고 해서 화친을 맺을 수 없다는 건 아닙니다."

켈시는 그를 노려보았다. 회의는 난항이었고, 이제 그녀는 두통까지 나기 시작했다. 버몬드 장군은 쉰 살이 덜 된 것 같았지만 켈시에게는 엄청난 노인처럼 느껴졌다. 머리는 털 한 올 없는 대머리였고 얼굴은 햇빛에 오랫동안 노출되어 주름이 져 있었다. 그리고 불편한 팔을 덮기 위해 제복 소매를 꿰매버렸다.

버몬드의 옆에는 그의 부관인 홀 대령이 있었다. 그는 장군보다 열다섯 살 정도 아래로 사각형의 커다란 턱을 갖고 있었다. 홀은 거의 말을 하지 않았지만 그의 회색 눈은 아무것도 놓치지 않았다. 두 남자는 아마도 켈시를 위협하려는 듯 정식 군복을 차려입고 왔고, 그게 효과가 있다는 사실에 그녀는 짜증이 났다.

펜은 그녀의 옆에 석상처럼 조용히 앉아 있었다. 켈시는 그가 옆에 있는 게 좋았다. 근위병들이 따라다니는 건 짜증스러웠지만, 펜은 어딘가 달랐다. 그는 그녀의 공간을 침해하지 않는 방법을 알았다. 이런 식의 비교는 좀 고약한 거겠지만, 거의 귀찮게 굴지 않는 충성스러운 개를 데리고 있는 느낌이었다. 펜은 경계를 늦추지 않았지만, 메이스와는 전혀 다르게 계속된 존재감으로 그녀를 지치게 만들지 않았다. 메이스는 지금 그녀의 오른쪽에 앉아 있었고, 종종 그녀는 결정을 내리려고 노력하며 그를 힐끔거렸다. 어제 왕궁에는 왕궁 남쪽으로 80킬로미터쯤 떨어져 있는 그레이엄의 장원이 불에 탔다는 소식이 전달되었다.

켈시는 어제 하루 종일 이 사건들에 관해 고민을 했다. 장원은 젊은 그레이엄 경이 어려서 세례를 받을 때 받은 선물이었다. 그 아기와 그녀의 사파이어를 빼앗고 목을 그으려 했던 검은 복면의 남자를 하나로 합치는 건 상당히 어려웠다. 여왕에 대한 암살을 기도할 경우 암살자의 모든 재산을 박탈하게 되어 있지만, 그 장원에는 암살과 관계없는 비전투원인 남녀들도 있었을 것이다. 경고가 없었으니 그중 상당수가 집과 함께 타 죽었으리라. 켈시는 이 화재가 메이스가 한 일이라고 확신했고, 이제 그의 일부는 자신이 전혀 통제할 수 없다는 걸 알게 되었다. 이것은 새로운 깨달음이었다. 마치 언제라도 목줄을 풀고 빠져나갈 수 있는 난폭한 개를 데리고 있는 것 같았고, 그걸 어떻게 해야 할지 그녀는 알 수가 없었다.

그들의 앞에는 메이스의 국경 지도가 펼쳐져 있고 모트 조약서가 놓여 있었다. 모트 조약에는 빠져나갈 길이 없으니 켈시는 지도에 집중했다. 지도는 아주 오래되어서 켈시가 태어나기도 전에 누군가가 신중하게 잉크로 그린 거였다. 두께가 3밀리미터 정도 되는 두꺼운 종이는 모트메인 종이 공장의 초기 방식을 보여주었다. 하지만 지리는 기본적으로 똑같았고 켈시는 지난 17년 동안 선적물이 운반되었던 모트로를 자신도 모르게 응시했다. 모트로는 거의 곧장 아가이브 고개로 이어졌다. 아가이브 고개는 티어링 국경 너머에서 가파른 내리막으로 끝나고 모트로는 파이크로가 되었다. 이 길은 넓고 숲으로 둘러싸여 있으며 디메인 성벽까지 쭉 이어졌다.

내가 꿈꾼 그대로야. 켈시는 이마를 문지르며 생각했다. 하지만 그건 꿈이 아니었다. 꿈이라기엔 너무 명확하고, 너무 생생했다. 펜이 있던 발코니로 달려온 코린과 메이스는 의식을 잃은 그녀를 발견했다. 그들은 그녀를 깨울 수 없었다. 코린은 자신이 아는 모든 방법을 동원했지만 소용이 없었다. 그녀의 가슴이 오르락내리락하는 것만이 유일하게 살아 있다는 증거였다. 그들은 그녀가 죽어간다고 생각했다.

하지만 아니었지.

펜은 그녀가 쓰러지기 직전에 그녀의 사파이어가 굉장히 밝게 빛나며 밤중의 발코니 전체를 밝혔다고 말해주었다. 켈시는 여전히 무슨 일이 있었는지 알 수가 없었다. 보석이 그녀에게 꼭 알아야 하는 것을 보여준 것 같긴 했다. 그녀는 몇 시간을 잤고, 배가 고파 죽을 것 같은 기분으로 깨어났다. 그게 그런 걸 보는 대가라면 얼마든지 감내할 수 있었다.

"폐하?"

버몬드는 여전히 대답을 기다리고 있었다.

"화친은 없어요, 장군. 난 결정을 내렸어요."

"폐하의 결정이 불러올 결과를 알고 계시는 건지 모르겠습니다."

버몬드가 메이스를 돌아보았다.

"아무래도 근위대장, 당신이 이 문제에 관해 여왕 폐하께 조언을 드려야 할 것 같소만."

메이스가 양손을 들어 올렸다.

"나는 폐하의 목숨을 지킬 뿐이오, 버몬드. 폐하의 결정에 영향을 미치지는 않소.”

버몬드는 충격을 받은 표정이었다.

“하지만 근위대장, 당신도 승리할 가망이 없다는 걸 알지 않소! 폐하께
말씀을 드려야지! 모트군은―”

“난 바로 여기 있어요, 장군. *나한테* 말을 하지 그래요?”

“용서하십시오, 폐하. 하지만 폐하의 어머님께도 여러 차례 말씀드린 것
처럼 여자들에게는 군사전략을 짤 능력이 없습니다. 폐하의 어머님께서는
그런 문제를 항상 저희에게 맡기셨습니다.”

“그랬겠죠.”

켈시는 왼쪽을 힐끗 보고 홀 대령이 그녀를 관찰하는 눈으로 보고 있는
것을 발견했다.

“하지만 난 전혀 다른 여왕이라는 걸 알게 될 거예요.”

버몬드의 눈이 분노로 빛났다.

“그럼 다시 한번 말씀드리건대 가장 나은 선택은 모트메인에 사자를 보
내는 겁니다. 제노는 바보가 아닙니다. 그는 여기가 점령하기 어려운 나라
라는 걸 압니다. 별로 침공하고 싶지 않을 게지만, 꼭 침공을 해야만 한다
면 분명코 성공할 겁니다.”

“그대가 티어링의 왕이 아닌 것과 마찬가지로 제노 장군은 모트메인의
왕이 아니에요. 왜 내가 설득해야 하는 사람이 그 사람이라고 생각하는 거
죠?”

“선적물 양을 조금 줄여서 얘기를 해보십시오, 폐하. 그들의 환심을 사십
시오.”

“다른 사람들을 희생시키고 싶어서 아주 열성이군요, 버몬드 장군. 내가
그대를 내놓으면 어쩔 셈이죠?”

“*티어링*이 지금 희생당할 상황입니다, 레이디. 저는 그걸 이 나라에 대한

최고의 봉사라고 생각할 겁니다."

켈시는 두통이 심해지는 것을 느끼며 이를 갈았다.

"설령 그대라 해도 난 더 이상 노예를 보내지 않을 거예요. 그 생각은 포기하고 다른 이야기를 해보죠."

"그러면 저는 이미 말한 것을 고수하겠습니다. 폐하께서는 저희들을 불가능한 입장으로 몰아넣으시는 겁니다. 티어링은 모트군을 물리칠 수 없습니다. 그리고 폐하께서 생각하시는 것처럼 그들이 화약을 만드는 방법을 다시 찾아내 대포를 만들었다면, 상황은 더더욱 가망이 없습니다. 폐하께서는 대대적인 학살의 문을 여신 겁니다."

"말조심하시오, 버몬드."

메이스가 조용히 말했다. 버몬드는 침을 삼키고 턱을 악문 채 시선을 돌렸다.

"모트가 화약의 비밀을 발견했다면 분명히 암시장에서 화약이 도는 걸 볼 수 있을 겁니다."

홀 대령이 생각에 잠겨 말했다.

"아마도. 하지만 그런 이야기는 들은 적이 없군."

메이스가 동의했다.

"어쩌면 그들이 비밀로 하고 있지 않을까요?"

켈시가 물었다.

"모트인들은 자신들의 무기를 제대로 통제하지 못합니다, 레이디. 그들이 매 훈련을 완벽하게 마치고 나면 몇 주 안에 수백 마리의 매들이 시장에 풀리곤 합니다."

"하지만 매를 다루기 위해서는 조련사와 음식, 공간이 필요하죠. 조련사가 없이는 아무 쓸모도 없으니까요. 화약은 비밀리에 운반하기가 더 쉬울 겁니다."

펜이 말했다.

켈시는 몇 분째 침묵을 지키고 있는 알리스를 돌아보았다. 암시장에 물건이 흘러들어가는 방법을 가장 잘 아는 것은 알리스일 것이다. 하지만 그는 졸고 있었다. 그의 늘어진 입가가 벌어져서 턱으로 침이 흘러내렸다. 그날 아침 왕궁에 도착했을 때 그는 잇새에 길고 얇고 종이 같은 물건을 물고 있었다. 그게 뭐냐고 물어서 바보 노릇을 자청하고 싶지 않았던 켈시는 은밀하게 그를 몇 분간 보다가 그에게서 기다란 연기가 피어오르는 것을 보고 그가 담배를 피우고 있는 것임을 깨달았다. 그녀는 담배가 아직도 존재한다는 사실조차 몰랐다. 그것도 모트메인에서 흘러나온 암시장 물건이리라. 하지만 만약 티어링에 담배 제조업체가 있는 거라면 켈시에게는 새로운 문제가 생긴 거였다. 그녀는 등을 쭉 펴다가 어깨가 경고하듯 욱신거리는 것을 느꼈다. 오늘은 거즈를 뗀 첫날이었다.

"그들이 선크로싱 시대의 옛날 무기를 갖고 있을 수도 있나요?"

버몬드는 고개를 흔들었다.

"크로싱 때 건너온 화약은 전부 다 손상됐습니다."

홀이 덧붙였다.

"그들이 이상적인 조건에서 보존된 화약을 찾았다고 해도, 한 세기 이상 버텼을 리가 없습니다."

"대포를 작동하기 위해서는 반드시 화약을 합성하거나 다른 대체제를 찾아야 하고요."

"그것도 가능성이 없지는 않습니다, 장군님. 모트인들이 광산에서 뭘 캐냈을지 누가 알겠습니까?"

버몬드는 침묵에 잠긴 홀을 보고 인상을 찌푸렸다. 켈시는 알리스를 깨워서 그의 견해를 물어볼까 하다가 관두기로 했다. 그는 상황을 더 악화시킬 게 분명하니까. 그는 군인들에게 조금도 존경심이 없는 것 같았다. 졸기 전에 그는 모트 침공 때 군대가 실패한 일들을 여럿 들먹이며 즐거운 얼굴로 그들을 괴롭혔고, 켈시는 그가 그 전쟁 결과로 돈이라도 잃었던 걸까 생각했다.

"그럼 붉은 여왕은 가장 먼저 뭘 할까요?"

그녀가 물었다.

"우리 국경을 침공하겠죠."

"전면전요?"

"아뇨. 처음에는 마을 몇 개 정도일 겁니다."

"뭐 하러 그렇게 하는 거죠?"

버몬드는 짜증 섞인 한숨을 쉬었다.

"폐하, 이런 식으로 설명해보죠. 물이 충분히 깊기만 바라면서 무작정 절벽에서 뛰어내릴 순 없는 겁니다. 폐하께서 붉은 여왕이라고 하면, 물에 우선 돌을 던져보겠죠. 그럴 만한 여유가 있으니까요. 시간도 넘쳐나고 돌도 부족하지 않고 말입니다. 붉은 여왕은 폐하를 진정한 위협으로 여기지 않을 수도 있습니다만, 그렇다고 해서 정보도 없이 행동하지는 않겠지요."

"하지만 왜 습격을 하는 거죠? 그냥 첩자를 보내지 않고?"

"백성들의 기를 꺾기 위해서입니다, 레이디."

버몬드가 그의 몸에 달려 있는 수많은 무기 중 하나인 조그만 단검을 꺼내 허공에 휘둘렀다.

"보이십니까? 상대의 새끼손가락부터 자르는 겁니다. 새끼손가락은 꼭 필요한 부분이 아닙니다만, 어쨌든 피가 나겠죠. 게다가 제가 언제든지 상대방에게 해를 입힐 수 있다는 걸 보여줄 수 있고요."

켈시는 이게 정복 전쟁이 정말로 멍청한 짓이라는 또 다른 증거라고 생각했지만 후회할 만한 말을 하기 전에 입을 다물었다. 그녀의 옆에서 알리스가 가볍게 코 고는 소리를 냈다.

"알리스! 그대도 이 판단에 동의하나요?"

"그렇습니다. 폐하. 하지만 착각하지 마십시오. 티어링에는 이미 첩자가 들끓고 있으니까요."

그가 번뜩 정신을 차리고서 쉰 목소리로 말했다.

메이스가 동의 조로 고개를 끄덕였고 켈시는 버몬드를 보았다.

"그들이 모트로를 통해서 침공할까요?"

"아마 아닐 겁니다. 폐하. 모트로로 오면 아가이브 고개를 지나야 하는데, 어떤 군대도 좁고 가파른 길을 따라 산을 내려오고 싶지 않을 겁니다. 그러면 완전히 노출되는 거니까요. 그래도 그들이 보급로로 이용할 경우에 대비해서 그 길을 막아야 할 겁니다. 아가이브 탑이 없어졌다는 게 정말 안타깝군요."

버몬드가 지도 위로 몸을 기울이고 고개를 저었다. 켈시는 메이스에게 의문의 눈길을 던졌고, 그가 대답했다.

"한때는, 레이디, 아가이브 고개 입구에 요새가 있었습니다. 모트군이 퇴각하면서 그걸 무너뜨렸고, 이제는 고갯마루에 쌓여 있는 돌 더미일 뿐이지요."

버몬드는 산맥이 언덕으로 변하는 모트 북쪽 국경을 따라 손가락을 움직였다.

"제가 제노라면 여기로 올 겁니다. 여기는 험준한 언덕 지대고, 지형상 속도는 늦어지겠지만 엄호해줄 숲이 많고 대규모 군이 어느 한 지역에서 병목현상을 일으키지 않고 넓게 퍼져서 움직일 수 있으니까요."

"이 공격을 막기 위한 최선의 선택은 뭐죠?"

"없습니다."

"정말이지 도움 되는 충고로군요, 장군."

"폐하—"

"홀 대령, 그대는 어떻게 생각하죠?"

켈시가 부관에게로 시선을 돌리고 물었다.

"저도 장군님의 의견에 동의할 수밖에 없습니다, 레이디. 궁극적으로 승리할 수 있는 가능성은 없습니다."

"멋지군."

홀이 한 손을 들어 올렸다.

"하지만 그들을 늦출 수는 있을 겁니다. 상당히요."

"설명해봐요."

뒤에서 버몬드가 인상을 찌푸리는 걸 무시하고 홀이 앞으로 몸을 기울였다.

"우리의 유일한 선택지는 지연작전입니다, 레이디. 모트군 본진의 발목을 잡고 속도를 늦추는 전쟁인 거죠. 즉 게릴라전을 펼쳐야 합니다."

"뭘 하자고? 빠르든 늦든 그놈들이 이 나라를 점령할 텐데."

버몬드가 양손을 벌리며 말했다.

"예, 장군님. 하지만 여왕 폐하께서 화친을 맺으시거나 혹은 다른 선택지를 찾으실 만한 시간을 벌 수는 있겠지요."

켈시는 기뻐서 고개를 끄덕였다. 최소한 홀은 창조적으로 생각할 줄 아는 모양이었다. 버몬드는 이제 노골적으로 그를 노려보았지만 홀은 눈치채지 못한 것 같은 얼굴로 말을 이었다.

"그들이 장군께서 말씀하신 것처럼 군대를 움직인다면 성공할 가능성은 더 높습니다. 저는 아이딜와일드에서 자랐습니다, 폐하. 국경 부근의 그 지역이라면 손바닥처럼 잘 압니다."

"국경 마을은 어쩌죠?"

"피난시키십시오, 폐하. 그들은 취약하고, 모트군은 땅과 마찬가지로 그들도 약탈할 겁니다. 텅 빈 마을을 발견하게 되면 최소한 병사들이 잠깐이나마 멈추게 되겠죠."

"폐하, 이건 자원을 현명하게 쓰는 방법이 아닙니다. 피난을 시키려면 사람이 많이 필요합니다. 모트군이 앨먼트까지 올 경우에 대비해서 그 병사들을 국경에서 물러난 후방에 배치하는 게 훨씬 낫습니다."

버몬드가 불만스러운 어조로 주장했다.

"내가 한 말을 듣지 않았나요, 버몬드 장군? 모트군은 이미 정렬을 마쳤고, 그대가 그대 입으로 그들이 국경 마을부터 침공할 거라고 하지 않았던가요? 그 사람들은 즉각적인 위험에 처해 있어요."

"국경에 살겠다고 결정한 건 그들입니다, 폐하. 그들은 위험에 대해 알고 있었습니다."

켈시가 그에게 쏘아붙이려고 하는데 메이스가 그녀보다 먼저 말했다.

"피난이 시작되면 다량의 난민으로 내정에 부담이 될 겁니다, 레이디. 난민들을 먹이고 재워야 하니까요."

"우리가 먹이고 재워야죠."

"어디서요?"

"그대가 알아낼 수 있을 것 같군요, 라자러스."

"그들이 피난을 가지 않으려고 하면요?"

버몬드가 물었다.

"그게 그들의 선택이라면 거기 놔두면 돼요. 우린 강제 추방 이야기를 하는 게 아니에요. 그대가 그들에게 올바른 방식으로 설명을 할 수 있을 거라고 믿어요."

켈시가 버몬드에게 상냥하게 웃으면서 말했다.

"제가요?"

"그래요, 장군. 그대가 필요한 만큼의 병력을 데리고 가서 사람들을 피난시키고 국경과 모트로를 지키도록 하세요."

버몬드가 홀을 돌아보았다.

"피난은 자네에게 맡기지."

"잠깐만요."

켈시가 끼어들었다. 그녀는 알리스가 군대의 구조에 대해서 말해준 것을 떠올리려고 노력했다.

"홀 대령, 그대는 대령이니 자신의 대대가 있겠죠?"

"그렇습니다, 레이디. 좌익 대대입니다."

"좋아요. 그대의 대대를 본진에서 분리해서 그대가 언급했던 게릴라 작전을 수행하도록 하세요."

"폐하! 제 군대는 제가 배치합니다."

버몬드가 벌게진 얼굴로 외쳤다.

"아뇨, 장군. 이건 왕실의 작전이고 내가 그대의 군대에서 한 개 대대를 다른 일로 차출하는 겁니다."

"그리고 제 부관까지 말이죠!"

"그래요, 부관도요."

알리스가 코웃음을 쳤다. 켈시는 그를 힐끔 보고 그가 새로 불을 붙인 담배를 물고 씩 웃고 있는 것을 발견했다. 담배는 이전과 똑같이 끔찍한 냄새를 풍겼지만 켈시는 아무 말도 하지 않았다. 왕실이 직접 군사행동을 취한다는 모호한 권리에 대해서, 미국의 행정부 수장에게는 당연했던 옛 권리의 자투리에 관해 말해준 게 바로 알리스였다. 그녀가 그와 시선을 맞추자 그가 윙크를 했다.

탁자 주위를 둘러보고 그녀는 펜과 메이스 둘 다 버몬드를 노려보고 있는 것을 발견했다. 버몬드는 홀을 죽일 듯 쳐다보고 있었지만 홀은 여전히 켈시만을 보고 있었다. 그의 눈에서 타오르는 야심은 쉽게 읽을 수 있었지만 그 아래 뭔가, 그녀가 정확하게 파악할 수는 없지만 어쨌든 마음에 드는 다른 것이 존재했다.

이 사람이 군인이 아니었다면 내일 당장 내 근위병으로 삼았을 거야.

"내가 특히 걱정하는 건 대포예요. 난 열 개를 봤지만, 그 이상 있을 수도 있어요. 그게 쇠로 만들어진 건지 강철인지까지는 모르겠고요. 그대의 첫 번째 임무는 그걸 무력화하는 거예요."

"알겠습니다, 폐하."

"대포라니. 화약 같은 건 없소. 정말로 여자아이의 망상을 기반으로 군 작전을 펼칠 생각이오?"

버몬드가 코웃음을 치고 다시금 메이스에게 말했다. 메이스가 막 대답을 하려고 할 때 켈시가 그의 말을 잘랐다.

"그대가 나에게 바로 얘기하지 않은 게 이번이 두 번째예요, 장군. 그대의 경력이, 수년간의 복무 기간이 내가 생각하는 것만큼 정말로 소중하다면, 이번이 마지막이길 바라죠."

"이 계획은 타당성이라고는 없습니다, 폐하! 훌륭한 인력의 낭비입니다!"

버몬드가 소리쳤다.

"추첨도 마찬가지예요! *그대의* 가족들은 아무도 선적이 된 적이 없는 모양이죠, 장군?"

켈시가 화가 나서 소리쳤다.

펜이 그녀의 팔꿈치를 살짝 잡았다.

"제 가족 중에는 없습니다."

버몬드의 눈길이 홀 쪽으로 향했다. 펜이 켈시 쪽으로 몸을 기울이고 속삭였다.

"홀의 형제가 갔습니다, 레이디. 둘은 가까운 사이였죠."

"사과하지요, 홀 대령."

홀은 한 손을 흔들었다. 그는 화가 난 것 같지 않았다. 생각에 잠겨 미간을 찌푸리고 있는 게, 머릿속은 이미 국경으로 날아간 것 같았다. 켈시는 그가 대포에 관한 그녀의 말을 믿는지 아닌지 알 수 없었지만, 중요치 않았다. 중요한 건 그가 알겠다고 말했다는 거였다.

"달리 할 말이 더 있나요?"

두 명의 군인 모두 아무 말도 하지 않았다. 버몬드는 뭔가 불쾌한 걸 삼킨 것 같은 얼굴이었다. 켈시는 잠시 버몬드의 충성심을 걱정해야 할까 생각했지만 그 생각을 금세 머릿속에서 지웠다. 그는 설령 스무 살쯤 젊었다 해도 쿠데타를 일으킬 것 같은 유형이 아니었다. 그 정도의 상상력 자체가 없어 보였다.

"그럼 이만 끝내지요."

메이스가 선언했다. 버몬드와 홀이 재빨리 일어서는 바람에 켈시는 깜짝 놀랐다.

"고마워요. 일주일 안에 두 사람이 각각 경과 보고서를 올리길 바라요."

"예, 폐하."

그들이 중얼거리고서 그대로 서서 그녀를 뚫어지게 쳐다보았다. 켈시는 자신의 외모에 뭔가 잘못된 게 있나 고민했다. 거의 그렇게 물어보기 직전에 그녀는 그들이 뭘 기다리고 있는지 겨우 알아차렸다.

"나가봐요."

그들은 절을 하고 나갔다.

10장

토머스 랠리의 운명

배반자의 동기를 파악하는 것은 어렵다. 어떤 사람들은 돈 때문에, 어떤 사람들은 복수를 위해 나라를 배반한다. 어떤 사람들은 나라의 가치로부터 완전히 결별하고 싶기 때문에 배반한다. 어떤 사람들은 선택의 여지가 없어서 배반하기도 한다. 이런 이유들은 종종 경계가 흐릿하다. 반역이란 하나로 전부 설명할 수 있는 그런 행위가 아니다. 사실 티어링의 역사에서 가장 유명한 배반자 중 한 명은 그중에서도 가장 단순한 이유로 자신의 나라를 팔았다. 그러지 말아야 할 이유가 없었던 것이다.

—《티어링의 초기 역사》, 머위니언 작

이럴 줄 알았어야 했어, 제이블은 그 당시에, 그리고 그날 하루 종일 생각했다. 이런 식으로 일이 끝날 줄 알았어야 했어.

왜 자신이 아직도 아렌 소른의 말을 듣는 건지 스스로도 알 수가 없었다. 돌이켜보면 그게 얼마나 멍청한 계획이었는지 훤히 보였다. 소른은 여왕을 암살하기 위해 단 한 명의 케이든을 보냈고, 그나마 유명한 사람도 아니었다……. 겨우 소년기를 벗어난 그레이엄 가문의 후계자였던 것이다. 새 여왕이 자기 힘으로 암살자를 죽였다는 소문이 삽시간에 도시에 퍼졌지만, 그건 말도 안 된다. 메이스가 그를 죽인 다음 그의 수행원을 죽이고, 그다음에 그의 가족까지 전부 다 불에 태워 죽인 거다. 그레이엄은 화려하게, 심지어는 공개적으로 실패했다. 그의 시체가 도심 한가운데 매달린 지 한 시간도 지나지 않아 군중이 시체를 기둥에서 끌어내려 갈가리 찢어버렸다. 제이블은 다시는 소른을 위해 손가락 하나도 까딱하지 않겠다고 결심했었다. 하지만 물론 당연히 소환 명령이 날아왔고, 지금 그는 여기 있었다.

그들은 뉴런던 동쪽 외곽의 커다란 창고에서 만났다. 제이블은 이곳을 알았다. 여기는 한때 크로싱스엔드로 실려 가거나 팔릴 목재들을 저장하던 곳이었다. 하지만 소른은 이곳을 자신만의 사악한 계획을 꾸미는 장소로 탈바꿈시켰다. 그의 수많은 인구조사부 깡패들 중 한 명이 문에서 제이블을 맞이해 살펴본 다음 안으로 들어가라고 손을 흔들었다. 제이블은 희미한 불이 밝혀진 조그만 바깥방으로 들어섰다. 거기에는 그 자신처럼 화가 나고 혼란스러운 표정의 사람들이 모여 있었다.

소른은 아직 도착하지 않았지만, 방을 둘러보고 제이블은 이 모든 일을 하게 만드는 원동력이 뭔지 이해할 것 같았다. 돈이었다. 진작 이걸 깨닫지 못한 자신이 바보 같았지만, 그는 앨리만 생각하고 있었던 탓이었다. 이 선적에 엄청난 돈이 걸려 있고, 몇몇 사람들은 많은 것을 잃을 수 있다는 건 생각도 못했었다.

테어 경이 맞은편 벽에 기대서 있었다. 그의 우스꽝스러운 보라색 모자가 그의 나머지 부분보다 더 많은 공간을 차지하고 있었다. 테어 집안은 동쪽에 앨먼트 평원을 가로질러 수 킬로미터에 이르는 밀밭을 소유하고 있었고, 모트로를 지나는 통행세를 받았다. 사실 제이블은 섭정과 테어 경의 말다툼에 관해 들은 적도 있었다. 테어 경은 머릿수로 통행세를 매기는 반면 섭정은 수송 단위로 세금을 내고 싶어 한다는 거였다. 하지만 섭정은 그런 변화를 강요할 만큼 강하지 못했고, 테어 경이 여전히 머릿수로 세금을 받는다면 수송은 매달 금광이 통째로 굴러들어오는 일이나 다름없었다.

두 명의 케이든, 배덴코트 형제가 불 앞에 앉아 있었다. 그들은 금발에 파란 눈, 불룩한 배까지 내려오는 기다란 수염 때문에 거의 쌍둥이처럼 보였다. 케이든에게 상의를 하지 않고서 여왕 암살 계획을 짜는 사람은 아무도 없지만, 제이블은 배덴코트 형제가 다른 사람들을 대표해서 협상할 권한이 있는지 의문이었다. 그들은 대체로 뉴글로브에서 술에 취해 계집질을 하고 있기 때문에 케이든 중에서 가장 접촉하기 쉬운 자들이었다.

케이든에는 그들 나름의 문제가 있었다. 공주를 찾아서 죽이면 섭정이 엄청난 보너스를 주기로 했기 때문에 그들이 밥줄이라고 할 수 있는 평소의 일(귀족들을 위협으로부터 보호하고, 현상금 사냥을 하고, 귀중품 운반을 경호하는 것)을 내팽개치고 여기에 모든 자원을 쏟아부었다는 이야기는 거트에 잘 알려져 있었다. 지난 몇 달 동안 케이든은 돈을 뿌리고 엄청난 인력을 허비했으나 결국 왕실의 돈은 이제 끊긴 셈이었다. 공주를 찾는 데 실패하면서 그들은 엄청난 특권을 잃었고, 이로 인해 사업도 어렵게 되었다. 선적물이 뉴런던을 나서면 아홉 명에서 열 명의 케이든이 호위에 합류하는 게 평소의 절차였다. 예비 습격자들에게 이보다 더 사기를 꺾는 일도 없으니까. 선적물 경호는 케이든에게는 가벼운 임무에 속했지만 그래도 매달 상당한 수입이 되는 일이었다. 그런데 이제 그것도 끊긴 것이다.

지난 한 달 동안 제이블은 케이든이 돈을 벌기 위해 아무 일이나 맡는다는 소문을 들었다. 육체노동, 산적질, 귀족의 아들들에게 검술이나 궁술을 가르치는 일까지. 에니스라는 어느 잘생긴 케이든은 심지어 귀족의 수수한 딸을 호위하는 일에 고용되어 춤을 가르치고 시를 읽어주고 그 외에 하늘만 아는 일을 하고 있다고 했다. 암살자에 대해 별다른 애정이 없는 제이블에게도 이건 정말 불쌍한 상황으로 여겨졌다. 오랫동안 거만함과 배타성으로 똘똘 뭉쳐 있던 케이든 자신들은 어떻게 느낄지 궁금했고, 상상조차 해볼 수가 없었다. 어느 쪽이든 배덴코트 형제도 이 일을 독자적으로 맡은 것일 가능성이 높았기 때문에 제이블은 그들을 믿을 수가 없었다. 그들이 이 계획에 몰두할 거라는 생각도 들지 않았다.

그리고 제이블이 전혀 모르는 남자 네 명이 불 근처에 앉아 있었다. 한 명은 젊고 족제비 같은 인상의 사제였고, 그 사실에 제이블은 멈칫했다. 신의 교회가 이런 일에 직접적으로 끼어들 거라고는 생각하지 않았기 때문이었다. 사제의 박박 민 머리와 가늘고 하얀 손은 수도승이라는 것을 알려주었고, 아직 젊은 걸로 봐서는 아마 교황의 개인 종자 무리 중 하나이리라는 생각이 들었다. 사제의 옆에는 하수도를 기어 다니다 온 것처럼 너저분한 금발 남자가 있었다. 쉽게 돈을 벌고 싶어서 온 도둑이거나 아니면 소매치기겠지.

돈, 이 사람들 전부 다 돈 때문에 온 거야. 나만 제외하고 모두들.

그래서 넌 뭐 다른가? 가늘고 차가운 목소리가 가슴 깊은 곳에서 속삭였다. 소른의 목소리라는 사실에 제이블은 소스라치게 놀랐다. 마치 머릿속 어두운 한구석에 소른이 파고들 수 있게 자신이 허락해준 것 같은 느낌이었다.

난 앨리를 되찾기 위해서 이러는 거야. 전부 다 그걸 위한 거라고. 그가 화가 나서 대꾸했다.

대답은 없었다. 소른은 사라졌다. 하지만 질문은 그대로 남았고, 제이블은 이미 자신의 일부가 망가졌음을 깨달았다. 그는 노예를 구하기 위해서 이러는 거였다. 분명 이것은 고귀한 행동이리라. 하지만 앨리는 단 한 명의 노예일 뿐이었다……. 같은 식으로 실려 간 수만 명의 노예 중 한 명. 제이블은 나머지에 대해서는 전혀 생각하지 않았다. 그저 자신의 가족을 되찾으려는 것뿐이었다. 그런 그가 이 사람들보다 더 낫다고 할 수 있을까?

난 더 나아. 내가 더 낫다는 걸 안다고. 그가 스스로에게 주장했다.

하지만 지금, 어두운 방구석을 보다가 그는 최악의 사실을 발견했다. 그의 동료 정문 경비원인 켈러가 벽에 기대 팔짱을 끼고 만족스러운 표정을 띠고 있었다. 제이블은 몇 년 전 어느 밤에 빌이 몇 명을 조용히 불러 '고양이 발' 술집으로 가서 이번에는 진짜 곤란한 상황에 빠진 켈러를 데려오라고 시켰던 것을 떠올렸다. 전에도 문제는 여러 번 있었다. 켈러가 여자를 벽에 내던진 적도 있었고, 강간 혐의는 여러 번이었고, 그중 한 번은 섭정에게 직접 항소가 올라갈 뻔했다가 취하되었다. 하지만 제이블조차도 '고양이 발' 술집에서 일어난 일에는 대비가 되어 있지 않았다. 켈러는 머리끝까지 술에 취해서 여전히 피투성이가 된 손으로 면도칼을 쥐고 있었다. 그가 창녀 한 명을 거의 죽도록 두들겨 팬 다음 얼굴과 유두를 칼로 그었던 것이다. 제이블은 지금도 상체를 뒤덮은 면도칼 상처에서 피를 흘리며 구석에서 울고 있던 여자아이를 떠올릴 수 있었다. 여자아이는 열네 살도 되지 않아 보였다. 제이블은 새벽에 집으로 가서 정신을 잃을 때까지 퍼마시면서 앨리가 그를 볼 수 없다는 사실을 하늘에 감사했다. 그런데 지금 그는 다시금 끔찍한 일에 휘말려 어두컴컴한 방에서 켈러와 마주 보고 있었다.

소른이 들어오자 짙은 파란색 망토가 곤충 같은 몸 주위로 나부꼈다. 제이블은 이번엔 브레나가 함께 있지 않은 것을 보고 안도했다. 해가 뜨려면 아직 두 시간쯤 남았다. 소른은 밝은 파란색 눈으로 한 명 한 명을 쳐다본 후 몸을 돌려 망토를 벗었고, 제이블은 소른의 진짜 계획은 과연 뭘까 생각하며 궁금증에 차서 그를 보았다. 그는 인구조사부를 운영했지만, 그건 나라에서 돈을 받는 주간 직업일 뿐이었다. 밤이면 소른은 암시장의 제왕이었고, 설령 선적이 영영 끝난다 해도 그의 수입은 별로 줄지 않을 것이다. 물론 인구조사부 감독관이란 유용한 직책이다. 많은 사람들이 그에게 의

존해야 하니까. 하지만 소른처럼 교활한 사람에게는 언제나 균형을 되돌릴 수 있는 다른 방법이 있는 법이었다.

정말로 원하는 게 뭐지, 아렌? 당신 같은 존재를 움직이게 만드는 건 대체 뭐야? 제이블은 그를 바라보며 생각했다.

답은 금세 나왔다. 영향력. 소른은 탐욕스럽지 않았다. 그가 검소하게 산다는 건 잘 알려진 사실이었다. 그는 금에도, 도박에도, 창녀에게도 관심이 없었다. 알비노에 대한 집착만 빼면 악덕이라고는 전혀 없었다. 소른이 소중하게 여기는 것은 자신이 원하는 것을 제약 없이 마음껏 계속할 수 있는 자유였다. 공식적인 노예매매가 사라지고 나면 그다음에 여왕은 분명히 암시장으로 관심을 돌릴 것이다. 무기, 마약, 아이들 거래……. 새 여왕은 섭정이 아니었고, 그 사실을 이미 증명했다. 그녀는 잘난 사람들만큼이나 가난한 사람들에게도 관심을 가졌다. 그래서 소른이 그녀를 없애려고 하는 거였다.

"자, 모두들 모였군. 그럼 핵심으로 들어갑시다."

소른이 선언했다.

"그래, 그러자고. 네놈이 다 망쳤어, 이 쓸모없는 관료 놈 같으니. 메이스가 그 어린애를 살려두지 않았던 걸 천운으로 알라고. 그놈은 우리 모두를 불었을걸."

테어 경이 으르렁거렸다.

소른은 테어 경 쪽으로 고개를 까딱인 다음 마치 확인하듯 방 안을 둘러보았다.

"나도 동의합니다. 이 서투른 시도와 그 실패에 관해서 교황 성하께서 실망하셨다는 걸 전해야겠군요."

사제가 말했으나 그의 말투는 회유적인 것에 가까웠다.

"난 궁극적인 성공을 약속했지, 첫 번째에 성공한다고 하진 않았소."

"말은 좋구먼, 족제비."

아른 배덴코트가 코웃음을 쳤다. 그는 자기 혀와 입안에서 싸우는 것 같은 투로 말을 했다.

맙소사, 저 작자 취했군! 제이블은 거의 오싹한 기분으로 생각했다. *나조차도 이런 사악한 일에 낄 때는 제정신이어야 한다는 걸 아는데.*

"왜 진짜 케이든을 고용하지 않는 거요? 드와인이나 메릿 같은 사람으로. 전문 암살자라면 실패하지 않았을 텐데."

테어 경이 성난 어조로 말했다.

"모든 케이든은 진짜 케이든이오!"

휴고 배덴코트가 소리쳤다. 동생에 비하면 그는 다행스럽게도 멀쩡한 말투였다.

"그레이엄가의 소년도 우리들과 마찬가지로 시험을 거쳤소. 그에 대한 기억을 그런 식으로 모독하려고 하지 마시오."

테어 경은 사과 조로 양손을 벌렸지만 그의 노려보는 눈길은 소른에게서 떨어지지 않았다.

소른이 어깨를 으쓱였다.

"그 계획이 실패할 수밖에 없었다고는 말하지 않을 거요. 그 아이는 거의 성공할 뻔했었소. 내 정보원에 따르면 여왕의 목에 칼을 댔었다더군. 하지만 여왕의 근위병, 특히 메이스를 과소평가했다는 건 인정하겠소. 우리 쪽 사람이 대관식 때 아주 쉽게 접근했었기 때문에…… 메이스도 세월이 가며 약해졌다고 생각을 했던 거요."

"메이스를 과소평가하는 건 머저리요. 우리는 그가 크리드 강둑에서 우리 동료 넷을 살해한 걸로 추측하고 있지."

휴고 배덴코트가 음울하게 말했다.

"확실히 말해두건대, 다시는 그런 실수를 하지 않을 거요. 어쨌든 지나간 일을 들추는 건 아무 의미도 없지. 중요한 건 미래니까."

소른이 더 이상 논의할 필요가 없다는 듯한 어조로 말했다.

"과거가 바로 미래예요, 소른. 당신이 다음 시도에서도 실패하지 않는다고 나의 스승님께 어떻게 보장을 할 겁니까?"

사제가 조용하게 지적했다.

제이블은 감탄했다. 귀족을 제외하면 소른에게 이런 식으로 말할 수 있는 사람은 거의 없었다. 설령 아배스의 힘을 등에 업었다 해도 마찬가지였다. 게다가 사제는 제이블 자신이 우려하는 바를 정확하게 지적했다. 그는 여왕의 목숨을 노린 시도들이 연이어 실패할 거라는 걸 예감할 수 있었다. 설령 앨리를 위해서라 해도 그런 것까지는 감당할 수가 없다. 그의 용기는 거기까지 미치지 못했다. 그는 여기서 빠져나가고 싶었다. 더 이상은 은밀한 계략과 문 두드리는 소리가 들릴 때마다 메이스가 자신을 끌고 가려고 온 게 아닌가 하고 파고드는 두려움에 둘러싸여 살고 싶지 않았다.

"난 아무것도 보장하지 않소. 그랬던 적도 없고. 여왕을 죽이는 게 많은 문제를 해결해주겠지만, 그건 지금으로서는 우리의 능력을 넘어선 일이라는 것도 인정해야겠군."

소른이 냉정하게 말했다.

"여왕의 근위병은 어쩌고? 그자가 일을 해낼 수 있지 않겠나?"

테어 경이 물었다.

"여왕의 근위병이라니요?"

지저분한 금발 남자가 물었다. 소른은 고개를 흔들었다.

"그자는 아직까지는 자기 목숨을 걸 마음이 없소. 메이스도 이미 배반자의 존재를 눈치채고 있고. 메이스는 여왕의 보안을 강화하고 펜 올컷에게 밀착 경호를 시켰소. 그자는 겁을 먹었고, 나도 그자를 비난할 수는 없소. 설령 그자가 성공한다 해도 그 뒤에 이 신세계 어디로 도망쳐도 메이스가 찾아낼 테지."

우리도 찾아낼걸, 제이블은 속으로 그렇게 생각했다.

"여왕의 근위병을 한패로 끌어들인 겁니까?"

금발 남자가 다시 물었다.

"네가 신경 쓸 일이 아니야, 부랑배. 네 위치를 기억해라."

소른이 말했다. 소매치기는 의자에 도로 웅크리고 앉았고 제이블은 고개를 흔들었다. 소른이 어떻게 여왕의 근위병을 매수한 걸까? 그들은 바늘 하나 들어가지 않을 만큼 충성스러운데. 그들의 자부심과 전통은 아마 케이든보다도 강할 것이다. 제이블이 아는 한 어떤 왕실 근위병도 배신을 한 적이 없었다.

하지만 그런 일을 가능케 할 사람이 있다면 아마도 소른이겠지, 그는 혐오감 속에서 생각했다.

"펜 올컷은 타고난 검사요. 우리들 중에서도 그에게 도전할 수 있는 사람은 거의 없소. 메릿이라면 가능할 수도 있지만, 절대로 그를 이 일에 끌어들이지는 못할 거요."

휴고 배덴코트가 생각에 잠겨 불을 바라보며 말했다.

"상관없소. 우리 모두의 목적을 만족시킬 수 있는 더 좋은 생각이 있으니까. 여기 있는 앨레인이 성공에 핵심적인 정보를 가져왔지."

그가 소매치기 쪽을 손짓하며 말했다. 지저분한 소매치기가 주인을 기쁘게 해서 행복한 개처럼 활짝 웃었다. 제이블은 그의 정신 상태가 멀쩡한지 의심스러웠다.

"우리가 절대 실패할 리 없다고 말하고 싶지만, 그런 오만함은 비생산적이겠지."

소른이 말했다.

"뭘 실패한다는 거요?"

휴고가 물었다.

"어떤 식으로든 여러분 모두가 돈을 필요로 하지."

제이블은 부정하려고 입을 벌렸다가 얌전히 도로 다물었다.

"왕궁에서는 더 이상 돈이 나오지 않을 거요. 여왕은 지금도, 앞으로도 선적을 하려 하지 않을 테니."

"여왕과 얘기를 해봤소?"

테어 경이 물었다.

"그럴 필요도 없소. 징조가 뚜렷하니까. 사흘 전에 여왕은 버몬드 장군을 만나서 티어링군 절반 이상을 모트 국경에 배치하는 계획을 세웠소. 여왕동은 공성 물자로 가득하고. 단언하건대 여왕은 전쟁을 준비하고 있고, 우리가 빨리 움직이지 않으면 모트군이 쳐들어올 거요."

제이블의 입이 공포로 딱 벌어졌다. 모트 침공……. 그는 한 번도 그걸 진지하게 생각해본 적이 없었다. 여왕이 우리에 불을 지른 이후에도 그는 항상 새로운 조약에 서명하면 된다고, 아니면 소른이 문제를 해결할 거라고, 뭔가 다른 방법이 있을 거라고 생각했다. 그는 왕궁 잔디밭에서 본 현명하고 슬픈 표정의 여자를 떠올렸다……. 소른의 교활한 계략에도 불구하고 제이블은 그 여자가 그들 모두를 구할 거라고 확신했었다.

"신께서 도와주시길."

앨레인이 중얼거렸다.

"여러분 모두 그 침공만큼은 피하고 싶을 테지. 내 계획은 돌 하나로 두 마리 새를 잡는 거요."

경고도 없이 소른이 걸어오기 시작했다. 제이블은 그 비쩍 마른 팔다리에 스치는 것조차 싫어서 그가 지나가자 몸을 웅크렸다. 소른의 말투는 거의 열정적이라고 할 수 있었다.

"날 따라오시오!"

그들은 문을 지나 안쪽으로 그를 따라갔다. 한때는 사무실이었던 것 같은 공간에는 책상과 의자들이 텅 빈 채 먼지만 두껍게 쌓여 있었다. 창문이 검은 페인트로 전부 칠해져 있어서 벽에 걸린 횃불들만이 방을 밝혔다. 어느 책상 위쪽으로 흉한 얼굴의 여자 초상화가 회벽에 고정되어 있었다. 사무실 벽 너머로 누군가가 망치질을 하는 쿵쿵 소리가 들렸다. 톱질도 하는 것 같았다. 이것은 제대로 된 공사 소음이었지만, 이 목재 회사는 문을 닫은 지 오래였다.

사무실 끝에 도착하자 소른은 그들을 데리고 또 다른 문을 지나 창고 안으로 들어갔다. 흐릿한 횃불만이 켜져 있는 습하고 동굴 같은 곳이었다. 마르고 오래된 톱밥 냄새에 제이블의 코가 간질거렸다. 주위로는 온통 커다란 사각형으로 쌓아둔 오래된 목재들뿐이었다. 몇 더미는 거의 6미터 높이였고 두꺼운 초록색 천으로 덮여 있었다. 버려진 건물들이 다 그렇듯이 창고는 오래전에 끝난 활동이 계속 반복되고 있는 귀신 들린 공간처럼 느껴졌다.

"이리 오시오."

소른의 말에 남자들은 그를 따라 넓은 공간 끄트머리로 향했다. 가까이 가자 망치 소리가 점점 더 커졌고, 마지막 모퉁이를 돌아가자 제이블은 두 개의 톱질용 받침대 사이에서 바쁘게 참나무를 썰고 있는 남자를 볼 수 있었다. 각각 3미터 길이의 나무 판이 그의 옆에 깔끔하게 대칭으로 차곡차곡 쌓여 있었다.

"리엄!"

소른이 소리쳤다.

"예!"

목재 더미 뒤쪽에서 목소리가 들렸다.

"이리 좀 오겠나!"

땅딸막한 남자가 바지에 손을 닦으며 방수천 뒤에서 튀어나왔다. 그는 머리부터 발끝까지 톱밥을 뒤집어쓰고 있었고, 제이블은 갑자기 그 어떤 때보다도 가장 선명하게 앨리에 관한 악몽이 눈앞에 펼쳐지는 느낌이었다. 금방이라도 창고가 사라지고 아가이브 고개 가장자리에 서서 그녀가 파이크 언덕으로 사라지는 모습을 보게 될 것만 같았다.

"이쪽은 리엄 배내커요. 이 사람 이름은 들어봤겠지."

소른이 조그만 남자를 소개했다. 사실, 제이블도 들어본 적이 있었다. 리엄 배내커는 티어링에서 가장 뛰어난 목수 중 한 명이었고, 벽돌과 돌 모두 잘 썼다. 뉴런던의 부자들은 종종 그를 고용해 자신들의 집을 지었고, 심지어 귀족들도 성의 석조 부분이나 기반이 부서지면 그를 고용한다고들 했다. 하지만 그는 목수처럼 보이지 않았다. 그는 작고 비쩍 마른 데다가 연약해 보이는 팔을 갖고 있었다. 다른 목수, 톱질을 하고 있는 남자는 그들을 완전히 무시하고 있었다. 제이블은 그 목수가 귀가 먹은 게 아닐까 의심스러웠다.

"아마 시연을 보고 싶으시겠죠?"

배내커가 소른에게 물었다. 목소리도 높고 가느다란 게 사악한 난쟁이 같았다. 그 목소리가 불쾌하게 제이블의 귀에서 울렸다.

"그러면 도움이 되겠지."

"운 좋게도 세 개가 벌써 준비가 끝났습니다."

배내커가 사람들을 뚫고 서둘러 천으로 덮여 있는 목재 더미 쪽으로 다가갔다.

"하지만 시연은 잠깐입니다. 필립이 감기에 걸리는 바람에 일정이 좀 늦어지고 있거든요."

그가 초록색 방수천 한쪽 끝을 잡고 당겼다. 천이 떨어지는 동안에도 제이블은 자신의 악몽보다 더 끔찍한 공포의 전조를 온몸으로 느꼈다. 눈을 감고 싶었지만 이미 늦었다. 천이 바닥으로 떨어졌고, 그의 머리에 처음 떠오른 생각은 이거였다. 이럴 줄 알았어야 했는데.

그것은 낮고 폭이 넓은 우리였다. 바닥이 세로 9미터 정도에 가로 4.5미터 정도였고, 한쪽 끝에는 남자 한 명이 들어갈 수 있을 정도 높이의 문이 있었다. 창살은 강철이 아니었다. 우리 전체가, 바닥부터 창살과 바퀴까지 전부 티어링 참나무인 것 같았다. 제이블이 성인이 된 이래 한 달에 한 번씩 봤던 우리만큼 잘 만들어진 건 아니지만, 임무를 수행할 수 있을 정도로 튼튼해 보이긴 했다.

"난 이걸 하겠다고 계약을 한 적은 없어."

아른 배덴코트가 툴툴거렸고 제이블도 멍하니 고개를 끄덕였다. 오른쪽을 보니 소른은 애정 넘치는 부모가 자기 자식을 보는 것처럼 행복하게 우리를 바라보고 있었다.

소른이 어깨를 으쓱였다.

"당신들이 무슨 계약을 했든 상관없소. 당신들은 전부 다 이제 한패요. 우리 모두가 서로에게 위험한 존재지. 하지만 기운 내시오! 이미 모트메인과의 협상을 끝마쳤으니까. 당신들은 각각 처음 약속했던 대로 보상을 받게 될 거요."

"당신의 보상은 뭔가요, 아렌? 당신은 여기서 뭘 얻고자 하는 거지요?"

사제의 족제비 같은 눈이 회의적인 빛을 띠고 소른에게 고정되어 있었다.

"그건 당신이 상관할 바가 아니오. 당신의 스승도 원하는 보상만 손에 쥐면 만족할 거요."

"우리 하나에 얼마나 들어가죠?"

"스물다섯 명, 대략 서른 명까지. 아이들이라면 좀 더 들어갈 거요."

사제는 고개를 숙이고 소리 없이 뭐라고 중얼거렸다. 제이블은 이해할 것 같았다. 사제는 천벌이 두려운 것이다. 제이블도 그랬다. 그는 거대한 창고를, 그가 목재라고 생각했던 방수천 덮인 더미를 보았다. 총 여덟 개였다. 그는 계산을 잘했던 적이 없지만 선적물을 계산하는 데에는 별로 시간이 걸리지 않았다.

최소한 200명이야. 어쩌면 300명까지도 가능하고. 그 생각에 오싹해졌다. 여덟 개의 우리. 앨리의 얼굴이 각 우리의 창살 사이로 보이는 것 같았다.

왕궁을 떠난 이래 거의 백 번째로 토머스는 비를 저주했다. 그가 뉴런던 다리를 건너자마자 하늘에 구멍이 뚫린 것처럼 퍼붓기 시작하더니 이제 사흘째 계속해서 퍼붓고 있었다. 3월이라 비가 올 시기이긴 하지만, 토머스는 여전히 폭우가 오로지 그를 괴롭히기 위한 것처럼 느껴졌다. 어쩌면 그 계집애가 그 망할 보석으로 일부러 폭풍을 소환한 건지도 모른다. 아니면 신의 천벌이거나. 어느 쪽이든 그는 뼛속까지 젖었다. 최소한 1년 이상 말을 타지 않아서 승마복을 입어보니 너무 작았다. 젖은 바지 천이 허벅지 피부를 벌겋게 벗겨놔서 말이 걸을 때마다 아팠다. 세상에 냉기와 축축함, 피부 마찰, 말발굽이 웅덩이와 진흙탕을 밟을 때 끊임없이 튀는 물밖에 남아 있지 않은 것 같았다.

그의 부하들은 불평하지 않았지만, 그렇다고 즐거워 보이지도 않았다. 겨우 세 명만이 그와 함께 오겠다고 했다. 그는 모트메인에 도착하면 그들에게 큰 보상을 내리겠다고 약속했고, 그들은 그걸 믿는 머저리들이었다. 파인은 결국 찾지 못했다고 그는 씁쓸하게 생각했다. 더 나쁜 건 케이든이 한 명도 그와 함께 가려 하지 않았다는 거였다. 모트메인에 도착하면 두 배로 돈을 주겠다고 약속했는데도. 용병들에게 충성심 같은 걸 기대하면 안 되는 거겠지만, 그래도 한 명쯤은 설득할 수 있을 줄 알았다.

하지만 키버를 데려올 수 있었던 건 다행이었다. 키버는 돌덩이 같은 뇌의 소유자였지만 모트메인으로 물건을 수송하는 가업에 종사했고 모트로를 잘 알았다. 뉴런던에서 나온 다음에는 모트로를 빠져나오는 게 원래 계획이었으나 날씨 때문에 계획을 실행할 수가 없었고, 차라리 그게 나았던 것 같기도 했다. 길 위에 있으면 야생에서의 능숙한 기술이 덜 중요하니까. 토머스는 착각하지 않았다. 숲속에서 길을 찾는 거라면 키버는 전혀 승산이 없었다. 그들 모두가 그랬다.

하지만 길 위에 있는 데에도 문제는 있었다. 길이 완전히 진흙탕이 되어서 말이 진창에서 발을 빼내느라 헐떡거리는 게 온몸으로 느껴질 정도였다. 그들보다 더 많은 수의 사람들이 오는 것 같으면 그들은 길을 버리고 사람들이 지나칠 때까지 관목 뒤에 숨었다. 토머스는 디메인까지 꼬박 사흘이면 도착할 거라고 생각했지만 이제 그건 전혀 가망이 없어 보였다. 닷새, 어쩌면 엿새가 걸릴지도 모른다. 그리고 트인 공간에 오래 머무를수록 점점 더 죽음이 그에게 다가오는 게 느껴졌다. 그의 근위병들은 가끔씩 확신 없는 눈으로 그를 힐끔거렸고, 이런 눈길을 받을 때마다 토머스는 과거가 무겁게 자신을 짓누르는 것을 느꼈다. 여자애는 그가 아무것도 아니라고 말했고, 사실 그 역시 자신이 아무것도 될 수 없다는 걸 알았다. 그가 아직 수업을 받던 시절에 책장 아래쪽에 조그만 별과 설명이 있던 게 떠올랐다. 각주……. 그게 그라는 존재였다. 이야기 속에서, 세대에서 세대로 전해져 내려오는 티어링의 전설에서 그는 부록에 불과할 것이다. 설령 모트 국경에 살아서 도착한다 해도 붉은 여왕이 그의 실패를 빌미로 그를 죽일 터였다.

그건 내 잘못이 아니었는데.

하지만 그녀는 상관하지 않을 것이다.

"이쯤에서 야영지를 만들지."

그가 말했다.

"여기서 멈추고 싶지는 않으실 겁니다요. 너무 트여 있어요. 해가 질 때까지 계속 가셔야 합니다요."

키버가 말했다. 토머스는 고개를 끄덕이며 화가 나서 흐린 회색 하늘을 쳐다보았다. 빠르게 어두워지고 있지만 그들은 아직 카델 끄트머리에도 도착하지 못했다. 날씨가 맑아진다 해도 최소한 이틀은 더 열심히 달려야 국경에 도착할 것이다. 그의 허벅지에는 피부가 하나도 남지 않은 것 같은 느낌이었고 말의 걸음걸음마다 생살에서 진물이 흐르는 게 느껴졌다. 그의 부하들도 비슷한 고통을 겪고 있을 테지만 그들은 당연히 아무 말도 하지 않았다. 그들이 불평을 하기를 미친 듯이 바라면서도 한편으로 그는 그들이 불평하지 않을 거라는 사실을 점점 확신하게 되었다.

그때 뭔가 소리가 들렸다.

그는 말을 세우고 뒤를 돌아보며 귀를 기울였다. 하지만 빗속에서는 아무것도 들을 수가 없었다. 그들 뒤로 거대한 바위가 길을 가리고 있었다.

"뭔가요?"

키버가 물었다. 옛날 섭정의 근위대에서는 키버에게 시장 가는 길의 안내조차 맡기지 않았었지만, 지금의 그는 이 여행의 비공식적인 대장 역할을 맡고 있었다.

"조용히!"

토머스가 쏘아붙였다. 그는 항상 명령을 내릴 때의 자기 목소리가 좋았다. 반박을 허용하지 않는 그 말투에 키버도 얌전히 입을 다물었다.

이제 빗소리 속에서도 다시 소리가 들렸다. 아마 100미터쯤 떨어진 곳에서 모퉁이를 돌아오는 듯한 말발굽 소리였다.

"말을 탄 사람들입니다."

어비스가 말했다. 키버도 잠시 귀를 기울였다.

"꽤 빠른 속도로 움직이고 있습니다. 저쪽에 있는 숲으로 들어가죠."

토머스는 고개를 끄덕였고 네 남자는 길에서 나와서 숲으로 들어갔다. 어둡게 그림자가 져서 토머스는 자신의 종마를 간신히 몰고 갈 수 있었다.

길이 보이지 않을 정도로 깊이 들어온 다음에야 그들은 조그만 관목 사이에 멈추었다. 비가 계속해서 그들의 머리 위 이파리를 두드렸지만 토머스는 여전히 다가오는 말발굽 소리를 들을 수 있었다. 갑자기 두려움이 그의 심장을 움켜쥐었다. 어쩌면 그냥 사냥을 마치고 돌아가는 사람들이거나 자신들이 하는 일을 들키고 싶지 않은 암시장 상인 무리일 수도 있다. 하지만 토머스의 가슴을 조이는 올가미는 그렇게 생각하지 않았다. 그가 지금껏 한 온갖 끔찍한 일들을 지켜봐온 새카만 눈동자가 뒤통수에 느껴지는 기분이었다.

말발굽 소리가 50미터쯤 떨어진 곳에서 갑자기 멈추었다.

토머스는 자신의 부하들을 돌아보았다. 그들 역시 멍하니 대답을 구하는 듯한 눈으로 그를 보고 있었지만, 토머스도 답은 없었다. 숲속으로 더 들어가는 것은 불가능한 선택이었다. 여기도 이미 어두컴컴한데, 어둠 속에서 쫓아오는 것들과 맞닥뜨리는 건 반쯤 어두운 데서 맞닥뜨리는 것보다 훨씬 나쁘니까.

갑자기 오래된 기억이, 어릴 때 혼자 하곤 했던 놀이가 토머스의 머릿속을 채웠다. 여왕의 근위병 놀이였다. 한 달에 한 번쯤 그는 엄청나게 용감한 기분으로 잠에서 깨어나곤 했다. 별다른 이유 없이 그냥 그런 기분으로 잠에서 깨는 거였다. 세상이 더 밝고 멋진 것 같고, 그날 하루 종일 그는 여왕의 근위병이 되어 명예로운 일을 하면서 지냈다. 엘리사의 머리를 잡아당기거나 그녀의 인형을 훔치거나 가정교사에게 부엌에서 뭔가 훔쳐 먹은 것에 대해 거짓말하지 않고, 자신의 침대도 정리하고 육아실의 인형도 치우고 심지어 숙제까지 했다. 기묘하게도 어머니나 가정교사는 대체로 이런 행동을 알아채고 그에게 칭찬을 해주고 잠자리에 들 때 초콜릿 한 조각이나 새 인형 같은 선물도 주곤 했다. 하지만 그가 둘째 아들, 보결 이상의 존재가 될 수 없다는 걸 깨달으면서 그런 날은 점점 더 줄어들었다. 열세 살 무렵,

여왕의 근위병 놀이의 날은 완전히 사라지고 말았다.

매일 아침 그런 기분으로 깨어날 수만 있었다면. 토머스는 깊고 무력한 갈망 속에서 그렇게 생각했다. *내가 평생 매일매일 여왕의 근위병으로 살 수 있었다면 결과가 완전히 달라졌을지도 몰라.*

이제 빗소리 속에서 노랫소리가 들렸다. 남자의 낭랑한 바리톤이 그들의 뒤쪽으로 숲속에 퍼졌다. 빈정거리는 어조였지만 그 아래에는 토머스의 배 속을 조이는 폭력의 기미가 담겨 있었다. 이 목소리를 꿈속에서 자주 들었고, 그때마다 그 목소리의 주인이 그를 죽이기 전에 잠에서 깨곤 했다. 하지만 지금 그는 완전히 깨어 있었다.

> 선적 시간이 다가오고, 우리가 가득 차고,
> 티어링에 목소리가 울려 퍼지네.
> 우리는 불에 타고, 왕궁 잔디밭은 멈추고,
> 티어링 사람들이 눈물을 흘리네, 여왕이 오셨다네.

노래가 시작한 것만큼이나 갑작스럽게 멈췄다. 토머스는 어스름 속에서 눈을 가늘게 뜨고 보았다. 아무것도 보이지 않았지만, 저쪽 역시 아무것도 볼 수 없을 거라는 착각은 하지 않았다. 그 망할 자식은 고양이 같은 눈을 가졌다. 토머스의 호위병들이 그를 둘러싸고 칼을 빼 들고 나뭇잎 사이를 살폈다. 그들에게 그래봐야 소용없다고 말할까 하다가 그는 가만히 있었다. 그들이 용감하게 죽고 싶다면, 그가 그들을 말려야 할 이유는 없겠지. 그들도 목소리의 주인을 알 것이다. 당연하겠지. 비는 이제 더 거세게 내렸고 세상이 그들이 꼼짝 않고 서 있는 이 자리만큼으로 좁아진 느낌이었다. 토머스가 소리쳤다.

"내 부하들은 보내줘!"

웃음소리가 사방으로 울렸다.

"모트의 몹쓸 계집에게 충성을 맹세한 네놈을 따라온 녀석들을? 차라리 사나운 개 떼들을 풀어주고 말지. 너희들은 겁쟁이와 반역자들이야."

페치가 보이지 않는 자리에서 말했다. 그러고는 다시 노래를 불렀다.

숨겨졌던 여왕이 이제 다시 나타나,
단검을 내리쳐 여왕은 쓰러지네.
그래도 일어서, 18년 긴 해를 지나,
우리의 여왕이여, 왕관은 뭐든 중요치 않다네.

"도시 전역에서 다들 이 노래를 부르고 있지!"

페치가 이제 빈정거림 속에 분노가 섞인 어조로 외쳤다.

"누가 널 위해서 노래를 만들어줄까, 토머스 랠리? 누가 네 위대함을 칭송할까?"

토머스의 눈에 눈물이 고였지만, 부하들 앞에서 차마 눈물을 흘릴 수는 없었다. 갑자기 그는 수많은 기회가 있었음에도 불구하고 페치가 지금까지 그를 죽이지 않았던 이유를 깨달았다. 페치는 그 여자애를 기다렸던 것이다. 그 계집애가 숨은 곳에서 나오기를 기다렸던 것이다.

"난 빌지 않을 거야!"

토머스가 소리쳤다.

"네가 비는 건 들을 만큼 들었어."

토머스의 왼쪽에서 키버가 끔찍하게 부글거리는 소리를 내며 쓰러졌다. 그의 목에서 단검이 튀어나와 있었다. 어비스와 코웰도 그 옆에서 가슴과 머리에 화살이 튀어나온 채 쓰러졌다. 토머스는 고개를 들고 나무 위에서 거대한 검은 형체가 그의 앞으로 뛰어내려오는 것을 발견했다. 겁에 질려 비명을 질렀지만 그 형체가 그의 위로 내려와 그를 말에서 떨어뜨리는 바람에 목소리도 나오지 않았다. 머리를 바닥에 세게 부딪쳐서 잠깐 동안 꼼짝도 할 수가 없었다. 바위가 그의 등을 찔렀고 종마가 비명을 지르며 숲속으로 달려가는 소리만이 요란하게 들렸다.

눈을 뜨니 그의 가슴 위에 거대한 박쥐처럼 앉아 그를 바닥으로 짓누르고 있는 페치의 모습이 보였다. 페치는 왕궁에 들어올 때 항상 쓰고 있던 그 가면을 쓰고 있었다. 가장무도회용으로 만들어진 할리퀸. 이런 가면은 도시의 가게들 여기저기서 살 수 있지만, 토머스는 이것과 똑같은 가면을 다른 곳에서는 본 적이 없었다. 붉은색이 번진 입매는 비웃는 모양이고, 검은색 바탕에 눈은 움푹 뚫려 있었다. 한번은 이불을 칭칭 감고 곤히 자던 중에 눈을 뜨자 이 얼굴이 그를 내려다보고 있었고, 그는 어린애처럼 오줌을 싸고 말았다. 페치는 그의 방을 느긋하게 빠져나가 연기처럼 왕궁에서 자취를 감추었고, 토머스는 너무 창피해서 그 사건을 아무한테도 말하지 못했다. 그저 환상일 뿐이었다고 생각할 만하면 그는 완벽하게 살아 숨 쉬는 모습으로, 언제나 그 끔찍한 가면을 쓰고 다시 나타나곤 했다.

"자, 가짜 왕자 나리?"

페치가 토머스의 어깨를 잡고 개가 뼈다귀를 물고 흔들듯이 흔들며 그의 머리를 연신 바닥에 처박았다. 토머스의 이가 딱딱 부딪쳤다.

"날 매수해보시지 그래, 토머스? 널 조종하는 사람은 어디 있지? 그 여자가 마법으로 널 여기서 구해줄 수 없다던가?"

토머스는 입을 다물고 있었다. 전에도 페치와 입씨름을 해보려고 했지만 결국에는 더 연약한 입장에 몰릴 뿐이었다. 이자의 말솜씨는 악마처럼 뛰어났고, 토머스는 페치가 사람들 앞에 나설 수 없다는 사실을 수차례 신께 감사드렸다. 그가 대중 앞에서 연설을 하고 다녔다면 그 파괴력이 어마어마했을 것이다.

하지만 저놈이 대중 연설가였다면 우리가 오래전에 잡아서 죽일 수 있었 겠지.

"인구조사부는 휘청거리고 있어. 새 우리를 만들 순 있겠지만, 아무도 옛날 우리가 어떻게 됐는지 잊지 않을걸. 여자애가 살아남는다면 네가 입 힌 해를 상당히 많이 복구할 수 있을 거야."

페치가 매끄럽게 속삭였다. 토머스가 고개를 흔들었다.

"붉은 여왕이 올 거야. 그 계집애가 뭔가 해보기도 전에 붉은 여왕이 이 나라를 집어삼킬걸."

페치가 그의 코앞까지 몸을 기울였다.

"모트의 계집은 널 아낀 적이 없어. 너도 알 테지."

"알아."

토머스가 대답하고는 입을 딱 다물었다. 거의 천 번째로 그는 페치의 정 보 출처가 어딜까 궁금했다. 티어링 귀족에 대한 그의 습격은 끊임없는 문 제를 일으켰다. 페치는 언제나 세금이 어떤 식으로 지불되는지, 돈을 어디 에 보관하는지, 언제 물품이 수송되는지 다 아는 것 같았다. 성난 귀족들 은 왕궁으로 달려와 배상을 요구했고 토머스는 경비를 강화하는 게 아니 라 많은 돈으로 그들을 매수해야 했다. 그래서 그에 대한 평민들의 미움은 더 강해졌다. 그런데 그 귀족들이 지금 다 어디 있지? 그가 자신의 성에서 쫓겨나 숲에 갇혀 이 피에 굶주린 미치광이에게 시달리는 동안 제 놈들의 성에서 편안하게 자고 있겠지.

"네놈이 칼을 꽂았나?"

"뭐?"

페치가 그의 얼굴을 철썩 때렸다.

"네놈이 여자애한테 칼을 꽂았냐고."

"아냐! 내가 아니야."

"그럼 누구지?"

"나도 몰라! 그건 소른의 계획이었어. 누군가 첩자였어."

"무슨 첩자?"

"나도 몰라. 내 부하들은 그저 주의를 분산시키기만 했을 뿐이야. 맹세해!"

페치가 양쪽 엄지로 토머스의 눈을 짓눌렀고 토머스는 꼼짝도 못하고 비명만 질렀다. 하지만 그 소리는 퍼붓는 빗소리 속에서 거의 울리지도 않았다.

"무슨 첩자, 토머스?"

페치가 무자비하게 물었다. 그의 엄지손가락이 더 깊게 파고들었고 토머스는 왼쪽 눈에 뜨거운 액체가 고이는 것을 느꼈다.

"다음엔 칼로 그을 거야. 내가 안 그럴 거라는 착각은 하지 마. 모트의 첩자?"

"난 몰라! 소른은 나한텐 얘기를 안 했다고."

토머스가 흐느끼며 소리쳤다.

"그렇겠지, 토머스. 왜 그런지 알아? 그놈도 네가 일을 다 망쳐놓을 걸 알고 있었던 거야."

"그건 내 잘못이 아니었어!"

"나한테 뭔가 도움이 될 만한 얘기를 생각해보는 게 좋을걸."

"소른한테는 대안책이 있어!"

"난 소른의 대안책에 대해 이미 알아, 이 비참한 버러지 같은 놈. 그놈이 생각하기도 전부터 이미 알고 있었다고."

"그럼 뭘 원하는 거야?"

"정보, 토머스. 붉은 여왕에 대한 정보. 넌 그 계집과 잤잖아. 온 나라가 다 안다고. 그러니까 뭔가 유용한 걸 하나쯤은 알겠지."

토머스의 눈이 번쩍 뜨였다. 그는 무표정한 얼굴을 유지하려고 했지만 다 드러난 모양이었다. 페치가 가면 뒤에서 눈을 번뜩이며 다시 몸을 숙였기 때문이다. 너무 가까워서 말과 연기의 냄새, 뭔가 그가 알 법도 한 달짝지근한 향기까지 느껴졌다.

15년 전, 그가 그녀와 침대에 있을 때, 공기에 아직 섹스의 냄새가 가득하던 그때에 그는 그녀에게 자신에게서 뭘 원하느냐고 물었다. 그 당시에도 그는 그녀가 자신에게 관심이 있다는 착각을 차마 할 수가 없었다. 그녀는 기계적으로, 냉정하게 섹스를 했다. 차라리 거트의 중저가 창녀와 더 나은 시간을 보낼 수 있었을 것이다. 하지만 그래도 그녀에게서 벗어날 수가 없었다. 그녀는 그의 머릿속에서 질병처럼 자리를 잡고 있었다.

"뭔가 도움이 될 만한 얘기를 해준다면 고통 없이 네 목숨을 끝내주지, 토머스. 맹세해."

"애 아버지가 누구지?"

붉은 여왕이 물었다. 어둠 속에서 그를 돌아보는 그녀의 눈은 밝고 교활한 붉은색으로 빛나고 있었다. 토머스는 뒤로 물러나 황급히 침대에서 내려갔고, 그녀는 웃음을 터뜨렸다. 그 낮고 섹시한 웃음에 그의 몸이 제멋대로 단단해졌다.

눈이 쓰라렸다. 왼쪽 눈으로는 붉은 안개 같은 것밖에는 보이지 않았다. 허벅지의 쓰라린 감각은 더 심해졌다. 하지만 육체적 고통은 휘감겨오는 자기혐오에 비하면 아무것도 아니었다. 페치는 정보를 갖게 될 것이다. 별로 오래 걸리지도 않겠지.

"뭐 하러 그런 게 알고 싶은 거예요?"

그가 흐릿한 어조로 물었다. 그녀는 그가 마치 에일 4리터를 몽땅 들이켠 것처럼 취한 기분이 들게 만들 수가 있었다.

"엘리사는 죽었어요. 그게 지금 와서 무슨 상관이 있겠어요?"

"상관은 없지."

그녀가 미소를 띠고 대답했다. 그리고 그녀가 무슨 생각을 하는지 전혀 알 수 없었던 토머스도 그게 상관이 있다는 걸, 엄청나게 중요하다는 걸 알 수 있었다. 그녀는 그것을 절실하게 알고 싶어 했고, 그가 답을 안다는 걸 알았다. 그게 그가 갖고 있는 유일한 무기였고, 그는 절대로 착각하지 않았다. 그걸 이야기하면 그녀는 그를 죽일 것이다.

"난 몰라요."

그가 대답했다. 그러자 그녀의 눈에서 빛이 사라지고, 갑자기 그녀는 그와 함께 침대에 있는 아름다운 여자, 그의 성기를 마치 장난감처럼 쥔 여자에 불과하게 되었다. 그는 그 비밀 하나를 지켰지만 다른 방어벽들은 전부 무너졌다. 그녀는 그를 마음대로 조종했고, 그는 엘리사의 딸, 자신의 조카를 찾아 죽이겠다고 동의했다. 심지어는 그녀의 몸에 들어가며 "씨팔"이라고 말했던 것도 기억했다. 다른 여왕에게, 수년 전에 무덤에 들어간 사람에게 한 말이었다. 하지만 붉은 여왕은 이해했다. 그녀는 항상 이해했고, 그가 필요로 하는 것을 주었다.

"자, 토머스?"

토머스는 흘러내리는 눈물 속에서 페치를 올려다보았다. 시간이 수년 전으로, 수년 후로 길게 뻗어 있지만 미래의 그 어떤 것도 과거의 것을 지워버릴 만한 힘을 갖고 있지 않다. 이런 세상의 질서가 지독하게 불공평하게 느껴졌다. 토머스 자신에게 이제 겨우 몇 분밖에 남지 않았다는 걸 알고 있는데도. 그는 남아 있는 용기를 간신히 긁어모았다.

"그 가면을 벗는다면 내가 그녀에 관해서 아는 모든 걸 말하겠어."

페치는 몸을 돌려 뒤에서 벌어지는 상황을 재빨리 확인했다. 눈물로 흐릿한 멀쩡한 눈을 가늘게 뜨고 토머스는 자신의 부하 셋이 모두 죽은 것을 확인했다. 키버가 가장 끔찍했다. 그는 목이 잘려 상처가 길게 벌어진 채 이제 자신의 피 속에서 멍한 눈을 부릅뜨고 쓰러져 있었다.

가면을 쓰고 검은 옷을 입은 세 남자가 관목 숲에 웅크리고 있었다. 그들은 먹이를 구석에 몰아넣은 개들처럼, 육식동물 같은 표정으로 토머스를 바라보고 있었다. 하지만 그는 여전히 그들보다 그들의 주인이 훨씬 두려웠다. 페치는 악마처럼 영리했고, 영리한 사람들은 영리한 처벌을 고안해낸다. 붉은 여왕이 항상 뛰어난 게 바로 그 부분이었다.

다시 페치를 보니 가면은 사라지고 남자의 얼굴이 사위어가는 빛 속에 고스란히 드러났다. 토머스는 오른쪽 눈에서 눈물을 떨구고 한참이나 그를 쳐다보았다. 머릿속이 멍해졌다.

"하지만 넌 죽었잖아."

"속만 그렇지."

"이건 마법인가?"

"가장 사악한 마법이지, 가짜 왕자. 이제 말을 해."

토머스는 말을 했다. 처음에는 목에 걸리는 것처럼 말이 천천히 나왔지만, 점차 쉬워졌다. 페치는 신중하게, 심지어는 동정하듯이 들었고, 가끔씩 질문도 했다. 곧 두 사람이 거기 함께 앉아 밤이 지나는 동안 이런저런 이야기를 나누는 게 완벽하게 정상적인 일처럼 느껴졌다. 토머스는 페치에게 아무한테도 말한 적 없는 모든 이야기를 다 털어놓았다. 이야기를 하면 할수록 점점 더 쉬워졌다. 사실을 말하는 것이 여왕의 근위병이 하는 일이다. 그는 그것을 깨달았고, 중요한 부분을 페치가 꼭 이해할 수 있도록 신중하게 반복하는 게 굉장히 중대한 일로 느껴졌다. 그는 자신이 기억할 수 있는 모든 것을 이야기했고, 더 이상 할 말이 없자 입을 다물었다.

페치가 몸을 펴고 소리쳤다.

"도끼를 가져와!"

토머스가 페치의 팔을 잡았다.

"날 용서해주지 않을 거야?"

"절대로, 토머스. 내 약속은 지키겠어. 그뿐이야."

토머스는 눈을 감았다. 모트메인, 모트메인, 밝게 타오르는 모트메인, 그는 왠지 모르게 그 생각을 했다. 페치는 그의 머리를 벨 거고, 토머스는 자신이 그에게 원한을 갖지 않는다는 것을 깨달았다. 토머스는 붉은 여왕을, 처음 그녀를 보았을 때를, 여전히 그의 심장을 얼어붙게 만드는 그 강력한 공포와 갈망의 순간을 떠올렸다. 그리고 여자애를, 등에 칼이 꽂힌 채 바다에서 일어나던 모습을 떠올렸다. 어쩌면 그 애는 그들이 만들어낸 모든 곤경에서 그들을 구해낼 수 있을지도 모른다. 티어링의 역사상 여러 번 기묘한 일이 일어나곤 했다. 어쩌면 그 애가 참된 여왕일지도 모르지. 어쩌면.

11장

배교자

신의 교회는 선크로싱 시대 가톨릭과 상륙 시대 초기에 생겨난 개신교의 특정 종파의 믿음이 기묘하게 결합된 종교이다. 이 종파는 영혼의 도덕적 구원에는 별로 열중하지 않고 인류의 생물학적 구원, 즉 바다에서 나와 신세계를 세우는 신의 위대한 계획에 더 관심이 많았다.

이런 전혀 다른 요소들이 기묘하게 결합한 것은 필요에 의한 것인 동시에 앞날의 전조였다. 신의 교회는 현실주의자의 종교가 되었고, 복음서의 해석에는 여기저기 현실적인 부분에서 결함이 있었으며, 선크로싱 시대 성경은 필요한 곳에만 적용됐다. 성직자들이 불만을 갖는 것도 당연했다. 티어링에서 신학이 점점 더 정치적 현실에 강하게 간여하는 것을 본 많은 사제들은 건드리기만 해도 넘어가기 직전이었다.

—《티어링의 종교적 특성》, 안셀름 신부

타일러 신부가 알현실에 들어왔을 때 켈시가 받은 첫 번째 인상은 그가 엄청난 짐을 지고 있다는 거였다. 그녀가 기억하는 사제는 소심할 뿐 음울한 사람은 아니었다. 그는 여전히 조심스럽게 움직였지만 지금은 어깨가 축처져 있었다. 이런 부담감은 새로운 모습이었다.

"신부님."

그녀가 그를 맞이했다. 타일러 신부는 왕좌 쪽을 쳐다보았다. 그의 파란 눈이 그녀의 눈과 잠깐 마주쳤다가 재빨리 다른 곳으로 움직였다. 수년에 걸친 칼린의 교육 덕에 켈시는 모든 사제들이 가짜 신자이거나 광신도일 거라고 생각했지만, 타일러 신부는 어느 쪽도 아닌 것 같았다. 그녀는 그가 교회에서 무슨 일을 할까 궁금했다. 조용한 태도로 보아 그는 전례 신부는 절대 아닐 것이다. 물론 연약한 사제들도 있을 것이다. 칼린은 그 부분을 광범위하게 가르쳤다. 하지만 신중함을 약한 걸로 착각하는 것은 바보짓이다.

"신부님은 여기서 환영입니다. 앉으세요."

그녀가 왼쪽에 있는 의자를 가리켰다.

타일러 신부는 머뭇거렸다. 놀랄 일도 아니었다. 그 의자 바로 뒤에 메이스가 서 있었으니까. 사제가 단두대로 걸어가듯이 다가오자 연단 계단 위로 그의 하얀 로브가 질질 끌렸다. 그는 메이스의 눈을 쳐다보지 않고 자리에 앉았지만 마침내 켈시를 쳐다볼 때 그의 눈은 맑고 또렷했다.

나보다 메이스가 더 두려운 게지, 켈시는 우울하게 생각했다. 뭐, 신부만 그런 것도 아니었다.

"폐하. 교회는, 특히 교황 성하께서 폐하께 환영의 인사를 전하셨습니다."

사제가 종잇장처럼 얇은 목소리로 말했다.

켈시는 상냥한 표정을 유지하며 고개를 끄덕였다. 메이스는 교황이 지난 한 주 동안 아배스로 수많은 티어링 귀족들을 불러들였다고 전해주었다. 메이스는 교황의 교활함을 대단하게 여겼기 때문에 켈시도 얕잡아볼 마음은 없었다. 문제는 그 교활함이 기대하는 얼굴로 그녀를 바라보는 이 하급 신부에게까지 닿았느냐 하는 거였다.

모든 *사람들이 나한테 뭔가를 기대하고 있지*, 켈시는 지친 기분으로 생각했다. 벌써 며칠째 아프지 않던 어깨가 갑자기 응답하듯 욱신거렸다.

"시간이 흘러가고 있어요, 신부님. 제가 뭘 해드리면 좋을까요?"

"교회에서는 폐하께 왕궁 사제에 관한 문제를 논의드리고자 합니다, 폐하."

"왕궁 사제는 자유재량의 문제라고 알고 있는데요."

"그렇습니다, 음……."

타일러 신부는 마치 다음 말이 바닥에 써 있기라도 한 것처럼 주위를 힐끔거리다가 말했다.

"교황 성하께서는 폐하의 결정에 관한 보고서를 요구하셨습니다."

"교회에서는 어떤 사제를 지정했나요?"

그의 얼굴이 일그러지며 걱정스러운 표정이 드러났다.

"그 문제는 아직 결정이 되지 않았습니다, 폐하."

"이미 결정이 됐겠죠, 신부님. 안 그러면 신부님께서 여기 오지 않았을 테니까요. 신부님은 카드놀이는 못하시겠어요."

켈시가 미소를 지었다. 타일러 신부가 놀란 듯 웃음을 터뜨렸다.

"저는 평생에 카드놀이를 해본 적이 없습니다."

"신부님은 교황 성하와 가까우신가요?"

"개인적으로 두 번 뵈었을 뿐입니다, 레이디."

"아마도 지난 두 주 사이였겠죠. 여기에 왜 오신 건지 솔직히 말씀해보시겠어요?"

"말씀드린 대로입니다, 폐하. 왕궁 사제 임명에 관하여 논의를 드리러 왔습니다."

"그래서 누구를 추천하시겠어요?"

"접니다."

사제는 그녀 때문이 아닌 듯한 씁쓸한 표정이 가득한 눈으로 그녀를 대담하게 쳐다보았다.

"저 자신과 제 신앙적 지식을 폐하께 드리기 위해 왔습니다."

타일러가 이 끔찍한 임무를 수행하기 위해 왕궁으로 오기까지 얼마나 많은 용기가 필요했는지 아무도 모를 것이다. 이 일에 성공한다면 그는 혐오스러운 존재가, 겉과 속이 다른 첩자가 되는 거였다. 실패한다면 교황이 타일러의 서재에 보복을 할 거고. 수년간 교회는 타일러의 거처에 점점 늘어가는 세속의 책들에 관해 눈감아주었다. 주임 사제들은 그의 취미가 기묘하지만 별문제는 없다고 생각했다. 수도사들에게는 별로 즐거운 일이 없었고, 아무도 선크로싱 시대 역사에 딱히 열렬한 관심이 없으니까. 타일러가 죽으면 그의 방을 치우고 그의 책은 전부 교회에 귀속될 것이다. 별로 해될 것도 없었다.

하지만 그 자신에게 질문을 던진다면 타일러는 자신이 진정한 수도자가 아니라고 인정할 수밖에 없었다. 그는 다른 사람들만큼이나 이 세계의 무언가에 애착을 가지고 있었다. 와인, 음식, 여자들, 타일러는 그 모든 걸 쉽게 포기할 수 있었다. 하지만 책은……

교황은 멍청한 사람이 아니었고 앤더스 추기경 역시 마찬가지였다. 이틀 전, 타일러는 선명한 악몽에서 깨어났다. 그가 임무에 실패해서 아배스로 돌아오니 그의 방이 안쪽에서 잠겨 있고 문 아래로 연기가 뭉게뭉게 나오는 거였다. 타일러는 그게 꿈이라는 걸 알고 있었다. 그가 회색 로브를 입고 있었는데, 신의 교회의 사제들은 회색 옷을 입지 않으니까. 하지만 꿈이라는 지각도 그 공포를 없애주지는 못했다. 타일러는 손잡이를 계속 흔들고 문을 부수고 들어가려고도 해보았지만 그의 마른 어깨만 엉망이 되고 그는 비명을 질렀다. 마침내 포기하고 돌아서보니 앤더스 추기경이 성경을 들고 빨간 로브가 불길에 휩싸인 채 서 있었다. 그가 타일러 쪽으로 성경을 내밀고 근엄하게 말했다.

"그대는 신의 위대한 계획의 일부이니."

지난 이틀 동안 타일러는 겨우 몇 분씩 깜박깜박 졸았을 뿐이었다.

그는 자신이 결국에 방문의 진짜 이유를 꺼내면 여왕이 웃음을 터뜨릴 거라고 생각했지만, 그녀는 그러지 않았다. 그녀는 그를 빤히 바라보았고, 타일러는 희미하게나마 어떻게 이 소녀가 무시무시한 메이스 같은 사람에게 명령을 내릴 수 있는지 알 것도 같았다. 여왕을 보면 그녀가 빠르고 복잡한 계산을 하고 있다는 걸 거의 읽을 수 있을 것 같았다. 그 모습을 보며 타일러는 선크로싱 시대의 컴퓨터, 수많은 일을 한 번에 처리할 수 있어서 대단히 귀중했던 기계를 떠올렸다. 여왕이 수백 개의 작은 변수들을 고려하는 것 같았고, 자신이 어떤 변수일까 궁금해졌다.

"받아들이겠지만, 조건이 있어요."

타일러는 간신히 놀란 기색을 숨겼다.

"예?"

"왕궁 교회당을 학교로 바꾸겠어요."

그녀는 그가 폭발하기를 기대하는 것처럼 가느다란 눈으로 그를 응시했지만, 타일러는 아무 말도 하지 않았다. 그의 견해로는 이제껏 신은 그 교회당에 살지 않으셨다. 교황이 아무리 난리 법석을 떤다고 해도 타일러는 지금 거기까지 걱정할 수가 없었다. 그는 자신이 맡은 임무에만 집중했다.

"그 어느 때라도 저를 개종시키려고 하지는 마세요. 전 그런 건 받아들이지 않을 거니까요. 다른 사람들에게 말하는 건 막지 않겠지만, 저는 최선을 다해서 신부님과 논쟁을 벌일 거예요. 제 반박을 참으실 수 있다면 얼마든지 미사를 여시고 이 왕궁 안의 다른 거주자들을 개종시키셔도 됩니다. 돼지나 닭에게 하셔도 돼요."

"제 종교를 재밋거리로 여기시는군요, 레이디."

타일러가 말했지만 그의 말은 그저 자동적인 거였고 적의라고는 없었다. 무신론에 화를 내던 시절은 그에게 오래전에 지나갔으니까.

"전 모순되는 것들은 전부 다 재밋거리로 여긴답니다, 신부님."

타일러의 시선이 그녀의 머리 위에 있는 티아라로, 그의 손으로 씌워주었던 티아라로 향했다. 다시금 그는 역사의 주기성에 감탄했다. 역사는 대단히 기이하고 예상치 못한 방식으로 반복된다. 선크로싱 시대에 유혈 상황 속에서 대관식을 치렀던, 원래 왕좌에 오를 예정이 아니었던 또 다른 왕이 있었다. 그게 어디였더라……. 프랑스? 영국?

교황 성하는 선크로싱 시대에 대해서 관심이 없으시지, 그의 머릿속에서 속삭임이 들렸다. 타일러는 고개를 흔들고 그런 생각을 지웠다.

"왕궁에 교회당이 없고, 폐하께서 신의 말씀을 거부하신다면 제가 여기서 정확히 무엇을 하면 될까요?"

"신부님은 학자라고 들었는데요. 전문 분야가 뭔가요?"

"역사입니다."

"아, 좋군요. 그 부분에서 신부님은 저에게 도움이 되겠어요. 전 역사에 관해 많은 책을 읽었지만, 빠뜨린 부분도 아주 많거든요."

타일러는 눈을 깜박였다.

"무슨 책 말씀이십니까?"

"대부분 선크로싱 시대의 책들이에요. 제가 선크로싱 시대 역사를 꽤 잘 안다고 잘난 척할 수 있지만, 티어링의 초기 역사, 특히 크로싱 그 자체에 대해서는 별로 아는 바가 없거든요."

타일러는 정보의 한 부분에만 집중했다.

"선크로싱 시대의 어떤 책들 말씀이신가요?"

여왕이 앙다문 입매로 약간 잘난 척하는 미소를 지었다.

"따라오세요, 신부님."

여왕의 상처는 잘 낫고 있는 모양인지 그녀는 부축 없이 왕좌에서 몸을 일으켰다. 타일러는 능수능란하게 위치를 바꾸어 그를 가로막고 그녀를 따라가는 근위병들을 피해서 천천히 계단을 따라 내려갔다. 메이스가 그의 바로 뒤에 있는 게 느껴졌지만 그는 돌아보지 않으려고 노력했다.

여왕은 많은 사람들이 남자 같다고 할 만한 단호한 걸음걸이로 걸었다. 아무도 그녀에게 귀족 계급으로 태어난 여자들에게서 볼 수 있는 우아한 종종걸음을 가르치지 않았나 보다. 여왕은 굉장히 성큼성큼 걸어서, 요즘 들어 관절염에 걸린 엉덩이가 한 번도 잠잠하던 날이 없었던 타일러는 그녀를 따라잡기 위해서 힘겹게 다리를 놀려야 했다. 다시금 자신이 뭔가 굉장한 일의 한가운데 있다는 느낌이 들었고, 그에 대해 신께 감사를 드려야 하는지 아닌지 알 수가 없었다.

펜 올컷이 타일러보다 조금 앞에서, 검에 손을 얹은 채 여왕의 바로 뒤를 따라가고 있었다. 타일러는 메이스가 여왕의 최측근 근위병이라고 생각했었다. 온 나라가 아마도 그렇게 생각할 것이다. 하지만 메이스는 며칠 전에 왕국 남쪽에서 일을 처리했다. 그레이엄가 남부 장원을 태운 화재에 대한 소식은 아배스에 순식간에 퍼졌다. 그레이엄 가문은 관대한 기부자였고 선대 그레이엄 경은 교황의 오랜 친구 중 한 명이었다. 교황은 타일러에게 메이스와 그 주인에게 책임을 물으라고 분명하게 지시했다.

나중에. 지금은 나에게 주어진 정확한 임무부터 하고. 타일러는 그렇게 생각했다.

여왕은 왕좌 뒤에 있는 긴 복도를 따라 타일러를 데리고 갔다. 복도에는 최소한 서른 개의 문이 있었다. 하인동이라는 것을 깨닫고 타일러는 대단히 놀랐다. 설령 여왕이라 해도 이렇게 많은 하인들이 필요한가?

몇 개의 문에만 위병들이 서 있었다. 여왕이 그중 하나로 다가가자 근위병이 문을 열고 옆으로 물러났다. 타일러는 책상 하나와 안락의자와 소파 몇 개밖에 없는, 거의 텅 빈 작은 방으로 들어섰다. 방을 기묘하게 사용한 다는 생각이 들었다. 하지만 문지방을 넘는 순간 그는 멍하니 멈춰 섰다.

맞은편 벽은 선크로싱 시대에 사용된 짙은 색깔의 아름다운 가죽 장정 책들로 가득했다. 빨간색, 파란색……. 그중에서도 가장 놀라운 것은 보라 색이었다. 타일러는 보라색 가죽을 한 번도 본 적이 없었고, 그런 게 가능 하다는 것조차 몰랐다. 염색약이 뭐든 간에 그 제법은 오래전에 사라졌을 것이다.

여왕의 초대하는 듯한 손짓에 타일러는 좀 더 가까이 다가가서 수집가의 눈으로 책의 질을 평가했다. 그 자신의 수집품은 여기에 비하면 훨씬 소소 했다. 그의 책 대다수도 이 책들만큼 오래됐지만, 대부분이 천이나 종이로 제본되어 있어서 대단히 조심해서 다루고 조각조각 찢어지지 않도록 정기 적으로 고착액을 발라야 했다. 이 책들 역시 누군가가 굉장히 공들여 다룬 것 같았다. 가죽 장정이 멀쩡해 보였기 때문이다. 천 권이 넘는 것 같았으나 타일러는 그가 여왕의 수집품 중에 없는 책을 여러 권 가지고 있다는 사실 에 약간 만족감을 느꼈다. 그의 손가락이 책을 만지고 싶어서 움찔거렸지 만 여왕의 허락 없이 감히 만질 용기가 나지 않았다.

"봐도 좋아요, 신부님."

그는 고개를 들고 그녀가 재미있다는 듯이, 마치 혼자만의 농담을 즐기 는 것처럼 미소를 띠고 그를 보고 있는 것을 발견했다.

"신부님은 카드놀이는 못하실 거라고 제가 말했잖아요."

타일러는 열렬하게 책장으로 돌아섰다. 여러 작가들의 이름이 즉시 그의 눈에 들어왔다. 그는 투크먼(바버라 투크먼, 미국의 역사학자)의 책을 꺼내 조 심스럽게 펼치며 활짝 웃었다. 그의 책들 대부분이 질 나쁜 고착액을 사용 한 탓에 종이가 구겨지고 색이 바랬다. 하지만 이 책의 종이들은 바삭바삭하면서도 부드럽고, 거의 하얀색이었다. 사진이 삽입된 장도 여럿 있었다. 그는 이것을 자세히 바라보느라 자신이 어느새 말을 하고 있다는 것도 거의 인지하지 못했다.

"저한테도 투크먼 책이 여러 권 있습니다만 이건 본 적이 없습니다. 주제가 뭔가요?"

"선크로싱 시대 여러 시기의 역사요. 정부기관에 방탕함이 퍼지는 게 지극히 당연한 일이었다는 내용이죠."

여왕이 말했다. 책에 완전히 빠져 있었음에도 불구하고 여왕의 말투 때문에 타일러는 책을 덮었다. 돌아보니 여왕은 자신의 책들을 사랑에 빠진 사람의 눈으로 바라보고 있었다. 혹은 경배하는 사제처럼.

"티어링은 위기에 빠져 있어요, 신부님."

타일러는 고개를 끄덕였다.

"아배스는 추첨제에 신의 가호를 내렸죠."

타일러는 다시금 고개를 끄덕였다. 얼굴이 달아올랐다. 선적물이 몇 년째 아배스의 바로 앞을 지나갔고, 그의 조그만 창문을 통해서도 아래서 들려오는 괴로움의 울음소리를 들을 수 있었다. 와이드 신부는 가끔 가족들이 선적물을 따라 몇 킬로미터씩 간다고 했다. 어떤 가족은 심지어 윌링햄 산자락까지 우리를 따라가기도 했다는 소문이 있었다. 타일러가 아는 한 팀파니 신부는 교황의 인가를 받아 섭정의 죄를 완전히 사해주었다. 타일러로서는 방에 틀어박혀 자신의 연구에, 회계에 몰두해 있으면 이 문제를 무시하기가 훨씬 쉬웠다. 하지만 여기서, 여왕의 눈길 앞에서는, 설명을 요구하는 그녀의 표정 앞에서는 가슴 깊은 곳에서 알고 있던 것들을 쉽게 무시해버릴 수가 없었다.

"자, 어떻게 생각하세요? 제가 왕좌에 오른 이래로 방탕한 짓을 추구했을까요?"

여왕이 물었다.

그 질문은 원론적인 것 같았지만, 타일러는 그렇지 않다는 것을 알았다. 갑자기 여왕이 겨우 열아홉 살밖에 되지 않았으면서 몇 년이나 죽음을 피해왔다는 사실이 새삼 떠올랐다. 그런데도 불구하고 여기에 와서 그녀가 가장 먼저 한 일은 말벌 둥지를 막대기로 후려친 것이었다.

그래, 저 사람도 겁이 나는 거야, 그는 깨달았다. 그런 가능성은 한 번도 생각해보지 않았지만, 당연한 일이었다. 그녀가 이미 자신의 행동에 책임을 졌으며, 그 결과가 이미 그녀의 어깨에 얹혀 있는 게 보였다. 타일러는 뭔가 위안이 될 말을 하고 싶었지만, 그녀를 전혀 모르니 아무 말도 할 수가 없었다.

"저는 정치적인 구원에 대해서는 말할 수가 없습니다, 폐하. 저는 영적 조언자입니다."

"지금 영적인 조언을 필요로 하는 사람은 아무도 없어요."

타일러는 의도했던 것보다 더 날카롭게 말했다.

"자신의 영혼을 걱정하기를 그만둔 사람들은 종종 나중에 영혼을 되찾는 게 어렵다는 걸 알게 됩니다, 폐하. 신께서는 차별을 두지 않으십니다."

"이런 시절에 어떻게 그 신이라는 존재를 믿기를 바라시는 거죠?"

"저는 저의 신을 믿습니다, 폐하."

"그러면 그대는 바보로군요."

타일러는 몸을 쭉 펴고 차갑게 말했다.

"폐하께서는 폐하께서 믿고자 하는 것을 믿으셔도 좋습니다. 제 교회를 마음대로 생각하셔도 좋고요. 하지만 저의 믿음을 폄하하지는 마십시오. 제 앞에서는요."

"여왕 폐하께 명령을 내리다니!"

메이스가 으르렁거렸다. 타일러는 움찔했다. 메이스가 여기 있다는 걸 잊고 있었다. 하지만 말을 할 때만큼이나 갑작스럽게 메이스는 조용해졌고, 타일러는 여왕을 돌아보았다. 그녀는 우울하면서도 만족스러운 기묘한 미소를 띠고 있었다.

"그대는 진짜로군요."

그녀가 말을 이었다.

"미안해요. 하지만 꼭 알아야 했어요. 그 금빛 악몽 속에 신부님 같은 사람들은 얼마 남지 않았을 테니까요."

"그건 부당합니다, 폐하. 아배스에도 선량하고 경건한 사람들이 많이 있습니다."

"절 감시하라고 신부님을 보낸 사람도 선량하고 경건한 사람인가요?"

타일러는 대답할 수가 없었다.

"신부님도 여기서 저희와 함께 지내실 건가요?"

자신의 책들을 떠올리고 그는 고개를 흔들었다.

"저는 아배스에 있는 편이 더 좋습니다."

"그럼 교환을 하도록 하죠. 신부님께서 손에 든 책을 일주일 동안 빌려가도록 하세요. 다음 일요일에 그걸 돌려주시고, 그때 다른 책을 또 빌려가셔도 돼요. 하지만 저한테도 신부님의 책 한 권을, 제가 갖지 않은 걸로 빌려주세요."

"도서관 시스템이군요."

타일러가 미소를 띠고 말했다.

"정확히 그렇지는 않아요, 신부님. 서기들이 이미 제 책들을 한 번에 여러 권씩 필사를 하고 있어요. 신부님이 저에게 책을 빌려주시면 그것도 필사를 할 거예요."

"무엇 때문에요?"

"원본은 여기, 왕궁에 보관할 거지만 조만간 인쇄기를 만들 수 있는 사람을 찾을 생각이에요."

타일러가 날카롭게 숨을 들이켰다.

"인쇄기요?"

"전 이 땅에 책이 흘러넘치는 걸 볼 거예요, 신부님. 모두가 글을 읽을 수 있게 되는 걸요. 선크로싱 시대처럼 책이 사방에 흔하게 돌아다니고, 가난한 사람들도 책을 볼 수 있는 그런 세상을 만들 거예요."

타일러는 충격을 받아 멍하니 그녀를 보았다. 그녀의 가슴에서 목걸이가 반짝였다. 그는 그 목걸이가 자신에게 윙크를 했다고 맹세할 수도 있었다.

"상상이 가지 않으시나요?"

잠시 후, 타일러도 상상할 수 있었다. 하지만 그것은 정말 엄청난 생각이었다. 인쇄기는 서점과 도서관으로 이어질 것이다. 새로운 이야기가 쓰이고, 새로운 역사가 쓰이겠지.

나중에, 타일러는 그 순간에 자신이 결정을 내렸음을 깨닫게 되었다. 그에게는 다른 선택의 여지가 없었다. 하지만 그 당시에는 충격만 느껴질 뿐이었다. 그는 책장에서 비틀비틀 물러나다가 어두운 얼굴을 한 메이스와 마주하게 되었다. 타일러는 남자의 분노가 자신을 향한 것이 아니기를 바랐다. 그는 메이스가 정말로 두려웠다. 하지만 다행히 메이스는 책들을 보고 있었다.

놀라운 확신이 타일러의 머릿속에 떠올랐다. 그 생각을 지워보려고 했지만, 끈질기게 사라지지 않았다. 메이스는 글을 못 읽는 것이다. 타일러는 약간 동정심을 느꼈지만 그 기분이 얼굴에 드러나기 전에 재빨리 고개를 돌렸다.

"음, 굉장한 꿈이로군요, 폐하."

그녀의 얼굴이 굳고 입가가 긴장되었다. 메이스가 만족스러운 소리를 낮게 냈고, 그게 여왕을 더 짜증 나게 만든 것 같았다. 다시 말을 하는 그녀의 목소리는 사무적이고 모든 열정이 사라진 상태였다.

"다음 일요일에 보죠. 하지만 왕궁 방문은 언제든 환영입니다, 신부님."

타일러는 누군가가 자신을 잡고 세게 흔든 것 같은 기분으로 절을 했다. *이래서 내가 내 방을 안 나오는 거지. 거기가 훨씬 더 안전하거든.* 그는 그렇게 생각했다.

그는 돌아서서 손에 책을 쥐고 뒤따라오는 세 명의 근위병들을 거의 알아차리지도 못하고서 알현실로 돌아왔다. 교황은 분명히 즉각적인 보고를 원할 테지만, 타일러는 상인 출입구를 통해 아베스로 몰래 들어갈 생각이었다. 화요일이니 에머리 수사가 출입구를 지키고 있으리라. 그는 젊고 게을러서 종종 도착을 알리는 걸 잊곤 했다. 교황이 타일러가 돌아온 걸 알게 될 때까지 100쪽 정도는 읽을 수 있을지도 모른다.

"그리고 신부님?"

타일러는 돌아서서 여왕이 왕좌에 앉아 한 손으로 턱을 받치고 있는 것을 보았다. 메이스가 언제나처럼 무시무시한 얼굴로 검에 손을 올리고 그녀의 옆에 서 있었다.

"예, 폐하?"

그녀가 장난스럽게 웃자 그녀를 본 이래 처음으로 원래 나이처럼 보였다.

"저에게 책 가져오는 거 잊지 마세요."

월요일에 켈시는 왕좌에 앉아서 연신 뺨 안쪽을 깨물어댔다. 형식적으로는 알현을 받는 거지만, 사실은 각기 다른 관심사를 가진 사람들에게 그녀를 구경시켜주고 그녀 역시 그들을 구경하는 거였다. 암살자와의 사건 이래로 그녀는 메이스가 알현을 취소할 거라고 생각했지만 이제 그는 켈시가 얼굴을 보이는 게 더더욱 중요하다고 생각하는 것 같았다. 곧 그녀의 첫 번째 알현이 시작될 예정이었고, 알현실에는 모든 여왕의 근위대가 배치되어 있었다. 심지어는 대체로 밤에 근무하고 낮에 자는 사람들까지 모두 경비를 서고 있었다.

자신의 말에 충실하게 메이스는 커다란 은제 왕좌와 연단까지 여왕동으로 옮겨 왔다. 한 시간 정도 왕좌에 앉아본 끝에 켈시는 은이 딱딱하다는 사실을 알게 되었다. 더 큰 문제는 그게 *차갑다*는 거였다. 낡고 오래된 안락의자의 편안함이 그리웠다. 심지어는 몸을 구부리고 있을 수도 없었다. 보는 눈이 너무 많았다. 귀족들이 방에 우르르 들어와 있었다. 그들 다수가 그녀의 대관식 때 참석했던 사람들이었다. 똑같은 옷, 똑같은 머리 모양에 똑같이 붐볐다.

켈시는 메이스와 알리스, 그리고 마거리트와 함께 이 알현을 한참 준비했다. 마거리트는 섭정에게 협력한 귀족들에 관해 놀랄 만큼 많은 정보를 주었다. 섭정은 그녀를 항상, 심지어는 일을 처리할 때에도 옆에 두었던 것이다. 외삼촌의 형편없는 판단력에 관한 또 하나의 증거에 켈시는 놀라지는 않았지만, 기운은 좀 빠졌다.

"여기서 행복해?"

잠자리에 들기 위해 회의를 끝낸 후에 켈시가 마거리트에게 물었다.

"네."

마거리트가 하도 빨리 대답해서 켈시는 그녀가 질문을 알아듣지 못했다고 생각했다. 마거리트는 티어링어를 웬만큼 알았지만, 켈시가 모트어를 잘한다는 사실에 굉장히 기뻐해서 그들은 모트어로 이야기를 나누었다. 켈시는 올바른 단어를 사용하려고 노력하며 다시 질문을 했다.

"네가 네 의지에 반해서 모트메인에서 여기로 오게 됐다는 거 알아. 집으로 돌아가고 싶지 않아?"

"아뇨. 전 아이들을 돌보는 게 좋고, 모트메인에는 절 위한 게 아무것도 없어요."

"왜?"

켈시가 의아해서 물었다. 마거리트는 교육을 잘 받았고 영리했고, 인간의 본성에 관해 채찍처럼 날카로웠다. 켈시는 섭정의 나머지 여자들에 대해 어떻게 해야 하나 고민했다. 모두를 여왕동으로 데려오고 싶지도 않았고, 돈을 잘 주는 직업을 찾아주고 싶은 마음도 없었다. 하지만 그들의 삶이 쉽지 않았을 테니 왕실에서 뭔가 해줘야 할 것 같기는 했다.

마거리트는 켈시에게 다른 여자들이 금세 귀족들에게 돈을 받는 잠자리 시중이 될 거라고 말해주었다. 대부분이 수년 동안 섭정의 여자들을 질투의 눈으로 바라보았기 때문이다. 이것은 남자의 정신세계에 관한 극도로 불쾌한 사실이긴 했지만 유용한 정보였고, 마거리트가 옳았다. 코린이 섭정의 물건을 처리하러 갔을 때 여자들과 그들의 물건도 싹 사라졌던 것이다.

"이것 때문이죠."

마거리트가 설명하듯이 손으로 자신의 몸과 얼굴을 향해 원을 그리며 대답했다.

"이게 저라는 사람을 결정짓는 거예요."

"아름다운 거?"

"네."

켈시는 당황해서 그녀를 빤히 보았다. 그녀는 마거리트처럼 보일 수 있다면 뭐든 줄 수 있을 것 같았다. 페치의 목소리가 언제나 손에 닿을 듯이 머릿속에서 들렸다. 내 취향에는 좀 많이 평범해서 말이지. 마거리트가 육아실에서 나오는 드문 경우에 근위병들의 눈이 그녀를 따라 움직인다는 걸 켈시도 이미 알아챘다. 과하게 야비한 행동이나 켈시가 비난해야 할 만한 일 같은 건 없었지만, 가끔은 그들의 얼굴을 찰싹 때리고 고함을 지르고 싶었다. 날 봐! 나도 귀중한 사람이라고! 켈시를 따라오는 눈길도 있긴 했지만, 의미가 전혀 달랐다.

내가 마거리트처럼 보인다면, 페치가 내 발치에서 날 경배할 텐데.

이런 생각이 켈시의 얼굴에 조금 드러났는지 마거리트가 서글픈 미소를 지었다.

"폐하께서는 아름다움이 그저 축복이라고 생각하시겠지만, 거기에는 형벌도 따른답니다. 제 말을 믿으세요."

켈시는 동정하는 것처럼 보이려고 노력하며 고개를 끄덕였지만, 사실은 회의적이었다. 아름다움이란 재산이었다. 마거리트가 아름답다고 해서 천하게 여기는 사람이 한 명이라면, 수백 명의 남자와 여자가 그녀를 보고 자동적으로 그녀의 가치를 더 높게 평가할 것이다. 켈시는 마거리트의 진지한 지성이 좋았기 때문에 분노를 억누르려고 노력했다. 하지만 이 여자를 매일 보며 질투를 느끼지 않는 건 끊임없는 싸움이 될 거라고 머릿속 한구석이 속삭였다.

"모트메인은 어때?"

"티어링과는 달라요, 폐하. 일견 더 나아 보이죠. 굶주리고 가난한 사람들이 그리 많지 않고, 길거리에도 질서가 잡혀 있으니까요. 하지만 잘 살펴보면 모두의 눈에 두려움이 가득하다는 걸 알게 되실 겁니다."

"뭘 두려워하는데?"

"그 여자를요."

"여기서도 두려워하지만, 날 두려워하는 건 아니지. 추첨을 두려워하는 거야."

"한때는 그랬죠, 폐하."

알현실의 사람들은 켈시를 전혀 두려워하지 않는 것 같았다. 어떤 이들은 동경하듯이, 어떤 이들은 의심에 찬 눈으로 그녀를 쳐다보았다. 군중이 모여 그림자가 지는 게 마음에 들지 않은 메이스는 알현실 벽에 추가로 횃불을 더 걸라고 지시했고 또 어디서 마르고 얌전하게 생긴 데다가 놀랄 만큼 깊고 명료한 목소리를 가진 조던이라는 젊은 청년을 포고자로 데려왔다. 그는 왕좌 앞에 나오는 모든 사람들을 하나하나 소개했다. 켈시와 직접 이야기를 하고 싶은 사람은 먼저 무기 수색을 받고 깨끗하다고 증명된 다음에야 앞으로 나설 수 있었다. 몇 명은 아마도 금고에 손을 대고 싶은 마음에, 또는 켈시가 경계를 늦추기를 바라고 그저 충성을 맹세하려고 왔다. 그들 중 다수는 그녀의 손에 키스를 하려고 했다. 퍼킨스 경이라는 귀족은 켈시가 황급히 손을 빼기 전에 손가락 관절에 축축하고 끈끈하게 입술을 누르는 데 성공하기도 했다. 그녀는 손을 안전하게 두기 위해서 치마의 검은 주름 사이에 감추었다.

안달리는 켈시의 오른쪽, 켈시보다 키가 작아 보이도록 하기 위해 몇 센티미터 낮은 의자에 앉았다. 켈시는 이런 배치를 놓고 말다툼을 벌였으나 안달리와 메이스가 그녀의 말을 듣지 않았다. 퍼킨스 경과 그의 수행원이 연단에서 내려가자 안달리가 물을 한 잔 가져왔고 켈시는 기쁘게 받았다. 상처가 잘 낫고 있어서 이제 한참 동안 의자에 앉아 있을 수는 있지만, 두 시간 내내 의례적인 인사를 나누고 나니까 목이 쉴 것 같았다.

킬리언이라는 이름의 귀족이 아내와 함께 나왔다. 켈시는 머릿속으로 이름들을 죽 넘기다가 남자를 기억해냈다. 마거리트는 킬리언 경이 카드 도박을 좋아하고 한번은 포커의 패를 놓고 말다툼을 하다 다른 귀족을 칼로 찌른 적이 있다고 했다. 그의 자식들 네 명 모두 추첨에 뽑힌 적이 없었다. 킬리언 부부는 남편과 아내라기보다는 거의 쌍둥이 같았다. 둘 다 둥그렇고 살찐 얼굴에 켈시가 오늘 하루 종일 많은 귀족들의 얼굴에서 본 표정을 짓고 그녀를 쳐다보고 있었다. 겉으로는 웃으면서 속으로는 머리를 굴리고 있는 그런 표정. 그녀는 부부와 인사를 나누고 아내가 자신의 두 손으로 직접 수를 놓았다고 주장하는 아름다운 태피스트리를 받았다. 하지만 켈시는 그 말을 전혀 믿지 않았다. 귀족 여자들이 직접 수공을 하던 시대는 오래전에 사라졌고, 태피스트리를 만드는 것은 상당한 기술을 요하는 일이었다.

킬리언 부부의 알현이 끝나고 켈시는 부부가 물러나는 것을 보았다. 그녀는 오늘 만난 귀족 대부분이 마음에 들지 않았다. 그들은 위험하리만큼 사근사근했다. 노블레스 오블리주라는 불충분한 오랜 개념마저도 이 나라에서는 쓰레기통으로 들어갔고, 특권층은 자신들의 벽과 정원 너머를 보는 것을 거부하고 있었다. 그것은 크로싱을 일으키는 데에 가장 큰 영향을 미쳤던 문제였다. 켈시는 칼린이 근처 어디에 서서 오래전 시대의 통치계급에 대해 이야기하며 비난조로 얼굴을 찌푸리고 있는 게 거의 느껴질 것 같았다.

메이스는 홀 끝 쪽을 바라보았고 킬리언 부부가 사라지고 켈시의 근위병들이 긴장을 풀려고 하자 그는 날카롭게 집중하라고 명령했다. 두꺼운 검은 수염으로 거의 얼굴이 가려진 남자 한 명이 왕좌로 다가오고 있었다. 켈시의 시야 끝에서 안달리가 갑작스럽게 움직이고 손이 굳는 게 보였다.

켈시는 왕좌의 은제 팔걸이를 손가락으로 두드리며 남자가 수색을 받는 동안 속으로 고민했다. 그녀는 남편을 음울하고 어두운 눈으로 바라보며 무릎 위에서 양손을 꽉 쥐고 있는 안달리를 보았다.

메이스가 연단 아래로 내려와서 켈시가 그의 준비 자세라고 생각하는 자세를 취했다. 굉장히 태연한 자세라서 메이스를 모르는 사람이 보면 그냥 빈둥거리고 있다고 생각할지도 모른다. 하지만 안달리의 남편이 잘못된 방향으로 손가락 하나라도 움직이면 메이스가 그를 제압할 것이다. 남편도 그걸 아는 것 같았다. 메이스를 힐끔거리며 그가 자진해서 멈추고는 말했다.

"나는 보언이다! 나는 내 아내와 아이들을 돌려줄 것을 요구하기 위하여 왔다!"

"그대는 여기서 어떤 것도 요구할 수 없어."

켈시가 말했다. 남자는 잠깐 동안 그녀를 노려보았다.

"그러면 요청을 하겠어."

"여왕 폐하께 예의 바르게 말을 하지 않으면 이 홀에서 당장에 쫓아내 겠다."

메이스가 으르렁거렸다.

보언은 깊게 숨을 몇 번 들이켰다. 그의 오른손이 안정을 위해서인 듯 왼쪽 팔뚝 부근을 더듬었다.

"폐하께 제 아내와 아이들을 돌려주실 것을 요청하는 바입니다."

"그대의 아내는 자신이 원할 때 언제든 자유롭게 떠날 수 있어. 하지만 그대가 여기서 아내에게 뭔가를 요청하기 전에 우선 그녀의 피부에 있는 멍 자국에 대해 해명을 해야 할 거야."

보언이 머뭇거렸다. 켈시는 그의 머릿속에 수십 가지 변명이 스치는 것을 볼 수 있었다. 그가 대답을 웅얼거렸다.

"다시!"

"폐하, 그 여자는 얌전한 아내가 아니었습니다."

안달리가 나직하게 코웃음을 쳤다. 켈시는 거의 살기가 담겨 있는 그 소리에 움찔했다.

"보언, 그대는 신의 교회의 신자인가?"

"일요일마다 갑니다, 폐하."

"아내는 남편에게 순종해야 하지?"

"그것이 신의 말씀입니다."

"그렇군."

켈시는 왕좌에 몸을 기대고서 남자를 보았다. 안달리가 어떻게 저런 작자와 결혼을 하게 된 걸까? 하지만 켈시에게는 그런 걸 물어볼 용기는 차마 없었다.

"그래서 그대의 교정 행위가 그녀를 얌전하게 만들었나?"

"저는 제 권리하에 행동했습니다."

켈시는 무슨 말이 나올지 모르는 상태로 입을 열었지만, 다행히 안달리가 벌떡 일어나서 먼저 말했다.

"폐하, 간절히 빌건대 저와 제 아이들을 이 남자의 손아귀에 두지 말아주십시오."

켈시는 손을 내밀어 그녀의 손목을 잡았다.

"내가 그러지 않을 거라는 거 알잖아."

안달리는 고개를 숙였고 켈시는 그 회색 눈에 순간적으로 온기가 지나가는 것을 본 것 같았다. 하지만 그녀는 금세 다시 무표정하고 냉정한 안달리로 돌아갔다.

"압니다."

"내가 어떻게 해주기를 바라지?"

켈시가 물었다.

"관계없습니다. 그저 저 남자가 제 아이들 근처에 다시는 오지 않기만 하면 됩니다."

안달리의 어조는 표정만큼이나 무덤덤했다. 켈시는 그녀를 잠시 바라보았다. 끔찍한 영상이 머릿속에 떠오르려고 했지만 완전히 형체가 잡히기 전에 보언 쪽을 돌아보았다.

"거절하겠어. 그대의 아내가 원한다면 그때 내 축복과 함께 그대에게 돌아갈 수도 있겠지. 하지만 내가 그것을 강요하지는 않을 거야."

보언의 검은 눈이 타올랐고, 수염 사이로 기묘하게 야생동물 같은 소리가 흘러나왔다.

"폐하께서는 신의 말씀을 무시하시는 것입니까?"

켈시는 인상을 찌푸렸다. 군중들은 졸려하는 듯하더니 이제 완전히 깨서는 그녀와 보언의 대화가 마치 테니스 시합이라도 되는 것처럼 둘을 번갈아 쳐다보았다. 그녀가 뭐라고 말하든 교회의 귀에 들어갈 테지만, 거짓 말을 할 수는 없었다. 이 홀에는 사람이 너무 많았다. 그녀는 신중하게 말을 고른 다음 입을 열었다.

"역사에는 오로지 신의 말에만 따라 통치하려고 하다가 멸망한 나라의 이야기로 가득해. 티어링은 신정국가가 아니고, 나는 성경보다 더 많은 정보들을 봐야만 해."

자신의 목소리가 날카로워지는 게 느껴졌지만 막을 수가 없었다.

"신의 말씀은 차치하고 말이지, 보언, 내가 보기에 그대가 정녕 그대가 바라는 것 같은 순종을 얻을 자격이 있었다면 주먹 말고 다른 수단으로 얻을 수 있었을 거야."

보언의 얼굴이 점점 벌게지고 눈은 까만 틈새처럼 가늘어졌다. 연단 발치에 있던 다이어가 한 손을 검에 올리고서 몇 걸음 앞으로 나섰다.

"여기 기록자가 있나요?"

켈시가 메이스에게 물었다.

"어딘가에 있을 겁니다. 제가 그를 군중 속으로 보내뒀습니다만, 듣고 있을 겁니다."

켈시는 목소리를 높여 홀 전체에 선언했다.

"나의 왕실은 신이 뭐라고 말씀하셨든 학대를 묵인하지 않을 것이다. 남편, 아내, 아이들, 누구든 상관치 않아. 다른 사람에게 폭력을 쓴 자는 그에 책임을 져야 할 것이다."

그녀가 다시 보언을 보았다.

"보언, 그대는 내 앞에 선 첫 번째 위반자이기 때문에 벌을 내리지는 않겠다. 그대는 내가 법률을 정하는 데에 본보기가 되어주었으니까. 하지만 비슷한 혐의로 다시 내 앞이나 내 재판관들 앞에 서게 된다면 법률상 무거운 벌을 받게 될 것이다."

"난 아무 잘못도 하지 않았어! 난 강탈당한 아내와 애들을 찾으러 온 거고, 부당한 대우를 받고 있어! 이건 정당하지 않아!"

보언이 분노로 시뻘게진 얼굴로 소리를 질렀다.

"부당 행위에 관한 형평법이라는 거 들어봤나, 보언?"

"몰라. 그리고 난 그런 건 신경 안 써! 내 것을 빼앗겼고, 난 정의를 이루기 위해 필요하다면 모든 티어링 사람들 앞에서 그렇게 말하겠어!"

그가 으르렁거렸다. 메이스가 움직이려 했지만 켈시가 손가락을 튕겼다.

"그만."

"하지만 레이디—"

"과거에는 여기서 어떻게 일이 처리되었는지 모르지만, 말만 갖고 사람을 벌하지는 않을 거예요, 라자러스. 그에게 나가라고 하고, 그가 나가지 않거든 좋을 대로 처리해요."

보언은 이제 말처럼 호흡을 격하게 씨근거리고 있었다. 그 소리는 한때 그녀와 바티가 숲에서 보았던 잠든 곰을 연상시켰다. 바티는 켈시에게 신호를 했고 그들은 조용히 뒷걸음질을 쳐서 물러났다. 하지만 켈시의 앞에 선 남자는 전혀 다른 존재였고, 그녀는 갑자기 그와 싸우면 즐거울 것 같다는 생각이 들었다. 설령 맨손으로 싸워야 하고, 그녀가 얻어맞는다 해도.

나한텐 쌓여 있는 분노가 너무 많아, 켈시는 그것을 깨달았다. 하지만 그 생각에는 자부심도 담겨 있었다. 다른 많은 실패를 했다 해도 분노는 항상 깊은 곳에, 언제든지 꺼낼 수 있는 힘의 원천으로 자리하고 있을 것이다. 칼린은 실망하겠지만, 켈시는 이제 겁에 질린 어린애가 아니라 여왕이었고, 오두막을 떠난 이래로 많은 것을 배웠다. 이제는 칼린의 앞에 서서 자신의 주장을 펼칠 수 있을 것이다……. 조금 두렵기는 하겠지만, 최소한 칼린이 항상 최선의 답을 안다는 기운 빠지는 생각은 하지 않으리라. 칼린이 많은 것에 관해 옳긴 했지만, 그녀에게도 한계는 있었다. 켈시는 이제 그것을 색색으로 밑줄을 쳐놓은 것처럼 명확하게 볼 수 있었다. 칼린은 열정도 없고 상상력도 없었고, 켈시는 그 두 가지를 풍부하게 갖고 있었다. 아래 있는 남자를 보고 있자니 그녀는 쉽게 처리할 수 있는 방법이 떠올랐다.

"보언, 그대는 이 쓸데없는 이야기로 내 시간을 대단히 많이 허비했어. 이제 내 홀에서 나가게. 부당한 것이 있다면 언제든지 왕실을 고발해도 좋지만, 그대의 아내가 그대에 대해서 하는 말과 비교해볼 거라는 걸 명심하라고. 선택은 그대의 것이야."

보언의 입이 움직였지만 아무 말도 나오지 않았다. 그는 검은 눈을 구석에 몰린 짐승처럼 움직였고, 커다란 주먹으로 다른 손바닥을 내리치며 안달리를 노려보았다.

"여전히 건방지기 짝이 없구먼, 안 그래? 저 여자도 네가 어디서 자랐는지 알아? 네가 모트 핏줄이라는 걸 아냐고?"

"이제 됐어!"

켈시는 어깨가 욱신거리는 걸 무시하고 왕좌에서 벌떡 일어났다. 그녀의 사파이어가 잠에서 깨어났다. 그녀는 드레스 아래로 그 작고 성질 사나운 짐승을 느낄 수 있었다.

"그대는 내 인내심의 한계에 도달했어. 이 홀에서 즉시 나가지 않으면 라자러스에게 원하는 방법으로 그대를 쫓아내라고 하겠어."

보언이 승리의 웃음을 띠고 물러섰다.

"저년은 모트인이야! 더러운 모트 년!"

"라자러스, 해결해요."

메이스가 보언에게 다가가자 그는 홱 돌아서서 문을 향해 달려갔다. 그가 통로를 따라 도망치자 군중들 사이에서 재미있다는 듯한 웃음이 터져나왔다. 안달리는 켈시의 옆에 언제나처럼 냉정한 얼굴로 도로 앉았다. 보언이 사라지자 메이스는 진심이 아니었던 추격을 멈추고 즐거운 듯 눈을 반짝이며 돌아왔다. 하지만 켈시는 피곤해서 자신의 눈을 문질렀다. 이다음엔 뭐지?

"레이디 앤드루스입니다, 폐하!"

포고자가 외쳤다.

여자가 왕좌 앞으로 빠르게 걸어왔다. 오늘 그녀의 머리에는 보라색 실크 리본과 공작 깃털로 장식한 밝은 보라색 벨벳으로 된 화려한 모자가 얹혀 있었다. 하지만 켈시는 불쾌한 듯 꽉 다문 입매를 쉽게 알아볼 수 있었다.

"아, 이런 맙소사. 우리가 그 망할 티아라 가격을 지불하지 않았던가요?"

그녀가 메이스에게 물었다.

"지불했습니다, 레이디. 사실 과하게 했죠. 앤드루스 가문은 부도덕한 작자들 무리라 알리스는 그들에게 고소할 거리가 생기길 바라지 않았습니다."

레이디 앤드루스가 계단 발치에서 멈추었다. 그녀는 공식 알현실의 흐릿한 불빛 속에서 봤을 때보다 훨씬 나이 들어 보여서 마흔 살 정도 된 것 같았고, 얼굴은 부자연스럽게 팽팽해 보였다. 성형수술을 했나? 티어링에는 성형의가 없었지만 모트메인에서는 그 기술이 되살아났다는 소문이 있었다. 티어링의 귀족들, 특히 이런 귀족들은 그곳까지 다녀왔을지도 모른다. 레이디 앤드루스는 지나치게 상냥한 미소를 띠고 있었지만 그녀의 눈이 모든 것을 말했다.

이 여자는 날 싫어해, 켈시는 그 사실을 깨닫고 조금 놀랐다. 이 여자는 자기 머리 말고는 걱정하는 게 전혀 없나?

"폐하의 앞에 충성을 맹세하러 왔습니다."

레이디 앤드루스가 선언했다. 그녀는 대단히 거칠고 쉰 독특한 목소리를 갖고 있어서 켈시는 그녀가 알리스처럼 담배를 피우는 걸까 궁금했다. 아니면 과도한 음주 때문일지도 모른다.

"참으로 기쁘군."

"폐하께 선물로 칼레산 실크로 된 드레스를 가져왔습니다."

드레스는 정말로 아름다웠다. 눈부신 감청색 실크로 되어 횃불 속에서도 윤기가 흘렀다. 하지만 레이디 앤드루스가 그것을 들어 올렸을 때 켈시는 그 옷이 세 사이즈쯤 작으며 레이디 앤드루스 자신 같은 키 크고 날씬한 여자를 위해 만들어진 것임을 알아챘다. 잠깐 동안 고민하다가 켈시는 이 여자가 켈시 자신이 그 옷을 입으며 작아서 낑낑거릴 걸 생각하고 즐기기 위해, 일부러 악의적으로 그렇게 만든 거라는 결론을 내렸다.

"고맙소. 대단히 친절한 행동이로군."

켈시는 입가에 살짝 미소를 띠고서 대답했다.

알리스는 드레스를 계속 쌓여가는 선물 더미 위에 놓았다. 몇 개는 예술품에 관해 섭정과 같은 취향을 가진 게 분명한 사람들이 가져온 정말 끔찍한 것들이었다. 하지만 모든 선물들이 최소한 재료는 비싼 것들이었다. 아무도 켈시에게 쓰레기를 선물로 내놓을 만큼 용감하지는 않았던 것이다. 그녀는 이미 대부분을 팔 생각이었지만, 알리스가 그녀보다 앞서 있었다. 그는 파란 드레스를 계산하는 눈으로 잠시 쳐다보고 나서 자신의 조그만 공책에 뭔가를 적었다.

"저는 또한 폐하께 모트메인에 관하여 어찌할 것인지 물으러 왔습니다."

"뭐라고 했소?"

레이디 앤드루스는 악다문 이를 감추기 위한 것 같은 대단히 상냥한 미소를 지었다.

"폐하께서는 모트 조약을 위반하셨지 않습니까. 저는 동부 앨먼트, 크리드 끄트머리에 땅을 소유하고 있습니다. 잃을 것이 대단히 많습니다."

켈시는 메이스 쪽을 힐끔 보고 그가 군중 사이를 바라보는 것을 발견했다.

"난 그대보다 잃을 게 더 많소, 레이디 앤드루스. 더 많은 땅과 내 목숨까지도. 그러니까 걱정은 나에게 맡기지 그러시오?"

"제 소작농들도 불안해합니다, 폐하. 제가 그들을 나무랄 수도 없지요. 그들은 뉴런던으로 오는 길 한가운데에 자리하고 있고, 지난 침공 때에 끔찍하게 고통을 겪었습니다."

"당시에도 그대는 그들을 대단히 염려했을 테지."

켈시가 중얼거렸다. 그녀의 사파이어가 가슴에서 날카롭게 타올랐고, 갑자기 머릿속에 선명한 영상이 떠올랐다. 문을 꽉 닫고, 정문에는 방책을 친 높은 성채.

"그대와 그대의 근위병들이 나가서 그들을 지켰소?"

레이디 앤드루스가 입을 열었다가 머뭇거렸다.

"그러지 않았을 테지, 안 그런가? 그대는 그대의 성채에 앉아 있고 그들이 알아서 하게 내버려두었겠지."

나이 든 여자의 얼굴이 굳었다.

"저는 그들과 함께 죽을 이유를 찾을 수가 없었습니다."

"물론 그랬겠지."

"선적에 대한 폐하의 불만이 무엇인가요?"

"내 불만?"

"그것은 공정한 시스템입니다. 저희들은 모트메인에 빚을 졌습니다."

켈시가 몸을 앞으로 기울였다.

"그대는 자식이 있나, 레이디 앤드루스?"

"아뇨, 폐하."

물론 그렇겠지, 켈시는 생각했다. 이 여자가 잉태한 아이들은 자궁 속에서 잡아먹힐 것이다. 그녀가 목소리를 높였다.

"그러면 추첨에서 잃을 게 없겠군, 안 그런가? 그대는 아이도 없고, 노동을 할 수 있을 만큼 강해 보이지도 않고, 섹스의 대상이 되기에는 너무 늙었으니 말이지."

레이디 앤드루스의 눈이 분노로 커졌다. 몇몇 여자들이 그녀의 뒤에서 킥킥거리는 소리가 홀에 퍼졌다.

"나는 실제로 잃을 것을 갖고 있는 사람들에게서 모트메인과 추첨에 관한 불만을 듣겠소. 선적으로 인해 위험에 처한 사람들은 내 알현 시간에 언제든지 나와서 이 문제에 대해 이야기를 해도 좋소."

켈시가 홀을 향해 선언했다. 그리고 레이디 앤드루스를 돌아보았다.

"하지만 그대는 아니야."

레이디 앤드루스가 뭔가 할퀼 것처럼 손톱을 세우고 손을 오므렸다. 밝은 보라색 매니큐어를 칠한 손톱이 긴 갈고리처럼 보였다. 눈 아래 살이 없는 초승달 모양 피부가 벌건 색으로 물들었다. 켈시는 이 여자가 정말로 맨손으로 그녀를 때리려고 하는 걸까 궁금했다. 그럴 가능성은 낮았지만, 그래도 확신할 수는 없었다. 메이스 역시 마찬가지인 듯 조금 가까이 와서 이제 가장 무시무시한 표정으로 레이디 앤드루스를 쳐다보고 있었다.

거울을 볼 때면 이 여자는 뭘 볼까? 켈시는 궁금했다. 이렇게 늙어 보이는 여자가 왜 여전히 매력적으로 보이는 걸 이렇게 중요하게 여기는 걸까? 그녀는 책에서 이런 망상에 대해서 여러 번 읽었지만, 실제로 보는 것과는 전혀 달랐다. 최근에 자신의 모습을 거울로 볼 때마다 괴로웠음에도 불구하고 켈시는 이제 못생긴 것보다 더 끔찍한 게 뭔지 알 것 같았다. 사실은 못생겼는데 아름답다고 생각하는 것 말이다.

레이디 앤드루스는 금방 회복했지만 그녀의 낮은 목소리는 여전히 분노로 떨렸다.

"그러는 폐하께서는 뭘 잃으시는데요? 폐하께서는 어린 시절 내내 숨어 계셨습니다. 폐하의 이름이 추첨함에 들어간 적이 있나요?"

켈시는 놀라서 얼굴을 붉히며 입을 다물었다. 그것은 그녀가 생각해본 적도 없는 부분이었다. 당연히 글린 성이 붙은 그녀의 이름은 추첨함에 들어간 적이 없을 것이다. 아무도 켈시 글린이 존재한다는 걸 몰랐으니까. 하지만 켈시 랠리라는 이름이 추첨함에 들어간 적은 있을까? 물론 없겠지. 엘리사 랠리나 토머스 랠리, 혹은 자신들의 이름을 빼달라고 뇌물을 쓸 수 있는 수많은 귀족들의 이름이 들어갈 리 없는 것처럼.

레이디 앤드루스는 이제 메이스가 가까이 있다는 것에 조금도 겁을 먹지 않고 한 걸음 다가서며 악의로 가득한 미소를 지었다.

"사실 말이지요, 폐하, 폐하께서는 저희들 그 누구보다도 훨씬 덜 위험하지 않으십니까? 붉은 여왕이 다시 침공하면 폐하께서는 폐하 자신의 탑에 방책을 치고 숨어 계시면 되니까요. 제가 그랬듯이요. 다만 폐하의 탑은 훨씬 더 크죠."

켈시는 공성 물자로 가득한 복도 아래쪽의 방을 떠올리며 얼굴을 붉혔다. 식량, 무기, 횃불과 석유통들. 그녀가 뭘 할 수 있을까? 뉴런던의 시민들과 함께 싸우겠다는 약속? 시간이 흐르고, 홀의 사람들이 수군거리기 시작했다. 그녀는 메이스와 펜을 보았지만 그들 역시 난처한 기색이 역력했다. 레이디 앤드루스는 먹이를 구석에 몬 사냥꾼처럼 완벽한 송곳니를 드러내고 빙그레 웃고 있었다. 이 여자로 인해 구석에 몰렸다는 생각에 켈시의 가슴 깊은 곳, 칼린의 교육조차 닿을 수 없었던 깊고 어두운 곳이 죽어가는 느낌이었다.

다급하게 켈시는 목걸이를 잡아당겨 꺼낸 다음 사파이어를 한 손으로 쥐었다. 사파이어가 주는 답이라면 뭐든 받아들일 생각이었지만, 보석은 심지어 열기조차 그녀에게 선사하지 않았다. 수군거림이 점점 커져서 벽에 부딪쳐 울렸다. 금방이라도 누군가가 웃음을 터뜨릴 거고, 그러면 이 여자가 이기는 것이다.

"저는 당신의 마을 사람 중 한 명이었습니다, 레이디."

켈시는 레이디 앤드루스 너머로 먼이 앞으로 나오는 것을 보았다. 그의 얼굴은 언제나처럼 창백했고 핏발 선 눈은 레이디 앤드루스에게 고정되어 있었지만, 이번만큼은 그의 창백한 얼굴이 불면증으로 인한 게 아니었다. 분노로 인한 것이었다.

"네놈은 도대체 누구지? 근위병 주제에 귀족에게 함부로 말을 걸어? 내 알현실 같았으면 네놈은 채찍질을 당했을 거야."

레이디 앤드루스가 그를 향해 날카롭게 말했다. 먼은 그녀의 말을 무시했다.

"아시겠지만 저희들은 노력했습니다. 제 아내는 말 타는 법을 배운 적이 없었고, 제 딸은 아팠죠. 저희들은 모트군을 따돌릴 가망이 없었습니다. 그래서 성문으로 가서 피신하게 해달라고 애원했고, 레이디께서 창밖으로 저희를 내려다보시는 게 보였죠. 레이디는 그 많은 방을 갖고 계셨지만 저희에게 단 하나도 내주지 않으셨습니다."

켈시는 갑자기 기억이 물밀듯 몰려드는 것을 느꼈다. 앨먼트를 지나갔던 날, 들판에서 일하던 농부들과 높다란 벽돌 성채. 레이디 앤드루스가 물러나기 시작했지만 먼이 앞으로 다가왔고 켈시는 그의 눈에서 눈물이 반짝이는 것을 보았다.

"저는 여왕 폐하를 안 지 한 달밖에 되지 않았습니다만, 모트군이 쳐들어오면 폐하께서는 티어링의 모든 국민을 이 왕궁 안에 들이려 하실 거라고 단언할 수 있습니다. 폐하께서는 그들이 얼마나 최근에 씻었는지, 얼마나 가난한지에 신경 쓰지 않으실 겁니다. 그들 모두를 위한 자리를 마련하실 겁니다."

레이디 앤드루스는 그를 보고 입을 벌렸지만 아무 말도 나오지 않았다. 메이스가 먼에게 가서 낮은 목소리로 뭔가 말을 했다. 먼은 고개를 끄덕이고 재빨리 왕좌 뒤, 근위병 숙소로 사라졌다. 켈시는 이번 주 초에 면을 지나쳐 발코니로 나가며 그들 모두를 의심했던 것을 떠올렸다. 그녀는 알현실에 서 있는 열아홉 명의 다른 근위병들을 둘러보았다. 그들의 얼굴은 딱딱하게 굳어 있었다. 모두가 그 비슷한 사연을 갖고 있을까? 갑자기 마음이 아렸다. 이 중 한 명이 유죄라 해도 그녀가 어떻게 이들을 의심할 수 있겠는가?

"처벌을 요구합니다, 폐하! 저에게 저 근위병을 주십시오!"

레이디 앤드루스가 마침내 목소리를 되찾고 말했다.

켈시는 웃음을 터뜨렸다. 알현실에 진짜 웃음소리가 울려 퍼졌다. 기분이 정말 좋았고, 레이디 앤드루스의 얼굴이 분노로 선명하게 보랏빛이 되는 걸 보니 더더욱 좋아졌다.

"그대가 뭘 해야 하는지 알려주지, 레이디 앤드루스. 그대의 드레스를 도로 갖고 내 왕궁에서 당장 나가시오."

레이디 앤드루스는 입을 벌렸지만 잠깐 동안 아무 말도 나오지 않았다. 몇 초 사이에 수천 개의 잔주름이 그녀의 팽팽한 얼굴에 나타나는 것 같았다. 알리스는 드레스를 도로 집어 레이디 앤드루스에게 내밀었지만 그의 찌푸려진 눈썹은 켈시에게 나중에 얘기하자고 말하고 있었다.

레이디 앤드루스는 드레스를 낚아채고서 목을 어깨 쪽으로 움츠리고 걸어갔다. 그녀의 걸음걸이에서 나이가 드러났다. 그녀가 통로를 지나가자 군중 속의 많은 사람들이 그녀에게 혐오스러운 시선을 던졌으나 켈시는 별로 감탄하지 않았다. 그들도 지난 침공 때 비슷한 행동을 했을 테니까. 그녀의 대관식 날과 마찬가지로 여기에 가난한 사람은 없었다. 그것을 바꿔야 할 것이다. 다음 주에 알현을 받을 때에는 메이스에게 먼저 도착한 수백 명의 사람에게 문을 열어주라고 할 것이다.

"더 남았나요?"

그녀가 메이스에게 물었다.

"없는 것 같습니다, 레이디."

메이스가 포고자 쪽으로 눈썹을 치키자 그가 고개를 흔들었다. 메이스는 그만하라는 손짓을 했고 포고자가 외쳤다.

"알현은 끝났습니다! 문으로 질서를 지켜 나가주시기 바랍니다!"

"저 포고자, 훌륭하네요. 저런 조그만 소년의 몸에서 저만한 목소리가 나온다는 걸 믿을 수가 없어요."

켈시가 말했다.

"마른 남자들이 항상 가장 훌륭한 포고자가 되죠, 레이디. 이유는 묻지 마십시오. 그에게 폐하께서 기뻐하셨다고 전하겠습니다."

켈시는 왕좌에 몸을 기대고 앉아 다시금 자신의 안락의자를 아련하게 떠올렸다. 이 망할 물건에 기대는 건 돌에 기대는 것과 똑같았다. 아무도 없을 때 여기에 쿠션을 덧대야겠다고 그녀는 생각했다.

질서를 지켜서 나가주길 바란 건 너무 큰 기대였다. 사람들은 제각기 자신이 먼저 지나갈 자격이 있다고 생각하며 문으로 서로 달려들어 정체를 이루고 있었다.

"맙소사, 난리 법석이군요."

펜이 낄낄거리며 말했다. 켈시는 기회를 틈타 한참이나 간지러웠던 코를 긁은 다음 안달리를 불렀다.

"밤에는 괜찮을 거야, 안달리. 그대는 가봐도 좋아."

"감사합니다, 레이디."

안달리가 대답하고서 연단을 떠났다.

군중이 마침내 사라지고 그녀의 근위병들이 문에 빗장을 걸자 켈시가 물었다.

"그래, 레이디 앤드루스는 뭘 하고 싶었던 거라고 생각해요?"

"아, 그런 짓을 하라고 여기 보낸 거죠. 문제를 일으키라고 말입니다."

메이스가 대답했다. 연단 발치에 서서 이야기를 듣고 있던 알리스도 고개를 끄덕였다.

"소른의 냄새가 풀풀 납니다만, 그자는 오늘 여기 나타날 만큼 바보가 아니니까요."

켈시는 인상을 찌푸렸다. 메이스와 알리스 덕택에 그녀는 이제 소른의 인구조사부에 대해서 훨씬 많은 것을 파악하게 되었다. 인구조사부는 원래 왕실에서 이용하기 위해 만들어졌지만 나름의 굴곡진 시기를 거쳐서 신의 교회와 맞먹을 정도로 티어링에서 큰 권력을 쥐게 되었다. 이제 인구조사부는 그냥 없애버리기에는 너무 커졌다. 조각조각 해체해야 할 거고, 그중 가장 큰 조각은 소른 그자였다.

"소른이 우리가 이룬 것을 망가뜨리게 놔둘 순 없어요. 그자는 없어져야 해요. 적당한 연금을 받고 말이죠."

"이 나라의 교육받은 사람들 대부분이 인구조사부에 있습니다. 레이디. 그곳을 해체하시면 그들 전부 다 돈벌이 좋은 일로 가겠죠."

메이스가 경고 조로 말했다.

"그들을 선생으로 만들 수도 있을 거예요. 아니면 세금 징수원이나. 잘 모르겠군요."

그들이 이 아이디어를 어떻게 생각하는지부터 확인해봐야 할 것이다. 조용한 분위기 속에서 웰머의 배가 갑자기 커다랗게 꼬르륵거렸고 근위병들이 낮게 웃음을 터뜨렸다. 밀라가 저녁 식사를 만드는 중이었고 홀에 마늘 냄새가 가득했다. 웰머는 새빨개졌지만 켈시는 미소를 띠고 말했다.

"다 끝났어요. 난 오늘 밤 내 방에서 식사를 하겠어요. 그대들은 저녁을 먹으러 가요. 누군가가 먼에게 음식을 갖다주고 좀 먹이고 말이죠."

그들은 동시에 절을 했고, 근위병 몇 명은 부엌으로 향하고 나머지는 그들의 가족 거처와 근위병 숙소로 이어지는 복도로 사라졌다. 밀라가 발을 구르며 식사 시간마다 스무 명의 근위병들이 자신의 부엌을 침공하게 놔두지는 않을 거라고 선언했기 때문에 이제 식사 시간마다 몇 명의 근위병들이 나머지 가족들이 식사를 하는 동안 시중을 했다. 그들은 자기들끼리 굉장히 외교적인 방식으로 시스템을 만들었고, 메이스가 끼어들 필요도 없었다. 소소한 일이지만 켈시는 이것이 긍정적인 징조라고, 공동체의 신호라고 느꼈다.

"라자러스, 잠깐만요."

메이스가 그녀 쪽으로 몸을 기울였다.

"예, 레이디?"

"바티와 칼린을 찾는 데에는 진전이 있나요?"

메이스가 몸을 폈다.

"아직 없습니다, 레이디."

켈시는 이를 갈았다. 그를 재촉하고 싶진 않았지만 바티가 보고 싶었다. 눈가에 주름이 지는 그의 미소를 그 어느 때보다 보고 싶었다. 그리고 이제는 칼린도 다급하게 보고 싶을 지경이었다.

"마을은 수색해봤나요?"

"할 일이 많았습니다, 폐하. 조만간 수행하겠습니다."

켈시의 눈이 가늘어졌다.

"라자러스, 나한테 거짓말을 하고 있군요."

메이스는 표정 없이 그녀를 마주 보았다.

"왜 거짓말을 하죠?"

"폐하! 폐하의 갑옷이 준비되었습니다!"

베너가 복도에서 그녀에게 외쳤다. 켈시는 짜증이 나서 몸을 돌렸다.

"왜 *그대가* 이 이야기를 하죠, 베너?"

"펠이 병석에 누워 있습니다."

또 다른 거짓말이다. 그녀는 베너가 마침내 자기 힘으로 갑옷을 구해 왔을 거라고 생각했다. 하지만 밀라가 부엌에서 뭘 만들었는지 알고 싶은 욕망이 커지면서 싸우고픈 마음은 점점 작아지고 있었다.

"내일의 치욕스러운 훈련 때 살펴보도록 하죠."

베너의 입가가 슬쩍 올라갔고, 그도 부엌으로 향했다. 켈시는 메이스와 이야기를 마저 하려고 돌아섰다가 그가 알현실에서 연기처럼 사라진 것을 발견했다.

"교활한 작자 같으니."

그녀가 중얼거렸다. 바티와 칼린은 어떻게 된 걸까? 아픈 건 아닐까? 겨울에 나이 많은 두 사람이 남쪽까지 가려면 긴 여행길일 것이다. 케이든이 그들을 찾아낸 건 아닐까? 아니야, 바티는 자신의 자취를 지우는 법을 잘 알았다. 하지만 뭔가가 잘못됐다. 메이스의 얼굴에서 그걸 볼 수 있었다.

그녀는 펜을 뒤에 달고 연단에서 내려왔다. 마늘 냄새에 배가 꼬르륵거렸고 켈시는 쏠쏠한 웃음을 참기 위해 노력했다. 아무리 불안해도 입맛이 줄지는 않는다. 그녀는 메이스를 찾아 복도를 둘러보았지만 그는 어딘가에 잘 숨은 모양이었다. 켈시는 발코니 방의 보초를 서고 있는 코린에게 그가 어디로 갔는지 물어볼까 하다가 너무 어린애 같은 짓이라는 생각에 그냥 무거운 발걸음으로 복도를 걸어갔다.

자신의 방문 앞에서 켈시는 안달리가 옆방에서 자신의 이름을 말하는 것을 깨닫고 자동적으로 멈춰 섰다. 펜 역시 그녀의 뒤에서 멈췄다.

"엄마가 확신해. 여왕 폐하도 두려우시단다."

"두려워하는 것 같지 않던데요."

안달리의 큰딸 아이사였다. 그 아이의 목소리는 낮고 불만으로 가득해서 알아채기가 쉬웠다.

"하지만 사실은 그렇단다, 아가. 폐하께서는 우리의 두려움을 누그러뜨리기 위해서 그걸 감추시는 거란다."

안달리가 대답했다.

켈시는 엿듣는 게 무례한 행동이라는 걸 알면서도 그냥 지나칠 수가 없어서 벽에 몸을 기댔다. 안달리는 여전히 미스터리였다. 메이스조차 그녀가 모트 혼혈이라는 사실을 제외하면 그녀의 혈통이나 가족사에 관해 아무것도 알아내지 못했다. 안달리는 그런 것들에 관해 전혀 입을 열지 않았다. 마치 열다섯 살에 하늘에서 떨어져서 그 쓸모없는 남편과 결혼한 것만 같았다. 그 이전의 모든 것이 비밀이었다.

"이 나라는 오랫동안 비범한 것, 아니 좀 좋은 것조차 본 적이 없단다."

안달리가 말을 이었다.

"티어링에는 여왕이 필요해. 참된 여왕이. 켈시 여왕 폐하께서 살아남으신다면, 분명히 그렇게 될 거야. 아마 전설의 여왕이 되실지도 모르지."

켈시의 눈이 커졌다. 그녀가 펜을 돌아보자 그가 손가락 하나를 입술에 얹었다.

"나도 전설의 일부가 되고 싶어요, 엄마."

"그래서 우리가 여기 머무는 거란다."

안달리의 목소리가 움직여 이제 좀 더 가까워졌다. 켈시는 펜에게 손가락을 까딱였고 그들은 켈시의 방으로 들어갔다. 펜이 등 뒤로 문을 닫고서 중얼거렸다.

"그녀에게 천리안이 있다고 제가 말씀드리지 않았습니까."

"나도 그대에게 동의해요. 그래도 그런 천리안에 너무 많은 걸 거는 건 실수예요."

바깥방에 펜이 갖다 놓은 침대는 구겨진 침대보와 짝이 맞지 않은 담요로 엉망이었다. 바닥에는 더러운 옷가지가 널려 있었고 펜은 그것을 침대 아래로 다급하게 차 넣었다. 문 두드리는 소리에 그가 문을 열고 밀라를 안으로 들였다. 그녀는 비프스튜처럼 보이는 것이 담긴 쟁반 두 개를 들고 있었다. 밀라는 이미 켈시에게 직접 음식을 올릴 권리를 획득했다. 메이스의 말에 따르면 그녀는 또한 켈시의 음식이 부엌에서 나오기 전에 전부 다 직접 맛을 본다고 했다. 수많은 독약들이 한참 있어야 효과를 발휘하기 때문에 별 의미 없는 행동이었지만, 켈시는 어쨌든 감동받았다.

"나와 함께 먹겠어요?"

그녀가 펜에게 물었다.

"좋습니다."

그가 아치형 통로를 지나 그녀의 방으로 따라 들어왔다. 켈시가 혼자 먹고 싶을 때에 대비해서 메이스가 작은 탁자를 갖다 놓았다. 밀라가 탁자에 두 개의 쟁반을 내려놓고 켈시에게 절을 한 다음 사라졌다.

켈시는 황급히 스튜를 먹었다. 그것은 밀라가 만드는 다른 모든 음식처럼 맛있었지만, 오늘 밤에 켈시는 기계적으로 음식을 먹으며 안달리의 큰딸을 생각했다. 그녀가 제대로 이해한 거라면 안달리의 아이들 중 몇 명, 혹은 모두가 학대의 대상이었고 그런 취급은 언제나 상처를 남기는 법이다. 그 아이는 또한 사춘기에 접어들었고, 켈시는 그 변화만 해도 힘겹다는 걸 잘 기억하고 있었다. 무력감과 어른들이 무엇이 중요한지 이해하지 못한다는 데에 대한 성급한 분노. 켈시는 자신이 열두 살이나 열세 살이었을 무렵, 자기 책상 위에 있는 뭔가를 옮겼다고 바티에게 고함을 질러댔던 게 기억이 났다.

고개를 드니 펜이 관찰하는 눈으로 그녀를 보고 있었다.

"왜요?"

"폐하께서 생각하시는 걸 보는 게 재미있습니다. 우리 안에서 개 두 마리가 싸우는 걸 보는 것 같거든요."

"개싸움도 봐요?"

"그러고 싶어서는 아니었습니다. 혐오스러운 유흥거리니까요. 하지만 저희 아버지가 제가 자라는 동안 투견장을 운영하셨죠. 펜(우리)이라는 제 이름도 거기서 나온 겁니다."

"그게 어디였죠?"

펜이 고개를 흔들었다.

"여왕의 근위대에 들어오면 저희들은 과거를 버릴 권리를 얻게 됩니다. 게다가 폐하께서는 저희 아버지를 감옥에 던지실 만큼 성스러운 전사이시니까요."

"그래야 할지도 모르죠. 꼭 도살업자 같은 느낌이거든요."

켈시는 그 말을 입 밖으로 내뱉자마자 후회했다. 하지만 펜은 그저 그녀의 말을 잠시 생각하다가 부드럽게 대답할 뿐이었다.

"한때는 그랬을지도 모르죠. 하지만 지금은 아무에게도 해를 입힐 수 없는 눈먼 노인일 뿐입니다. 사법 체제에는 상황을 고려하지 않는다는 위험이 존재합니다."

"맞아요."

펜은 다시 스튜를 먹는 데 열중했고 켈시도 자신의 스튜를 먹었다. 하지만 잠시 후 그녀는 숟가락을 내려놓았다.

"그 아이가 걱정이에요."

"안달리의 큰딸요?"

"네."

"불안감이 많은 아이입니다, 레이디. 저희들은 결혼 전 안달리에 관한 정보를 전혀 찾아내지 못했습니다. 제가 단언하는데 메이스와 저는 정말 샅샅이 뒤졌습니다. 하지만 그들의 가정생활은 정반대였습니다."

"뭐가 반대였다는 거죠?"

펜이 잠깐 뜸을 들였고 켈시는 그가 답을 고르고 있다는 걸 알 수 있었다.

"레이디, 그 동네에서 안달리의 남편이 어린 여자아이들을 좋아한다는 건 주지의 사실이었습니다. 그의 딸들이 최악의 경우였지만, 그들만이었던 것도 아닙니다."

켈시는 혐오감을 삼키고 간신히 사무적으로 말했다.

"칼린은 나한테 제대로 된 법정이 없기 때문에 일반적으로 공동체에서 이런 문제를 직접 해결한다고 했어요. 왜 마을 사람들이 그를 처리하지 않은 거죠?"

"안달리가 막았기 때문입니다."

"그건 말이 안 돼요. 안달리가 다른 사람이 하기 전에 자기 손으로 남편을 죽일 거라고 생각했는데요."

"저도 그랬습니다만, 레이디, 이것은 저로서는 풀 수 없는 수수께끼입니다. 마을 사람들은 보언에 대해서는 기꺼이 이야기했지만 안달리에 대해서는 꺼리더군요. 그들은 그녀를 마녀라고 생각합니다."

"왜요?"

"아무도 말을 안 하더군요. 어쩌면 사람을 꿰뚫어 보는 것 같은 그 행동 때문일지도 모르겠습니다. 저도 안달리가 두렵습니다, 레이디. 검을 든 사내는 누구든 두렵지 않은데 말입니다."

"나도 그래요."

펜은 스튜를 한 숟가락 더 먹었고 꼬치꼬치 캐묻지 않는 그의 태도에 켈시는 자신의 두려움의 근원을 털어놓을 수 있었다.

"안달리가 여왕이 되었어야 했어요, 펜. 내가 아니라요. 그녀는 여왕 같은 외모에 여왕처럼 말하고, 두려움을 불러일으키죠."

펜은 잠깐 생각에 잠겼다. 켈시는 그의 차분한 태도가 마음에 들었다. 그는 쓸데없는 말로 침묵을 채우려 하지 않았다. 그는 스튜를 두 숟가락 더 먹은 다음에야 대답했다.

"레이디께서 지금 말씀하신 건 모트메인 여왕에 대한 완벽한 서술입니다. 안달리가 일부는 티어링 핏줄이긴 해도, 핵심적인 부분은 모트인입니다. 그녀는 그 나라에서 이상적인 여왕이 되었겠지요. 하지만 레이디께서는 전혀 다른 여왕의 모습을, 두려움을 기반으로 하지 않은 통치를 만들려고 하시지 않습니까."

"그럼 내 통치는 뭘 기반으로 하고 있죠?"

"정의지요, 레이디. 경청이고. 그게 성공할지는 저희들 누구도 모릅니다. 두려움을 통해 권력을 잡는 게 분명히 더 쉬운 방법이죠. 하지만 안달리에게는 뭔가 냉정한 부분이, 무자비한 부분이 있고, 그게 어떤 면에서는 유리하겠지만 저는 그걸 힘이라고 부르지는 않을 겁니다."

켈시는 미소를 지으며 다시 스튜를 보았다. 정의와 경청. 칼린도 이 말에는 분명히 기뻐할 것이다.

켈시는 어둠 속에서 일어나 앉았다. 자신의 성벽 너머 어디서 아이가 고통으로 비명을 지르는 소리가 들렸다. 그녀는 난롯불을 찾아 자동적으로 왼쪽으로 고개를 돌렸지만 아무것도, 심지어 재 속의 희미한 불씨도 남아 있지 않았다. 새벽이 거의 다 된 모양이다.

그녀는 침대 옆 탁자를 더듬어 항상 거기 있는 초를 찾았지만 손에 아무것도 닿지 않았다. 두려움이 파도처럼 그녀를 뒤흔들었고 이유 없이 날카롭게 두려움이 솟구쳤다. 그녀는 다급하게 탁자를 더듬었지만, 심지어는 탁자조차 없다는 것을 깨달았다.

여자가 바깥에서 비명을 질렀다. 그녀의 목소리가 점점 높아지다가 갑자기 그르륵거리는 소리만 남았다.

켈시는 이불을 걷고 바닥으로 뛰어내렸다. 그녀의 발에 차가운 돌바닥이 아니라 단단하게 다져진 흙 같은 게 닿았다. 그녀는 문으로 달려갔다. 그녀의 방 왼쪽에 있는 문이 아니라 3미터쯤 오른쪽으로 나 있는 문을 지나 부엌을 통과해 그녀가 자신의 이름만큼 잘 아는 계단을 내려갔다.

문을 열자 차가운 밤공기에 몸이 부르르 떨렸다. 마을은 여전히 어둠에 잠겨 있었고 지평선으로 희미하게 새벽이 오는 게 보였다. 하지만 쿵쿵거리는 발소리, 많은 사람들이 뛰어다니는 소리가 들려왔다.

"습격이야! 습격이야!"

여자가 그녀의 뒤쪽 어느 집에서 소리쳤다.

"그들이—"

여자의 목소리가 뚝 끊겼다.

겁에 질려 켈시는 문을 닫고 빗장을 잠갔다. 부엌 탁자를 더듬어 그녀는 초와 성냥을 찾은 다음 연약한 불꽃을 밝히고 불을 감추기 위해 손가락으로 감쌌다. 조날은 조그만 돌을 섞어 단단하게 구운 진흙으로 튼튼한 집을 만들어주었다. 심지어는 도시에 여러 번 다녀오는 길에 구한 깨진 유리로 창문도 두 개 만들어주었다. 집은 아름다운 결혼 선물이었지만, 창문은 빛을 바깥으로부터 숨기는 것을 어렵게 만들었다.

다시 침실로 돌아가니 윌리엄이 침대에서 일어나 앉아 졸린 눈을 끔벅이고 있었다. 조날을 꼭 닮은 그 모습에 그녀의 심장이 부서지려 했다. 제프리는 다행스럽게도 여전히 요람에서 자고 있었고, 그녀는 아이를 품에 안고 담요로 감싼 다음 한 손을 윌리엄에게 내밀었다.

"괜찮단다, 아가. 이제 일어나렴. 넌 걸어가야 해. 엄마를 위해서 걸을 수 있지?"

윌리엄은 침대에서 내려왔다. 어린아이의 다리가 침대 옆에서 달랑거리다가 마침내 바닥에 내려섰다. 그런 다음 아이가 그녀의 손을 잡았다.

부츠를 신은 발이 바깥의 길을 쿵쿵거리며 지나갔다. *남자의 발이야.* 그녀는 자동적으로 생각했다. 하지만 모든 남자들은 밀을 팔러 도시로 갔다. 공포가 열병처럼 그녀의 마음속으로 파고들려고 했다. 어디로 가야 하지? 집에는 숨을 만한 지하실도 없었다. 그녀는 다른 팔로 제프리를 옮겨 안고 구석에서 망토와 신발을 꺼냈다.

"네 재킷과 신발을 찾아 올래, 윌리엄? 누가 먼저 재킷을 찾는지 시합하자."

윌리엄이 멍하니 그녀를 쳐다보았다. 그러다가 잠시 후에 겉옷과 담요 더미를 뒤지기 시작했다. 켈시는 퀼트 더미에서 여전히 깔끔하게 접혀서 놓여 있던 조날의 겨울 망토를 찾아냈다. 바닥에 놓인 죽은 남편의 망토를 보고 그녀는 그 자리에서 거의 울음을 터뜨릴 뻔했다. 목으로 신물이 올라왔다. 입덧은 언제나 최악의 타이밍에 찾아왔다.

앞문이 쾅 열리고 얇은 나무 판이 두 동강 나서 부엌 양옆으로 떨어졌다. 켈시는 제프리의 솜털이 난 머리를 한 손으로 감싸고 다른 손으로 윌리엄을 잡고 자신의 뒤로 밀었다.

문가에는 검댕으로 얼굴이 시커먼 남자 둘이 서 있었다. 한 명은 밝은 빨간색 망토를 입고 있었고, 켈시조차 그게 무슨 뜻인지 알았다. 케이든이? 여기에? 그녀가 당황하고 있는데 남자가 다가와 그녀의 품에서 자는 제프리를 움켜잡았다. 아기가 깨서 즉시 비명을 지르기 시작했다.

"안 돼요!"

그녀가 소리쳤다. 그는 그녀를 밀치고 제프리를 빼앗았다. 켈시는 구석으로 밀려나 윌리엄의 바로 위로 쓰러지지 않기 위해 탁자 다리를 잡았다. 엉덩이가 멍이 들 정도로 세게 벽에 부딪쳐 신음이 나왔다.

"남자애를 데려와."

케이든이 다른 남자에게 말하고 제프리를 데리고 문밖으로 사라졌다. 켈시는 비명을 질렀다. 가슴속에서 뭔가가 풀어지는 느낌이었다. 이건 악몽이야. 그래야만 해. 하지만 아래를 내려다보니 쓰러지면서 왼쪽 발이 그

녀의 오른쪽 신발을 밟았고, 이제 신발이 기묘한 각도로 꺾여 있었다. 이
사실 하나가 악몽이라는 위안마저 박탈했다. 그녀는 윌리엄을 잡고 다시
자신의 뒤로 밀면서 손을 들어 그녀의 앞에 서 있는 남자를 막았다.

"제발."

남자가 한 손을 내밀면서 말했다.

"제발 날 따라와요. 당신이나 아이를 해치고 싶지 않으니까."

검댕 아래로 켈시는 창백하고 괴로움에 찬 얼굴을 볼 수 있었다. 남자는
조날 정도나 그보다 조금 더 나이 들어 보였다……. 회색 머리 때문에 정확
하게 알 수는 없지만. 그는 옆구리에 내린 손에 단검을 들고 있었지만 그걸
사용하려는 것 같지는 않았다. 그걸 들고 있다는 사실도 잊은 것 같았다.

"그 사람이 내 아들을 어디로 데려간 거죠?"

"제발, 그냥 조용히 따라와요."

그가 다시 말했다.

"뭐가 이렇게 빌어먹게 오래 걸려, 정문 경비?"

바깥에서 거친 목소리가 들렸다.

"지금 가!"

그가 일그러진 얼굴로 켈시를 돌아보았다.

"제발, 마지막으로 부탁해요. 다른 선택권이 없어요."

"윌리엄한테는 망토가 있어야 돼요."

"그럼 빨리 해요."

그녀는 윌리엄을 내려다보았다. 아이는 신발을 신었고 한 손에는 망토를
들고 있었다. 그녀는 아이 앞에 무릎을 꿇고 떨리는 손으로 망토를 둘러주
고 단추를 잠갔다.

"정말 영리하구나, 윌리엄. 엄마보다 더 빨리 찾다니."

하지만 윌리엄은 단검을 든 남자만 보고 있었다.

"이제 이리 와요."

그녀는 윌리엄의 손을 잡고 남자를 따라 앞문을 나갔다. 잠깐 그녀는 이런 식으로 그들만 남겨두고 죽은 조날을 욕했다. 하지만 그가 살아 있었다 해도 다를 건 없었으리라. 3월 중순에는 늘 그렇듯 헤이븐의 남자들은 전부 다 뉴런던에 밀을 팔러 갔다. 마을을 무방비하게 남겨두고. 켈시는 전에는 그런 생각을 해본 적이 없었다. 마을은 침공 이래로 이런 문제를 맞닥뜨려본 적이 없었다. 습격을 걱정하기에는 모트 국경에서 너무 멀리 떨어져 있으니까.

바깥에서 그녀는 덩치 큰 케이든이 제프리를 조심스럽게 한쪽 옆구리에 안고 있는 것을 보고 안도했다. 제프리는 잠깐 동안 조용했지만 오래가지 않을 것이다. 아이가 킁킁거리는 소리를 내며 젖을 찾는 것처럼 남자의 망토 앞쪽을 더듬었다. 하지만 찾지 못하자 비명을 질러대기 시작했다.

"이리 따라와."

케이든이 그녀에게 말했다.

"제 아들을 안고 가게 해주세요."

"안 돼."

여자가 반박하려고 했지만 다른 남자, 더 키가 작은 남자가 경고 조로 그녀의 팔을 살짝 쥐었다. 그녀는 윌리엄의 조그만 손을 잡고 케이든의 뒤를 따라 마을 외곽으로 향하는 길을 걸어갔다. 지평선은 이제 밝아지고 있었고 주변의 집과 마구간들의 형태가 희미하게 보였다. 가는 동안 다른 사람들, 더 많은 여자들과 아이들이 합류했다. 앨리슨과 그녀의 딸이 집에서 나왔고, 앨리슨의 팔에 붉은 상처가 나 있고 손은 묶여 있는 게 보였다.

앨리슨은 나보다 더 용감했던 거야, 켈시는 우울하게 생각했다. 하지만 대부분의 여자들은 켈시 자신처럼 멍했고 꿈에서 막 깬 것처럼 당황한 표정이었다. 그녀는 어디로 가는지도 모른 채, 그저 끔찍한 일이 생기고 있다는 것만 인지하며 비틀비틀 윌리엄을 데리고서 걸어갔다. 가슴이 타오르는 것 같았지만 아래를 내려다봐도 아무것도 없었다.

지금은 텅 비고 어두운 존 테일러의 집을 끼고 돌아간 다음에야 그녀는 모든 것을, 이 남자들이 의미하는 바와 여자들과 아이들이 집에서 끌려 나온 이유를 이해하게 되었다. 우리는 해가 뜨는 지평선을 배경으로 높고 엄격하게 서 있었다. 그 대칭을 이룬 까만 그림자 안에서 여러 개의 사람 형체가 움직이고 있었다. 또 다른 빈 우리가 노새들에게 둘러싸인 채 옆에 있었다. 마을 반대편으로 우리는 모트로 쪽으로 몇 킬로미터 거리에 이르도록 여러 개가 줄지어 서 있었다.

이건 벌이야, 켈시는 생각했다. 헤이븐의 마을 사람이 추첨에 뽑혔던 두 번의 일이 떠올랐다. 마을 사람들은 추첨에 뽑힌 사람들을 죽은 사람 취급하며 다 함께 모여 슬픔에 잠겨 음울한 어조로 이야기를 나누었다. 그들 모두가 모트로를 지나가는 선적물들을 여러 번 보았고, 매번 켈시는 속으로 자신이나 자신의 남편, 아이들이 아니라는 사실에 은밀하게 감사했다.

이건 내가 안도했던 데 대한 벌이야.

회색 머리의 남자가 그녀를 돌아보았다.

"이제 내가 당신 아들을 데려가야 돼요."

"안 돼요."

"제발 일을 어렵게 만들지 말아요. 그들이 당신을 문젯거리라고 생각하는 건 바라지 않아요."

"이 애를 어떻게 할 건데요?"

그가 두 번째 우리를 가리켰다.

"다른 아이들과 함께 저기로 들어가게 될 거예요."

"내가 데리고 있으면 안 될까요?"

"안 돼요."

"왜요?"

"이제 됐어."

새로운 목소리가 끼어들었다. 어둠 속에서 파란 망토를 두른 키가 크고 비쩍 마른 남자가 나타났다. 남자의 수척한 얼굴은 회색 여명 속에서 무자비해 보였다. 켈시는 이 남자를 알면서도 또한 몰랐다. 그녀는 본능적으로 움찔하며 남자에게서 아들을 감추려고 노력했다.

"우린 이 사람들과 논쟁을 하려고 여기 온 게 아니야, 정문 경비. 시간이 가장 중요해. 떨어뜨려 각각 집어넣어."

정문 경비가 손을 내밀어 윌리엄의 손목을 잡았고, 아이가 화가 나서 소리를 질렀다. 형의 고함을 듣고 제프리가 마찬가지로 비명을 지르며 케이든의 망토를 조그만 주먹으로 화난 듯이 두드리기 시작했다. 켈시는 윌리엄을 옆에 두려고 팔을 잡았지만 남자의 힘이 너무 세서 윌리엄이 아파서 비명을 지르기 시작했다. 그녀가 놓아주지 않으면 아이가 반으로 찢어질지도 모른다. 그녀는 억지로 아이의 손목을 놓고 이제 소리를 지르기 시작했다.

"레이디! 레이디, 일어나세요!"

누군가가 그녀의 어깨를 잡고 흔들었지만, 그녀는 우리로 끌려가는 윌리엄에게 가려고 버둥거렸다. 그것은 아이들용 우리였다. 이제야 조그만 형체들이 그 안에서 울고 있는 게 보였다. 덩치 큰 케이든이 몸을 돌려 그쪽으로 제프리를 데리고 성큼성큼 걸어가기 시작했고 켈시는 그걸 막을 수 없는 무력함에 절규했다. 그녀는 강하고 맑은 목소리를 갖고 있어서 종종 교회에서 독창을 하곤 했고, 이제 그 절규가 사방으로 퍼지며 앨먼트 평원 전체에 끔찍하게 울렸다.

"켈시!"

누군가가 얼굴을 철썩 때렸고, 켈시는 눈을 깜박였다. 그녀의 비명은 시작했던 것만큼 갑작스럽게 뚝 끊겼다. 고개를 들어 보니 펜이 침대에 앉아 있었고 그의 손은 그녀의 양옆에 놓여 있었다. 주위에는 낯익은 물건들과 방 안의 벽난로 불빛뿐이었다. 펜의 검은 머리는 자다 깨서 헝클어져 있었고 셔츠도 입고 있지 않았다. 털이 살짝 나 있고 근육질에 잘 다듬어진 그의 가슴을 보자 켈시는 갑자기 손가락으로 쓰다듬고 싶은 기묘한 충동을 느꼈다. 뭔가가 그녀의 안에서 불타고 있었다.

우리!

그녀의 눈이 커졌다. 그녀가 벌떡 일어나 앉았다.

"오, 맙소사."

메이스가 한 손에 검을 들고서 방으로 달려 들어왔다.

"대체 무슨 일이야?"

"아무것도 아닙니다, 대장. 폐하께서 악몽을 꾸셨습니다."

하지만 켈시는 이미 고개를 흔들고 있었다.

"라자러스. 모두를 깨워요."

"왜요?"

켈시는 펜을 옆으로 밀어내고 이불을 걷은 다음 침대에서 뛰어내렸다. 그녀의 사파이어가 잠옷 밖으로 나와 방 안에 새파란 빛을 뿜어냈다.

"당장 모두 깨워요. 한 시간 안에 떠나야 하니까."

"어디로 가자는 건지는 좀 말씀을 해주시겠습니까?"

"앨먼트 평원. 헤이븐이라는 마을요. 어쩌면 모트 국경까지 쭉 가야 할지도 몰라요. 어쨌든 낭비할 시간이 없어요."

"도대체 무슨 말씀을 하시는 겁니까? 지금은 새벽 네 시입니다."

"소른. 그자가 내 등 뒤에서 계약을 맺고 지금 티어링 사람들을 싣고 모트메인으로 가고 있어요."

"그걸 어떻게 아십니까?"

켈시의 성질을 가두고 있던 빗장이 하나 뚝 부러졌다. 남은 빗장은 몇 개

안 되는 것 같은 느낌이었다.

"제기랄, 라자러스, 난 알아요!"

"레이디, 악몽을 꾸신 겁니다. 그냥 침대로 돌아가셔서—"

펜의 말에 켈시가 잠옷을 홱 벗었고, 펜이 얼굴을 새빨갛게 붉히며 벽 쪽으로 돌아서는 것을 보고 약간 악의 어린 만족감을 느꼈다. 그녀는 서랍장으로 가다가 안달리가 이미 거기 서서 검은 바지를 꺼내 들고 있는 것을 발견했다.

"레이디, 한밤중입니다. 지금은 아무 데도 가실 수 없습니다."

메이스가 어린아이에게 말하는 것처럼 천천히, 이성적으로 말했다. 빗장이 하나 더 부러졌다.

"날 막을 생각은 하지도 말아요, 라자러스."

"그냥 꿈입니다."

"여왕 폐하는 가셔야 합니다."

안달리가 조용히, 단호한 어조로 말했다.

"둘 다 정신이 나간 건가? 도대체 무슨 이야기들을 하고 있는 겁니까?"

"폐하는 가셔야 해요. 전 봤습니다. 다른 방법이 없어요."

켈시는 옷을 다 입고 사파이어가 이미 옷 밖으로 나와서 방 안 가득 빛을 뿜어내고 있는 것을 발견했다. 메이스와 펜이 숨을 들이켜며 손으로 눈을 가렸지만 켈시는 눈 한 번 깜박이지 않았다. 사파이어를 들어 올리다가 그녀는 갑자기 그 안에서 얼굴이 보이는 것을 깨달았다. 검은 머리에 날카롭고 차가운 눈을 가진 아름다운 여자였다. 광대뼈는 높고 굴곡졌고 표정은 잔인해 보였다. 그녀는 켈시를 보고 미소를 짓고서 사라졌고, 보석은 횃불 빛 속에서 새파랗게 환한 빛을 뿜었다.

잠깐 동안 켈시는 자신이 진짜 미친 걸까 생각했다. 하지만 그건 지나치게 쉬운 해결책일 것이다. 그녀가 미쳤다면 현실 세계가 이렇게까지 중요하게 느껴지진 않을 것이다. 왕궁 앞에서의 그날이 그녀의 유일한 발판인데, 그녀의 포고에도 불구하고 모트메인에 선적물이 도착하면 그녀는 끝날 것이다. 허수아비 통치자가 될 거고 그녀가 이루려고 하는 다른 모든 것들도 결국 실패할 터였다.

"안달리가 옳아요, 라자러스. 난 가야 해요."

메이스가 안달리를 홱 돌아보고 혐오감 어린 어조로 말했다.

"잘했군."

"감사합니다."

켈시는 지금까지 안달리의 말투에서 들은 적이 없는 희미한 모트 억양에 조금 놀랐다.

"근위대장께서는 자신의 것을 제외한 어떤 능력도 인정하지 않으시는 군요."

"당신 것 같은 그런 능력은 안정적이지 않으니까. 붉은 여왕의 점쟁이조차 모든 걸 예견하진 못했어."

"저도 이건 봤다는 겁니다, 근위대장님."

"그만!"

켈시가 소리쳤다.

"우리 모두 갈 거예요. 여기서 여자들과 아이들을 지킬 근위병 두 명만 골라요."

"아무도 아무 데도 안 갈 겁니다. 그냥 나쁜 꿈을 꾸신 겁니다, 폐하."

메이스가 으르렁거리며 거칠게 그녀의 팔을 잡았다.

"대장의 말이 맞습니다, 레이디. 그냥 다시 주무시는 게 어떻겠습니까? 아침이면 이런 건 전부 잊으시게 될 겁니다."

펜도 말했다.

메이스가 동의하듯 고개를 끄덕이며 마치 걱정하는 것 같은 표정을 지었다. 켈시는 그를 후려치고 싶었다. 그녀가 이를 드러냈다.

"라자러스, 이건 여왕의 명령이에요. 우린 가야 해요."

그녀가 다시 문으로 향했고, 이번에는 두 사람이 그녀를 잡았다. 메이스는 그녀의 팔을, 펜은 그녀의 허리를 붙잡았다. 켈시의 성미가 문이 활짝 열린 것처럼 머릿속에서 확 폭발했고, 그녀는 분노가 마치 격류처럼 흘러나오는 것을 느끼며 두 사람을 밀어냈다. 두 남자가 뒤로 날아가서 펜은 침대 발치에 쓰러졌고 메이스는 맞은편 벽에 부딪쳐 바닥으로 미끄러졌다. 그녀가 그리 세게 밀지 않았기 때문에 두 사람은 금방 정신을 차리고 일어나 앉아서 그녀를 보았다. 그들의 얼굴이 파란빛으로 물들었다. 안달리가 뒤로 물러나 화장대에 기댔다.

"아무도 나와 함께 가지 않아도 돼. 하지만 날 막으려고는 하지 마. 두 사람을 다치게 하고 싶지는 않지만, 얼마든지 할 수 있으니까."

켈시는 목소리가 차분하게 나온다는 사실에 조금 안도했다.

메이스와 펜은 잠시 멍한 얼굴로 서로를 보았다. 그녀에게 사파이어가 없었으면 그들이 그녀를 어떻게 했을까? 아마 방에 가둬놓고 그녀가 울게 놔뒀겠지. 켈시가 어릴 때 칼린이 항상 그랬던 것처럼. 그녀는 자신 안에 있는 분노의 저장고를 찾았고, 여전히 그곳이 꽉 차 있는 것을 깨달았다. 그녀가 자신의 분노를 부끄러워했었던가? 그것은 이제 보석을 통해 반영되는 일종의 능력이었다. 물론 위험할 수도 있었다……. 그녀가 조금만 더 화가 났었어도 펜과 메이스는 심각하게 다칠 수 있었다.

펜이 먼저 회복했다.

"정말 그러실 거라면, 레이디, 저희는 여왕의 근위대로 갈 수는 없습니다. 군인처럼 입어야 합니다. 레이디께서도 하급 군인의 옷을 입으셔야 하고요."

메이스가 천천히 고개를 끄덕였다.

"머리도 자르셔야 할 겁니다, 폐하. 전부 다, 완전히 목덜미까지요."

켈시는 속으로 안도의 한숨을 내쉬었다. 그녀에게는 메이스의 도움이 필요했다. 그녀는 심지어 자신의 말이 어디 있는지, 어디서 물품들을 찾아야 하는지조차 몰랐다. 안달리가 방을 가로질러서 문으로 나갔다.

"머리를 자르면 폐하께서는 쉽게 남자로 여겨지실 겁니다."

메이스가 약간 악의 섞인 어조로 말했다.

"그렇겠지요."

켈시가 대답했다. 문득 향수를 느끼며 그녀는 생각했다. 이건 테스트야. 전부 다 테스트야.

"그 외에 또 다른 건?"

"없습니다, 레이디."

그가 방문을 닫고 나가서 이쪽저쪽으로 명령을 내리는 소리가 들렸다. 켈시는 두꺼운 벽을 사이에 두고도 그의 깊고 성난 목소리가 울리는 걸 들을 수 있었다.

펜이 그녀의 노려보는 눈길을 무시하고 구석으로 가서 섰다. 그녀도 그들의 입장을 이해할 수는 있었지만, 그래도……. 그들은 그녀가 악몽과 자신이 본 것, 어떤 꿈보다도 현실적인 환영의 차이를 안다는 사실을 믿지 않았다. 아침 공기에 팔에 소름이 돋았다. 앨먼트 평원에 있던 그 여자는 진짜 살아 있는 사람일까? 모트군 위쪽을 날았던 건 진짜 새였을까? 켈시는 증거가 없었지만, 환영을 절대적으로 믿었다. 그리고 선택의 여지가 없는 것처럼 느껴졌다. 펜의 입장도 이해할 수 있어야겠지만, 이해하고 싶지 않았다.

날 믿었어야지, 그녀는 찌푸린 눈썹 아래로 그를 쳐다보며 생각했다. 내 말만으로도 그대들에게는 충분했어야 했어.

안달리가 작은 타월과 가위를 들고 돌아왔다. 켈시는 화장대 위의 티아라로 손을 뻗었다가 도로 내렸다. 가짜 왕관이든 아니든 그녀는 그 물건에 정말로 애착을 느끼고 있었다. 하지만 이건 남겨두고 가야 할 것이다.

"앉으세요, 레이디."

켈시가 자리에 앉자 안달리가 켈시의 머리 위쪽을 한 움큼씩 자르기 시작했다.

"전 몇 년째 제 아이들의 머리를 잘라주고 있습니다. 저희는 미용사를 쓸 만한 여력이 없거든요."

"왜 그 남자와 결혼했지, 안달리?"

"우리 자신이 항상 그런 결정들을 내리는 것은 아니랍니다."

"다른 사람이 강요한 거야?"

안달리는 서글프게 웃으며 고개를 흔들고서 켈시의 귓가로 몸을 기울이고 속삭였다.

"그 남자는 누구죠, 폐하? 폐하의 머릿속에서 그의 얼굴을 여러 번 봤습니다. 검은 머리에 뱀도 낚을 것 같은 미소를 지닌 남자요."

켈시가 얼굴을 붉혔다.

"아무도 아니야."

"아무도 아닌 건 아니죠."

안달리가 켈시의 왼쪽 귀 위의 머리카락을 한 움큼 잡고 가위로 곧장 잘라냈다.

"그 남자는 폐하께 굉장히 큰 의미가 있고, 그러면서도 그 감정에 온통 수치심이 덧칠되어 있는 걸 볼 수 있었어요."

"그래서?"

"그 남자에게 그런 식으로 느끼겠다고 폐하께서 선택하신 건가요?"

"아니."

켈시가 인정했다.

"아마도 폐하께 주어진 최악의 선택 중 하나였겠지요. 안 그런가요?"

켈시는 패배한 기분으로 고개를 끄덕였다.

"항상 우리들이 결정을 내리는 게 아니랍니다, 폐하. 우리는 그저 결정된 상황 속에서 최선의 선택을 하는 거죠."

그 말은 위안이 되는 대신에 켈시를 완전히 절망적으로 만들었다. 그녀는 안달리가 일을 끝낼 동안 말없이 앉아서 바닥에 쌓여가는 검은 머리 더미만 멍하니 바라보았다. 그녀가 페치에게 아무것도 아니라는 건 알지만, 아주 희박한 가능성이 그녀를 계속 움직이게 만들었다. 머리카락을 자르는 것은 그 가능성이 전혀 없는 세계로의 마지막 다리를 건너는 것 같은 느낌이었다.

근위병이 문을 두드리고 펜의 명령에 따라 가져온 검은색 티어링 군복을 침대에 내려놓았다. 그의 눈이 켈시의 모습을 보고 커졌지만, 그녀가 마주 노려보자 몸을 구부리고 등 뒤로 문을 닫았다. 펜이 켈시의 눈을 고의로 피하면서 안락의자로 돌아갔다. 안달리는 재빨리 일을 마치고 켈시에게 몸을 숙이라고 손짓한 다음 남은 긴 머리를 빗은 후 마저 잘랐다. 켈시를 다시 일으켜 세우고서 안달리는 자신의 결과물을 살폈다.

"이 정도면 될 겁니다, 레이디. 전문 미용사가 나중에 깨끗이 정리하면 되겠지요."

켈시의 머리는 붕 떠 있는 것처럼 가볍게 느껴졌다. 용기를 끌어모아 그녀는 거울을 보았다. 안달리는 머리를 훌륭하게 잘라놓았다. 코린의 머리와 똑 닮아서 그녀의 얼굴 주위로 머리카락이 동그랗게 달라붙은 모양이었다. 다른 여자, 완벽하게 요정 같은 얼굴을 한 여자라면 이런 머리 모양을 해도 멋져 보였을지 모른다. 켈시는 울고 싶었다. 거울 속에 남자아이가 그녀를 마주 보고 있었다. 입술이 통통하고 근사한 초록 눈을 하고는 있지만, 그래도 어쨌든 남자아이였다.

"젠장."

그녀가 중얼거렸다. 근위병들이 이 말을 하는 걸 여러 번 들었지만 이제야 욕을 어떻게 쓰는 건지 알 것 같았다. 이 한 마디가 수백 마디의 말로 설명하는 것보다 훨씬 더 정확하게 그녀의 기분을 표현해주었다.

"이리 오세요, 레이디. 이번엔 옷을 입으셔야죠."

안달리의 냉정한 눈길에는 약간의 동정의 빛이 담겨 있었다.

"우리가 성공할까, 안달리?"

"모르겠습니다, 레이디. 하지만 어쨌든 레이디께서는 가셔야 합니다."

3부

12장
선적

질문: 가짜 왕관을 쓴 추방된 여자아이를 뭐라고 할까?

답: 참된 여왕.

—티어링 수수께끼집

그들은 메이스의 터널 중 하나를 통해서 어두운 통로를 지나 영원히 내려가는 것 같은 계단을 내려가서 새벽에 여왕동을 떠났다. 켈시는 반쯤 꿈을 꾸는 것처럼 움직였다. 보석이 명확하게 생각을 못 하게 만들었다. 머릿속으로 이제 수많은 얼굴들이 보였다. 아렌 소른, 페치, 광대뼈가 높고 차가운 눈을 가진 여자. 도개교를 건널 즈음 켈시는 이 여자가 모트메인의 붉은 여왕이라고 확신하게 되었다. 어떻게 아는 건지는 스스로도 알 수가 없었다.

다시 밖에 나와서 뛸 듯이 기쁠 줄 알았는데 보석은 밖에 나왔다는 기쁨조차 누릴 수 없게 만들었다. 뒤쫓는 사람 없이 뉴런던에서 나온 다음부터는 사파이어가 켈시를 끌어당기기 시작했다. 그렇게밖에는 달리 설명할 수가 없었다. 마치 그녀의 갈비뼈 아래 줄을 감아놓은 것처럼 보석이 실질적인 힘을 발휘했다. 그녀는 거의 똑바로 동쪽으로 이끌려 갔고 조금이라도 다른 방향으로 가려고 하면 보석이 참을 수 없을 만큼 뜨거워져서 켈시의 배 속이 말을 탈 수 없을 정도로 뒤집혔다.

펜에게 이런 상태를 오래 숨길 수 없었고 그는 메이스에게 말을 해야 한다고 주장했다. 크리드 강가에서, 강 가장자리로 이어지는 낮은 언덕의 내리막 지역에서 일행은 말에 물을 먹이기 위해서 멈추었다. 게일런과 카이는 여왕동을 지키도록 남겨놓았고 나머지 근위병들은 전부 다 여기, 강둑에 서 있거나 몸을 웅크리고 앉아 있었다. 그녀는 메이스가 그들에게 뭐라고 말했는지 알지 못했지만 별로 좋은 분위기는 아니었다. 여행 내내 회의적인 눈길을 여러 번 마주쳤고, 특히 다이어는 레몬이라도 삼킨 것 같은 표정이었다. 펜, 메이스, 켈시가 언덕 반대편에서 은밀하게 회의를 하기 위해 움직일 때 다이어가 중얼거리는 소리가 들렸다.

"졸라 시간 낭비라니까."

켈시는 보석을 꺼냈고 다시 한번 보석이 대단히 밝게 빛나서 두 남자가 눈을 가려야 할 정도였다.

"그게 레이디를 어디로 인도하고 있나요?"

펜이 물었다.

"동쪽."

"그냥 벗어버리지 그러십니까?"

메이스가 말했다.

왠지 마뜩잖은 기분으로 켈시가 목걸이의 걸쇠를 풀었다. 하지만 목걸이 줄을 목에서 빼내는 순간 몸이 쪼그라드는 느낌이었다. 마치 기가 빠져나가는 것처럼 끔찍한 기분이었다.

"맙소사, 레이디께서 창백해지고 있어요."

펜이 고개를 흔들었다.

"레이디께선 그걸 떼서는 안 됩니다, 대장."

그가 켈시에게서 목걸이를 받아 들고 도로 목에 걸어주었다. 안도감이 마치 진정제처럼 그녀의 온몸에 차올랐다.

나한테 무슨 일이 벌어지고 있는 거지?

"이런 제기랄, 펜. 이 마술 걸린 물건을 우리가 어떻게 해야 되지?"

메이스가 혐오감에 차서 중얼거렸다.

"저희가 여왕 폐하를 따라가면 됩니다, 대장. 아무도 폐하께서 어느 방향으로 가시는지 알 필요는 없습니다."

"달리 더 나은 방법도 없으니까."

메이스가 중얼거리며 켈시에게 짜증스러운 시선을 던졌다.

"하지만 분란이 일어날 겁니다. 나머지 위병들은 이미 여기 나와 있는 데에 열 받아 있으니까요."

켈시는 고개를 흔들었다.

"솔직히, 라자루스, 지금 난 그대들이 나를 믿든 안 믿든 별로 상관하지 않아요. 하지만 나중에 그대들이 날 믿지 않았다는 건 기억해둘 거예요."

"그러십쇼, 레이디. 그러시죠."

그들은 언덕 꼭대기로 다시 돌아갔고, 켈시는 사파이어를 제복 셔츠 안으로 집어넣고 햇빛으로부터 눈을 가렸다. 파란 크리드 강줄기가 동쪽으로 구부러지고 있었다. 남쪽으로 몇 킬로미터 떨어진 카렐강이 희미하게 보였다. 두 개의 강은 서로 거의 평행으로 흘렀지만 모양은 전혀 달랐다. 크리드는 휘어지고 구부러지는 반면 카렐은 그냥 완만하게 흘렀다. 양쪽 강 모두에서 소른의 모습은 보이지 않았지만 켈시는 아직 낙담하지 않았다. 사파이어가 그녀가 찾는 것을 향해 그녀를 끌어당기고 있으니까.

메이스가 웰머에게서 종마의 고삐를 받으며 불쑥 말했다.

"이제부터는 여왕 폐하께서 앞장서실 거다. 우리는 폐하를 따라간다."

일행이 조금 툴툴거렸고 다이어는 입술을 내밀고 커다랗게 의미심장한 한숨을 내쉬었다. 하지만 그게 논쟁의 끝이었다. 그들은 말에 올랐고 키브와 코린은 여행 내내 그들을 지탱해준 자신들의 말의 훌륭함에 대해 다시 즐거운 입씨름을 계속했다. 메이스와 다이어를 제외하면 나머지 사람들은 체념하고 이 말도 안 되는 임무를 받아들인 것 같았다. 켈시가 크리드강에서 배를 타고 놀겠다고 주장하기라도 한 것 같은 분위기였다.

좋아. 어쨌든 내가 가려는 곳으로 갈 수만 있다면 상관없어.

"인원을 나눌 수도 있습니다, 레이디. 레이디께서 네다섯 명을 데려가시고—"

메이스가 조용히 말했으나 켈시는 사파이어를 쥔 채 말을 잘랐다.

"아니. 쓸데없는 짓 하지 말아요, 라자러스. 날 달래려고 해봤자 난 더 미쳐버릴 테니까."

"지금도 이미 미치신 걸지도 모르죠, 폐하. 그 생각은 해보셨습니까?"

물론 그 생각도 해봤지만, 그에게 만족감을 줄 생각은 없었다. 그녀는 고삐를 꽉 쥐고 말을 동쪽으로 돌린 다음 강둑을 따라 알아서 달리게 놔두었다. 가슴을 짓누르던 압박감이 즉시 줄어들었고 그녀는 안도감에 눈을 감았다.

다음 날 그들은 모트로의 진흙 길에 나 있는 거대한 바큇자국을 따라 달렸다. 그 자국에 메이스는 차갑게 굳었고 켈시는 그가 놀라는 걸 보고 은근히 기뻤지만 여전히 그는 확신하지 못하는 것 같았다. 가끔 흔적은 길을 떠나 들판을 가로지르기도 했지만 언제나 찾기가 쉬웠고, 켈시는 이제 소른이 어디를 향하고 있는지 정확히 알 수 있었다. 선적이 언제나 지나가던 방향인 아가이브 고개를 향하여 동쪽으로 거의 직선으로 가고 있는 것이다. 우리가 국경을 넘어갈 수 있는 길은 여러 개 있었지만, 아가이브로 가면 디메인까지 직선으로 이어지는 파이크 언덕으로 바로 갈 수 있었다. 소른에게는 속도가 중요했고, 그래서 켈시에게도 속도가 중요했다. 첫째 날 그녀의 근위병들이 야영을 하려고 하자 켈시는 그들은 멈춰도 좋지만 자신은 계속 갈 거라고 단호하게 말했다. 그 후의 야간 여행길에서 그녀의 편은 아무도 없었지만 켈시는 상관하지 않았다. 그녀는 시간이 지날수록 머릿속에서 점점 커지고 있는 파란 불길에게 재촉당하고 있었다.

둘째 날 밤, 메이스는 마침내 멈춰서 쉬라고 명령을 내렸다. 자신이 완전히 지쳤다는 것을 깨달은 켈시도 반박하지 않았다. 그들은 크리드강 끝을 바로 지나 넓은 야생화 들판에서 야영을 했다. 켈시는 그런 들판을 생전 처음 보았다. 바다처럼 넓게 펼쳐져 있고, 온갖 색깔로 얼룩덜룩했다. 낯선 꽃들은 딸기 향을 풍겼고 풀은 대단히 부드러워서 천막을 칠 필요조차 없었다. 그냥 들판에 모포를 까는 걸로 충분했다. 머릿속의 고통으로 몇 시간 동안 엎치락뒤치락할 줄 알았던 켈시도 즉시 잠이 들었다. 잠에서 깨자 활기가 되살아난 느낌이었고, 그녀는 꽃 몇 송이를 따서 행운을 비는 뜻으로 망토에 꽂았다. 모두들 기분이 나아진 것 같았고, 대부분의 근위병들은 켈시와 함께 말을 타며 가벼운 농담을 던지는 등 예전처럼 대하기 시작했다. 심지어는 알현실 사건 이후로 그녀를 피하던 먼도 그날 아침에는 그녀의 왼쪽에서 다시 말을 탔다.

"반갑군요, 먼."

"예, 레이디."

"그대도 나한테 그만두라고 말하러 온 건가요?"

"아뇨, 레이디. 저는 레이디께서 사실을 말하신다는 걸 압니다."

먼이 고개를 흔들며 말했다. 그녀는 깜짝 놀라서 그를 쳐다보았다.

"그래요?"

"먼! 당장 이리로 오게!"

메이스가 일행 앞쪽에서 소리쳤다. 먼은 고삐를 흔들어 다른 사람들을 제치고 앞으로 달려갔다. 켈시는 그의 뒷모습을 바라보다가 고개를 흔들었다. 그녀의 반대편에는 펜이 인상을 찌푸리고 검에 손을 얹고 있었다. 켈시는 낮게 고인 분노가 쿵쿵 울리는 것을 느꼈다. 펜이 그녀의 방에서 벌인 일을 용서할 수 있으면 좋겠지만, 그럴 수가 없었다. 누구보다도 그는 그녀를 믿었어야 했다. 그는 그녀가 히스테리 환자가 아니라는 걸 아니까. 펜은 그녀의 분노를 느낀 듯 도전적인 눈으로 그녀를 돌아보았다.

"예, 레이디?"

"내가 왕궁을 혼자서 나와야 했다면, 라자러스가 근위병들에게 나와 함께 떠나는 걸 허락하지 않았다면, 그대가 나와 함께 왔을까요, 펜?"

"저는 맹세를 했습니다, 폐하."

"하지만 누구한테? 근위대장과 나 사이에서 한 명을 골라야 한다면 그대는 누굴 고를 거죠?"

"저에게 그 질문에 대한 답을 강요하지 마십시오, 레이디."

"안 그럴 거예요, 펜. 최소한 오늘은. 하지만 날 믿거나 안 믿거나 둘 중하나죠. 그리고 날 믿지 않을 거라면 나도 그대를 내 최측근 근위병으로둘 마음이 없어요."

펜은 상처 입은 눈으로 그녀를 쳐다보았다.

"레이디, 전 그저 레이디의 안전만을 생각했을 따름입니다."

켈시는 갑자기 그에게, 그들 모두에게 화가 나서 고개를 돌렸다……. 먼만 제외하고. 한 달이 넘었고 그들 다수가 그녀를 알게 되었음에도 실은 아무것도 달라지지 않았다. 그녀는 여전히 그들이 바티와 칼린의 오두막에서 짐짝처럼 데려온 여자아이, 말도 잘 못 타고 자기 천막 하나 제대로 못 세우는 여자아이일 뿐이었다. 그들이 귀를 기울이고 따르는 사람은 메이스였고, 최종 결정을 내릴 때에는 메이스조차 그녀를 고집 센 어린아이처럼 취급했다. 펜이 다시 그녀에게 말을 걸려고 했지만 그녀는 대답하지 않았다.

하루가 지나가며 동쪽으로 당기는 그 끔찍한 느낌은 더욱 강해지고 이제 실제적인 거라기보다는 정신적인 강요에 가까워졌다. 나머지 사람들이 그녀를 따라오는지 어떤지 신경조차 쓸 수 없을 정도로 뭔가가 켈시의 머릿속을 꽉 채우고 끌어당겼다. 가슴이 두근거리고, 사파이어가 두근거리고, 보석과 분노가 서로의 먹이가 되어 한계를 넘도록 서로를 키우는 것 같은 느낌이었다. 그러다 정오 직후에 웰머가 갑자기 멈추라고 소리쳤다.

밀로 덮여 있고 드문드문 보라색 꽃이 핀 조그만 언덕 오르막 중간쯤에서 일행 전부가 멈추었다. 동쪽으로는 엘라이어산과 윌링햄산이 지평선 위로 솟아 있고 그 사이의 깊고 파란 V자 형태가 아가이브 고개의 협곡이었다. 웰머가 산 아래쪽, 모트로가 여러 번 구부러지며 사라지는 부분을 가리켰다.

"저기입니다, 레이디."

모두가 등자를 밟고 일어섰고, 켈시는 더 잘 보기 위해서 목을 길게 뺐다. 15킬로미터 정도 떨어진 언덕에 길고 검은 그림자가 위쪽으로 향하고 있는 게 보였다.

"암반 틈새야."

다이어가 중얼거렸다.

"아니에요."

웰머는 얼굴이 창백했지만 턱을 악물고 켈시를 돌아보았다.

"우리입니다, 폐하. 전부 다 우리예요. 창살이 보입니다."

"우리가 몇 개죠?"

"여덟 개요."

"개소리!"

엘스턴이 일행 뒤쪽에서 소리쳤다.

"소른이 어떻게 은밀하게 새 우리를 만들 수가 있어?"

"방법은 중요하지 않아요. 이미 완성됐으니까."

켈시는 메이스의 눈길을 느꼈지만 그를 쳐다보지 않았다. 그녀의 오른쪽에서 펜이 턱을 꿈틀거리며 언덕을 바라보고 있었다.

"저들이 아가이브를 빠져나가기 전에 따라잡아야 돼요. 산을 내려가기 시작하면 디메인까지 그들을 호송하기 위해 모트 병사들이 기다리고 있을 테니까."

"어떻게 저걸 아셨습니까, 폐하?"

다이어가 물었다. 그의 말투는 굉장히 겸허했다. 정말 순수하게 질문을 하는 것 같은 어조였다.

"그냥 알아요."

이제 그들 모두가 확인을 바라는 듯 메이스를 쳐다보았다. 한 시간 전이었다면 이게 켈시를 새삼스럽게 격분시켰겠지만, 지금 그녀는 그저 언덕을 천천히 올라가고 있는 행렬들만 바라보았다. 저 우리들 중에서 최소한 하나는 아이들로 차 있을 것이다. 그녀가 본 마을 같은 곳이 몇 개나 될까? 몇 명이나 잡혀 있는 걸까?

메이스가 켈시의 눈길을 마주하지 않으면서 천천히 말했다.

"사과드립니다, 폐하. 소른이 다시금 저를 능가했습니다. 약속드리건대 이번이 마지막일 겁니다."

켈시는 그의 말에 가타부타 답하지 않고 빨리 그쪽으로 가고 싶어서 고삐만 흔들었다. 그녀는 언덕에 드리운 검은 그림자를 보면서 이 문제를 어떻게 해결해야 할까 고민하지 않으려고 노력하며 몸을 떨었다.

동쪽으로.

머릿속에서 목소리가 울렸다. 목소리가 그녀의 온몸을 감싸고 피부까지 뒤흔드는 느낌이었다.

"어서 가죠. 저녁때까지는 저들을 따라잡아야 하니까."

"계획이 있으십니까, 레이디?"

다이어가 물었다.

"당연하죠."

계획 같은 게 있을 리가 없었다.

"가요. 해가 넘어가고 있어요."

제이블이 미간을 닦자 손이 흠뻑 젖었다. 날씨가 끔찍할 정도로, 계절에 어울리지 않게 더웠고 노새를 앞으로 모는 것은 힘겨운 일이었다. 소른은 사람 많은 도시와 마을을 피하기 위해서 여행 경로의 대부분을 앨먼트를 가로지르는 길로 짰다. 합리적이긴 하지만, 그 결과 그들은 가끔씩 오랫동안 보수하지 않은 것 같은 험한 길을 가야만 했다. 크리드 끄트머리에 도달할 즈음 제이블은 이미 이 모든 계획이 자신을 짓누르는 듯한 느낌에 머리가 어찔한 상태였지만, 앨리를 생각하며 계속 걸었다.

우리 안의 사람들은 조용히 있지 않았다. 조용할 거라고 예상했던 것도 아니지만, 그들의 애원은 제이블이 뉴런던에서는 생각지도 못했던 부분이었다. 소른조차 그걸 예상하지 못했던 것 같지만, 그는 그답게 어쨌든 신경 쓰지 않았다. 제이블은 우리의 창살 사이로 그가 앞에서 피크닉을 나온 왕처럼 침착하게 말을 몰고 가는 것을 볼 수 있었다. 제이블은 주머니에서 휴대용 병을 꺼내 위스키를 한 모금 마셨다. 술이 그의 마른 목을 태웠다. 소른이 그가 술을 마시는 걸 보면 가만두지 않겠지만, 제이블은 더 이상은 거의 상관하지 않았다. 안장 가방에 술을 꽉 채운 병이 세 개 더 들어 있었고 이 여행이 끝나기 전에 그걸 다 비울 것 같다는 생각이 들었다.

소른은 각 우리를 지키는 데 네 명이 필요하다고 생각했다. 테어 경 말고도 귀족들 몇 명이 더 따라왔고 티어링 군대 일부도 함께했다. 그리고 배덴코트 형제들도 케이든을 두 명 더 데려왔다. 드와인과 아빌이었다. 둘 다 유명한 전사라 나머지 사람들은 좀 더 마음을 놓을 수 있었다. 아무리 방침이라고 해도 그들 모두는 놀랄 만큼 다른 사람에게 접근하지 않았고, 카다르 사막에 고립된 방랑자 일행처럼 그저 같은 목적으로만 모였다는 느낌이었다. 애정도 없고, 거의 존중하지도 않았다. 매튜 사제와 조그만 소매치기 앨레인은 서로를 눈에 띄게 싫어했다. 테어 경은 앞장서서 정찰병 역할을 맡았다. 제이블은 여행길에 맑은 정신을 유지하는 척조차 하지 않는 배덴코트 형제만 보면 화가 났고, 지난 며칠 동안 한쪽 눈은 우리에, 한쪽 눈은 켈러에게 고정하고 있었다. 그가 점점 더 마음에 걸리기 시작한 탓이었다.

그들은 크리드 강가를 따라 열두 개의 마을을 약탈했다. 젊은 남자는 거의 없어서 실질적인 싸움도 거의 없었다. 제이블은 켈러가 집으로 한참 동안 사라지는 것을 알아챘고, 켈러가 데려온 여자들 중 몇 명, 특히 젊은 여자들은 거칠게 다루어진 듯 옷이 찢어지고 핏자국이 있는 것을 깨달았다. 제이블은 이 문제를 소른에게 이야기하고 합리적으로 설득해볼까 생각해보았다. 상품이 망가지면 가치가 떨어지지 않겠는가? 하지만 소른과 개인적으로 이야기할 기회가 전혀 없었고, 결국 제이블은 이 일에 관한 모든 것을 삼켜야 했던 것처럼 혐오감도 조금씩 삼켜버렸다. 그 과정은 무서울 정도로 쉬웠다. 그의 마음속에서 파도 앞의 모래성처럼 성벽이 하나하나 차례로 무너졌고, 그는 문득 어느 날 깨어나보면 자신이 아렌 소른이 되어 있는 게 아닐까, 어떤 일이든 받아들일 수 있을 정도로 타락하는 게 아닐까 하는 걱정이 들었다.

앨리.

마을들은 대단히 고립되어 있어서 누군가가 추적을 해올 것 같지 않았지만, 그래도 소른은 추가 호위병이 있어야 한다고 주장했다. 그리고 제이블은 소른이 옳았다는 걸 인정해야 했다. 최근의 폭우로 크리드강의 수위가 높아져서 우리를 베드포드 너머로 옮기는 데 여분의 인력이 필요했던 것이다. 우리가 약하니 과도하게 조심해서 나쁠 것도 없었다. 단순한 나무로 만들어져서 몇 번의 여행만 견딜 수 있는 데다가 공격하기도 쉬우니까.

"제발요. 제 아들들요. 제발. 여기서 저랑 같이 있으면 안 될까요?"

제이블의 옆에 있는 우리에서 여자가 흐느꼈다. 소리가 너무 가까워서 그는 펄쩍 뛰었다.

제이블은 눈을 감았다가 다시 떴다. 아이들이 이 일에서 가장 끔찍한 부분이었다. 모든 선적에서 가장 끔찍한 부분. 하지만 소른은 붉은 여왕이 아이들의 가치를 높게 친다고, 그들이 가져가는 그 어떤 것보다도 더 높게 친다고 설명한 바 있었다. 제이블 자신도 몇 명을 잡아 왔다. 로월에서 어린 여자아이 둘, 헤이븐에서 남자 아기 하나와 남자 갓난아기 하나, 그리고 헤이마켓에서는 요람에서 여자 갓난아기를 집어 왔다. 아이들 우리는 선적물의 한가운데, 행렬의 네 번째와 다섯 번째였고 제이블은 자신이 아이 우리에 배치되지 않았다는 것을 신께 감사드렸다. 그래도 아이들 소리는 잘 들렸지만. 아기들, 특히 쫓을 떼기엔 아직 어린 아기들은 여행의 처음 이틀 동안 거의 계속해서 소리를 질러댔다. 이제는 다행스럽게도 조용해졌지만, 거의 모든 포로들이 그렇듯이 목이 바짝 말라서 소리를 못 내는 것이리라. 소른은 호위병들과 노새가 마실 수 있을 정도의 물밖에 가져오지 않았다. 그는 물을 너무 많이 가져오면 속도가 떨어진다고 말했다.

지금은 당신이 필요하지, 제이블은 우리의 창살 사이로 소른을 응시하며 생각했다. *하지만 내가 딱 한 번만, 거트에서 한밤중에 당신과 단둘이 있게 된다면…… 다시는 바보처럼 속지 않을 거야.*

"제발요. 우리 둘째, 제 아기요. 그 애는 5개월밖에 안 됐어요."

여자가 갈라지는 목소리로 말했다

제이블은 다시 눈을 감고 그녀를 다른 우리에 넣었으면 좋았을 텐데 하고 생각했다. 그녀는 꼭 앨리처럼 금발이었고, 그녀의 아들을 품에서 떼어냈을 때 그는 갑자기 끔찍한 확신이 들었다. 앨리가 그를 보고 있다고, 앨리가 그가 한 모든 일을 보고 있다고. 행렬이 움직이고 새벽이 아침이 되면서 그 확신은 조금 사라졌지만, 그러면서 이전까지는 생각하지 못했던 새로운 문제가 떠올랐다. 앨리에게 그녀가 자유라는 걸 어떻게 납득시킬 수 있을까? 그녀는 착한 여자였다. 다른 사람들을 비참하게 만들고 자신의 자유를 사느니 차라리 죽으려고 할 것이다. 그가 무슨 짓을 했는지 알아내면 그녀가 과연 뭐라고 할까?

제이블이 열 살이었을 때 아버지가 자신이 일하는 도살장에 그를 데려간 적이 있었다. 싸구려 나무로 만들어진 나지막한 건물이었다. 아버지는 그것을 교육이라고 생각했을 수도 있고, 또는 제이블이 자신의 뒤를 따르기를 바랐던 건지도 모른다. 어쨌든 그 방문은 정반대의 효과를 가져왔다. 수송아지들 수십 마리가 커다란 문을 통해 건물에 들어갈 차례를 멍청하게 기다리고 있었다. 하지만 건물 안의 암소들은 그렇게 멍청하지 않았다. 시끄러운 울음소리와 비명이 무겁게 발을 굴러대는 소리 위로 불협화음을 이루었다.

"쟤들은 어디로 나가는 거예요?"

제이블이 물었다. 하지만 아버지는 대답하지 않고 그저 제이블이 알아서 답을 도출할 때까지 빤히 보기만 하셨다.

"다 죽여요?"

"소고기가 어디서 나온다고 생각하는 거냐, 아들아? 그리고 말이다, 돈이 어디서 나온다고 생각하는 거냐?"

그들은 도살장으로 들어갔고, 피와 썩은 내장의 진한 냄새가 즉시 제이블의 코를 찔렀다. 그는 아버지의 신발 위에 아침 식사를 죄다 토했다. 그 냄새가 평생 기억에서 사라지지 않았지만, 제이블의 어린 시절 머릿속에 진짜 깊게 뿌리를 박은 것은 도살장의 문이었다. 활짝 열린 문, 그 너머의 시커먼 어둠. 송아지들이 안으로 들어가고, 어둠 속에서 비명을 지르고, 다시 나오지 않는다.

6년 전, 앨리가 모트메인으로 갈 때 제이블은 자신이 뭘 하려는 건지도 모른 채 선적을 따라 며칠 동안 조용히 말을 달렸다. 네 번째 우리에서 앨리가 보였다. 그녀의 밝은 금발 머리가 멀리서도 잘 보였지만, 창살이 그들 사이에 머나먼 거리를 만들었다. 선적을 습격해서 성공할 수 있는 방법을 설령 그가 안다 해도—아무도 이루지 못했던 업적이지만—그들이 어디로 가겠는가?

최소한 송아지들은 무슨 일이 닥칠지 몰랐다. 앨리의 비극은 그 여름 내내 그녀의 눈에 나타나 있었다. 그게 제이블이 명확하게 기억하는 몇 가지 중 하나였다. 도살장이 송아지들을 딱 한 가지 용도로 사용하는 것처럼, 모트메인은 아름다운 여자들을 딱 한 가지 용도로 사용했다. 들어가면 다시는 나오지 못한다. 하지만 지금은 앨리를 다시 데려올 수 있었다. 제이블은 어두운 문가에 흐릿하게 서 있는 그녀의 모습이 거의 보이는 것 같았다. 더 이상 옆에서 여자가 아들을 돌려달라고 애걸하는 소리도 들리지 않았다. 결국에 여자도 멈추었다.

날이 더 뜨거워지며 노새들이 슬슬 멈추기 시작했다. 힘든 일과 뜨거운 열기에 잘 버티도록 개량된 카다르산 노새들이었지만 그런 녀석들도 제이블만큼이나 이 화물을 좋아하지 않는 것 같았다. 그는 여행길 내내 노새들에게 채찍질을 하지 않으려고 노력했지만, 결국에 어쩔 수가 없었다. 그와 아른 배덴코트가 세 번째 우리 앞에 서서 노새들이 꾸물거릴 때마다 채찍을 휘둘렀다. 하지만 소용이 없었다. 행렬이 느려지고 점점 더 느려져서 마침내 소른 본인이 우리로 와서 노새 사육사인 이언에게 소리를 질렀다.

"내일 밤까지는 디메인에 도착해야 돼! 노새들이 뭐가 문제인 거야?"

"모르겠습니다! 아마 열기 때문이겠죠! 물이 더 필요합니다!"

이언이 소리쳤다.

행운을 빌지, 제이블은 생각했다. 그들은 어제 크리드 끝자락을 지나왔고, 이제 클레이턴산맥 발치에 있는 언덕을 반 이상 올라왔다. 비가 온 다음이라 해도 이렇게 높은 지대에는 물이 없다. 몇십 미터쯤 가면 아가이브 고개를 지날 거고 그러면 파이크 언덕을 내려가 디메인까지 곧장이었다. 망할 노새들이 몇 시간만 더 버틸 수 있으면 쉴 수 있고, 그러고 나면 나머지는 쉬운 길이었다.

열기가 마침내 정점에 달해서는 해가 지평선으로 지기 시작할 때까지 계속 주위를 달구었다. 몇 번이나 제이블은 그의 앞쪽 우리에 배치되어 있는 앨레인이 포로들에게 물을 슬쩍 건네는 것을 보았다. 제이블은 그를 나무랄까 생각해보았다. 앨레인이 노새들이 먹어야 하는 물을 그런 식으로 낭비하고 있는 걸 소른이 보면 모두가 비난을 당할 것이다. 하지만 제이블은 침묵을 지켰다.

해가 질 무렵, 강철 같은 목을 타고난 것 같은 우리 안의 여자가 다시 울부짖기 시작했다. 이번에는 무시하기가 더 어려웠다. 곧 제이블은 그녀의 아들들 이름이 제프리와 윌리엄이고, 그녀의 남편은 두 달 전 건설 사고로 죽었으며, 그녀가 다시 임신했고 이번에는 분명히 딸일 거라는 사실까지 알게 되었다. 이 마지막 사실이 왠지 모르지만 가장 신경 쓰였다. 앨리는 임신을 한 적이 없었다. 정문 경비는 피임 약을 구할 수 있을 정도의 돈을 벌었고, 그와 앨리 둘 다 이런 불확실한 시대에 아이를 낳는 것은 너무 위험하다고 생각했다. 당시에는 지극히 명쾌한 결정 같았는데 지금은 그저 유감스럽고, 말로 다 할 수 없을 만큼 피곤했다. 왜 소른이 그들이 아직 임신한 티가 나지 않는 여자들도 데려올지도 모른다는 생각은 하지 않았는지 의아했다. 그들은 금세 노예로서의 가치가 떨어질 것이다. 일을 할 수 없을 거고, 어떤 남자도 임신한 여자를 장난감으로 삼으려 하지 않을 테니까.

그건 소른이 고민할 문제야, 그건 소른이 고민할 문제야.

마지막으로 괴로운 1킬로미터의 오르막을 오른 끝에 그들은 어스름이 내릴 무렵 정상에 도착했고 우리들은 아가이브 고개를 넘어가기 시작했다. 협곡의 양옆은 가팔랐지만 아주 험준하지는 않았고, 그저 언덕배기에 바위와 노두들이 날카롭게 튀어나와 있는 정도였다. 부서진 성채, 아가이브 탑의 잔해가 골짜기 바닥 여기저기 흩어져 있었다. 수목들은 오래전에 아가이브에서 사라졌고, 계속된 선적물의 이동으로 건조 지대의 남아 있던 식물들도 다 죽었다. 어스름의 흐릿한 빛 속에서 고갯길은 보랏빛 하늘을 배경으로 동서로 약 1.5킬로미터 정도에 이르는 짙은 갈색 골짜기로 보였다.

노새들은 힘이 거의 다한 것 같았지만 제이블은 소른에게 이것을 얘기할 마음이 없었다. 불쌍한 짐승들이 아무리 매질을 해도 꼼짝하지 않으면 그도 알게 될 테지. 어차피 밤을 보내기 위해 곧 멈춰야 할 것이다. 하지만 제이블은 저 우리가 겨우 몇 미터 떨어져 있는 상황에서는 전혀 잘 수 없을 것 같았다. 그는 다시 앨리를 떠올렸다. 그녀에게 뭐라고 말해야 하지? 분명히 사실대로 말할 수는 없을 것이다. 그녀의 눈에 실망할 때면 나타나는 그 상처받은 멍한 표정이 떠오를 테니까.

만약에 그녀가 상관하지 않는다면?

하지만 제이블은 모트메인에서의 수년이 앨리를 어떻게 바꾸어놓았을지에 관해서는 생각을 거부했다. 그녀에게 말을 하는 것은 절대로 안 된다. 뭔가 거짓말을 생각해야 할 것이다.

해가 지고 구름이 머리 위에 모여들었다. 제이블의 귀에 투덜거리는 소리가 들렸다. 네 명의 케이든의 대장인 드와인이 동료들에게 해가 막 졌을 때 쉴 곳을 찾는 게 좋다고 큰 소리로 말하고 있었다. 케이든은 섭정 때 이 길을 여러 번 다녀봤고, 방탕한 배텐코트 형제와는 별개로 드와인과 아빌이 있다는 사실이 위안이 되었다. 하지만 드와인조차 불안해 보였다. 구름이 빠르게 모여들고 하늘은 더 빠르게 어두워졌다. 밤사이에 폭풍이 몰려오면 파이크 언덕을 내려가는 속도는 느려질 것이다. 하지만 폭풍이 불면 포로들이 물을 좀 마실 수 있겠지. 그들이 행진을 멈추면 제이블은 임신한 여자에게 아들들과 잠깐 시간을 보내게 해줄 수 있을지도 모른다. 소른이 절대로 허락하지 않겠지만 앨레인이 하루 종일 소른의 코앞에서 은밀하게 움직이는 걸 봤으니, 제이블도 할 수 있을지 모른다. 그 생각에 기분이 좀 나아져서 그는 안장 위에서 몸을 쭉 폈다. 사소한 일이지만, 그래도 그가 할 수 있는 일이었다.

구름이 머리 위에서 대단히 짙어졌고, 어느 순간 경고도 없이 고개 위로 어둠이 내렸다.

"몇 명이지?"

메이스가 나직하게 물었다.

"스물아홉까지 셌습니다. 우리 뒤로 안 보이는 몇 명이 더 있는 것 같습니다. 잠깐만요—"

웰머가 나직하게 대답했다. 켈시는 자신을 둘러싼 그림자를 불안하게 의식하며 기다렸다. 메이스와 펜이 물론 그녀의 옆에 있긴 하지만, 어둠 속에서 누구든 칼을 뽑아 들 수 있다. 그녀는 여기서 대단히 취약했다. 그녀는 불안감이 커지는 상태로 기다렸고, 웰머가 일행 절반이 몸을 숨기고 있는 바위 뒤로 다시 기어 왔다.

"저 아래 케이든이 있습니다, 대장. 드와인과 제가 모르는 다른 사람입니다."

"제길, 그들은 절대로 둘이서만 일하지 않아. 몇 명 더 있을 거야."

웰머가 잠깐 동안 주머니를 찾다가 결국 군복 목 안쪽으로 쌍안경을 집어넣었다. 그들은 한참 뒤쪽, 고개 입구에 말을 두고 왔고, 모두들 자신들의 군복에 주머니가 없다는 걸 동시에 깨달은 것 같았다. 켈시는 자신의 군복 목을 잡아당겼다. 옷이 싸구려 재질로 만들어져서 피부가 간질거렸다. 근위병들 모두 군복이 영 어색한 모양이었다. 그녀는 하루 종일 여러 명이 몸을 이리저리 비틀며 옷에 적응하려고 하는 것을 보았다. 심지어는 어떤 환경에서도 카멜레온처럼 녹아드는 것 같던 펜조차 마찬가지였다.

하지만 검은색 군복은 숨는 데에는 제격이었다. 하늘에 아직 차가운 호박색 달이 희미하게 떠 있었기 때문이다. 켈시의 근위병 중 나머지 절반은 5미터쯤 떨어진 두 번째 바위 뒤에 숨어 있었는데 켈시는 그들을 구분해낼 수도 없었다. 그들은 골짜기 옆면을 배경으로 시커먼 덩어리처럼 보일 뿐이었다. 사실 그녀의 사파이어를 숨기는 게 더 걱정이었다. 아가이브 고개에 들어선 순간 가슴을 태우던 끔찍한 열기가 그럭저럭 기분 좋을 정도로 낮게 식었다. 보석의 빛도 줄어들었지만, 켈시는 얇은 군복 천이 그 빛을 완전히 가려줄 수 있을지 의문이었다.

뒤에서 단검을 뽑는 것처럼 칼이 가죽에 긁히는 소리가 들렸다. 켈시는 자신의 몸을 당겨서 최대한 작게 웅크리려고 노력했다. 맥박이 너무 크게 뛰어서 모두에게 들릴 것만 같았고 이마에는 식은땀이 배었다. 고통을 기억하는 것처럼 어깨의 상처가 조여들었다. 그녀 주위의 사람들 중 누가 그런 짓을 했을까?

"저희는 열셋입니다, 레이디. 심하게는 아니지만, 전면전을 벌일 수는 없습니다. 저기에 케이든이 있는 한은요."

메이스가 말했다.

"웰머, 그대가 그들을 제거할 수는 없나요?"

"쏠 수는 있지만, 그들이 엄호물을 찾고 불을 끌 때까지 두세 명밖에는 못 잡을 겁니다."

메이스가 베너의 어깨를 두드린 다음 뭐라고 속삭이고서 그를 다른 쪽 바위로 보냈다.

"저희에게는 웰머 말고도 능력 있는 궁수가 세 명 더 있습니다. 두 명을 고개 건너편으로 보내서 나머지가 저 우리 뒤로 숨지 못하게 만들어보죠. 케이든만 먼저 잡으면 동등한 상황으로 만들 수 있을 겁니다."

"조만간 저들이 불을 끄려고 할 겁니다. 빛이 주는 우세함을 잃기 전에 빨리 행동해야 합니다."

펜이 나직하게 경고했다. 켈시가 메이스의 팔목을 잡았다.

"우리 안의 사람들이 우선이에요. 모두에게 이해를 시켜줘요."

베너가 세 개의 검은 형체를 뒤에 달고 돌아왔다. 그들은 메이스 주위에 모여서 낮게 대화를 나누었고, 켈시는 어둠 속에서 찾아드는 편집증에 지지 않을 거라고 생각하며 이마의 땀을 닦았다.

"웰머, 쌍안경 좀 줘봐요."

여덟 개의 우리는 문이 안쪽으로 향하도록 말발굽 모양으로 바싹 붙여 배치되어 있었다. 켈시는 우리가 강철이 아니라는 사실에 안도했다. 그냥 나무로 급하게 만든 것 같았고, 창살도 여러 개의 고리를 연결해놓은 것이 아니라 그냥 두툼한 수직 나무 판이었다. 나무가 티어링 참나무라고 해도 창살은 도끼로 찍는 데에는 취약할 것이다.

웰머가 우리 행렬 주변에 배치되어 있는 경비들을 발견했지만 소른의 부하들 대다수는 말발굽 모양 안쪽에 집중되어 있었다. 켈시는 눈을 가늘게 뜨고 쌍안경으로 모닥불 주변의 남자들을 보았다. 아는 사람은 거의 없었다. 옷을 잘 입고 덩치가 큰, 분명 귀족인 것 같고 첫 번째 알현 때 본 기억이 나는 남자가 있었지만 이름은 생각나지 않았다. 대다수는 인구조사부 사람들일 것이다. 부주의하기 짝이 없게 민간인 옷조차 입지 않은 그녀의 군대의 병사들도 다수였다. 그리고 원의 한가운데에 당사자가, 아렌 소른이 있었다. 그녀의 사파이어가 가슴 위에서 바르르 떨렸다. 소른에게서 딱히 선한 행동을 기대했던 건 아니지만, 그래도 켈시는 배신당한 기분이었다. 그녀가 어릴 때부터 알고 있었던 세상으로부터 배신당한 것 같았다. 그녀의 모든 계획, 그녀가 이루려 했던 모든 좋은 것들…… 그게 겨우 한 명의 남자로 인해서 다 무너질 수 있을까?

"엘스턴. 불 주변, 열두 시 방향."

그녀가 그에게 쌍안경을 넘기며 말했다.

"이런 썅."

엘스턴이 쌍안경을 보면서 중얼거렸다. 메이스는 한숨을 쉬었지만 이 여행길에서 근위병들의 말버릇을 깨끗하게 유지하려는 시도는 포기한 것 같았다. 켈시는 지난 며칠 동안 새로운 단어들을 무수히 들었다. 엿듣은 대화를 통해 그녀는 엘스턴이 아렌 소른을 증오한다는 걸 알게 되었다. 여자 때문인 것 같았지만 아무도 켈시에게 무슨 일인지 정확하게 말해주지 않았다.

"난 그자를 산 채로 원해요, 엘스턴. 그를 나에게 데려오면 그자의 감옥을 직접 디자인하게 해주죠."

그녀가 말했다. 근위병들 몇 명이 낄낄 웃었다.

"5분만 더 있다가 가죠, 레이디. 톰과 키브가 맞은편까지 건너갈 시간을 줘야 하니까요."

메이스가 나직하게 말했다.

켈시는 아드레날린이 온몸에 솟구치는 것을 느끼며 고개를 끄덕였다. 근위병들은 최대한 조용하게 검을 뽑았지만 켈시는 여전히 금속이 가죽을 긁는 소리를 하나하나 들을 수 있었고, 숨 막히는 감각을 억눌러야 했다. 사파이어가 가슴 위에서, 혹은 가슴 안에서 북처럼 쿵쿵 울렸다. 어느 쪽인지는 그녀도 더 이상 알 수가 없었다.

"레이디, 마지막으로 여기 위에 펜과 베너와 함께 계시라고 부탁드립니다. 저희가 실패해도 레이디께서는 빠져나가실 수 있으니까요."

"라자러스, 이해를 못하는군요."

켈시는 옆에 있는 그의 그림자를 향해 부드럽게 미소를 지었다.

"저는 레이디보다 더 잘 이해하고 있을 겁니다. 레이디께서 원하신다면 그 망할 보석 탓으로 돌리셔도 됩니다만, 전 레이디의 어머님의 그림자가 레이디를 성나고 무모하게 만든다는 걸 잘 알고 있습니다. 그 조합은 저희들 모두에게 위험할 수 있습니다."

켈시는 지금으로서는 분노를 전혀 느낄 수가 없었다. 그녀의 모든 에너지가 아래 있는 야영지에 집중되어 있었다.

"그대에겐 그대의 단점이 있죠, 라자러스. 그대는 고집스럽고, 전사로 산 세월 때문에 열어뒀으면 좋았을 마음의 일부를 닫아버렸어요. 하지만 그럼에도 불구하고 난 그대를 신뢰하게 됐어요. 그러니 그대도 나를 신뢰해주면 좋겠군요."

어둠 속에서는 아무 대답도 들려오지 않았다.

"펜과 베너가 계속 내 옆에 있을 거잖아요. 그렇죠?"

"예, 레이디."

그들이 대답했다.

"그대도 나와 함께 있어주면 좋겠군요, 라자러스. 됐나요?"

"좋습니다. 하지만 레이디께서는 싸움에 끼시면 안 됩니다. 베너 말이 레이디의 발놀림은 끔찍하다고 하더군요."

"난 무기를 들지 않을 거예요, 라자러스. 약속해요."

몇 분 후 메이스가 새소리처럼 휘파람을 불었고, 소리는 바람 속에서 금세 사라졌다. 일행은 바위 사이로 퍼졌고 제각기 조용히 골짜기 옆쪽으로 내려가기 시작했다.

이번만큼은 소른이 제이블의 충고를 들어 아가이브의 가장 좁은 부분에 야영지를 만들었다. 포로 우리 행렬의 양쪽 옆만 방어하면 되는 위치였다. 제이블은 자지 않고 임산부가 아들들과 시간을 보내게 해줄 수 있는 기회를 엿볼 생각이었지만, 결국에 피로가 이겼다. 그는 최소한 몇 시간쯤 잔 다음에 그 문제를 고민하기로 결정했다. 모포를 깔고 커다란 모닥불 앞에 웅크리자 따스한 열기 속에서 다리가 부들부들 떨렸다. 정문 경비병들은 몇 킬로미터 이상 말을 탈 일이 거의 없었고, 긴 여행은 제이블의 약한 허벅지 근육에 부담이 되었다. 그는 꾸벅꾸벅 졸기 시작했고 점점 더 잠드는 시간이 길어졌다. 그가 거의 무의식에 빠지려고 할 때 첫 번째 비명 소리가 났고, 잠이 확 달아났다.

제이블이 일어나 앉았다. 흐린 모닥불 불빛 속에서 졸린 표정에 그 자신만큼 당황한 얼굴을 한 다른 사람들밖에는 보이지 않았다.

"궁수다!"

누군가가 우리 뒤에서 소리쳤다.

"궁수들이—"

고함 소리는 시작한 것만큼 갑작스럽게 끊기고 부글거리는 낮은 소리로 변했다.

"무장해라!"

소른이 명령했다. 그는 전혀 자지 않은 것 같은 모습으로 벌써 일어서 있었다. 불가에서 남자 둘이 벌떡 일어나 어둠 속으로 달려갔지만 그리 멀리 가기도 전에 한 명이 등에 화살을 맞고 쓰러졌다.

궁수야, 제이블이 멍하니 생각했다. 언덕 위에서. 그는 자신이 여전히 자고 있는 게 아닐까 궁금했다. 예전에 그는 몽유병이 있었다. 앨리가 그에게 그렇게 말했다. 앨리 생각에 갑자기 기운이 나서 그는 벌떡 일어나 검을 빼 들고 주위를 다급하게 둘러보았지만, 불빛이 닿는 주위를 넘어서는 아무 것도 보이지 않았다. 또 다른 화살이 어둠을 가르고 그의 머리 위로 지나갔다.

"불을 꺼! 우린 지금 저놈들 손바닥 안이라고!"

드와인이 소리쳤다.

제이블이 바닥에서 자신의 모포를 집어 들고 불구덩이 위에 덮었다. 하지만 천은 너무 가벼워서 연기를 내기 시작했고 불길이 모직을 삼키며 솟구쳤다.

"더 필요해! 당신들 모포를 줘!"

제이블이 주변의 당황한 남자들을 향해 손을 흔들었다. 그들은 졸음 속에 일어나서 담요를 뭉치기 시작했다. 제이블은 좌절감에 고함을 지르고 싶었다.

"비켜!"

드와인이 모포를 한 아름 안고 그를 팔꿈치로 밀치고 나와서 불 위에 천을 던졌다. 불길이 낮아지다가 사위었고, 공기 중에는 불에 탄 모직 냄새가 가득했다. 우리 뒤쪽의 어둠 속에서 칼이 부딪쳤고 주변에 갑자기 상처 입은 말이 울부짖는 요란한 소리가 울려 퍼졌다.

"서쪽에서 말을 탄 자들이 온다! 소리가 들려!"

누군가가 소리쳤다.

"우린 포위됐어. 빌어먹을 관리 놈한테 여기가 야영하기 안 좋은 장소라고 말을 했건만."

드와인이 중얼거렸다. 제이블은 드와인이 그가 이 고갯길을 야영지로 제안했다는 걸 모르기를 바라며 얼굴을 붉혔다. 제이블은 전에 케이든을 직접 상대해본 적이 없었다. 그들은 저 높은 곳에, 손에 닿지 않는 곳에 존재했다. 멍청한 이야기일지 모르지만, 그는 여전히 붉은 망토를 두른 이 커다란 남자에게서 존경받는 것을 꿈꾸었다.

소른이 어둠 속에서 그들에게 다가와 제이블의 어깨를 움켜잡았다. 제이블의 귀에 불쾌한 숨소리가 들렸다.

"드와인. 뭘 해야 되는 거야? 우리한텐 불이 필요해."

"아니, 필요 없소. 이들이 구출대라면 궁수들이 포로들을 쏠 위험을 감수하진 못할 테니까. 어둠 속에서 더 승산이 있다고."

"하지만 그냥 여기서 기다리고 있을 수는 없잖아! 해가 뜨면 우린 손쉬운 먹이가 될 거야."

이제 사방에서 금속과 금속이 부딪치는 소리가 울리며 드와인의 대답을 삼켰다. 흐린 달빛 속에서 3미터쯤 떨어진 곳에서 검이 빛났고, 제이블은 준비 자세로 자신의 검을 들어 올렸다. 심장이 쿵쿵거렸다. 드와인이 웃음을 터뜨렸다.

"대체 뭐가 우스운 거지?"

소른이 물었다.

"티어링 군대라고, 맙소사! 저 제복을 봐!"

제이블은 아무것도 볼 수 없었지만, 드와인에게 들키지 않기 위해서 동의조의 소리를 냈다.

"어둡든 아니든 나 혼자서도 이놈들을 다 때려잡을 수 있겠어. 여기서 기다리시지."

드와인이 검을 뽑고 금세 사라졌다. 그의 발소리가 사라지자 제이블은 긴장감과 두려움을 간신히 억눌렀다. 어둠 속에서 소른이 옆에 있는 것도 별로 도움이 되지 않았다.

"저자는 허풍선이야. 우리한테는 불이 필요해. 충분한 불이—"

소른이 다시 중얼거리다가 제이블이 움찔할 만큼 세게 그의 팔을 다시 잡았다.

"횃불을 가져와."

켈시가 여전히 양옆에 펜과 베너를 달고서 아래로 내려가고 있는데 불이 꺼지며 빛이 완전히 사라졌다.

"궁수들이 최소한 넷을 잡았습니다. 하지만 드와인을 잡았는지 어떤지는 모르겠습니다. 주의하십시오."

메이스가 그녀의 뒤에서 속삭였다.

"저 우리들은 어떻게 잠겨 있죠? 누구 본 사람 있나요?"

"없습니다. 하지만 강철은 절대 아니었습니다. 아마 그냥 평범한 나무인 것 같습니다."

펜이 대답했다. 켈시는 갑자기 이 우리를 만든 이름 모를 사람에게 화가 났다. 소른은 목수가 아니니까 누군가 다른 사람이 그를 위해서 만들어준 것이다.

"말발굽 소리입니다. 서쪽에서."

베너가 속삭였다. 네 사람은 조용해졌고, 잠시 후 켈시는 여러 명의 말을 탄 사람들이 서쪽 고갯길 입구에서 골짜기로 다가오는 소리를 들을 수 있었다.

"셋이나 넷이야. 이게 케이든이면 우리는 곤란해지는 겁니다."

메이스가 중얼거렸다.

"피해야 할까요, 대장?"

펜이 물었다.

켈시는 주위를 둘러보았다. 흐릿한 별빛 속에서 앞쪽에 있는 돌덩이 몇 개와 왼쪽에 있는 커다란 바위의 형상이 눈에 들어오긴 했지만, 그 외엔 아무것도 없었다. 언덕으로 다시 올라가는 것 말고는 갈 데가 없었다.

"아니. 저 바위 뒤에 있으면 그들이 우리를 지나쳐서 가겠지. 그렇지 않더라도 놈들 숫자가 많지 않으니까 여왕 폐하께서 퇴각하실 길을 확보할 순 있을 거야."

메이스가 말했다. 이제 말발굽 소리는 점점 커지고 있었다. 메이스의 지휘에 따라 켈시는 바위 쪽으로 엎드려서 기어갔다. 바닥에 깔린 조그맣고 날카로운 돌들이 그녀의 손바닥을 찌를 때마다 헉 소리가 절로 나왔다. 그녀는 계집애처럼 굴지 말라고 스스로에게 말하고 속으로 엘스턴이 했던 말을 사용해서 욕을 했다.

메이스가 앞장서서 바위 뒤로 기어갔고, 그들은 거기 기대서 야영지를 바라보았다. 짙은 남색 하늘을 배경으로 우리 하나의 창살 모양이 흐릿하게 보이는 정도였지만, 소리는 수없이 많이 들렸다. 강철과 강철이 부딪치는 소리가 사방에서 울렸고, 다친 사람들의 신음 소리가 밤공기를 가득 채웠다. 아까 전의 편집증이 떠오르자 수치심에 얼굴이 뜨겁게 달아올랐다. 그녀의 비참한 기분을 알아챈 것처럼 사파이어가 고동쳤다. 말발굽 소리가 더 가까워졌다.

"어디에—"

"쉿."

메이스가 논쟁의 여지가 없는 어조로 말했다.

말을 탄 사람 여럿이 바위 곁을 지나갔다. 그들의 그림자는 회색 골짜기를 배경으로 거의 보이지 않았다. 그들이 켈시가 숨어 있는 장소에서 6미터쯤 떨어진 데서 멈추었고 공기는 무리한 말들의 숨소리로 가득 찼다. 말들의 숨소리가 어둠 속에서 시끄럽게 울렸다.

"이제 어쩌죠?"

남자 한 명이 낮은 목소리로 물었다.

"난장판인데. 불빛이 필요해."

다른 사람이 대꾸했다.

"싸움이 좀 진정될 때까지 기다려야 하지 않을까?"

"아니. 우선 앨레인을 찾아."

새로운 목소리가 명령했고, 켈시가 고개를 휙 돌렸다. 그녀가 일어나서 메이스가 붙잡기 전에 앞으로 나섰다. 네 개의 검은 그림자가 검을 빼 들고 돌아섰지만, 켈시는 그저 미소를 띤 채 다가갔다. 남자의 목소리 때문이 아니라 가슴속에서 갑자기 퍼지는 온기에서 나오는 확신이 그녀를 가득 채웠다.

"만나서 반갑군요, 도둑들의 제왕."

"이런 맙소사."

말 탄 남자 한 명이 그녀 쪽으로 나와서 2미터쯤 앞에서 멈추었다. 켈시의 눈에는 하늘을 배경으로 한 검은 그림자밖에 보이지 않았지만 그가 그녀를 내려다보고 있다고 맹세할 수 있었다.

메이스가 마침내 그녀에게 와서 그녀의 허리를 잡았다.

"제 뒤로 가십시오, 레이디."

"아뇨, 라자러스. 다른 데에나 신경 써요."

켈시가 앞에 선 키 큰 그림자에게 시선을 고정한 채 말했다.

"예?"

"티어링의 여왕님."

페치가 조용히 말했다.

"내가 아무래도 너를 과소평가했던 모양이야."

켈시는 펜과 베너가 뒤로 와서 서는 소리를 듣고 한 손을 들어 올렸다.

"두 사람 다 물러서요."

페치가 말없이 그녀를 보았다. 켈시는 그의 얼굴을 전혀 볼 수 없었지만,

그녀가 아마 처음으로 *진짜* 그를 놀라게 만들었다는 건 느낄 수 있었다. 그게 위안이 되었고 그녀가 어른인 그에 비해 좀 덜 어린애 같다는 기분을 느끼게 만들었다. 그녀는 몸을 펴고 도전적으로 그를 마주 보았다. 그가 말에서 내려 다가왔고, 켈시는 메이스가 옆에서 바싹 긴장하는 것을 느낄 수 있었다. 그녀가 그를 막기 위해서 그의 가슴에 한 손을 얹었다.

"대장?"

펜의 목소리는 높고 불안감으로 가득해서 켈시가 들어본 중에서 가장 어리게 들렸다.

"맙소사. 긴장 풀어요, 펜."

페치가 한 손을 내밀었고, 켈시는 본능적으로 뒤로 물러났다. 하지만 그는 그저 그녀의 바싹 깎은 머리카락 끝을 건드리고서 부드럽게 말했다.

"너한테 무슨 짓을 해놓은 건지 좀 봐."

켈시는 자신은 거의 아무것도 볼 수 없는데 그는 어떻게 그녀의 짧은 머리를 볼 수 있는 걸까 궁금했다. 그의 말이 머릿속에 들어오자 그녀가 얼굴을 붉히며 쏘아붙였다.

"왜 여기 있는 거죠?"

"소른의 조그만 파티에 참석하러 왔지. 앨레인이 여기 어디 있어. 몇 주 동안 상황을 감시했지."

앨레인, 카드놀이에 아주 능숙했던 금발의 남자. 켈시는 모닥불 주변에서 그를 본 기억이 없었다.

"더 중요한 질문은 이거야. 넌 왜 여기 있는 거지, 티어링의 여왕님?"

좋은 질문이다. 심지어 메이스조차, 그렇게 투덜거려놓고서는 켈시에게 이유는 묻지 않았었다. 그녀는 뭔가 솔직한 대답을 떠올리려고 잠시 고민했다. 그녀가 거짓말을 하면 페치는 알 거라는 직감이 들었기 때문이다. 보석은 그녀의 가슴 사이에서 계속 고동치며 사람들을 구하라고 재촉하고 있었지만 그녀는 의지력으로 그것을 억눌렀다.

"난 내 말을 지키기 위해서 왔어요. 난 이런 일이 다시는 일어나지 않을 거라고 약속했어요."

"왕궁에 앉아서 네 말을 지킬 수도 있었을 텐데. 너한테는 이제 네 마음 대로 쓸 수 있는 군대가 있잖아."

켈시는 그의 목소리에 담긴 빈정거리는 기색에 움찔했지만 기운을 끌어 모아 몸을 죽 폈다.

"아주 오래전에는 왕이 왕위에 오르기 전에 필요하면 자신의 나라를 위해 목숨을 바치겠다고 서약을 했었어요. 그게 체제가 작동하는 유일한 방법이었죠."

"넌 여기서 죽을 준비가 되어 있는 거야?"

"난 우리가 만난 그날부터 이 땅을 위해 죽을 준비가 되어 있었어요, 도둑들의 왕이여."

페치가 왼쪽으로 고개를 기울였다. 다시 말하는 그의 목소리는 켈시가 들어본 중에서 가장 부드러웠다.

"난 널 아주 오랫동안 기다렸어, 티어링의 여왕님. 네가 상상하는 것보다 훨씬 오래."

켈시는 그의 말뜻을 이해할 수 없어서 얼굴을 붉히며 시선을 돌렸다. 물론 그의 말뜻은 그녀가 바라는 그 뜻은 아닐 것이다.

"손을 내밀어봐."

그녀가 손을 내밀자 손바닥에 뭔가 차가운 게 느껴졌다. 손가락으로 그것을 만져보고 그녀는 목걸이라는 것을, 차가운 펜던트가 달린 목걸이라는 것을 깨달았다. 펜던트가 벌써 그녀의 피부 위에서 따뜻해지기 시작했다.

"이게 뭘 할지는 모르겠지만, 티어링의 여왕님, 넌 이걸 돌려받을 자격이 있어."

켈시의 왼쪽에서, 나머지 전투보다 훨씬 가까운 곳에서 칼로 사람을 베는 둔탁한 소리가 들렸고, 남자가 비명을 질렀다. 그 목소리는 어둠 속에서 높고 끔찍했다. 켈시는 메이스의 뒤로 물러났고 그가 검을 들었다.

"난 너한테 여왕 폐하의 목숨을 빚졌다, 무뢰배. 네가 폐하께 위협이 되지 않는 한은 널 가로막지 않겠지만, 저자들이 우리에게 온통 덤벼들기 전에 이제 빨리 사라지지 그러나."

"나도 동감이야. 가자고."

페치가 말에 올라타자 하늘을 배경으로 다시금 검은 그림자로 변했다.

"행운이 있기를, 티어링의 여왕님. 이 일이 다 끝난 후에 우리가 다시 만날 수 있으면 좋겠군."

여전히 얼굴을 붉힌 채 켈시는 두 번째 목걸이의 걸쇠를 찾아서 목에 걸고 잠갔다. 가슴속에서 심장이 달음박질치며 혈관 속으로 열기를 흘려 보내는 느낌이었다. 전기가 흐르는 것처럼 빠직거리는 소리가 들렸고, 아래를 내려다보니 두 번째 사파이어가 작은 태양처럼 불빛을 뿜어내며 환하게 타오르고 있었다. 그녀는 펜던트를 군복 안으로 넣었고 열쇠가 자물쇠 안에 들어가는 것처럼 달칵 소리가 났다. 시야가 갑자기 기울어졌다. 그녀가 눈을 깜박이자 다른 세계가, 하얀 지평선을 배경으로 까만 건물들이 서 있는 세상이 보였지만 다시 눈을 깜박이자 사라져버렸다.

페치와 그의 동료들이 방향을 돌려 고개 쪽으로 달려가자 다시금 경고의 고함 소리와 공포로 가득한 비명이 야영지 쪽에서 들려왔다. 그동안 켈시와 세 명의 근위병들은 싸움과는 반대 방향인 바위의 반대편으로 기어가서 고갯길 입구 쪽을 바라보았다.

"대장?"

펜이 물었다.

"나중에, 펜."

켈시는 메이스가 그녀 혼자 달려나간 것에 대해, 페치에 대해, 전반적인 무모한 행동에 대해서 일종의 설교를 할 거라고 생각했다. 하지만 그는 아무 말도 하지 않았다. 그의 검이 반짝이는 게 보였고 또 다른 반짝이는 금속은 아마 철퇴인 것 같았다. 하지만 그 빛은 달빛에 의한 것이 아니라 파랬다. 켈시는 아래를 내려다보고 자신의 두 개의 보석이 이제 대단히 밝게 빛나서 군복 천을 통해서도 보석이 보일 정도라는 것을 깨달았다. 그녀는 빛을 가리기 위해서 오른손으로 보석들을 움켜쥐었다. 그녀의 가슴속을 두드리는 감각은 이제 계속해서 커지고 있었다. 심장이 지나치게 빠르게 쿵쿵거렸고 혈관 속으로는 불길이 흐르는 것 같은 느낌이었다. 뭔가 끔찍한 일이, 그녀가 볼 수 없는 일이 일어날 것만 같았다.

아, 그렇구나. 난 전에는 두 번째 목걸이를 그냥 주머니에만 넣어놨었지. 걸어본 적이 없었어. 그녀는 갑자기 깨달았다.

그녀는 눈을 감았고, 그 장면이 다시 나타났다. 지평선, 높다란 건물들, 왕궁보다도 더 높은 수십 개의 건물들. 광기가 거기에 자리를 잡고 손짓을 하는 것 같았다. 그녀의 머릿속에만 존재하는 광기의 도시. 싸움판 한가운데서 비명 소리가 더 들리는 바람에 켈시는 현실로 돌아왔다. 그녀는 눈을 뜨고 자비로운 어둠 속에서, 펜이 바위 옆쪽으로 내다보고 있는 것을 발견했다.

"다시 불을 켰는데요."

"멍청이들. 웰머가 쉽게 저놈들을 맞힐 거야."

켈시는 펜의 옆으로 내다보았다. 하늘을 배경으로 몇십 미터 앞쪽 야영지 한가운데에서 불길이 타올랐다. 그녀의 보석이 왠지 모르게 그녀를 앞으로 끌어당기려는 것 같았지만 그녀는 메이스에게 약속을 했기 때문에 의지력으로 억눌렀다. 고갯길 한가운데서 비명은 계속되었고, 이게 바로 그녀가 계속 예상하던 그 끔찍한 일이었음을 깨닫고 켈시의 맥박이 빨라졌다. 갑자기 그녀는 불안감의 근원을 알아냈다.

"저건 여자의 목소리예요."

펜이 바위에서 1, 2미터쯤 앞으로 나갔고, 멀리서 비치는 희미한 불빛 속에서도 켈시는 그의 얼굴이 창백해지는 걸 볼 수 있었다.

"신이시여."

"왜 그래요?"

"여자들요."

그의 목소리가 물속에서 들리는 것 같았다.

"저놈들이 여자들 우리에 불을 질렀습니다."

생각할 겨를도 없이 켈시가 달려가기 시작했다.

"레이디! 제기랄!"

메이스의 고함 소리가 굉장히 멀게 느껴졌다. 여자들의 비명이 고갯길을 울리며 지평선 이쪽 끝에서 저쪽 끝까지 밤공기를 채우는 것 같았다. 두 개의 사파이어가 그녀의 군복 안에서 빠져나와 이제 환하게 빛을 뿜었고, 켈시는 자신이 모든 것을, 파르스름한 모든 바위들과 풀잎 하나하나까지 볼 수 있다는 것을 깨달았다. 그녀는 달리기를 잘하는 편이 아니었지만 보석이 그녀에게 힘을 주었다. 그녀는 평생 어느 때보다도 빠르게 불길이 환하게 솟구치고 있는 곳을 향하여 달려갔다.

제이블은 무슨 일이 벌어진 건지 알 수가 없었다. 그는 자신이 뭘 하는지 거의 깨닫지 못한 채 소른을 위해 횃불을 찾으러 갔다. 그의 머릿속은 여전히 그들이 실패하면 앨리는 어떻게 될까 하는 생각으로 가득했다. 소른의 부하들이 지고 있다는 게 느껴졌다. 그들은 제때 빨리 불을 끄지 못했고, 궁수들이 언덕 중턱에서 엄청난 피해를 입힌 것 같았다. 걸을 때마다 계속해서 발에 시체가 걸렸으니까. 그가 횃불을 찾는 사이에 말을 탄 남자들이 더 나타났다. 그 소리가 소른을 공포로 몰아넣은 것 같아서 제이블은 그들이 한편이 아니라는 결론을 내렸다. 그들은 싸움에서 질 거고, 그러면 앨리는 어떻게 되는 걸까?

마침내 그가 불구덩이에서 한참 떨어진 곳에 구르고 있는 횃불을 들고 소른에게 돌아갔고, 소른은 고맙다는 말도 없이 횃불을 가지고 훌쩍 사라졌다.

나도 댁을 안 보니 속이 시원해, 제이블은 음울하게 생각했다. 하지만 소른이 사라지고 나자 뭘 해야 할지 알 수가 없었다. 그는 정문 경비지 군인이 아니었고, 여기는 벽과 좁은 골목이 있는 아늑한 거트가 아니었다. 제이블은 언제나 대자연을 싫어했다. 고개의 암벽들은 세상을 둘러싼 높고 유령 같은 울타리로 느껴졌다. 그는 움직이고 싶지 않았고, 사방에서 싸우는 소리가 들리고는 있어도 보이지 않는 적과 싸운다는 건 생각만으로도 겁이 났다. 그의 전투 경험은 왕궁으로 싸워서라도 들어가려고 하는 미치광이 정문 돌파자들을 막아낸 경험 한두 번으로 한정되어 있었다. 한 번도 사람을 죽여본 적은 없었다.

내가 겁쟁이일까?

포로들은 싸움이 시작되자 다시 목소리를 내기 시작해서 이제는 도와달라고 외쳐대고 있었다. 도살장 소리 같은 그 소리에 그는 귀를 틀어막고 싶었다. 임산부를 내보내줄까 생각을 해봤지만 아무것도 보이지가 않는 데다가 겁이 났다. 켈러가, 우리에 가득한 젊은 여자들이 떠올랐다. 여러 명이 강간을 당했다. 더 이상은 자기 자신에게조차 그 사실을 부인할 수가 없었다. 그중 한 명, 열두 살 정도밖에 되지 않은 것 같은 아이는 헤이마켓에서 여기까지 오는 내내 그저 서럽게 울기만 했다. 제이블은 거트에서 술에 취해서 보낸 밤을, 아동노예 거래상들을 찾아 정의를 구현하고 영웅적인 일을 해볼까 생각했던 그 시간을 떠올렸다. 하지만 언제나 아침이 오고, 햇살과 숙취가 그의 훌륭한 계획을 망쳤다. 하지만 이건 다르다는 것을 제이블은 깨달았다. 이것은 사악한 일이었다. 여기에는 아침이 없다. 그리고 어둠 속에서는 수많은 일을 이룰 수 있다.

그는 검을 집어넣고 벨트에서 단검을 뽑아 들고 기다렸다. 정문 경비는 언제나 한데 뭉치고, 몇 분 후에 제이블이 예상했던 대로 켈러가 그를 찾아냈다.

"우리한테 어울리는 상황은 아니지, 안 그래, 제이블?"

"그러게. 내가 한밤중의 정문으로 다시 돌아가고 싶어질 줄은 생각도 못 했어."

제이블이 대답했다. 그들은 어둠 속에서 잠시 조용히 서 있었고, 제이블은 아드레날린이 온몸에 샘솟는 것을 느끼며 용기를 끌어모았다.

"저 우리 문 좀 느슨해진 것 같지 않아?"

"어느 문? 잘 안 보이는데."

"저쪽 말이야. 왼쪽에."

켈러가 돌아서는 순간 제이블은 그의 목에 팔을 감았다. 켈러는 컸지만 제이블은 빨랐고, 그는 켈러의 목을 단검으로 긋고 켈러의 손이 그를 붙잡기 전에 재빨리 물러났다. 켈러가 부글거리는 소리를 내며 어둠 속에서 숨을 쉬려고 입을 벌렸고, 곧 제이블은 그의 커다란 몸이 바닥으로 쓰러지며 쿵 소리가 나는 것을 들었다. 제이블의 심장이 만족감으로 타올랐다. 그의 머릿속에서 위대한 새벽이 밝아오고 혈관 속으로 용기가 가득 차는 것만 같았다. 이제 뭘 해야 되지?

그는 즉시 알 수 있었다. 문을 열어야 한다. 여왕 폐하께서 그날 왕궁 잔디밭에서 그러셨던 것처럼 우리 문을 열고 모두를 내보내주는 것이다.

그는 우리 행렬 쪽으로 비틀거리며 가다가 또 다른 시체에 발이 걸렸다. 남자들이 여전히 사방에서 싸우고 있었고 바닥에는 시체가 가득했다. 소른이 옳았다. 그들에게는 불이 필요했다.

막 그 생각을 하는데 제이블은 문득 자신이 주위를 볼 수 있다는 것을 깨달았다. 희미한 호박색 불길이 싸우는 사람들 여럿과 말발굽 모양의 양쪽 측면에 있는 처음 몇 개의 우리를 밝히고 있었다. 누군가가 불을 켰다. 드와인이 화를 내겠지만, 제이블은 그저 안도했다.

그 순간 비명이 진짜로 울리기 시작했다. 여자가 기겁을 해서 비명을 지르고, 그 소리가 점점 더 끔찍하게 높아져서 제이블은 귀를 막아야만 했다. 그는 무릎을 꿇고서 생각했다. 분명 저 여자도 숨이 차서 멈추겠지. 그리고 실제로 그랬을지도 모르지만, 갑자기 모두가 소리를 질러대기 시작했다. 여자들이 울부짖는 소리 말고는 아무것도 들리지가 않았다.

제이블은 돌아섰다가 불길을 보았고, 소른이 무슨 짓을 했는지 깨달았다.

왼쪽 네 번째 우리의 한쪽 끝이 불에 타고 있었다. 문은 이미 불길에 휩싸여 보이지도 않았다. 소른은 손에 횃불을 들고 3미터쯤 떨어진 곳에 서서 불길을 응시하고 있었다. 제이블은 그 새파란 눈에서 악마를 보았다. 그저 악의에 찬 정도가 아니라 훨씬 더 끔찍한 거였다. 스스로도 인식하지 못한 채 태어나는 악, 자신이 악이라는 걸 모르기 때문에 뭐든 정당화할 수 있는 그런 악의 탄생을 보았다.

계산을 할 줄 아는 악마.

우리의 여자들은 반대편 벽으로 몰려가며 비명을 질러댔다. 하지만 불길이 우리 바닥을 타고 조금씩 조금씩 계속해서 그들 쪽으로 다가갔다. 두 여자가 이미 불길에 휩싸여 있었다. 제이블은 조악한 나무 창살 사이로 쉽게 그들을 볼 수 있었다. 그중 한 명이 윌리엄과 제프리의 엄마였다. 여자는 치마를 집어삼키는 불길을 손으로 두드리고 다른 여자들에게 도와달라고 소리쳤지만, 다들 미친 듯이 도망치느라 전혀 눈치도 채지 못하는 것 같았다. 두 번째 여자는 이미 횃불처럼 활활 타오르고 있어서, 불길 속에서 미친 듯이 팔을 움직이며 몸부림치는 시커먼 형체일 뿐이었다. 제이블이 보고 있는 앞에서, 마치 영원한 것 같은 시간 속에서, 여자의 팔이 옆구리로 떨어지고 몸이 바닥으로 풀썩 쓰러졌다. 더 이상 얼굴도 없고 그저 미친 듯이 타오르는 시커먼 덩어리일 뿐이었다. 불길은 우리 바닥으로 계속 번졌다.

나머지 여자들이 비명을 지르며 끔찍한 불협화음을 자아냈고, 제이블은 평생 이 소리가 머릿속에 남을 것임을 직감했다. 그들은 끝없이 비명을 질렀고, 모두가 앨리의 목소리처럼 들렸다.

제이블은 꺼진 모닥불 맞은편에 있는 배덴코트 형제들의 짐으로 달려갔다. 휴고 배덴코트는 언제나 도끼를 갖고 다녔다. 형제 둘 다 첫 번째 경비를 서기 위해 갔지만, 도끼는 싸움에서 쓸모가 없으니까 여기 있을 것이다. 제이블은 무기 가방을 마구 뒤져 검과 활을 밀쳐내고 도끼를 찾아냈다. 그의 손에서 도끼는 윤이 흐르고 강해 보였다. 그에게는 너무 무거웠지만 어떻게든 들어 올릴 수 있었고, 우리 앞까지 가자 어떻게든 휘두를 수도 있다는 사실을 알게 되었다. 제프리와 윌리엄의 엄마는 이제 불길에 타고 있었고, 그녀의 머리카락과 얼굴도 불길에 휩싸여 있었다. 그녀의 드레스가 먼저 사라졌고, 이런 상황에서도 냉정하게 한 걸음 물러서 있는 것 같은 머리 한구석으로 제이블은 그녀의 안에 있는 아기도 이미 죽었을 거라는 걸 알았다. 하지만 불길조차 여자의 강인한 목소리는 멈추지 못했다. 그녀는 어둠 속으로 비명을 지르고 또 질렀다.

제이블은 창살을 향해 첫 번째로 도끼를 세게 휘둘렀다. 나무가 갈라졌지만, 부러지지는 않았다.

내 힘으로는 부족해.

그는 그 생각을 삼키고 왼쪽 어깨 근육이 찢어지는 것 같은 고통을 무시하고 다시 도끼를 휘둘렀다. 앨리가 바로 거기 서서 애정 어린 눈으로 그를 바라보고 있었다. 그들이 결혼하기 전에, 둘 다 추첨이나 다른 것들에 대해서는 전혀 생각도 안 해봤던 그 시절처럼.

불에 탄 모직과 그을린 피부 냄새가 뒤섞여 속이 뒤집히는 악취가 공기를 가득 채우고 있었다. 제이블은 불과의 싸움에서 지고 있었지만, 그래도 도끼질을 멈출 수가 없었다. 제프리와 윌리엄의 엄마는 그 경쟁 중간쯤에서 죽고 말았다. 방금 전까지 비명을 지르고 있다가 다음 순간 소리가 뚝 끊겼고, 그 차가운 한순간에 제이블은 아렌 소른을 죽이겠다고 결심했다. 하지만 소른은 이미 사라졌다. 횃불을 버리고 어둠 속으로 도망쳤다.

여자들은 여전히 우리 맞은편 벽에 몰려 있었지만, 제일 뒤쪽에 있는 사람들만이 이제 비명을 지르고 있었다. 불 근처에 있는 여자들은 연기에 뒤덮여 괴롭게 기침밖에는 할 수가 없었던 것이다. 치마에 불이 붙은 사람도 여럿이었다. 제이블 자신의 눈도 연기에 그을려 눈물이 나고 팔의 피부는 구워지고 있는 것 같은 느낌이었다. 하지만 그는 모든 걸 무시하고 도끼만 계속 휘둘렀다. 도끼가 창살을 깨끗이 베어내는 것이 느껴졌지만, 겨우 하나였다. 너무 늦었다.

앨리, 정말로 미안해.

그의 피부에 불이 붙었다. 제이블은 도끼를 떨어뜨리고 무릎을 꿇었다. 그가 양손으로 귀를 막았지만 여전히 여자들의 비명 소리가 들렸다.

그때 세상이 파란 빛으로 가득 찼다.

불에 타는 우리에서 15미터쯤 떨어진 곳에서 켈시는 그녀가 달리는 동안 여러 명의 말을 탄 사람들이 양옆에서 같이 달리고 있다는 것을 깨달았다. 검은 천으로 얼굴을 가린 페치의 부하들이 그녀와 보조를 맞추어가며 활을 쏘았다. 그녀가 환상을 보고 있는 걸지도 모르지만, 더는 상관없었다. 지금은 우리와 여자들 말고는 아무것도 중요하지 않았다. 그녀가 책임져야 할 사람들. 그녀는 티어링의 여왕이었다.

소른의 부하들 여럿이 검을 높게 들고, 사나운 표정을 짓고서 그녀에게 다가오려고 했다. 하지만 파란 불길이 그들을 감싸자 전부 쓰러졌다. 켈시는 불빛이 보석에서 나오는 게 아니라 자신의 머릿속에서 나오는 것처럼 느껴졌다. 그녀가 죽으라고 생각만 하면 죽어버렸다. 호흡이 목에 걸렸지만 그녀는 속도를 늦추지 않았다. 보석이 그녀를 불길을 향해 계속 달리게 만들었다.

그녀가 마지막 바위 앞에서 멈추었고 뜨거운 열기가 벽처럼 그녀를 막고 밀어냈다. 여자들은 불에 타는 우리 한쪽 끝에 우르르 몰려서 있었지만 불길이 이미 그들에게 도달한 상태였다. 회색 머리의 남자가 그 앞에서 도끼를 들고 창살을 공격하는 중이었지만 흠집 하나 내지 못하는 것 같았다.

티어링 참나무야, 켈시는 생각했다. 여자들은 갇혀 있었다. 더 끔찍하게도 불길이 이미 다음 우리의 창살로 옮겨 붙고 있다. 불을 빨리 끄지 않으면 모든 우리가 불에 탈 것이다. 물이 필요했지만, 수 킬로미터 이내엔 물이 없었다. 좌절감에 켈시는 주먹을 움켜쥐었다. 손톱이 손바닥을 찔러서 피가 났다. 누군가가 그녀에게 지금 그녀의 목숨을 대가로 우리 안의 사람들을 살려주겠다고 하면 두려움 없이, 기꺼이 받아들일 것이다. 아이 엄마가 아이를 위해 조금도 머뭇거리지 않고 목숨을 바꾸는 것처럼. 하지만 그런 거래를 해줄 사람은 아무도 없었다. 켈시의 선의가 이렇게 끝을 맺고 말았다.

이들을 살릴 수만 있다면 내 모든 걸 줄 텐데. 그녀는 그렇게 생각했고, 그 순간 그게 진심이라는 것을 깨달았다.

두 개의 보석이 새파란 빛을 폭발적으로 뿜어냈고, 그녀는 온몸의 신경을 타고 전류가 흐르는 것을 느꼈다. 그 강력한 힘에 몸이 뒤로 밀려났다. 자신의 덩치가 두 배가 된 것 같고 온몸의 털이 곤두서고 근육이 부풀어오르는 느낌이었다.

그녀의 좌절감이 사라졌다.

고개 전체가 이제 환하게 파란 빛으로 빛났고 그림자들이 점점 더 밝아졌다. 켈시는 고요하고 꼼짝도 하지 않는 모든 것들을 볼 수 있었다. 그녀 주위의 모두가 움직이던 그대로 빛 속에 얼어붙었다.

왼쪽 언덕 중턱에서 바위 위에 앉아 활에 화살을 메기고 집중하느라 턱을 악문 웰머.

불길과 살의로 눈이 붉어진 채 울퉁불퉁한 골짜기를 따라 아렌 소른을 추격하는 엘스턴.

우리 뒤에서 단검을 들고 소리를 지르느라 입을 벌린 채, 상처 입은 자를 죽이고 있는 앨레인.

우리 행렬 끝에, 그 끔찍한 가면을 쓰고 빨간 망토를 두른 커다란 남자와 싸우고 있는 페치.

도끼로 우리를 내리치다가 이제 무릎을 꿇고 흐느끼고 있는 남자. 수년간의 고뇌와 후회로 가득한 남자의 얼굴.

하지만 무엇보다도 불길의 진로 바로 앞에 서 있는 우리 속의 여자들.

깨끗하게 죽는 편이 더 나아.

전류가 켈시의 몸에서 펑펑 솟아올라 몸 안에 담아둘 수가 없는 느낌이었다. 마치 번개를 맞은 것만 같았다. 신이 있다면, 신이 바로 이런 기분이겠지. 세상의 위에 서 있는 것 같은 기분. 하지만 켈시는 두려웠다. 지금 자신이 세상을 반 토막 내고 싶다면 그럴 수 있을 것만 같으니까. 게다가 분명 그녀가 아는 것 이상이 있는 것 같았다. 모든 것에는 대가가 존재하는 법이다.

물.

지금은 선택의 여지가 없었다. 대가가 있다면 지불할 것이다. 그녀는 손을 내밀었고, 그녀의 팔이 팔 길이 이상으로 늘어나는 것 같았다. 물이 바로 거기 있었다. 느낄 수 있고, 거의 맛볼 수도 있을 것 같았다. 그녀는 그것을 외쳐 불렀고, 전류가 그녀의 몸에서 폭발하며 갑작스럽게 나타났던 것과 똑같이 순식간에 사라지는 것을 느꼈다.

천둥이 고개 위쪽에서 내리치며 대지를 흔들었다. 보석은 차갑고 어두워졌고, 고개는 갑자기 다시 한 번 환해졌다. 모든 것이 다시 움직이기 시작했다. 여자들이 비명을 지르고, 남자들이 고함치고, 검이 부딪친다. 하지만 켈시는 그저 어둠 속에서 서 있을 뿐이었다. 온몸의 털이 곤두선 채, 그녀는 계속 기다렸다.

물이 하늘에서 몰려들어 달빛을 가릴 정도로 빽빽하게 들어찼다. 그러고는 마치 벽처럼 켈시의 위로 떨어져 그녀를 바닥에 내던졌다. 그녀의 몸이 골짜기로 굴러가고 코로 물이 들어와 폐를 가득 채웠다. 하지만 켈시는 기쁘게 물속으로 빠져들었다. 머릿속이 텅 비고 오로지 자고 싶었고, 어둠이 그녀의 시야 너머에서 부르는 것 같았다.

크로싱, 진짜 크로싱이야. 눈으로 볼 수도 있을 것 같아.

켈시는 눈을 감고 건너갔다.

모트메인의 여왕은 발코니에 서서 자신의 영토를 바라보고 있었다. 잠이 오지 않을 때면 여기 나오곤 하던 게 이제는 거의 매일 밤이 되었다. 잠을 제대로 자지 못해서 사소한 것들을 깜박깜박 잊기 시작했다. 어느 날 밤에는 처형 명령서에 서명하는 것을 잊어서 다음 날 아침 단두대 광장에 모인 군중은 기다리고…… 또 기다렸다. 카다르의 왕이 그녀에게 한번 와달라고 했는데 날짜를 착각해서 하인들을 혼란스럽게 만들고 짐을 도로 푼 일도 있었다. 어느 날 밤에는 하인들이 그녀가 요구한 노예를 데려왔는데 그녀는 이미 잠이 들어 있었던 적도 있었다. 이런 것들은 사소한 거였지만 베릴이 점차 눈치채기 시작했고, 조만간 베릴 외의 누군가도 눈치채게 될 것이다. 그러면 문제가 되겠지.

그 계집애, 언제나 그 계집애 때문이다. 여왕은 그 계집애를 보고 싶었다. 대단히 보고 싶어서 장군들을 모으고 티어링을 공식 방문하려는 계획까지 타진해보았다. 그들은 그녀의 계획을 대체로 제지하지 않았지만 이번만큼은 결사반대했고, 여왕도 결국 그들의 주장을 인정해야 했다. 이런 제안은 약해지는 신호로 보일 거고, 의미도 없을 것이다. 계집애가 분명히 거절할 테니까. 하지만 설령 받아들인다 해도 위험이 잠재했다. 이제는 여왕도 그 계집애가 제 어머니와는 전혀 다른 미지의 인물이라는 것을 알 수 있었다. 더 나쁜 건 계집애의 근위대장이 누군지 아주 잘 아는 메이스라는 거였다. 두카르트조차 현재 갖고 있는 것보다 더 많은 정보와 유리한 입장을 갖지 않는 한은 메이스와 맞붙고 싶어 하지 않았다. 메이스는 공포이고, 계집애는 사각(死角)이고, 이 두 가지 모두가 영 불쾌했다.

여왕은 이 발코니가 좋았다. 그녀의 방보다 2층 위에 있는, 궁전의 수많은 탑 중 하나의 꼭대기에 위치하고 있어서 사방으로 수 킬로미터가 보였다. 널따란 그녀의 영토 너머 동쪽으로는 칼레까지, 남쪽으로는 카다르까지, 그리고 서쪽으로는 티어링까지. 거의 20년 동안 그녀에게 아무 문제도 일으키지 않았던 티어링이 이제는 마치 잘못 밟은 벌집 같았다. 완전히 재앙이었다. 소른의 선적이 내일 도착하면 일종의 미봉책이 되겠지만, 그래도 더 큰 문제는 해결되지 않는다. 티어링이 공물을 보내지 않는 걸 허용하면 다른 나라들도 그 뒤를 따를 것이 불 보듯 뻔했다.

내정 상황도 별다르지 않았다. 여왕은 한 세기가 넘도록 철권통치를 했지만 이제 새 노예들이 부족해지면서 새로운 문제가 대두되었다. 내부적 분란이 일기 시작한 것이다. 여왕의 첩자들이 모트 귀족들이 은밀하게, 점점 더 대규모로 모이고 있다고 보고했다. 그녀의 군대 장교들은 그리 비밀스럽게 행동하지도 않았다. 그들은 근처에 있는 모든 사람들에게 자신들의 불만을 얘기했다. 북부 도시, 특히 마르케 시 같은 곳에서는 시민들의 불온 행위 정도가 점점 더 강해지고 있다는 보고가 들어왔다. 마르케 시에는 젊은 급진 세력이 가득했고, 그들 대부분이 노예를 한 명도 소유해본 적이 없었지만 불만을 퍼뜨릴 기회는 귀신같이 알아챘다.

티어링을 침공해야 돼. 여왕은 괴로운 기분으로 생각했다. 그녀는 발코니 남서쪽으로 옮겨 가서 도시 너머, 광활한 샹디메인을 뒤덮은 검은 그림자를 바라보았다. 몇 주 전에 군대를 동원하긴 했지만 그녀의 직감이 신중하라고 충고하고 있어서 침공은 연기하는 중이었다. 침공하는 건 더 쉬워도 더 위험했고, 여왕은 미지의 위험 때문에 고민하는 게 아니었다. 승리해도 의도하지 않았던 결과가 생길 수 있다. 그녀는 더 이상의 땅을 관리하고 싶지 않았다. 언제나 그랬던 것처럼 인접 국가들이 각기 공물을 보내고 시키는 대로 행동하며 조용하게 흘러가기를 바랐다. 진짜 군사적 행동을 취하게 되면 사업이 늦어질 거고, 일을 진전시킬 수 없게 될 것이다.

하지만 그녀에게는 더 이상 선택권이 없었다. 소른의 평가는 명확했다. 그 계집애는 돈으로 살 수 없다. 그 계집애는 제 할머니인 알라의 위험한 기질에 더해 그 이상의 성향을 보이고 있었다.

아버지가 대체 누구지?

어떤 날에는 이 질문에 모든 것이 달려 있다는 생각이 들었다. 그녀는 유전학자였고, 아마도 크로싱 이래 가장 앞선 유전학자일 것이다. 그리고 그녀는 세대에서 세대를 거치며 변화를 일으키는, 가끔은 급격하고 기묘한 변화를 일으키는 유전자의 힘을 잘 알았다. 엘리사와 섭정 둘 다 허영심 많고 상상력이라고는 없어서 다루기가 아주 쉬웠다. 계집애가 달라야 할 이유는 전혀 없었다. 전혀 다른 새로운 유전자가 조합 안에 끼어든 게 아니라면. 섭정은 계집애의 아버지의 정체에 관해 말하기를 항상 꺼렸다. 수년 전에 그 정보를 알아냈어야 했는데, 당시에는 그렇게 중대한 것처럼 느껴지지 않았었다. 지금, 그가 사라지고 그녀의 계획이 멈추기 직전이 되어서야 계집애의 아비가 무엇보다도 중요할 수 있다는 사실을 알게 되었다.

너무 안일했어, 여왕은 갑자기 그것을 깨달았다. 지금까지 모든 것이 아주 쉬웠다……. 하지만 안일한 통치자는 지금 진화가 만들어낼 수 있는 오욕의 앞에 서 있었다. 수년 전에 죽었어야 하는 열아홉 살짜리 계집애라는 형태로.

티어링 국경에서 무슨 일이 일어나고 있다.

여왕은 눈앞에 보이는 것을 이해하려고 노력하며 눈을 가늘게 떴다. 자정이 조금 넘었는데 국경 쪽 하늘 전체가, 가느다란 조각달 아래 숲 위로 높게 솟은 윌링햄과 엘라이어의 눈 덮인 꼭대기까지 전부 다 또렷하게 보였다. 두 개의 산은 유용한 지표였다. 여왕은 언제나 티어링이 어디서 시작되는지 정확하게 알 수 있다는 사실을, 멀리서 계속 감시할 수 있다는 것을 좋아했다.

이제 아가이브 고개 위로 벼락이 하늘을 가르며, 몰려드는 시커먼 먹구름을 비추었다. 여왕은 감탄하지 않았다. 그녀도 집중하면 번개 정도는 소환할 수 있었고, 간단한 재주였다. 하지만 이 번개는 하얀색이 아니라 파란색이었다. 사파이어의 새파란색.

두려움이 가슴을 채우고 배 속이 조여들게 만들었고, 그녀는 서쪽 지평선을 향해 눈을 가늘게 뜨고 그곳을 보려고 초조하게 노력했다. 하지만 마법은 다른 모든 능력들처럼 사용자뿐만 아니라 구경꾼도 제한했고, 그래서 그녀에게는 아무것도 보이지 않았다. 그녀는 단 한 번도 그 계집애를 볼 수가 없었다. 꿈에서만 볼 수 있을 뿐이었다.

여왕이 홱 돌아서서 발코니를 나오자 근위병들이 놀라서 잠시 가만히 서 있다가 다급하게 그녀의 뒤로 다가왔다. 그녀는 그들이 따라오든 말든 상관하지 않고 빠른 걸음으로 원형 계단을 내려가 자신의 방으로 들어갔다. 갑자기 달갑지 않은 예감이, 재앙이 임박했다는 느낌이 그녀를 사로잡았다. 뭔가 끔찍한 일이, 그녀의 계획을 전부 망가뜨릴 대이변이 국경에서 일어나고 있었다.

여왕의 수석 시녀인 줄리엣이 방문 앞에 서 있었다. 이 임무에는 충성심에 의문의 여지가 없는 베릴이 더 좋을 테지만, 그는 이제 노인이라 잠을 자야 했다. 줄리엣은 스물다섯 살 정도의 키 큰 근육질의 금발 여자로 강하고 유능했지만 너무 어려서 뭘 제대로 알기나 할까 의심스러웠다. 길고 긴 목숨의 대가가 갑자기 젊은 여자의 영리하면서도 한편으로 멍청한 얼굴에 고스란히 나타났다.

내 가신들 전부가 늙어가.

"어린애를 데려와라. 아홉 살이나 열 살쯤 된 남자아이로. 약을 독하게 먹이고."

그녀가 줄리엣에게 날카롭게 말했다.

줄리엣은 절을 하고 재빨리 복도로 사라졌다. 여왕은 방으로 들어와서 누군가가 이미 커튼을 걷어놓은 것을 발견했다. 일반적으로 그녀는 커튼을 내려서 벽과 천장이 하나로 말끔하게 이어지는 진홍색으로 보이는 걸 좋아했다. 마치 고치 속에 들어 있는 느낌이었고 그녀는 종종 자신이 감옥 벽을 뚫고 전보다 훨씬, 누구도 상상하지 못했을 정도로 강해져서 나온 생물이라고 생각하며 자부심을 느끼곤 했다. 하지만 지금은 주변 환경에서 전혀 기쁨을 느낄 수가 없었다. 어둠의 존재는 소환에 화를 낼 것이고, 어쩌면 도와달라는 요청에 더더욱 화를 낼지 모른다.

하지만 다른 선택지가 없었다. 그녀 자신의 능력으로는 실패했으니까.

근위병은 그녀가 돌아오는 것에 대비를 해두었다. 거대한 벽난로에서 커다랗게 불이 활활 타고 있었다. 잘됐다. 할 일이 하나 줄었으니까. 여왕은 서랍을 뒤져서 단검과 깨끗한 흰 타월을 꺼냈다. 그런 다음 벽난로 앞의 소파와 의자를 끌어내 석조 난롯가에 널따란 공간을 확보했다. 다 끝내고 나니 숨이 턱에 받치고 귀 안쪽이 쿵쿵 울렸다.

난 겁이 나는 거야. 그래본 게 꽤 오래전 일인데. 그녀가 비참하게 생각했다.

누군가가 문을 두드렸다. 여왕이 문을 열자 줄리엣이 어린 카다르 소년을 품에 안고 서 있었다. 아이는 적당한 나이였지만 바싹 말랐고, 얼굴은 의식을 잃어서 늘어져 있었다. 여왕이 눈꺼풀을 올려보니 아이의 동공이 거의 홍채 테두리까지 확장되어 있었다.

"잘했어."

여왕이 아이를 안아 들었다. 마른 몸뚱이의 온기가 혐오스러웠다.

"무슨 일이 있어도, 무슨 소리를 들어도 방해하지 마라."

줄리엣은 다시 절을 하고 복도 끄트머리로 물러났다. 벽 앞에 서 있던 야간 근위병이 줄리엣의 엉덩이를 음탕한 눈길로 쳐다보았고, 여왕은 문지방에서 잠깐 멈춰서 이걸 뭐라고 해야 할까 고민했다. 그녀의 시녀들은 어떤 추근거림도 당해서는 안 된다. 그게 힘든 일을 하는 데 따르는 특전 중 하나였다.

망할, 그녀가 화가 나서 생각했다. 내일 베릴이 알아서 처리할 수 있을 것이다.

그녀는 한쪽 어깨로 문을 쾅 닫고 아이를 침대로 데려가 이불 위에 아무렇게나 내려놓았다. 아이의 호흡은 고르고 깊었고, 여왕은 잠깐 동안 아이를 바라보았다. 생각이 여러 갈래로 뻗어나갔다. 그녀는 딱히 아이들을 좋아하지 않았다. 너무 시끄럽고 너무 많은 에너지를 요구한다. 그녀는 젊은 시절에도 아이를 낳고 싶다는 생각을 한 번도 해본 적이 없었다. 아이들이란 기계에 꼭 필요한 톱니바퀴로, 묵인해줘야 하는 존재일 뿐이었다. 아이들이 이렇게 조용할 때에만 그녀는 참아줄 수 있었고, 지금 해야 하는 일에 대해 조금 유감스럽게 생각할 수 있었다.

그녀의 군대 상층부에는 아동성욕자가 여럿 있었다. 여왕은 이 사내들에 대해 기묘할 정도로 혐오감을 느꼈고 그들의 어디가 잘못된 건지 이해할 수가 없었다. 유전학도 그녀에게 답을 주지 않았다. 아이들에게 성적인 구석은 아무 데도 없었다. 어떤 사람들은 그냥 망가졌다. 내부의 어딘가가 잘못 뒤틀려 있는 것이다. 이 사내들은 병균 같았고 여왕은 이들을 건드리는 것은 고사하고 악수조차 나누지 않았다.

하지만 그녀에게는 그들이 꼭, 절실하게 필요했다. 그들이 그런 짓을 하지 않을 때에는 굉장히 쓸모가 많았고, 특히 두카르트는 아주 귀한 존재였다. 이런 것들에 관해서는 생각하지 않는 게 요령이었다. 그녀의 앞에, 완전히 취약한 상태로 침대에 누워 잠자는 아이를 바라보는 동안에는 절대로.

언젠가, 모든 게 완료되고 나면 그들 전부를 이 땅에서 없애버릴 거야. 신세계의 이쪽 끝에서 저쪽 끝까지, 모든 곳에서 부패를 쓸어내버릴 거고, 페어위치부터 시작할 거야.

하지만 오늘 밤에는 아이가 필요했다. 그리고 약 기운이 떨어지기 전에 빨리 움직여야 했다.

단검을 들고 여왕은 아이의 팔뚝을 잡고 살짝 그었다. 솟아 나온 피가 두꺼운 선을 그렸고 그녀는 그것을 타월로 찍어 그 하얀 면을 적셨다. 아이는 움찔하지도 않았다. 좋은 신호다. 어쩌면 지난번보다 좀 더 깔끔하게 이 일을 끝낼 수 있을지도 모른다.

여왕은 자신의 드레스와 속옷을 벗어 바닥에 진홍색 웅덩이처럼 떨어뜨렸다. 석조 난롯가에 무릎을 꿇고 그녀는 오래전에 사라진 언어로 몇 마디를 중얼거린 다음 발뒤꿈치에 몸을 기대고 앉아 이를 악물고 기다렸다. 바닥의 돌은 딱딱하고 날카로워서 그녀의 무릎에 파고들었지만, 어둠의 존재는 그녀가 벌거벗은 것을 좋아하는 것과 마찬가지로 이런 것을 좋아했다. 어둠의 존재는 불편한 것을 선호하고 그녀로서는 이해할 수 없는 방식으로 그것을 즐겼다. 그녀가 팬티를 입고 있거나 바닥에 쿠션을 깔아 푹신하게 만들면 분명히 알아챌 것이다.

불 속에서 목소리가, 남자인지 여자인지 구분할 수 없는 낮고 단조로운 목소리가 들려왔다. 그 소리에 여왕의 팔에 소름이 돋았다.

"네가 필요로 하는 것이 무엇이냐?"

그녀는 침을 삼키고 이마의 땀을 닦았다.

"저는…… 조언이 필요합니다."

"도움이 필요한 거겠지."

어둠의 존재가 기대에 찬 목소리로 그녀의 말을 정정했다.

"그 대가로 무엇을 줄 것이냐?"

그녀는 용기가 나는 만큼만 몸을 앞으로 기울이고서 피 묻은 타월을 불 속으로 던졌다. 열기에도 불구하고 추운 것처럼, 혹은 흥분한 것처럼 그녀의 유두가 단단하게 뭉쳤다. 불길이 타월을 태우며 따닥따닥 소리가 방 안을 울렸다.

"순결한 피라. 참으로 맛있지."

어둠의 존재가 말했다.

벽난로 앞의 공기가 어두워지고 뭉치기 시작했다. 언제나처럼 여왕은 이 현상을 응시하며 이게 대체 뭔지 이해하려고 노력했다. 그녀의 눈앞의 공간이 새카맣게 변하며 그 자리에 어둡고 끝이 보이지 않는 구멍이 생겼다. 마치 공중에서 기름이 응축되는 것 같은 모양새였다.

"무엇 때문에 고민하느냐, 모트 여왕이여?"

"티어링입니다."

여왕은 자신의 목소리가 완전히 차분하지 않다는 사실에 불쾌한 기분으로 대답했다. 그녀는 자신이 불 앞의 존재를 필요로 하는 만큼 그 역시 자신을 필요로 한다고 속으로 떠올렸다.

"티어링의 새 여왕입니다."

"티어링의 후계자. 너는 그녀를 살해할 수 없었지. 나는 지켜보고 있었다."

"오늘 밤에 국경에서 무슨 일이 벌어졌는지 볼 수가 없었습니다. 그 여자아이는 전혀 볼 수가 없고요."

불 앞의 구멍이 더 커지고 난롯불 속에서 검게 고동쳤다.

"네가 불평하는 것을 들으러 온 것이 아니다. 질문을 하여라."

"오늘 밤 국경에서 무슨 일이 있었습니까?"

"오늘 밤은 아무것도 아니다. 여기서는 시간이라는 것이 없어."

여왕은 입술을 오므리고 다시 말했다.

"아렌 소른이 국경 너머로 약속했던 선적물을 가져오고 있었습니다. 거기에 무슨 일이 생겼습니까?"

"그자는 실패했다. 선적물은 없을 것이다."

그 목소리는 전혀 인간의 것이 아니었다. 감정이라고는 없었다.

"그자가 어떻게 실패한 거죠? 그 여자아이가 거기 있었나요?"

"티어링의 후계자는 이제 두 개의 보석을 모두 가졌다."

여왕의 배 속이 불쾌하게 가라앉았다. 그녀는 난로를 바라보며 여러 가지 선택지에 대해 고심했다. 모두가 한곳으로 도달했다.

"저는 티어링에 침공해서 그 아이를 죽여야 합니다."

"너는 티어링에 침공하지 않을 것이다."

"선택의 여지가 없습니다. 그 계집애가 그걸 쓰는 법을 배우기 전에 죽여야 합니다."

여왕 앞의 검은 덩어리가 갑자기 강하게 맞은 문틀처럼 부르르 떨렸다. 불 속에서 불길 한 줄기가 솟구쳐 난로를 가로질러 그녀의 오른쪽 엉덩이 부분에 내리꽂혔다. 그녀는 비명을 지르며 뒤로 쓰러져 불길이 꺼질 때까지 카펫 위를 뒹굴었다. 그녀의 엉덩이가 까맣게 탔고 일어나 앉으려고 하자 끔찍한 고통을 선사했다. 그녀는 바닥에 누운 채 숨을 헐떡였다.

다시 올려다보니 공중의 검은 덩어리는 사라졌고 대신에 말로 설명할 수 없을 만큼 잘생긴 남자가 그녀를 내려다보고 있었다. 새카만 머리카락은 뒤로 넘겨 빗어 완벽하게 귀족적인 얼굴이 드러났고, 여윈 광대뼈 아래 대조적으로 두툼한 입술이 있었다. 아름다운 남자였지만, 여왕은 더 이상 그 아름다움에 속지 않았다. 붉은 눈이 그녀를 향해 차갑게 반짝였다.

"내가 너를 이렇게 높이 올려놓은 것처럼, 바닥까지 떨어뜨릴 수도 있어."

어둠의 존재가 그녀에게 차분한 어조로 말했다.

"난 너보다도 오래 살았다, 모트의 여왕이여. 나는 시작과 끝을 보았지. 너는 티어링의 후계자를 해하지 않을 것이다."

"제가 실패하나요?"

그녀는 그걸 상상할 수가 없었다. 티어링에는 강철도 없고 늙은 장군이 이끄는 게으른 군대만이 있을 뿐이었다. 아무리 그 계집아이가 잘났어도 그걸 바꿀 수는 없다.

"침공이 실패하나요?"

"너는 티어링을 침공하지 않을 것이다."

어둠의 존재가 반복했다.

"제가 뭘 하면 되죠? 제 군대는 초조해하고 있어요. 백성들도 초조해하고 있고요."

그녀가 초조하게 말했다.

"그건 네 문제지, 내 문제가 아니다, 모트의 여왕이여. 네 문제는 내 눈에 그저 티끌에 불과하다. 이제 나에게 대가를 지불하여라."

몸을 떨며 여왕은 침대를 가리켰다. 그녀는 앞에 선 존재를 감히 거역할

용기가 없었지만, 새 노예들이 없으면 상황은 계속 악화될 것이다. 그녀는 이제 매일 밤 찾아오는 반복되는 꿈을 떠올렸다. 회색 옷의 남자, 목걸이, 계집아이, 그 아이 뒤의 화염 폭풍. 그녀가 잠을 못 자는 진짜 이유는 끔찍할 만큼 분명했다. 그녀는 자는 게 두려운 거였다.

그녀의 뒤에서 미끄러지는 소리가 들리고 어둠의 존재가 낮게 숨을 들이켜는 소리가 났다. 그녀는 바닥에서 몸을 웅크리고 다친 엉덩이를 위쪽으로 하고서 팔로 머리를 감싸고 소리를 듣지 않으려고 노력했다. 하지만 소용이 없었다. 꿀꺽꿀꺽 삼키는 소리가 침대 쪽에서 들려왔고 곧 노예 소년이 비명을 질렀다. 아이의 낮고 긴 비명이 벽에 반사되었다. 여왕은 머리를 감싼 팔에 힘을 주고 귀를 눌렀고, 비명은 고막 안에서 울리는 종소리처럼 느껴졌다. 그녀는 그 상태로 눈과 귀를 막은 채 몇 시간쯤 되는 시간 동안, 확실하게 끝날 때까지 가만히 있었다.

마침내 몸을 굴리고 눈을 떴다가 그녀는 비명을 질렀다. 어둠의 존재가 그녀의 바로 위에, 겨우 몇 센티미터 떨어진 위치에 얼굴을 들이대고 새빨간 눈으로 그녀를 응시하고 있었다. 그 두툼한 입술에는 피가 묻어 있었다.

"네가 불복하려는 게 느껴지는구나, 모트의 여왕이여. 지금도 입안에 느껴져. 하지만 배신에는 대가가 따르지. 누구보다도 내가 잘 알아. 티어링의 후계자를 해하면 너는 네 악몽보다도 더욱 암울한 *나의* 분노를 맛보게 될 것이다. 그걸 바라느냐?"

여왕은 다급하게 고개를 흔들었다. 그녀의 유두는 이제 돌처럼 단단해져서 거의 욱신거릴 정도였고, 어둠의 존재가 입가의 피를 핥으며 그녀에게서 떨어지자 그녀는 신음했다. 불이 꺼지고 방 안이 어둠에 잠겼다.

여왕은 반대편으로 몸을 돌렸다. 침대의 참나무 발판을 잡고 그녀는 천천히 몸을 일으켜 세우려 했다. 구부정하게 일어서자 엉덩이가 비명을 질렀다. 그녀는 손가락으로 욱신거리는 깊은 상처를 더듬었다……. 흉터가 남을 정도로 심한 화상이었다. 성형의가 고칠 수 있겠지만, 성형의를 써야 한다는 사실 자체가 그녀가 아직도 상처를 입을 수 있다는 걸 증명하는 거였다. 아니, 그냥 흉터를 달고 살 수밖에는 없다고 그녀는 깨달았다.

손으로 가늠하며 방을 가로질러서 그녀는 책상 근처를 더듬었다. 침대 옆 탁자에 초가 있었지만 거기까지 어둠 속에서 갈 엄두가 나지 않았다. 뭔가가 손에 스치자 여왕은 두려움에 비명을 질렀다. 하지만 자신만의 괴상한 방식으로 기어가는 거미였을 뿐이었다. 그녀의 다른 손이 확실히 초의 형상을 한 물건을 잡았고 그녀는 불을 밝히고 안도의 한숨을 내쉬었다. 방은 비어 있었다. 그녀는 혼자였다.

여왕은 이마와 뺨에 흐른 땀을 닦았다. 알몸의 나머지 부분 역시 축축하게 젖어 있었다. 그녀의 다리는 뭔가에 이끌린 것처럼 계속 움직여 그녀를 침대 옆으로 데려갔다. 깊게 숨을 들이켜고 그녀는 소년을 내려다보았다.

아이는 피를 다 빨렸다. 촛불 빛 속에서도 검은 피부가 창백한 게 보였다. 어둠의 존재는 항상 그녀가 낸 상처를 이용했다. 처음 몇 번은 시녀들에게 다른 상처가 있는지 시신을 살펴보라고 시켰지만 결국에는 그만두었다. 딱히 알고 싶은 것도 아니었다. 아이의 등뼈는 거의 부러질 것처럼 휘어 있었고 한쪽 팔은 어깨에서 빠져서 진홍색 시트 위에서 등 뒤로 비틀린 채 늘어져 있었다. 입은 비명을 지르다가 얼어붙은 것처럼 벌어져 있고, 눈은 피가 완전히 빠져서 끈적끈적한 구멍이 되어 여왕을 지나쳐 허공만 응시하고 있었다.

뭘 보는 걸까? 그녀는 궁금했다. 어둠의 존재가 그녀의 앞에서 보여주는 것 같은 그 멋진 얼굴은 아닐 테지. 그들 전부가 이런 모습이었다. 약간씩 다른 부분은 있었지만, 항상 똑같았다. 눈이 아니었으면 아마 이 아이가 순수한 공포 때문에 죽었을 거라고 생각했을 것이다.

이제 그녀의 배 속이 울렁거리고 목 안쪽으로 쓴 물이 올라오기 시작했다. 여왕은 몸을 돌려 한 손으로 입을 막고 쫓기는 눈으로 욕실로 달려갔다.

하지만 아슬아슬하게 실패했다.

13장
각성

글린 여왕과 붉은 여왕을 비교하면 몇 가지 유사점을 발견하게 된다. 그들은 아주 다른 통치자였고 우리는 이제 그들이 각기 다른 목표를 추구했었다는 사실을 알고 있다. 두 여왕 모두 강철 같은 의지, 꼭 해야 하는 일을 가장 빠르게 처리하는 방법을 택하는 공통된 능력을 갖고 있었다는 점을 지적해야겠다. 하지만 역사는 우리에게 붉은 여왕과 달리 글린 여왕이 종종 판단에 연민을 섞곤 했다는 수많은 증거를 제시한다. 사실 많은 역사가들이 이것이 두 여왕 사이의 중대한 차이임을 발견하곤 한다…….

— 제시카 펜 교수의 강의록 중, 티어링 대학, 458년 3월

"레이디."

뭔가 차가운 것이 이마를 닦았고 켈시는 그것을 무시하려고 노력하며 고개를 돌렸다. 메이스가 그녀를 깨우고 있다……. 무엇으로부터? 그녀는 아무 꿈도 기억할 수가 없었다. 그저 평생 가장 차갑고 어둡고 끝이 없는 잠을 잔 것 같았다. 마치 바닥이 없는 물속에서 수천 킬로미터를 여행한 것

처럼. 그녀만의 크로싱. 그리고 그녀는 돌아오고픈 마음이 없었다.

"레이디."

메이스의 목소리는 걱정으로 굳어 있었다. 일어나서 그에게 그녀가 괜찮다는 걸 알려줘야 했다. 하지만 어둠은 대단히 따스했다. 벨벳에 싸여 있는 기분이었다.

"호흡이 너무 느려요. 의사에게 데려가야 할 것 같습니다."

"어떤 의사가 지금 레이디를 도울 수 있겠나?"

"전 그저—"

"의사들은 마법에 대해 공부하지 않아, 펜. 치유사들만이 마법을 공부하지만 그놈들 대부분은 어차피 사기꾼이고. 우린 그냥 기다려야 돼."

켈시는 그들 각각이 자신의 위에서 숨을 쉬는 소리를 들을 수 있었다. 메이스의 숨소리는 무겁고 펜은 가벼웠다. 그녀의 감각은 선명해졌다. 깊은 곳으로부터 한 겹 한 겹 가르고 올라오면서 낮게 노래하는 남자의 목소리, 좀 떨어진 곳에서 힝힝거리는 말의 울음소리도 들을 수 있었다.

"레이디께서 홍수를 불러오신 걸까요, 대장?"

"신만이 아시겠지, 펜."

"예전 여왕 폐하께서도 그런 일을 하실 수 있었나요?"

"엘리사?"

메이스가 웃음을 터뜨렸다.

"맙소사, 엘리사가 두 보석을 걸고 다니는 걸 수년 동안 봤지만 그것들이 한 가장 놀라운 일이라고는 드레스에 끼인 것뿐이었다. 카다르와의 연회 중간에 그런 일이 생겨서 여왕의 정숙함을 유지하며 그 망할 물건을 떼어내는 데에 30분이 걸렸지."

"전 여왕 폐하께서 홍수를 불러오신 것 같습니다. 그게 폐하의 모든 걸 앗아간 것 같아요."

"레이디께선 숨을 쉬고 계셔, 펜. 살아 계신다고. 그 이상은 생각하지 말자고."

"그럼 왜 깨어나지 않으시는 거죠?"

펜의 목소리는 슬픔 비슷한 것으로 가득했고, 켈시는 이제는 깨어나야 한다는 걸, 더 이상 그들을 기다리게 만들어서는 안 된다는 것을 깨달았다. 머릿속의 어두운 온기를 가르고 나와 그녀는 눈을 떴다. 다시 한번 그녀는 파란 천막 안에 있었다. 시간이 앞으로 돌아가서 그녀가 잠에서 깨자 옆에 페치가 앉아 있었던 그날 아침인 것만 같은 느낌이었다.

"아, 신이여, 감사합니다."

메이스가 그녀의 위에서 중얼거렸다. 켈시의 눈이 가장 먼저 그의 어깨에 감긴 밝은 빨간색 천으로 향했다. 그의 제복은 찢어지고 피로 얼룩져 있었다. 그의 옆에 무릎을 꿇고 있는 펜에게는 눈에 띄는 상처는 없었지만 펜이 더 심각해 보였다. 눈 주위로 검게 그림자가 져 있고 나머지 얼굴은 유령처럼 창백했다.

두 사람 다 그녀를 일으켜 앉혀주려고 손을 내밀었다. 펜은 그녀의 손을 잡았고 메이스는 그녀의 등을 받쳐주었다. 켈시는 두통이 날 거라고 생각했지만 일어나 앉고 보니 머릿속 깊은 곳까지 놀랍도록 말끔하게 느껴졌다. 그녀는 손을 들어 여전히 목에 걸려 있는 두 개의 목걸이를 더듬었다.

"걱정 마십시오. 저희는 그걸 건드릴 엄두도 내지 못했습니다."

메이스가 덤덤하게 말했다.

"나도 건드릴 마음이 나지 않아요."

"기분은 어떠십니까, 레이디?"

"좋아요. 지나치게 좋아요. 내가 얼마나 잔 거죠?"

"하루 반입니다."

"두 사람 다 괜찮은가요?"

"저희는 괜찮습니다, 레이디."

그녀가 메이스의 상처 입은 어깨를 가리켰다.

"누군가가 마침내 그대의 경계를 뚫고 들어간 모양인데요."

"상대는 셋이었습니다, 레이디. 그중 하나는 양손잡이였고요. 베너가 알게 된다면 잔소리를 끝없이 할 겁니다."

"여자들은 어떻게 됐죠?"

메이스와 펜이 불편하게 서로를 쳐다보았다.

"말을 해요!"

"세 명을 잃었습니다."

메이스가 툴툴거리듯 말했다.

"하지만 폐하께서 스물두 명을 구하셨습니다."

펜은 메이스에게 험악한 눈길을 던지며 덧붙였다. 다행스럽게도 메이스는 그것을 보지 못했다.

"스물두 명요, 폐하. 다들 멀쩡하고, 다른 사람들 역시 마찬가지입니다. 지금은 집으로 돌아가고 있습니다."

"근위대는요?"

"톰을 잃었습니다, 레이디."

메이스가 한쪽 손바닥으로 이마를 닦았다. 평범한 행동이었지만 메이스로서는 굉장히 감정적인 거였다. 켈시는 그게 그가 슬픔을 받아들이는 최대한의 모습일 거라고 생각했다. 하지만 그녀는 톰을 잘 몰라서 눈물을 흘리지는 않았다.

"그 외에는요?"

"오늘 아침에야 비가 멈췄습니다, 레이디. 저희들은 레이디께서 깨시길 기다렸습니다만, 제가 몇 가지 결정을 내려야 했습니다."

"그대의 결정은 대체로 납득할 만해요, 라자러스."

"포로 행렬을 돌려보냈습니다. 어머니를 잃은 아이들이 두엇 있었습니다만, 같은 마을 여자가 자기가 돌보겠다고 하더군요."

켈시는 그의 팔꿈치 바로 아래를 꽉 잡았다.

"그는 괜찮은가요?"

펜은 미간을 찌푸릴 뿐이었지만 메이스는 그녀에게 짜증스러운 눈길을 던졌다. 그는 그녀가 누굴 말하는지 정확히 알고 있었다. 그녀는 설교에 대비해 마음을 다잡았지만 메이스는 좋은 사람이었다. 그저 깊게 숨을 들이켜고 천천히 한숨을 내쉴 뿐이었다.

"그는 괜찮습니다, 레이디. 어제 새벽 직후에 다들 떠났습니다."

켈시의 심장이 내려앉았지만 그건 메이스가 알 필요가 없는 부분이라 그녀는 등을 쭉 폈다. 등에서 만족스러울 정도로 뚝뚝 소리가 났다. 발을 대고 일어선 다음 그녀는 두 근위병이 서로에게 굳은 시선을 던지는 것을 보았다.

"뭐죠?"

"바깥에 처리하셔야 할 일이 있습니다, 폐하."

"좋아요. 가죠."

날씨가 모든 것을 바꿀 수도 있다. 그들은 소른의 야영지에, 아가이브 고개를 이루는 골짜기 제일 바닥에 야영을 하고 있었다. 햇살이 고갯길 전체를 비추었고, 켈시는 밤에 그렇게 무시무시해 보이던 골짜기가 실은 황무지와 하얀 돌로 이루어진 황량하면서도 겸허한 아름다움을 자랑하는 놀랍도록 근사한 곳이라는 것을 알게 되었다. 고갯길의 암벽은 켈시의 머리 위로 대리석처럼 빛났다.

그녀의 근위병들은 소른의 모닥불 잔해 주위에 앉아 있었지만 그녀가 다가가자 모두 일어섰고, 놀랍게도 모두가, 심지어는 다이어까지도 절을 했다. 켈시의 검은 군복은 진흙 얼룩이 가득했고 머리는 분명히 난리일 테지만 그들은 그런 데에 신경 쓰는 것 같지 않았다. 그저 거기 서서 기다리고 있었고, 켈시는 잠시 후 그들이 메이스의 명령을 기다리는 게 아니라는 것을 깨달았다. 그들은 그녀의 말을 기다리고 있었다.

"우리는 어디 있죠?"

"제가 왔던 곳으로 돌려보냈습니다, 레이디. 포로들이 집까지 걸어갈 수는 없고 노새들 대부분이 살아남아서, 우리 윗부분을 제거해서 그들이 편안하게 타고 갈 수 있는 짐마차로 바꾸었습니다. 지금쯤이면 앨먼트를 한참 지나 집으로 가고 있을 겁니다."

켈시는 좋은 해결책이라고 생각하며 고개를 끄덕였다. 부러진 지붕과 창살 조각들이 여전히 고갯길 바닥에 널려 있었다. 골짜기 맞은편 끝에서 연기 한 줄기가 허공으로 올라갔다.

"저기 있는 불은 뭐죠?"

"톰입니다, 레이디. 가족이 없으니 그 친구도 이걸 원했을 겁니다. 장례식 없이요."

메이스가 긴장된 목소리로 대답했다. 켈시는 일행을 둘러보고 또 한 명이 없다는 것을 깨달았다.

"펠은 어디 있어요?"

"대도시에서 쇼핑을 좀 해야 할 것 같은 여자들 몇 명과 함께 뉴런던으로 보냈습니다, 레이디."

"참 취향도 훌륭하군요, 라자러스. 그들은 죽을 뻔했는데, 그대는 선전을 하라고 도시로 보냈단 말이죠."

"그래야만 하는 거였습니다, 레이디. 그리고 펠도 실내에 머물러야 하고요. 비 때문에 일종의 폐 질환이 생겨서 말입니다."

"달리 또 다친 사람은 없나요?"

"엘스턴의 자존심만 다쳤지요, 레이디."

키브가 재빠르게 말했다.

엘스턴은 친구에게 사나운 시선을 던지고서 발치를 내려다보았다.

"죄송합니다, 폐하. 아렌 소른을 잡는 데 실패했습니다. 그놈이 자취도 없이 도망쳤습니다."

"용서하죠, 엘스턴. 소른은 까다로운 목표물이니까요."

신랄한 웃음소리가 아래쪽에서 터져 나왔다. 여러 쌍의 다리들 사이로 켈시는 팔목이 묶인 채 모닥불 옆에 앉아 있는 남자를 볼 수 있었다.

"저건 누구죠?"

"이봐, 일어나!"

다이어가 으르렁거리며 발로 포로를 쿡쿡 찔렀다. 남자가 어깨에 돌덩어리라도 얹혀 있는 것처럼 힘들게 비틀거리며 일어섰다. 켈시의 눈썹이 위로 올라갔다. 뭔가 기억이 날 것도 같았다. 포로는 서른이나 서른다섯 살 정도로 나이가 그리 많지 않은 것 같았지만 머리는 이미 반백이었다. 그가 공허한 눈으로 그녀를 보았다.

"제이블입니다, 레이디. 정문 경비원이고, 도망치지 않고 유일하게 살아남은 자이기도 합니다. 도망치려고조차 하지 않더군요."

"음, 내가 이 사람을 어떻게 해야 되죠?"

"이놈은 배신자입니다, 레이디. 이미 그레이엄 후계자에게 왕궁 문을 열어주었다고 자백했습니다."

다이어가 말했다.

"소른의 명령으로?"

"그렇게 말하더군요, 레이디."

"그런 정보를 어떻게 캐냈죠?"

"캐내요? 맙소사, 레이디, 저희는 손가락 하나 까딱할 필요도 없었습니다. 이놈은 할 수만 있었으면 마을 광장에서도 다 떠들었을 겁니다."

켈시는 포로 쪽으로 돌아섰다. 태양의 온기에도 불구하고 등뼈를 따라 불쾌한 전율이 흘렀다. 이 남자는 공터에서의 캐롤과 거의 흡사한 모습이었다. 모든 희망을 잃고, 그의 내부의 뭔가가 이미 죽은 것 같은 모습.

"정문 경비가 어떻게 소른과 엮이게 된 거죠?"

메이스가 어깨를 으쓱였다.

"이자의 아내가 6년 전에 선적되었더군요. 소른이 아내를 되찾아주겠다고 한 것 같습니다."

켈시의 기억이 이번에는 좀 더 강하게 꿈틀거렸다. 그녀는 코린과 다이어에게 물러나라고 손짓하고 더 가까이 다가갔다. 포로는 아무한테도 위협이 되지 못할 것 같았다. 사실 그는 그냥 선 자리에서 쓰러져 죽기만 바라는 것 같은 얼굴이었다.

"이놈은 배신자입니다, 레이디. 배신의 말로는 하나뿐입니다."

다이어가 다시 말했다.

켈시는 그게 사실이라는 걸 알기에 고개를 끄덕였다. 하지만 이제는 수세기 전처럼 느껴지는 그날 밤의 기억 속에서 갑자기 생생하게 한 장면이 떠올랐다. 이 남자가 손에 도끼를 들고 우리 창살을 향해 미친 듯이 휘두르던 모습. 그녀는 잠깐 동안 칼린이 말을 하기를, 그녀에게 어떻게 해야 할지 알려주기를 기다렸다. 하지만 아무것도 들리지 않았다. 칼린의 목소리를 꽤 오랫동안 듣지 못한 것 같았다. 그녀는 조금 더 포로에 관해 고민하다가 다이어 쪽으로 돌아섰다.

"이자를 왕궁으로 데려가서 감옥에 가둬둬요."

"이놈은 배신자입니다, 폐하! 이놈을 본보기로 삼아야 소른이 다음번에 부탁할 놈은 두 번 생각하게 될 겁니다!"

"아뇨."

켈시가 단호하게 대답했다. 그녀의 사파이어가 가볍게 진동했다. 깨어난 이래 보석으로부터 처음 느끼는 거였다.

"이자를 데려가고, 너그럽게 대해줘요. 도망치려고 하지는 않을 테니까."

다이어의 턱이 잠깐 꿈틀거렸지만 결국 그가 고개를 끄덕였다.

"예, 레이디."

켈시는 메이스가 반박할 거라고 생각했지만 그는 기묘하게 침묵을 지켰다.

"이제 가면 되나요?"

"하나 더 있습니다, 레이디."

메이스가 한 팔을 들어 올리고 다이어가 제이블을 바위 뒤로 데려가는 것을 바라보았다.

"여기서 처리해야 하는 문제가 있습니다. 근위대 문제입니다."

엘스턴과 키브가 잔디밭을 가로질러 가서는 메이스의 말을 듣자마자 이미 도망치려고 하던 먼을 붙잡았다. 엘스턴이 그의 몸을 통째로 바닥에서 들어 올렸고, 그가 허공에서 발버둥을 치는 동안 키브가 그의 다리를 묶기 시작했다.

"무슨—"

"저희들의 배신자입니다, 레이디."

켈시가 입을 딱 벌렸다.

"확실해요?"

"확실합니다, 레이디."

메이스가 바닥에서 안장 가방을 들어 올려 내용물을 뒤지다가 가죽 주머니를 꺼냈다. 다이아몬드나 다른 귀중품을 싸놓은 것처럼 신중하게 말아서 묶어놓은 것이었다. 주머니를 풀고 내용물을 뒤지던 그가 그녀의 눈앞에 한 손을 내밀었다.

"이걸 보십시오."

켈시는 가까이 다가와서 그의 손바닥에 있는 물건을 살펴보았다. 거의 밀가루처럼 가는 하얀 가루였다.

"아편인가요?"

"그냥 아편이 아닙니다, 레이디. 고순도의 모르핀입니다. 누군가가 대단히 공을 들여 이 물건을 제조했더군요. 바늘도 찾았습니다."

코린이 모닥불가에서 말했다. 켈시가 충격을 받아서 홱 돌아섰다.

"헤로인이란 말이에요?"

"그렇지는 않습니다, 폐하. 카다르인들조차 헤로인을 합성하지는 못했습니다. 하지만 언젠가는 하겠죠. 그건 의심하지 않습니다."

켈시는 눈을 감고 관자놀이를 문질렀다. 윌리엄 티어가 미국을 떠나와서 언덕에 자신의 왕국을 세웠을 때 잠시 동안은 마약을 뿌리 뽑는 데 성공했다. 하지만 마약 매매는 슬그머니 되살아났다. 인류는 그 회전목마에서 절대로 내려오고 싶지 않은 모양이었다. 헤로인……. 그것은 켈시가 상상할 수 있는 최악의 기술 발전이었다.

"어떻게 알아냈죠?"

"알리스 덕입니다. 그와 소른은 여러 시장에서 경쟁하고 있지요. 뉴런던에서 팔리는 마약은 단 1그램도 소른의 영역을 통과하지 않는 게 없습니다, 레이디. 중독자에게 공급을 끊는 건 세상에서 가장 매수하기 쉬운 방법이죠."

"그가 중독되어 있다는 걸 전혀 몰랐나요?"

"제가 알았으면, 레이디, 당장에 쫓아냈을 겁니다."

켈시는 돌아서서 키브가 팔목을 묶을 동안 여전히 엘스턴의 커다란 팔뚝에 붙잡혀 매달려 있는 먼을 향해 다가갔다.

"음, 먼, 할 말이 있나요?"

"없습니다, 폐하. 변명할 건 전혀 없습니다."

그는 그녀의 시선을 마주 보지 않았다.

켈시는 여왕동에 암살자를 몰래 들여오고, 그녀의 등에 칼을 꽂은 이 남자를 물끄러미 바라보았다. 그러다가 모닥불 앞에서의 그날 밤을, 레이디 앤드루스와의 흉한 싸움 때 그의 눈에 고여 있던 눈물을 떠올렸다. 칼린은 중독자에 대해 가차 없었다. 중독자란 본질적으로도, 전략적으로도 취약한 존재라고 칼린은 켈시에게 말했다. 중독 때문에 언제든지 패배할 수밖에 없기 때문이다. 칼린의 목소리가 켈시의 머릿속에서는 조용해졌는지 몰라도, 그녀는 여전히 칼린이 뭐라고 말할지 잘 알았다. 먼은 배반자이고, 그러니 처형을 당해 마땅하다고 하겠지.

바티는 그런 타락에 좀 더 관대했다. 한번은 켈시에게 중독이 인생의 틈새 같은 거라고 설명한 적도 있었다.

"그 틈새가 아주 깊고 치명적일 수도 있지만, 그 주변에 경비병을 세워둘 수도 있단다, 켈시. 울타리를 세우는 거지."

먼을 바라보며 켈시는 분노를 느낄 수가 없었다. 그저 연민뿐이었다. 메이스가 모든 것을 보고 있는데 그런 중독을 숨기는 것은 거의 불가능했을 것이다. 먼은 거의 매일 계속해서 금단현상을 겪어야 했을 것이다.

"반역죄를 지었다는 걸 인정하나요, 먼?"

"예."

켈시는 주위를 둘러보고 나머지 근위병들이 그들을 둘러싸고 차가운 눈으로 보고 있다는 것을 깨달았다. 그녀는 그들을 가로막고 싶어서, 그의 목숨을 조금이라도 연장하고 싶어서 초조한 기분으로 먼에게로 돌아섰다.

"언제 중독된 거죠?"

"이렇게 늦은 시점에 그게 뭐가 중요합니까?"

"중요해요."

"2년 전입니다."

"도대체 무슨 생각을 했나?"

메이스가 자신을 억제할 수 없는 듯 고함을 질렀다.

"마약을 하는 여왕의 근위병이라니! 어떤 식으로 끝이 날 거라고 생각한 거야?"

"이렇게요."

"넌 죽은 목숨이야."

"난 침공 이래로 죽은 몸이었습니다, 대장. 그저 지난 몇 년 사이에 타락해버린 거죠."

"이런 쓰레기 같은 자식."

"내가 뭘 잃었는지 대장은 모릅니다."

"우리 모두 뭔가를 잃었어, 자기만 불쌍한 줄 아는 머저리 자식아. 하지만 우리는 여왕의 근위대야. 우리는 명예는 팔지 않아. 맹세를 저버리지도 않고."

메이스의 목소리에는 차가운 분노가 가득했다. 그가 퀠시에게로 돌아섰다.

"이건 여기서 처리하는 게, 저희들끼리 처리하는 게 제일 좋습니다, 레이디. 저희에게 저놈을 끝내도 좋다는 허락을 내려주십시오."

"아직요. 엘스턴, 혹시 피곤한가요?"

"농담하십니까, 레이디? 이 불충한 개자식을 하루 종일이라도 들고 있을 수 있습니다."

엘스턴이 팔에 힘을 주자 먼이 신음하며 몸을 비틀었다. 그의 갈비뼈 하나가 뚝 하고 부러지는 소리가 들렸다.

"됐어요."

엘스턴이 힘을 뺐다. 키브는 먼의 팔다리를 묶는 것을 마쳤고 이제 먼은 꽁꽁 묶인 인형처럼 엘스턴의 팔에 대롱대롱 매달려 있었다. 그의 금발 머리카락이 힘없이 얼굴로 흘러내렸다. 퀠시는 갑자기 그가 레딕 숲에서 밤을 보냈던 날 말한 내용 중 뭔가를 떠올렸다. 병사들이 저지르는 범죄는 상황 탓이거나 지도자의 탓, 둘 중 하나라는 거였다. 다른 포로, 정문 경비는 마지막 난국에서 도끼를 집어 들고 자신의 잘못을 고치려고 했지만, 먼은 그러지 않았다. 그의 경우에는 상황이 다르긴 했지만, 켈시의 지도력 역시 비난을 받아야 하는 게 아닐까? 메이스를 통해서 그녀는 먼이 펜 정도의 능력은 아니라 해도 꽤 훌륭한 솜씨를 가진 검사라는 것을 알고 있었다. 또한 그는 근위병 중에서 가장 이성적인 사람으로, 교묘하게 일을 처리해야 할 때 메이스가 믿는 사람 중 하나였다. 귀중한 사람을 잃는 끔찍한 상황이었고, 아무리 노력해도 켈시는 분노를 느낄 수가 없었다. 그저 슬프기만 하고, 그녀가 그동안 뭔가 중대한 것을 놓치지만 않았어도 이런 비극은 피할 수 있었을 거라는 생각이 강하게 들었다.

"코린, 그 물건을 어떻게 투약하는지 아나요?"

"전에 항생제를 주사해본 적은 있습니다만, 레이디, 모르핀은 잘 모릅니다. 제가 그를 죽일 수도 있습니다."

"뭐, 이제는 이러든 저러든 상관없을 거예요. 그에게 적당량을 투약해 줘요."

"레이디! 그놈은 그런 대우를 받을 자격이 없습니다!"

메이스가 소리쳤다.

"내 결정이에요, 라자러스."

켈시는 코린이 불을 조금 피운 다음 그의 약품 통에 하얀 가루를 담아 녹이는 것을 흥미롭게 지켜보았다. 곧 모르핀은 조그만 건물이 무너지는 것처럼 액체가 되어 녹아버렸다. 하지만 코린이 주사에 액체를 채우자 켈시는 먼이 주사를 맞는 모습을 볼 수가 없어서 고개를 돌렸다.

"다 됐습니다, 레이디."

돌아서서 그녀는 먼의 단단하게 굳어 있던 얼굴이 이제 풀어지고 그 차갑고 아름다운 눈에 흐릿한 빛이 떠오르는 것을 보았다. 그의 온몸이 늘어지는 것만 같았다. 어떻게 마약은 저렇게 빨리 작용하는 걸까?

"모트 침공 때 그대에게 무슨 일이 있었던 거죠, 먼?"

"제가 하는 이야기 들으셨잖습니까, 폐하."

"난 두 가지 이야기를 들었어요, 먼. 그리고 어느 쪽도 완전하지는 않았죠. 그대에게 무슨 일이 있었죠?"

먼은 꿈꾸듯이 그녀의 어깨 너머를 보았다. 그가 입을 열었을 때 그의 목소리는 동떨어진 느낌이어서 켈시의 배 속이 조여들 정도였다.

"저희들은 콩코드에 살았습니다, 레이디. 크리드 강가에 있는 곳이죠. 저희 마을은 외따로 있었습니다. 그래서 전령이 경고하러 올 때까지도 모트군이 오고 있다는 걸 알지도 못했습니다. 하지만 그때는 이미 지평선으로 그림자가 보일 정도였죠……. 그들의 불에서 나는 연기도…… 그들을 따라오는 하늘 위의 독수리 떼까지도요. 저희들은 마을에서 도망쳤지만, 그리 빠르지 못했습니다. 제 딸은 아팠고, 제 아내는 말 타는 법을 몰랐죠. 어차피 저희들에게는 말도 한 마리뿐이었고요. 그들은 크리드와 카델 중간쯤에서 저희를 잡았습니다. 제 아내도 끔찍했지만, 레이디, 제 딸 알마는…… 그 애는 두카르트 본인에게 잡혀서 모트군 행렬을 따라 수 킬로미터나 끌려갔습니다. 저는 몇 달 뒤에, 모트군이 왕궁 잔디밭을 빠져나간 다음 시체 더미 속에서 그 애의 시체를 찾았습니다. 그 애는 멍으로 가득했고…… 멍보다 더 끔찍한 걸로 가득했습니다. 저는 그 애를 항상 봅니다, 레이디. 약을 할 때만 빼고요……. 그때만 아무것도 안 볼 수가 있습니다."

그가 메이스를 돌아보고 말을 이었다.

"그러니까, 대장, 내가 언제, 어떻게 죽는지 상관한다고 생각하면 당신은 틀린 겁니다."

"이런 얘기는 전혀 안 했잖나."

메이스가 쏘아붙였다.

"날 비난할 수 있겠습니까?"

"네놈 머리가 그렇게 맛이 간 걸 알았다면 캐롤은 절대로 네놈을 근위대에 받아들이지 않았을 거야."

켈시는 들을 만큼 들었다. 그녀가 손을 내려 오래전에 바티가 그녀에게 주었던 단검을 뽑았다. 바티는 한때 여왕의 근위병이었다. 그가 이걸 원했을까?

그녀가 몸을 펴자 메이스가 입을 딱 벌렸다.

"레이디, 저희들 중 누구라도 레이디를 위해서 기꺼이 그 일을 할 겁니다! 그러실 필요는—"

"당연히 내가 해야죠, 라자러스. 이건 왕실에 대한 반역이고, 내가 바로 왕실이에요."

먼은 고개를 들었다. 그의 확장된 눈동자가 그녀의 단검에 천천히 초점을 맞추었고, 그가 느릿하게 미소를 지었다.

"그들은 이해 못합니다, 레이디. 하지만 전 하죠. 레이디께서는 저에게 친절을 베푸셨고, 이제는 저한테 영예까지 베풀려고 하시는군요."

켈시의 눈에 눈물이 고였다. 그녀는 엘스턴을 올려다보았다. 그의 커다란 몸이 흐릿하게 보였다.

"그를 잘 잡고 있어요, 엘스턴. 이걸 두 번 하지는 못할 것 같으니까."

"알겠습니다, 레이디."

켈시는 눈물을 닦고 먼의 금발 머리를 한 움큼 잡고서 그의 머리를 위로 들어 올렸다. 그의 목 한쪽 옆에서 동맥 줄기가 조용히 뛰고 있는 모습이 보였다. 바티는 언제나 가능한 한 동맥은 피하라고 말했었다. 부정확하게 잘랐다가는 자른 사람이 피를 왕창 뒤집어쓰게 될 거라면서. 그녀는 갑자기 이게 바티가 원했을 일이라고, 그녀가 이걸 깨끗이 끝내기를 바랐을 거라고 확신을 느끼며 단검을 꽉 쥐었다. 그녀는 칼날을 먼의 목 오른쪽에 갖다 대고 빠르고 예리하게 쭉 그었다. 따뜻한 심홍색의 피가 단검을 쥔 손 위로 솟구쳤지만 켈시는 무시한 채 먼의 머리를 높이 쥐고 붉은 선이 길어 지는 것을, 피가 그의 목 아래로 흘러내리는 것을 보았다. 그의 파란 눈이 잠시 동안 꿈꾸듯이 그녀의 눈을 바라보았고, 그녀가 그의 머리를 놓고 물 러나자 그의 목은 천천히 가슴 쪽으로 기울어졌다.

"잘하셨습니다, 폐하. 깨끗하고 훌륭하게 베셨습니다."

베너가 말했다.

켈시는 바닥에 주저앉아 겹친 팔 위에 고개를 기대고 울기 시작했다.

"잠깐 동안 폐하께서 혼자 계시게 해드려라."

메이스가 거친 목소리로 명령했다.

"그를 불 위에 올려. 코린, 주머니 안에 있는 나머지 쓰레기들은 자네가 책임지게. 돌아가면 알리스가 그걸 어떻게 할 수 있을지도 모르지."

모두가 움직였지만 한 명의 근위병만은 그녀의 옆에 앉았다. 펜이었다.

"레이디, 가실 시간입니다."

켈시는 고개를 끄덕였지만, 울음을 멈출 수가 없었다. 아무리 억누르려 고 노력을 해도 눈물은 계속해서 흘러나왔다. 천식에 걸린 것처럼 호흡이 헐떡이며 나왔다. 잠시 후 펜의 손이 그녀의 손을 잡고 부드럽게 피를 닦아 주는 게 느껴졌다.

"펜!"

펜의 손이 사라졌다.

"폐하를 일으켜드려! 이미 너무 오래 머물렀어!"

펜은 켈시의 팔 아래를 잡았다. 그의 손길은 이제 무심했고, 그가 그녀를 바닥에서 일으켜 세웠다. 그녀가 비틀거리면서 말들이 기다리고 있는 돌 더미로 된 임시 마구간까지 가는 내내 그가 그녀를 지탱해주었다. 그녀의 말을 잡고 있는 다이어의 앞에 도착해서 그녀는 자동적으로 말에 올라타 소매로 얼굴을 닦았다.

"이제 가도 되겠습니까, 레이디?"

켈시는 몸을 돌려 그들의 뒤를, 고갯길의 동쪽 끝을 바라보았다. 그 너머로는 아무것도 보이지 않았다. 해가 너무 높이 솟아 있었기 때문이다. 시간이 없었지만, 언덕 가장자리에서 발뒤꿈치를 들고 모트메인을, 그녀가 꿈에서만 보았던 땅을 살피고 싶은 충동이 들었다. 하지만 모두가 그녀를 기다리고 있었다. 그녀는 뺨에 흐른 마지막 눈물을 닦았다. 먼의 얼굴이 그녀의 머릿속에 떠올랐지만 그녀는 주먹으로 고삐를 꽉 쥐고 그 모습을 지워버렸다.

"좋아요. 집으로 가요."

아가이브를 빠져나오자 그들은 빠르게 달릴 수 있었다. 고갯길 자체는 진흙으로 미끄러웠지만 내리막으로 가기 시작하자 땅은 금세 딱딱하게 말랐다. 고개 위에만 비가 왔던 것이다. 가끔씩 켈시는 손을 들어 셔츠 안쪽의 사파이어들을 쥐었다. 오늘은 보석에서 아무것도 느껴지지 않았지만, 그녀는 속지 않았다. 보석들은 그리 오래 조용하지 않을 것이다. 그녀는 이곳으로 올 때 느꼈던 메스꺼운 기분을, 앞으로 끌려가는 것 같던 그 기분을 떠올렸다. 보석 하나를 벗으려고 했을 때 느꼈던 죽을 것 같은 기분도.

이 보석들이 나한테 뭘 하려는 걸까?

언덕 위쪽에서 반나절 거리만큼 앞서서 초원을 가로질러 가고 있는 포로들의 행렬이 검게 보였다. 메이스는 켈시가 자고 있던 밤에 마을 사람들에게 질문을 해서 여러 가지 흥미로운 사실을 알아냈다. 소른이 남자들이 매년 봄마다 뉴런던으로 물건을 거래하러 떠나고 없는 크리드 강가 마을 총 열두 곳을 습격했다는 거였다. 소른의 부하들은 남자들이 떠난 바로 그날 밤에 와서 혼란을 일으키기 위해 불을 지르고 집으로 들어와 여자들과 아이들을 붙잡아 가뒀다.

켈시는 마을의 얼어붙도록 차갑던 아침과 아들들을 빼앗긴 여자의 비명 소리를 떠올리고 등을 따라 냉기가 흐르는 것을 느꼈다. 행렬을 저지하고 싶은 마음은 없었지만, 경비도 없이 있을 이 여자들과 아이들이 걱정이었다. 그들을 시야 내에 두는 게 굉장히 중요하게 느껴졌다.

그래서 저들이 공격을 받으면 너랑 달랑 열다섯 명의 근위병이 뭘 어쩔 건데? 그녀의 머리가 조롱했다.

난 많은 걸 할 수 있어, 켈시는 커다란 파란 빛과 몸 안에서 피어오르던 전류를 떠올리며 음울하게 대답했다. *난 아주 많은 걸 할 수 있어.*

하지만 가슴 깊은 곳에서는 더 이상 위험이 없을 거라는 확신이 들었다. 코린은 재치 있게 소른의 말들을 풀어주었다. 도망친 사내들은 전부 걸어서 가야 할 거고, 어디로 가든 한참 걸어야 할 것이다. 그들은 이미 산기슭에서 풀을 뜯고 있던 말 여러 마리를 발견했고, 메이스는 그들의 목에 밧줄을 감을 수 있었다. 그는 여분의 말 한 마리를 정문 경비병 제이블에게 주었고, 다이어는 그의 다리를 안장에 묶어놓고 이제 그의 바로 뒤에서 매 같은 눈으로 감시하고 있었다. 켈시는 이럴 필요가 있을 것 같지 않았다. 머릿속에서 제이블이 검댕으로 얼굴이 뒤덮인 채 불에 타는 우리를 도끼로 내리치던 장면이 떠올랐다.

저 남자에게는 뭔가가 더 있어. 그리고 메이스도 그게 보이는 거야.

여전히 북쪽으로 몇 킬로미터 정도 떨어진 옅은 그림자처럼 보여도 행렬과 거의 같은 위치까지 오자 메이스가 일행에게 속도를 늦추고 유지하라고 말했다. 해가 하늘을 상당 부분 가로질렀고, 그들이 크리드까지 절반 이상 되돌아왔을 때 메이스가 갑자기 멈추라고 외쳤다.

"뭐예요?"

"말을 탄 남자입니다."

그가 행렬 쪽을 응시하며 대답했다.

"웰머, 이리로 오게!"

정말로 말을 탄 남자 한 사람이 전력으로 북쪽에서 평원을 가로질러 달려오고 있었다. 그가 하도 빠르게 말을 달려서 평원이 풀로 뒤덮여 있음에도 불구하고 그의 뒤로 먼지구름이 일었다.

엘스턴, 펜, 메이스가 켈시의 주위를 삼각형으로 둘러쌌고 켈시는 배가 조여드는 것을 느꼈다. 이번에는 뭐가 잘못되려는 걸까?

"케이든입니다. 망토가 보여요."

펜이 중얼거렸다.

"하지만 그저 심부름꾼일 뿐이겠지. 드와인이 죽은 것 때문에 아마 문제가 생기려는 거겠지."

메이스가 생각에 잠겨서 말했다.

"그 사람이 죽었어요?"

켈시가 물었다. 메이스의 눈은 달려오는 남자에게서 움직이지 않았다.

"레이디의 친구가 그자를 죽였습니다. 하지만 케이든은 그걸 알 리 없죠. 그들은 저희가 그랬다고 생각할 겁니다."

"음, 그 사람들은 전에 날 죽이려고 했잖아요. 이미 마주하고 있는 문제보다 더 큰 문제가 생길 리 있겠어요?"

"케이든이 무슨 일에든 한 사람을 보낸다는 건 대단히 드문 일입니다, 레이디. 가능한 한 신중을 기해서 여기서 그냥 기다리지요."

켈시는 그들 주변의 평원을 둘러보았다. 넓게 펼쳐진 초원과 밀밭, 드문드문 솟은 바위, 그 끝에 있는 파란 크리드 강줄기. 완전히 다른 땅에 들어온 느낌이었지만, 변한 것은 땅이 아니었다. 켈시 자신이었다.

"대장?"

웰머가 이미 한 손에 활을 든 채 뒤쪽에서 나왔다.

"저자가 케이든의 망토를 입고 있긴 합니다만, 어린애를 데리고 있습니다."

"뭐?"

"다섯 살이나 여섯 살쯤 되는 어린 남자아이입니다."

메이스는 잠시 인상을 찌푸리고 생각에 잠겨 있다가 갑자기 미간을 펴고 웃음을 지었다. 켈시가 거의 본 적 없는 순수하게 기뻐하는 웃음이었다.

"이 망할 행운의 여신 같으니. 고맙기도 하지."

"뭐죠?"

"많은 케이든이 나라 여기저기에 사생아를 만들고 다닙니다만, 케이든이 딱히 아버지 노릇을 잘하지는 않습니다. 좀 더 선량한 자들은 대체로 여자에게 돈을 듬뿍 주고서 떠나죠."

"다행이군요."

"애정이라는 건 자주 볼 수 있는 게 아닙니다."

메이스는 켈시가 말을 한 적이 없는 것처럼 계속해서 이야기를 이었다.

"하지만 소수의 케이든이 한편으로 은밀한 삶을, 숨겨둔 여자와 가족과 함께 평범한 삶을 살려고 한다는 이야기를 들은 적이 있습니다. 훌륭한 협박 수단이기 때문에 굉장히 조심한다고 하죠. 아무래도 소른이 멍청하게 케이든의 아이를 납치했던 것 같습니다. 누군가, 웰머?"

"전 아직 그들 모두의 외모를 모릅니다, 대장."

"보이는 대로 말해봐."

"모랫빛 머리카락에 덩치가 크고 장검과 단검을 갖고 있습니다. 이마에 커다란 흉터가 있고요."

엘스턴, 펜, 메이스가 서로를 쳐다보았고, 몇 초 사이에 그들 사이에 수많은 이야기가 오갔다.

"뭐죠?"

켈시가 물었다.

"저자가 뭘 하는지 두고 보지."

메이스가 엘스턴에게 말하고서 펜을 돌아보았다.

"자네는 여왕 폐하의 안전에만 신경을 써, 알겠지? 다른 건 필요 없으니까."

케이든이 15미터쯤 앞에서 말을 멈췄다. 켈시는 그가 정말로 한쪽 팔에 어린애를 끼고 있는 것을 발견했다. 그가 아이를 조심스럽게 바닥에 내려놓은 다음 말에서 내렸다.

"저자가 누구죠?"

"메릿입니다, 레이디. 케이든에게는 한 명의 대장이라는 게 없습니다. 분파가 굉장히 많기 때문이죠. 하지만 메릿은 그들 사이에서, 드와인보다도 더 큰 영향력을 갖고 있습니다."

메이스가 말했다.

"아이가 비밀이었다면, 여자도 마을 사람들 중에 있었을 겁니다. 이 문제를 신중하게 처리해야 합니다."

엘스턴이 경고 조로 말했다.

"그렇군요."

이제 메릿은 한 손에 말고삐를 쥐고 다른 손으로 아들의 손을 잡고서 켈시를 향해 걸어오기 시작했다. 그의 움직임은 느리고 신중했다. 그는 정말로 금발에 커다란 덩치로, 옆에 있는 아이의 위로 한참 솟아 있었다. 하지만 두 사람 사이에는 확실하게 애정이 있었다. 남자가 아이의 발걸음에 맞춰 보폭을 좁혀 걷는 모습이나 아이가 아버지가 여전히 옆에 있는지 확인하려는 것처럼 몇 초마다 고개를 들어 쳐다보는 모습에서 그 사실이 드러났다.

"놀랍군."

메이스가 나직하게 중얼거리고서 목소리를 높였다.

"거기서 멈춰라!"

메릿이 멈추었다. 그의 아들이 의아한 듯 그를 쳐다보았고, 메릿이 아이를 들어 올려 팔 안쪽에 앉혔다. 켈시는 이제 메릿의 이마에 있는 흉터를 볼 수 있었다. 전혀 꿰매지 못했었던 것처럼 정말 큰 상처 자국이었다. 어린 시절의 상처가 남기는 툭 튀어나온 흉터가 아니라 꽤 최근에 입은 것인 듯 창백한 이마에서 흉측한 붉은 선을 그리고 있었다.

"여왕 폐하께서 함께 계시나?"

"나는 여기에 있소!"

"펜, 정신 바싹 차리고 있어."

메이스가 으르렁거렸다.

메릿이 아들에게 잠깐 뭐라고 말을 한 다음 아이를 내려놓았다. 그가 항복의 표시로 양손을 들어 올리고 몇 걸음 더 다가왔다. 켈시는 메이스가 막을 거라고 생각했지만, 그는 메릿이 다가오는 동안 그저 검을 뽑아 들고 그녀의 앞에 설 뿐이었다.

"저는 케이든의 메릿입니다, 폐하."

"만나서 반갑군. 그대는 나를 죽이러 온 것이오?"

"저희들은 더 이상 폐하의 죽음을 추구하지 않습니다. 수익이 나오지 않으니까요."

어린 소년이 아버지의 뒤에서 다리에 팔을 감았고, 메릿은 머뭇거리지 않고 아이를 다시 안아 올렸다.

"션의 말에 따르면, 이 아이가 살아 있는 것에 대해 폐하께 감사를 드려야 할 것 같더군요."

"지난밤에 많은 생명이 구출되었소. 그대의 아들이 그중 하나라는 사실이 기쁠 따름이오."

"메이스가 제가 좀 더 가까이 가는 것을 허락할까요?"

메이스가 고개를 끄덕였다.

"아들에게 계속 팔을 두르고 있는다면 2미터 앞까지 와도 좋다."

"대낮에 평원을 당당히 가로지르고 있는 사람치고는 꽤나 거하게 신중하군."

메이스의 신경이 곤두서는 게 보였으나 그는 아무 말도 하지 않았다. 메릿이 다가오자 켈시는 아이가 아빠의 목덜미에 검은 머리를 기대고 잠이 들려고 하는 것을 볼 수 있었다. 메릿은 2미터쯤 앞에서 멈추었고 켈시의 시선이 자동적으로 그의 이마의 흉터로 향했지만, 그가 그녀의 눈을 마주 보자 그녀는 시선을 돌릴 수가 없다는 것을 깨달았다. 그 커다란 싸움꾼 같은 덩치에도 불구하고 그의 눈은 영리하고 예리한 회색이었다.

"저는 한동안, 아마 한 달 정도 가족들을 숨기기 위해서 뉴런던을 떠나 있을 겁니다, 폐하. 하지만 저는 명예로운 사람이고, 폐하께서 제 아들의 목숨을 살려주셨습니다. 그러니 폐하께 약속을 드립니다. 저는 절대로 폐하의 반대편에 서지 않을 것이고, 제 힘이 닿는 선 안에서 폐하께 폐하께서 하신 일과 비슷한 일을 해드릴 수 있다면 얼마든지 하겠습니다."

그가 북쪽 지평선으로 향하는 행렬을 손짓하며 말했다.

"또한 이 일에 끼어 있었던 제 형제들에 관해서는 사과를 드립니다. 그들은 독자적으로 일을 했던 겁니다. 표결에 부쳤으면 저희들은 이런 일에 찬성하지 않았을 겁니다."

켈시는 놀라서 눈썹을 치켰다. 그녀는 케이든이 민주주의 집단이라고는 생각도 해보지 않았었다.

메릿이 이번에는 메이스를 향해서 말을 이었다.

"내 도움이 필요하거든 웰스에 있는 닉이라는 빵집 아이를 찾으시오. 그 아이는 나한테 어떻게 전갈을 전하는지 알고, 조용하게 처리할 거요."

그가 켈시에게 절을 하고 몸을 돌려 자신의 말로 걸어갔다. 아이를 깨우지 않으려고 그는 느릿하게 걸었다. 그가 아이를 여전히 한 팔에 안은 채말에 올라(얼마나 힘이 센지! 켈시는 자신의 갑옷을 입고 안장에 오르는 것조차도 간신히 할 정도인데) 서쪽으로 달려가기 시작했다.

"흠, 희한한 일이네요."

켈시가 말했다.

"희한한 것 이상입니다. 케이든은 아무에게도 절을 하지 않습니다. 그자의 한 마디 한 마디가 진심이었던 것 같습니다."

메이스가 말했다.

그들은 메릿이 황갈색 초원에서 거의 점처럼 작아질 때까지 바라보았고, 그 후에야 메이스는 긴장을 푸는 것 같았다. 그가 말에서 내리려고 하는 키브를 향해서 손가락을 튕겼다.

"도로 타!"

그들은 서쪽으로 달렸다. 반짝이는 하늘색 선 같은 크리드가 점점 더 가까워지다가 마침내 환한 물줄기가 그들 옆으로 나란히 흘러갔다. 북쪽의 행렬은 크리드를 건너가야 했다. 강을 건너는 게 조금 힘들긴 하겠지만, 켈시는 지금은 전혀 걱정할 필요가 없다는 것을 깨달았다. 그녀는 종종 사파이어들을 확인해보았지만 보석은 그저 무겁고 차갑게 가만히 매달려 있을 뿐이었다. 최소한 오늘만큼은 평범한 보석일 뿐이었다.

그들은 행렬이 크리드 강가에 가까이 있는 마을 몇 군데에 들어갈 때까지 계속 시야에 두었다. 메이스는 마을 사람들에게 무게를 줄이기 위해서 빈 우리는 놔두고 움직이라고 지시했고, 웰머는 켈시에게 행렬이 마을 하나를 지날 때마다 우리를 하나하나 해체할 거라고 이야기했다. 아무도 소른의 작품을 불쏘시개 용도 외에 다른 걸로 사용하지는 못할 것이다.

하지만 그 자는 언제든지 또 만들 수 있어, 켈시의 머리가 경고했다. 그 생각에 턱에 힘이 들어갔다. 소른을 잡을 수만 있었어도! 엘스턴에게 화를 낼 수는 없지만, 자유롭게 풀려난 소른이 가할 수 있는 위험을 과소평가하지는 않았다. 그가 세력을 다시 모으는 데에는 약간 시간이 걸리겠지만, 오랫동안 가만히 있지는 않을 것이다.

행렬이 마지막 마을에 도착하자 켈시와 근위대는 마침내 방향을 돌려 모트로를 따라 뉴런던으로 향했다. 그들의 여행길은 조용했다. 근위병들은 여행길 내내 조용히 서로 이야기를 나누었다. 아가이브에서 영리하게 물을 최대한으로 끌어모아 들고 온 코린이 가끔씩 물병을 돌렸다. 두어 번 키브가 노래랍시고 굉장히 끔찍한 소리를 내서 모두를 괴롭혔고 결국 켈시가 입을 다물지 않으면 근위대에서 쫓아내겠다고 위협을 해야 했다.

그녀는 여행길 내내 전에는 별로 이야기할 기회가 없었던 웰머와 이야기를 나누었다. 그는 자신이 뉴런던 길거리에서 살며 다트 노름으로 먹을 것을 구하다가 열다섯 살에 메이스의 눈에 띄었다고 말했다.

"대장이 저한테 활 쏘는 법을 가르쳐줬죠, 레이디. 활을 쏘는 거랑 다트가 크게 다르지 않다고 그랬고, 실제로 그랬어요. 둘 다 눈에 달린 거거든요."

켈시는 앞쪽을, 일행을 이끌고 있는 메이스 쪽을 보았다.

"그대가 활을 쏘는 데에 실패했다면? 그가 그대를 도로 길거리로 내던졌을까요?"

"아마도요. 다이어는 항상 여왕의 근위대에 쓸모없는 짐덩이 자리는 없다고 그러거든요."

딱 다이어가 할 법한 말이었다. 공정하지만 냉정하고, 아마 사실이리라. 주위를 보면 먼에 대해 슬퍼하는 눈치는 전혀 없었다. 사실 근위병들은 그의 이야기를 아예 꺼내지 않았고, 켈시는 그가 그들에게 이제 아무 의미도 없는 건지, 여왕의 근위대는 행렬처럼 쉽게 쓸모없는 짐을 잘라낼 수 있는 건지 궁금했다. 그녀는 그렇게 쉽게 먼을 잊을 수가 없었다. 약에 취한 그의 공허한 눈이 모트로를 달리는 동안 계속해서 떠올랐다. 그녀는 주위를 둘러싼 땅을, 노랗게 가로지른 길 양옆으로 가득한 짙은 호박색 밀을 바라보며 자신이 좀 더 온화한 세상을 만들 수 있다면 좋을 텐데 하고 생각했다.

여정 마지막 날 밤, 그들은 뉴런던이 보이는 카델 강둑의 야트막한 언덕 꼭대기에서 야영을 했다. 근위병들은 기쁘게 모포에 쓰러졌지만 아가이브를 떠나온 이래 밤마다 푹 잤던 켈시는 영 잠이 오지 않았다. 그녀는 한 시간 정도 엎치락뒤치락하다가 결국 일어나서 망토를 두르고 펜의 옆에서 조용히 빠져나왔다. 그가 깨지 않는 걸 보니 자부심이 느껴졌다.

메이스가 언덕 중턱으로 6미터쯤 내려간 곳에 앉아 카델강 너머, 어둠 속에서 옅은 파란색 그림자처럼 보이는 앨먼트 평원을 바라보고 있었다. 그녀가 다가가도 그는 돌아보지도 않았다.

"잠이 안 오십니까, 레이디?"

주위를 더듬어서 켈시는 편안하게 앉을 수 있는 크고 평평한 바위를 찾아 그의 옆에 앉았다.

"요즘은 잠을 자면 또 뭘 보게 될까 싶어요, 라자러스."

"펜은 어디 있습니까?"

"자요."

"아."

그가 다리에 팔을 감았다.

"그 문제에 관해서도 분명히 언젠가 논의를 해야겠습니다만, 지금은 혼자 계셔서 다행입니다, 레이디. 제 사임을 요청할 때가 된 것 같습니다."

"왜죠?"

메이스가 쓸쓸하게 웃었다.

"사실 말입니다, 레이디, 캐롤이 이 일을 하는 걸 수년 동안 보면서 저는 그가 부러웠습니다. 제가 여러 가지 면에서 캐롤보다 나았습니다……. 제가 사람들을 더 잘 읽고, 더 잘 싸우고, 더 엄격하니까요. 매번 섭정이 저희들을 해산시키려 하고, 봉급을 삭감하려 할 때마다 그런 일이 일어나지 않게 만들었던 것도 저였습니다. 전 항상 제 차례가 되면 제가 캐롤보다 더 나은 대장이 될 거라고 생각했습니다. 하지만 그 자만심이 해가 됐습니다."

켈시는 입술을 깨물었다. 지난 한 주 동안의 사건에도 불구하고 그녀는 메이스를 해직시킨다는 것은 생각조차 해보지 않았었다. 달리 누가 그의 자리를 채울 수 있단 말인가? 그녀는 그렇게 말하려다가 도로 입을 다물었다. 감상적인 말은 지금은 아무 효과도 없을 것이다.

"그대는 최근에 보안상 굉장히 큰 실패를 여러 번 했죠, 라자러스."

"그렇습니다, 레이디."

"실망스러운 일이지만, 그 실패들은 용서하겠어요."

"그러시면 안 됩니다."

켈시는 잠깐 생각을 하고서 말을 이었다.

"그날 내 방에서요, 그대와 펜이 나를 붙잡았을 때, 난 두 사람을 죽일 수도 있었어요. 그거 알고 있나요?"

"당시에는 몰랐습니다, 폐하. 하지만 지금은 그랬을 거라고 의심하지 않습니다."

"지금도 그대를 죽일 수 있어요, 라자러스. 그대가 아무리 검과 철퇴에 능하다고 해도 말이죠. 그리고 그대에게 사임을 요구하느니 난 그대를 죽일 거예요. 그대가 저 바깥에서 다른 사람과 함께 있는 것보다는 여기, 내 옆에 있는 게 훨씬 더 나에게 안전하니까."

"저는 레이디께 충성을 맹세했습니다. 그것은 제가 사임한다 해도 끝나지 않습니다."

"지금은 그렇게 말하겠죠. 하지만 그대조차도 상황이 어떻게 될지는 예측할 수 없잖아요. 난 그런 가능성을 감수하지 않을 거고, 그대의 사임도 받아들이지 않겠어요."

그녀가 그의 팔을 살짝, 하지만 아주 부드럽지는 않게 잡았다.

"하지만 착각하지 말아요. 다시 한번 내 명령에 복종하지 않으면 그대를 죽일 거예요. 분노로 이미 한 번 그럴 뻔했고, 또다시 간단히 그럴 수 있어요. 난 더 이상 어린애가 아니고, 바보도 아니에요, 라자러스. 난 여왕이거나 아니거나 둘 중 하나예요…… 중간은 없어요."

메이스가 침을 삼켰다. 어둠 속에서도 그 소리가 또렷하게 들렸다.

"레이디께서는 여왕 폐하이십니다."

"그대를 협박하게 되어 유감이에요, 라자러스. 내가 바란 일은 아니에요."

"저는 죽음이 두렵지 않습니다, 레이디."

그녀가 고개를 끄덕였다. 메이스는 아무것도 두려워하지 않는다. 그건 이미 알고 있었다.

"하지만 레이디의 손에 죽고 싶지는 않습니다."

켈시의 입이 벌어졌다. 그녀는 할 말이 떠오르지 않아서 그저 반짝이는 카렐강만 바라보았다.

"이제 어쩌실 겁니까, 레이디?"

"이젠 계속해야죠, 라자러스. 우리 둘 다 예감하고 있는 전쟁에 대비해야 해요. 그리고 이 모든 사람들을 먹이고 교육시키고 치료받게 할 방법도 생각해야 하고요. 하지만 그 무엇보다도……."

그녀가 그를 돌아보았다.

"난 이 선적에 대해서, 모트메인에 있는 모든 티어링 사람들에 대해서 오랫동안 생각해봤어요."

그랬나? 언제? 그녀의 머리가 놀란 듯이 물었다. 그때 답이 떠올랐다. 자고 있는 동안에. 그 어두운 시간 속에서 뭔가가 표면을 부수고 나오려다가 파문도 일으키지 않고 사라지고, 머릿속의 연못이 고요해졌다. 꿈을 꾸었다. 대단히 많은 것들을 꿈꾸어서 머릿속이 완전히 깨끗해진 것이다.

"추첨자들 다수가 이제는 죽었을 겁니다, 레이디. 과로로 죽었거나 장기 적출용으로 죽였겠죠."

"나도 알아요. 하지만 모트 노예들을 주로 쓰는 곳은 장기 적출이 아니에요. 알리스는 장기 이식이 아직 완벽하지 않다고 했어요. 그쪽에서는 아직 돈이 많이 나오지 않는다고요. 그러니까 오래된 두 가지 분야에 사용되겠죠. 노동과 성행위에 말이에요. 다수가 *분명히* 죽었겠지만, 인간이란 언제나 이런 고난에서 살아남는 방법을 찾게 마련이에요. 난 꽤 많은 숫자가 여전히 살아 있을 거라고 생각해요."

"그래서요?"

"아직은 모르겠어요. 하지만 뭔가, 라자러스, 뭔가 할 거예요."

메이스가 고개를 흔들었다.

"저는 디메인에 많은 첩자들을 두고 있습니다만, 레이디께서 말씀하시는 곳, 즉 경매부에는 한 명도 없습니다. 모트인들은 공포에 짓눌린 백성들입니다. 그들을 매수하기란 어렵습니다."

"칼린은 항상 폭정에 시달리는 사람들에게 필요한 건 그들을 깨울 발길질 한 방이라고 말했죠."

메이스가 한참이나 침묵을 지켰다.

"왜요?"

"레이디, 레이디의 양부모는 사망했습니다."

그 말이 켈시의 복부를 후려치는 느낌이었다. 그녀가 그를 돌아보고 입을 벌렸지만, 아무 말도 나오지 않았다.

"다이어가 책을 가지러 가서 그들을 발견했습니다, 레이디. 두 사람 다, 죽은 지 몇 주 됐더군요."

"어떻게요?"

"두 사람 다 응접실에 앉아 있고 앞에는 찻잔이, 탁자 위에는 청산가리 병이 있었습니다. 다이어가 수사관은 아닙니다만, 알기 쉬운 장면이었죠. 두 사람은 레이디가 떠나실 때까지 기다렸다가 차를 따르고 청산가리를 섞은 겁니다. 케이든이 오두막에 도착할 즈음엔 이미 죽은 상태였을 겁니다."

켈시는 따뜻한 눈물이 뺨을 적시는 것을 느끼며 강만 바라보았다. 알았어야 했는데. 그녀가 떠나기 전 몇 주 동안 바티와 칼린이 어땠는지, 그들이 전혀 다급한 기색 없이 대충대충 짐을 싸던 모습이 기억났다. 그날 아침 오두막 앞에서 그들의 얼굴은 끔찍하게 창백했었다. 페탈루마에 대한 그들의 이야기는 전부 켈시를 위한 보여주기용이었던 것이다. 그들은 떠날 계획이 전혀 없었다.

"그대는 오두막에 올 때 이걸 알고 있었나요?"

"아뇨."

"왜 두 사람은 나한테 말하지 않았던 걸까요?"

"제가 레이디께 말씀드리지 않았던 것과 같은 이유에서였겠죠. 레이디께서 괴로워하지 않으시길 바랐기 때문에요. 그들의 행동은 명예로운 거였습니다. 그들이 어디로 가든, 얼마나 잘 숨든 간에 바티와 레이디 글린은 언제나 레이디께 위협이 되었을 겁니다."

"왜죠?"

"두 사람은 레이디를 키웠습니다. 그래서 아무도 알 수 없는 여러 가지 정보를 알고 있었죠. 레이디께서 좋아하고 싫어하시는 것, 레이디의 마음을 움직이는 것, 레이디의 약점, 레이디가 정말로 누구인지 등."

"그런 걸로 뭘 할 수 있는데요?"

"아, 레이디, 그건 적들이 가장 귀하게 여기는 정보입니다. 저 자신도 첩자를 매수하고 혼란을 일으키기 위해서 그런 정보를 이용합니다. 약한 부분을 알아내는 건 특히 귀중한 정보죠. 게다가, 레이디, 누군가가 레이디의 양부모를 납치해서 그들을 죽이겠다고 협박하며 대가를 요구하면요? 그러면 기꺼이 주지 않으시겠습니까?"

켈시는 대답할 말이 없었다. 바티를 다시는 볼 수 없다는 사실을 받아들일 수가 없었다. 그녀는 오두막 창문으로 햇살이 들어오는 바로 그 자리에 놓여 있던 자신의 의자, '켈시 자리'를 떠올렸다. 이제 더 많은 눈물이 눈꺼풀 뒤를 산(酸)처럼 따갑게 찌르며 흘러내렸다.

"레이디 글린은 선크로싱 시대 역사가이셨고, 바티는 여왕의 근위대였습니다, 레이디. 두 사람 다 18년 전 제가 그들의 문 앞에 레이디를 데려갔을 때 자신들이 무슨 일에 뛰어드는 건지 알고 있었습니다."

"그대는 몰랐다고 했잖아요!"

"저는 몰랐지만, 그들은 알았습니다, 레이디. 잘 들으십시오. 이 이야기는 한 번밖에 하지 않을 거니까요."

메이스는 잠깐 동안 뜸을 들이다가 말을 이었다.

"18년 전, 저는 레이디를 가슴에 동여매고 레딕 숲의 오두막으로 말을 달렸습니다. 비가 억수같이 퍼부었죠. 저희는 꼬박 사흘 동안 말을 달렸고 그동안 내내 비가 왔습니다. 레이디를 안기 위해서 방수 띠를 맸지만, 그래도 어쨌든 여행 말미에는 레이디도 거의 흠뻑 젖으셨습니다."

슬픔에도 불구하고 켈시는 이야기에 푹 빠졌다.

"내가 울었나요?"

"전혀요, 레이디. 레이디께서는 그 띠를 대단히 좋아하셨습니다. 팔의 화상은 아직 낫는 중이었지만 말을 타고 가는 한은 전혀 울지 않으셨습니다. 오히려 웃기 시작하셔서 제가 조용히 시켜야 했지요."

그가 말을 이었다.

"오두막에 도착하자 레이디 글린이 문을 열어주셨습니다. 제가 띠를 풀고 내리자 레이디는 울음을 터뜨리셨죠. 저는 당시에도 그랬습니다만, 레이디께서 여행이 끝났다는 걸 알고 계셨던 거라고 항상 생각했습니다. 하지만 레이디 글린께 넘겨드리자 즉시 조용해져서는 그분 품에서 잠이 드셨습니다."

"칼린이 날 안았다고요?"

그것은 굉장히 있음 직하지 않은 일이라 켈시는 메이스가 이 이야기를 전부 지어낸 게 아닐까 생각했다.

"그랬습니다, 레이디. 레이디 글린은 마뜩잖아 하셨지만 바티가 저에게 저녁 식사를 하고 가라고 말해서 저희들은 식사를 했습니다. 식사가 끝날 무렵 저는 바티가 이미 레이디를 완전히 사랑하게 되었다는 걸 볼 수 있었습니다. 그의 얼굴에 다 드러났거든요."

켈시는 더 많은 눈물이 눈꺼풀 아래서 흘러내리는 것을 느끼며 눈을 감았다.

"식사를 마치고서 바티는 저에게 하룻밤 자고 가라고 했지만 저는 비가 제 자취를 감춰주는 동안에 떠나고 싶었습니다. 안장을 다시 얹고 작별 인사를 하러 들어가니 앞쪽 거실에 세 사람이 함께 있더군요. 그들은 제가 거기 있는 걸 잊어버렸던 것 같습니다. 그들 눈엔 레이디밖에 보이지 않았죠."

켈시의 배가 천천히 울렁거리기 시작했다.

"바티가 말했습니다. '나도 좀 안아볼게요.' 그러자 레이디 글린이 아기를 건네고서 그다음에 이렇게 말했죠. 전 평생 잊을 수 없을 겁니다. '이제부터는 항상 당신이 해야 해요……. 사랑은 당신이 주는 거예요.'

바티는 저만큼이나 당황한 것 같았죠. 하지만 그녀가 설명했습니다. '이건 우리의 대업이에요, 바티. 아이들에게는 사랑이 필요하지만, 또한 엄격함도 필요해요. 그 부분에 있어서 당신은 전혀 도움이 되지 않을 거예요. 아이가 필요로 하는 걸 뭐든 다 해주면 그 애는 제 엄마처럼 자랄 거예요.

우리 중의 한 명은 어느 정도 미워해야 저 문을 나갈 때 다시 돌아보지 않게 될 거예요."

켈시는 눈을 감았다.

"그들은 알고 있었습니다, 레이디. 항상 알고 있었죠. 그들은 희생을 치렀고, 우셔도 좋습니다만 또한 그들에게 경의를 표하셔야 합니다."

켈시는 울었고, 메이스는 고맙게도 그녀를 달래려고 하거나 자리를 뜨려 하지 않았다. 그는 그저 그녀의 옆에 앉아 무릎에 팔을 두르고 카델강만 응시했다. 마침내 켈시의 눈물이 헐떡이는 숨소리로 잦아들다가 서서히 목을 들어갔다 나왔다 하는 느린 호흡으로 변했다.

"이제 잠자리로 돌아가십시오, 레이디. 내일 아침 일찍 출발해야 하니까요."

"잠을 못 자겠어요."

"노력해보십시오. 그러면 레이디가 몰래 빠져나오시게 놔둔 펜을 살살 혼내겠습니다."

켈시는 펜에게는 신경도 안 쓴다고 말하려고 입을 벌렸다가 도로 다물었다. 돌아오는 여정 중간쯤에 펜에 대한 분노는 전부 사라졌다. 그것은 앙심 가득하고 비생산적인 어린애의 분노일 뿐이었다……. 칼린을 가장 실망하게 만들었던 종류의 행동이었다.

메이스의 어깨에 한 손을 얹고 켈시는 얼굴을 닦으며 자리에서 일어섰다. 하지만 다섯 걸음쯤 가다가 그녀가 돌아보았다.

"그대는 뭘 잃었죠, 라자러스?"

"예?"

"먼에게 모두들 뭔가를 잃었다고 했잖아요. 그대는 뭘 잃었죠?"

"모든 것을요."

켈시는 그의 목소리에 어린 괴로움에 움찔했다.

"이제는 뭔가 새로운 걸 얻었나요?"

"그렇습니다, 레이디. 그리고 전 그것을 소중하게 여깁니다. 이제 가서 주무십시오."

14장

티어링의 여왕

이쪽은 티어링, 이쪽은 모트메인

하나는 검정, 하나는 빨강

하나는 빛, 하나는 어둠

하나는 삶, 하나는 죽음

이쪽은 글린 여왕, 이쪽은 붉은 여왕,

하나는 돌이킬 수 없이 썩었지

레이디가 움직이고, 마녀가 절망하네

글린 여왕이 승리하고, 붉은 여왕은 무너지네.

—중세 티어링 제국에서 유행했던 아이들의 놀이 노래

이틀 후, 기묘한 일이 일어났다.

켈시는 서재의 책상 앞에 앉아서 타일러 신부의 역사책 중 하나를 필사

하고 있었다. 타일러 신부는 그녀의 옆 책상에 앉아서 역시나 성실하게 필

사 중이었다. 메이스는 네 명의 서기를 데려왔지만 켈시와 타일러 신부가 더 빨리 썼기 때문에 사제의 방문일이면 두 사람은 나란히 앉아서 이야기를 나누며 필사를 했다. 켈시는 사제와의 시간이 편안할 거라고는 생각도 못 해봤지만 정말로 편안했다. 학교를 만들게 되면 그곳도 이렇게 편안한 분위기가 되길 바랐다.

타일러 신부는 크로싱에 대해서 많은 것을 알았다. 아가이브에서 돌아온 이래 켈시의 머리를 차지하고 있는 것이 크로싱이었기 때문에 이는 아주 유용했다. 티어링의 유토피아 이상론자들이 육지에 도달할 수 있을지 없을지도 모른 채, 아니 육지가 존재하는지조차 모른 채 상상할 수 있는 최악의 바다를 헤치고 오는 것은 과연 어땠을까? 타일러 신부는 켈시에게 파도로 화이트호가 전복된 후 물속에 생존자들이, 의사와 간호사들이 구조를 기다리고 있었다고 말해주었다. 하지만 바다가 너무 거칠고 날씨가 워낙에 끔찍해서 다른 배들이 제대로 방향을 잡아 그들에게 다가갈 수가 없었다. 결국 그들은 생존자들을, 그 모든 사람들을 내버려두고 떠날 수밖에 없었다. 남은 사람들은 바다에서 사투를 벌이다가 결국 천천히 파도 속으로 사라지고 말았다. 켈시는 그 영상을 머릿속에서 지울 수가 없었다. 심지어 흔들리는 얼음장 같은 물과 점점 기운이 빠져가는 자신, 나머지 배들이 수평선 너머로 신세계를 향해, 티어링을 향해 사라지는 모습에 대한 꿈까지 꾸었다.

켈시는 지금 같은 문단을 몇 번이나 읽고 있다는 것을 깨닫고 결국 펜을 놓았다. 소른에 관해 뭔가 새로운 소식이 없는지 궁금했다. 그는 티어링의 넓은 평원 속으로 흔적도 없이 사라졌지만, 메이스가 찾아낼 것이다. 메이스, 그리고 소른이 도망친 것을 인생 최대의 모욕으로 여기는 것 같은 엘스턴이 찾아내리라. 그들이 소른을 찾아내서 여기로 데려올 것이다. 켈시는 그 생각에 머릿속에서 분노와 흥분이 뒤섞이는 것을 느끼며 몸을 떨었다.

타일러 신부를 흘깃 보니 그 역시 딴생각에 빠져 있는 것 같았다. 이마에 두 개의 주름이 깊게 져 있고, 필사를 멈춘 채 그저 구석의 책장만 멍하니 쳐다보고 있었다.

"빈둥거리고 계시네요, 신부님."

그녀가 말했다.

사제가 시선을 들고 수줍음 가득한 상냥한 미소를 지었다. 그들은 가끔씩 농담을 나누게 되었고, 그 발전이 켈시는 기뻤다.

"몽상을 하고 있었습니다, 레이디. 죄송합니다."

"무슨 문제가 있나요?"

타일러 신부는 잠깐 동안 입을 꼭 다물고 있다가 어깨를 으쓱이고 말했다.

"결국에 아시게 될 테니까요, 폐하. 교황 성하께서 다시 폐렴으로 앓아누우셨는데 사람들 말에 따르면 이번이 최후의 병환이 될 것 같다고 합니다."

"유감이군요."

"폐하께선 유감으로 여기지 않으시잖습니까. 그런 말씀은 하지 않으셨으면 좋겠습니다."

켈시가 그를 날카롭게 쳐다보았고, 구석에 앉아 있던 펜도 마찬가지였다. 그녀는 신부를 꾸짖을까 생각해보았지만, 그의 정직함은 귀중한 것이기에 그러지 않기로 했다.

"그럼 이제 어떻게 되는 거죠?"

"모든 추기경들이 새 교황을 선출하기 위한 비밀회의를 위해 돌아오고 있습니다."

"후보자는 누구죠?"

타일러 신부의 입가가 다시 긴장되었다.

"서류상으로는 여러 추기경이 있습니다만, 이미 결정된 사항입니다. 앤더스 추기경이 한 달 안에 새 교황 자리에 오를 거라고들 합니다."

켈시는 앤더스 추기경에 대해 잘 몰랐다. 그저 메이스가 그를 형편없는 쓰레기로 여긴다는 것만 알 뿐이었다.

"그래서 그게 신경이 쓰이시는 건가요?"

"추기경은 유능한 행정관입니다, 레이디. 하지만 진정으로 독실하지는 않지요."

타일러 신부가 몸을 펴고 입을 다물었다. 자신이 너무 많이 말했다고 생각할 때 그가 취하는 기본 반응이었다. 켈시는 펜을 잉크에 담그고 다시 필사를 하려고 했다.

"조심하십시오, 레이디."

"네?"

"저는 압니다……. 그들에게 얘기는 하지 않았지만요……. 폐하께서 애완동물만큼도 신앙이 없다는 것을요. 앤더스 추기경은……. 저는 폐하의 안위가 두렵습니다. 저희들 모두의 안위가 두렵습니다."

켈시는 평소 입이 무거운 사제가 이렇게 많은 이야기를 한다는 것에 깜짝 놀랐다.

"그 사람이 신부님께 뭘 했나요?"

"아닙니다, 폐하. 하지만 추기경이 끔찍한 일을 할 수 있는 사람이라고 믿습니다. 저는—"

그가 커다란 눈으로 그녀를 바라보며 말했다. 그때 메이스와 웰머가 서재로 들어오는 바람에 타일러 신부가 입을 딱 다물었다. 켈시는 메이스에게 짜증 난 시선을 던지며 시계를 확인했다. 알리스를 만날 때까지 최소한 20분은 더 사제와 있어도 되는데.

"레이디, 꼭 보셔야 하는 게 있습니다."

"지금요?"

"예, 레이디. 발코니 바깥에요."

켈시는 한숨을 쉬고 정말 유감스러운 기분으로 사제를 보았다. 그가 무슨 말을 하려던 건지는 모르겠지만, 꼭 들어야 할 것 같았는데.

"우리 시간은 끝난 모양이군요, 신부님. 아배스까지 조심해서 돌아가시고, 교황 성하가 회복되시길 진심으로 기원한다고 전해주세요."

"감사합니다, 폐하."

타일러 신부가 끈으로 묶은 필사본을 덮었다. 그의 눈길이 메이스에게로 향했다. 그가 여전히 굉장히 걱정하는 표정이라서 켈시는 몸을 기울이고 신부에게 속삭였다.

"두려워하지 마세요, 신부님. 저는 아무도 과소평가하지 않습니다. 특히 말씀하신 추기경은 더더욱요."

그는 그녀에게 살짝 고개를 끄덕였으나 하얀 얼굴은 여전히 걱정스러워 보였다. 아배스에 여러 명의 첩자를 둔 메이스에 따르면 교황은 원하는 정보를 내놓지 않는 타일러 신부에게 불만을 갖고 있다고 했다. 켈시는 아배스에서 타일러 신부의 입장이 얼마나 곤란한지 알고 싶었지만 그들은 아직 그런 걸 노골적으로 물어볼 단계에 이르지는 못했다.

사제가 떠나자 메이스와 웰머는 켈시와 함께 복도를 지나 발코니 방으로 향했다. 그녀의 포고자 조던이 복도 끝에 있는 어느 방에서 잠이 덜 깬 모습으로 나왔다.

"제가 필요하시다고요, 나리?"

메이스가 손가락을 까딱이자 조던이 뒤통수를 긁적이며 그들을 따라왔다. 메이스는 이제 발코니 문 앞에 두 명의 근위병을 배치해두었는데 오늘은 코린과 다이어였다. 켈시가 방으로 들어가자 둘 다 절을 했다.

"여깁니다, 레이디."

메이스가 문을 활짝 열자 차가운 햇빛이 들어왔다. 겨울이 막 봄으로 변하기 시작했지만 하늘은 꼭 여름처럼 지평선까지 온통 새파랬다. 켈시는 햇살 속으로 나가서는 즐거움에 몸을 떨었다. 여왕동의 어둠 속에 있다가 피부에 열기가 닿으니 느낌이 정말 근사했다. 메이스가 그녀를 앞으로 밀고서 난간 너머를 가리켰다.

"저 아래입니다."

켈시는 난간 너머를 내다보았다가 즉시 후회했다. 높이 때문에 현기증이 났다. 여기가 왕궁 거의 꼭대기였던 모양이다. 하지만 그렇다고 딱히 아래보다 위를 올려다보고 싶은 것도 아니었다.

한참 아래쪽 왕궁 잔디밭에는 사람들이 가득했다. 군중이 잔디밭부터 언덕 꼭대기까지 300미터에 이르는 땅을 뒤덮고 숨쉬고 속삭이는 유기체처럼 모여 있었다. 켈시는 한 달 전, 아니 아주 오래전으로 느껴지는 선적일을 떠올렸지만, 오늘은 사람들의 줄도, 우리도 보이지 않았다. 하지만 잠시후에 군중 속에서 높다랗게 솟아 있는 기묘한 나무 같은 것이 보였다.

"내 시력이 굉장히 나쁜가 봐요. 저게 뭐죠?"

"저건, 레이디, 창에 꽂아놓은 머리입니다."

웰머가 대답했다.

"누구 머리요?"

"레이디의 외삼촌입니다. 제가 내려가서 확실하게 확인했습니다. 창에는 '티어링의 여왕님을 위한 선물, 페치가 경의를 표하며'라는 꼬리표가 붙어 있습니다."

선물 자체는 섬뜩한데도 켈시는 미소를 지었다. 메이스를 힐끗 보니 그역시 미소를 감추려는 것처럼 입가를 아래로 당기고 있었다. 그녀는 갑자기 이해했다. 서재에 책을 갖다 놓았던 그날 같았다. 메이스는 이 순간을 켈시에게 선물로 주고 싶은 거지만 그걸 인정할 수도 없고, 그의 평생을 뒤덮은 의심이라는 망토도 벗을 수도 없는 것이다. 여기까지가 그가 할 수 있는 한계였다. 바티를 껴안곤 했던 것처럼 그를 안아주고 싶었지만, 그는 그런 것을 원하지 않을 것이다. 대신 그녀는 마치 추운 것처럼 자신의 몸에 팔을 감고 계속해서 눈가로는 메이스를 쳐다보았다.

뭐가 그를 이런 식으로 만들었을까? 그에게 무슨 일이 있었던 걸까?

웰머가 말을 이었다.

"창이 아주 깊게 꽂혀 있어서 군중들이 삽을 가져오지 않고서는 파낼 수 없을 겁니다. 머리는 완벽한 상태입니다, 레이디. 누군가가 썩지 않게 고착액을 바른 것처럼요."

"유용한 잔디밭 장식이 될 겁니다."

메이스가 말했다.

켈시는 다시 난간 너머를 보았다. 페치가 지금 저기 어디 있을 거라는 확신이 들었다. 그가 직접 저 선물을 배달하고는 빤히 보이는 곳에 숨어 있을 것이다. 그를 보고 그들의 계약이 그가 상상한 것보다 훨씬 훌륭한 열매를 맺었다고 이야기할 수 있으면 좋으련만.

"이 사람들은 전부 다 뭘 원하는 거죠?"

"레이디를 보러 온 겁니다."

메이스가 설명했다.

"레이디의 어머니께서는 절대로 도시에 정식으로 나가려고 하지 않으셨습니다. 그래서 선언을 할 때면 이 발코니를 사용하셨죠. 군중은 레이디께서 왕궁에 돌아오신 걸 알고서 어제부터 모이기 시작했습니다. 정문의 부하가 이들 대부분이 저기서 밤을 보냈다고 하더군요."

"난 선언할 게 아무것도 없는데요."

"아무거나 생각하십시오, 레이디. 이대로는 떠나지 않을 것 같으니까요."

켈시는 다시 난간 너머를 보았다. 사람들은 아예 자리를 잡고 앉은 것 같았다. 여러 가지 색깔의 천막이 보이고 고기 굽는 냄새도 났다. 아래쪽 어디서 노랫소리도 들렸다. 사람들이 정말로 많았다.

"말하게, 조던. 레이디께서 여기 있다고 알리게."

조던이 목을 가다듬고 훨씬 나이 많은 노인에게나 어울릴 것 같은 목에 담 끓는 소리를 냈다.

"죄송합니다, 레이디. 감기에 걸려서요."

그가 얼굴을 붉히며 중얼거렸다. 그리고 깊게 숨을 들이켠 다음 난간 너머로 몸을 기울이고 소리쳤다.

"티어링의 여왕 폐하이십니다!"

잔디밭의 모든 사람들이 고개를 들고 함성을 지르는 바람에 그 엄청난 소리에 발밑의 돌이 흔들리는 것 같았다. 켈시는 모두가 고개를 들고서 그녀를 바라보고 있는 것을, 수많은 사람들의 얼굴을 보았다. 양손을 난간에 얹고 그녀가 좀 더 가장자리로 몸을 기울이자 펜이 만약에 대비해 그녀의 드레스 뒷부분을 잡았다. 켈시가 조용히 하라는 의미로 손을 들고서 함성이 잦아들기를 기다렸다. 왕궁 잔디밭의 그날이 마치 전생 같았지만, 그때처럼 지금도 할 말이 저절로 목을 채웠다.

"나는 엘리사 랠리의 딸 켈시 랠리다!"

군중은 입을 다물고 기다렸다.

"하지만 나는 또한 바톨로뮤 글린과 칼린 글린의 수양딸이기도 하다!"

아래쪽 잔디밭에서 사람들이 속삭이는 소리가 두툼한 카펫처럼 낮게 깔렸다. 켈시는 눈을 감았고, 마치 예전에 실제로 보던 것처럼 또렷하게 바티와 칼린을 볼 수 있었다. 오두막 부엌에 서서, 바티는 원예 도구를 들고 칼린은 책을 들고 있는 모습. 켈시는 그들이 죽었다는 걸 이미 알고 있었다. 가슴 깊은 곳에서는 예전부터 알았던 것 같다. 몇 주 동안 머릿속에서 칼린이나 바티의 목소리를 듣지 못했다. 그들의 목소리는 서서히 사라지고 그 자리에는 다른 목소리가, 음울하고 결연한 목소리가 들어서서 상황이 다급할 때, 그녀가 뭘 해야 할지 모를 때 소리를 높였다.

나 자신의 목소리야. 칼린의 목소리도, 바티의 목소리도 아니고 내 목소리라고. 켈시는 경이롭게 생각했다.

"내 양부모님이 지금의 나를 만드셨고 나를 위해 당신들의 목숨을 바치셨다!"

그녀가 쉰 목소리로 외쳤다.

"그러니까 나는 내 이름을 바꾸겠다! 오늘 이 순간부터 나는 켈시 랠리 글린이다! 내 왕실은 글린일 것이고, 내 자식들도 글린일 것이고, 나는 랠리 여왕이 아니라 글린 여왕일 것이다!"

이번에는 함성 때문에 그녀가 거의 뒤로 쓰러질 뻔했다. 난간이 흔들리고 뒤에서 문틀까지 흔들거렸다. 켈시는 더 이상 할 말이 없어서 그저 그들에게 손만 흔들었지만 그걸로 충분한 것 같았다. 그들은 계속해서 한참 동안이나 환호를 질러댔다. 그저 그녀를 보고, 그녀가 거기 있는 걸 확인하는 게 그들이 바라는 전부인 것처럼.

난 혼자가 아니야. 눈물이 고이는 것을 느끼며 그녀는 생각했다. 결국에 바티가 옳았어.

그녀는 눈물을 닦고 메이스에게 중얼거렸다.

"저들은 쉽게 기뻐하는군요."

"아뇨, 레이디. 그렇지 않습니다."

군중은 이제 노래를 부르고 있었지만, 이 높이에서는 가사는 거의 들리지 않고 켈시 자신의 이름 정도만 들릴 뿐이었다. 그녀는 자신의 나라를, 정말로 아름다운 풍광을 바라보았다. 앨먼트 평원 중간쯤에서 지평선이 생겼지만, 그래도 켈시는 티어링 전체가 자신의 앞에 펼쳐져 있는 기분이었다. 시력은 안 좋아도 나라 전체가, 북쪽으로 페어위치까지, 동쪽으로는 모트 국경까지, 심지어는 홀과 그의 대대가 침공에 대비해서 언덕에 방벽을 세우고 있는 국경의 험한 바위 지대에 이르기까지 구석구석이 보이는 것 같았다. 그녀가 눈을 깜박이자 전에 봤던 것처럼 수 킬로미터의 숲 사이로 잘 닦인 도로가 놓여 있는 모트메인이 보였다. 도로에는 병사들과 마차, 공성탑, 햇살 아래 반짝이는 대포들의 길고 검은 행렬이 가득했다. 모두가 냉혹하게 티어링을 향해 전진하고 있었다.

하지만 다시 켈시의 시야가 흐려지고 더 이상 그녀의 눈앞에 있는 건 모트메인이 아니었다. 그녀는 더 멀리, 산과 국경을 넘어, 신세계의 어떤 지도에도 존재하지 않는 바다를 지나 이미 잿더미가 된 도시의 마천루를 보고 있었다. 지형이 바뀌고 땅이 격변을 일으켰다. 켈시는 경이를 엿보았지만 너무 짧은 순간이라 그것을 이해할 시간도, 심지어는 그것이 사라진 것을 슬퍼할 시간도 없었다. 그녀는 모든 것을, 미래와 과거를 볼 수 있었고 그녀의 시각은 시간과 공간이 하나로 합쳐지는 곳까지 확장되었다.

그러다가 갑자기 모든 게 사라졌다. 켈시는 다시 눈을 깜박였고, 눈물이 고인 그녀의 눈에는 오로지 자신의 영토만이 보였다. 하늘과 맞닿은 곳까지 넓게 펼쳐져 있는 농지. 기억할 수 없는 꿈에서 깨어났을 때 느끼는 그 기묘한 상실감과 똑같은 감각에 심장이 아렸다. 그녀는 켈시 글린, 숲에서 자라고 역사를 공부하고 소설 읽는 것을 좋아하는 소녀였다. 하지만 그녀는 또 다른 존재, 켈시 이상의 존재였다. 조금 더 그녀는 그 자리에 서서 자신의 나라를 바라보고 지평선 뒤의 위험을 보려고 애를 썼다.

나의 책임, 그녀가 생각했다. 그 생각은 더 이상 두려움을 불러오지 않고 오로지 굉장한 감사의 마음만을 불러일으켰다.

내 나라야.

감사의 말

첫 번째이자 가장 큰 감사의 말을 들어야 할 사람은 도리언 카치마이다. 그는 뛰어난 대리인일 뿐만 아니라 친구이자 능력 있는 편집자로 이 책이 세상에 나오는 데 엄청난 도움을 주었다. 또한 캐트린 서머헤이스, 시몬 블레이저, 로라 보너, 애슐리 폭스, 미셸 피한, 그 외에 여러 가지 도움을 주었던 윌리엄 모리스 인데버 사의 모든 사람들에게 감사를 전한다. 모두들 정말 훌륭하게 잘해주었다.

마야 지브, 조녀선 번햄, 그리고 하퍼 사의 모든 사람들 역시 초보 작가에게 엄청난 신뢰를 보여준 데 대해 감사를 표하고 싶다. 특히 이 책을 끝까지 완성하게 몰아쳐준 마야에게 감사한다. 트랜스월드 출판사의 직원분들, 특히 사이먼 테일러에게도 같은 감사를 전한다. 점심을 먹으며 책 이야기를 나눌 수 있는 사람으로 테일러만 한 사람은 아직까지 찾지 못했다.

아빠, 뎁, 나를 여기까지 오게 한 길고 빙빙 도는 인생의 궤적에서 나를 이해하고 지지해줘서 고마워요. 그리고 계속해서 나에게 사랑이 정말 온 세상을 움직일 수 있다는 걸 일깨워준 크리스천과 케이티에게도 큰 감사를 전한다.

내 미친 짓을 통제할 수 있게 해주고 내 뜨개질 중독을 조절해주고, 모든 게 잘 풀릴 거라고 말해주었던 셰인 브래드쇼에게도 사랑과 감사를 전한다.

많은 작가들이 스승 없이도 좋은 작품을 만들어내지만, 나는 그런 사람이 아니다. 모든 선생님들, 감사합니다. 특히 에드워드 케리, 크리스 오펏, 그 외의 아이오와 작가 워크숍에서 재능을 나누어준 다른 모든 사람들과 스워스모어 대학의 능력자 벳시 볼턴 교수님에게도 감사를 드린다. 세계 최고의 역사 선생님 조너스 호닉에게도 고마움을 전한다. 당신이 없었으면 나의(혹은 켈시의) 사회정의에 대한 의견이 어땠을지 상상도 가지 않아요.

그리고 마지막으로, 독자 여러분 고마워요. 이 책을 통해 즐거운 시간 보냈기를 바라요.

처음 이 책을 받았을 때에는 '헝거 게임'이나 '트와일라잇'의 아류인 흔한 청소년 소설 시리즈일 거라고 생각했다. 한참 그런 소설이 유행이었기 때문이다. 청소년 소설이라고 하면 으레 생각하게 되는 전형적인 스타일이 있다. 1인칭 시점으로 평범한 여자아이가 영웅이 되어가는 이야기이다. 그런데 이 소설은 도입부터 달랐다.

첫째로 이 소설의 배경은 중세 환타지풍이다. 물론 읽다 보면 점차 이 세계가 실은 우리가 알던 세계에서 넘어온 '신세계'임을 알게 된다. 이곳은 사람들이 새로운 이상향을 꿈꾸며 넘어와 만들었지만 실패한, 디스토피아이다. 하지만 지금껏 나온 다른 디스토피아 소설들과 달리 기술이 소실되어 중세 문명으로 되돌아갔다.

둘째로 주인공 켈시는 평범하지 않다. 켈시는 여왕 자리를 차지하기 위해서 돌아가는 후계자이다. 외모는 평범하지만 그 능력도, 성장 과정도 보통과는 다르고, 1권부터 많은 일을 해내지만 앞으로도 해야 하는 일이 산적해 있다.

이런 면에서 이 책은 처음부터 달랐고, 순식간에 마음을 사로잡았다. 작업을 하다 보면 같은 원고를 여러 번 읽게 돼서 끝에는 질리는 경우도 종종 있는데 이 책은 전혀 질리지 않았다. 왕위에 앉기 위해 돌아가는 켈시의 힘든 여정에 매번 마음을 졸이고, 켈시가 앞둔 수많은 과제들에 매번 함께 어깨가 짓눌리는 기분을 느꼈다. 타락한 왕국의 모습을 보면서 지금 우리가 현대에서 겪고 있는 여러 가지 일들도 생각나고, 내가 켈시 같은 입장이라면 어떤 선택을 했을까 생각하게 되었다. 그리고 최대한 빨리 2부를 읽고 싶어서 발을 동동 구르게 되었다.

《티어링의 여왕》은 꽤 무거운 이야기이다. 여기에는 다른 근미래 배경의 소설이 보여주는 '겉보기에는 아름다운 세계' 같은 것조차 없다. 발달된 기술은커녕 평범한 의술조차 남아 있지 않아서 사소한 상처에도 사람들이 죽을 수 있고, 강대국은 소국의 사람들을 상납받아 노예로 판다. 큰 전쟁으로 수많은 사람들이 상처 입고 죽었고, 전쟁이 또다시 일어날 예정이다. 이런 힘겨운 상황에서 켈시의 행동은 더욱 돋보인다. 켈시는 여왕이고, 그렇기 때문에 그저 옳은 일을 하는 것만으로 끝나지 않는다. 켈시의 행동에는 결과가 뒤따르고, 그 결과는 더 끔찍할 수도 있다. 켈시를 도와주는 주변 사람들조차도 그녀의 행동에 찬성하지 않는다. 하지만 켈시는 고민 끝에 옳은 선택을 밀고 나가고, 그 결과까지 책임지기 위해서 애를 쓴다. 그런 모습을 보면서 선택과 책임에 대해서 여러 가지 생각을 하게 되었다. 아마 여기까지 읽으셨다면 독자 여러분 역시 나와 마찬가지로 많은 생각을 하게 되었을 거라고 믿는다.

켈시가 앞으로 어떻게 티어링의 위기를 막아내고 붉은 여왕이라는 끔찍한 독재자와 싸워 이길지 굉장히 궁금하다. 또한 켈시의 주변에 있는 신비로운 여러 사람들의 정체와 이들의 행동 역시 궁금증을 불러일으킨다. 이 책이 출간될 무렵에는 2부 작업을 하며 독자들보다 한발 빨리 켈시의 여정을 함께할 수 있기를, 그리고 기다리실 독자분들께도 어서 전해드릴 수 있기를 바란다.

김지원

티어링의 여왕

1판 1쇄 인쇄　2018년 1월 18일
1판 2쇄 발행　2018년 2월 8일

지은이 · 에리카 조핸슨
옮긴이 · 김지원
펴낸이 · 주연선

총괄이사 · 이진희
책임편집 · 이경란
편집 · 심하은 백다흠 강건모 최민유 윤이든 양석한
디자인 · 이지선 권예진 한기쁨
마케팅 · 장병수 최수현 김다은 이한솔
관리 · 김두만 유효정 신민영

(주)은행나무
04035 서울특별시 마포구 양화로11길 54
전화 · 02)3143-0651~3 ｜ 팩스 · 02)3143-0654
신고번호 · 제 1997-000168호(1997. 12. 12)
www.ehbook.co.kr
ehbook@ehbook.co.kr

잘못된 책은 바꿔드립니다.

ISBN 979-11-88810-05-5 (03840)